BASTEI
LÜBBE

JERRY COTTON

Die Domina vom FBI

Fahr zur Hölle, Jane

Mord vor tausend Augen

Drei Kriminalromane

BASTEI LÜBBE

BASTEI LÜBBE TASCHENBUCH
Band 31 961

Erste Auflage: Februar 2006

Lektorat: Rainer Delfs
Titelbild: Roy Palmer
(Die abgebildeten Schauspieler stehen in keinem Zusammenhang mit den Romantiteln und dem Inhalt der Romane)
Umschlaggestaltung: QuadroGrafik, Bensberg
Satz: Wildpanner, München
Druck und Verarbeitung:
Nørhaven Paperback A/S, Viborg
Printed in Denmark
ISBN 3-404-31961-3

Inhalt

Die Domina vom FBI

Die Kellner waren die reinsten Lastenträger. Auf riesigen Tabletts schleppten sie heran; was die italienische Küchenkunst hergab, von Antipasti bis Zabaione, von Vitello Tonnato bis Saltimbocca alla romana. Es duftete nach Basilikum und Oregano und ofenfrischen Brötchen aus Pizzateig, die als Vorspeise mit Knoblauchbutter gereicht wurden.

Der Maitre hatte Joanna und mir einen Tisch für zwei Personen zugewiesen. Wir saßen unterhalb einer Mahagonibalustrade, die die tiefer gelegene Hälfte des großen Lokals von der Empore trennte.

Wir studierten die Speisekarte, die Kellner schleppten und schleppten, und ich wurde dieses leichte Unbehagen nicht los. Es plagte mich schon den ganzen Abend.

Dabei war Joanna bildhübsch, charmant und klug. Grob geschätzt, beneidete mich mindestens jeder zweite männliche Gast in dem Restaurant.

Doch die Sache hatte einen Haken.

Joanna war eine Kollegin.

Special Agent des FBI.

Privates und Dienstliches zu verbinden war normalerweise nicht meine Art. Grundsätze, die schon in den Anfangszeiten des FBI gegolten hatten, sprachen dagegen, dienstliche Bekanntschaften für private Zwecke auszunutzen.

Ich verscheuchte die störenden Gedanken und lächelte meiner Kollegin über den Rand der Speisekarte hinweg zu. Joanna erwiderte mein Lächeln, doch ich hatte das Gefühl, dass in ihrem Blick zugleich etwas Forschendes lag. Das war bei ihr fast immer so, und die Ursache war mir von Anfang an klar gewesen.

Joanna hatte Psychologie studiert.

Logisch also, dass sie jedem Menschen bis auf den Grund seiner Seele zu schauen versuchte.

Sie hatte sich rechtzeitig beim FBI beworben und nach Abschluss des Studiums sofort einen Platz in Quantico bekommen.

Wir kannten uns erst seit Anfang der Woche. Am Montag, um acht Uhr morgens, hatte sie sich bei John D. High, unserem Chef, zum Dienst gemeldet. Pünktlich, wie es sich für eine frisch gebackene Absolventin der FBI-Akademie Quantico gehörte.

Und seit Montag, halb neun, war Special Agent Joanna Devally Phil und mir als Dienstpartnerin auf Zeit zugeteilt worden. Zur Einarbeitung in den Dienst beim FBI-Distrikt New York. Gleichzeitig hatte sie erste Fälle übernommen. Psychologische Betreuung von Festgenommenen, die im Zellentrakt des FBI-Distriktgebäudes saßen und darauf warteten, dem Haftrichter vorgeführt zu werden.

Es hieß, Joanna habe besondere Fähigkeiten.

Aber damit prahlte sie nicht.

Schon während des Studiums hatte sie sich mit der altchinesischen Kunst der Gesichtsdeutung befasst, ebenso mit der Analyse der Körpersprache.

Jeder Mitmensch musste für sie eine Art offenes Buch sein.

Ich konzentrierte mich wieder auf die Menüs, umgeben vom Summen des Stimmengewirrs und von Geschirr- und Besteckklappern. Gelegentlich, wenn es zufällig einmal etwas stiller wurde, war ein Mandolinenorchester mit sizilianischen Volksweisen aus den Lautsprechern zu hören. Die Boxen steckten unter den Dekorationen aus leeren Bastflaschen, Fischernetzen und Knoblauchsträngen.

Große Propellerventilatoren drehten sich lautlos unter der Decke und quirlten die heiße Luft. Es war Anfang Juli, und die Wetterfrösche im Fernsehen hatten die erste richtige Hitzewelle des Jahres für die nächste Woche angekündigt.

Die ganz in elegantes Schwarz gekleideten Kellner befanden sich in einem unaufhörlichen Pendelverkehr zwischen Küche und Restaurant. Es kam mir vor, als würden die Gäste Unmengen an Speisen verschlingen und literweise Wein aus teuer aussehenden Flaschen in sich hineinschütten.

New York City musste total ausgehungert sein an diesem Freitagabend um elf. Ich vermutete stark, dass es in den Zigtausend anderen Restaurants der Stadt ähnlich zuging wie hier im »Montalba« an der West 46th Street in Manhattan, im Herzen des

Theaterdistrikts und nur ein paar Schritte vom berühmt-berüchtigten Times Square entfernt.

Joanna entschied sich für ein gegrilltes Schwertfischsteak als Hauptgang und Tomaten mit Mozzarella vorweg. Ich wählte Pasta und Pizza, wie meistens. Gemeinsam orderten wir einen Chianti Classico. Da wir beide dienstfrei hatten und mit einem Taxi gekommen waren, würde uns der Alkohol keine Probleme bereiten.

»Tja«, sagte Joanna, nachdem der Kellner die Speisekarten eingesammelt hatte. Ihre blauen Augen strahlten mich an. »Jetzt bist du mir ausgeliefert.«

Ich beschloss, der Überlegene zu sein, und entgegnete herausfordernd: »Wenn du das meinst, woran ich denke, würde es mir gefallen.«

Joanna hatte Humor, das wusste ich. Mit ihren sportlich kurzen Haaren, mittelblond, und den kecken Sommersprossen in der Nasengegend sah sie nicht nur aus wie ein Kumpel fürs Pferdestehlen, sie war es auch. Das wussten Phil und ich von Mr. High. Er hatte ihre Beurteilungen aus Quantico gelesen.

Joanna lachte leise. Sie trug eine rote Bluse und ein leichtes, leinenfarbenes Kostüm. Sie verstand sich auf dezente Eleganz. Wenn sie in Jeans, weißer Bluse und sakkoähnlicher Jacke zum Dienst erschien, sah sie nicht weniger elegant aus als an diesem Abend.

Sie wechselte zu gespieltem Ernst. »Ich glaube nicht, dass du der Typ bist, der ständig nur an das eine denkt.«

»Dabei habe ich noch nicht mal bei dir auf der Couch gelegen, Miss Freud.«

»Ich habe keine Praxisräume«, konterte sie. »Und auf meiner privaten Couch veranstalte ich alles andere als Psychotherapien.«

Ich stieß einen leisen Pfiff aus. »Das hört sich verrucht an.«

»Soll es auch. Ich versuche, dich aus der Reserve zu locken, weil du nicht der Chauvi bist, den du mir vorspielen möchtest.«

»Danke für deine Offenheit, aber ich spiele dir nichts vor.«

Sie lehnte sich zurück und legte die gefalteten Hände auf die Tischkante, zwischen Messer und Gabel.

»Ich glaube zu ahnen«, sagte sie sanft und gedehnt, »dass du erst über deinen Schatten springen musstest, als du unsere Verabredung für heute Abend annahmst.«

»Es war wegen Phil«, behauptete ich. »Du sagtest, es sollte ein Arbeitsessen sein, gewissermaßen. Zur Vertiefung unserer dienstlichen Kontakte. Also müsste Phil auch hier sein.«

»Ausrede!« Joanna schmunzelte. »Das mit dem Arbeitsessen habe ich vorgeschoben, um dir die Entscheidung leichter zu machen. Mit Kolleginnen und Mitarbeiterinnen trifft man sich nicht privat. Das ist ein eiserner Grundsatz, stimmt's?«

»Stimmt.«

Sie beugte sich vor und sah mich verschmitzt-durchbohrend an. »In den wenigen Tagen meiner Anwesenheit habe ich mitgekriegt, dass sämtliche New Yorker G-men keine Gelegenheit auslassen, um eine gewisse Myrna aus der FBI-Telefonzentrale anzubaggern. Ich habe sie kennen gelernt. Eine Schönheit.« Joanna lehnte sich wieder zurück. »Wenn die Lady nicht so standhaft wäre, hätte sie jeden von euch abschleppen können – wohin sie wollte.«

»Hm …« Ich zog die Schultern hoch. »Vielleicht ist das mit Myrna nur so eine Art Sport.«

»Sport?«

»Eher Wortspielereien. Ich wette, Myrna sieht es auch so. Wortgeplänkel, das den Alltag versüßt.«

»Okay, das könnte ich akzeptieren. Aber angenommen, wir beide würden in einer Bank arbeiten, oder ich wäre Krankenschwester und du der Chefarzt, dann würden wir uns doch auch privat treffen. Weshalb sollte es beim FBI anders sein?«

»Weil unser Job anders ist als alle anderen. Bei uns geht es nicht selten um Leben oder Tod.«

»Bei dem Chefarzt auch. Und im Fall der Bankleute kann es um Sein oder Nichtsein gehen, wenn sie ihren Kunden die falschen Aktien empfehlen.«

»Joanna«, sagte ich eindringlich. »Wir können dieses Wortgeplänkel noch stundenlang fortsetzen. Aber du kommst nicht an der Tatsache vorbei, dass unsereiner, wenn er im Dienst einen Fehler begeht, leicht der Erste sein kann, der sein Leben verliert. Und das kann dann ebenso leicht gleichbedeutend sein mit dem Tod anderer, häufig sogar unbeteiligter Menschen.«

»Ich weiß natürlich, was du meinst«, lenkte sie ein. »Alle Gesichtspunkte, die du genannt hast, und alle Folgerungen daraus sind mir geläufig. Also – um es klarzustellen: Ich habe nicht vor, dich heute Abend in mein Bett zu schleppen. Wie könnte ich so anmaßend sein? Ich weiß ja nicht mal, ob ich eine Chance bei dir habe.«

Ich grinste wieder. »Einspruch. Erlaube mir, dass ich den Ball nicht fange.«

»Stattgegeben«, sie nickte. »Ich sehe die Sache schlicht und einfach anders. Du bist für mich ein interessanter Mann – so interessant, dass ich mich gern einen Abend lang auf dich allein konzentrieren möchte. Insofern ist es also ein Arbeitsessen. Kannst du damit leben?«

»Schwer«, sagte ich mit vorgetäuschtem Ernst. »Meine geheimen männlichen Hoffnungen erfüllen sich damit ja nicht. Also muss ich schon wieder über meinen eigenen Schatten springen.«

Joanna lachte und klatschte in die Hände. »Ausgezeichnet, G-man! Du hast das Zeug dazu, eine ausgewachsene Psychologin auf den Leim zu führen.«

Der Kellner servierte Mozzarellatomaten und Pasta. In der Tischreihe schräg gegenüber wurde ein Zweiertisch frei. Der Maitre lotste einen einzelnen Gast dorthin, und der starrte mich an …

Seit mehr als drei Jahren lief das Musical »Jelly's Last Jam« im »Virginia Theatre«. Phil Decker hatte es nie geschafft, es sich anzusehen. Erst an diesem Sommerabend hatte es endlich geklappt.

Der G-man und seine Begleiterin waren begeistert, als sie auf die Straße hinaustraten. Sie verharrten vor dem Theatereingang wie viele andere auch. Nach dem mitreißenden Bühnengeschehen musste man erst mal durchatmen, um in die Wirklichkeit zurückzufinden. Alle Gespräche drehten sich um das soeben Erlebte, und aus allen Stimmen war die gleiche Begeisterung herauszuhören, wie sie auch Phil und Jessica Fields empfanden.

Jessica war Redakteurin bei der Tageszeitung »New York Newsday«. Dass sie an einem Abend frei hatte, noch dazu zur selben Zeit wie Phil, grenzte an ein Wunder. Seit sie befreundet waren, wusste Phil, dass das Journalistenleben mindestens genauso unstet war wie das eines FBI-Agenten.

»Ich habe ja einiges über Jelly Roll Morton gelesen«, sagte Jessica. »Aber erst jetzt kann ich mir richtig vorstellen, was für eine Persönlichkeit er war.«

Phil nickte. »In dem Stück haben sie ihn wirklich gut getroffen. Die Zeit des alten Jazz muss schon aufregend gewesen sein. Fachleute sagen, dass Duke Ellington einige seiner frühen Kompositionen von Morton geklaut hat.«

»Habe ich gelesen«, unterstrich Jessica. »Und wenn der arme Morton nicht schon Anfang der vierziger Jahre gestorben wäre, dann hätte er heute den Ruhm, den Ellington eingeheimst hat.«

»Es gibt aber auch Fachleute, die das als gewagte Theorie ansehen«, gab Phil zu bedenken.

»Jedenfalls war er ein Wahnsinns-Pianist.«

»Und Komponist.«

»Der Erfinder des Jazz!«, sagte Jessica und lachte.

»Tja, damals waren sie wohl alle ein bisschen größenwahnsinnig«, kommentierte Phil. »Zumindest die Musiker.«

Er stutzte, blickte auf die Straße hinaus. Reflexartig hob er den Arm, wie es die meisten anderen bereits taten, um ein Taxi heranzuwinken. Der Pulk der Yellow Cabs scherte zum Bürgersteig hin aus, und das eine, das auf Phil und seine Begleiterin zuhielt, schien seine Fahrgäste ebenso zufällig gefunden zu haben wie die übrigen auch.

Lediglich der G-man wusste, dass eben dieses eine Taxi nicht zufällig hier war und dass der Fahrer verdammt genau wusste, wen er mitnehmen wollte.

»Ich muss jetzt unhöflich sein«, wandte sich Phil an Jessica.

»Wie soll ich denn das verstehen?«, staunte sie.

Er deutete auf den heranrollenden gelben Wagen. »Mit dem Taxi muss ich allein fahren.«

Jessica sah ihn stirnrunzelnd an. Dann begriff sie.

»Ach, du liebe Güte«, sagte sie seufzend. »Für ein paar Stunden habe ich vergessen, dass ich mit einem G-man befreundet bin. Aber wer sollte denn Verständnis dafür haben, wenn nicht ich?« Sie küsste ihn zum Abschied. »Ich nehme ein anderes Taxi. Es sind ja genug da. Mach dir keine Sorgen.«

»Ich danke dir«, sagte Phil. Dann stieg er rasch in den Fond des quittengelben Buick, denn ein anderes Paar machte bereits Anstalten, auf das Taxi zuzusteuern.

Jim Robinson würde Schwierigkeiten haben zu erklären, weshalb er nur den einen Fahrgast wollte und keinen anderen.

Phil zog die Tür zu, und Jim fuhr sofort an. Zügig löste er sich aus dem Schwarm der haltenden und wieder anfahrenden Taxis.

Phil beugte sich zu der Sprechöffnung vor, die sich in der Mitte der Trennscheibe aus Panzerglas befand.

»Was ist so wichtig, Jim?«

»Tut mir Leid, Sir«, sagte der große, breitschultrige Schwarze. »Aber ich denke, ich habe eine Information, die Menschenleben retten könnte.«

»Wie, zum Teufel, hast du mich gefunden?«

»Betriebsgeheimnis.«

Phil sah ihn im Innenspiegel, wie er beim Grinsen die makellosen Zahnreihen entblößte. Robinson war V-Mann des FBI. Schon seit Jahren. Einer der zuverlässigsten. Er besaß eine echte Taxifahrerlizenz. Als mehrfach Vorbestrafter war er in der Unterweltszene bekannt wie ein bunter Hund.

»Komm schon«, drängte der G-man. »Ich hab's nicht gern, wenn ich nicht sicher sein kann, ob ich einen Fehler gemacht habe.«

»Ist das wahr? Ich denke, ein FBI-Mann hat keine Nerven.«

»Alles Legende«, widersprach Phil. »Also?«

»Ich hab auf der Lauer gelegen, hab Sie beobachtet, wie Sie ins Theater gefahren sind. Das ist alles. Die Schlusszeit im ›Virginia‹ kenne ich seit drei Jahren – wie jeder Taxifahrer.«

»Okay«, brummte Phil.

Jim Robinson bog nach links ab, in die Tenth Avenue. »Es geht um das ›Chez Madame‹«, sagte er, während er am Lenkrad kurbelte. »Es gibt da eine undichte Stelle.«

»Woher weißt du das?«

Das Taxi überquerte die 51st Street.

Jim hob die großen Hände und ließ sie klatschend auf das Lenkrad fallen. »Seit wann muss ich meine Informanten preisgeben?«

»Okay, vergiss es. Darf ich wenigstens erfahren, wie die undichte Stelle aussieht? Oder wie sie heißt?«

»Na klar«, antwortete Jim großzügig.

Etwas wie ein Spinnennetz entstand plötzlich in der Windschutzscheibe.

Jims Hinterkopf knallte gegen das Panzerglas.

Um seinen Kopf herum breitete sich Blut nach allen Seiten aus.

Phil war im selben Moment unten, zwischen den Sitzen.

Ein scharfes Prasseln entstand auf der Panzerglasscheibe.

Das Taxi begann zu schlingern.

Phil trug den Smith & Wesson im Inside-Holster unter dem Hosenbund. Er zog den Dienstrevolver, warf sich auf die rechte Wagenseite und stieß die Tür auf. Er zog die Beine an, spannte die Muskeln und katapultierte sich hinaus.

Auf dem Fahrbahnasphalt überschlug er sich in einer eleganten Rolle.

Er sah die Mündungsblitze aus der Bewegung heraus, in dem Augenblick, als er zwischen zwei parkenden Limousinen hochkam.

Sie feuerten aus dem offenen Heck eines Jeep Grand Cherokee mit zwei schallgedämpften Maschinenpistolen!

Jim Robinsons Taxi säbelte in einen parkenden Pontiac hinein, bohrte sich schräg in die Flanke.

Der Vierradantrieb des Jeep ließ die Reifen wimmern. Phil feuerte über das Dach des Taxis hinweg. Noch immer schützte ihn das Panzerglas.

Er feuerte in die Mündungsblitze hinein.

Da war die grausame Ahnung, dass es für Jim keine Hilfe mehr gab. Doch der Funke Hoffnung blieb.

Das Kugelprasseln verstummte.

Die beiden Schießer kippten aus dem Heck, als der Jeep sprungartig anfuhr.

Die Bürgersteige zu beiden Seiten waren wie leer gefegt. Mit wummerndem Achtzylinder jagte der Jeep davon.

Phil erreichte die Schießer mit wenigen schnellen Schritten.

Sie hatten ihren heimtückischen Anschlag nicht überlebt.

Phil kickte die MPis außer Reichweite.

»Rufen Sie neun-eins-eins an!«, rief Phil den Leuten zu, die sich in geringer Entfernung in einen Hauseingang verkrochen hatten.

Dann lief er auf das Taxi zu und öffnete die Fahrertür.

Ihm schnürte es die Kehle zu, als er Jim sah.

Der Kopf des V-Manns war auf das Lenkrad gesunken.

Noch im Taxi hatte Phil nur den blutigen Anfang gesehen. Danach hatten die Geschosse der Killer den Kopf Jim Robinsons regelrecht zerschmettert.

Eine undichte Stelle, dachte der G-man, im »Chez Madame«. Oh, verdammt, verdammt!

Der Typ war aschblond, blass und dünn, und er hatte dunkle Ränder unter den Augen. Seit er sich hingesetzt hatte, starrte er herüber.

»Das darf nicht wahr sein«, flüsterte Joanna, als der Kellner die leeren Teller abgeräumt hatte.

»Von was redest du?«, fragte ich stirnrunzelnd. Ich bemerkte, dass sie sich anstrengte, nicht zur Seite zu blicken.

»Sieh jetzt nicht hin«, antwortete sie leise. »Der Mann gegenüber, der neu an dem Zweiertisch sitzt.«

»Ja?«

»Einer meiner Fälle.«

»Wieso ist er dann hier?«

Joanna flüsterte: »Auf Kaution freigelassen. Er rechnete bereits damit. Ich habe nur nicht vermutet, dass sie ihn schon vor dem Wochenende rauslassen würden.«

»Ich meine, weshalb er hier ist, in diesem Laden.«

»Er muss mich beobachtet haben, wahrscheinlich seit Dienstschluss heute Nachmittag.«

Ich nickte und warf einen unauffälligen Blick zur Tischreihe gegenüber.

Der Blasse hatte die Zahnstocher auf der Tischdecke verteilt und spielte damit Mikado. Er schien uns nicht zu beachten.

»Weshalb wurde er festgenommen?«, fragte ich gedämpft. Ich schenkte Chianti nach.

»Er soll für den Varese-Mob gearbeitet haben, in einer Autoschieberbande. Natürlich war eine direkte Verbindung zu Varese nicht nachzuweisen.«

»Wer hat die Kaution für ihn bezahlt?«

»Sein Rechtsanwalt. Luigi Castelli. Sagt dir der Name etwas?«

»So viel wie ein Buch mit fünfhundert Seiten.«

Ich prostete Joanna zu und erklärte es ihr. Castelli war Vareses Consigliere, und gegen Varese, die derzeitige Nummer eins in der New Yorker Mob-Szene, liefen verschiedene Aktionen von FBI und den Drogenfahndern der DEA. Zwangsläufig kamen Kollegen in dem einen oder anderen Fall zum Zug, und dann wurde Fußvolk eingebuchtet, dass die Zellen knapp wurden. Schiebereien mit gestohlenen Luxusautos waren dann ein FBI-Fall, wenn die betreffenden Autos über Grenzen von Bundesstaaten gebracht wurden. Bei solchen Jobs brauchte der Mob eine Menge Handlanger. Die Aufgaben reichten vom Schmierestehen bis zum Umlackieren der geklauten Schlitten.

»Ich verstehe nicht, dass man solche Leute überhaupt erst in

Untersuchungshaft steckt«, murmelte Joanna kopfschüttelnd. »Erstens ist er nur ein kleines Licht, wie sich ja durch die Bewilligung der Kaution gezeigt hat. Und zweitens wird durch die Untersuchungshaft bei dem Mann doch nur ein irreparabler Schaden angerichtet.« Sie setzte ihr Glas ab. »Ich sehe dir an der Nasenspitze an, was du denkst. Psychologengerede, stimmt's? Aber das ist es nicht. Ich habe die Ausbildung in Quantico hinter mir, bin also in der Lage, einen Fall auch durch die Brille eines Special Agent zu sehen.«

»Und was zeigt dir die Brille?«

»Einen kranken Mann.«

»Was?« Ich war ehrlich erstaunt.

»Er heißt Ferdinand Waller, ist achtundzwanzig Jahre alt und hat sechs Jahre in Gefängnissen zugebracht. Da haben sie ihn zur Schwuchtel gemacht. Er hatte nicht die geringste Chance, sich zur Wehr zu setzen. Heute ist er fix und fertig.«

»Und wie schätzt du ihn ein?«

»Er ist der Typ, der irgendwann durchdrehen könnte. Amoklauf oder so was. Ich hätte mich gern gründlich mit ihm befasst.«

Der Kellner erschien mit Joannas Schwertfisch und meiner Pizza Quattro Stagioni. Als er damit an unseren Tisch trat, geschah etwas, das mich nicht überraschte. Ich hatte die ganze Zeit damit gerechnet, hatte nur nicht gewusst, was es sein würde.

Waller stand auf.

Er nahm den Edelstahlträger mit Öl- und Essigfläschchen von seinem Tisch und trug das Ding herüber, als handelte es sich um etwas Kostbares.

Geduldig wartete er, bis der Kellner weg war.

Mit einem linkischen Schritt trat er näher und stellte sein Mitbringsel auf unseren Tisch.

»Hi, Joanna«, nuschelte er. »Freut mich, Sie zu sehen. Ich bestelle keinen Salat. Also können Sie zweimal Öl und Essig haben. Guten Appetit.«

»Hi, Ferd«, erwiderte sie. »Vielen Dank, sehr aufmerksam von Ihnen. Wie geht es Ihnen?«

»Prächtig.« Er bleckte zwei Reihen gelber Pferdezähne. »Wenn ich in Ihrer Nähe bin, geht es mir immer prächtig.«

»Freut mich, Fred.«

Er streifte mich mit einem abweisenden Blick, ehe er sich umdrehte und an seinem Tisch das Zahnstocherspiel fortsetzte.

Ich schaute Joanna an, während ich an der Pizza zu säbeln begann.

»Sorry«, wisperte sie. »Ich wollte dich ihm gerade vorstellen.«

Ich verdrehte die Augen.

»Das wäre ja wohl das Minimum an Höflichkeit gewesen«, spottete ich. Dann beugte ich mich mit einem Ruck vor und zischte: »Hör mal, Joanna, ich will dir nicht in dein Fachgebiet hineinreden. Aber nach meiner Einschätzung ist der Mann das, was du einen Psychopathen nennen würdest. Du begehst einen Fehler, wenn du ihn mit Samthandschuhen anfasst.«

Ihre Augen blitzten. »Okay, ich will nicht abstreiten, dass du die Berufserfahrung hast, die mir fehlt. Aber woher willst du wissen, dass ich einen Fehler mache?«

»Aus genau der Erfahrung.«

»Für Psychopathen gibt es keine Erfahrungswerte. Aber wenn er wirklich einer wäre, würde ich dir vielleicht sogar Recht geben.«

Statt einer Antwort blieb mir fast der Bissen im Hals stecken.

Ferdinand Waller stand auf, nahm seinen Stuhl und kam herüber.

»Die Kellner haben verdammt viel zu tun«, sagte er in seinem Nuschelton. »Es dauert wohl noch 'ne Weile, bis ich was bestellen kann. Was dagegen, wenn ich mich so lange zu Ihnen setze?«

»Ja.« Joanna sagte es schroff, beinahe energisch.

Ich riss erstaunt die Augenbrauen hoch.

Sanft, aber mit verblüffendem Nachdruck hatte sie Waller mitsamt Stuhl an seinen Tisch zurückgeführt und sich auf den freien Platz ihm gegenüber gesetzt. Ruhig und geduldig hatte sie ihm ein paar grundsätzliche Dinge erklärt, wie ich den Wortfetzen entnehmen konnte. Waller hatte zugehört und dabei sogar aufgehört, mit den Zahnstochern zu spielen. Ja, er hatte ausgesehen wie ein schuldbewusster Schüler, der nach vielen Ermahnungen nun endlich begriffen hatte, dass man die Mitschülerinnen nicht »blöde Nutten« nennen durfte.

Die ganze Aktion dauerte weniger als zwei Minuten.

Joanna kehrte zu ihrem Schwertfisch zurück, und ich machte weiter mit meiner Pizzasäbelei.

Waller spielte Minimikado und linste neiderfüllt herüber.

»Der geht mir gleich an die Gurgel«, prophezeite ich. Flüstern war nicht mehr erforderlich. Ich hatte Joanna in dem allgemeinen Stimmengewirr kaum gehört, als sie drüben am Tisch des Blassen gesessen hatte. Deshalb würde er auch uns nicht hören. Heimlichtuerei dagegen würde ihn nur noch aggressiver machen. Lächelnd fügte ich hinzu: »Oder meinst du, dass er als Opfer seiner persönlichen Lebensumstände eher zu bemitleiden ist?«

»Dein Sarkasmus ist unangebracht«, erwiderte Joanna, ohne dass es vorwurfsvoll klang. »Ich habe ihn nur spüren lassen, dass ich ihn ernst nehme.«

»Okay, einverstanden.«

Schräg gegenüber nahm der Kellner Wallers Bestellung auf.

»Ich habe ihm aber auch gesagt«, fuhr meine Kollegin fort, »dass sein Verhalten aufdringlich und unangenehm ist. Er hat zugegeben, dass er mich beobachtet und verfolgt hat, wie ich vermutete.«

»Und? Hat er so was wie Schuldbewusstsein?«

Waller steckte sich eine Zigarette an.

»Ja, durchaus«, antwortete Joanna. »Er hat sogar angeboten, das Lokal jetzt sofort zu verlassen. Aber ich habe ihm erlaubt zu bleiben.«

»Hast du ihm das auch erlaubt?« Ich veranlasste Joanna mit einem Blick, den Kopf zur Seite zu wenden.

Sie zog die Unterlippe zwischen die Zähne.

Das Stimmengewirr geriet plötzlich ins Stocken. Es war, als

würde eine stetig auf den Strand rollende Brandung plötzlich innehalten. Entgeisterte, ja, entsetzte Augenpaare richteten sich von allen Seiten auf den blassen Mann, wie er dasaß und etwas tat, was man in New York City schon lange nicht mehr ungestraft tun durfte.

Die Zigarette klemmte in seinem linken Mundwinkel, und er paffte kleine graue Wolken, während er mit den Zahnstochern fingerte.

Die Ladys an den Tischen in der Umgebung hüstelten laut und demonstrativ. Die, die ihre Speisekarten noch hatten, benutzten sie heftig wedelnd als Fächer, und es sah aus, als würden sie nur dadurch überhaupt noch Luft zum Atmen bekommen.

Der männliche Teil der Gäste fing an, sich aufzupumpen.

»Hören Sie mal …«, setzte ein eleganter Grauhaariger am Nachbartisch an.

Aber der Lauf der Dinge ließ ihn verstummen, denn im selben Moment war Joanna bereits aufgestanden, und auch der für Wallers Tisch zuständige Kellner eilte herbei. Er trug einen Abfallbehälter aus Messing vor sich her wie ein englischer Butler das Silbertablett mit einem Telegramm für die Queen.

Während Joanna energisch auf den Blassen einredete, fragte ich mich, warum ich den Kerl nicht am Kragen packte und hinauswarf.

Okay, ich wollte die Nachwuchskollegin nicht lächerlich machen, wollte ihre fachliche Autorität auf dem Gebiet der Psychologie nicht in Frage stellen.

Doch irgendwann in den nächsten Minuten würde Waller zu hoch pokern. Man brauchte kein Prophet zu sein, um das vorherzusehen.

Allein sein Auftauchen im »Montalba« war schon eine Provokation. Joanna war geneigt, ihm dafür mildernde Umstände zu gewähren. Ich hätte es vorgezogen, ihm einen einfachen, aber fühlbaren Tritt in den Hintern zu verpassen.

Zwischen Joanna und dem Kellner konnte ich Wallers triumphierendes Grinsen sehen. Die Zigarette klemmte jetzt zwischen seinen Zähnen, und er sah damit aus wie ein hungriger Hai beim Erspähen sicherer Beute.

Er nickte ein paar Mal, und dann bequemte er sich, eine gnädige Miene aufzusetzen und den Glimmstängel in den Messingbehälter zu werfen.

Aufatmend trabte der Kellner davon. Die Leute beruhigten sich, und mit neuem Gesprächsstoff angereichert, setzte das Stimmengewirr wieder ein. Aufgeregter als zuvor allerdings, denn seit dem Inkrafttreten der New Yorker Anti-Raucher-Gesetze kam es fast einem Kapitalverbrechen gleich, in der Öffentlichkeit eine Zigarette auch nur anzufassen.

Joanna kehrte zurück. Allmählich musste sie die Lust an ihrem Schwertfisch verlieren, doch wie ich feststellte, war ihr Appetit ungebrochen.

»Er hat sich entschuldigt«, beantwortete sie mein Schweigen. »Er sagt, er sei zu lange nicht mehr ausgegangen, um all die neuen Vorschriften zu kennen. Ich habe den Kellner gebeten, von einer Anzeige abzusehen.«

Mir fiel fast die Gabel aus der Hand. »Wie bitte? Ist das dein Ernst?«

»Aber ja.« Sie trank einen Schluck Wein und sägte ein neues Stück vom Schwertfischsteak ab. »Ich tue alles, um die Situation zu entspannen – ohne ihn dabei zu provozieren.«

»Joanna«, sagte ich beschwörend, »ist dir klar, dass jeder andere an seiner Stelle eine Geldstrafe gekriegt hätte? Dieses Restaurant hat keine Raucherzone. Hier ist Rauchen strikt verboten. Das ist Gesetz! Außerdem ist der Kerl nur auf Kaution frei.«

»Aber dies ist doch ein Ausnahmefall.«

»Du meinst, einen potenziellen Amokläufer muss man mit Samthandschuhen anfassen?«

»Wenn du es so simpel ausdrücken möchtest – ja.«

Der Abend verlief anders, als wir es geplant hatten. Und vielleicht war es genau das, was Waller bezweckte.

»Okay«, sagte ich rau. »Ich bin nicht gerade ein Vertreter der

Holzhammermethode. Aber irgendwo ist eine Grenze. Und Kinder und Psychopathen müssen ihre Grenzen kennen.«

»Was für eine fundamentale Sprechblase!«, entgegnete Joanna sarkastisch. Sie schob den Teller von sich. Der Schwertfisch gefiel ihr nun doch nicht mehr.

Ich schüttelte den Kopf. »So hat es keinen Zweck, Joanna. Ich glaube, wir sind bei unserer Zusammenarbeit von geringfügig falschen Voraussetzungen ausgegangen.«

»Das kann ich unterschreiben«, antwortete sie.

Ich machte mit der Pizza weiter. Sie war zu gut, um sie stehen zu lassen.

»Wir sind also beide lernfähig«, stellte ich fest.

»Durchaus.«

»Und wir waren auf dem besten Weg, uns wegen eines penetranten kleinen Strolchs in die Haare zu kriegen.«

»Zugegeben.« Joannas Mundwinkel formten ein angedeutetes Lächeln. Sie hielt meinem Blick stand. »Es tut mir Leid. Manchmal, wenn man glaubt, alles zu können und alles zu wissen, wird man vor Eifer blind. Ich werde beherzigen, dass die Zusammenarbeit an erster Stelle stehen muss, vor allem, wenn man einen Kollegen zur Seite hat, der über wirkliche Berufserfahrung verfügt – und …«, sie konnte sich einen Augenaufschlag nicht verkneifen, »… der berühmteste G-man in New York ist.«

Ich sandte einen Blick zu den Fischernetzen unter der Decke. »Gehen wir also davon aus«, sagte ich dann, »dass wir ab sofort absprechen, was zu tun ist.«

Joanna nickte und lächelte.

Bevor sie etwas sagen konnte, war es wieder Waller, der die volle Aufmerksamkeit beanspruchte. Der Kellner hatte ihm die bestellte Pizza serviert.

»Was?«, fauchte der Blasse, indem er auf den Teller stierte. »Das soll eine Napoletana sein?«

Abermals geriet die Stimmenbrandung ins Stocken.

»Ja, Sir«, antwortete der Kellner. »Das ist eine Pizza Napoletana. Wie Sie bestellt haben.«

»Ist es nicht!«, brüllte Waller ihn an. »Eine Napoletana ist mit Knoblauch! Und die hier hat keinen gottverdammten Knoblauch drauf!«

Der Kellner blieb ruhig. »Sir, bei uns wird die Pizza Napoletana ohne Knoblauch zubereitet. Wenn Sie Knoblauch wünschen, brauchen Sie ihn nur zu bestellen.«

»Warum haben Sie mir das nicht gesagt?« Waller hieb mit der Faust auf den Tisch, dass die Zahnstocher hüpften. »Wie soll ich das denn wissen, wenn Sie's mir nicht sagen, Sie Arschloch!«

Alle Gespräche verstummten schlagartig.

Ich beobachtete, wie der Kellner erbleichte, obwohl ich ihn nur im Halbprofil sah.

»Aber er hat ja Recht!«, wisperte Joanna verzweifelt.

»Mag sein«, entgegnete ich. »Er hat bloß nicht das Recht, hier rumzubrüllen.«

»Sir«, sagte der Kellner mit mühsam erzwungener Höflichkeit. »Ich hole Ihnen selbstverständlich sofort Knoblauch …«

»Willst du mich verarschen?«, schrie Waller. »Den kann ich doch nicht nachträglich drauftun, Mann! Die Pizza muss mit Knoblauch gebacken werden!«

»Tut mir Leid, Sir, aber das geht nun wirklich …«

»Waaas?« Waller sprang auf. »Du bist nicht bereit, die falsche Pizza zurückgehen zu lassen?«

Ich bemerkte, wie der Blasse eine Zehntelsekunde lang zu Joanna herüberlinste.

Ich wechselte einen Blick mit meiner Kollegin. Sie seufzte und nickte.

Du hast ja Recht, bedeutet das.

»Nein, Sir«, sagte der Kellner mit zitternder Stimme. »Tut mir Leid, aber …«

Ich legte mein Besteck weg und schob den Stuhl zurück.

Waller kreischte vor Wut. Er riss die Pizza vom Tisch hoch, bereit, sie dem Kellner ins Gesicht zu klatschen.

Der Mann war in seiner Angst erstaunlich reaktionsschnell. Er wich aus, und die Pizza landete auf dem Fußboden.

Waller wollte nachsetzen. Mit einem erneuten Wutschrei ging er auf den zurückweichenden Kellner los.

Waller hatte nicht mitgekriegt, dass ich aufgestanden war.

Mit einem federnden Satz war ich bei ihm und erwischte ihn an der Schulter.

Sein blindwütiger Ansturm wurde damit jäh gestoppt.

Er zuckte zusammen, als ich ihn herumriss.

Die Leute an den Tischen klatschten Beifall. Der Kellner ging dankbar aufatmend auf Abstand.

Wallers Augen flackerten mich an.

Ich las die Heimtücke in der Tiefe seiner Pupillen.

»Jetzt reicht es, Freundchen«, sagte ich ruhig. Eigentlich wollte ich ihm noch erklären, dass er auf direktem Weg wieder in Untersuchungshaft abmarschieren würde.

Doch dazu kam ich nicht.

Etwas blitzte in seiner Hüftgegend.

Ich nahm mir nicht die Zeit, genau herauszufinden, was es war. Mir genügte diese Hundertstelsekunde, in der es aussah wie die Klinge eines Stiletts.

Ich reagierte innerhalb dieser winzigen Zeitspanne und schmetterte ihm meine Handkante auf den Unterarm.

Er heulte und wimmerte.

Der blanke Stahl fiel auf den Teppich.

Gleichzeitig ließ ich Waller los und verpasste ihm eine Gerade, die ihn quer durch den Laden schleuderte.

Nach drei, vier Yards ging er in einen flachen Landeanflug über. Da er kein Fahrwerk unter dem Hintern hatte, schrammte er über den Teppich.

Der Kellner machte einen Hüpfer zur Seite.

In Höhe des nächsten Quergangs kam Waller zur Ruhe.

Es sah aus, als hätte er das Bewusstsein verloren.

Ich wollte mich vergewissern. Aus den Augenwinkeln heraus bemerkte ich Joanna. Sie war aufgesprungen, riskierte es aber nicht, den Tisch zu verlassen.

»Sir!«, rief der Kellner und trat mit ausgebreiteten Armen auf mich zu. »Vielen, vielen Dank! Aufrichtigen Dank! Aber bitte – lassen Sie es jetzt gut sein! Wir wollen doch nicht noch mehr …«

»Nein, wollen wir nicht«, unterbrach ich ihn.

Aus Richtung Küche tauchten weitere Kellner auf. Eine Tür mit der Aufschrift STAFF ONLY schwang auf, und ein Mann in elegantem dunkelblauem Anzug erschien.

In dem Augenblick, in dem ich den Kellner zur Seite schieben wollte, geschah es.

Waller sprang auf.

Ich musste Kraft aufwenden, um mir den Weg frei zu machen.

Waller war das reinste Wiesel, wie er haargenau diese Sekunde nutzte, um aufzuspringen und davonzuflitzen.

Als ich endlich die Verfolgung aufnehmen konnte, hatte der Blasse schon den Ausgang erreicht. Er rannte an der Schlange der Wartenden entlang.

Einen Atemzug lang befürchtete ich, er würde eine Geisel nehmen.

Aber bevor ich den Gedanken zu Ende denken konnte, war Waller schon draußen.

Rechts von mir erblickte ich Joanna. Sie sprintete durch den Gang zwischen zwei anderen Tischreihen. Und gemeinsam erreichten wir den Ausgang. Wir liefen hinaus in die warme Abendluft und spähten nach beiden Seiten.

Der Bürgersteig war so belebt, wie er es an einem Freitagabend nach Schluss der Vorstellungen nur sein konnte. Die Menschenmassen schoben sich vorbei an Hauseingängen, Hotelportalen, Restaurants, Parkplätzen und Tiefgaragen. Unmöglich, einen Fliehenden hier aufzuspüren.

Joanna wandte sich mir zu.

»Fahndung?«, fragte sie resignierend. Sie hatte das Handy bereits vom Rockbund gelöst. Den Smith & Wesson trug sie in einem Schulterholster. Die Kostümjacke war weit genug geschnitten, um die Waffe nicht auffallen zu lassen.

Während Joanna die Nachtbereitschaft im FBI-Distriktgebäude anrief, ging ich hinein, um das Beweisstück zu sichern.

Es lag noch auf dem Teppich, wo Waller es verloren hatte.

Und tatsächlich war es ein Stilett.

Ich nahm meine noch unbenutzte Serviette vom Tisch, hob das Messer damit auf und wickelte es darin ein. Joanna und ich zeigten dem Geschäftsführer und den Kellnern unsere Dienstausweise und erklärten, was Sache war. Dann setzten wir uns wieder. Wenigstens den Chianti wollten wir nicht umkommen lassen.

Sie hatte ihn von ihren beiden Assistentinnen aufs Rad flechten lassen. Jetzt war Anthony Varese zwar nicht auf die Weise in das mannshohe Wagenrad gezwängt, wie es brutale Henkersknechte im mittelalterlichen Europa mit zum Tode Verurteilten getan hatten, aber bewegen konnte er sich auch nicht. Die Fesseln aus Hanfstricken waren zu fest gebunden.

Er war ganz in schwarzes Gummi gehüllt, bis auf ein paar herausragende Körperteile.

Und Madame LaRussia, seine Herrin, war bereit, ihn spüren zu lassen, was für ein erbärmlicher, nichtswürdiger Sklave er doch war.

Er würde so elendiglich erniedrigt werden, wie er es sich wünschte.

Special Agent Ruby O'Hara vom FBI-Distrikt New York hatte die Vorbereitung der Prozedur von Anfang an beobachtet.

Allerdings wusste niemand im »Chez Madame« von ihrer Anwesenheit. Niemand – außer Madame selbst, natürlich.

Ruby hatte es sich in dem Nebenraum gemütlich gemacht. Mit Kaffee und Sandwichs ausgestattet, würde sie die nächsten beiden Stunden gut durchstehen. So lange dauerte Vareses Spezialbehandlung im Durchschnitt.

Die Hälfte der einen Wand war ein Fenster, durch das Ruby das gesamte Studio – wie Madame es nannte – überblicken konnte. Drüben war das Fenster ein Spiegel, genau wie in den Doppelräumen bei der City Police oder beim FBI, wo Gegenüberstellungen von Zeugen und möglichen Tätern stattfanden. Hier jedoch, im »Chez Madame«, diente das Spiegelfenster einzig der Ausbildung des Domina-Nachwuchses.

Für Ruby war es der letzte Vorbereitungsabend.

Die zwei Stunden bis gegen ein Uhr nachts waren Rubys letzte Gelegenheit, gründliche Studien für ihren Undercover-Einsatz zu betreiben.

Anschließend musste sie fit sein für ihre Auftritte als »Hexe von Dartmoor«, mit bürgerlichem Namen Laura Farrell. Ihre Legende stand, einschließlich eines englischen Akzents, den sie sich angewöhnt hatte. Laura Farrell war eine Prostituierte der allerhöchsten Preisklasse, die in London wirklich existierte und unter diesem Namen auch eine Wohnung hatte.

Die Kollegen von New Scotland Yard hatten dafür gesorgt, dass die echte Laura Farrell für eine Weile in der Versenkung verschwand. Als künftige Zeugin gegen eine Zuhälterbande, die die Scotland-Yard-Beamten noch ausheben wollten, wurde Laura rund um die Uhr in einem einsamen Cottage in Staffordshire bewacht.

Windermeere, der Maskenbildner des New Yorker FBI, hatte Ruby für den Undercover-Job mit einfachen, aber wirkungsvollen Mitteln vorbereitet. Ihr schulterlanges Haar war jetzt jettschwarz wie das einer Indianerin. Meist trug sie es hochgesteckt, im Einsatz als Domina jedoch würde sie es offen tragen.

Zusätzlich trug sie getönte Kontaktlinsen, die ihre blauen Augen dunkelbraun bis schwarz aussehen ließen.

Ihr Make-up und ihre »Berufskleidung« würde Ruby jeden Tag neu aussuchen.

Madame LaRussia hatte sie bereits angekündigt.

Anthony Varese war ihr bester Kunde, und deshalb hatte er auch als Erster und bisher Einziger erfahren, dass ein neuer Star aus der Domina-Szene für das »Chez Madame« verpflichtet werden konnte – die »Hexe von Dartmoor« nämlich, die schon in wenigen Tagen mit ihrer Gehilfin eintreffen würde.

Varese fieberte diesem Tag bereits entgegen.

Ruby wusste es von Madame LaRussia.

Deren bürgerlicher Name lautete Mary Robson, doch niemand in ihrem Milieu kannte sie unter diesem Namen.

Beim FBI war das anders. Es gab eine Akte über Mary Robson. In Kansas City hatte sie vor zehn Jahren ein Bordell betrieben und war in einen groß angelegten Rauschgifthandel verwickelt gewesen. Als Zeugin des FBI hatte sie ein paar der verantwortlichen Dealer ans Messer geliefert, und das FBI-Office in Kansas City hatte ihr geholfen, heimlich, still und leise nach New York zu verschwinden.

Vor zwei Jahren war einer der Dealer von damals vorzeitig entlassen worden. Seine Beschattung hatte ergeben, dass er Mary Robson in New York aufzuspüren hoffte.

Ruby O'Hara hatte den Dealer rechtzeitig aus dem Verkehr gezogen, indem sie ihn bei einem neuen Drogenhandel ertappte. Seitdem schuldete Mary ihr noch einen Gefallen.

Und Mary Robson alias Madame LaRussia war eine zutiefst dankbare Person.

Die sadomasochistischen Neigungen Anthony Vareses waren in der Unterweltszene kein Geheimnis.

Madame LaRussia hatte ihr Etablissement »Chez Madame« an der Eighth Avenue nach und nach zur Nummer eins in der Sado-Maso-Branche gemacht, und so war es eine fast zwangsläufige Folge gewesen, dass Varese ihr Stammkunde wurde.

Ruby O'Haras Aufgabe als »Hexe von Dartmoor« würde es sein, dem Mob-Boss geheime Informationen zu entlocken.

Ihre Gehilfin würde dabei fundierte Kenntnisse auf dem Gebiet der Gesichtsdeutung und der Körpersprache beitragen.

Varese würde keine Chance haben, auch nur eine Notlüge vorzubringen. Die Gehilfin der »Hexe von Dartmoor« würde ihn in jedem Fall bis auf die Knochen durchschauen.

Ruby hatte die neue Kollegin bereits kennen gelernt, und sie verstanden sich blendend. Bei dem heiklen Einsatz kam es vor allem auf Zuverlässigkeit an. Und Special Agent Joanna Devally war – nach ihrer Beurteilung aus Quantico zu schließen – wirklich eine absolut zuverlässige Frau.

Die Prozedur begann. Mit tiefen Verbeugungen zogen sich die beiden Assistentinnen zur Wand neben dem Spiegelfenster zurück, als Madame LaRussia aus ihrer Garderobe zurückkehrte. Sie hatte sich so gekleidet, wie Anthony Varese es besonders schätzte.

Madame LaRussia trug schwarze Breecheshosen und schwarze Lederstiefel, die eng um ihre Waden schlossen. Über ihrem nackten Oberkörper kreuzten sich schwarze Ledergurte, aus denen ihre großen Brüste straff hervorragten.

Über ihrem strengen Haarknoten hatte Madame LaRussia gekonnt eine schwarze Offiziersmütze platziert.

Mit der Reitpeitsche in der Rechten klatschte sie fortwährend gegen den Stiefelschaft.

Ruby stülpte den Kopfhörer über und schaltete die Tonübertragung ein. Nebenan gab es ein halbes Dutzend verborgene Mikrofone.

Madame LaRussia trat auf den Gefesselten zu und zog den Reißverschluss auf, der seinen Mund verdeckte.

»Du redest nur, wenn du gefragt wirst!«, bellte sie ihn an. »Hast du mich verstanden? Antworte!«

»Ja«, krächzte er.

Sie zog ihm die Reitpeitsche über die Oberschenkel.

»Wir antworten in ganzen Sätzen!«

»Ja, ich habe dich verstanden.«

»Und wir redest du mich an?«

»Mit ›Herrin‹.«

»Na also, wir wissen es doch!«, höhnte sie und trat einen Schritt zurück. »Und dann wollen wir es auch nicht wieder vergessen. Denn sonst müsste ich dich unverschämten Wicht ja bestrafen. Und das willst du doch nicht, oder?«

»Nein, Herrin!«, wimmerte er.

»So hört es sich gut an!«, freute sie sich und stemmte die Fäuste in die Hüften. »Sag – hast du Angst vor mir?«

»Ja, Herrin.«

»Weißt du, warum wir dich aufs Rad geflochten haben?«

»Nein, Herrin.« Sein Wimmern verstärkte sich.

»Soll ich es dir sagen? Möchtest du es wissen?«

»Ja, Herrin.«

»Nun gut.« Sie reckte die Peitsche vor. Mit der Lederzunge an der Spitze tätschelte sie seinen empfindlichsten Körperteil, der ihr ohne jeden Schutz preisgegeben war.

»Du hast in den letzten Tagen viel Böses getan«, sagte sie. »Und dafür müssen wir dich bestrafen. Das siehst du doch ein, nicht wahr?«

»Ja, Herrin.«

»Sprich lauter!«, schrie sie wütend. »Ich kann dich so schlecht verstehen!«

»Ja, Herrin!«, heulte er.

»Na, das hört sich doch schon anders an.« Ihre Stimme triefte vor Hohn. »Weißt du, was man mit Menschen trieb, die aufs Rad geflochten wurden?«

»Nein, Herrin.«

»Man hat ihnen die Knochen gebrochen, indem man mit Eisenstangen auf sie einschlug.« Sie vollführte eine ausladende Handbewegung. »Tja, und alles, was wir an Ausrüstung und Werkzeug brauchen, haben wir ja da – in unserer netten kleinen Folterkammer!« Beide Hände wieder in den Hüften, beugte sie sich vor und schrie: »Na, wie gefällt dir das?«

»Gar nicht, Herrin!«

»Ach nein? So ein Jammerlappen bist du?«

»Ja, Herrin.«

»Ich werd verrückt! Und dann soll ich dich der ›Hexe von Dartmoor‹ empfehlen? Die lacht sich doch tot über einen wie dich!«

»Nein!«, rief er. »Ich will sie kennen lernen! Ich muss sie kennen lernen!«

Madame LaRussia war mit einem schnellen Schritt bei ihm und zog ihm die Peitsche kreuz und quer über den gummiummantelten Oberkörper. Die Schläge klatschten hell und scharf.

»Du unverschämter Lümmel!«, schrie sie. »Was habe ich

gesagt?« Wieder und wieder schlug sie zu. »Du redest nur, wenn du gefragt wirst!«

»Ja, Herrin!« Varese schluchzte vor Schmerz und Reue.

»Ich warne dich!«, sagte die Domina schneidend. »Strapaziere nur nicht meine Geduld! Wenn du dich noch mal so schlecht benimmst, muss ich das Strafmaß erhöhen.« Sie zeigte auf die Wandhalterungen, in denen die Folterwerkzeuge steckten.

Neunschwänzige Katze, Morgenstern, Daumenschrauben, Dornenkrone und Knochenbrecher waren nur ein Teil des umfangreichen Arsenals an einschlägigen Waffen und Geräten.

»Und dann«, fuhr Madame LaRussia drohend fort, »wird es schmerzhaft, mein Lieber! Sehr schmerzhaft!«

Varese kreischte entsetzt unter der Gummimaske. Der Reißverschlussmund verlieh der schwarzen Gummigestalt ein Dauergrinsen. Die weit aufgerissenen Augen und die Metallzähne des Reißverschlusses waren das Einzige, was er zu bewegen vermochte.

»Ich will nie wieder ungehorsam sein!«, jammerte er.

»Na, das hört sich ja schon sehr gut an«, sagte Madame LaRussia scheinbar verständnisvoll. »Trotzdem wirst du um einen kleinen Vorgeschmack nicht herumkommen.« Sie steckte die Peitsche in eine freie Halterung und nahm die Neunschwänzige heraus.

Sie schüttelte das Bündel der Lederriemen an dem kurzen Stock, während sie auf ihren Kunden zutrat.

Seine Augen schienen hervorquellen zu wollen.

»Was meinst du wohl …«, gurrte sie und umwedelte sein entblößtes Glied mit den Lederriemen, »… wenn ich damit mal richtig zuschlage, wirst du nie wieder eine von deinen Schlampen beglücken. Wirst du immer daran denken?«

»Ja, Herrin!«, keuchte er.

»Hoffentlich«, knurrte sie. Sie straffte ihre Haltung. »Nun, damit du siehst, welche Vergünstigungen du als folgsamer Sklave haben wirst, vermittle ich dir jetzt eine kleine Vorfreude auf die ›Hexe von Dartmoor‹.«

Varese konnte einen Freudenjauchzer nicht unterdrücken.

»Sie ist bereits in New York«, erklärte Madame LaRussia. »Ich werde versuchen, eine Telefonverbindung herzustellen, damit sie ein paar Worte an dich richtet.« Sie wandte sich einem weißen Telefon zu, das auf einem Säulenpodest stand.

»Kann ich nicht mir ihr sprechen?«

Madame LaRussia fuhr herum.

»Was war denn das?«, fauchte sie. »Willst du die Neunschwänzige spüren? Willst du das?«

»Nein, Herrin!«, schrie er mit sich überschlagender Stimme. »Nein, Herrin!«

»Dann reiß dich zusammen«, grollte sie und schüttelte unheilvoll das Marterinstrument in seine Richtung. Sie nahm den Hörer ab und wählte eine siebenstellige Nummer. Dass der Apparat kein Freizeichen von sich gab, konnte Varese nicht mitkriegen.

Im Nebenraum schaltete Ruby O'Hara die Sprechanlage ein und hob das Mikro.

»Hallo?«, rief Madame LaRussia. »Hallo, ist da jemand?«

»Ja, hallo«, antwortete Ruby, indem sie die Vokale oxfordmäßig näselte.

»Spreche ich mit der ›Hexe von Dartmoor‹?« Madame LaRussia hörte sich an, als könnte sie sich vor Spannung kaum noch beherrschen.

»Ja, am Apparat.«

»Oh, wie ich mich freue!«, jubelte die Bordellbesitzerin und nannte ihren Künstlernamen.

»Ah, verehrte Kollegin! Wie geht es Ihnen?«

»Wunderbar! Ich habe gerade den besten und wichtigsten Kunden unseres Hauses hier. Sind Sie einverstanden, wenn ich den Telefonlautsprecher einschalte?«

»Aber ja.«

»Und würden Sie ein paar Worte an unseren Freund richten? Er ist ein erbärmlicher Wicht. Der Sabber rinnt ihm aus dem Mund, so sehr freut er sich darauf, von Ihnen erniedrigt zu werden.«

Madame LaRussia machte eine Handbewegung neben dem weißen Telefon.

Ruby wusste, dass sie nun in der Folterkammer über einen Lautsprecher zu hören war.

»Es ist immer wieder erstaunlich«, näselte Ruby. »Ich meine, die Leute wissen überhaupt nicht, was auf sie zukommt, und trotzdem freuen sie sich auf mich.«

»Nun, das hat ja auch seinen besonderen Grund, verehrte Hexe. Wollen Sie es meinem Sklaven erklären?«

»Selbstverständlich gern.« Ruby sprach etwas lauter. »Kannst du mich hören, Erbarmenswerter?«

»Wie rede ich sie denn an?«, wisperte Varese der Domina hastig zu.

»Genau wie mich, du Trottel.«

»Ja, Herrin!«, rief Varese prompt, und dabei richtete er die Augen und den Reißverschlussmund auf einen nicht definierbaren Punkt in der oberen Hälfte des Raumes.

»Wie ich von Madame LaRussia vernommen habe«, fuhr Ruby mit perfektem englischem Akzent fort, »bist du richtig scharf darauf, mich kennen zu lernen. Stimmt das?«

»Ja, Herrin! O ja, Herrin!«

»Und was versprichst du dir von mir?«

»Die Hölle auf Erden, Herrin.« Vareses Stimme vibrierte vor Aufregung. »Die schlimmste vorstellbare Hölle!«

»Nun gut, dann werde ich mich bemühen, dich nicht zu enttäuschen. Vorweg verrate ich dir nur so viel: Mein geheimes Wissen wurde ausschließlich mündlich überliefert, und es stammt nachweislich von meiner Vorfahrin Theobalda Bristow, die im Jahr elfhundertdreiundzwanzig in der Einsamkeit von Dartmoor lebte und elfhundertfünfundachtzig im Hof der Burg Baskerville auf den Scheiterhaufen geführt wurde. Doch bevor meine Urahnin Theobalda den Flammentod starb, gab sie ihr Geheimwissen weiter – an ihre Tochter Edwiga. Auch Edwiga wurde eine gefürchtete Hexe …« Ruby räusperte sich. »Nun, ich werde dich nicht mit meiner Familiengeschichte langweilen. Bald wirst du am eigenen Leib erfahren, was Generationen von gierigen und besessenen Männern schon in finsterster Vergangenheit unter Hexenhand erduldeten. Und du wirst spüren, weshalb diese Männer – nachdem sie der Hexe mit Haut und Haaren verfallen waren – zu ihrer Erlösung nur noch eine einzige Möglichkeit hatten: Sie mussten sie auf dem Scheiterhaufen verbrennen. Doch diese Männer ahnten nicht, dass die geheimen Kräfte der Hexen niemals zerstört werden konnten. Und weil es heute keine Scheiterhaufen mehr gibt, sind wir Hexen stärker denn je. Unter meinen Händen, Sklave, wirst du die schaurigsten Schmerzen und Lüste der Hölle erleben! Du wirst zu spüren bekommen, was Hexenkunst vermag. Das verspreche ich dir. Freust du dich darauf?«

»Ja, Herrin!« Varese wagte nicht mehr als ein Flüstern.

»Nun, dann werden wir sicher schon bald qualvolle Stunden miteinander verbringen. Qualvoll – für dich!« Ruby lachte und ließ es so bösartig wie möglich klingen. Dann sagte sie in geschäftsmäßigem Ton: »Madame LaRussia?«

»Ja, verehrte Hexe?«

»Wir sehen uns zum vereinbarten Termin, nicht wahr?«

»Aber natürlich. Lassen Sie es sich gut gehen, und verhexen Sie bis dahin nicht zu viele New Yorker.«

»Ich werde mir selbst auf die Finger klopfen«, kicherte Ruby. Dann schaltete sie die Sprechanlage aus.

Madame LaRussia legte den weißen Telefonhörer auf die Gabel und wandte sich dem aufs Rad geflochtenen Mafia-Oberhaupt zu.

Ruby O'Hara beobachtete die nun folgende Prozedur mit jener Mischung aus Staunen, Unbehagen und Fassungslosigkeit, die sie von Anfang an empfunden hatte und wohl nie würde abschütteln können.

Sie hatte eine Menge Fachbücher über Sadomasochismus gelesen, und auch im Gespräch mit Joanna Devally hatte sich bestätigt, was Psychologen herauszufinden geglaubt hatten. Dass es nämlich eine wachsende Zahl von Männer gab, die ihre sexuelle Erfüllung nur noch fanden, wenn eine Domina sie erniedrigte, verhöhnte und demütigte, wenn sie sie quälte und ihnen Schmerzen zufügte. Erstaunlich war auch, dass die Kunden der Dominas in zunehmendem Maße aus gehobenen Kreisen kamen, dass sie das waren, was man in der Wirtschaft heutzutage Entscheidungsträger nannte.

All right, Varese war ebenfalls ein Entscheidungsträger, wenn auch in der illegalen Form des Geschäftslebens.

Madame LaRussia bearbeitete ihn nach allen Regeln der Sado-Maso-Kunst.

Ruby O'Hara musste sich zwingen, hinzusehen. Mehr als einmal hatte sie das sichere Gefühl, dass ihr schlecht werden würde. Aber sie bezwang das Würgen in der Kehle. Immerhin würde sie schon in allerkürzester Zeit Madame LaRussias Stelle einnehmen. Und dann durfte ihr Varese auf keinen Fall anmerken, dass sie eine Amateurin war.

Das Neue an der Behandlung würde ihn allerdings vorerst ablenken. Er würde sicherlich nicht auf die Idee kommen, näher auf die Person zu achten, die all die unglaublichen Hexentricks anwendete.

Eines fragte sich indessen jeder beim FBI: Hatte bislang keiner der maßgeblichen Männer im Varese-Mob darüber nachgedacht, dass die heimliche Neigung ihres Oberhaupts ein Risiko darstellte?

Der Fahrstuhl war innen mit Messingblech verkleidet. Der reinste Goldkäfig, mit Knöpfen aus Hartholz und Digital-Displays in warmen Grüntönen. Joanna hatte sich oftmals gefragt, warum Luxus und Elend, Wohlstand und Armut in den Großstädten dieser Welt so nahe beieinander lagen.

In den finsteren Ecken und Winkeln der Straßen kauerten Menschen, die kein Dach über dem Kopf hatten. Joanna hatte sie gesehen, ein paar von ihnen, während der Taxifahrt mit Jerry. In den warmen Nächten des Sommers ging es den Bedauernswerten ja vergleichsweise gut, doch jeder Winter war für sie die reinste Katastrophe.

Joannas Wohnung befand sich an der East 71st Street im fünften Stock des Hauses Nummer sechshundertfünfundzwanzig. Ein modernes Apartmentgebäude mit vollelektronischem Sicherheitssystem. Hausmeister oder Concierge, noch bis vor wenigen Jahren üblich, waren von der Technik ersetzt worden. Der pure Luxus, verglichen mit den Waschmaschinenkartons und speckigen Decken, in denen die armen Leute da draußen hausten

Jerry hatte im Taxi vor dem Eingang gewartet, bis Joanna ihre persönliche Identifizierungsnummer und den Schließcode korrekt eingegeben hatte. Alle Elektronikschranken hatten sich geöffnet und hinter ihr wieder geschlossen.

Sie hatte Jerry durch die doppelten Glastüren zugewinkt, als er abgefahren war. Es waren keine Misstöne aufgekommen, keine falschen Eindrücke. Sie sah Jerrys Bedenken, sich mit einer Kollegin privat zu treffen, nun in einem klareren Licht. Er hatte Recht. Die gewisse Distanz der Gefühle hielt den Kopf frei für die wesentlichen Dinge. Doch mit der Bezeichnung »Arbeitsessen« hatten sie von vornherein die richtigen Vorzeichen gesetzt. Unter dem Strich war es ein netter Abend gewesen, und die Störung durch Waller hatte für sie, Joanna, auch Positives gebracht.

Sie hatte gelernt, dass sie bereit sein musste, ihr Wissen in Frage zu stellen oder wenigstens einer Situation entsprechend auf Schwachstellen abzuklopfen.

All jenes Fachwissen, das sie in den Jahren des Studiums erworben hatte, war nicht mehr als eine Basis. Wie man es anwendete, war entscheidend. Und eine der Voraussetzungen dafür war die Erfahrung.

Jerry hatte es ihr vor Augen geführt. Heute Abend.

Mit sanftem, kaum spürbarem Ruck hielt der Fahrstuhl im fünften Stock. Die messingummantelten Türen glitten auseinander und entließen Joanna in das warme Licht des Flures. Beigefarbener Teppichboden und passende Pastelltöne der Tapeten vermittelten einen anheimelnden Eindruck.

Es gab drei Wohnungen auf der Etage. Joannas Apartment befand sich links vom Fahrstuhl. Ein kurzer Korridor führte vom Flur zur Eingangstür.

Das Licht in dem Korridor wurde durch einen Bewegungsmelder eingeschaltet. Es entriss den Mann dem Halbdunkeln, ließ ihn jäh sichtbar werden.

Joanna prallte zurück, noch vier Schritte von ihrer Wohnungstür entfernt.

Er hockte in dem Winkel links vom Türrahmen. Er hatte die Knie hochgezogen und umarmte sie. Sein Kinn lag in der Furche zwischen den beiden Knien, und wie er mit hochgezogenen Augenbrauen zu Joanna aufblickte, sah er auf den ersten Blick aus wie ein schuldbewusster Schäferhund.

Aber nur auf den ersten Blick.

»Hi, Joanna!«, sagte er und schlenkerte dabei ein wenig mit der rechten Hand, die eine schwere Last vor seinen Schienbeinen hielt.

Eine Colt Government.

Die riesige alte Armeepistole.

Sein Exemplar war besonders hübsch, aus Edelstahl und mit Ziselierungen am Lauf.

»Hi, Ferd!«, antwortete Joanna, nachdem sie die Schrecksekunde überwunden hatte. »Was machen Sie denn hier?«

Sie musste sich höllisch anstrengen, um einerseits positiv überrascht und andererseits so freundlich wie immer zu klingen – so, wie er es von ihren bisherigen Gesprächen gewohnt war. Sie tat, als würde sie die Waffe in seiner Hand überhaupt nicht sehen.

Seine Körpersprache war in höchstem Maße widersprüchlich. Einerseits drückten sein Kauern und die Umarmung der hochgezogenen Knie die Suche nach Schutz aus, nach einem Winkel der Geborgenheit. Andererseits sagte die Waffe in seiner Hand aus, dass er dieses Schutzsuchende nur vortäuschte.

Sein Anzug hatte Schmutzflecken. Er musste durch Hinterhöfe und über Feuerleitern geflohen sein.

Er lachte. »Da staunen Sie, was?«

»Allerdings«, gab Joanna zu und versuchte, entspannt zu wirken. »Ich frage mich, wie Sie ins Haus gekommen sind. Normalerweise ist das für einen Fremden unmöglich.«

»Normalerweise«, wiederholte er. »Aber ich bin ja nicht normal.«

»Wer hat denn das gesagt?«

»Ihr Kumpel vorhin, in dem Essschuppen. Ich hab die Ohren gespitzt. Psychosonstwas hat er mich genannt.«

»Oh, das hat er mit Sicherheit nicht!«, beeilte sich Joanna zu sagen. »Wir haben über meine Ausbildungszeit und unseren gemeinsamen Dienst gesprochen. Und ich entsinne mich genau, dass Jerry sagte, wie wichtig es sei, eine Psychologin beim FBI zu haben. Das muss es gewesen sein, was Sie gehört haben.«

»Jerry?« Waller legte den Kopf schief und grinste listig. »Warum haben Sie ihn nicht mit raufgebracht? Wollten sie nicht mit ihm ficken?«

»Nein.« Joanna schluckte die Obszönität, ohne mit der Wimper zu zucken. »Unser Treffen hatte einen rein beruflichen Hintergrund.«

»Na fein. Dann nehmen Sie eben mich.«

»Was für ein Angebot!« Joanna zwinkerte ihm schelmisch zu. Ihre einzige Chance war es, ihn aus der Anspannung herauszulocken, die er so geschickt verbarg. Eine Möglichkeit war, ihn zu loben, seinen Stolz wachzukitzeln. »Wie sind Sie eigentlich ins Haus gelangt?«, erkundigte sie sich, und dabei war ihr Interesse nicht mal vorgetäuscht. In der Tat leuchteten seine Augen auf, und seine blasse Gesichtshaut bekam sogar vorübergehend etwas Farbe.

»Das möchten Sie gern wissen, was?«

»Ja, allerdings. Ich sagte doch schon – normalerweise …«

»Ja, ja«, unterbrach er sie ungeduldig. »Jetzt gehen wir erst mal rein in die gute Stube. Ich erzähle es Ihnen drinnen, Joanna.« Mit erstaunlicher Gelenkigkeit richtete er sich auf, schob sich mit dem Rücken an der Wand hoch. Gleichzeitig hob er die Pistole, richtete sie auf Joannas Oberkörper. »Aber bevor Sie aufschließen, geben Sie mir Ihre Kanone. Und erzählen Sie mir nicht, dass Sie keine haben. Sonst müsste ich Sie nämlich gleich durchsuchen. Gleich hier. O Mann, das würde vielleicht ein Spaß werden!«

»Das glaube ich«, entgegnete Joanna lächelnd.

»Ich weiß, was Sie meinen!«, rief er. »Nahkampftechnik. Karate und so. Damit können Sie mich austricksen, denken Sie.«

»Nein, denke ich nicht.« Joanna schüttelte den Kopf. »Ich habe das zwar alles an der FBI-Akademie gelernt. Aber ich habe auch gelernt, wo die Grenzen sind. Wenn der andere eine Waffe hat, ist nichts zu machen. Absolut nichts.«

»Würde ich auch sagen«, triumphierte Waller. »Im Übrigen lassen wir das ›Sie‹ jetzt mal weg, okay? Ist doch Quatsch, wenn man sowieso weiß, dass man sich gleich näher kommt. Also, wo hast du deine Dienstkanone?«

»Im Schulterholster, links unter der Kostümjacke.«

»Alle Achtung, sieht man wirklich nicht.« Er nickte anerkennend. »Okay, stell die Handtasche auf den Fußboden und hol die Kanone ganz vorsichtig raus – mit spitzen Fingern wie eine heiße Kartoffel. Du verstehst, was ich meine?«

»Natürlich«, antwortete Joanna. »Du brauchst dir keine Sorgen zu machen, Ferd. Ich bin nicht lebensmüde. Ich werde alles genau so tun, wie du sagst.«

»Sehr vernünftig«, lobte er sie. »Aber es könnte auch ein Trick von dir sein. Du könntest versuchen, mich einzulullen, und dann werde ich unvorsichtig – und dann ...«

»Ach, Unsinn«, sagte Joanna kopfschüttelnd. »Ich gebe dir jetzt meinen Dienstrevolver.«

»Dann mal los, Baby!« Er feixte.

Joanna machte sich nichts vor, als sie seine Anweisung ausführte. Innerlich war er angespannt wie eine Bogensehne. Bei der geringsten Kleinigkeit würde er hochgehen.

Er steckte den Smith & Wesson unter seinen Hosenbund.

Auf seinen Wink mit dem Pistolenlauf nahm sie die Handtasche auf, holte die Magnetkarte heraus und zog sie durch das elektronische Lesegerät am Türrahmen. Es ließ die Tür aufschnappen.

»Vorwärts!«, gluckste Waller. »Frauen und Kinder zuerst.«

Joanna lachte pflichtschuldig, als hätte er einen geistreichen Witz erzählt. Sie setzte sich auf die Couch im Wohnzimmer, nachdem er ihr den Platz mit einer herrischen Handbewegung angewiesen hatte.

Er ließ sich in den Sessel neben dem Telefontisch sinken, ihr gegenüber.

»Hübsch hast du es hier«, meinte er mit einem Rundblick. »Gemütlich, kann man wohl sagen.«

»Ich habe die Wohnung möbliert gemietet«, sagte Joanna. »Ich hatte ja nicht viel Zeit. Deshalb ist alles noch sehr unpersönlich.«

Er bleckte die Zähne. »Ich verspreche dir: Wir machen gleich eine sehr persönliche Sache daraus.«

Joanna erschauerte, und sie musste sich höllisch anstrengen, um es nicht zu zeigen.

Die Kälte in seinen Augen war arktisch.

Er steckte den Smith & Wesson neben sich zwischen Sitzpolster und Armlehne. Die Colt Government legte er griffbereit auf die rechte Armlehne. Als er die Jacke kurz aufschlug, war ein Lederfutteral rechts unter der Achselhöhle zu erkennen. Er zog ein Messer heraus. Es hatte eine breite Klinge, war aber nicht ganz so groß wie ein Bowieknife.

»Du bist gut ausgerüstet«, sagte Joanna und nickte anerkennend. »Hast du noch mehr Überraschungen auf Lager?«

Er entblößte die Zähne, klemmte die Klinge dazwischen und ließ ein heiseres, wölfisches Grollen hören.

Er sah aus wie die blasse Version von Jack Nicholson in »Shining«.

Joanna gab sich ein ängstliches, erschrockenes Aussehen. Innerlich war sie damit beschäftigt, ihre Nerven unter Kontrolle zu halten. Ihr Gehirn rief den Wust von Daten ab, den es seit Quantico zum Thema Geiselnahme gespeichert hatte, Unterabschnitt »Der/die FBI-Agent/in wird selbst zur Geisel«.

Befolgen Sie zunächst alle Anweisungen des Geiselnehmers. Vermitteln Sie ihm das Gefühl, dass er der absolute Herr der Lage ist.

Waller nahm das Messer heraus und lachte schallend.

Joanna rang sich ein Lächeln ab. »Mein Gott«, ächzte sie. »Du kannst einem aber einen Schreck einjagen, Ferd.«

»Na ja ...«, entgegnete er mit einer vagen Geste. Er legte das Messer auf die linke Armlehne. »Ich bin davon ausgegangen, dass ich eine ausgewachsene FBI-Lady nicht mit 'ner Spielzeugpistole beeindrucken kann. Ich meine, du kennst doch bestimmt auch die Gerüchte.« Er schlug die Beine übereinander, ließ sich zurücksinken und legte die Arme auf die Lehnen wie Abraham Lincoln im Memorial.

Er wollte entspannt aussehen, doch Joanna ließ sich nichts vorspielen. Seine Nerven standen unter tonnenschweren Zuglasten. Wie Klaviersaiten. Und das Lauern in seinen Augen vermochte er durch sein Grinsen nicht zu verbergen. Jenes Lauern verlangte nach einer Reaktion. Joanna identifizierte es überdeutlich.

Auch in den nächsten Minuten und vielleicht Stunden würde er bestimmte verbale Reaktionen von ihr erwarten.

Wenn sie daran dachte, dass er auch körperliche Reaktionen erwartete, lief es ihr eiskalt über den Rücken. Wallers Beispiel zeigte nur zu deutlich, wie schwer es war, sich körpersprachlich zu verstellen. Eigentlich war es unmöglich.

Sie konnte lediglich darauf bauen, dass er die Signale und die subtilen Zeichen der körperlichen Ausdrucksweise nicht zu deuten wusste.

»Welche Gerüchte?«, entgegnete sie daher, überzeugt, die Frage zu stellen, die er erwartete.

Volltreffer.

Er lachte. »Na, weißt du! Es heißt, wenn Frauen einen Männerberuf ergreifen, dann sind sie schlimmer als jeder Mann!« Er konnte nicht aufhören zu lachen. Sein Oberkörper bebte dabei. »Und?«, schnaufte er schließlich. »Was sagst du dazu? Kannst du das bestätigen?«

»Natürlich nicht«, entgegnete sie mit gespielter Frivolität. »Zumindest für mich nicht. Eine Frau bleibt eine Frau, bei allem, was sie tut.«

Er stülpte die Unterlippe vor und nickte beeindruckt. »Lobenswert. Verdammt lobenswert. Eine Frau ist genau das, was ich brauche. Hier und jetzt.« Er fuhr sich mit der Zungenspitze über die Oberlippe. In seinen Augen entstand ein tückisches Glitzern, unübersehbar.

Joanna erschrak von neuem. Es kostete sie ungeheure Mühe, sich nichts anmerken zu lassen, und sie war nicht mal sicher, ob es ihr gelang.

Finden Sie zunächst – möglichst unauffällig – heraus, welches die Absichten des Geiselnehmers sind. Nur wenn Sie diese Absichten kennen, und zwar so genau wie möglich, werden Sie in der Lage sein, sich darauf einzustellen …

»Aber brauchst du denn dazu all diese Waffen?«, fragte Joanna behutsam, und gleichzeitig ließ sie in ihrer Stimme einen lockenden Ton mitschwingen.

Er stutzte. »Soll das heißen …?« Er hielt inne und starrte sie an. »Nein, das kann doch nicht sein! Himmel noch mal, das glaub ich einfach nicht!« Er stieß einen schrillen Kicherlaut aus und beugte sich vor. Doch die Hände ließ er dabei auf den Sessellehnen. »Was meinst du, wie ich mir die Beine ausgerissen habe!«, rief er. »Auf dem Weg von dem Essschuppen hierher musste ich mich beeilen, um vor dir hier zu sein. Außerdem wollte ich nicht von den Cops gesehen werden, die überall rumkurven. Ihr habt doch eine Fahndung nach mir angeleiert. Stimmt's?«

»Ja.«

»Yeah, war ja logisch. Und drittens …«, er hob die Unterarme ein Stück, ließ die Hände herabhängen und deutete mit beiden Zeigefingern auf das Messer und die Colt-Pistole, »… musste ich schnellstens einen Typ aufgabeln, der mir diese Klamotten verkauft.« Er ließ sich zurücksinken und prustete. »Du lieber Himmel! Hätte ich gewusst, dass du alles freiwillig machst, hätte ich mir die Mühe doch sparen können!«

Versuchen Sie, Zeit zu gewinnen, indem Sie den Geiselnehmer im Gespräch ablenken. Das bietet sich beispielsweise dann an, wenn er selbst nebensächliche Dinge anschneidet, auf die er normalerweise nicht näher eingehen würde.

»Aber du musstest doch irgendwie ins Haus kommen«, wandte Joanna ein.

Er zog verblüfft die Augenbrauen hoch. »Stimmt, du hast Recht!« Er lächelte süßlich. »Ich hab dir ja auch versprochen, zu erzählen, wie ich's gemacht hab.«

»Ja, das hast du.« Insgeheim atmete Joanna auf. Sie hatte eine Galgenfrist gewonnen. Aber was, in aller Welt, sollte sie in dieser Frist tun?

»James Grady aus dem dritten Stock. Kennst du den?«

»Nein. Ich wohne doch erst ein paar Tage hier.«

»Stimmt. Okay. Also ...« Waller grinste breit. »Der gute James kommt gerade von der Arbeit nach Hause, als ich aufkreuze. Er ist so ein Schreibtischtäter bei der Stadtverwaltung, weißt du.«

»Aha.« Joanna täuschte Interesse vor.

»Tja, ich hab ihn überzeugt, mich reinzulassen und keiner Seele was davon zu erzählen.« Er tippte auf den blanken Stahl der Government. »Das hat ihn überzeugt. James ist nämlich Familienvater. Und welcher Familienvater möchte schon, dass seiner Frau und den lieben Kleinen was zustößt!«

»Keiner«, sagte Joanna. »Jeder ist sich selbst der Nächste. Und bevor James Grady dich fragt, was du mit deiner geladenen Pistole hier im Haus vorhast, tut er lieber alles, was du sagst.«

»Du sagst, wie es ist«, freute sich Waller. »Du triffst den Nagel auf den Kopf. Der Junge war froh, als er aus dem Fahrstuhl verschwinden konnte. Der hat doch die ganze Zeit gedacht, er kriegt von mir 'ne Kugel auf den Pelz. Und dann lass ich ihn einfach aus dem Fahrstuhl raus!« Er lachte meckernd. »Was meinst du, wie der um die Ecke geflitzt ist und die Wohnungstür hinter sich zugeknallt hat!«

Joanna riskierte es, ernst zu bleiben.

In günstigen Momenten, vor allem, wenn das Gespräch eine geeignete Wende nimmt, kann es gelingen, die Betrachtungsweise des Geiselnehmers in neue Bahnen zu lenken ...

»Mr. Grady hatte bestimmt Todesangst«, sagte Joanna daher. »Das musst du doch verstehen, Ferd.«

Er hörte auf zu lachen, runzelte die Stirn und rief dann: »Ah, da höre ich aber die Psychologin aus dir sprechen!«

»Zugegeben, Ferd. Aber versetze dich doch mal in die Lage des armen Mannes.«

»Jeden von uns erwischt es eines Tages«, brummte Waller leichthin. Im nächsten Moment erwachte neues Interesse in ihm. »Ob er seiner Alten was gesagt hat? Was meinst du als Fachfrau dazu?«

»Warst du nie verheiratet, Ferd?«

»Großer Gott, nein!«

»Dann kannst du es auch nicht wissen. Es ist so: Wenn ein Mann und eine Frau viele Jahre ihres Lebens gemeinsam verbringen, dann kann der eine dem anderen nichts mehr vorgaukeln. Dann merkt eine Frau sofort, wenn ihren Mann etwas bedrückt. Dazu braucht er nicht mal den Mund aufzutun.«

»Das ist ja Gedankenlesen! Wie schrecklich!«

»Für dich vielleicht, Ferd. Eheleute helfen sich dadurch gegenseitig. So werden sie mit den Schwierigkeiten des Lebens leichter fertig.«

Waller war anzusehen, dass er nicht zugehört hatte. »Was ist mit dir?«, sagte er aus seinen Überlegungen heraus. »Kannst du meine Gedanken lesen? Ich meine, als Psychologin müsstest du doch besser sein als jede Ehefrau.«

Joanna schüttelte den Kopf. »Niemand kann wirklich Gedanken lesen. Man kann jemanden nur mehr oder weniger durchschauen.«

»Dann red doch nicht um den heißen Brei herum! Durchschaust du mich?«

»Nein, ich glaube nicht. Ich weiß nicht, was du willst.« Joanna bereute den letzten Satz, kaum dass sie ihn ausgesprochen hatte. Sie biss sich auf die Unterlippe.

Und die Reaktion folgte prompt.

»Waaas?«, schrie er und klatschte sich mit den flachen Händen auf die Schenkel. »Das weißt du nicht? Vorhin hast du noch gesagt, du machst es freiwillig, und jetzt weißt du es nicht?«

Das hast du gesagt, nicht ich, wollte Joanna erwidern, doch sie schluckte es im letzten Augenblick hinunter. Mit solchen spontanen Bemerkungen würde sie ihre Lage ab sofort nur noch verschlimmern.

Verzweifelt suchte sie nach Worten – nach richtigen Worten vor allem. Doch ihre innere Stimme schrie sie an: *Du hast alles falsch angepackt, aber auch alles! Er ist ein Psychopath! Jerry hatte Recht, verdammt, er hatte ja so Recht!*

Waller stand abrupt auf. Er trat einen Schritt vom Sessel weg und ließ die Waffe hinter sich.

»Nun versuch doch wenigstens mal, mich zu durchschauen!«, drängte er spöttisch und frohlockend zugleich. Er schien bereits begriffen zu haben, dass er einen Sieg errungen hatte.

Er, der Amateur und Psychopath, hatte sie, die Psychologin und Special Agent des FBI, ins offene Messer laufen lassen.

»Du willst ohne Waffengewalt erreichen, dass ich alles tue, was du verlangst«, sagte Joanna.

Er prustete. »Mein Gott, drückst du dich gewählt aus! Kennst du keine einfacheren Worte?«

Sie sammelte ihre seelischen Kraftreserven und riss sich zusammen. »Sagen wir es so: Ich kann die Vulgärsprache nicht leiden.«

»Ach was!«, staunte er. »Ich dachte, Frauen mögen das, wenn sie auf einen Mann scharf sind.«

»Nicht alle Frauen, mein lieber Ferd.«

»Mhm!«, hauchte er. »Die letzten drei Worte gehen mir runter wie Öl. Aber okay …« Er machte einen weiteren Schritt in Joannas Richtung. »Du hast mich tatsächlich durchschaut, Baby. Ich will ganz friedlich mit dir zusammenkommen. Hab ich das vornehm genug ausgedrückt?« Sein Grinsen wuchs sich bis zu den Ohrläppchen aus.

»Ja, hast du«, antwortete Joanna. Sie hatte ihre Nerven wieder unter Kontrolle.

»Gut, dann komm her.« Er machte den dritten Schritt und breitete die Arme aus wie Big Daddy.

Joanna wusste, sie durfte nicht zögern. Deshalb stand sie auf, zwar nicht besonders schnell, aber doch zügig genug, dass Waller keinen Verdacht schöpfen konnte.

Und sie musste auf der Hut sein, musste sich noch mehr als zuvor unter Kontrolle haben. Denn Waller durfte in ihrer Miene nicht den geringsten Hinweis auf das lesen, was sie vorhatte.

Sie lächelte und ging auf ihn zu. Nur zwei Schritte hatte sie zurückzulegen. Linker Hand, einen knappen Yard entfernt, stand der Couchtisch. Ein weiterer Sessel und ein Beistelltisch rechter Hand. Dann Wallers Sessel und der Telefontisch. Es war wichtig, die Einzelheiten und die Abstände der Möbelstücke voneinander einzukalkulieren.

»Da bin ich«, sagte sie und verharrte mit Yardabstand vor ihm.

»Noch zu weit weg«, entgegnete er freudestrahlend. Er streckte die Hände nach ihr aus. »Ich hab doch keine Arme wie ein Affe!«

»Sorry«, sagte sie und senkte den Kopf ein wenig, schuldbewusst wie ein kleines Mädchen. Und langsam, die Hände vor dem Körper zusammengelegt, trat sie näher an ihn heran.

Seine Fingerkuppen berührten ihre Oberarme, dann ließ er die Handflächen schwer auf ihre Schulter sinken.

»Also, ehrlich!« Er schmunzelte und schüttelte den Kopf wie über ein ungehorsames Kind. »Wenn ich nicht sicher wäre, dass du es nicht sein kannst, würde ich dich für eine Jungfrau halten.«

»So was gibt es doch heutzutage überhaupt nicht mehr«, entgegnete Joanna keck.

»Stimmt, mir ist auch noch keine begegnet. Bei allen Weibern, die ich hatte, war einer schon vorher dran gewesen.«

Noch während er sprach, krallten sich seine Daumen unter die Revers der Kostümjacke.

Joanna konnte nicht mehr ausweichen.

Mit einem harten Ruck riss er die Jacke herunter.

Ärmelnähte und Stoff zerrissen prasselnd.

Das Gesicht des Mannes verzerrte sich vor Gier.

Joanna sah es zum Greifen nahe vor sich.

Und sie tappte in die Falle.

Sie ließ ihre Arm- und Beinmuskeln explodieren. Ihre Doppelfaust war hart wie Beton, und ihr Knie und die Muskeln ihres Oberschenkels vereinten sich zu einem stählernen Strang.

Eine Zehntelsekunde lang glaubte Joanna, es geschafft zu haben – ihn überrumpelt zu haben.

Er brüllte wie ein Stier.

Vor Schmerzen, dachte sie.

Doch im selben Moment wurde ihr bewusst, dass sie selbst Schmerzen verspürte.

Glühend heiß durchzuckte es ihr Knie und den Oberschenkel.

Sie begriff die Ursache nicht sofort.

Denn auch der Uppercut ihrer vereinten Fäuste hatte nicht den erwarteten Erfolg.

Waller nahm dem Hieb die Wirkung, indem er den Kopf zurückwarf.

Er lachte schallend.

Doch er ließ Joanna nicht mal die Spannung eines Atemzugs.

Mit der flachen Hand schlug er ihr ins Gesicht.

Das Klatschen war wie ein Schuss, die Wucht des Hiebes von einer solchen Gewalt, dass Joanna quer über den Tisch geschleudert wurde. Hart schlug sie mit dem Hinterkopf auf. Feuerkreise tanzten vor ihren Augen, und benommen blieb sie zwischen Couch und Tisch liegen.

Waller wirbelte herum, machte einen Satz zum Sessel hin.

Trotz ihrer Benommenheit versuchte Joanna, sich an der Tischkante hochzuziehen.

Es gelang ihr halbwegs – doch nur, um in die gähnende Laufmündung der Colt Government zu blicken und das Messer über der Tischplatte blitzen zu sehen.

»Los, auf das Sofa!«, befahl Waller. Seine Stimme klirrte. »Hoffentlich hast du jetzt kapiert, dass du mich nicht austrickst! Nur umgekehrt wird ein Schuh draus, nur umgekehrt!«

Joanna gehorchte. Stöhnend verharrte sie, schräg über Sitzfläche und Armlehne.

Und entgeistert beobachtete sie, wie ihr Bezwinger einen Schritt zurückwich. Abermals klemmte er das Messer zwischen die Zähne, diesmal jedoch aus einem eindeutigen Grund.

Mit der linken Hand zog er den Gürtel auf und ließ die Hose fallen.

Er trug ein Suspensorium.

Grinsend klopfte er mit den Fingerknöcheln dagegen. Das ovale, gewölbte Ding, das seinen empfindlichsten Körperteil schützte, klang hart und hohl.

»Denkst du, ich bereite mich auf so einen Abend nicht vor?«, herrschte er sie an. »Bist du so einfältig? Himmel noch mal, wenn ich vorhabe, eine FBI-Agentin zu vögeln, dann muss ich doch damit rechnen, dass sie Widerstand leistet! Oder?«

»Ja«, ächzte Joanna.

»Ja, ja!«, äffte er sie nach. »Und euer ganzes scheiß Nahkampftraining kannst du vergessen! Glaubst du mir das jetzt?«

»Ja.« Joanna verfluchte sich dafür, dass sie dem Untersuchungshäftling Ferdinand Waller verständnisvolle Worte gegönnt hatte. Er war einer, der nicht nur die ganze Hand nahm, wenn man ihm den kleinen Finger reichte.

Nein, er verschlang einen gleich mit Haut und Haaren.

»Okay«, sagte er grob. »Es ist so weit, Baby. Zieh dich aus.«

Er nahm das Messer wieder in die Hand.

Mit Pistole und Messer stand er vor ihr, und sein Gesicht begann vor Schweiß zu glänzen. Die teuflische Gier in seinen verzerrten Zügen ließ keinen Zweifel an der grausamen Tatsache: Wenn sie nicht gehorchte, würde er sie foltern.

Und umbringen.

Alles war perfekt. Als ich die Wohnungstür aufschloss, merkte ich sofort, dass die Klimaanlage einwandfrei arbeitete. Straßendunst und Luftfeuchtigkeit waren ausgesperrt. Die Innentemperatur meiner vier Wände betrug exakt einundzwanzig Grad. Der Kühlschrank funktionierte ebenfalls, sodass die Dose Budweiser, die ich mir herausfischte, Perlen von Kondenswasser bildete, kaum dass ich sie auf den Küchentisch stellte.

Ich hängte mein Jackett über einen Stuhl und befreite mich von dem Schlips, der ohnehin auf sommerlicher Halbmastposition gehangen hatte. Ich goss das Bud in ein Glas, versorgte mich mit Zigaretten und begab mich ins Wohnzimmer. Der späte Feierabend war so gemütlich, wie ich ihn mir vorgestellt hatte.

Ich ließ mich in meinen Lieblingssessel fallen und holte mir per Fernbedienung die Dauernachrichtensendung von CNN auf den Schirm.

Das kühle Budweiser und eine Zigarette rundeten die Perfektion der späten Stunde im trauten Heim ab.

Und doch stimmte etwas nicht.

Ich spürte es im Bauch.

Es war nichts, was ich hätte beschreiben können. Es hatte nicht mal etwas mit Special Agent Joanna Devally und dem Störenfried im »Montalba« zu tun.

Es war einfach nur ein vages Gefühl des Unbehagens.

... kommen wir nun zu den wichtigsten Notierungen der New Yorker Börse vom gestrigen Freitagnachmittag, sagte der Nachrichtensprecher. Eine Luftaufnahme der Wolkenkratzer von Manhattan-Süd wurde als Hintergrund für den Sprecher eingeblendet.

Ich blickte auf meine Armbanduhr. Tatsächlich, der neue Tag war schon eine Viertelstunde alt.

Das Telefon gab sein elektronisch erzeugtes Trillern von sich.

Ich schaltete den Ton des Fernsehers herunter und nahm den Hörer ab.

»Jim Robinson hat es erwischt«, sagte Phil. Der hohle Klang seiner Stimme machte deutlich, dass er aus einer Telefonzelle anrief. Wegen der Abhörsicherheit.

»Ich wusste es!«, höhnte ich und ließ mich in den Sessel zurücksinken.

»Das kann doch nicht sein«, entgegnete mein Freund verblüfft.

Ich erklärte ihm, dass ich nicht plötzlich hellseherische Fähigkeiten hatte, sondern von meinem rätselhaften Unbehagen sprach.

Phil schilderte mir in knappen Sätzen, was geschehen war.

»Hölle und Teufel«, knurrte ich. »Jim kannte das Risiko, aber so ein Ende hätte ich ihm denn doch nicht gewünscht. Aber wenigstens hast du die Killer erwischt.«

»Schwacher Trost«, meinte Phil. »Was hältst du von dem Hinweis?«

»Ruby kann nicht mehr zurück, es sei denn, Mr. High bläst den Einsatz komplett ab. Andererseits ist Rubys Legende perfekt. Und außer Mary Robson weiß niemand Bescheid.«

»Madame LaRussia.«

»Richtig. Und außerdem kann die undichte Stelle gar keinen Schaden anrichten, wenn Rubys und Joannas Einsatz so wasserdicht bleibt, wie er es bis jetzt ist.«

»Hoffen wir, dass du mit deinem Optimismus ausnahmsweise mal Recht hast.«

»Jim hätte uns sagen können, was angebrachter wäre«, erwiderte ich, »dein Pessimismus oder mein Optimismus. Jetzt wird uns nichts anderes übrig bleiben, als Ruby und Joanna zu warnen.«

Dass es wirklich eine undichte Stelle im »Chez Madame« gab, mussten wir leider als Tatsache hinnehmen.

Denn Jim Robinson war ein guter V-Mann gewesen. Wir würden zwar niemals nachweisen können, dass die Killer in Vareses Auftrag gehandelt hatten, doch die Wahrscheinlichkeit grenzte für uns an absolute Sicherheit.

Dass der Mob bereits mit derart harten Bandagen vorging, zeugte von einer gewissen Nervosität.

All right, wir vom FBI machten keinen Hehl daraus, dass unsere Ermittlungen gegen den Varese-Mob in ein konkretes Stadium getreten waren. Das hatte Mr. High vor vierzehn Tagen sogar in einer Pressekonferenz erklärt.

Wenn sich die Fronten verhärteten, lieferten sich die gegnerischen Parteien öffentliche Scheingefechte. Das hatte durchaus seinen Sinn. Die Einwohner der Acht-Millionen-Stadt wussten, dass etwas getan wurde im Kampf gegen das organisierte Verbrechen. Und diejenigen, die es anging, wussten, dass sie ab sofort keine ruhige Minute mehr haben würden.

Ich schilderte Phil meinen Abend mit Joanna.

»Sie sucht ihren Weg«, kommentierte er. »Meinst du, dass sie ihn finden wird?«

»Wir werden ihr auf jeden Fall dabei helfen.«

»Nichts dagegen einzuwenden.«

Wir beendeten das Gespräch. Ich kühlte meine Kehle mit Budweiser und griff zur Fernbedienung. Doch ich kam nicht mehr dazu, den Ton wieder aufzudrehen.

Das Rufzeichen des Telefons ertönte erneut.

Phil, dachte ich, bestimmt hat er wieder was vergessen.

Ich nahm ab.

»Hi, Jerry!«

Ich erkannte die Stimme sofort.

Als ich sie zuletzt gehört hatte, hatte sie getönt: *Waaas? Du bist nicht bereit, die falsche Pizza zurückgehen zu lassen?*

Diesmal sagte Waller: »Was denkst du, wo ich bin?«

Mir sackte ein glühender Klumpen in den Magen.

»He, antworte!«, schrie er.

Mir klirrte das Trommelfell. »Sag's mir, Waller«, forderte ich. »Ich will es von dir hören.«

»Ah, du hast mich erkannt! Alle Achtung, G-man, alle Achtung!« Er kicherte. »Nun rate doch mal!«

»Nein«, sagte ich hart. »Du erklärst es mir. Weil du einen Grund für diesen Anruf haben musst.«

»Allerdings, G-man. Ich habe einen tollen Grund. Du wirst es nicht glauben, aber es ist wahr: Joanna und ich werden zusammen ein neues Leben anfangen. Weit weg, in Südamerika, wo ihr Arschlöcher uns in Ruhe lasst. Und inzwischen – bis du uns die Transportmittel besorgst – probieren wir schon mal aus, wie gut wir zusammenpassen.«

Es war eine lange, heiße Nacht in New York.

In die offene Hubschrauberkabine wehte kühler Rotorwind. Doch da unten, dreihundert Yards tiefer, kochte die Luft.

Ich blickte hinab auf das Lichtermeer.

Ich machte mir Vorwürfe, seit ich Wallers Anruf erhalten hatte. Trotzdem hatte ich sofort alles Notwendige veranlasst. Persönliche Gefühle waren zum jetzigen Zeitpunkt völlig überflüssig – und fehl am Platze.

Wallers Forderungen klangen wie aus einer Hollywoodproduktion zum Thema Geiselnahme.

Erstens: einen Hubschrauber.

Zweitens: einen voll aufgetankten Jumbo-Jet oder eine DC-11, bereitzustellen auf Newark Airport.

Drittens: zwei Millionen Dollar in bar.

Der Hubschrauber sollte neutral weiß lackiert sein, von Süden anfliegen und auf dem Dach des Wohnhauses an der East 71st Street landen.

Der Großraumjet sollte neben der Cockpitcrew zwei Stewardessen an Bord haben, damit sie ihre beiden Passagiere während des Fluges laufend bedienen konnten.

Die zwei Millionen Bucks sollten natürlich auf Newark Airport vor der Maschine übergeben werden – in gebrauchten und nicht fortlaufenden nummerierten Scheinen, wie es sich gehörte.

Hohnlachend hatte Waller hinzugefügt, dass er sich fragte, ob der Dollar die richtige Währungswahl war. Bei dem Kursverfall müsse man heutzutage ja eigentlich Yen, Euro oder Schweizer Franken verlangen. Aber in Südamerika würden sie den Gringodollar ja wohl noch akzeptieren.

Ich vermutete, dass er mit seinem Südamerikagefasel eine falsche Fährte legen wollte.

Ich hatte ihm zugesagt, dass er alles exakt so kriegen würde, wie er es bestellt hatte. Danach hatte ich sofort Mr. High und Phil verständigt. Der Chef hatte drei Minuten später zurückgerufen. Phil und ich würden getrennt marschieren und vereint zuschlagen, getreu der alten militärischen Taktik.

Ein Polizeihubschrauber hatte bereits auf mich gewartet. Die erforderliche Ausrüstung war an Bord. Zwei uniformierte Cops hatten die Sachen im Handumdrehen herbeigeschafft. Die beiden Kollegen blieben mit an Bord, als sich die Maschine in den Nachthimmel schraubte.

Auf dem South Street Heliport am East River startete zeitgleich ein neutral-weißer Charterhelikopter.

Phil wurde unterdessen von unseren Kollegen Steve Dillaggio und Zeerookah abgeholt. Die beiden hatten Nachtbereitschaft und waren gerade in der Gegend um den Central Park unterwegs gewesen. Bis zu Phils Wohnung hatten sie also nur einen Katzensprung gehabt.

Die beiden Hubschrauber würden rechtzeitig Funkverbindung aufnehmen. Der Plan war einfach.

Waller würde seinen weißen Schwirrvogel von Süden anfliegen sehen, ganz wie gewünscht. Und vor allem würde er ihn auch hören. Das war der entscheidende Punkt.

Denn eben deswegen würde Waller nicht mitkriegen, was von Norden kam.

Während Phil und ich losgejagt waren, hatte Mr. High die Einzelheiten geklärt. Das Haus Nummer sechshundertfünfundzwanzig an der East 71st Street wurde vom Büro einer Immobilienfirma verwaltet. Unser Chef hatte den Inhaber sofort erreicht. Der Mann gehörte zu denen, die es sich leisten konnten, in einer Sommernacht wie dieser so lange wie möglich wach zu bleiben. Er hatte Mr. High versprochen, Lagepläne des Hauses und der Wohnungen im fünften Stock zu faxen.

John D. High leitete diesen Einsatz zunächst von seiner Wohnung aus, wo er über alle technischen Einrichtungen verfügte, die er auch im FBI-Distriktgebäude hatte – vom Faxgerät bis zur Computer-Standleitung zum FBI-Hauptquartier in Washington, D. C. Sobald Phil und ich die Dinge vor Ort und Stelle im Griff hatten, würden wir übernehmen.

Weitere Kollegen aus der Nachtbereitschaft des FBI waren unterwegs zum Schauplatz des Geschehens. Und aus den umliegenden Revieren der City Police wurden alle verfügbaren Beamten abgezogen, um uns zu unterstützten. Dann würde ein hermetischer Absperrungsriegel aufgebaut sein. Und an den strategisch wichtigen Punkten würden Scharfschützen mit Nachtsichtgeräten postiert sein.

Ferdinand Waller hatte praktisch keine Chance.

Doch aus Erfahrung wussten wir, dass Geiselnahmen niemals nach einem kalkulierbaren Programm verliefen. Die Vielfalt menschlicher Verhaltensmöglichkeiten war einfach zu groß. Und ein Mann, der in die Enge gedrängt wurde, ersann manchmal die aberwitzigsten Auswege.

Außerdem musste man bei Waller selbst auf das Unmögliche gefasst sein. Denn der Kerl war nicht mit normalen Maßstäben zu messen.

»Noch drei Flugminuten!«, meldete der Copilot über Bordfunk.

»Verstanden!«, antwortete ich. Wegen des Lärms von Triebwerk und Rotor trugen wir Helme mit Kopfhörern und Bleistiftmikros. Ich brauchte nur noch eine Minute, dann war ich fit für den Einsatz.

Die Kollegen von der Notdienst-Einheit – Sergeant Rick Burgess und Patrolman Shawn Monahan – reichten mir die Ausrüstungsstücke. Sie taten es schnell und in der richtigen Reihenfolge. Aufgaben wie diese übten sie fast täglich, und leider viel zu oft stand die grausame Wirklichkeit auf dem Dienstplan.

Ich war in einen schwarzen Kampfanzug geschlüpft und in Springerstiefel gestiegen. Der vorgeschriebene Helm lag bereit. Die Schutzmaske hatte ich mir bereits um den Nacken gehängt.

Ich klinkte das Walkie-Talkie, das Handy, die speziellen Gerätschaften und die Überraschungseier ans Koppel und überzeugte mich vom korrekten Sitz des Gürtelholsters. Es war ein Schnellziehholster, eine Spezialanfertigung für den Dienstrevolver im Kaliber .357 Magnum. Die Maschinenpistole MP5 hängte ich in ein gekreuztes Gurtgestell vor dem Oberkörper.

Bestachen die Geschosse des Magnum-Revolvers durch ihre enorm hohe Mannstoppwirkung und eine gewaltige Durchschlagkraft, so war die MPi mit ihrer Zusatzausstattung für alle nur vorstellbaren Einsatzsituationen geeignet. Mit Schalldämpfer, Laserzielgerät, Zielfernrohr und Doppelmagazin war ich Waller – allein was Feuerkraft und Schusspräzision betraft – garantiert überlegen.

Das Problem war nur, dass er eine direkte Konfrontation nach Möglichkeit vermeiden würde.

Und mit Joanna als Geisel war er ohnehin in der Lage, jede Situation zu kontrollieren.

Ich erinnerte mich, dass er am Telefon keine direkte Drohung ausgesprochen hatte.

Doch das Unausgesprochene war in seinem Fall tausend Mal bedrohlicher. So weit vermochte ich diesen Mann bereits einzuschätzen. Und es verschaffte mir nicht die geringste Genugtuung, dass ich Recht gehabt hatte, als ich ihn als Psychopathen einstufte.

»Noch zwei Minuten!«, meldete der Copilot.

Ich bestätigte und wandte mich den Kollegen zu. »Fertig zum Abstieg?«, fragte ich.

»Alles komplett«, antwortete Sergeant Burgess. »Ihre Ausrüstung entspricht dem FBI-Standard, Sir. Wir sind die Checkliste durchgegangen. Es fehlt nichts, und es ist alles an seinem Platz.«

»Danke«, erwiderte ich.

»Gurtgestell und Winde sind bereit!«, ließ sich Patrolman Monahan vernehmen.

Ich nickte und machte einen Schritt in Richtung offene Kabinentür, wo Shawn Monahan auf mich wartete. Er würde die Winde bedienen, wenn es so weit war.

Ich spähte nach vorn, über die Schultern der Piloten hinweg.

In der Dunkelheit über dem Lichtermeer war ein weißer Fleck zu erkennen, der sich rasch vergrößerte.

»Funkgespräch für Sie, Mr. Cotton!«, rief der Copilot. »SAC John D. High für Sie! Wir haben noch eine Minute.«

»Verstanden«, bestätigte ich. »Ist das da vorn der Charterhubschrauber?«

»Ja, Sir. Ich übergebe jetzt.«

Als es in den Kopfhörern knackte, meldete ich mich.

»Ich habe Funkverbindung mit Zeerookah«, sagte der Chef. »Der Dienstwagen hat soeben die East 71st Street erreicht. Sprechen Sie Phil per Walkie-Talkie an, sobald Sie auf dem Dach des Wohngebäudes gelandet sind.«

»In Ordnung, Sir. Sind die Scharfschützen in Position?«

»Die Bestätigung fehlt noch. Ich gebe Ihnen Nachricht über Phil. Over und Ende.«

»Ende.«

Ich tauschte den Pilotenhelm gegen den Einsatzhelm aus. Der harte schwarze Hut hatte die gleiche Form wie der beim FBI verwendete Helm. Die Schutzmaske würde ich erst brauchen, wenn ich an Ort und Stelle war.

Rick Burgess half seinem Kollegen Shawn Monahan, mir das Gurtgestell anzulegen.

»Erreichen Anflugziel!«, rief der Copilot. »Entfernung zur Chartermaschine etwa zweihundert Yards!«

Unsere Maschine drehte bei, richtete die Steuerbordbreitseite nun nach Süden. Burgess, Monahan und ich konnten den weißen Hubschrauber in direktem Anflug sehen. Ein Bell Jet Ranger, wie unsere eigene Maschine auch. Unter dem Bauch des weißen Helikopters flammte der Suchscheinwerfer auf, ein hellgelber Lichtkegel, der über Dächer und zerklüftete Betonschluchten hinwegglitt.

Wir klinkten die Karabinerhaken des Drahtseils an den Gurten ein. Rick Burgess überprüfte den korrekten Sitz, dann gab er mir das Daumenhoch-Zeichen.

Der Copilot hatte auch unseren Suchscheinwerfer eingeschaltet.

Ich hängte mein Gewicht in die Gurte und stieg aus, wie man einen Fahrstuhl verlässt. Der Rotorwind heulte und peitschte auf mich herab.

Zügig sank ich abwärts. Ich schwebte in den senkrechten Lichtkegel hinein, der lediglich die Nordhälfte des Wohnhausdachs erfasste. Die Südhälfte war in der Tat ein Hubschrauberlandeplatz, allerdings nur für Notfälle gedacht.

Das weiße Landekreuz fluoreszierte im Scheinwerferlicht.

Mein Teil des Daches beherbergte das Übliche: Wassertanks, Belüftungsendrohre mit riesigen Schaufelrädern für die Luftumwälzung und das gemauerte Gehäuse, das die Fahrstuhltechnik enthielt. Ein stählernes Geländer, etwa hüfthoch, sicherte den Dachrand an allen vier Seiten.

Das Wohnhaus hatte zwölf Stockwerke. In der unmittelbaren Umgebung gab es keine höheren Gebäude. Das machte die Sache für den Piloten einfacher.

Ich spürte den Rotorwind kaum noch. Die Maschine schwebte in sicherer Position, etwa dreißig Yards über dem Dach. Offenbar herrschte nicht mal eine Brise. Die Luftbewegung musste gleich null sein.

Noch zehn Yards, dann war ich unten.

Schon jetzt konnte ich den anderen Hubschrauber hören. Der weiße Jet Ranger hatte höchstens noch hundert Yards bis zum Landekreuz.

Waller musste die Maschine jetzt sehen können. Sein Blickwinkel aus dem fünften Stock reichte über die Hinterhöfe hinweg. Er musste zufrieden sein, denn wie es aussah, wurden seine Forderungen ja erfüllt.

Die entscheidenden Minuten brachen an.

Die Sohlen meiner Kampfstiefel berührten das schräge Runddach eines Wassertanks. Ich machte Rückwärtsschritte, stieß mich von der Kante ab und glitt an der Seitenwand des Tanks zu Boden.

Ich löste die Karabinerhaken, kaum dass ich sicher auf beiden Beinen stand. Den Kollegen oben im Hubschrauber gab ich das Zeichen, indem ich beide Hände über den Kopf erhob und sie hin und her bewegte.

Das Seil wurde eingezogen, und noch während es pendelnd nach oben entschwand, ging der Polizeihubschrauber in den Steigflug über und auf Kurs nach Norden.

Ich schaltete das Walkie-Talkie auf Senden und nahm es in die linke Hand. Mit der rechten löste ich das Kunststoffseil, die Abroller und die Spezialhaken vom Koppel.

»Charly an Tango«, sagte ich und hantierte gleichzeitig mit Seil und Haken. »Over.«

»Tango für Charly«, antwortete Phil prompt. »Bist du so weit?«

»Okay«, antwortete ich. »Vier.«

Phil wusste jetzt, dass ich mich in vier Sekunden abseilen würde.

Ich klinkte das Walkie-Talkie ans Koppel und lief hinüber zur Südhälfte des Daches.

Der weiße Hubschrauber war auf fünfzig Yards heran. Ich schätzte, dass seine Flughöhe über dem Gebäudedach ebenfalls etwa fünfzig Yards betrug.

Ich befestigte das Seil mit einem Doppelhaken und einem der Abroller am Stahlgeländer und achtete darauf, dass ich nach unten hin eine durchgehende Wandfläche zwischen zwei Fensterreihen hatte. Die Feuertreppe befand sich unmittelbar rechts, das Stahlzickzack endete vor jedem zweiten Fenster mit einem Gitterbalkon.

Den mit einer Bremse ausgerüsteten zweiten Abroller arretierte ich in der entsprechenden Vorrichtung des Gurtgestells. Dann zog ich das Seil durch beide Mechaniken. Das etwa fingerdicke Kunststoffgeflecht war für ein Vielfaches meines Körpergewichts ausgelegt.

Ich nahm das lose Ende des Seils, zog es über den Rollen straff und stieg über das Geländer.

Okay, ich hätte die Feuertreppe benutzen können. Aber das hätte ein Vielfaches der Zeit gekostet. Denn um lautlos hinunterzusteigen, hätte ich mich nur äußerst langsam bewegen können.

Über mir dröhnte der weiße Hubschrauber, und das Rotorgeräusch klang wie eine rasende Serie von schmetternden Schlägen.

Ich hielt das Seilende mit beiden Händen, stellte mich rücklings auf die Dachkante. Langsam ließ ich Seil nach, bis ich waagerecht über dem Abgrund hing.

Und dann ging ich rückwärts die Wand hinunter.

Phil schaltete das Walkie-Talkie aus. Griffbereit hängte er es an den Hosenbund. Gemeinsam mit seinen Kollegen harrte er vor den Fahrstuhltüren aus, die sich spätestens in einer Sekunde öffnen mussten.

»Was ist?«, fragte Steve Dillaggio, der schlanke blonde G-man, der trotz seines italienischen Namens wie ein Skandinavier aussah.

»Das war ein Beobachter aus dem südlichen Nachbarhaus«, antwortete Phil. »Waller und Joanna sind noch in der Wohnung.«

»Identifiziert?«, vergewisserte sich Zeerookah. Wegen seiner indianischen Abstammung hatte der schwarzhaarige FBI-Beamte nur den einen Namen. Selbst jetzt, während der Nachtbereitschaft, sah Zeery aus, als käme er direkt aus seinem Ankleidezimmer – mit elegantem Sommeranzug im Leinenlook, weißem Hemd und dezent gemusterter Seidenkrawatte.

»Eindeutig«, sagte Phil. »Joannas Kurzfrisur ist unverkennbar.«

Steve und Zeery hatten die Aluminiumkiste mit der Ausrüstung zwischen sich stehen.

Taghelles Licht aus Ketten von Leuchtstoffröhren durchflutete die Eingangshalle des Gebäudes. Die Displays über den Fahrstuhltüren zeigten an, dass beide Lifts inzwischen fast unten waren.

Bert Kosinsky, der Mann, der die G-men hereingelassen hatte, stand unschlüssig vor seiner Wohnungstür. Die Sensation, auf die er zu warten schien, würde sich hier nicht einstellen. Nicht im Erdgeschoss.

»Gehen Sie hinein, Mr. Kosinsky!«, rief Phil, als er den Fahrstuhl betrat. »Bleiben Sie bei Ihrer Familie! Und vielen Dank!«

Steve und Zeery nahmen den zweiten Fahrstuhl, trugen die Alukiste mit Schwung hinein.

Auf dem kurzen Weg zum fünften Stock benötigten die G-men ihre Walkie-Talkies nicht mehr. Stattdessen zogen sie ihre Dienstrevolver und überprüften die Trommelkammern.

Wie lang anhaltender Donner füllte das Hubschrauberdröhnen die Hinterhöfe zwischen den Wohngebäuden aus. Der Suchscheinwerfer geisterte wie ein Spotlight über Trennmauern, Fahrradständer, Gerätehäuser und Müllkübelunterstände.

»Zu schade«, sagte Waller mit bedauerndem Kopfschütteln aus seinem Sessel heraus. Er hatte die Rückenlehne so zu den südlichen Fenstern gedreht, dass er nicht mehr gesehen werden konnte. Er war zahmer geworden, seit er gemerkt hatte, dass Joanna nicht vorhatte, Widerstand zu leisten. »Jetzt musst du dich wieder anziehen. Was für ein Pech! Dabei hätte ich dich gern noch stundenlang so betrachtet. Ich bin ein Genießer, weißt du? Und die Vorfreude ist bekanntlich die schönste Freude.«

»Mach dir nichts draus«, entgegnete Joanna. »Nachher im Flugzeug werden wir ja noch jede Menge Zeit haben.«

Er kicherte, piekte mit dem Zeigefinger in ihre Richtung. »Du bist ein praktisch denkendes Mädchen, stimmt's?«

»Ja, stimmt.« Joanna deutete auf ihre Kleidungsstücke, die sie vor das Sofa gelegt hatte, genau nach den Anweisungen des Geiselnehmers. »Soll ich jetzt sofort anfangen?«

»Na klar, aber bevor du es anziehst, hältst du jedes Stück einzeln hoch, klar? Ich will sehen, ob du nicht ein Schießeisen drin versteckt hast oder so was.«

»Wie sollte denn das wohl möglich sein?«, entgegnete Joanna mit leisem Tadel.

Sie hatte schon vor Minuten begonnen, bewusst das voranzutreiben, was Psychologie und Kriminologie inzwischen als eine nahezu zwangsläufige Entwicklung der Beziehung zwischen Geisel und Geiselnehmer erkannt hatten. Eine Art Vertrauensverhältnis entstand, geboren aus der Stresssituation, in der sich beide befanden. Das Gefühl, zusammenhalten zu müssen und

Polizei und FBI als gemeinsamen Gegner zu betrachten, war eine weitere Folge.

Joanna las in Wallers blassem Gesicht, dass er eben diese Art von Vertrauen zu ihr aufbaute. In seinem Blick hatte sie gerade vor vielleicht einer Minute etwas Sehnsüchtiges bemerkt, etwas, das nichts mit animalischem Verlangen zu tun hatte, sondern mit dem Hoffen auf Verständnis und auf menschliche Nähe.

Er war allein, hatte keine Komplizen. Das verstärkte seine Neigung, sie immer weniger als Objekt seiner sexuellen Gier und immer mehr als Gefährtin in einer gefährlichen Lage zu betrachten.

»Wie das möglich sein sollte?«, entgegnete er spöttisch. »Ich weiß doch noch gar nicht genug von dir. Vielleicht bist du eine kleine Zauberkünstlerin.«

»David Copperfield finde ich super«, entgegnete sie, hob ihren Slip auf und hielt ihn hoch. »Aber ich habe bislang keinen von seinen Tricks durchschaut.«

Waller grinste und genehmigte den Slip mit einem Nicken. »Dabei würde dich der Typ bestimmt mal ranlassen.«

»Er ist in festen Händen, Ferd.«

»Na und? Auf eine FBI-Agentin ist bestimmt sogar der scharf.« Waller schob ihren Dienstrevolver wieder unter den Hosenbund. Das Messer verstaute er in dem Lederfutteral. Nur die Coltpistole ließ er draußen. »Beeil dich jetzt mit dem Anziehen. Unser Privatflieger wartet.« Mit dem Daumen der Linken deutete er über die Schulter.

Der Suchscheinwerfer strich in dieser Sekunde über die Rückwand des Hauses. Das Getöse des Hubschraubers war zum alles überdeckenden Höllenlärm angeschwollen.

Joanna befolgte auch diesmal die Anweisung des Geiselnehmers. Dabei glaubte sie nicht, dass er sich sicher fühlte. Sie hatte die Zweifel in seinen Augen gesehen, die Unsicherheit in den Linien um seine Mundwinkel. Es war durchaus möglich, dass er den Hubschrauber für eine Finte hielt.

»Und jetzt?«, fragte sie, als sie fertig angezogen war.

Seine Miene verhärtete sich plötzlich.

»Runter auf den Fußboden«, befahl er. »Wir werden genau das tun, was deine lieben Kollegen am allerwenigsten erwarten.«

Joanna erschrak.

Erneut zeigte sich in seinem Verhalten eine Wende, die sie nicht vorhergesehen hatte.

Die gemeine Stubenfliege, dieses Meisterwerk der Insektenwelt, hätte in meiner Lage nicht ein einziges Hilfsmittel gebraucht. Ich wünschte mir fliegenmäßige Saugnapffüße, um an der senkrechten Wand rauf und runter und kreuz und quer marschieren zu können und dabei noch beide Hände frei zu haben.

Denn dann hätte ich ohne Umweg in die Wohnung im fünften Stock eindringen können, direkt von der Wand aus und präzise nach Plan: Funkkontakt mit Phil, Schutzmaske auf, Zünden der Hohlladung exakt in derselben Sekunde, dann sofort die Blendgranate – und rein!

Solange ich am Seil hing, hatte ich bestenfalls eine Hand frei. Deshalb hatte ich mich für die Variante entschieden, die sich anbot.

Das Zickzack der Feuertreppe reichte mit seinen Gitterbalkons als Endpunkten jeweils von einem Stockwerk zum nächsten. Ich hatte die Seite erwischt, an der sich die Stahlkästen jeweils vor dem Fenster eines ungeraden Stockwerks befanden.

Den elften Stock hatte ich bereits hinter mir gelassen.

Und zügig spazierte ich weiter abwärts.

Neunter Stock.

Siebter …

Der Suchscheinwerfer des weißen Helikopters erfasste mich mit seinem kalten Glanz.

Der Lichtkreis des Scheinwerfers riss den Hinterhof tief unter mir aus der Dunkelheit.

Wenn Waller sich jetzt ans Fenster stellte und nach oben spähte, würde er mich wahrscheinlich sofort sehen.

Aber er musste trotz seiner hirnrissigen Aktion immer noch clever genug sein, jedes Fenster wie die Pest zu meiden. Denn selbst wenn er Joanna mitschleifte und ihr eine Waffe an den Kopf hielt, würde er vor den Scharfschützen nicht sicher sein.

Sie waren in der Lage, ihn zu töten, bevor er auch nur den Abzugsfinger krümmen konnte.

Deshalb fußte mein Plan darauf, dass Waller mich nicht entdecken würde. Er konnte ja nicht wissen, dass wir ihn lebend haben wollten. Sein Schuldkonto war durch vorsätzliche Gewalt gegen eine FBI-Beamtin stark belastet. Zusammen mit den übrigen Anklagepunkten, derentwegen er bereits festgenommen worden war, ergab sich ein Schuldkonto, das für zwanzig Jahre Gefängnis reichte.

Ein Mann, der sich so hineingeritten hatte, war zwangsläufig empfänglich für Kooperationsangebote von FBI und Federal Attorney.

Sprich, Ferdinand Waller war schon jetzt fürs Singen geboren.

Ich seilte mich weiter ab.

Der Hubschrauber schwebte über die Dachkante. Das gleißende Zyklopenauge seines Scheinwerfers entschwand.

Die Dunkelheit hatte mich wieder, und auch das Getöse von Triebwerk und Rotor ließ nach.

Indem ich das linke Bein abspreizte, zog ich mich mit dem Fuß an den Gitterbalkon heran. Wie bei Feuerleitern üblich, war das Ding gerade groß genug, um zwei Personen für einen unbequemen Aufenthalt Platz zu bieten.

Das Licht aus Joannas Wohnung war matt, wie gefiltert.

Die rechte Seite des Fensterrahmens war etwa in der Mitte des Gitterkastens. Das ergab für mich einen unbeleuchteten toten Winkel von einem halben Quadratyard.

Ich hakte auch den rechten Fuß hinter das Stahlgeländer, zog mich hinüber und ließ Seil nach. Langsam und lautlos glitt ich an der Innenseite des Stahlgitters hinab, mit dem Absatzleder der Springerstiefel und mit dem Stoff der Kampfhose.

Mit dem rechten Stiefel fand ich festen Halt auf dem Gitterrost. Mein linker Fuß suchte im Leeren. Ich begriff. Die Luke zum Durchstieg in den tiefer liegenden Teil der Feuertreppe war geöffnet. Ich streckte das linke Bein vor und fand auch damit Halt – am jenseitigen Rand der Luke.

Ich löste die Haken vom Gurtgestell und schlang das Seil in ein paar lockeren Windungen um den Handlauf des Geländers. Für alle Fälle. Vielleicht würde ich das Seil noch brauchen.

Ich hob das Walkie-Talkie. Drinnen, so stellte ich fest, war eine Gardine vor das Fenster gezogen. Deshalb das gefilterte Licht.

»Charly!«, meldete sich Phil im selben Moment, in dem ich etwas sagen wollte. Seine Stimme war gedämpft, klang aber dennoch alarmiert. »Beobachter haben Sichtkontakt verloren!«

Ich zerknirschte einen Fluch zwischen den Zähnen.

Vom selben Moment an überschlug sich das Geschehen.

In Joannas Wohnung erlosch das Licht.

Das Fensterglas vor meiner Nase wurde zu einer glatten, schwarzen Spiegelfläche.

»Phil!«, zischte ich. »Es läuft anders! Er hat das Licht ausgeschaltet. Stürmt die Bude!«

Ich wartete nicht auf die Bestätigung. Stattdessen schob ich die Schutzmaske vors Gesicht, klinkte das Walkie-Talkie ein und zog den Magnum-Smith.

Im selben Moment bewegte sich das schwarze Fensterglas. Nach innen.

Die Scharniere knarrten erst leise, gaben dann ein durchdringendes Quietschen von sich.

»Da hättest du aber auch mal mit Öl rangehen können«, sagte eine glucksende Stimme.

Mir gefror das Blut in den Adern.

Es war die Stimme, deren letzten Satz aus dem »Montalba« ich noch so verteufelt gut in Erinnerung hatte.

Waaas? Du bist nicht bereit, die falsche Pizza zurückgehen zu lassen?

Waller!

Er war direkt hinter dem aufschwingenden Fenster, und Joanna musste bei ihm sein. Was das bedeutete, brauchte ich nicht erst zu erraten.

»Ich wohne doch erst ein paar Tage hier«, antwortete Joanna gepresst.

Tatsächlich! Sie war so nahe wie Waller auch.

»Na und? Hier wohnen doch bestimmt genug allein stehende Kerle, die sich alle zehn Finger danach lecken würden, bei dir mit einer Ölkanne antraben zu dürfen.«

Joanna antwortete nicht.

Ich duckte mich.

Das Fenster schwang vollends nach innen, bis es einen rechten Winkel zum Sims bildete.

Ich hatte begriffen.

Waller wollte den Überraschungseffekt nutzen, wollte den umständlicheren Weg zum Dach nehmen, weil wir damit auf gar keinen Fall rechneten.

Himmel! Und fast hätte mich diese Überraschung kalt erwischt. Ich hätte nur einen Sekundenbruchteil schneller zu sein brauchen, und wir hätten uns Auge in Auge gegenübergestanden.

Ich spannte die Muskeln an und wartete auf die Detonation.

»Wir steigen gleichzeitig aus«, ordnete Waller an. »Wir beiden Hübschen bleiben immer schön zusam…«

Der Donnerschlag schnitt ihm die letzte Silbe weg.

Ich hörte das Bersten des Türholzes, drinnen in der Wohnung.

Und ich federte hoch.

Waller blieb eine Zehntelsekunde, um mich anzustarren.

Ich sah Joanna in diesem Augenblick durch die Spezialgläser der Schutzbrille. Joanna stand neben Waller. Er hielt ihren rechten Arm mit stählerner Kraft und bedrohte sie nicht unmittelbar mit der Waffe.

Diese Unterlassungssünde wurde ihm jedoch umgehend bewusst, denn seine Rechte flog sofort hoch.

Ich sah noch, dass seine Waffe ein Colt Government war, ein richtiges Superding.

Joanna schloss die Augen. Sie wusste, was passieren würde.

In diesem Moment zuckte der Blitz.

Begleitet von einem dumpfen Krachen flammte eine Helligkeit wie von tausend Sonnen auf.

Ich sah jede Einzelheit.

Joanna nutzte den Überraschungseffekt, riss sich los und warf sich hin.

Waller bewegte sich tappend um die eigene Achse wie ein blinder Bär.

»FBI!«, ertönten harte Stimmen vom Wohnungseingang her. »Keine Bewegung! Das ist ein FBI-Einsatz!«

Waller brüllte vor Wut, richtete die Government nach unten. Er hatte mitgekriegt, dass Joanna irgendwo dort sein musste.

Mein Smith & Wesson lag im selben Moment in der Visierlinie, und ich feuerte sofort.

Das Magnum-Geschoss fuhr Waller schräg von hinten in den Oberarm. Die enorme Wucht des Einschusses schlug ihm den Arm hoch. Er schrie gellend. Der Schuss löste sich noch aus seiner Waffe, verursachte jedoch nichts weiter als ein Loch in der Zimmerdecke.

Dann fiel ihm die schwere Waffe aus den kraftlosen Fingern.

Wimmernd krümmte er sich und hielt sich den Arm.

»In Ordnung!«, brüllte ich und schwang mich über den Fenstersims.

Die Kollegen stürmten herein, verteilten sich trotz allem schulmäßig. Im nächsten Moment entspannten sie sich, ließen erleichtert die Waffen sinken.

Als Erstes half ich Joanna auf die Beine.

Anthony Varese liebte den Samstagmorgen als eine ständige Einrichtung seines privaten Lebens. Für ihn war es viel mehr als der Auftakt zu einem Wochenende, wie ihn beispielsweise der arbeitende Teil der Bevölkerung erlebte. Der Samstagmorgen war ein Ritual voller Genüsse.

All right, er hätte jeden anderen Tag der Woche dafür nehmen können. Denn als selbstständiger Geschäftsmann, wie er sich auch in seinen Gedanken bezeichnete, konnte er sich immer dann freinehmen, wann es ihm gefiel.

Aber der Samstag brachte diese unvergleichliche Stimmung, die das anbrechende Wochenende widerspiegelte.

In seiner Villa auf Staten Island begann Anthony Varese den Samstagmorgen gegen neun Uhr mit zwanzig gemächlichen Runden in seinem lichtdurchfluteten gläsernen Schwimmbad. Es war zugleich eine Art Troparium. Palmen und großblättrige Feigenarten wuchsen in Pflanzkübeln rings um das Schwimmbecken.

Nach dem Frühsport im Wasser begab sich Varese ins Bad, wo er sich für seine Morgentoilette mehr als eine halbe Stunde Zeit nahm.

In der warmen Jahreszeit war die Terrasse oberhalb des parkähnlichen Gartens seine nächste Station. Der Butler, ein bulliger Kerl, der zugleich Leibwächter war, hatte dort das Frühstück serviert und trug den frisch aufgebrühten Kaffee herbei, sobald sich der Hausherr in den gemütlichen Gartensessel gesetzt hatte.

Der Jahreszeit entsprechend, trug Varese geblümte Bermudashorts, ein edles indigoblaues T-Shirt und einfache Bastsandalen.

Auf einem Beistelltisch lagen das Handy und die Wochenendausgaben der »New York Times«, des »Wall Street Journal«, der »New York Daily News« und des »New York Newsday« bereit. Wichtige Artikel waren angekreuzt.

Luigi Castelli hielt sich samstags bereits ab acht Uhr morgens in seinem Arbeitszimmer in der Varese-Villa auf. Dort sichtete er die Zeitungen und kreuzte das an, was für seinen Boss von Bedeutung war.

Varese nahm sich die Zeitungen erst vor, wenn er ausgiebig gefrühstückt hatte. Falls es schlechte Nachrichten gab, so konnte er sie unmöglich auf nüchternen Magen verkraften.

Seine Versuche, sich fit zu halten, vermochten sein Übergewicht nicht zu bezwingen. So riefen die Runden im Schwimmbad einen Appetit hervor, dem er sich am Frühstückstisch mit Wonne hingab.

Und er schöpfte aus dem Vollen. Alles stand für ihn bereit, das meiste warm gehalten unter silbernen Hauben: duftender Toast, dem er mit Butter einen goldenen Glanz verlieh. Er häufte gebratenen Bacon auf zwei Scheiben Toast, sodass diese nicht mehr zu sehen waren. Dann schichtete er zwei Spiegeleier obendrauf und zerstach die Eigelbe, damit sie nach allen Seiten auseinander liefen.

Das Ganze umkränzte er mit einem halben Dutzend Schweinswürstchen und einem ordentlichen Schlag Black Pudding, eine irische, mit Blut angerührte Grützwurst, beides knusprig gebraten.

Frisch gepresster Orangensaft und fünf übereinander gestapelte Buchweizenpfannkuchen, zwischen denen der Ahornsirup dick hervorquoll, rundeten das Samstagmorgenfrühstück des Mob-Bosses ab.

Das einzig Italienische, was er dem typisch Amerikanischen hinzufügte, waren vor Zuckerguss glänzende kleine Backkunstwerke, die von einem sizilianischen Zuckerbäcker an der Mulberry Street stammten, drüben in Little Italy, Manhattan. Und den starken schwarzen Kaffee, von dem er anschließend einen ganzen Liter schlürfte, konnte man im weitesten Sinne auch noch als italienisch bezeichnen.

Mit einem wohligen Sättigungsgefühl lehnte sich Anthony Varese schließlich zurück, zündete sich eine Havanna an und nahm sich als Erstes das »Wall Street Journal« vor. Die aktuellen Kurse der Aktien und Fonds waren spannende Lektüre für ihn, hatte er doch mehrere Millionen perfekt gewaschenen Drogengeldes in spekulativen Wertpapieren angelegt.

Castelli hatte in der Börsenzeitung an diesem Morgen keine Artikel angekreuzt, denn es wurde über keines der Unternehmen berichtet, von denen Varese Aktienpakete erworben hatte.

Auch in den übrigen Zeitungen gab es nichts, was Varese aufgeregt hätte. Keine neue Kampfansage des Bürgermeisters an die »finsteren Elemente« der Stadt. Keine unangenehmen Berichte von Großeinsätzen des FBI oder der City Police.

Es schien ein wirklich angenehmes Wochenende zu werden. Varese lehnte sich zurück, paffte die Havanna, trank Kaffee in großen Schlucken und genoss den Ausblick auf die sonnenüberflutete Parklandschaft seines Grundstücks.

Um elf Uhr erschien sein Consigliere.

Auch an den heißesten Tagen des Jahres war Luigi Castelli stets korrekt gekleidet, so, als befände er sich auf direktem Weg zu einem der New Yorker Gerichte, wo ein Auftritt als Strafverteidiger auf ihn wartete.

Castelli war ein schlanker, dunkelhaariger Mann, Mitte vierzig. Maßgeschneiderte Straßenanzüge unterstrichen seine eindrucksvolle Statur, und seine markanten Gesichtszüge hatten eine zusätzliche Anziehungskraft auf Frauen. Auch an diesem Morgen trug er eine Krawatte, schwach gemustert, zum stahlgrauen Hemd.

Eine Mappe aus kostbarem schwarzem Leder, die er unter den linken Arm geklemmt hatte, enthielt die wichtigsten Geschäfts- und Rechenschaftsberichte der zurückliegenden Woche.

»Buon giorno, Don Antonio.« Castelli benutzte die traditionelle Anredeform, seit er in Vareses Diensten stand. Es war eine Form des Respekts, die sich seiner Meinung nach einfach gehörte.

Varese antwortete mit einer schlappen Handbewegung und wies ihm den Sessel auf der gegenüberliegenden Seite des Frühstückstisches zu.

»Bedienen Sie sich, Luigi.« Varese deutete auf Kaffeekanne und Havannakiste.

Der Consigliere befolgte die Aufforderung, zog die unbenutzte Tasse zu sich heran, schenkte Kaffee ein und versorgte sich dann mit einer Havanna, die er umständlich anzündete.

Anthony Varese hatte es gern, wenn man ihm beim Zigarrenrauchen Gesellschaft leistete. Freunden und Gästen, mit denen er abends zusammenkam, war es eine Pflicht, ihm beim Genuss von schottischem Malt Whisky Gesellschaft zu leisten.

»Nun gut …«, sagte Castelli, als die Havanna qualmte und der Kaffee in der Tasse dampfte. Es war die gewohnte Einleitung seines Berichts, den er abzuspulen begann, sofern Don Antonio ihn nicht unterbrach, um ein Thema vorwegzunehmen, das ihm persönlich als vordringlich erschien.

Doch an diesem Morgen gab es wieder nur die übliche schlaffe Handbewegung, mit der Varese seinen Consigliere aufforderte, mit dem Bericht zu beginnen.

»Wir haben Waller aus den Augen verloren«, begann Castelli mit der unangenehmsten Nachricht des Tages.

»Ich dachte immer, wir hätten fähige Beschatter.« Varese runzelte unwillig die Stirn.

»Er wurde nicht beschattet«, entgegnete Castelli. »Ich habe das nicht für nötig gehalten, weil er ein zuverlässiger Mann ist. Schließlich gehört es ja auch zu den gerichtlichen Auflagen, dass er in seiner Wohnung anzutreffen ist.«

»Und da ist er nicht aufgetaucht?«

»Nein.«

»Ist das alles?«

»Ja.«

Varese lachte dröhnend. »Mein Gott, der Junge hat was Scharfes für die Nacht aufgerissen! Das kann man ihm doch nicht verübeln – nach den Tagen im Gefängnis.«

»Ich habe ein ungutes Gefühl«, sagte Castelli, ohne es näher zu begründen.

»Ach, Quatsch.« Varese winkte ab. »Nur Fakten zählen, das sollten Sie als Rechtsverdreher doch wissen, Luigi.«

Der Anwalt zog die Schultern hoch.

»Wie dem auch sei«, meinte er nach einem Moment. »Ich muss über eine andere Angelegenheit mit Ihnen reden, die mir ebenfalls Unbehagen bereitet, Don Antonio.«

»Ach du lieber Gott!«, tönte Varese. »Das wird ja ein gefühlsbetonter Vormittag, was?«

Castelli legte den Kopf schief und machte ein bedenkliches Gesicht. »Wie man es nimmt, Don Antonio. Die Sache bereitet mir nicht nur Unbehagen, es ist auch unangenehm für mich, mit Ihnen darüber zu sprechen.«

»Unsinn.« Varese furchte die Stirn. Auf einmal hatte er den Eindruck, dass dunkle Wolken an seinem Wochenendhorizont aufstiegen. »Wir beide haben immer über alles reden können. Also los, heraus damit, Luigi!«

Der Consigliere nickte dankbar. Er gab sich einen Ruck. »Es handelt sich um Ihre Besuche in diesem Bordell, Don Antonio.« Er atmete tief durch, wie nach einer schweren Anstrengung.

Varese starrte ihn an.

Castelli paffte heftig, nervös. Eine Serie von kleinen Havannawolken entstand und stieg dem strahlend blauen Morgenhimmel entgegen.

Varese saß ein paar Sekunden regungslos da, und plötzlich brach sein Lachen los wie eine Eruption. Er prustete und schnaufte und war kaum in der Lage, sich wieder zu beruhigen. In seinem lärmenden Vergnügen hieb er ein paar Mal mit der flachen Hand auf die Tischplatte, sodass Salzstreuer und Serviettenhalter umfielen.

Endlich, wie unter großer Anstrengung, beruhigte er sich wieder. Er klemmte die Zigarre zwischen die Zähne wie David Letterman und beugte sich vor, während er die Unterarme auf den Tisch legte.

»Und darüber können Sie nicht mit mir sprechen?«, sagte er ungläubig. »Menschenskind, habe ich denn jemals ein Geheimnis daraus gemacht?«

»Eben drum«, entgegnete Castelli düster.

Varese fiel fast die Havanna aus dem Mund. Er nahm sie zwischen Daumen und Zeigefinger.

»Was soll denn das heißen?«, grollte er. Die düsteren Wolken, fast schon verflüchtigt geglaubt, nahmen nun doch wieder deutliche Formen an. Varese zog die Augenbrauen zusammen und musterte Castelli, als sähe er ihn zum ersten Mal. »Ich bin Junggeselle, oder?«

»Sie brauchen mich nicht darauf hinzuweisen, Don Antonio.«

»Das tue ich aber! Weil ich als Junggeselle nämlich machen kann, was ich will!« Varese hieb mit der Faust auf den Tisch. Diesmal klirrte das Geschirr.

In der offenen Terrassentür prallte der Butler zurück. Schon unterwegs, das Geschirr abzuräumen, zog er sich auf leisen Sohlen wieder zurück.

»Ich rede nicht für mich allein«, erklärte der Consigliere vorsichtig.

»Sondern?«, schnaubte Varese.

»Das Thema wurde in der letzten Zeit bei verschiedenen Gesprächen angeschnitten. Natürlich nur auf Führungsebene.«

»Im Klartext: Meine Unterführer zerreißen sich das Maul über mich?«

»Ich würde es nicht so drastisch ausdrücken, Don Antonio. Normalerweise würde man solche Dinge überhaupt nicht anschneiden. Es ist nur so, dass man – um Sie besorgt ist.«

»Ist nicht wahr!« Dem Mob-Boss klappte die Kinnlade herunter. Er tat, als müsste er sich von einem schweren Schock erholen. Schließlich dozierte er: »Ich bin kerngesund, war nie ernsthaft krank, und ich bin im Vollbesitz meiner geistigen Kräfte. Die paar Pfunde Übergewicht sind ja wohl nicht der Rede wert, oder?«

Castelli schüttelte den Kopf. »Niemand ist deswegen besorgt um Sie, Don Antonio. Durch diese Besuche in dem Bordell …«

»Erstens ist es kein Bordell«, unterbrach ihn Varese, »sondern ein hochvornehmer Salon, in dem nur Leute aus der Oberschicht Zutritt haben. Und zweitens gehört der Laden uns!«

»Natürlich«, erwiderte der Consigliere geduldig. »Das ist alles bekannt. Ich habe aber den Auftrag, Ihnen Folgendes zu sagen: Die Unterführer sind der Meinung, dass Sie sich durch Ihre Besuche in dem – Salon – verwundbar machen. Es gibt Hinweise, die diesen Gesichtspunkt in die Nähe einer akuten Gefahr rücken.«

Varese kriegte den Mund nicht wieder zu. Er ließ sich in den Sessel zurücksinken, und im nächsten Moment richtete er sich ruckartig wieder auf.

»Ah!«, rief er. »Ich mache mich verwundbar! Und die Gentlemen machen sich Sorgen darüber. Ich glaube, die Gentlemen sollten sich eher Sorgen darüber machen, dass sie auch nicht unverwundbar sind!«

»Don Antonio!«, rief Castelli beschwörend. »Niemand kritisiert Sie oder wirft Ihnen etwas vor. Es handelt sich nur um einen Hinweis aus ehrlicher, überzeugter Besorgnis.«

»Ach! Und was für eine akute Gefahr soll das sein?«

»Ich habe darüber noch nichts Konkretes.«

»Und woher kriegen Sie es?«

Castelli lächelte. »Die Informationsquelle ist mir nicht bekannt, Don Antonio. Das läuft auf Umwegen, wie üblich. Sie verstehen das sicher. Wenn in unserer Organisation nicht alles auf Umwegen laufen würde, würden wir längst nicht mehr existieren.«

Varese winkte ab. »Schon gut. Über die alten Grundsätze weiß ich noch Bescheid.« Er lehnte sich wieder zurück. Scheinbar besänftigt, sprach er mit leiser Stimme: »Es ist so, Luigi, dass meine Besuche im ›Chez Madame‹ das einzige Privatvergnügen sind, das ich habe. Deshalb …«

Mir kommen gleich die Tränen, dachte Castelli, doch er hörte schweigend zu.

»… werde ich nicht darauf verzichten. Der Salon steht unter unserer Kontrolle. Also werden wir ja wohl in der Lage sein, dort für Ordnung zu sorgen!«

»Selbstverständlich, Don Antonio.« Hinter der Fassade seines maskenhaften Gesichtsausdrucks ließ der Consigliere nicht erkennen, dass er Varese in Wirklichkeit bedauerte. Ein Mann, der so labil war, dass er seine Triebe nicht mehr unter Kontrolle hatte, war an der Spitze eines Syndikats auf Dauer fehl am Platz. In dem Punkt hatten die Unterführer zweifellos Recht.

»Ich erwarte Folgendes«, fuhr Varese fort, als erläutere er ein Parteiprogramm. »Erstens: Das ›Chez Madame‹ wird gründlich gesichert.«

»Das geschieht bereits.«

»Umso besser. Zweitens: Die Kundenlisten werden noch einmal genauestens überprüft.«

»Selbstverständlich, Don Antonio.« Castelli klappte seine

Mappe auf und nahm einen goldenen Füllfederhalter heraus, um sich Notizen zu machen.

»Drittens: Es werden Bodyguards abgestellt, die im Interesse aller Kunden im ›Chez Madame‹ für Sicherheit sorgen.«

»Wie Sie wünschen.« Castelli schrieb und deutete im Sitzen eine Verbeugung an.

»Es ist nämlich so«, sagte Varese mit einem versonnenen Lächeln voller Vorfreude, »dass ich auf die Besuche dort nicht verzichten kann. In den nächsten Tagen erwartet mich nämlich eine Attraktion, die wie – wie ...« Er suchte nach Worten, fand sie endlich und rief voller Begeisterung: »Die wie ein Jahrhundertereignis ist!«

Castelli bemühte sich, in seinem Blick nicht die Verachtung erkennen zu lassen, die er für Varese zu empfinden begann. Ein Mann, der sich so gehen ließ, war in der Tat verwundbar.

»So?«, sagte er mit mühsam gespieltem Interesse. »Was ist es denn für eine Attraktion?«

In Vareses Gesichtszügen spiegelte sich auf einmal die Freude eines Jungen, der fest damit rechnete, seine erste elektrische Eisenbahn zu Weihnachten zu bekommen.

Abermals beugte er sich über den Tisch und flüsterte, als sollte niemand das Geheimnis mitbekommen: »Es ist die ›Hexe von Dartmoor‹! Eine richtige englische Hexe. Sie kennt die Tricks, die aus dem Mittelalter überliefert wurden. Stellen Sie sich das bloß mal vor, Luigi!«

Castelli schluckte, als er die kindlich funkelnde Begeisterung in den Augen des Mob-Oberhaupts las.

Es musste wirklich etwas unternommen werden.

Es ging auf Mitternacht zu. Blauschwarz hatte sich die Dunkelheit auf Piers und Kaianlagen herabgesenkt. Scheinwerfer erhellten die Ladedecks der Schiffe und ihre unmittelbare Umgebung an Land.

Der Geruch von der Weite des Meeres lag in der Abendluft.

Rund um die Uhr, begleitet vom Kreisen der Ladegeschirre und vom Dieseldröhnen zu Wasser und zu Lande, war es immer das Gleiche. Ferne Länder, die auch in der immer schnelleren Seeschifffahrt enger zusammengerückt waren, steuerten ihre Duftnoten zu der Mischung bei, die über den Hafenanlagen von South Brooklyn in der Luft schwebten.

Kaffee aus Costa Rica und Kolumbien. Tee aus Indien, Ceylon und Indonesien. Rohkautschuk aus Brasilien. Gewürze aus den Ländern des Nahen und des Fernen Ostens – wie vor Jahrhunderten. Zugleich war die Neuzeit präsent mit dem Containerverkehr, der den Schiffen immer kürzere Liegezeiten in den Häfen ermöglichte.

Steve Dillagio und Zeerookah hatten ihren Beobachtungsposten auf der Brücke des Containerschiffs »Adirondack« eingenommen, einem Riesen von dreißigtausend Bruttoregistertonnen. Das Schiff wurde für die Bestimmungshäfen Hamburg, Bremerhaven und Rotterdam beladen.

Die beiden G-men hatten sich mit Ferngläsern und Nachtsichtgeräten ausgerüstet. Beide trugen die Uniform der Merchant Navy, der Handelsmarine: dunkelblaue Hosen und weiße Hemden mit Schulterstücken, dazu eine weißblaue Dienstmütze. Da sie auf dem Backbord-Außendeck der Kommandobrücke standen, hatten sie diese Vorsichtsmaßnahme für erforderlich gehalten. Sogar Zeery hatte eingesehen, dass das notwendig war. Dabei hasste er nichts mehr, als sein gewohnt elegantes Outfit gegen eine zweckbetonte Verkleidung auszutauschen.

Zwar befand sich die Brücke des Containergiganten in kirchturmhafter Höhe, und das Außendeck wurde nicht direkt von Scheinwerfern angestrahlt. Überdies war das Hafenbecken zu drei Vierteln voll von Überseefrachtern mit einem fast unüberschaubaren Gewirr von Aufbauten und Ladegeschirren. Doch es bestand immerhin die Möglichkeit, dass es an Land Leute gab, die die Schiffe beobachteten und sich dafür mit modernem optischem Gerät ausgerüstet hatten, das es heutzutage in jedem Foto- und Videoladen zu kaufen gab.

Die »Adirondack« lag an der Südseite jenes ausgedehnten Hafenbeckens in South Brooklyn, an dessen Nordseite die Warehouse-Pier grenzte. Die offene Westseite mündete ins Erie Basin.

Steve Dillaggio konzentrierte sich ausschließlich aufs Beobachten.

Zielobjekt des Einsatzes war ein Komplex von Lagerschuppen an der Stirnseite des Hafenbeckens. Jeder einzelne der insgesamt drei Schuppen hatte die Größe eines Footballfeldes. Die aus massivem Backstein errichteten Gebäude grenzten mit ihrer Rückseite unmittelbar an die Beard Street.

Dort und in einem Radius von etwa fünfzig Yards postierten sich nach und nach die insgesamt dreißig Cops und FBI-Beamten, die den Absperrungsring bilden würden.

Zeery beobachtete ebenfalls, nahm aber zusätzlich die Meldungen der Kollegen an Land entgegen. Innerhalb der nächsten zehn Minuten würden alle Positionen der Absperrung besetzt sein.

Dann hieß es warten.

Denn dann blieb nur noch die Frage offen, ob die Fische auch tatsächlich ins Netz gehen würden.

»Sieh dir das an!«, sagte Steve unvermittelt, ohne das Nachtsichtgerät abzusetzen. »Die Verladecrew trabt an.«

Zeery spähte ebenfalls hinüber.

Das dämmrig graue Bild des Restlichtverstärkers zeigte immerhin scharf umrissen, was sich abspielte.

Ein dunkelblauer Dodge Van rollte auf das Tor des mittleren Lagerschuppens zu. Der Kleinbus stoppte so, dass die seitliche Schiebetür genau vor der kleinen Tür im Schuppentor zum Stehen kam.

Durch die getönten Scheiben des Dodge war die Bewegung schattenhafter Gestalten zu sehen. Eilig stiegen sie aus und verschwanden im Schuppen.

Keine Minute war vergangen, als der Dodge wieder anfuhr. Der Fahrer stellte den Kleinbus auf einem Parkplatz an der Südseite der Kaianlagen ab. Gemächlich schlenderte der Mann anschließend hinüber und verschwand in dem Schuppen.

»Wie viele?«, fragte Steve.

»Zehn, mit dem Fahrer«, antwortete Zeery und ließ das Nachtsichtgerät sinken.

»Stimmt, habe ich auch gezählt.« Steve spähte weiter hinüber. »Jetzt fehlen nur noch die Hauptpersonen.«

»Und das stolze Schiff aus Kolumbien«, meinte Zeery.

»Mhm«, brummte Steve schmunzelnd. »Was ist mit der Absperrung?«

»Läuft nach Plan.«

»All right, dann sieht es wohl so aus, dass wir Mr. Waller dankbar sein dürfen für seine Hinweise.«

»Der Bursche ist sich selbst der Nächste«, entgegnete Zeery. »Die erste Ratte, die das sinkende Schiff verlässt.«

Steve nickte nur. Sein Freund und Dienstpartner traf den Nagel auf den Kopf. Das sinkende Schiff war der Varese-Mob. Und nach seinem Angriff auf Joanna Devally versuchte Waller, für sich selbst zu retten, was zu retten war.

Als Erstes hatte er den Autodeal verraten, der in der Nacht zum Sonntag ablaufen sollte.

In dem Lagerschuppen an der Beard Street standen vierundfünfzig Luxuslimousinen der Fabrikate Cadillac, Lincoln, Mercedes und BMW.

Alle vierundfünfzig Nobelschlitten waren gestohlen, umfrisiert und – mit neuen Papieren ausgestattet – nach New York gekarrt worden.

Hier sollte dann alles mit rechten Dingen zugehen. Sogar die Verladepapiere der Inlandspedition und die Schiffsdokumente waren echt und einwandfrei. Auf den ersten Blick. Eine zufällige Kontrolle durch die Hafenpolizei hätte nichts Verdächtiges ergeben.

Dabei wusste jeder der Port-Authority-Cops, die Beamten der Hafenbehörde, was es bedeutete, wenn gebrauchte Luxusautos auf ein südamerikanisches Schiff mit Bestimmungshafen La Guaira, Venezuela, verladen wurden.

Die Beamten hatten bislang immer nur hilflos dagestanden,

wenn solche illegalen Geschäfte quasi vor aller Augen abgewickelt wurden.

Dank Wallers Aussage würde es diesmal anders werden.

Zeery warf einen Blick auf seine Armbanduhr. Es war zehn vor zwölf. Gegen halb eins sollte die »Alegria« ins Erie Basin einlaufen und an der Warehouse-Pier festmachen.

Jake »Jacko« Johnson war der Unterführer des Varese-Mobs, der führ den Autodeal verantwortlich zeichnete.

Jerry und Phil hatten die Aufgabe übernommen, Johnson zu überführen.

Die Einfahrt in die Upper Bay, zumal bei Nacht, war ein grandioses Schauspiel. Die obere New-Yorker Bucht war umgeben von den Stadtteilen Manhattan, Brooklyn und Staten Island sowie von den Städten Bayonne und Jersey City im benachbarten New Jersey.

Das Schiff glitt unter der mächtigen Verrazano Narrows Bridge hindurch, die Brooklyn und Staten Islands miteinander verbindet. Das Blickfeld weitete sich auf die von Lichtern umflutete weite Wasserfläche der Oberen Bucht.

Strahlender Mittelpunkt all der Lichter war Manhattan mit seiner alles überragenden Skyline, mit dem Wolkenkratzermassiv des Finanzdistrikts, das sich wie eine Kathedrale aus Licht aus dem nachtschwarzen Wasser erhob.

Phil und ich erlebten das Schauspiel auf der Brücke der »Alegria«, eines kolumbianischen Frachters von zwölftausend Bruttoregistertonnen. Heimathafen der »Alegria« war Barranquilla in Kolumbien.

Capitan Rafael Molinero war ein drahtiger Mann mit dünnem Oberlippenbart. In seiner prunkvollen, mit goldenen Knöpfen und Tressen besetzten Uniform sah er aus wie ein Operettenadmiral. Doch er kannte die harten Tatsachen des Lebens, denn er stammte aus Medellin, dem berüchtigten kolumbianischen Drogenhandelszentrum.

Molinero war mit der Einfahrt in die New Yorker Bucht bestens vertraut. Er fuhr regelmäßig die Routen von Barranquilla und La Guaira zur Ostküste der Vereinigten Staaten. Und in der Nacht von Samstag auf Sonntag würde es beileibe nicht die erste Verladung von Nobelkarossen sein, die auf seinem Plan stand.

Hafenschlepper würden Molineros Schiff vor South Brooklyn an den Haken nehmen und sicher zum Liegeplatz an der Warehouse-Pier bugsieren. Die »Alegria« hatte die Hälfte ihrer Ladung Kautschukballen bereits in Savannah, Georgia, gelöscht.

Während der Rest in New York entladen wurde, sollten die Luxuslimousinen bereits in den freien Laderaum gehievt werden. Wie wir von Molinero erfahren hatten, würden die Superfahrzeuge mittels stählerner, stapelbarer Rampengehäuse platzsparend im Bauch des Frachters untergebracht werden.

Die weitere Ladung der »Alegria« – Bauteile für Fabrikroboter – würde für den venezolanischen Hafen La Guaira bestimmt sein, wie die gestohlenen Superschlitten auch.

Phil und ich hatten Waller im Gefängnishospital von Rikers Island aufgesucht, gleich nachdem der Rettungswagen Joanna ins Bellevue Hospital gebracht hatte. Der Notarzt hatte darauf ebenso bestanden wie die Kollegen und ich. Joanna hatte sich mit Händen und Füßen gesträubt, doch es hatte ihr nichts genutzt. Die Möglichkeit, dass sie unter Schock stand, ließ sich zumindest nicht ausschließen.

Seufzend hatte sie zugestimmt, sich wenigstens untersuchen und bis zum Morgen beobachten zu lassen.

Seit heute Mittag war sie wieder zu Hause. Ich hatte mit ihr telefoniert. Sie hatte den Psychoterror und die Gewaltbereitschaft Wallers ohne ernste Folgen überstanden.

Waller hatte sich unterdessen als Kronzeuge angedient, und noch in der Nacht zum heutigen Samstag hatten wir seinen ersten Hinweis verwertet. In Gemeinschaftsarbeit mit der US Navy hatte die Coast Guard die »Alegria« geortet und wenig später eine Funkverbindung hergestellt.

Während Phil und ich bereits in einen Hubschrauber der

Küstenwache gestiegen waren, hatte Mr. High über die Funkverbindung mit Capitan Molinero gesprochen. Nach Absprache mit dem Federal Attorney hatte unser Chef dem Kolumbianer die Pistole auf die Brust gesetzt.

Rafael Molinero hatte die Wahl zwischen zwei Alternativen.

Nummer eins: Er lehnte die Zusammenarbeit mit dem FBI ab.

Nummer zwei: Er half uns, die Autodealer des Varese-Mobs zu verhaften und zu überführen.

Im ersten Fall, so hatte der Kolumbianer von John D. High erfahren, würde die »Alegria« in New York an die Kette gelegt werden, die Reederei in Barranquilla würde von den Machenschaften ihres Kapitäns unterrichtet werden, und er würde überdies mit einem Verfahren wegen Beteiligung am organisierten Verbrechen zu rechnen haben.

Molinero hatte sich natürlich für die zweite Alternative entschieden. Der Federal Attorney honorierte Molineros Kooperationsbereitschaft mit einem Stillhalteabkommen. Der Kapitän würde zunächst nicht mit juristischen Konsequenzen zu rechnen haben, da in seinem Fall weder Flucht- noch Verdunklungsgefahr bestanden. Erst wenn ein Verfahren gegen den Varese-Mob anlief, sollte der Fall Molinero überprüft werden.

Vorsorglich hatte der Kolumbianer schon jetzt darauf hingewiesen, dass der Mob ihn zur Mitarbeit gezwungen hatte. Über Verbindungen zur Medellin-Mafia hatte Varese von New York aus dafür gesorgt, dass Molinero um seine Frau und seine Kinder Angst haben musste – falls er sich weigerte, die gestohlenen Autos an Bord zu nehmen.

Die zuständigen Leute in der Reederei waren bestochen worden. Varese und seine Verbündeten hatten es wie immer verstanden, alle Schwierigkeiten zu beseitigen, bevor sie überhaupt auftreten konnten.

Molinero hatte die Offiziere und die Mannschaft der »Alegria« erst dann über den Stand der Dinge unterrichtet, als Phil und ich schon an Bord waren.

Es gab niemanden, der gegen Molineros Entscheidung

rebelliert hätte. Alle waren ebenfalls nur aus Angst zu Mittätern geworden. Was die Luxusautos betraf, hatten sie ohnehin nur Vermutungen anstellen können. Die Hintergründe hatte keiner von ihnen gekannt.

Capitan Molinero war der Einzige, der zumindest wusste, dass der Mob hinter den kostbaren Frachten für La Guaira stand.

Um ein Uhr morgens hatte die »Alegria« an ihrem vorgesehenen Liegeplatz festgemacht. Die Schlepper stampften bereits wieder ins Erie Basin hinaus. An der Steuerbordseite des kolumbianischen Frachters war die Gangway ausgebracht worden.

Das Wachpersonal bestand aus drei Mann. Es wurde von einer New Yorker Hafenbetriebsgesellschaft gestellt. Phil und ich hatten nicht mal dem Kapitän erzählt, dass es sich bei den drei Wachmännern in ihren schwarzen Uniformen um die G-men Joe Brandenburg, Floyd Winter und Les Bedell handelte.

Die Kollegen bezogen den Wachraum unmittelbar am Eingang zur Brücke. Währenddessen nahm das Geschehen auf dem Hauptdeck seinen Lauf. Die Crewmitglieder öffneten die Luken der Laderäume. Mit dem Löschen der restlichen Kautschukballen konnte sofort begonnen werden.

Phil und ich hielten uns zu dieser Zeit in der Funkbude des Frachters auf. Enrique Calzado, der Funkoffizier, hatte uns eine Sprechverbindung mit der »Adirondack« hergestellt.

Steve und Zeery befanden sich nach wie vor auf ihrem Beobachtungsposten.

Ich überprüfte meinen Dienstrevolver und den brieftaschengroßen Hochleistungsrecorder, während Phil das Funkmikro übernahm. Unterdessen zeigte mir Enrique Calzado das interne Telefon. Über die Nummer vierundzwanzig würde ich den Wachraum erreichen. Es gab dort unten zwei Telefone. Das andere, mit der Nummer dreiundzwanzig, stand unmittelbar am Eingang des Wachraums.

Ich verstaute den Magnum im Holster und den Recorder in der Innentasche meines Jacketts.

»Da tut sich absolut nichts«, sagte Zeery im Tonfall eines Sportmoderators, der die Minuten vor dem Anpfiff zu überbrücken hatte.

Der Funkoffizier besorgte uns Kaffee.

Während Zeery eine Beschreibung des Hafenbeckens und der Kaianlagen lieferte, testete ich die Telefonverbindung mit Joe Brandenburg. Der Kollege, der früher Captain der City Police gewesen war, meldete sich prompt. Nach einer Sprechprobe legten wir wieder auf.

»Es geht los!«, rief Zeery unvermittelt. »Ein schwarzer Buick Park Avenue aus Richtung Beard Street – biegt links ab – hält vor dem Tor des Lagerhauses – eine Tür wird geöffnet – der Typ auf der hinteren Sitzbank hat das Fenster geöffnet und spricht mit einem Mann in der Tür des Lagerhauses – und – okay, das war's dort. Der Buick wendet und fährt in Richtung Warehouse-Pier auf die ›Alegria‹ zu. Kurze Pause! Von uns aus gesehen ist der Buick jetzt auf der anderen Seite eures Kahns. Steve nimmt Verbindung mit einem Beobachter im Warehouse auf.«

»Verstanden«, sagte Phil. »Bei uns fängt der Film an zu laufen.«

Sekundenlang war aus dem Sprechfunklautsprecher nur Rauschen zu hören.

»Und weiter geht's!«, meldete sich Zeery wieder. »Der Buick hält jetzt direkt vor der Gangway ...«

Ich griff zum Telefonhörer und wählte die vierundzwanzig. »Joe«, sagte ich, »ihr kriegt jetzt Besuch.«

»Den werden wir höflich empfangen, Jerry.«

»Okay, bleib dran.«

Ich lauschte Zeerys weiterer Durchsage.

»Drei Mann steigen aus. Der Fahrer bleibt im Wagen – und die drei Mann steuern sofort auf die Gangway zu und gehen hoch, Jacko Johnson in der Mitte.«

Ich sah Johnson vor meinem geistigen Auge. Er war ein Riese, breit wie ein Schrank, mit weißblonder Löwenmähne.

»Joe«, sagte ich. »Jacko und zwei Bodyguards kommen die Gangway rauf. Der Fahrer sitzt im Wagen.«

»Verstanden. Jacko und seine Leute sitzen in der Falle, sobald sie hier bei uns sind. Gebt uns Nachricht, falls ihr sie nicht erwischt. Dann schnappen wir sie uns.«

»Ihr werdet euch mit dem Buick-Fahrer begnügen müssen«, prophezeite ich. »Ich bleibe dran.«

»Okay.«

Phil zog seinen Smith & Wesson, während Zeery eine Sprechpause einlegte. Mein Freund und Dienstpartner ließ die Trommelkammer rotieren. Sechs Patronenböden erzeugten einen messingfarbenen Reflex.

»Sie sind jetzt fast oben«, ließ sich Zeery vernehmen.

Phil schwenkte die Trommel in den Rahmen. Die Verriegelung erzeugte einen schnappenden Laut.

»Joe, sie sind da«, sagte ich in den Telefonhörer.

Joe antwortete nicht. Er hatte seinen Hörer offenbar einem der Kollegen übergeben, und der hielt ihn versteckt, aber so, dass ich die Schritte poltern hörte.

Dann die Bassstimme des Mobsters.

»Wir sind mit Capitan Molinero verabredet«, war er wie aus einem Schacht zu hören.

»Ihr Name, Sir?«, entgegnete Joe höflich.

»Johnson. Der Capitan weiß Bescheid.«

»Einen Augenblick, Sir, ich verständige ihn.«

Es kam kein Widerspruch. Phil und ich wechselten einen erstaunten Blick. Jacko ließ sich tatsächlich kontrollieren, ohne in einen Wutanfall auszubrechen.

»Capitan Molinero?« Das war wieder Joes Stimme.

»Sie erhalten Besuch von Mr. Johnson und zwei Begleitern. – Ja, in Ordnung. Danke.«

»Sie kennen den Weg?«, wandte sich Joe an den Mobster.

»Klar, Mann, wir sind öfter hier.«

Ich sah Jacko Johnson grinsen.

Schritte entfernten sich.

Phil erfuhr, dass die Tore des Lagerhauses geöffnet worden waren und die ersten Luxuswagen herausrollten. Phil beendete die Verbindung mit Zeery und stand von seinem Platz am Funkdesk auf.

»Sie sind durch«, ertönte Les Bedells gedämpfte Stimme in meinem Telefonhörer. »Anstandslos.«

»Okay. Phil und ich sind unterwegs«, antwortete ich.

Phil war schon unterwegs, als ich auflegte. Ich folgte meinem Freund mit zwei Schritt Abstand. Die Offiziersmesse und der angrenzende Kapitänssalon befanden sich eine Etage höher.

Jacko Johnson und seine Leibwächter hatten einen dreimal so weiten Weg zurückzulegen.

Phil und ich brauchten keine Minute, um die Kombüse zu erreichen. Nur die Notbeleuchtung brannte noch. Um diese Zeit hatten die Köche Feierabend. Im Durchgang zur Messe hantierte ein Steward an den Kühlschränken. Er nickte uns zu. Ebenso wie die Offiziere war er über das informiert, was gleich ablaufen würde.

Es gab einen Nebenkorridor. Zwei Yards vor der Schwingtür zur Messe zweigte er nach links ab – das war der direkte Weg zum Kapitänssalon.

Phil und ich trennten uns.

Während mein Freund hinter einem Geschirrschrank neben der Schwingtür in Stellung ging, wandte ich mich nach links. Aus der Offiziersmesse war kein Laut zu hören. Johnson und seine Leute würden keinen Verdacht schöpfen. Die Offiziere hatten während des Festmachens ohnehin andere Dinge zu erledigen, als in der Messe herumzuhängen.

Außerdem pflegte Johnson etwaige Anwesende sowieso wegzuschicken, wenn er mit Molinero zu reden hatte.

Im Schein der Notbeleuchtung trat ich auf die Tür zu. Molinero konnte sie vom Salon aus abschließen, wenn er ungestört sein wollte.

Ich öffnete die Tür.

Der Kapitän war blass. Er saß in einem von vier Ledersesseln, die um einen im Boden verankerten Mahagonitisch gruppiert waren.

»Machen Sie sich keine Sorgen«, sagte ich. »Lassen Sie die Tür unverschlossen, wenn es geht. Wenn Johnson auf Abschließen besteht, tun Sie es. Okay?«

»In Ordnung«, antwortete Molinero.

Ich nickte ihm zu und lächelte. Leise zog ich die Tür ins Schloss. Der Steward, ganz in Weiß gekleidet, hatte die Aufgabe, sich nach den Wünschen der Gäste zu erkundigen, die Drinks zu servieren und dann zu verschwinden. Das war ganz in unserem Sinn. Wir wollten keine Unbeteiligten gefährden.

Ich verharrte im Winkel neben der Tür, mit dem Rücken an einen Schaltkasten gelehnt. Die ersten Luxusautos mussten in dieser Minute bereits bei der »Alegria« eingetroffen sein. Alles lief auf die wenigen entscheidenden Punkte zu, die wir noch brauchten, um sie dem Federal Attorney als Beweismittel gegen Anthony Varese zu präsentieren.

Jacko Johnson und seine Leute festzunehmen war der praktische Teil der Aufgabe.

Und der gefährlichste.

Ich hörte die Schritte des Stewards, begleitet von leisem Gläserklirren. Ich wandte den Kopf zur Seite und sah, dass er ein Tablett mit frisch polierten Gläsern in die Messe trug. Wenn Johnson und die Bodyguards eintrafen, würde der Steward nur wenig Zeit brauchen, um die Drinks heranzuschaffen.

Als er aus der Messe zurückkehrte, bekamen seine Schritte ein Echo.

Der Steward blieb bei den Kühlschränken stehen. Ich nickte ihm anerkennend zu. Er machte seine Sache sehr ordentlich. Phil war außerhalb meines Blickfelds, doch das spielte keine Rolle. Wir brauchten uns nicht mehr zu verständigen. Die Erfahrungswerte vieler gemeinsamer Einsätze ließen Worte überflüssig werden.

Aus dem Labyrinth der Brücke kamen die Schritte nun rasch näher.

Der Steward würde zuerst Capitan Molinero und seinen Gast bedienen. Logisch. Deshalb setzte sich der weiß Gekleidete in

Bewegung, betrat den Nebenkorridor. Lächelnd ging er auf die Tür zum Kapitänssalon zu.

»Viel Glück, Señor«, sagte er im Vorbeigehen.

Dass es kein Vorbeigehen war, begriff ich fast zu spät.

Er verriet sich nur durch sein Lächeln, das ihm aus dem Gesicht rutschte wie eine schmelzende Wachsmaske.

Im selben Sekundenbruchteil sah ich es blitzen.

Seine Hand zuckte mit der Klinge unter der weißen Jacke hervor.

Hölle und Teufel! Waller mit seiner Vorliebe für blanken Stahl hatte mir gereicht. Und jetzt auch noch diese Hinterlist!

Zum Ausweichen war es viel zu spät.

Deshalb reagierte ich innerhalb dieser winzigen Zeitspanne, die mir blieb.

Meine linke Handkante ruckte hoch, haarscharf an dem zustoßenden Messer vorbei.

Blitzartig und bretthart schlug ich zu und traf seinen Unterarm. Schon spürte ich den Druck der Klingenspitze, wie sie sich unterhalb meiner Rippen in den Jackettstoff grub. Doch im selben Moment wirkte meine Handkante. Die Muskelkraft des heimtückischen Kerls war wie abgeschnitten. Sein Arm sackte weg, schlaff wie ein Lappen, und das Messer klirrte zu Boden.

Er riss den Mund auf.

Bevor er seinen Schmerz und seine Wut in die Welt hinausbrüllen konnte, verpasste ich ihm eine Serie von harten Hieben. Jeder einzelne hätte gereicht, um ihn zum Schweigen zu bringen und ihn flachzulegen.

Die Schritte der drei Mobster dröhnten mittlerweile derart nah, dass man glauben konnte, eine Kompanie Soldaten marschiere an Bord der »Alegria«.

Phil erschien auf leisen Sohlen. Er sah erleichtert und entgeistert zugleich aus. Was er nicht sagte, drückte seine Miene aus: Ich werd verrückt! Ausgerechnet jetzt!

Und er packte mit zu.

Capitan Molinero hatte die Geräusche gehört. Besorgt öffnete er die Tür und sah, wie Phil und ich dem Bewusstlosen den weißen Anzug auszogen. Molinero klemmte die Unterlippe zwischen die Schneidezähne. In seinen Augen flimmerten Schreck und Angst.

»Gehen Sie wieder hinein!«, zischte ich. »Wir kriegen das in den Griff! Und reißen Sie sich zusammen!«

Er nickte und zog sich zurück. Er hatte nicht zweimal hinsehen müssen, um zu verstehen, was hier gelaufen war. Sein Steward hatte an die Zukunft des Varese-Mobs geglaubt, hatte vor Jacko Johnson den Helden spielen wollen.

Die Schritte polterten in die Offiziersmesse.

Phil schnürte dem Bewusstlosen Hand- und Fußgelenke mit Schnellfesseln zusammen.

Währenddessen tauschte ich meinen Anzug gegen die weißen Klamotten des Stewards aus. Zum Glück stimmte unsere Statur in etwa überein. Und nur ich kam für den Job in Frage, weil ich die dunkleren Haare hatte.

Phil knebelte den Messerhelden, indem er dessen Taschentuch zusammenknüllte und einen Streifen Stoff von seinem Hemd abriss. Mit Letzterem sicherte er das Knäuel Stoff im Mund des hinterhältigen Kerls.

Ich war fertig, übergab Phil den Recorder. Er nickte, wusste sofort Bescheid. Wir mussten die Rollen tauschen. Das Gespräch zwischen Molinero und Johnson brauchten wir von Anfang an.

Dumpfe Stimmen waren aus der Messe zu hören.

Das Holster ließ ich bei meinen Sachen liegen, den Smith & Wesson schob ich auf dem Rücken hinter den Hosenbund.

Phil nahm meinen ursprünglichen Platz ein.

Ich sah noch, dass er den Recorder einschaltete und das eingebaute Spezialmikrofon an das Türblatt hielt. Ich war schon unterwegs in die Küche, schnappte mir ein weißes Handtuch von einem der Stapel und hängte es mir über den linken Arm.

Spanisch gilt als die heimliche zweite Landessprache in den USA – in New York genauso wie in Texas oder Kalifornien. Fließend spanisch zu sprechen ist deshalb für jeden FBI-Agenten ein Muss.

Ich straffte meine Haltung, hob den Kopf, reckte das Kinn vor und stieß die Schwingtürflügel auseinander.

Die Bodyguards hatten sich an einem Tisch auf der gegenüberliegenden Seite des Raumes niedergelassen, unter einem Bullauge. Von dort hatten sie die gesamte Offiziersmesse im Blickfeld.

Beide sahen mich an – prüfend und misstrauisch, wie mir schien. Der eine war ein hellhäutiger Schwarzer. Von Körperbau und Aussehen her hatte er viel Ähnlichkeit mit Mike Tyson. Der andere war weiß, bleich und dürr, einer, der die Nacht zum Tag machte und die meiste Zeit seines wachen Zustands in Vareses diversen Kneipen, Restaurants und Etablissements zubrachte.

Eben noch zielstrebig, verharrte ich in der Mitte des Raumes.

Molinero und Johnson waren unterwegs nach nebenan, hatten eben die Durchgangstür durchschritten.

Ich fragte mich, ob mir ein Fehler unterlaufen war. Der echte Steward hatte ja die direkte Tür zum Kapitänssalon benutzen wollen. Oder hatte er nur so getan, weil es sein alleiniges Ziel war, mich auszutricksen?

Ich warf dem Schwarzen einen fragenden Blick zu.

Mike Tyson machte eine Kopfbewegung in Richtung Kapitänssalon. Der Dürre beachtete mich nicht, zupfte eine zerknautschte Zigarettenschachtel aus der Brusttasche seines Jacketts, hielt sie seinem Partner hin und versorgte dann sich selbst.

Eindeutig also, dass ich gefälligst zuerst Jacko Johnson und den Capitan zu bedienen hatte. Folgsam trabte ich los.

Johnson wirkte aus der Nähe noch mehr wie ein Schrank. Er sprach Englisch mit dem Capitan. Molineros Englisch war mit einem kehlig rollenden Akzent beladen. Sie waren gerade mit der Begrüßung fertig. Johnson hatte sich in einen Sessel gepflanzt und erkundigte sich, wie lange das Löschen der Restladung und das Laden voraussichtlich dauern würden.

Molinero setzte sich ihm gegenüber und erklärte, dass der vorgesehene Zeitplan bestimmt eingehalten werde.

Johnson brummte zufrieden und wandte mir sein kantiges

Gesicht zu, als er mich bemerkte. Er hatte blondes, fettiges Haar. Seine kalten, eisgrauen Augen tasteten mein Gesicht ab. Er konnte mich unmöglich kennen. Wir hatten uns noch nie gegenübergestanden, denn Jacko Johnson gehörte zu jenen Unantastbaren im Varese-Mob, die noch nie vor Gericht gebracht werden konnten.

Er sollte eine Premiere erleben.

Das hatte ich mir geschworen.

»Habt ihr Coke an Bord?«, fragte er lauernd, als wollte er mir einen Geheimnisverrat entlocken.

»Coca-Cola, Señor?« Ich tat, als hätte ich nur das Wesentliche verstanden.

Er lachte dröhnend. »Mit Schuss, Amigo! Ist doch klar, oder?« Er wandte sich Molinero zu. »Mein Gott, Rafael, kannst du deiner Reederei nicht mal sagen, dass sie nicht dauernd das verdammte Personal auswechseln sollen?«

»Ich werde es ausrichten«, antwortete Molinero bereitwillig. Er hob den Kopf, sah mich an und sagte auf Spanisch: »Bringen Sie eine Coke mit kubanischem Rum für Señor Johnson, Manuel – und zwar einen doppelten Rum auf Eiswürfeln und dann mit Coke auffüllen. Für mich das Gleiche.«

»Si, mi Capitan«, antwortete ich und merkte mir, dass ich Manuel hieß, falls einer fragte.

»Und klopfen Sie an, bevor Sie wieder reinkommen«, fügte er hinzu.

»Si, mi Capitan«, dienerte ich abermals. Halb rückwärts gewandt, verließ ich den Salon. Ich schloss die Durchgangstür und drehte mich dabei so geschickt, dass weder Johnson noch seine Bodyguards meinen Rücken länger als eine halbe Sekunde sahen.

Mike Tyson und der Dürre verlangten Budweiser, gut gekühlt. Das würde das geringste Problem sein. Ich konnte nur hoffen, dass ich den kubanischen Rum aufspürte.

Ich hatte den richtigen Riecher. Rum und andere hochprozentige Sachen, die nicht gekühlt werden mussten, befanden sich in einem Wandschrank neben den Kühlschränken. Ich mixte die Drinks für Johnson und Molinero in Longdrinkgläsern. Für Mike Tyson und seinen Kumpel nahm ich lediglich die Budweiserdosen aufs Tablett.

Im Vorbeigehen sah ich Phil, wie der den Recorder an die Tür hielt. Mit der freien Hand gab er mir ein Zeichen. *Alles läuft wie vorgesehen,* bedeutete das.

Ich beeilte mich, die Drinks an den Mann zu bringen. Die Budweiserdosen lieferte ich im Vorbeigehen bei Mike Tyson und seinem Kumpel ab. Molinero und Johnson unterbrachen ihr Gespräch, nachdem ich ordnungsgemäß angeklopft hatte. Ich stellte die Drinks auf den Tisch.

»Wir brauchen Sie dann nicht mehr, Manuel«, sagte Molinero. »Sie können die Messe verlassen.«

Mit einem unterwürfigen »Si, mi Capitan« verschwand ich aus der Höhle des Löwen.

»He, warte mal!«, rief der Dürre, als ich mich nebenan durchmogeln wollte.

Es kostete mich unvorstellbare Willenskraft, nicht zusammenzuzucken.

»Señor?«, sagte ich, indem ich mich den beiden zuwandte. Das leere Tablett hielt ich in der Linken. Ich spannte unmerklich die Muskeln, bereit, zur Waffe zu greifen. Mit einem Schnellziehholster war der Aufbewahrungsort meines Dienstrevolvers nicht zu vergleichen. Mir blieb nur, das Überraschungsmoment zu nutzen, um einen Vorteil auf meiner Seite zu haben.

»Gibt's hier Zigaretten?«, fragte der Dürre.

Ich war überzeugt, dass man mir meine Erleichterung ansah.

Der Dürre hielt seine zerknautschte Packung hoch.

»Kools«, las ich ab. »Kommt sofort, Señor.« Ich lachte, hob die freie Hand zu einem Zeichen der Bereitwilligkeit und beeilte mich, indem ich schräg rückwärts tänzelnd in die Kombüse eilte.

Ich erinnerte mich, irgendwo Zigaretten gesehen zu haben. Aber wo, zum Teufel? Ich suchte in der Umgebung der Kühlschränke, dann fiel es mir ein. Schleunigst eilte ich zum Eingang der Kombüse. Dort gab es ein hohes Wandregal, in dem Tabakwaren und Süßigkeiten gestapelt waren.

Ich brachte dem Kerl seine Kools.

Dann befolgte ich schleunigst Molineros Anweisung. *Wir brauchen Sie dann nicht mehr, Manuel. Sie können die Messe verlassen.* Das hatte er hervorragend ausgedrückt.

Ich ließ die Schwingtür zuklappen und zog mich so weit zurück, dass ich Phil sehen und gleichzeitig die Schwingtür im Auge behalten konnte.

Eine Minute kann verdammt lang sein. Jedenfalls kam es mir vor, als wäre eine Ewigkeit verstrichen, bis Phil endlich die Hand hob und den Recorder einsteckte.

Das Zeichen!

Ich zog meinen Smith & Wesson und stürmte los. Ich hörte das Krachen an der Tür zum Kapitänssalon, als Phil sie aufstieß. Im selben Moment katapultierte ich mich durch die Schwingtür.

Breitbeinig, in den Knien nachfedernd, stoppte ich mein Vorwärtsschnellen.

Der Magnum-Smith ruckte wie von selbst in den Beidhandanschlag.

Die Bodyguards hatten ihre Schrecksekunde noch nicht überwunden. Mike Tyson war beim Bierdosennuckeln erstarrt, der Dürre beim Paffen von Koolswolken.

»FBI!«, sagte ich schneidend. »Streckt sie hoch!«

Von nebenan war Phils gleichlautende Aufforderung zu hören – metallisch peitschend wie ein Hieb.

Zumindest bei Jacko musste sich die gleiche Verblüffung einstellen wie bei meinen beiden Kandidaten.

Es gab nur einen Unterschied.

Mike Tyson und der Dürre kauften es mir nicht ab.

Sie glaubten mir einfach nicht, dass ich den FBI repräsentierte. Das konnte ich mindestens so gut in ihren Gesichtern lesen, wie es Joanna Devally vermocht hätte. Es musste an meiner weißen Stewardkleidung liegen, dass sie mich für einen Hochstapler hielten.

Denn schlagartig warfen sie sich zur Seite, der eine nach links, der andere nach rechts. Im Fallen, durch die Tischplatte geschützt, zogen sie ihre Automatics.

Wenn sie glaubten, mich dadurch austricksen zu können, hatten sie einen schweren Fehler begangen.

»Schlag dir das aus dem Kopf!«, brüllte Jacko Johnson nebenan. »Die Kanone weg, oder das Schwein krepiert!«

Ich sprang aus dem Stand nach rechts, einen Yard hoch. Sicher landete ich auf der nächst erreichbaren Tischplatte.

Im selben Moment hämmerten die Automatics.

Die Kugeln prasselten in die Schwingtür und setzten sie in Bewegung. Nur dort, wo ich eben noch gestanden hatte, richteten sie keinen Schaden an.

»Weg mit der Kanone!«, schrie Johnson, und seine Stimme überschlug sich.

Meine Visierlinie bildete einen spitzen Winkel, knapp über die Tischplatte hinweg, hinter der die Bodyguards jetzt hochkommen wollten, um ihren Fehler zu korrigieren.

Ich jagte erst dem Tyson-Zwillingsbruder eine Kugel in die rechte Schulter. Der Dürre war eine Zehntelsekunde später dran. Wegen ihrer kauernden Haltung trafen die Geschosse sie praktisch von oben, und es war, als würden sie von unsichtbaren Riesenfäusten zwischen Tisch und Sessel zurückgestopft werden.

Ihre Schreie gellten in das Donnern der Magnum-Schüsse. Beide verloren die Waffen aus den kraftlosen Händen, und beide waren durch die ungeheure Kraft der Einschüsse vorübergehend wie gelähmt.

Ich nutzte das Chaos des Augenblicks.

Mit einem Satz überwand ich die Hälfte der Distanz von meinem Tisch bis zur Durchgangstür.

Im Nachhallen des Schussdonners hörte ich ein Poltern.

Phils Dienstrevolver?

»Nein!«, schrie jemand. »Um Himmels willen, nein!«

Als ich die Tür aufstieß, erfasste ich die Situation auf einen Schlag.

Meine Vermutung stimmte.

Phil stand mit erhobenen Händen da, und der Smith & Wesson lag zu seinen Füßen.

Der Rest der Situation ließ mich handeln.

Sofort.

Noch in der halb offenen Tür flog mein Smith in den Anschlag.

Johnson hatte Molinero am Kragen gepackt, zerrte ihn hinter dem Schreibtisch hervor.

Der hünenhafte Mobster schwenkte eine Beretta empor, und in der nächsten Zehntelsekunde würde die Laufmündung Molineros rechte Kopfseite erreichen.

Ich zog durch.

Das Geschoss schmetterte in Johnsons rechte Brusthälfte, riss ihn herum, von dem Kolumbianer weg.

Sein Waffenarm flog herum.

Sofort jagte ich ihm die zweite Kugel in den Oberarm. Die Gefahr war gebannt. Der Arm wurde ihm nach unten geschlagen, während er von Molinero wegkreiselte. Mit ihrem Eigengewicht drückte die Beretta auf den Abzug, der Schuss löste sich krachend, und die Kugel fuhr vor Johnsons Schuhspitzen in den Boden.

Im selben Augenblick landete er selbst krachend auf dem Teppich.

Capitan Molinero war weiß wie Kalk. Er taumelte, stützte sich auf die Schreibtischkante.

Phil hob seinen Revolver auf. »Das war knapp«, sagte er gepresst. »Danke, Alter.«

»Wie konnte das passieren?«, fragte ich tonlos.

»Er hatte die Beretta draußen, als ich reinkam. Ich konnte es nicht sehen, weil er sie rechts neben dem Körper versteckt hatte.«

Das Telefon neben Molineros Sessel schlug an. Der Capitan atmete tief durch und ging hinüber. Gleich darauf hielt er mir den Hörer entgegen. »Für sie.«

Ich meldete mich.

»Wir haben den Fahrer«, sagte Joe Brandenburg. »Und wir haben das komplette Fußvolk mitsamt Luxuslimousinen.«

Jede der Mitarbeiterinnen – wie sie im »Chez Madame« genannt wurden – hatte ein eigenes kleines Apartment, das sich in den Arbeitsbereich und den privaten Wohnbereich teilte.

Susan Roundtree, eine mollige Rotblonde, hatte den letzten Kunden hinausbegleitet und räumte nun ihren Arbeitsbereich auf. Es war das Zimmer, in dem die Gentlemen empfangen und nach ihren Wünschen bedient wurden.

Nur für die Dominas und ihre Sado-Maso-Klienten gab es andere Räume. Spezialräume.

Auf Susans Türschild stand der Name »Suzanne«, den sie sich als Künstlernamen ausgesucht hatte, getreu dem Grundsatz, dass in New York alles Französische einen besonderen Wohlklang hatte.

Susan kickte die Hochhackigen weg und schlurfte todmüde hinüber in ihre Privatgemächer.

Als sie die Verbindungstür abgeschlossen hatte, stellte sie fest, dass das Tonband lief. Es war ein Profigerät, eines, wie es die Radioreporter verwendeten.

Es stand neben Susans Stereoanlage im Regal, weil es dort nicht besonders auffiel. Doch das Gerät war mit einem Empfänger verbunden und dieser wiederum mit einer Wanze.

Der elektronische Minispion befand sich in Madame LaRussias Wohnzimmer, gut versteckt in der Deckenlampe. Susan war seit mehr als zehn Jahren im Geschäft. Sie kannte sich aus, ja, sie wusste eine ganze Menge mehr als manche Anfängerinnen.

Vor allem aber wusste sie auch ein paar Sachen, von denen Madame LaRussia keine Ahnung hatte. Seit Mary Robson sich diesen hochtrabenden Künstlernamen gegeben hatte, trug sie auch die Nase hoch. Sie hatte abgehoben.

Wahrscheinlich konnte sie sich deshalb auch nicht mal im Traum vorstellen, dass die liebe, gute und immer dienstbereite Suzanne im Laufe der Jahre ein paar Kontakte aufgebaut hatte, die Gold wert waren, wenn es darauf ankam.

So wie jetzt.

Susan wusste, wie man mit dem ehrenwerten Mr. Luigi Castelli

Verbindung aufnahm. Sie kannte die Leute, die man ansprechen musste, wenn man ihm eine Nachricht übermitteln oder einen Termin mit ihm vereinbaren wollte.

Sie hatte es getan, und ihre Nachricht war ihm wichtig genug erschienen.

Castelli hatte den Hauselektriker geschickt. Derek Spade, ein Elektro- und Elektronik-Fuchs. Er betreute eine ganze Reihe von Läden, die zum Machtbereich des Varese-Mobs gehörten. Glühbirnen auswechseln, Lichtschalter erneuern, all diese Sachen waren Dereks Job. Und nebenbei installierte er Wanzen. Plus Zubehör.

Neben dem einen Minisender in Madame LaRussias Wohnzimmer hatte Derek zwei weitere in ihrem so genannten Studio eingepflanzt.

Als er mit dem Tonbandgerät fertig gewesen war, hatte sie ihn kostenlos rangelassen. Das gehörte sich einfach so, wenn man Gefälligkeiten in Anspruch nahm. Susan schmunzelte in der Erinnerung. Sie hatte sogar Spaß gehabt mit Derek. Vielleicht hatte es daran gelegen, dass er ihr ermöglichte, der Hochnäsigen eins auszuwischen.

Susan nahm den Kopfhörer aus dem Regal und stöpselte den Klinkenstecker in die Buchse des Recorders.

Madame LaRussia hatte den schwerwiegendsten Fehler ihres Lebens gemacht, sie wusste es nur noch nicht.

Vor einem Jahr hatte sich Susan für den Job als Bonzen-Domina beworben. Madame LaRussia, die Hochwohlgeborene, klagte ja ständig, dass sie die wachsende Zahl der Sado-Maso-Freaks auf Dauer nicht mehr allein verkraften könnte. Zumal die Freaks alle aus der gehobenen Einkommensklasse stammten.

Und dann der Wichtigste von allen!

Anthony Varese.

Susan kannte keine Kollegin, die Varese nicht gern zu Diensten gewesen wäre. Aber wenn es eine gab, die ein Anrecht darauf hatte, jetzt endlich mal an die Reihe zu kommen, dann war sie es, Suzanne!

Die Arbeit als Domina war interessanter, abwechslungsreicher und angenehmer als der normale Job im »Chez Madame«.

All die Jahre hast du dich hingelegt und die Beine breit gemacht, sagte Susans innere Stimme voller Bitterkeit. *Abgesehen von den paar kleinen Variationen war's dauernd die gleiche primitive Vögelei. Und was passiert, wenn's endlich mal eine Aufstiegschance gibt? Deine aufgeblasene Chefin gibt dir einen Tritt in den Hintern und nimmt eine andere.*

Eine völlig fremde!

Noch dazu eine Briten-Nutte!

Anfangs hatte Susan es einfach nicht fassen können. Dann war sie nachdenklich geworden, später misstrauisch. Und deshalb hatte sie Castelli informiert. Es war ihr runtergegangen wie Öl, dass er ihre Befürchtungen teilte.

Immerhin war Varese ein perverses Ferkel.

Und auf ein solches Mob-Oberhaupt musste ein guter Consigliere ja nun wirklich ein wachsames Auge haben. Denn eine solche Schwäche macht einen Mann verwundbar. Castelli wusste das, Varese anscheinend nicht.

Susan drehte den Lautstärkeregler hoch.

Die Stimmen erklangen klar und fast ohne Rauschen.

Im ersten Moment wusste Susan nicht, wer da redete – außer Madame, der ehrenwerten Abgehobenen.

... habt ihr beiden Hübschen doch immerhin noch – genau-zweiundzwanzig Stunden Zeit, bis ihr ihn in die Mangel nehmt. Da könnt ihr doch ganz in Ruhe noch mal alles durchprobieren.

In Ruhe – das ist leicht gesagt. Es war diese so genannte Hexe aus London. Sie lachte. *Laura und ich sind ziemlich nervös, das wirst du dir ja vorstellen können. Wir machen so was schließlich zum ersten Mal!*

Susan klappte die Kinnlade herunter.

Aber niemand hat sich für das erste Mal besser vorbereitet als ihr, sagte Madame LaRussia und lachte.

Das stimmt, erklärte eine dritte Frauenstimme. *Aber zwischen Theorie und Praxis ist doch ein Riesenunterschied.*

Ihr schafft das schon, da bin ich sicher, entgegnete Madame LaRussia. *Außerdem habt ihr meine beiden Assistentinnen, wenn euch mal total der Ekel packen sollte. Kann ich mir aber nicht vorstellen. Varese ist ein pflegeleichter Kunde. Der winselt noch vor Glückseligkeit, wenn ihr ihn grün und blau prügelt.*

Die drei Frauen lachten.

Vor allem müssen wir die Abhöranlage noch mal durchchecken, sagte die Britin, nachdem sie sich beruhigt hatte. *Wir brauchen jedes Wort von ihm auf Band.*

Susan starrte den Recorder an.

Auf einmal zitterte sie vor Aufregung.

Sie konnte nicht mehr hinhören, riss sich den Kopfhörer herunter. Ihr Herz hämmerte. Sie suchte nach Zigaretten, fand sie auf dem Sideboard, zündete sich mit bebenden Fingern eine an.

Die Worte hallten in ihrem Kopf nach.

Wir machen so was schließlich zum ersten Mal!

Was das bedeutete! O Gott! Allein die Bedeutung dieses einen Satzes war ungeheuerlich.

Und dann das:

Wir brauchen jedes Wort von ihm auf Band.

Dahinter konnte nur eines stecken: Varese sollte hereingelegt werden. Die »Hexe von Dartmoor« und ihre angebliche Assistentin waren alles andere als Dominas. Himmel! Hier im »Chez Madame« bahnte sich eine Katastrophe an. Susan war da ganz sicher. Das eben Gehörte ließ keine Zweifel mehr offen.

Nach einer Weile atmete sie ruhiger.

Sie drehte die Lautstärke des Recorders herunter, zog den Klinkenstecker heraus und packte den Kopfhörer weg. Das Gerät ließ sie jedoch weiterlaufen. Heftig atmend verharrte sie und dachte nach.

Sie musste Castelli verständigen.

Sofort.

Das Dumme war, dass sie sich nicht direkt an ihn wenden durfte. Das war gegen die ungeschriebenen Gesetze des Mobs. Kontakte zur Führungsspitze durften niemals nachweisbar sein.

Susan wusste, wenn sie jetzt richtig handelte, standen ihr höchstwahrscheinlich alle Wege offen.

Sie durfte keinen Fehler machen und musste sich an die Spielregeln halten. Dann war sie vielleicht schon bald die Inhaberin des »Chez Madame«.

Also rief sie Elmer an, den ersten Verbindungsmann, über den man eine Nachricht an Castelli abzusetzen hatte.

»Hier spricht der automatische Anrufbeantworter von King Kong«, sagte eine raue Bassstimme. »Ich hänge zurzeit am Empire State Building. Kommen Sie auf die Aussichtsplattform, oder hinterlassen Sie nach dem Signalton eine Nachricht …«

Susan legte auf und murmelte einen Fluch.

Sie warf sich in einen Sessel, rauchte hastig und dachte nach, indem sie zur Decke starrte. All right, es war kurz nach halb zwei, in der Nacht von Samstag auf Sonntag. Da konnte man schon verstehen, dass ein Mann nicht zu Hause war. In einer Sommernacht wie dieser würde kaum jemand in seinen vier Wänden anzutreffen sein, wahrscheinlich auch Mr. Castelli nicht. Selbst die Erlaubnis, ihn direkt anrufen zu dürfen, hätte also nichts genutzt.

Susan drückte die Zigarette in den Aschenbecher und steckte sich eine neue an. Sie rief sich das Wesentliche in Erinnerung.

… habt ihr beiden Hübschen doch immerhin noch zweiundzwanzig Stunden Zeit, bis ihr ihn in die Mangel nehmt …

Genug Zeit also, um den Consigliere zu verständigen.

Eine halbe Stunde vor Mitternacht war Anthony Vareses übliche Zeit. Ab halb zwölf hatte er sich bislang von Madame LaRussia quälen und erniedrigen lassen. Und jetzt träumte er von der »Hexe von Dartmoor« – und davon, dass sie ihm den allergrößten Kick seines Lebens verschaffen würde.

Susan schüttelte den Kopf, während sie hektisch rauchte.

Manche Männer waren wirklich blind, wenn sie sich von ihrer sexuellen Gier hinreißen ließen. Daraus folgerte, dass ein Typ wie Varese an der Spitze seiner Organisation untragbar wurde.

Susan konnte es beurteilen. Obwohl sie keine Domina war,

hatte sogar sie genug Männer erlebt, die durch ihre Geilheit zu jämmerlichen Trotteln wurden.

Luigi Castelli würde für ihre sensationelle Mitteilung bestimmt überaus dankbar sein. Wenn sie ihn nur endlich erreichen würde!

An einem Sonntagmorgen um zehn ist die FBI-Kantine ein regelrecht gemütlicher Ort. Nur ein paar Kollegen von der Nachtbereitschaft hängen herum, und die einzige Serviererin hat sogar Zeit für ein paar freundliche Begrüßungsworte.

So war es auch an diesem Sonntag.

Durch die großen Fensterflächen fielen die Strahlen der Julisonne, und der Verkehrslärm aus den Straßenschluchten war mäßig. Ein Sonntag in Manhattan, noch dazu so ein sonniger, kann durchaus etwas Beschauliches haben.

Phil und ich trugen die Tabletts mit unserem zweiten Frühstück zu einem von Zimmerpalmen beschatteten Tisch, an dem uns Mr. High erwartete. Er hatte nur noch einen Becher Kaffee vor sich stehen.

Phil nahm den mitgebrachten Walkman aus der Tasche und gab dem Chef die Kopfhörer. Die Kassette war zurückgespult. Wir kannten den Inhalt bereits auswendig.

Wir verzehrten unsere Sandwichs, während das Band lief.

Jacko Johnson, der jetzt im Gefängnishospital von Rikers Island lag, hatte mit Capitan Molinero genau die beweiskräftigen Worte gewechselt, die uns noch gefehlt hatten.

Dünn und quäkend konnten wir die Stimmen mithören.

Unser Kunde wird sich in La Guaira wie üblich mit Ihnen in Verbindung setzen, sagte Johnson ganz im Ton des gelassenen Beherrschers der Situation. *Alle Fahrzeuge sind ordnungsgemäß verkauft, einschließlich der Papiere.*

Der gefälschten Papiere! Molinero gelang ein Lachen.

Johnson stimmte mit ein. Zu diesem Zeitpunkt war er ja noch Geschäftspartner und Kumpel gewesen. *Ich sag Ihnen was,*

Rafael – nicht mal hier in New York könnte uns einer an den Karren fahren. Meinetwegen könnten die City-Bullen jetzt da draußen aufkreuzen und eine Razzia veranstalten. Was glauben Sie, was denen das einbringen würde?

Vermutlich nichts, so wie ich Sie kenne, Jacko.

Weniger als nicht, Rafael! Diese Schwachköpfe würden sich nicht nur die Nase stoßen. Sie würden auch noch eine Beschwerde an den Hals kriegen. Und der Einsatzleiter könnte sich schon mal auf eine Beförderungssperre gefasst machen. Die vierundfünfzig Nobelschlitten kriegt jedenfalls kein Bulle in die Finger.

Ich weiß, Jacko. Ihre Lieferungen waren immer perfekt.

Das will ich meinen.

Ich hatte auch in La Guaira nie Schwierigkeiten mit den Wagen. Gebrauchte Kraftfahrzeuge US-amerikanischer Herkunft, daran ließ sich einfach nicht rütteln.

Wir arbeiteten nur mit den besten Zulieferern zusammen, prahlte Johnson. *Wenn die eine Fahrgestellnummer ändern, kriegt das nicht mal der gewiefteste Kraftfahrzeug-Ingenieur raus.*

Aber das Problem ist doch wohl die Identität des Vorbesitzers, oder?

Problem? Johnson lachte schallend. *Mann, das ist für uns doch ein Fremdwort! Unsere Zulieferer verwenden Namen und Adressen von Leuten, die vor kurzem den Löffel abgegeben haben.*

Tote?

Na, logisch. Falls die wirklich mal überprüft werden sollten – was bislang noch nicht vorgekommen ist –, yeah, dann sind unsere Nobelschlitten längst in der Versenkung verschwunden – auf den verschlungenen südamerikanischen Pfaden! Das müssen Sie doch selbst am besten wissen, Rafael. Spüren Sie mal einen silbergrauen Lincoln Continental Baujahr vierundneunzig mit Fahrgestellnummer sowieso zwischen Venezuela und Feuerland auf!

Unmöglich.

Sehen sie. Und dann ist aus silbergrau auch noch schwarz geworden, und die Fahrgestellnummer ist eine andere. Na, fällt Ihnen dazu noch was ein, Rafael?

Nein, nichts mehr. Ihr New Yorker seid schon raffinierte Leu…
FBI! Streckt sie hoch!

Phils und mein zweistimmiger Auftritt fuhr wie ein Peitschenhieb dazwischen. Auf der Kassette hörte es sich an wie perfekt einstudiert.

Was es im Prinzip ja auch war. Zum Einstudieren hatten wir beide genügend Dienstjahre und genügend Einsätze hinter uns.

John D. High nahm den Kopfhörer herunter.

Phil schaltete den Walkman aus.

»Wir werden bald wissen, wie perfekt Johnsons Zulieferer waren«, sagte der Chef mit einem angedeuteten Lächeln. »Und für die Überprüfung der toten Vorbesitzer werden wir bis zum Gerichtsverfahren auf jeden Fall genügend Zeit haben.«

Phil und ich wussten, dass die vierundfünfzig Luxuswagen beschlagnahmt worden waren. Die Scientific Research Division hatte die Fahrzeuge im Auftrag des FBI übernommen, um sie mit modernsten erkennungsdienstlichen Mitteln zu überprüfen. Die aktuellen Listen der in den Vereinigten Staaten als gestohlen gemeldeten Autos würden dazu verwendet werden können, die rechtmäßigen Eigentümer aller vierundfünfzig Limousinen zu ermitteln.

»Die Kollegen von der Vernehmung sind weiter mit Waller beschäftigt«, fuhr Mr. High fort. »Johnson wird ab heute Mittag vernehmungsfähig sein, und dann hätten wir noch das gesamte festgenommene Fußvolk.«

»Schwerstarbeit für die Kollegen«, sagte Phil mitfühlend.

»Und die Beschattungen?«, erkundigte ich mich, indem ich den Chef ansah. Für den Fall, dass wir verwertbares Beweismaterial an Land zogen, hatten wir schon vor Monaten eine Art Ernstfall-Einsatzplan entwickelt. Bestandteil des Plans war, dass alle führenden Köpfe des Varese-Mobs rund um die Uhr beschattet wurden.

»Castelli ist uns entwischt«, antwortete Mr. High. »Er muss Lunte gerochen haben. Zumindest vorübergehend ist er in der Versenkung verschwunden.«

»Er wird wieder auftauchen«, sagte Phil zuversichtlich. »Solange noch etwas zu machen ist, wird er den Varese-Mob nicht einfach aus dem Ruder laufen lassen.«

»Der Meinung bin ich auch«, sagte Mr. High.

»Ruby und Joanna spazieren unter diesen Umständen mitten in die Höhle des Löwen«, gab ich zu bedenken.

Mr. High sah mich an. »Die beiden sind hochmotiviert. Sie wohnen jetzt übrigens im Hotel Paramount an der sechsundvierzigsten Straße, Ecke Broadway, und zwar unter ihren Undercover-Namen. Laura Farrell und Jane Sheppard. Heute Abend siedeln sie rechtzeitig ins ›Chez Madame‹ über. Es ist ja nur ein Katzensprung.«

»Was versteht man in diesem Fall unter hochmotiviert?«, fragte ich stirnrunzelnd.

Der Chef lächelte. »Am besten erkläre ich es mit dem, was Ruby mir am Telefon sagte – nämlich wörtlich: Ich möchte noch einmal darauf hinweisen, Sir, dass Joanna und ich vollwertige Special Agents sind.«

»Und keine Hilfspolizistinnen«, spaßte Phil. »Der Zusatz fehlte noch.«

»Haben wir Ruby jemals als halbe Portion betrachtet?«, fragte ich.

»Sicher nicht«, erwiderte der Chef. »Aber ihr Hinweis war wohl mehr auf Joanna gemünzt.«

»Joanna hat sich nichts vorzuwerfen«, erwiderte ich. »Als Psychologin ist sie Spitzenklasse, und als Special Agent wird sie es auch bald sein.«

»Aber Suzanne!«, jammerte der rundliche kleine Mann. Er hockte auf der Bettkante, und sein Bauch formte eine beachtliche Kugel. »Du kannst mich doch jetzt noch nicht nach Hause schicken!«

»Hab ich gesagt, dass du schon nach Hause gehen sollst, Albert?« Mit raschen Handbewegungen zog Susan die Träger ihres hautengen Bodys über die Schultern.

Sie zündete sich eine Zigarette an und zählte die Geldscheine, die Albert ihr auf das Sideboard geblättert hatte. Fünfhundert Dollar. Dafür hatte der kleine Mann eine Stunde lang eine Menge aufregender Sachen mit ihr machen dürfen. Er war geschäftsführender Gesellschafter eines Ingenieurbüros und kam jeden Sonntagabend um acht. Normalerweise blieb er drei Stunden, manchmal vier.

Zu Hause wartete ein Drachen in Frauengestalt auf ihn. Angeblich ging Albert sonntags ins Kino. In der Woche las er Filmzeitschriften, damit er den Inhalt aller aktuellen Kinofilme kannte. Wenn sie es hören wollte, konnte er seiner Frau den Inhalt des Streifens erzählen, den er angeblich gesehen hatte. Aber meistens wollte sie es nicht hören, weil sie sich nicht für Kino und Filme interessierte. Deshalb blieb sie ja zu Hause. Nach dem angeblichen Kinobesuch ging Albert – ebenfalls angeblich – noch in einen Jazzclub.

In Wirklichkeit verballerte er sein Schwarzgeld im »Chez Madame«. Es gab in seiner Branche Gelegenheitsleistungen, die man sich in bar honorieren ließ.

»Wo soll ich denn jetzt hingehen?«, stöhnte er händeringend.

»Es gibt ein paar Kolleginnen, die ich dir empfehlen kann.« Susan war ungeduldig. Sie konnte die innere Unruhe kaum noch ertragen. Sie hatte Elmer den ganzen Tag nicht erreicht. Sie musste sich endlich wieder ans Telefon hängen.

»Ich will aber nur dich!« Albert flennte fast. »Du weißt doch, dass ich keine von den anderen leiden mag.«

Susan ging vor ihm in die Hocke und tätschelte seine Oberschenkel. »Hör zu, Schätzchen, ich sag dir, wie's ist. Ich habe ein paar dringende Sachen zu erledigen, die ich nicht verschieben und die niemand anders für mich erledigen kann. Aber nächsten Sonntag, das verspreche ich dir, habe ich die ganze Nacht Zeit für dich. Na, wie wär denn das? Kannst du deine Alte nicht mal zu ihrer Schwester nach Pennsylvania schicken?«

Alberts Augen leuchteten. Allein die Vorstellung brachte ihn in Fahrt.

Susan ließ ihn gewähren, als er mit beiden Händen zulangte und ihre Brüste aus dem Body wühlte.

»Das könnte was werden!«, keuchte er. »O Mann, das wäre vielleicht toll!«

Susan lächelte ihm aufmunternd zu. Sanft, aber bestimmt schob sie seine Hände weg, stand auf und verstaute ihre Oberweite wieder unter dem elastischen Stoff.

»Also abgemacht«, sagte sie energisch. »Und jetzt sei so gut und lass die liebe Suzanne ihre geschäftlichen Dinge regeln.«

Seufzend fügte er sich, zog sich an und schlurfte hinaus, nicht ohne noch einmal einen verzehrenden Blick auf ihre drallen Formen geworfen zu haben.

Susan schloss ab und eilte in ihre Privaträume.

In fliegender Hast nahm sie den Hörer ab und drückte die Wahlwiederholungstaste. Das Rufzeichen ertönte.

Hier spricht der automatische Anrufbeantworter von King Kong. Ich hänge zurzeit am …

Entnervt knallte Susan den Hörer auf die Gabel. Sie lehnte sich zurück und blickte zur Uhr. Es ging auf halb zehn zu. Noch zwei Stunden. Aber dann war die Spezialbehandlung Anthony Vareses im »Studio« schon nicht mehr aufzuhalten.

Susan glaubte nicht mehr daran, dass sie Castellis Verbindungsmann noch rechtzeitig erreichen würde. Ihr würde also keine andere Wahl bleiben, als das Tonband auf die Minisender im Studio umzuschalten und alles aufzunehmen, was gesprochen wurde.

Die »Hexe von Dartmoor« war in Lumpen gekleidet, und sie roch nach Holzkohle und Torffeuer. Ihr Haar war zerzaust, doch ihrer Schönheit tat das keinen Abbruch.

Ihre Gehilfin, die sich Tristana nannte, war ein jungenhaft wirkendes Mädchen, das aus der Klosterschule ausgebrochen war, um in den Wäldern bei der Hexe zu leben. Tristana war in einen schmuddeligen Anzug aus braunem Wildleder gekleidet, und dadurch sah sie ein bisschen so aus, wie man sich Robin Hood vorstellte.

Anthony Varese kannte die Geschichte der beiden Frauen genau. Er hatte gut zugehört, und er hatte sich jede Einzelheit gemerkt. Natürlich wusste er, dass das Drumherum zur Ausschmückung erfunden war. Aber sie hatten ihre Geschichte so gelungen gestaltet, dass man sich ohne Mühe vorstellen konnte, wie sie in einem mittelalterlichen englischen Wald hausten und von den einfachen Menschen teils gefürchtet und teils verehrt wurden.

Die Hexe und ihre Gehilfin waren damit beschäftigt, geheimnisvolle Mixturen zusammenzubrauen. Dazu benutzten sie eine große gusseiserne Schale, in der sich glühende Holzkohle befand. Darüber, auf einem Rost, standen verschiedene kleine Eisentöpfe, und an einem Dreibein hing ein Kessel, in dem es brodelte, dampfte und zischte.

Beißender Rauch, vermischt mit unbekannten Gerüchen, breitete sich immer mehr aus.

Anthony Varese fühlte sich unendlich wohl.

Der Rauch und die seltsamen Gerüche benebelten seine Sinne, und dabei war dies nur der Anfang der Hexenkunst.

Lang ausgestreckt lag er auf dem Rücken, die Arme hinter den Kopf gereckt. Seine Handgelenke wurden von Ledermanschetten fest umschlossen, ebenso die Fußgelenke. Schwere Ketten verbanden die Manschetten mit dem Mechanismus.

Es war ein Streckbett, auf dem der Mob-Boss lag. Eine hölzerne Pritsche, jedoch mit beweglichen Teilen ausgestattet, die es erlaubten, den zu Befragenden in die Länge zu ziehen. Dazu diente das Speichenrad, groß wie das Steuerruder eines Schiffes, am Fußende des Foltergeräts.

Tristana hatte es bereits ausprobiert.

Anthony Varese konnte nur noch den Kopf und Finger und Zehen bewegen. Für den Fall, dass er den Kopf zu heftig schüttelte, gab es allerdings noch eine eiserne Stirnschelle, die man ihm anlegen und mit Schrauben immer fester anziehen konnte.

Noch war er mit einer ledernen Schürze bedeckt, doch darunter trug er nichts mehr.

Varese war aufgeregt gewesen wie ein kleiner Junge, als er an diesem Abend den Salon der Madame LaRussia betreten hatte. Seine Leibwächter vertrieben sich die Zeit wie üblich in der Bar des »Chez Madame«. Wenn sie Lust hatten, konnten sie mit einem der Girls nach oben in eines der Zimmer verschwinden.

Es war eine völlig neue Erfahrung, die ihn erwartete. Das spürte Anthony Varese mit allen Fasern seiner Sinne.

Keine Luxusmatratze und kein Daunenbett konnten angenehmer sein als das harte Holz des Foltergeräts. Wohlige Schauer durchrannen den Körper des Top-Mobsters, und wenn er die Hexe und ihre Gehilfin bei dem geheimnisvollen Treiben so beobachtete, dann erfüllte ihn die glühende Gewissheit, dass Vorfreude die schönste Freude war.

Madame LaRussia war eine Künstlerin auf ihrem Gebiet, vielleicht die beste überhaupt.

Was die »Hexe von Dartmoor« bieten würde, war jedoch so ungewöhnlich wie ihr Erscheinungsbild und die Kulisse ihres Auftritts.

Laura hieß sie, das hatte sie ihm zugeflüstert, denn auch Hexen hätten ganz normale Namen. Anschließend war sie ihm mit ihren atemberaubenden Fingernägeln über die Wangen gefahren. Das hatte die wahnsinnigste, unglaublichste Gänsehaut seines Lebens verursacht – am ganzen Körper.

Laura hatte das Studio mittels künstlicher Bäume, wie sie in Schaufensterdekorationen verwendet wurden, in einen richtigen kleinen Hexenwald verwandelt. Madame LaRussias Assistentinnen, in Sackleinen gehüllt, standen unauffällig weiter hinten, zwischen den Pappbaumstämmen. Ihre Dienste wurden nur gebraucht, falls einfache Handreichungen zu erledigen waren.

Die Hexe und ihre Gehilfin murmelten etwas, das sich nach Beschwörungsformeln anhörte.

Varese hatte den Kopf etwas zur Seite gedreht, um die beiden besser beobachten zu können.

Die Hexe war einfach hinreißend in ihren Lumpen. Ihr struppiges, schwarzes Haar, wie es ihre Stirn umrahmte, verstärkte den Eindruck ihrer geheimnisvollen Schönheit.

Aber auch Tristana war begehrenswert, wenn auch auf eine völlig andere Art.

Varese träumte schon jetzt von dem Augenblick, in dem sich ihm beide Frauen in vollkommener Nacktheit zeigen würden. Doch bevor es so weit war, würden Dinge geschehen, die er sich in seinen ausschweifendsten Träumen nicht vorgestellt hatte.

So hatte Madame LaRussia es ihm versprochen.

Und sie hatte noch nie etwas versprochen, was sie nicht halten konnte. Wenn dieser Abend der Erfolg wurde, den er erhoffte, nun, dann würde er ihr weitere Anteile am »Chez Madame« überlassen. Vielleicht würde er sie sogar zur hundertprozentigen Inhaberin machen.

Seine vorauseilenden Gedanken wurden unterbrochen.

Das Gemurmel endete, und Tristana hob einen der Töpfe vom Feuer. Dazu benutzte sie eine große hölzerne Zange, die sie mit beiden Händen zusammendrückte, um den Topf sicher tragen zu können.

Laura wandte sich ebenfalls vom Feuer ab, und Tristana ließ ihrer Meisterin den Vortritt, als sie an die Seite des Streckbetts trat.

»Nun, Anthony«, sagte die »Hexe von Dartmoor«, indem sie sich über ihn beugte. »Bist du bereit, dich den Prüfungen zu unterziehen? Bist du bereit, gemeinsam mit mir, deiner Gebieterin, die Reise anzutreten?«

»O ja, Gebieterin!«, hauchte er.

»Aber du weißt nicht, wohin die Reise führt.«

»Das ist mir egal, wenn ich nur mit dir zusammen bin.«

Laura lächelte hart. »Einer Hexe kannst du nicht schmeicheln, Anthony, merk dir das.«

»Ja, Gebieterin.«

»Unsere gemeinsame Reise wird uns in das Reich der grenzenlosen Wahrheit führen, Anthony. Dorthin, wo die Gefühle so wahrhaftig sind, wie sie wahrhaftiger nicht sein können. Willst du diese Reise mit mir unternehmen?«

»Ja, ich will, Gebieterin.«

»Dann ist es gut«, sagte sie ohne eine erkennbare Regung in ihrer Miene. »Nur ein bereitwilliger Begleiter ist mir willkommen. Willst du bereitwillig sein?«

»Ja, ich will, Gebieterin!« Varese ächzte vor Ungeduld.

»Dann werden wir die Methoden des peinlichen Verhörs möglicherweise gar nicht anwenden müssen?«

»Ich habe nichts dagegen, Gebieterin. Strafe mich, wenn ich nicht bereitwillig genug bin. Strafe mich, und ich werde wieder dein folgsamer Zögling sein.«

Die Hexe nickte herablassend. Sie wandte sich zur Seite und tauchte Zeigefinger und Mittelfinger der rechten Hand in den Topf, den Tristana ihr hinhielt.

Mit einem dicken Klumpen grünlicher Salbe kamen ihre Finger wieder zum Vorschein.

Vareses Augen wölbten sich, als er das schleimige Grün sah, wie es sich seiner Nase näherte.

Laura schmierte es ihm in den Oberlippenbart.

Augenblicklich stieg ihm ein scharfer Geruch in die Nase.

Er wusste, dass die europäischen Hexen des Mittelalters Salben gekannt haben sollten, deren Wirkung ähnlich war wie die heutiger Rauschgifte. Doch daran dachte er in diesem Moment nicht.

Der wirkliche Rausch waren das Gesicht der Hexe, ihre Schönheit, der verheißungsvolle Glanz ihrer Augen und die Nähe ihres Körpers, noch unter den Lumpen verborgen.

Der scharfe Geruch der Salbe trieb seine Sinne einer Flut von Empfindungen entgegen, die augenblicklich begannen, ihn mit sich fortzureißen.

Die Hexe gab ihrer Gehilfin ein Zeichen.

Sofort holte Tristana einen anderen Topf vom Feuer.

»Bist du bereit für den Taumel der Sinne?«, fragte Laura.

»Ja, ich bin bereit«, wisperte Varese. »Mach mit mir, was du willst, Gebieterin!«

»Darauf kannst du dich verlassen«, entgegnete die Hexe und lächelte spöttisch.

Tristana brachte den neuen Eisentopf.

Die Hexe tunkte die Finger hinein und rieb eine rote Paste auf Vareses Oberarme. Dann zog sie den Lederschurz ein Stück nach unten, versorgte sich mit mehr von der roten Paste und rieb ihm eine dicke Schicht davon auf die Brust.

Er stöhnte, obwohl er nur eine neue, süßliche Geruchsvariante wahrnahm. Doch die Vorahnung dessen, was ihn noch erwartete, brachte ihn schon jetzt fast um den Verstand.

»Dieses Mittel«, die Hexe tupfte ihm etwas von dem Rot auf die Nase, »wirkt nicht allein durch seinen Duft. Die alte Kunst meiner Vorfahrinnen kannte Mittel, die durch die Poren der menschlichen Haut eindringen und besondere Gefühle hervorrufen. Eben diese Mittel wurden verfeinert für Rat suchende Männer, die sich in einen rauschartigen Zustand versetzen wollten, wenn sie mit einer Frau zusammen waren.«

Varese stöhnte abermals. »Waren sie auch mit der Hexe zusammen?«

»Aber ja«, antwortete die »Hexe von Dartmoor« mild.

»So – wie ich mit dir?«

»Annähernd so«, erwiderte Laura. »Du und ich, wir werden unvergleichlich sein in der Grenzenlosigkeit unserer Sinnlichkeit.«

Varese schloss die Augen und gab Laute des Wohlgefallens von sich.

Die Hexe und ihre Gehilfin arbeiteten nun rascher. Tatsächlich handelte es sich bei den verschiedenfarbigen Salben und Pasten um alte indianische Rezepturen, die aus dem Geheimwissen der Schamanen stammten. Chemiker des FBI-Labors in Washington D. C. hatten die Mixturen hergestellt und per Kurier nach New York geschickt.

Ruby O'Hara und Joanna Devally hatten die Anweisungen der Chemiker genau gelesen. Ruby hatte überdies mehrere Telefongespräche mit dem Laborleiter geführt.

Der Hexenrausch trieb Anthony Varese in Gefühlswelten, in denen es keine Kontrolle mehr über das eigene Ich gab.

Er erlebte, wie er seine Hände ausstreckte, obwohl er an das Streckbett gekettet war. Er nahm wahr, wie er die Körper der Hexe und ihrer Gehilfin berührte. Sie erschienen ihm nackt, und seine Erregung steigerte sich mit jedem Atemzug.

Sie waren nackt!

Sie boten sich ihm so selbstverständlich und freimütig dar, dass sie wie engelhafte Wesen auf ihn wirkten. Dann wieder, in einem anderen Moment, verkörperten sie alle Verruchtheit dieser Welt. Sie lösten wahre Gefühlsstürme in ihm aus, und er wusste schon jetzt, es würde etwas wie ein Vulkanausbruch sein, dem sie ihn entgegentrieben.

Die Hexe und ihre Gehilfin tanzten um ihn herum, lachten und kreischten ausgelassen. Dann wieder, im nächsten Moment, waren sie ganz nahe und liebkosten ihn mit neuen, geheimen Salben, die vor seinem geistigen Auge Kaskaden aus farbigem Licht auslösten. Laura und Tristana durchbrachen die Lichtkaskaden mit ihrer Nacktheit – mit ihren Körpern, die so vollkommen waren, dass nur der göttliche Michelangelo sie modelliert haben konnte.

Aus diesem Tosen aufpeitschender Wahrnehmungen heraus richtete die Hexe in ihrer ganzen Sanftheit das Wort an ihn.

»Sag, geliebter Anthony, kennst du ähnliche Wege, uns in einen Sinnesrausch zu entführen?«

»Aber ja!«, hörte er sich begeistert keuchen.

»Wirst du uns die Wege zeigen?« Lauras Augen und ihr Mund, nahe vor den seinen, waren die zur Wirklichkeit gewordene Verheißung.

»Oh, wie gern ich das täte!«, stöhnte er.

»Dann sag uns, wo du die geheimen Mittel dafür aufbewahrst, geliebter Anthony. Und wir werden dort sein und auf dich warten.«

»Ihr werdet auf mich warten?«, jauchzte er. »Dort, wo ich euch den Himmel auf Erden bescheren werde?«

»O ja, Anthony. Wir wollen das Leben in diesem Land kennen lernen – und die Gefühlswelten, die es für uns bereithält. Und vielleicht, ja, vielleicht werden wir deine Mittel der Sinnesfreude mit unseren kombinieren ...«

»Mein Gott!«, ächzte Varese. »Das wird – das wird die Mutter aller Orgasmen!«

»Worauf du dich verlassen kannst«, sagte die Hexe ernsthaft. »Sag uns nur, wo wir die Wundermittel finden, deren Zauber wir gemeinsam mit dir erleben werden.«

»Es ist das Paradies«, strahlte Varese. »Ein Haus an der Bowery.«

»Hat es eine Nummer?«, fragte Ruby O'Hara in seinen Rausch hinein.

»Einhundertdreiundfünfzig, Ecke Broome Street. Es ist ein altes Backsteinhaus, und es ist sehr, sehr gemütlich. Vor allem im vierten Stock, wo ich meine Privatgemächer habe.«

In seiner Glückseligkeit bemerkte Varese nicht, dass die Gehilfin der Hexe fortwährend seine Gesichtszüge beobachtete. Ebenso wenig konnte er ahnen, dass die beiden Frauen seine Ausdrucksfähigkeit mit Hilfe des Streckbetts bewusst auf sein Gesicht reduziert hatten.

Und selbst wenn er ihn bemerkt hätte, wäre er nicht in der Lage gewesen, den fragenden Blick zu deuten, den die vermeintliche Hexe ihrer angeblichen Gehilfin zuwarf.

Joanna nickte kaum merklich und gab Ruby dadurch zu verstehen, dass in der Miene des Mob-Bosses kein Anzeichen einer Lüge zu erkennen gewesen war. Die Gesichtsdeutung hatte zweifelsfrei ergeben, dass er die Wahrheit sagte.

Und die körpersprachlichen Ansätze, zu denen er möglicherweise noch fähig gewesen wäre, waren ausgeblieben. Da hatte es keine Muskelreaktion seiner Hände gegeben, und auch die Zehen waren völlig bewegungslos geblieben.

Bei allem, was er gesagt hatte, hatte es für Anthony Varese

nichts gegeben, was ihn auch nur einen Hauch von Überwindung gekostet hätte.

Ruby O'Hara schickte ihre Kollegin mit einer unmerklichen Handbewegung in den Nebenraum.

Dort benutzte Joanna ihr Handy, um abhörsicher im FBI-Distriktgebäude anzurufen.

Es war kurz nach zwei Uhr, also schon Montag. Die Bowery war um diese Zeit so lebendig wie um zwei Uhr nachmittags. In der Stadt, die niemals schläft, wie Frank Sinatra behauptete, ist die Bowery eine der Straßen, die niemals zur Ruhe kommen.

Das Haus an der Ecke Broome Street war ein typischer New Yorker Brownstone, ein Backsteinhaus also. Im Erdgeschoss befand sich ein Videoladen mit Schaufenstern sowohl an der Broome Street als auch an der Bowery. Rollgitter waren heruntergelassen, vor den Fenstern und vor dem Eingang des Ladens. Der Eingang zu den Wohnungen befand sich in der Broome Street, an der rechten Seite des Gebäudes neben dem Schaufenster. Unmittelbar daneben war der Wohnungseingang des nächsten Hauses, das ebenfalls ein Backsteinhaus war. Zusammen bildeten die beiden Eingänge ein flaches Rechteck.

Ich hatte Mr. High darüber informiert, und er hatte eine Anfrage an die Baubehörde gerichtet. Wir vom FBI hatten so genannte Feuerwehrnummern von sämtlichen Behörden – Telefonanschlüsse, unter denen man auch nachts Fachleute erreichen konnte.

Ich musste wissen, ob zwischen den beiden unmittelbar benachbarten Treppenhäusern eine Verbindung bestand, möglicherweise aus Feuerschutzgründen.

Phil und ich saßen in einem neutralen dunkelroten Pontiac Grand Am. Phil hatte den Part des Fahrers übernommen, als Ausgleich dafür, dass ich die meiste Zeit fürs Fahren zuständig bin, nämlich dann, wenn wir meinen Jaguar benutzen. Für diesen Einsatz war mir der rote Flitzer jedoch zu auffällig.

Joannas Nachricht aus dem »Chez Madame« war zwei Stunden alt.

Wir ließen uns bewusst Zeit.

Seit eineinhalb Stunden wurde das Haus Nummer 153 lückenlos beobachtet. Steve und Zeery hatten den Anfang gemacht, Joe Brandenburg, Floyd Winter und weitere Kollegen waren gefolgt. Phil und ich hatten die unmittelbare Beobachtung vor einer Viertelstunde übernommen. Alle Kollegen waren noch in der Nähe. In mehr oder weniger großen Abständen von dem fünfgeschossigen Brownstone, größtenteils in Seitenstraßen und Parallelstraßen, wurde auf diese Weise eine immer dichtere Absperrung gebildet. Per Funk standen wir in Verbindung.

Joannas Information stimmte mit einer Aussage überein, die Ferdinand Waller am Abend gemacht hatte. Der Backsteinbau an der Bowery sei ein Treff für hochrangige Dealer, und zwar im vierten Stock. In den Wohnungen im ersten, zweiten und dritten Stock wurde Crack gekocht und an den Mann gebracht.

Ein Crack-Haus also.

Eines von der gehobenen Sorte jedoch, denn nach außen hin gab es nichts Auffälliges. Wer hier seine Phiolen kaufte, der krakeelte nicht in der Umgebung herum, sondern er zog sich in die dunkleren Straßen der Lower East Side zurück.

Phil schaltete die Zündung ein und blickte auf die Anzeige des Außenthermometers. »Immer noch zwanzig Grad!«, beklagte er sich und drehte den Zündschlüssel wieder herum.

»Warum beschwerst du dich nicht?«, fragte ich, ohne den Blick von der anderen Straßenseite zu wenden.

Auf der Fahrbahn rollte nur noch mäßiger Verkehr.

Auf den Bürgersteigen herrschte Betrieb. Leute der unterschiedlichsten Nationalitäten lachten und redeten in friedlichem Beieinander – Schwarze und Weiße ebenso wie Asiaten und Lateinamerikaner. Jugendliche tanzten zu wummernden Klängen aus riesigen portablen Radios. Übermütige zwängten sich in Cabrios, die mit kreischenden Reifen losjagten, wie zu James Deans Zeiten. Chromblitzende Harley Davidsons rollten mit ihrem typischen Bassknattern in das Licht von Leuchtreklamen, Straßenlampen und Schaufenstern. Nur die besonders Ängstlichen unter den Ladenbesitzern hatten die stählernen Rollladen heruntergelassen und ihre Verkaufsräume verrammelt.

Aber noch war die Sommernacht frei von Aggressivität. Und vielleicht würde sie es – zumindest hier – auch bleiben.

Denn die Bowery hatte sich stark verändert. Es war viel getan worden in den letzten Jahren. Die Anwohner strengten sich an, ihr Viertel aufzuwerten. Dabei wurden sie von der Stadtverwaltung und der Polizei nach Kräften unterstützt.

Ich bemerkte, dass Phil mich stirnrunzelnd ansah.

»Beschweren?«, sagte er. »Soll das jetzt ein Witz sein – oder was?«

»Überhaupt nicht«, widersprach ich.

»Ich soll mich über das Wetter beschweren?«, empörte er sich. »Denkst du an eine Schadensersatzklage wegen falscher Vorhersage?«

»Zum Beispiel.«

»Aber die Vorhersage stimmte.«

»Trotzdem passen dir die zwanzig Grad Nachttemperatur nicht.«

»Na und?«

»Das musst du doch nicht einfach hinnehmen«, entgegnete ich todernst. »Du doch nicht – als Experte für Klimaanlagen.«

»Streng dich nicht an«, riet er müde. »Du willst mir bloß unterjubeln, dass ich mich bei dem Verantwortlichen für die globale Klimaanlage beschweren soll.«

»Schade, ich bin durchschaut«, feixte ich.

»Das ist bei dir nicht besonders schwer«, triumphierte mein Freund und Kollege.

Ich ließ ihn in dem Glauben. Eigentlich hätte ich ihn noch darauf hinweisen sollen, dass er reichlich lange gebraucht hatte, um zu begreifen, auf was ich eigentlich hinauswollte.

Doch ich verzichtete darauf, denn das Funkgerät machte mit flackerndem Lämpchen auf sich aufmerksam.

Ich klinkte das Mikro aus und meldete mich.

Joe Brandenburg war dran. Er stand einen Block entfernt an der Ecke Christie Street und Broome Street.

»Zwei Limousinen der gehobenen Klasse nähern sich dem Einsatzort aus östlicher Richtung.«

»Verstanden«, antwortete ich und schaltete auf Rundruf, um die Nachricht weiterzugeben.

Als ich das Mikro wieder einklinkte, zeigte Phil mit dem Daumen auf die andere Straßenseite. Ich spähte hinüber und sah, was Joe angekündigt hatte.

Der erste Wagen war ein schwarzer Buick Park Avenue, der zweite ein dunkelblauer Ford Crown Victoria. Beide Limousinen hielten an der Bordsteinkante vor dem Haus.

Acht Männer in dunklen Anzügen stiegen aus. Mindestens vier von ihnen hatten Aktenkoffer dabei. Sie hatten es sehr eilig, ins Haus zu gelangen, deshalb konnte ich die genaue Zahl der Aktenkoffer nicht feststellen.

Viel wichtiger war, dass die Gentlemen Südamerikaner zu sein schienen.

Susan Roundtree hatte in die laufende Aufnahme hineingehört und den zweiten Schock innerhalb von vierundzwanzig Stunden erlitten. Seit einer Viertelstunde telefonierte sie herum, um in irgendeiner Kneipe irgendeinen gottverdammten Typen aufzugabeln, der ihr den Kontakt mit dem Consigliere verschaffte. Und immer noch hallte das Unfassbare in ihrem Kopf nach:

Es ist das Paradies. Ein Haus an der Bowery.

Hat es eine Nummer?

Einhundertdreiundfünfzig, Ecke Broome Street. Es ist ein altes Backsteinhaus, und es ist sehr, sehr gemütlich. Vor allem im vierten Stock, wo ich meine Privatgemächer habe.

»Nein, Willie ist nicht hier!«, ertönte die Stimme des Verkäufers aus dem Stimmengetöse eines Schnapsladens.

»Danke«, seufzte Susan und tippte auf die Gabel.

Mittlerweile war sie mit ihrem Latein fast am Ende. Hier, im selben Haus, hatten zwei gefährliche Weiber den armen Anthony Varese am Wickel und quetschten wahrscheinlich ein Betriebsgeheimnis nach dem anderen aus ihm raus. Es war zum Verrücktwerden.

Sie wusste nicht, wen sie noch anrufen sollte.

Eigentlich nur, um irgendetwas zu tun, wählte sie noch einmal Elmers Nummer. Sie rechnete fest mit King Kong.

Doch nach dem zweiten Rufzeichen wurde abgenommen, und ein müdes »Hallo?«, ertönte.

»Elmer?«, rief Susan, fassungslos vor Freude. »Ich bin's, Susan! Mein Gott, bin ich froh, dass ich dich erreiche!«

Phil und ich schlenderten über die Straße und taten, als hätten wir es überhaupt nicht eilig. Jeder, der uns sah, hielt uns mindestens für zwei Cops in Zivil oder aber für das, was wir waren: zwei Feds.

Das ließ sich nicht vermeiden. Beim besten Willen nicht. Einem New Yorker macht keiner etwas vor. Und gerade in der Bowery lebten die Leute, die einem Menschen an der Nasenspitze ansehen, was für einen Beruf er hat.

Vor einer Minute waren die entscheidenden Funkgespräche gekommen. Mr. High hatte herausgefunden, dass es tatsächlich eine Verbindung zwischen den beiden Treppenhäusern gab, und zwar je eine feuerhemmende Tür im zweiten und im vierten Stock. Und das Nachbargebäude an der Broome Street hatte einen Hausmeister. Besser konnten wir es nicht erwischen.

Der Chef hatte den Hausmeister, Duane Winslow, bereits angerufen und ihn um ein paar Vorkehrungen gebeten.

Die zweite Information, die Mr. High für uns hatte, betraf die Rückendeckung, die wir brauchten. Insgesamt fünfzig Beamte – sowohl von der DEA als auch von der Drogenfahndung der City Police – waren unterwegs zur Bowery, um uns zu unterstützen, sobald wir die Katze im Sack hatten.

Natürlich wurde Anthony Vareses gemütliches Crack-Haus bewacht.

Als wir in die Menschenmenge auf der anderen Straßenseite eintauchten, erblickten wir zwei schattenhaft lungernde Gestalten im Wohnungseingang des Eckhauses. Neue Crack-Kunden für die ersten drei Stockwerke hatten sie nicht zu kontrollieren. Der große Ansturm war vorüber. Die Wachtposten konnten sich ihrer wichtigeren Aufgabe widmen.

Das Weiße ihrer Augen bewegte sich in unsere Richtung.

Wir waren so auffällig wie zwei Shetlandponys in einer Zebraherde.

Das Interesse der Türsteher an uns erlosch, als wir – statt in die Broome Street einzubiegen – die Einmündung überquerten und auf dem Bürgersteig der Bowery weiter nordwärts gingen.

Unser Ziel war die Delancey Street, die nördliche Parallelstraße der Broome. Dort, vor dem Eingang des Hauses, das an seinen Hinterhof grenzte, trafen wir Duane Winslow, den Hausmeister aus der Broome. Mr. Highs Anweisungen entsprechend hatte Winslow seinen Kollegen an der Delancey angerufen und ihn gebeten, für einen FBI-Einsatz Haustür und Hintertür aufzuschließen

»Das wird aber auch mal Zeit«, sagte Winslow, ein untersetzter Mann um die vierzig. »Jetzt schmeißt ihr die Crackys doch hoffentlich endgültig raus, oder?«

»Die Crackys und die Superdealer«, antwortete ich.

Die Kollegen trafen aus verschiedenen Richtungen ein, nur nicht von dort, wo die Wachtposten des Varese-Crack-Hauses sie hätten sehen können. Winslow beschrieb uns die Räumlichkeiten im vierten Stock des Eckhauses. Er kannte jedes Haus in der Nachbarschaft. Hausmeister tauschten ihre Erfahrungswerte aus.

Gemeinsam mit Steve, Zeery, Joe und Les eilten Phil und ich in Winslows Dienstbereich an der Broome. Der Rest der Kollegen verteilte sich dort im Erdgeschossflur, bereit, in den Hof und auf die Straße zu stürmen, um Vorder- und Hinterausgang des Eckhauses dichtzumachen.

Der Fahrstuhl war außer Betrieb, ließ sich mit Bordmitteln nicht mehr reparieren, wie wir erfuhren.

Duane Winslow war bei uns, als wir die Treppenstufen im Laufschritt nahmen. Er führte uns zu der feuerhemmenden Tür im vierten Stock. Wir zogen die Dienstrevolver, als er den Doppelbartschlüssel einschob, mit dem beide Türflügel gleichzeitig geöffnet wurden.

Rasch und bereitwillig wich Winslow zurück, als ich ihn mit einem Zischlaut dazu aufforderte. Der Anblick von sechs Magnum-Revolvern war durchaus Respekt einflößend.

»Machen Sie das Licht aus«, flüsterte Phil.

Winslow beeilte sich. Ein Schalter befand sich am Fahrstuhlschacht. Joe hatte ein MagLite dabei. Seit seiner Zeit bei der City Police konnte er sich von der schwarzen Stablampe im Schlagstockformat nicht trennen.

Ein schnappender Laut, und wir standen im Dunkeln.

Joe ließ die Stablampe kurz aufflammen. Es genügte mir, um die schweren Stahlblechtüren zu öffnen.

Auch im Nachbartreppenhaus war es dunkel.

Unser Vorteil.

Und dank der Wegbeschreibung unseres freundlichen Helfers fanden wir uns in der Finsternis des Korridors auf Anhieb zurecht.

Phil und ich hatten die Führung übernommen. Wir bogen um die Ecke und sahen den Lichtpunkt der Notbeleuchtung. Gleich dahinter befand sich die Eingangstür zum Salon. Vor fünfzig Jahren hatte das Haus einer reichen Fabrikantenfamilie gehört, und die hatte es vorgezogen, im vierten Stock zu leben, statt im vulgären Erdgeschoss.

Noch zwei Schritte von der Tür entfernt, zog ich das Walkie-Talkie hervor, schaltete auf Senden und flüsterte: »Okay, mach den Laden dicht!«

»Verstanden«, antwortete Special Agent Floyd Winter aus dem Erdgeschoss des Nachbarhauses.

Ich steckte das Walkie-Talkie weg, und Joe ließ ein paar Mal das MagLite aufleuchten, damit wir uns auf unsere Positionen verteilen konnten. Uns war klar, dass wir es mit sechzehn oder mehr Gangstern zu tun haben würden. Vareses Unterführer würden den südamerikanischen Geschäftspartnern eine mindestens gleich starke Mannschaft gegenübersetzen.

Ich ergriff den Messingknauf. Die Doppelflügeltür bestand aus schwerer Eiche. Unendlich langsam drehte ich den Knauf.

Es war, wie ich erwartet hatte.

Die Gentlemen fühlten sich sicher. Die Gastgeber hatten nicht abgeschlossen. Es gab keinen Grund, weshalb sie das hätten tun sollen. Das Crack-Haus war wie eine Festung. Niemand hatte es bislang gewagt, sie zu stürmen.

»Los!«, zischte ich und riss die Tür auf.

Warmgelbes Licht aus Kronleuchtern flutete uns entgegen.

»FBI!«, brüllte Joe Brandenburg hinter uns. »FBI! Die Hände hoch!« Er ließ sein MagLite fallen.

Phil und ich schnellten in den Raum. Nur zwei Schritte weit. Dann warf ich mich nach links. Phil vollführte die gleiche Blitzaktion in entgegengesetzter Richtung.

Steve und Zeery stürmten als Nächste herein, schnellten nach links und rechts auseinander, wie Phil und ich es getan hatten.

Sekundenlang herrschte die Stille des Entsetzens.

Jeweils acht Männer saßen an den beiden Seiten eines Konferenztisches. Und alle sechzehn Gesichter ruckten hin und her, versuchten den Ursprung des Unfassbaren zu orten.

Mit federnden Schritten, die Smith & Wessons im Beidhandanschlag, erreichten Phil und ich die Stirnseiten des Konferenztisches.

Es geschah in dem Moment, in dem Joe und Les die Längsseite des Tisches erreichten, hinter den Südamerikanern.

Die Bewegung entstand hinten rechts, im Winkel des Raumes.

Winslow konnte nicht gewusst haben, dass es dort ein Nebenzimmer gab.

Der Durchgang war durch eine fast wandhohe Vitrine verdeckt.

Es war nur ein Stück Stahl, das ich hervorzucken sah.

»Phil!«, brüllte ich. »Links!«

Mein Freund und Kollege reagierte blitzartig.

Er wirbelte herum und ließ sich fallen.

Das MPi-Hämmern füllte den Raum mit ohrenbetäubendem Donner.

Die Kollegen schnellten los. Innerhalb von Sekunden würden sie auf der anderen Tischseite sein.

Die Mobster duckten sich, warfen sich zur Seite.

Ich stürmte über die polierte Eiche der Tischplatte, sprang über offene Koffer mit Dollarnoten und über Koffer mit weißen Paketen, und ich kickte Flaschen und Gläser und Aschenbecher weg. Etliches davon ergoss sich über die Schutzsuchenden zu beiden Seiten.

Ich erreichte das andere Tischende rechtzeitig, um zu sehen, wie Phil sich abrollte, in meine Richtung, zum Tisch hin.

Der MPi-Schießer lag vor ihm, hatte die Waffe unter sich begraben.

Steve und die anderen waren zur Stelle, um die Mobster in Schach zu halten.

Der Durchgang hinter der Vitrine spuckte den zweiten MPi-Schießer aus.

Die Waffe brachte er noch in Anschlag. Er richtete sie auf Phil.

Mit mir rechnete der Gangster nicht, mich sah er zu spät.

Ich feuerte im Sprung vom Tisch.

Dann noch einmal, als ich auf dem Boden landete.

Die Einschüsse schleuderten den Mann zurück, woher er gekommen war. Die MPi flog ihm weg, ohne dass sich ein Schuss gelöst hatte. Von der Wucht der Magnumkugeln getrieben, prallte er gegen den Türrahmen, und langsam sackte er abwärts. Als er den Teppichboden erreichte, war kein Leben mehr in ihm.

Ich kreiselte herum.

Zusammen mit den Waffen der Kollegen waren es fünf Revolvermündungen, die sich auf die Gangster richteten – und sechs, als Phil sich aufgerappelt hatte.

Langsam, einer nach dem anderen, kamen die Kerle hoch.

Und sehr bereitwillig erinnerten sie sich an die Aufforderung von vorhin.

Sie reckten die Hände hoch.

Auf der Seite der Gastgeber war nur einer, der trotz der Niederlage noch grinsen konnte.

Luigi Castelli.

Er sah mich an und grinste höhnisch.

Ich las das niederträchtige Funkeln in seinen Augen.

Und in diesem Moment wusste ich alles.

Wir ließen ihn vor unseren Revolvern hertraben, und er war der folgsamste Mensch der Welt. Als Phil und ich Castelli in die plüschige Empfangshalle des »Chez Madame« trieben, verstummten schlagartig alle Gespräche.

Steve und Zeery und zehn weitere Kollegen übernahmen es, Mitarbeiterinnen und Kunden des noblen Hauses auf Nummer sicher zu bringen.

Um das Crack-Haus an der Bowery brauchten wir uns nicht mehr zu kümmern. DEA und Narcotics Division der City Police hatten den Job dort übernommen.

Castelli übernahm die Führung in hündischer Ergebenheit. In zähneknirschendem Grimm hatten wir ihm erklärt, dass wir durchdrehen würden, wenn unseren Kolleginnen etwas zustieß. Und er glaubte uns noch immer.

Er hielt uns allen Ernstes für fähig, ihn abzuknallen wie einen Hund.

Wir ließen ihn in dem Glauben, denn es war der schnellste Weg, Ruby O'Hara und Joanna Devally zu Hilfe zu eilen.

Winselnd hatte er uns gebeichtet, dass er vier Gorillas ins »Chez Madame« geschickt hatte, damit sie Anthony Varese zur

Vernunft brachten und die »Hexe von Dartmoor« und ihre Gehilfin aus dem Verkehr zogen – zusammen mit der Verräterin Madame LaRussia.

Wir nahmen den Fahrstuhl in den dritten Stock.

Schon auf dem Korridor hörten wir das Kreischen.

Castelli, der schon auf eine rot lackierte Tür zusteuerte, verharrte unwillkürlich.

»… werdet ihr sehen, was jetzt mit euch passiert, ihr Drecksweiber!« Die Stimme kreischte in schrillster Tonlage. »Alles werde ich euch heimzahlen! Alles! Ihr werdet einen verteufelt mittelalterlichen Tod sterben!«

Ein aberwitziges Kichern erfüllte den Raum hinter der roten Tür.

Die Stimme gehörte Varese.

»Um Himmels willen«, flüsterte Castelli und drehte sich zu uns um. Sein Gesicht war weiß. »Jetzt hat er den Verstand verloren!«

»Na und?«, knurrte Phil.

»Was für einen Unterschied macht es?«, fügte ich hinzu. »Ob er in eine geschlossene Anstalt statt ins Gefängnis kommt, ist uns herzlich egal. Also vorwärts! Wie besprochen!«

Castelli öffnete die Tür.

Das Kreischen aus dem Hexenwald schlug uns entgegen.

»Ich werde euch zeigen, was Folter ist! Wirkliche Folter – und ein elend langsamer, qualvoller Tod!«

Uns stockte der Atem, als wir in der offenen Tür verharrten.

Castelli blieb zwei Schritte vor uns stehen, wie vereinbart.

Aber das geriet fast in Vergessenheit bei dem Anblick, der sich uns bot.

Varese hatte sich als Henkersknecht gekleidet – mit schwarzer Kapuze, schwarzer Lederhose und klobigen schwarzen Stiefeln. Sein Oberkörper war nackt und von Schweiß bedeckt.

Hoch erhoben in der Rechten hielt er einen Morgenstern.

Mit der mörderischen Schlagwaffe ging er auf die Frauen zu.

Sie waren ans Rad geflochten.

Madame LaRussia in der Mitte, Ruby und Joanna links und rechts neben ihr.

Die Gorillas sahen wir erst auf den zweiten Blick. Sie standen rechts, jeder mit einer Automatic am langen Arm. Sie starrten erst Castelli, dann uns entgeistert an.

»Lasst die Waffen fallen«, sagte der Consigliere. »Tut, was ich sage, denn sonst erschießen sie mich.«

Varese hörte ihn nicht.

»Ihr verdammten Miststücke!«, kreischte er. »Ihr verfluchten Weiber!«

Mit hocherhobenem Morgenstern ging er auf die ans Rad geflochtenen Frauen los.

Die Gorillas zögerten.

»Waffen weg!«, schrie Castelli.

Und dann überschlug sich alles.

Varese beschleunigte seine Schritte, kreischte wirre Silben. Nur noch zwei Yards war er von Joanna entfernt.

Ich sah, wie er sich nach vorn werfen wollte, um dem grausamen Hieb zusätzliche Kraft zu verleihen.

Ich feuerte.

Der donnernde Schuss schleuderte ihn aus der Richtung. Er flog nach rechts, schrie markerschütternd. Der Morgenstern polterte zu Boden.

Castelli warf sich hin.

Der Gorilla, der uns am nächsten stand, riss die Automatic hoch.

Phil war schneller.

Das Wummern seines Magnum-Revolvers vereitelte die Absicht des Mannes, bevor er die Pistole im Anschlag hatte. Er kippte hintenüber, gab keinen Ton mehr von sich.

Ich schwenkte den Smith.

Und gemeinsam hatten wir die drei restlichen Kerle vor den Läufen.

Sie versuchten es nicht mehr.

Ihre Waffen fielen auf den Teppich, und als handele es sich um die selbstverständlichste Sache der Welt, falteten sie die Hände über dem Scheitel.

Castelli rappelte sich auf und folgte dem Beispiel seiner Jungs.

Ich rief die Kollegen per Walkie-Talkie. Im Erdgeschoss war Verstärkung eingetroffen.

Wieder waren es Steve und Zeery und Joe und Les, die uns unterstützten.

»Rettungswagen sind unterwegs«, sagte Steve.

Nachdem wir alle Waffen außer Reichweite gebracht und die Gangster mit Handschellen und Schnellfesseln kaltgestellt waren, befreiten wir die Frauen aus ihrer qualvollen Lage.

Sie hatten es besser überstanden, als ich gedacht hätte.

Trotzdem umarmte mich Joanna voller Dankbarkeit.

Im ersten Moment war ich perplex, doch dann hörte ich ihr Wispern an meinem Ohr.

»Nimm es als Ausdruck des Dankes, Jerry. Aber es hat auch einen praktischen Zweck: Hinter dem großen Spiegel ist ein Raum, in dem man jedes Wort mithören kann. Sieh jetzt nicht hin.«

Sie löste sich von mir und lächelte erleichtert.

Ruby und Mary, die garantiert aufhören würde, als Madame LaRussia aufzutreten, war ebenfalls anzusehen, wie dankbar sie für die Rettung waren.

Ich brauchte über Joannas Worte nicht lange nachzudenken.

Schlagartig wusste ich Bescheid.

Ich dachte an den Hinweis des V-Mannes Jim Robinson.

Eine undichte Stelle im »Chez Madame« ...

Und ich löste das Problem auf schnelle und hochwirksame Weise.

Aus einer Körperdrehung nach rechts feuerte ich auf das obere Drittel des Spiegels.

Drei Kugeln jagte ich ins glatte Glas.

Die Schüsse vereinten sich zu ohrenbetäubendem Donner.

Sekundenlang standen alle Anwesenden wie erstarrt.

Große Scherben klirrten zu Boden.

Im nächsten Augenblick war das Rechteck, das eben noch den Spiegel enthalten hatte, gähnend leer.

Die Frau dahinter barg schützend das Gesicht hinter den Armen.

Sie war mollig und rotblond.

»Nicht schießen!«, wimmerte sie. »Nicht mehr schießen!«

ENDE

Fahr zur Hölle, Jane!

New York City, Süd-Manhattan, an der Waterfront.

Panik erfasste die junge blonde Frau, als ihr die Schritte unablässig durch die Schattenwelt des nächtlichen Manhattan folgten.

Einer Welt aus dunklen Gassen und Ecken, manchmal erhellt durch grellbunte Leuchtreklamen, die in der Finsternis wie Inseln des Lebens wirkten. Aber eines lauten, äußeren Lebens, das nur gegen harte Dollars stattfand. Wer genügend Bucks mitbrachte, dem wurde hier alles geboten, was sich menschlicher Geist nur vorzustellen vermochte.

Wirklich alles!

Wer sich nicht auskannte, vermutete kaum, welche Abgründe sich hinter den äußerlich gleichen Nachtclubs, scheinbar unverfänglichen Namen und neonröhrengespickten Werbeschildern verbargen. Wie das im schrillen Violett in die Nacht glühende, mehr als mannsgroße Cocktailglas des »Happy Draught«. Der eine ganze Gebäudefront einnehmende bunte Cadillac des »Fast Drive«. Oder der rot leuchtende Apfel auf dem Dach des Gebäudes, aus dem die junge Frau gekommen war, dem »Big Apple«.

Dem unbedarften Touristen wurde in all diesen Bars und Clubs der gleiche unverfängliche Inhalt in nur wenig unterschiedlichen Verpackungen geboten. Harter Whisky und exotische Drinks, sanfte oder aufpeitschende Rhythmen und spärlich bekleidete Girls, bei denen allenfalls Anfassen – gegen ein paar Extra-Dollars – erlaubt war.

Denn Prostitution war verboten.

Doch das störte weder Huren noch Zuhälter und schon gar nicht die Kunden. Wer sich auskannte, den richtigen Laden und das richtige Kennwort wusste, dem wurden in verschwiegenen Zimmern all jene Dinge geboten, von denen die Touristen, die sich mit dem Begrapschen begnügten, nur träumten.

Die Blondine, die mit vor Angst rasendem Herzen durch das Vergnügungsviertel an der Waterfront lief, wusste das nur zu gut. Sie presste das schwere Päckchen mit dem durch das braune

Papier einer Einkaufstüte verhüllten, wertvollen Inhalt gegen ihre Brust. Ihre Füße schmerzten schon nach wenigen Schritten des schnellen Laufens, weil ihre hochhackigen roten Pumps zwar verführerisch wirkten, aber nicht für diese Art der Fortbewegung gedacht waren.

Die Frau unterdrückte die Schmerzen und lief weiter. Für Reuben hing so viel davon ab, dass sie durchkam. Für sie selbst auch. Vielleicht nicht weniger als ihr Leben.

Wenn sie tatsächlich verfolgt wurde, hieß das, dass ihr Verrat entdeckt war. Sollte sie gefasst werden, war ihr eine schwere, schmerzhafte Bestrafung sicher. Möglicherweise mehr.

Es war fraglich, ob Joe bereit war, in einer so wichtigen Sache mit einem Sicherheitsrisiko zu leben. Und das würde sie für ihn sein, solange sie am Leben war.

Die Schritte hinter ihr wurden lauter. Ihr Verfolger holte auf, was bei ihrem schlechten Schuhwerk kein Wunder war. Sie widerstand dem starken Wunsch, sich umzudrehen, um sich des Mannes hinter ihr zu vergewissern. Sie hatte Angst vor der Wahrheit. Und auch Angst, wertvolle, vielleicht lebensrettende Sekunden zu verlieren.

Sie lief durch eine enge Gasse zwischen Hinterhöfen auf eine Straße zu und konnte ihr Glück kaum fassen, als dort die gelben Umrisse eines Taxis sichtbar wurden, das ganz in der Nähe der Gassenmündung hielt. Zwei Männer in mittleren Jahren, deren teure Kleidung verrutscht war, stiegen aus. Sie waren stark angeheitert und hatten einige Mühe, dem Taxifahrer das nötige Kleingeld auszuhändigen. Vielleicht verschaffte das der jungen Frau die Zeit, die sie benötigte, um das Yellow Cab zu erreichen.

Die beiden Fahrgäste wandten sich mit einem lässigen Winken ab und stolperten auf die helle Front mehrerer Nachtclubs zu, während das Taxischild auf dem Dach der gelben Limousine aufleuchtete und anzeigte, dass der Wagen wieder frei war. Der Cab Driver setzte den Blinker und wartete auf die nächste Gelegenheit, sich in die Lichterkette des unermüdlichen Verkehrsstroms einzureihen.

Natürlich befanden sich unter all diesen Fahrzeugen noch viele andere Taxen, aber für die Frau ging es um Sekunden. Die Schritte hinter ihr waren so laut geworden, als wären sie direkt in ihrem Kopf. Obwohl sie noch immer nicht über ihre Schulter zu sehen wagte, glaubte sie, die bedrohliche Gestalt zu erkennen, die aus dem Gebäudeschatten zu einem schwarzen Todesengel erwuchs.

Sie rannte und klopfte atemlos gegen eine Seitenscheibe des Yellow Cabs, als dieses gerade eine Verkehrslücke ausnutzen wollte. Der Fahrer trat auf die Bremse.

Die Frau riss die Hintertür auf, ließ sich auf die speckige Sitzbank fallen, schlug die Tür wieder zu und schrie den Fahrer fast an, doch endlich loszufahren. Denn jetzt sah sie tatsächlich die Gestalt ihres Verfolgers aus der engen Gasse kommen.

»Wohin?«, fragte der Fahrer mit einem fremdländischen Akzent, drehte sein zerknautschtes Mittvierzigergesicht zu seinem Passagier und starrte die Blondine mit offenem Mund an. »Ich kenne Sie aus dem Fernsehen. Aus den Filmen im Spätprogramm. Sie – Sie sind doch ...«

»Fahren Sie endlich!«

Der Fahrer verschluckte die Verwunderung über das Aussehen seines Passagiers und sagte in seinem harten Akzent: »Sie haben mir noch nicht gesagt, wohin Sie wollen.«

»Erst mal weg von hier. Fahren Sie einfach los!«

Er zuckte mit den Schultern. »Ist Ihr Geld, Miss.«

Dann glitt der Wagen auch schon in eine Lücke zwischen einem kleinen Van und einem anderen Yellow Cab.

Gerade noch rechtzeitig. Wo eben noch das Cab am Bordstein gestanden hatte, sah die Frau durch die verschmierte Scheibe jetzt die vierschrötige Gestalt des Kubaners. Sein kantiges Gesicht wirkte ausdruckslos, aber die dunklen Augen, die dem verschwindenden Taxi nachstarrten, verrieten der Frau, dass ihr Todesurteil gesprochen war.

Plötzlich hielt ein anderes Yellow Cab neben dem Kubaner und nahm ihn auf.

»Können Sie nicht schneller fahren?«, fragte die Frau flehentlich ihren Chauffeur.

Der zeigte mit einer entmutigenden Geste auf die Blechschlangen, von denen mehrere nebeneinander über die Fahrbahn krochen. Langsam, viel zu langsam für die Frau.

»Ich kann nicht fliegen«, erklärte der Cab Driver. »Mein Wagen kann es auch nicht.«

»Biegen Sie ab, sobald es geht!«

»Wohin?«

»Egal, wohin. Hauptsache, wir kommen schneller vorwärts!«

»Haben Sie es so eilig, weil Sie zu Aufnahmen müssen?«

»Aufnahmen?«, echote die Frau verwirrt. »Was für Aufnahmen?«

»Na, Filmaufnahmen. Sie sehen doch aus wie ein Filmstar. Wie diese – diese …«

Seine Worte gingen in ein Grübeln über, weil er nicht auf den Namen kam. Die Frau half ihm nicht.

Offenbar war der Mann noch nicht lange in den Vereinigten Staaten. Seine Sprechweise verriet das ebenso wie die Unkenntnis jenes Namens, der jedem Amerikaner geläufig war.

Die Blondine sah zurück, immer wieder, um festzustellen, wie weit der Kubaner entfernt war. Aber sie konnte sein Taxi nicht aus der Vielzahl der Yellow Cabs herausfinden, die das nächtliche Straßenbild prägten. Die vielen Scheinwerfer blendeten die Frau, und die das Licht reflektierenden Fahrzeugscheiben ließen die Gesichter der Insassen zu verschwommenen Flecken oder ganz unsichtbar werden.

Das erschreckte die Blondine. Die Ungewissheit darüber, wo sich ihr Henker zur Sekunde befand, steigerte die Bedrohung und ihre Angst. Jedes Mal, wenn ihr Taxi vor einer roten Ampel hielt, sah sie sich ängstlich um, jeden Augenblick mit dem Auftauchen des Kubaners rechnend.

Sie bezweifelte, dass der schmächtige Cab Driver eine Hilfe gegen ihn wäre. Statt des Päckchens hätte sie jetzt lieber eine Schusswaffe in den Händen gehabt. Wenn wenigstens Reuben bei ihr gewesen wäre. Bei ihm hätte sie sich sicher gefühlt. Aber Reuben lag jetzt vermutlich in seinem Bett, in seinem Haus in Queens.

»Queens«, stieß sie hervor. »Bringen Sie mich nach Queens!«

»Dann müssen wir umdrehen. Wir fahren in die falsche Richtung.«

»Dann drehen Sie um! Aber dort, wo es nicht zu viel Zeit kostet.«

Der Fahrer nickte und fragte: »Liegen in Queens die Filmstudios?«

Er erhielt keine Antwort und vergaß seine Frage über einer plötzlichen Verkehrsstockung. Sein rechter Fuß trat das Bremspedal durch, und der Wagen kam mit einem Schlingern zum Stehen, keine Handbreit von der Stoßstange des vorausfahrenden Vans entfernt. Der Driver sagte etwas in einer der Frau unbekannten Sprache, aber dem Tonfall entnahm sie, dass es ein deftiger Fluch war.

»Was ist denn?«, fragte sie. »Warum geht es nicht weiter?«

»Ein Stau«, antwortete der Fahrer.

»Das sehe ich. Was ist der Grund?«

Der Driver stieß die Tür auf, so weit es ging, und zwängte seinen schmächtigen Körper durch den Spalt, um über die langen Reihen der Autodächer nach vorn zu sehen.

»Ein Unfall«, berichtete er, als er wieder auf seinem Sitz saß. »Sieht ziemlich mächtig aus. An der nächsten Kreuzung.«

»Wie lange dauert es, bis es weitergeht?«

»Schwer zu sagen. Vielleicht zehn Minuten, vielleicht eine halbe Stunde.«

»Dann steige ich hier aus.«

Gleichgültig stellte der Fahrer den Taxameter ab. Er würde schnell einen neuen Fahrgast finden, Stau hin oder her.

»Macht sechs Dollar fünfzig.«

Die Frau fand kein Kleingeld in den Taschen ihres silbrig glänzenden Lackmantels, drückte dem Mann einen Zehn-Dollar-Schein in die Hand und stieg aus. Ihr Paket eng an sich gepresst, verließ sie die Straße und verschwand auf einem Hinterhof, der die Müllcontainer eines mexikanischen Restaurants und einer Bar beherbergte. Sie ging schnell, denn sie hatte gesehen, wie fast zeitgleich mit ihr der Kubaner sein Taxi verlassen hatte.

Der Gedanke, in dem Restaurant oder der Bar Zuflucht zu suchen und die Polizei zu rufen, schoss ihr durch den Kopf. Aber dann hätte sie alles beichten müssen, auch den Grund ihrer Flucht aus dem »Big Apple«.

Das konnte sie nicht tun, weil sie Reuben nicht in Gefahr bringen wollte. Sie hatte den Inhalt ihres Päckchens mitgenommen, um Reuben zu helfen, nicht, um ihm zu schaden.

Sie wollte ihm niemals schaden – niemals mehr. Er war doch alles, was sie auf der Welt hatte.

Deshalb lief sie weiter und zwängte sich zwischen einer Reihe stinkender Container hindurch, hinter denen sie einen schmalen Durchgang erblickt hatte. Auch hier, im Schatten hoher Häuserblöcke, stank es – nach Urin, Erbrochenem und billigem Fusel.

Und dann griff eine Hand nach ihr, hielt sie fest.

»Wohin so eilig, Süße?«, fragte eine Stimme aus dem Dunkel. Sie sprach mit schwerer Zunge und blies ihr eine starke Alkoholfahne ins Gesicht.

Die Augen der Frau gewöhnten sich allmählich an die hier herrschende Beinahe-Dunkelheit und erkannten einen alten – oder zumindest alt aussehenden – Penner, der in dem Durchgang sein Lager aufgeschlagen hatte. Er hockte auf dem Pflaster und krallte seine schmutzige Rechte in ihren Lackmantel.

»Willste nich hier bleiben?« Seine Linke hielt eine halb leere Flasche hoch. »Hab guten Whisky hier.«

Sie dachte an den Kubaner, der jeden Augenblick in dem Durchgang erscheinen konnte, und die Angst trieb ihr Schweißperlen auf die Stirn.

»Lass mich los!«

Als der Penner nicht reagierte, wollte sie sich mit Gewalt losreißen, aber der unrasierte, schmutzige Mann war stärker. Seine Hand schien mit ihrem Mantel verwachsen zu sein.

»Zier dich doch nich so!«, lallte er. »Ihr Weiber wollt doch dasselbe wie wir Kerle. Komm schon, erst trinken wir 'nen Schluck, und dann hol aus meiner Hose, was dir Freude macht!«

Er wollte sie zu sich herunterziehen, als sie Schritte auf dem Hinterhof zu hören glaubte. Die Schritte des Kubaners?

Sie trat gegen die Flasche des Penners, die an der Hauswand zersprang und ihren Inhalt über das Pflaster ergoss.

Der Penner heulte auf. »Mein guter Whisky!«

Wie von der Frau erwartet, lockerte er in seiner Überraschung den Griff, und sie konnte sich losreißen. Sie lief so schnell davon, wie es ihre Schuhe und das grobe Pflaster zuließen, verfolgt von den wüsten Beschimpfungen des Penners.

Und vielleicht von dem Kubaner. Wenn er auf dem Hinterhof gewesen war, hatte ihn der Lärm in dem Durchgang garantiert auf ihre Spur gebracht.

Falls er ihr folgte, konnte sie seine Schritte nicht hören. Zwischen den engen, hohen Wänden warfen ihre eigenen, eiligen Schritte ein lautes Echo, das alle anderen Geräusche, außer ihrem rasselnden Atem, verschluckte.

Der helle Fleck, der das Ende des Durchgangs markierte, wurde größer. Sie war überrascht, als sie dahinter das Wasser schimmern sah. Zwar wusste sie, dass der Hafen nicht weit war, aber so nahe hatte sie ihn nicht vermutet.

An der Pier war ein großer, altmodisch aussehender Heckraddampfer bereit zum Ablegen. Die letzten Passagiere gingen über den Laufsteg an Bord. Ein Schild verkündete, dass eine dreistündige nächtliche Sightseeing-Tour mit dem Raddampfer »Andrew Jackson« auf dem Hudson und East River und zur Freiheitsstatue auf Liberty Island nur dreißig Dollar kostete.

Sie lief zum Ende der kleiner werdenden Schlange und stellte sich an, bis sie endlich auf dem Hauptdeck stand und ein paar Matrosen den Laufsteg hinter ihr einholten. Sie trat unter die Vorbauten des Promenadendecks, bis sie ganz in deren Schatten stand, und beobachtete den Durchgang, aus dem sie gekommen war. Von dem Kubaner war weit und breit nichts zu sehen.

Erleichtert atmete die Frau auf. Noch mehr, als die Dampfpfeife ihr langes Tuut-tuut über das Hafenbecken sandte, die Maschinen zu stampfen begannen, das Schaufelrad sich langsam drehte und die »Andrew Jackson« von der Pier wegbrachte. Sie war in Sicherheit!

Noch fuhr der Schaufelraddampfer langsam an der Anlegestelle entlang. Er war die Nachbildung eines Schiffes aus dem vorigen Jahrhundert, natürlich mit allen Annehmlichkeiten dieses Jahrhunderts ausgestattet, um den Touristen drei angenehme Stunden zu bieten. Denn angenehme Stunden waren Stunden, in denen man gern sein Geld an der Bar, im Restaurant oder im Souvenir-Shop ausgab.

Als die Anspannung von der blonden Frau mit dem Päckchen abfiel, spürte sie plötzlich die Leere in ihrem Magen. Fast hätte sie darüber gelacht, in ihrer Situation Hunger zu verspüren. Aber es war so, und sie beschloss, das Restaurant aufzusuchen, sobald sie bei einem der weiß uniformierten Besatzungsmitglieder ihr Ticket gelöst hatte.

Gerade wollte sie aus dem Schatten unter dem Vorbau heraustreten, als sie den Mann sah, der mit irrsinniger Geschwindigkeit über die Pier hetzte, der davonfahrenden »Andrew Jackson« nachjagend. Seine Schritte holten weit aus, und sein kurzer, offener Ledermantel flatterte hinter ihm, dass er aussah wie Batman in seinem Cape. Nur die Maske vor dem Gesicht fehlte. Die Frau konnte die kantigen Züge des Kubaners erkennen.

Er erreichte das Ende der Pier, das der Dampfer bereits hinter sich gelassen hatte, sprang und landete dicht bei dem großen Schaufelrad auf dem Hauptdeck.

Ein paar Matrosen eilten zu ihm, überschütteten ihn mit Verwünschungen und machten ihm klar, dass er leicht ums Leben hätte kommen können, wäre er bei seinem Sprung zwischen die sich jetzt schneller drehenden Schaufelarme geraten. Der Kubaner blieb davon unbeeindruckt, fragte nach dem Preis für die Fahrt und bezahlte die dreißig Dollar.

Alle Hoffnung brach in der Frau zusammen. Sie zog sich

wieder in den Schatten zurück, während sie krampfhaft überlegte, was sie jetzt tun sollte. Sie musste sich irgendwo auf dem Schiff verstecken. Drei Stunden lang, bis es wieder anlegte. Aber was war dann? Der Kubaner würde genau aufpassen, wer von Bord ging.

»Wollen Sie etwa als blinder Passagier mitfahren? Oder warum verstecken Sie sich da?«

Die Frauenstimme riss sie aus ihren Gedanken. Sie gehörte einer jungen Schwarzen in der schneeweißen Schiffsuniform. Um die Schulter der Schwarzen hing eine Ledertasche, die Geld und Fahrkarten beherbergte.

»He, Lady, ich rede mit Ihnen«, fahr die dunkelhäutige Frau fort. »Haben Sie ein Problem? Stimmt etwas nicht?«

»Nein, schon gut«, stammelte die Frau mit dem Päckchen und suchte nach einer plausiblen Erklärung für ihr Verhalten. »Mir – war nur schlecht, als das Schiff losfuhr. Ich bin Schiffsreisen nicht gewohnt.«

Die Schwarze sah sie besorgt an. »Geht es Ihnen inzwischen besser?«

Die Frau im Lackmantel nickte. »Ja, langsam geht es wieder.«

»Haben Sie eigentlich eine Fahrkarte?«

»Ich bin noch nicht dazu gekommen«, sagte die Blondine und löste eine Karte.

Als die Schwarze ihr das Ticket übergab, sah sie die Frau mit dem Päckchen zum ersten Mal im vollen Licht der Schiffslaternen. Die Verblüffung auf ihrem dunklen Gesicht war ebenso groß wie auf dem des Cab Drivers.

»Wahnsinn! Sie sehen ja aus wie …«

»Ich weiß«, wurde sie von der Blondine unterbrochen. »Das hat man mir schon oft gesagt.«

Damit zog sie sich zu der Treppe zurück, die hinauf aufs Promenadendeck führte. Sie durfte kein Aufsehen erregen, wollte sie den Kubaner nicht auf sich lenken. Aber das war bei ihrem Aussehen gar nicht einfach.

Als sie das Promenadendeck erreichte, wusste sie, dass sie sich über diesen Punkt keine Sorgen mehr zu machen brauchte. Keine zwei Schritte vor ihr stand der Kubaner mit einem dünnen Lächeln.

Die Frau überwand den Schrecken, der sie für ein paar Sekunden lähmte, drängte sich an dem großen Mann mit dem grausamen, von einem schwarzen Bart umgebenen Mund vorbei und versuchte, ins Innere des Schiffes zu gelangen, wo sich zahlreiche Passagiere in einer Lounge Begrüßungscocktails gönnten.

Aber der Kubaner erreichte vor ihr die Glastür und versperrte sie mit seinem breiten Kreuz. Sein dünnes Lächeln, das noch immer seine Lippen verformte, schien ein Ausdruck seines Triumphes zu sein.

Als er fordernd die Hände nach dem Paket ausstreckte, drückte die Frau es noch fester an ihre Brust, schwenkte nach rechts ab und ging an den Decksaufbauten vorbei nach achtern. Der Kubaner folgte ihr, holte sie an einer unbelebten Stelle ein und drängte sie gegen die Reling, bis sie mit dem Oberkörper halb über dem Wasser hing.

»Gib mir das Päckchen!«, forderte er mit seinem südländischen Akzent.

»Nein!«

Ihre Finger verkrampften sich so sehr in dem Päckchen, dass das braune Papier einriss.

Während der Mann die Frau mit der Linken gegen das Geländer drückte, zog die Rechte ein Schnappmesser aus der Hosentasche und ließ die schlanke Klinge ausfahren. Der Stahl funkelte im Licht der zahlreichen Schiffsfenster dicht vor den Augen der Frau.

»Gib das Päckchen her, Puta!«

Die Angst schnürte der Frau so sehr die Kehle zu, dass sie zu keiner Antwort mehr fähig war. Aber sie hielt das Päckchen genauso fest wie zuvor.

In den Augen des Kubaners blitzte es auf.

»Fahr zu Hölle, Jane!«, zischte er und stieß die Klinge tief in ihre Brust, während er die andere um das schwere Päckchen legte.

Die Frau röchelte und stürzte hintenüber, hielt dabei aber das Päckchen weiter fest umklammert, sodass es der Hand des Mannes entglitt. Mit dem an ihre Brust gepressten Päckchen fiel die Frau ins Wasser.

»Passagier über Bord!«, hallte da auch schon von irgendwoher der Ruf übers Schiff.

Die Alarmglocke schrillte. Fast augenblicklich hörte das Stampfen der Maschinen auf, und das Schaufelrad stand still. Wieder tauchte ein Mensch ins Wasser ein – ein Matrose, der der Frau nachgesprungen war. Neugierige Fahrgäste drängten hinaus aufs Deck.

Mit einer kaum wahrnehmbaren Bewegung ließ der Kubaner das verräterische Messer mit den Blutspuren der Blondine ins Wasser fallen.

Er stand an der Reling und beobachtete, wie der ins Wasser gesprungene Matrose langsam zum Schiff zurückschwamm. Der Seemann konnte nur einen Arm benutzen, weil er im andern den reglosen Körper der Frau hielt.

Es war kaum glaublich, aber die Frau hielt noch immer das Päckchen umklammert. Lebte sie etwa noch?

Der Matrose griff nach einem Rettungsring, der an einer Leine hing, und ließ sich von seinen Kameraden zurück zum Schiff ziehen. Kräftige Arme streckten sich der Frau und ihrem Retter entgegen und zogen sie an Bord. Auf dem Hauptdeck verschwanden die Frau und das Päckchen aus dem Blickfeld des Kubaners.

Es dauerte eine Weile, bis er sich durch die Masse der Schaulustigen hindurchgedrängt hatte und einen Matrosen nach der Frau, die über Bord gegangen war, fragte.

»Sie ist schwer verletzt, hat eine Messerwunde.«

»Also lebt sie?«

Der dunkelhäutige Matrose nickte. »Yes, Sir.«

»Hat sie gesagt, was geschehen ist?«

»Nein, sie ist ohnmächtig.«

Der Kubaner atmete auf, bedeutete das doch zumindest

eine Schonzeit für ihn. Nach dem Päckchen wagte er nicht zu fragen.

Nach ein paar Minuten hörte er, dass ein Schnellboot der Polizei mit einem Notarzt zur »Andrew Jackson« unterwegs war. Alle Passagiere sollten sich bereithalten, ihre Personalien überprüfen zu lassen.

Er suchte sich eine menschenleere Stelle auf dem Hauptdeck und glitt dort in einem unbeobachteten Moment ins Wasser, nachdem er seinen Ledermantel in die dunklen Fluten geworfen hatte. Zwar waren es etwa drei Meilen bis zum Ufer Manhattans, aber das schreckte ihn nicht. Er war schon eine viel größere Strecke geschwommen, damals, als er von Kuba geflohen war.

Mit kräftigen, gleichmäßigen Schwimmzügen entfernte er sich vom Lichtermeer der »Andrew Jackson« und verschwand im nächtlichen Dunkel.

Manhattan, Lower East Side, in derselben Nacht.

Es war elf Uhr abends, aber »Uncle Paul's Supermarket« schloss seine Pforten nie. Ob werktags, samstags oder sonntags, der große Einkaufskasten am Tomkins Square versuchte seine Waren rund um die Uhr, und das an 365 Tagen im Jahr, an den Mann, die Frau oder das Kind zu bringen.

Schlechte Aussichten für Phil und mich. Wenn wir Pech hatten, konnten wir uns zwischen den endlosen Regalreihen mit Waschmitteln, Süßigkeiten, Windeln und Backpulver noch die ganze Nacht um die Ohren schlagen. Und wenn wir ganz großes Pech hatten, auch noch ohne den geringsten Erfolg.

Phil Decker, mein langjähriger Kollege als G-man des New Yorker FBI und mein bester Freund, drehte gelangweilt ein paar Gläser mit Babynahrung herum und tat so, als interessiere er sich für die Etiketten, während er stets die einzige um diese Zeit besetzte Kasse im Auge behielt. Ich schob meinen Einkaufswagen zu Phil und fragte ihn nach seiner Gemütsverfassung.

Seine säuerliche Miene sagte schon alles. »Eins schwöre ich dir, Jerry. Nach dieser Nacht gehe ich für den Rest des Jahres nicht mehr einkaufen. Ich kann dir von fast allen Waren hier Preise, Mengenangaben und Inhaltsstoffe auswendig aufsagen. Damit könnte ich glatt einen Job in der Verbraucherberatung bekommen.«

»Und von was willst du leben, wenn du nicht mehr einkaufst?«

»Von Bringdiensten. Die werden ein Bombengeschäft mit mir machen.«

»Na, dann viel Spaß«, sagte ich grinsend und steuerte mit dem Einkaufswagen die Elektroabteilung an, wo ich so tat, als überprüfte ich Stecker und Steckdosen auf ihre Qualität. Was tut man nicht alles, um einen Gangster zu fangen!

Möglicherweise waren wir auf dem falschen Dampfer und lauerten einem kleinen Fisch auf, der nie wieder in diesen Teich hüpfte. Aber vielleicht bekamen wir ihn doch zu fassen. Und vielleicht hing an seinem Schwanz ein ganz großer Fisch, möglicherweise ein Hai. Bestimmt aber kein weißer Hai, zumindest keiner mit einer weißen Weste.

Die Weste der Person, die wir suchten, hatte eher die Farbe von Fünfzig-Dollar-Scheinen. Solchen waren wir nämlich auf der Spur. Falschen wohlgemerkt, im Volksmund auch Blüten genannt. Aber so gut gemacht, dass sie von echten kaum zu unterscheiden waren. Deshalb war das Schatzamt der Regierung hochbesorgt, dass die fünf Blüten, die bislang aufgetaucht waren, noch eine Menge Geschwister hatten. Das Schatzamt hatte den FBI gebeten, den Blüten nachzuspüren und den Leuten, die sie unter das Volk brachten, kräftig auf die schmutzigen Finger zu klopfen.

Es galt als sicher, dass zumindest vier der fünf falschen Fuffziger bei der Bank, die den Schwindel entdeckt hatte, durch diese Supermarktfiliale eingereicht worden waren. Auf unser Befragen hatte sich ein Kassierer an einen Farbigen erinnert, der seit dem Tag in den Supermarkt kam, an dem zum ersten Mal eine Blüte aufgetaucht war. Und dieser Schwarze zahlte generell mit Fünfzig-Dollar-Scheinchen, auch wenn er nur eine Packung

Kaugummi oder eine Zeitschrift mitnahm. Das roch sehr nach Geldwäsche à la »aus falsch mach echt«.

Seit acht Uhr morgens waren wir jetzt im Dienst, Phil, der lockenköpfige Kassierer namens Neil und meine Wenigkeit, der zurzeit auf Supermarktdauerkunde umschulende G-man Jerry Cotton. Da sich Neil an das Gesicht des Schwarzen erinnerte, sollte er an der Kasse durchhalten, bis sich der Verdächtige zeigte. Sein Boss würde dem Kassierer eine Menge für Überstunden berappen müssen. Aber vielleicht übernahm ja das Schatzamt die Rechnung. Regierungen haben zwar bekanntlich nie Geld, aber sie geben es immer gern aus.

Der Schwarze war nach Neils Aussage stets in der Mittagszeit oder kurz nach Feierabend erschienen, also immer zu den Stoßzeiten, in denen es den Kassierern so gut wie unmöglich war, auf die Echtheit des ihnen von den Kunden gegebenen Geldes zu achten. Aber entweder war der Verdächtige von seiner Gewohnheit abgewichen, oder er war durch unsere Maschen geschlüpft. Letzteres konnte ich mir allerdings kaum vorstellen.

Tagsüber, als mehrere Kassen besetzt gewesen waren, hatten Neil und wir sie vom Videoraum aus überwacht. Jetzt, in der Nacht, war dieser Raum nicht besetzt, und wir hatten unser Tätigkeitsfeld in die riesige Verkaufshalle verlagert.

Wir hätten natürlich in dem Videoraum bleiben können, aber jede Abweichung von der gewohnten Norm konnte den Täter warnen. Vielleicht steckte er mit jemandem aus dem Supermarkt unter einer Decke. Deshalb war außer Neil auch nur der Filialleiter über unseren Sondereinsatz unterrichtet.

Phil und ich schoben unsere Einkaufswagen immer so durch die Gänge, dass wir Neils Kasse im Blickfeld behielten. Der junge Supermarktangestellte hatte nicht sehr viel zu tun. Nur hin und wieder verirrte sich jemand in den Laden.

Gerade stand ein vollbärtiger Weißer in einer schmuddeligen, an mehreren Stellen aufgerissenen Lederjacke an der Kasse, um eine Packung Schokoladenkekse und Rotwein zu bezahlen. Er beugte sich zu Neil hinüber und schien irgendetwas mit ihm zu besprechen. Der Kassierer blickte ihn starr an und wurde kalkweiß im Gesicht.

Da bemerkte ich den Grund für Neils seltsame Reaktion. Eine Ausbuchtung unter der offenen Lederjacke des Kunden. Allerdings schien es ein Kunde zu sein, der nur auf eine Ware scharf war: das Geld in Neils Kasse. Denn die Ausbuchtung war nichts anderes als ein kurzläufiger Revolver, den der Vollbärtige, durch die Jacke notdürftig getarnt, auf den Kassierer richtete.

Neil öffnete die Kasse und raffte hastig alles Geld in eine der braunen Papiertüten mit dem grünen Werbeaufdruck des Supermarktes.

Ich wollte Phil auf die Sache aufmerksam machen, aber mein Freund stand außerhalb meines Blickfelds in einem Parallelgang, irgendwo zwischen Damenstrümpfen und vegetarischer Nahrung. Also musste ich allein handeln, und zwar schnell. Dabei ging es mir weniger um das Geld als um Neil.

Mit forschem Schritt ging ich auf die Kasse zu, den halb vollen Einkaufswagen vor mich herschiebend.

Der Vollbärtige starrte mich skeptisch an, dann wieder den Kassierer. Sein grimmiger Blick sollte Neil wohl zu noch größerer Eile antreiben.

Der lockenköpfige Junge schob die mit Geld gefüllte Tüte über die Ablage, als mich noch fünf Yards von der Kasse trennten. Ich tat, als stolperte ich, gab dabei in Wahrheit aber meinem Einkaufswagen einen heftigen Stoß, der ihn auf den Räuber zuschießen ließ.

Der machte in einer instinktiven Reaktion zwei Schritte nach hinten und ließ mich dabei – wohl unabsichtlich – seine Pistole sehen.

Als der Einkaufswagen gegen den Bärtigen prallte, lag der größte Schaden und mein größter Nutzen in der Verwirrung des Räubers. Aber dann glomm in seinen Augen die Erkenntnis auf, dass sich mein Wagen nicht unabsichtlich in ein plötzliches Geschoss verwandelt hatte. Er riss die Pistole hoch und wollte sie gegen mich in Anschlag bringen.

Aber in der Sekunde hatte ich mich bereits vom Boden abgestoßen und flog mit einem Hechtsprung über den Einkaufswagen auf den Räuber zu. Ich wollte meine eigene Waffe nicht einsetzen und zugleich verhindern, dass er seine benutzte, damit es nicht zu einem größeren Aufruhr kam, der den Blütenverteiler endgültig vertrieb.

Als der Bärtige den Abzug durchziehen wollte, prallte ich gegen den Mann und riss ihn mit zu Boden. Ich landete unglücklich und stieß mit dem Kreuz gegen die scharfe Kante einer Kassenabsperrung. Ein heftiger Schmerz, der mir den Atem zu rauben drohte, durchjagte meinen Oberkörper.

Der Räuber nutzte die Gelegenheit, um die Pistole, die ihm beim Zusammenprall mit mir entfallen war, aufzusammeln und erneut auf mich zu richten. Er stand ganz nah bei mir.

Ich riss den rechten Fuß hoch und traf seine Waffenhand. Die Waffe segelte durch die Luft, schepperte in zehn Yards Entfernung gegen eine Pyramide aus Pfirsichkonserven und riss ein paar der Dosen um.

Der Bärtige drehte sich um, wollte seiner Waffe nachlaufen, sah sich aber unversehens Phil gegenüber, der ihn mit seinem Smith & Wesson in Schach hielt.

»Noch eine Bewegung, Bursche, und du spürst den Geschmack von blauen Bohnen am eigenen Leib!«, sagte mein Freund hart. »Aber ohne süßen Nachtisch!«

Der Bärtige gefror mitten in der Bewegung und reckte dann zögernd die Arme in die Luft.

»Na also«, sagte Phil im versöhnlichen Tonfall. »Es geht doch. Braver Junge.«

Ich erhob mich ächzend, versuchte die Kreuzschmerzen zu ignorieren, löste die Plastikhandschellen von meinem Gürtel und fesselte damit die Hände des Räubers auf dessen Rücken.

Als der Mann kaltgestellt war, sammelte Phil dessen Waffe auf und fragte: »Was machen wir mit diesem faulen Kunden, Jerry? Wir sind schließlich nicht hier, um Ladendiebe zu jagen. Am besten rufen wir die Kollegen von der City Police.«

Ich schüttelte energisch den Kopf. »Zu viel Aufwand und zu verräterisch. Falls unser Blütenheini doch noch kommt und das größte Polizeiaufgebot seit King Kongs Sturz vom Empire State Building hier vorfindet, wird er sich kaum trauen, seine falschen Fuffziger zu zücken. Am besten übergeben wir den Kerl Ben und Ruby. Sie sollen ihn der nächsten Polizeiwache als kleines Präsent des FBI abliefern.«

»Gute Idee«, fand Phil.

»FBI?«, nuschelte der Bärtige und sah uns entgeistert an. »Ihr seid Bundesbullen? Das hab ich nich gewusst, bestimmt nich. Hätt ich's gewusst, hätt ich den Überfall bestimmt nicht gemacht.«

»Danke, sehr rücksichtsvoll«, erwiderte ich und schob ihn nach draußen.

Dort warteten unsere Kollegen Ben Harper und Ruby O'Hara in einem hellblauen Pontiac, der auf dem so gut wie leeren Supermarktparkplatz stand. Ben und Ruby sollten uns bei unserer Jagd auf die Falschmünzer – Falschscheiner wäre der passendere Ausdruck gewesen – unterstützen.

Sie staunten nicht schlecht, als wir ihnen den Bärtigen, seine Waffe und auch seine Beute übergaben. Dann rauschten sie davon, um ihn zum nächsten Polizeirevier zu bringen.

»Warum haben Sie das Geld aus der Kasse mitgenommen?«, fragte Neil, der sich allmählich wieder beruhigte.

»Der Staatsanwalt braucht es als Beweisstück«, erklärte ich. »Aber keine Angst, sie kriegen eine Quittung.«

»Das sagen Sie mal meinem Boss!«

»Tun wir gern«, meinte Phil und sah mich an. »Und was machen wir jetzt, Jerry?«

»Weiterhin die unentschlossenen Kunden spielen«, schlug ich vor. »Und unser junger Freund kann die Pfirsichdosen wieder an ihren Platz stellen, damit es hier nicht so aussieht, als wären Räuber da gewesen.«

Neil rang sich ein gequältes Lächeln ab.

Phil und ich setzten unsere monotone Observierung fort und fragten uns, je später es wurde, immer häufiger, ob der Mann mit dem Falschgeld wirklich noch in dieser Nacht kommen würde.

New York City, Queens, Stadtteil Flushing, in derselben Nacht.

Auf Zehenspitzen schlich Reuben Hackler die Treppe hinunter ins Parterre seines modernen Holzhauses am Kissena Park. Er hatte die Haustür fast erreicht, als ihn die Frauenstimme, die hinter ihm leise seinen Namen rief, so sehr zusammenfahren ließ, dass er fast die schweinslederne Aktentasche fallen gelassen hätte. Auf dem oberen Treppenabsatz stand seine verschlafene Frau Dorothy im Nachthemd und mit zerzaustem Haar.

»Reuben, wo willst du hin, um diese Zeit? Wie spät ist es eigentlich?«

»Es ist elf.«

»Was hast du so spät noch vor?«

»Ich bin nicht müde. Ich fahre noch mal ins Büro, um die Besprechung morgen vorzubereiten.«

»Warum machst du das nicht hier im Arbeitszimmer?«

»Weil ich nicht alle Unterlagen hier habe.« Reuben Hackler versuchte in seine Stimme möglichst viel Warmherzigkeit zu legen. »Leg dich wieder schlafen, Dorothy. In zwei Stunden bin ich zurück.«

»Das Bett ist so leer ohne dich, Reuben. In letzter Zeit musste ich so oft allein ins Bett gehen.«

Hackler konnte nicht verhindern, dass ein unwilliger Ausdruck über sein Gesicht huschte. Schon seit einigen Jahren spürte er kein Verlangen mehr, mit seiner Frau ins Bett zu gehen. Weder um zu schlafen, noch um das zu tun, was die Verfasser von Gesetzestexten als die Erfüllung der ehelichen Pflichten umschreiben.

Dorothy war im selben Alter wie ihr Mann, Anfang fünfzig. Aber bei ihnen traf dasselbe zu, was man häufig bei Männern und Frauen feststellen konnte.

Reubens Aussehen und Attraktivität hatten durch das Altern

noch gewonnen. Mit seinen grau melierten Schläfen und seinem noch vollen Haar wirkte der etwas mehr als mittelgroße Mann, der kaum Fett angesetzt hatte, überaus anziehend auf das andere Geschlecht.

Dorothy dagegen hatte in den letzten Jahren immer mehr Schminke benutzen müssen, um die zahlreich werdenden Fältchen und Falten zu verdecken. Und nachts, wenn sie wie jetzt abgeschminkt war, wirkte sie zehn Jahre älter, als sie tatsächlich war.

Kein Vergleich zu Jane!

Bei dem Gedanken an Jane fiel ihm seine Verabredung ein, zu der er nicht zu spät kommen durfte. Nicht, dass ihm etwas an dem nächtlichen Treffen gelegen hätte. Ganz im Gegenteil, er wäre froh und glücklich gewesen, wenn er es aus der Welt hätte schaffen können. Aber das ging nicht, das war völlig unmöglich. Wenn er nicht zu dem Treffen ging, war seine ganze, in vielen Jahrzehnten harter Arbeit mühevoll aufgebaute Existenz gefährdet.

Und die Existenz seiner Familie. Aber das konnte er Dorothy nicht sagen. Es hatte mit Jane zu tun. Und von Jane durfte seine Frau niemals erfahren.

»Lass uns hier nicht darüber diskutieren, Dorothy, sonst werden noch die Kinder wach. Versuch zu schlafen. Wenn ich heimkomme, bist du sicher längst im Reich der Träume. Gute Nacht!«

Er verließ das Haus und betätigte den Infrarotsender, der das Garagentor automatisch öffnete. Eine halbe Minute stand Reuben unschlüssig vor den beiden ungleichen, aber teuren Fahrzeugen, einer repräsentativen dunkelblauen, viertürigen Dodge-Limousine vom Typ Spirit LE und einem weinroten Jeep Wrangler 4.0 Laredo mit Sechs-Zylinder-Motor.

Hackler entschied sich für den robusten Geländewagen, den Enkel des Ur-Jeeps. Er war besser geeignet für die nächtliche Mission, die nichts Repräsentatives an sich hatte. So wie Hackler selbst, der seinen zweireihigen Anzug mit einer dunklen Cordhose und einer braunen Lederjacke vertauscht hatte.

Als er den Jeep aus der Garage gefahren hatte, drückte er kurz auf den Knopf des Infrarotsenders, und das Tor schloss sich wieder. Hackler lenkte den Laredo durch die ruhigen Straßen des Wohnviertels der Besserverdienenenden.

Die meisten Fenster waren dunkel. Man ging hier früh schlafen, weil man früh aufstehen musste, um das viele Geld zu verdienen, mit dem man sich erst so ein teures Haus in dieser teuren Gegend leisten konnte. Aber dafür war es sehr ruhig hier, und man konnte früh schlafen gehen.

Hackler gluckste vor sich hin, als ihm die unfreiwillige Komik des menschlichen Lebens bewusst wurde. Aber dann dachte er an das bevorstehende Treffen und wurde schlagartig wieder ernst. Wenn seine Existenz zusammenbrach, war das nicht komisch, sondern nur tragisch. Jedenfalls für ihn und seine Familie.

Und alles wegen Jane!

Er verfluchte den Tag, an dem er sich mit ihr eingelassen hatte. Aber wenn er zurückdachte und ehrlich war, musste er zugeben, dass er einer der schönsten Tage seines Lebens gewesen war. Besonders eine der schönsten Nächte.

Janes wunderschönes, sinnliches Gesicht mit dem langen, blonden, leicht gewellten Haar stand so dicht vor seinen Augen, dass er in einer Kurve fast das Steuer verrissen hätte. Er zwang sich, nicht an sie zu denken, aber ganz schaffte er es nicht. Kein Wunder, hatte er sie doch schon immer geliebt, angebetet, ja verehrt – schon viele Jahre, bevor er sie kennen gelernt hatte.

Um diese Uhrzeit herrschte wenig Verkehr, und so erreichte er das Waldstück an der Grenze zwischen Queens und Brooklyn schon nach gut zwanzig Minuten. Er fuhr langsam, um die schmale Einmündung nicht zu verpassen, von der ein Waldweg zu dem aufgegebenen Kiesloch mit der alten, baufälligen Ziegelei führte.

Bei Nacht sah alles anders aus, wirkten die Bäume wie Riesen aus einer Fabelwelt, sodass er die Einmündung doch fast übersehen hätte. In letzter Sekunde riss er das Lenkrad nach rechts und brachte seinen Laredo auf den richtigen Kurs.

Der unbefestigte, von hohem Mischwald gesäumte Weg schien fast nur aus Schlaglöchern zu bestehen, aber das machte dem robusten Jeep Wrangler mit den großen, breiten Reifen nicht viel aus. Unbeirrbar hielt er seinen Kurs, bis sich die Bäume lichteten.

Hackler ging vom Gas und brachte den Wagen mit laufendem Motor zum Stehen. Schräg rechts vor ihm, nahe bei der planierten Straße, die hinunter ins Kiesloch führte, leuchteten kurz die Scheinwerfer eines anderen Autos auf. Hackler ließ den Jeep dort hinrollen und stellte dann Motor und Scheinwerfer ab.

Der andere Wagen stand keine fünf Schritte von dem Jeep entfernt. Ein alter, für eine Limousine ungemein kantig wirkender Ford Pinto aus den Siebzigern, mit vier Türen und wahrscheinlich einer Menge Rost, wenn man ihn bei Tag sah.

Doch der Wagen interessierte Hackler weit weniger als die beiden Männer, die ihm jetzt entstiegen und auf den Laredo zugingen. Er kannte beide und wusste zumindest ihre Vornamen. Der blonde Kleiderschrank mit dem Nussknackergesicht hieß Hank, und sein fast einen Kopf kleinerer Begleiter mit dem schnurrbärtigen Clark-Gable-Gesicht Lewt.

Hackler fühlte sich ein wenig erleichtert, weil der unheimliche Typ nicht dabei war, den alle nur den Kubaner nannten.

Als Joe Collum, der Boss dieser Männer, Hackler zum ersten Mal um seine Hilfe bat und er sich ablehnend zeigte, hatte ihm der Kubaner mit wenigen Griffen und Schlägen solche Schmerzen zugefügt, wie sie Hackler niemals zuvor im Leben verspürt hatte. Seitdem hatte er vor dem Kubaner noch mehr Respekt wie als kleines Kind vor dem Weihnachtsmann mit seiner Rute, der ja nur sein verkleideter Vater gewesen war.

Von Hacklers Erleichterung blieb nicht viel übrig, als er die große Automatic in Lewts Hand sah, die auf ihn gerichtet war. Wollten die Kerle den Mitwisser ausschalten, sobald sie ihn nicht mehr brauchten?

Hackler konnte das Zittern seiner Hand nicht unterdrücken, als er die Wagentür aufdrückte. Stumm blieb er hinter dem Steuer sitzen und sah den äußerlich ungleichen Männern entgegen.

Sie blieben dicht vor ihm stehen, und Lewt hob den Lauf der schwarz glänzenden Automatic zum Gruß an eine imaginäre Hutkrempe.

»Einen schönen guten Abend, Mr. Hackler«, grüßte Lewt mit der vollendeten Höflichkeit eines Schmierenkomödianten. »Es freut uns, dass Sie so pünktlich zu unserer Verabredung gekommen sind. Haben Sie auch die Ware mitgebracht?«

»Hier ist alles drin«, antwortete Hackler, nahm die Aktentasche vom Rücksitz, öffnete sie und wollte mit der Hand hineingreifen, um das für Joe Collum bestimmte Päckchen herauszuziehen.

Sofort ruckte der Lauf der Automatic wieder nach unten, und das bedrohliche Loch der Mündung zeigte auf den Mann im Jeep.

»Nicht zu hastig, Mr. Hackler!«, warnte ihn Lewt, und selbst jetzt klang seine Stimme noch ölig. »Sonst werde ich nervös. Und wenn ich nervös werde, kriegt mein rechter Zeigefinger Zuckungen. Was Sie dann erhalten, können Sie sich wohl denken.«

»In der Tasche sind nur die Unterlagen für Mr. Collum.«

»Geben Sie Hank die Tasche. Er wird die Unterlagen rausnehmen.«

So geschah es. Der blonde Riese nahm den Plastikordner mit den Unterlagen an sich und reichte die leere Tasche stumm an Hackler zurück.

»Das ist alles, was Collum braucht?«, fragte Lewt.

Der Mann im Jeep nickte. »Alles.«

Lewt grinste breit. »Sehr schön. Vielen Dank für Ihre Hilfe, Mr. Hackler.«

Als sich Lewt zum Gehen wenden wollte, sagte Hackler schnell: »Was ist mit Mr. Collums Versprechen?«

Der Dunkelhaarige mit dem scharf ausrasierten Schnurrbart sah ihn skeptisch an. »Was für ein Versprechen?«

»Dass ich nach dieser Sache von ihm in Ruhe gelassen werde.«

»Wenn er das versprochen hat, wird er sich auch daran halten.«

Hackler dachte an die Druckvorlage, die er Collums Männern vor zwei Wochen an demselben Ort übergeben hatte. »Aber er hat das schon einmal versprochen und sich nicht daran gehalten.«

Lewt hob die Schultern und ließ sie mit einem Seufzer wieder fallen. »So etwas passiert eben, Mr. Hackler. Unvorhergesehene Umstände, verstehen Sie? Wie nennen das doch die Rechtsverdreher? Vertragsänderung wegen Wegfalls der Geschäftsgrundlage.«

Hackler sah ihn zweifelnd an. »Aber wer garantiert mir, dass das diesmal nicht wieder geschieht?«

»Niemand. Hoffen Sie es einfach.«

Damit drehte sich Lewt um und ging gemeinsam mit Hank zurück zu dem Ford.

Als sie die Limousine erreicht hatten, wandte er sich noch einmal zu Hackler um und meinte: »Aber vergessen Sie nicht: Hoffen und Harren macht manchen zum Narren!«

Mit einem meckernden Lachen klemmte er sich hinter das Steuer des Fords, während Hank auf dem Beifahrersitz Platz nahm. Der Motor sprang stotternd an, die Scheinwerfer rissen die Nacht auf, und die Räder schleuderten lockere Erde nach hinten, als der Pinto mit einem Kavalierstart in dem Waldweg verschwand.

Reuben Hackler blieb noch eine ganze Weile in dem am Kiesloch stehenden Jeep sitzen und dachte an die Nächte mit Jane. Die Nächte, die ihm all jene Wünsche erfüllten, die er sein ganzes Leben lang unterdrückt hatte. Die Nächte, die ihn vollständig in Collums Hand gebracht hatten.

Der Preis, den er für die Leidenschaft und das kurze Glück mit Jane zahlen musste, war hoch. Hackler fragte sich, ob er noch steigen würde.

Manhattan, Lower East Side, »Uncle Paul's Supermarket« am Tomkins Square.

Es war sechs Uhr morgens, und die Sonne würde bald über den Wolkenkratzern Manhattans aufgehen. Falls man sie sah und sie nicht von der dicken Dunstglocke namens Smog verdeckt wurden. Die Menschen würden in ihre Autos, in die Busse, in die U-Bahnen und auf die Fähren steigen, um die unzähligen Bürostühle Manhattans zu besetzen. Bald würde im Supermarkt eine Invasion starten. Eine Invasion von Menschen, die vor Arbeitsbeginn noch schnell ein paar Zigaretten, Doughnuts oder Vitaminpillen kaufen wollten, um den Stress des Tages zu überstehen.

Die Nacht war gelaufen, ohne dass nach dem Zwischenfall mit dem vollbärtigen Räuber irgendetwas Bemerkenswertes vorgefallen war. Uns allen, Ruby und Ben draußen auf dem Parkplatz sowie Neil, Phil und mir hier drinnen, fielen fast die Augen zu.

»Geh zum FBI, und mit deinem Schlaf ist's vorbei«, versuchte Phil einen müden Scherz, während er so tat, als betrachte er interessiert die fünf verschiedenen Sorten Orangenmarmelade, die Onkel Paul in seinem riesigen Supermarkt anbot.

»Mit dem Schlaf der Bevölkerung anscheinend auch«, erwiderte ich mit einem Kopfnicken zu den Kunden, die allmählich das Geschäft zu bevölkern begannen. Bald würde eine Kasse nicht mehr ausreichen.

»Pah, nur ein paar Frühaufsteher«, meinte Phil abfällig und schaute plötzlich sehnsuchtsvoll drein. »Leute, die den Schlaf nicht zu schätzen wissen, weil sie noch nie eine Nacht durchgearbeitet haben.«

»Solche Leute gibt's?«

»Was für welche?«, fragte Phil irritiert.

»Die eine Nacht durcharbeiten?«

Fast hätte mein Freund ein Glas Orangenmarmelade nach mir geworfen, allerdings nur die Marke aus dem Sonderangebot.

Ich schaute wieder zur Kasse, wo gerade ein dunkelhäutiger Endzwanziger einen Beutel Erdnüsse und einen Sechserpack Budweiser bezahlte. Während ihm Neil eine Menge Wechselgeld vorzählte, kratzte sich der Kassierer immer wieder an seiner weit vorspringenden Hakennase.

Das vereinbarte Zeichen.

Der Schwarze war unser Mann.

Der Mann im abgewetzten Jeansanzug sammelte sein Wechselgeld ein, nahm seine Ware auf und setzte sich in Richtung Ausgang in Marsch. Ich zog das Walkie-Talkie aus der Innentasche meiner schwarzen Lederjacke und rief Ben und Ruby.

»Nicht so laut, Jerry«, meldete sich meine junge, irischstämmige Kollegin. »Sonst störst du Ben in seinem Schönheitsschlaf!«

»Haha«, hörte ich Ben Harper im Hintergrund. »Sehr witzig. Jedenfalls für Leute, die über das Wort ›Schlaf‹ lachen können. Ich kann es nicht mehr.«

»Ihr sollt auch nicht lachen, sondern aufpassen«, unterbrach ich das Geplänkel. »Der schwarze Jeansträger, der gleich rauskommt, ist unser Mann. Habt ihr ihn kommen sehen?«

»Bingo«, antwortete Ruby. »Er kam in einem alten Volkswagen, der aussieht, als hätte er schon in den ersten Herbie-Filmen von Walt Disney mitgespielt.«

»Hängt euch an ihn dran«, sagte ich. »Phil und ich kommen auch.«

Wir gingen zur Kasse und drängten uns dort an einem schimpfenden Alten vorbei, der über die Jugend von heute klagte und darauf bestand, vor uns an der Kasse gewesen zu sein.

»Ja, ja, die Rentnerkrankheit«, sagte Phil mit einem Grinsen zu ihm. »Keine Zeit, aber davon eine Menge.«

Ich fragte Neil, ob der Schwarze wieder mit einem Fünfziger bezahlt hatte.

»Ja«, bestätigte der Kassierer und hielt einen zerknitterten Schein hoch. »Hier ist er.«

Ich nahm den Fünfziger an mich und rannte mit Phil hinaus, während sich der Alte darüber beklagte, dass die Leute, die sich vordrängelten, auch noch Geld dafür bekämen, statt an der Kasse welches bezahlen zu müssen.

Wir sahen, wie der Schwarze in einen wirklich schrottreifen und aus bunten Ersatzteilen zusammengesetzten VW-Käfer stieg und den hustenden Motor anließ. Auch Ben Harper drehte den Schlüssel im Zündschloss des Pontiac herum. Phil und ich steuerten auf den grünen Chrysler aus dem FBI-Fuhrpark zu, mit dem wir zum Supermarkt gefahren waren. Er war bei einer Observation unauffälliger als mein roter Jaguar.

Ben und Ruby folgten dem VW auf die sich belebende Straße, und wir schlossen uns an. Wir wollten uns nach Möglichkeit abwechselnd hinten den Verdächtigen setzen, damit ihm nicht so leicht auffiel, dass er verfolgt wurde.

Die Fahrt führte zur Houston Street. Von dort aus ging es auf die Suffolk Street, von wo der Käfer auf einen als Parkplatz genutzten Hinterhof zwischen der Suffolk und der Norfolk Street abbog.

Phil und ich sahen den Parkplatz, weil wir angehalten hatten und ausgestiegen waren. Der hellblaue Pontiac von Ben und Ruby stoppte erst einen Block weiter, um bei unserem Blütenfreund nicht unangenehm aufzufallen.

»Eine ziemlich miese Gegend«, stellte Phil fest. »Kaum vorstellbar, dass von hier so hochwertige Blüten kommen sollen. Hier gibt es zwar jede Menge Lumpen, Gauner und Ganoven, aber meist nur Typen vom Bodensatz der Gesetzesbrecher.«

Ich gab ihm Recht. Die Lower East Side war schon immer ein Armenviertel gewesen, seit hier vor hundert Jahren die großen Mietskasernen hochgezogen worden waren, um die Auswandererströme aus der Alten Welt aufzunehmen. Seitdem hatte sich wenig verändert. Wer hier wohnte, lebte noch immer am Rand des Existenzminimums oder darunter. Rauschgifthandel, Prostitution und Bandenkriege florierten hier in ihren widerwärtigsten Formen. Aber die ganz großen Coups fanden in aller Regel woanders statt.

Der Schwarze parkte den VW zwischen einem fenster- und reifenlosen, nur noch aus Rost bestehenden Autowrack und einer überquellenden Batterie von Müllcontainern, einem Paradies für Ratten. Er sah sich kaum um und verschwand durch die graffitiübersäte Hintertür eines baufällig wirkenden Mietshauses, dessen Mauern im Parterre ebenfalls über und über mit Sprüchen in unterschiedlichsten Sprachen bedeckt waren.

Im Gegensatz zu anderen New Yorker Vierteln wie Little Italy oder Chinatown, in denen bestimmte ethnische Minderheiten zu absoluten Mehrheiten wurden, hatte in der Lower East Side immer schon ein buntes Bevölkerungsgemisch gelebt. Ganz früher, um die Jahrhundertwende, war es mal ein rein jüdischer Stadtteil gewesen. Aber das war schon lange her. Erst hatten sich die Chinesen vom Chatham Square über den East Broadway hineingedrängt, dann kam die neue Einwanderungswelle der Spanisch sprechenden Bevölkerungsgruppen: Mittel- und Südamerikaner sowie Puerto-Ricaner. Heute kann man hier so gut wie jede Sprache hören, die auf unserem Erdball gesprochen wird.

Wir stellten fest, dass die Hintertür nicht verschlossen war. Dann informierten wir Ben und Ruby über Funk und baten sie, einsatzbereit vor dieser Tür zu warten, während wir uns im Haus umsahen.

Drinnen war es fast stockdunkel, und nur eine verlorene, nackte, schmutzige Glühbirne sorgte über dem ersten Treppenabsatz für einen Hauch von Licht. Es stank nach allem, was der Mensch auf irgendeine Weise von sich geben kann. An dem einzigen Aufzug hing ein aus einem Schuhkarton herausgerissenes Schild, auf dem in fast verblassten und daher kaum noch lesbaren Buchstaben stand, dass der Lift außer Betrieb und die Benutzung lebensgefährlich sei.

»Wahrscheinlich war das Ding bereits außer Betrieb, noch bevor das Haus gebaut wurde«, flüsterte Phil.

Ich legte den Zeigefinger vor die Lippen, denn ich hatte etwas gehört. Über uns. Schritte auf der Treppe, die sich von uns entfernten. Das musste der Farbige sein.

Voller Zweifel, ob hier tatsächlich die Quelle der falschen Fünfziger zu finden war, folgten wir ihm eilig. Durch die Gummisohlen unserer Schuhe waren wir dabei fast geräuschlos.

Hin und wieder hing eine weitere nackte Glühbirne über einem Treppenabsatz, und manchmal brannte sie sogar. Im schwachen Licht einer dieser Birnen sahen wir den Verdächtigen einen Gang im fünften Stock betreten. Wir kauerten uns unter dem Absatz auf die Treppe, schoben die Köpfe höher und erspähten, durch welche Tür er verschwand. Dann gaben wir die Nachricht an unsere beiden Kollegen weiter.

»Was unternehmt ihr jetzt?«, erkundigte sich Ruby.

»Wir pirschen uns ran und spielen den Lauscher an der Wand.«

An der Tür, hinter der unser Verdächtiger verschwunden war, hatte einmal die Apartmentnummer 513 geprangt. Irgendwann waren die Ziffern abgefallen. Aber wo sie geklebt hatten, verrieten ihre dunklen Umrisse die Nummer der Wohnung. Ein Namensschild gab es nicht.

Phil lehnte sich gegen die Tür, presste sein Ohr gegen das Holz und lauschte.

»Hörst du etwas?«, fragte ich im Flüsterton.

»Nein. Ich …«

Plötzlich wurde die Tür aufgerissen, und mein Freund stürzte in dem kleinen Flur der Wohnung auf den Boden. Er lag zu Füßen des Schwarzen, den wir verfolgt hatten und der jetzt einen stahlglänzenden 357er Magnum-Revolver vom Typ Colt King Cobra auf Phil richtete.

Der flackernde Blick des Schwarzen flog zwischen meinem Freund und mir hin und her. Offenbar hatte er bemerkt, dass er verfolgt wurde, aber nicht mit zwei Verfolgern gerechnet.

Sein großkalibriger Revolver blieb auf Phil gerichtet.

Ich stand unschlüssig auf dem Gang und wagte nicht, meinen Smith & Wesson aus dem Holster zu reißen. Der Schwarze, der breitbeinig über Phil stand, machte den Eindruck eines gehetzten und in die Ecke gedrängten Tieres, das unberechenbar und zu jeder Reaktion fähig war. Und die Reaktion konnte tödlich für Phil sein.

»Es sind zwei!«, schrie er jemandem zu, der kurz darauf neben ihn trat.

Eine dunkelhäutige Frau mit einer langen, unordentlichen Rasta-Frisur und dem gleichen flackernden Blick wie der Mann. Beide waren höchstwahrscheinlich drogenabhängig, was sie noch gefährlicher machte. Die Frau war ebenfalls bewaffnet, wenn auch nur mit einer kleinkalibrigen, doppelläufigen Derringer, die in einer zitternden Hand lag.

»Was machen wir jetzt, Charly?«, fragte die Frau mit einer schrillen Stimme, die sich vor Aufregung fast überschlug.

»Weiß nicht. Lass mich überlegen!«

Es war wie ein Witz, allerdings ein schlechter. Zwei Topagenten des FBI befanden sich in der Gewalt zweier unsicherer Junkies. Wenn unser Chef Mr. High das hörte …

Der Schwarze namens Charly überlegte noch.

Zu lange!

Phil riss seine Füße hoch und traf ihn da, wo es am meisten wehtat.

Der Schwarze schrie vor Schmerz auf und drückte ab. Aber durch Phils Tritt nach hinten geschleudert, verriss er den Colt. Die Kugel jaulte an mir vorbei, klatschte an die gegenüberliegende Wand des Ganges und ließ einen riesigen Brocken Putz abbröckeln.

Keine Sekunde nach dem Tritt schnellte Phil auch schon auf die Beine und warf sich auf den Schwarzen.

Dessen Freundin schwenkte unsicher die Derringer-Pistole hin und her. Sie konnte sich nicht entscheiden, ob sie Charly helfen oder mich in Schach halten sollte.

Als die Waffe zurück auf Phil schwenkte, sprang ich mit einem Pantersatz durch die Türöffnung und riss der Rasta-Frau die Waffe aus der Hand. Sie schien darüber fast erleichtert zu sein.

Phil hatte inzwischen Charly entwaffnet und ihn mit ein paar Faustschlägen zu Boden geschickt, wo er sich das aus der Nase laufende Blut mit dem Ärmel abzuwischen versuchte.

Ich steckte die Derringer in die Jackentasche, zog den Smith & Wesson und durchsuchte die Wohnung nach weiteren Anwesenden.

Aber ich fand keine Menschen, nur jede Menge Schmutz, ungewaschene Wäsche, leere Bierdosen, gebrauchte Spritzen und an einem der ältesten Verstecke der Welt, im Wasserkasten der Toilettenspülung, einen angeklebten Beutel mit Kokain.

Die wichtigste Entdeckung aber waren acht weitere falsche Fünfziger, die in einer Schublade im Schlafzimmer lagen. Ich kehrte mit meinem Fund zu Phil zurück, der Charlys Hände mit seinen Handschellen auf den Rücken gefesselt hatte und gerade Ben und Ruby über sein Walkie-Talkie informierte.

»Eine Menge Mäuse für Leute, die in dieser schäbigen Gegend wohnen«, meinte ich und schwenkte die Fünfzig-Dollar-Noten vor den beiden Schwarzen in der Luft hin und her. »Woher habt ihr das?«

»Geht euch nichts an!«, erwiderte Charly trotzig.

»Geht es doch«, widersprach ich. »Die Scheinchen sind nämlich falsch. Falschgeld kann euch für lange Zeit ins Kittchen bringen!«

»Ich habe nicht gewusst, dass es Falschgeld ist«, verteidigte sich Charly.

Ich hielt den Kokainbeutel hoch. »Und das hier hast du wohl für Puderzucker gehalten, was? Und weil du Puderzucker so gern magst und deiner Freundin nichts gegönnt hast, hast du es im Klo versteckt.«

»Ich kenne den Beutel nicht. Ihr Bullen könnt uns nichts vorwerfen!«

»Doch! Den bewaffneten Angriff auf uns Bullen nämlich. Den Schuss eben könnte man als versuchten Mord an einem G-man ansehen. Da wird die Haftstrafe leicht zweistellig.«

Charly beschloss, die Auster zu spielen. »Ich sage nichts mehr ohne Anwalt.«

Ich sah die Frau an.

»Ich auch nicht«, schloss sie sich dem Boykott an.

Der Gang füllte sich mit neugierigen, durch den Schuss alarmierten Nachbarn. Ben und Ruby erschienen und sorgten dafür, dass die meisten wieder in ihre Wohnungen gingen.

Ruby wandte sich an Phil und mich. »Die Zentrale hat vorhin angerufen. Mr. High will euch beide so schnell wie möglich sprechen.«

»Der Boss ist heute verdammt früh im Büro«, meinte ich. »Das riecht nach neuer Arbeit.«

Phil verzog das Gesicht. »Es wäre ja auch eine Sünde für einen G-man, an so etwas wie Schlaf zu denken.«

Nachdem wir die Wohnung versiegelt hatten, sollten Ruby und Ben die beiden schweigsamen Gefangenen zum FBI-Hauptquartier an der Federal Plaza bringen. Phil und ich stiegen in den Chrysler und riefen die Zentrale an, die uns mit Mr. High verband. Wir berichteten ihm kurz von der Festnahme der beiden Schwarzen.

»Glückwunsch zu dem Erfolg«, sagte unser Chef.

»Der Erfolg ist nicht sehr groß«, meinte ich missmutig. »Dieser Charly und seine Freundin dürften kaum die Quelle der Blüten sein. Sie sind nur die Verteiler. Wenn sie dichthalten, kommen wir vielleicht nie an die Hintermänner heran. Dadurch, dass die beiden uns bemerkt haben, haben Phil und ich die Sache möglicherweise gründlich verpatzt.«

Seltsamerweise sah John D. High die Geschichte weit weniger schwarz als ich. »Lassen Sie sich deshalb keine grauen Haare wachsen, Jerry. Es gibt eine neue, ziemlich heiße Spur. Heute Morgen wurde eine Frau aus dem Fluss gefischt und ins Beekman Downtown Hospital eingeliefert. Fahren Sie hin und verhören Sie die Frau, sobald sie wieder vernehmungsfähig ist. Sie kann uns bestimmt einiges über die falschen Scheine erzählen.«

»Wie kommen Sie darauf, Sir?«

»Sie hatte Druckplatten für Fünfzig-Dollar-Scheine bei sich. Wahrscheinlich die Platten, mit der unsere Blüten hergestellt wurden.«

Das schlug bei Phil und mir wie eine Bombe ein. Keine halbe Minute später scheuchte ich den Chrysler auf der Suffolk Street downtown.

Süd-Manhattan, Beekman Downtown Hospital, eine halbe Stunde später.

Als die freundliche Asiatin an der Anmeldung Phil und mich auf die Intensivstation im sechsten Stock schickte, beschlich uns ein mulmiges Gefühl.

»Ob aus der Vernehmung wohl was wird?«, fragte mein Freund skeptisch, während uns der Lift nach oben brachte.

»Vielleicht nicht so schnell, wie sich Mr. High das vorgestellt hat«, antwortete ich.

Der Lift spuckte uns auf der Intensivstation aus, und wir fragten im Schwesternzimmer nach der Frau, die man aus dem Wasser gefischt hatte.

»Sind Sie Angehörige?«, fragte eine voluminöse Schwarze, die fast ebenso breit wie groß war.

»Nein, G-men«, antwortete ich und zückte meinen Dienstausweis, als ich das zweifelnde Stirnrunzeln bei der Schwester bemerkte. Phil und ich machten wohl nicht gerade einen Vertrauen erweckenden Eindruck, sprossen auf unseren übermüdeten Gesichtern nach der durchwachten Nacht doch kräftige Bartstoppeln.

»Sieh an, der FBI ist auch schon da«, ertönte eine wohlbekannte Stimme hinter uns.

Wir drehten uns um und standen drei Männern gegenüber. Einer war ein fast kahlköpfiger, dunkelhäutiger Arzt im weißen Kittel, den ein Plastikschild an der Brust als Dr. Gillespie auswies. Die beiden anderen waren Weiße und uns seit langem als Beamte der Mordkommission bekannt. Der Mann mit dem blonden Bürstenschnitt, der eben gesprochen hatte, war Detective Lieutenant Harry Easton, der wegen seiner phänomenal hohen Aufklärungsquote auch »Cleary« genannt wurde. Neben ihm stand der alles überragende Riesenkörper von Detective Sergeant Ed Schulz.

»Die Mordkommission?«, fragte ich erstaunt, denn davon hatte Mr. High nichts erwähnt. »Jetzt sagen Sie nicht, Lieutenant, die Frau, die wir vernehmen sollen, ist eine Wasserleiche!«

»Das nicht, aber das Ergebnis bleibt sich gleich.«

»Wieso?«

»Ich werde es Ihnen zeigen«, sagte Dr. Gillespie und führte uns zusammen mit den Kriminalpolizisten ins Krankenzimmer, das nur Platz für ein einziges Bett bot, dafür aber jede Menge Apparaturen aufwies.

Eine kleine rothaarige Schwester mit Sommersprossengesicht saß auf einem Stuhl und beobachtete die Monitore und Skalen, die anzeigten, wie viel Leben noch in der Patientin war. Diese lag reglos in den weißen Kissen, mit Schläuchen und Drähten gespickt wie in einem Frankenstein-Film. Langes blondes Haar hing wirr in das ausdruckslose, totenähnliche Gesicht mit den geschlossenen Augen. Der Atem der Frau war flach, kaum merklich.

»Was ist mit ihr?«, fragte Phil.

»Sie befindet sich in einem komatösen Zustand«, erklärte Gillespie. »Vielleicht erwacht sie, vielleicht fällt sie aber auch vollends ins Koma.«

»Wann könnte sie erwachen?«, wollte mein Freund wissen.

Der Arzt machte eine Geste der Hilflosigkeit. »Ich bin Arzt, kein Prophet.«

»Wie hoch sind überhaupt die Chancen, dass sie wieder zu Bewusstsein kommt, Doc?«, schaltete ich mich ein.

»Leider nicht sehr hoch. Aber verlangen Sie bitte keine Prozentzahlen von mir.«

Während er noch sprach, trat ich näher ans Krankenbett heran, weil mir das Gesicht der Frau bekannt vorkam. Jetzt, als ich neben ihr stand, wusste ich auch, woher: aus dem Kino!

»Das – das ist Jane Fonda!«, sagte ich ungläubig.

Phil trat neben mich und starrte die Frau mit offenem Mund an. »Du hast Recht, Jerry.«

»Das haben wir anfangs auch gedacht«, sagte Easton. »Die Ähnlichkeit ist wirklich verblüffend. Aber die Frau ist ein paar Jährchen zu jung. So hat Jane Fonda in diesem Science-Fiction-Streifen ausgesehen, ›Barbara‹ oder so.«

»Barbarella«, half ihm sein Sergeant aus.

Das stimmte. Die Frau vor uns war Anfang zwanzig, während die Schauspielerin, der sie wie aus dem Gesicht geschnitten war, stramm auf ein Alter zuging, das ich als Gentleman nicht nennen möchte.

Obwohl uns die Frau aller Wahrscheinlichkeit nach nicht hören konnte, setzten wir unser Gespräch draußen auf dem Gang fort.

»Warum ist das ein Fall für die Mordkommission?«, fragte Phil. »Hat jemand die Frau ins Wasser gestoßen?«

»In der Tat«, antwortete Easton. »Und zwar mit einer ziemlich üblen Stichwunde in der Brust.«

Der Lieutenant berichtete uns, was sich nach den bisherigen Erkenntnissen auf dem Ausflugsdampfer »Andrew Jackson« ereignet hatte.

»Und von dem Täter keine Spur?«, fragte ich nach.

Easton schüttelte den Kopf. »Ein Matrose glaubt, kurz nach der Rettung der Frau einen Mann im Wasser gesehen zu haben. Er wollte schon Alarm schlagen, aber dann hielt er es für eine Sinnestäuschung. Vielleicht ist der Mörder an Land geschwommen. Zum Zeitpunkt der Tat müssen das mindestens drei Meilen gewesen sein!«

»Möglicherweise ein Schwimm-Ass«, meinte Phil. »Ein Verwandter von Mark Spitz. Wer ist die Frau?«

»Unbekannt«, sagte Easton. »Sie trug keinerlei Papiere bei sich, als man sie aus dem Wasser fischte. Niemand auf dem Schiff kannte sie. Ihre extravagante Reizwäsche fiel auf.«

»Sind die Personalien aller Leute auf dem Schiff festgestellt worden?«, fragte ich.

»Sicher doch. Mit Besatzung und Passagieren macht das 232 Personen.«

Ich setzte ein gespielt schüchternes Lächeln auf und meinte: »Die City Police hilft uns hoffentlich bei der Überprüfung der Leute?«

Easton nickte. »Das habe ich mit Mr. High schon abgesprochen. Ich rief ihn gleich an, als ich unter den Sachen der Frau die Druckplatten entdeckte, weil ich wusste, dass der FBI an dieser Fünfzig-Dollar-Sache dran ist. Wir haben vereinbart, eng zusammenzuarbeiten.«

»Gab es unter den Sachen der Frau sonst noch etwas von Interesse?«, erkundigte ich mich.

»Die Druckplatten sind schon unterwegs zur Federal Plaza«, antwortete Easton. »Der Rest ist noch in Dr. Gillespies Büro.«

Unterwegs zum Büro bat ich Easton um einen Wachtposten vor der Tür des Krankenzimmers, da ein erneutes Zuschlagen des Täters nicht auszuschließen war.

»Ist schon arrangiert«, sagte der Lieutenant. »Jede Minute muss der Cop, der die erste Wache übernimmt, hier eintreffen.«

In Gillespies Büro sahen wir die wenigen Gegenstände durch, die man bei dem Jane-Fonda-Double gefunden hatte. Etwas Bargeld, ein halb aufgebrauchter Lippenstift, ein kleiner Schminkspiegel und andere wenig weltbewegende Dinge. Die Frau schien eine Raucherin zu sein. Jedenfalls hatte sie eine mit Zigaretten gefüllte Lucky-Strike-Leichtmetalldose bei sich gehabt.

»Seltsam«, murmelte ich und durchwühlte noch einmal die Habseligkeiten auf Gillespies Schreibtisch.

»Was ist?«, fragte Easton.

»Zigaretten, aber kein Feuer, das finde ich seltsam.«

»Vielleicht ist das hier ein Feuerzeug«, meinte Phil und fischte einen knallroten Plastikapfel in der Größe einer kleinen Tomate aus dem Haufen. Er zog an dem Stil, klappte damit den Apfel auf und entzündete eine Flamme. »Bingo!«, sagte mein Freund und klappte das Feuerzeug wieder zu.

Ich starrte versonnen auf den Plastikapfel.

»Was hast du, Jerry?«, fragte Phil.

»In meinem Kopf ist etwas.«

»Ja, dein Gehirn.«

»Nein, ich meine eine Erinnerung. Irgendwo habe ich diesen Apfel schon mal gesehen.«

Aber mir fiel nicht ein, wo.

Dr. Gillespie versprach uns, dem FBI sofort Bescheid zu geben, wenn sich der Zustand der Frau veränderte. Phil und ich verabschiedeten uns von ihm und den beiden Kriminalpolizisten und fuhren zur Federal Plaza.

Unterwegs waren wir beide sehr schweigsam. Mir ging der rote Apfel nicht aus dem Kopf. Krampfhaft überlegte ich, bei wem ich solch ein Feuerzeug schon gesehen hatte. Es wollte mir einfach nicht einfallen.

Da auch Phil den Stummen spielte, fragte ich ihn, ob er müde sei.

»Das auch, Jerry. Aber ich bin so schweigsam, weil ich in meinen Erinnerungen forsche.«

»Wonach?«

»Irgendein Fall, über den ich vor ein paar Monaten gelesen habe. Aber ich komme nicht drauf, was es war.«

»Was soll dieser Fall mit unserem zu tun haben?«

Phil sah mich ratlos an. »Ich weiß es wirklich nicht. Ein vager Gedanke schoss mir durch den Kopf, als ich das Jane-Fonda-Gesicht im Krankenhaus sah. Aber es gelingt mir nicht, die Sache zu konkretisieren.«

»Vielleicht, wenn du etwas geschlafen hast.«

»Schlaf?«, fragte Phil sehnsüchtig. »Wie schreibt man das?«

Manhattan, Federal Plaza 26, Hauptquartier des FBI-Distrikts New York, zehn Minuten später.

Kaum hatten Phil und ich uns die kleinen, batteriebetriebenen Rasierer geschnappt, die wir für Tage wie diesen in unserem Büro aufbewahrten, als auch schon das Telefon anschlug. Es war Helen, Mr. Highs Sekretärin, die uns mitteilte, dass uns der Chef sofort zu sprechen wünschte.

»Sofort nach dem Rasieren oder sofort sofort?«, fragte ich.

»Sofort sofort, Jerry.«

Also legten wir die Rasierer auf den Schreibtisch und traten Special Agent in Charge John D. High stoppelbärtig gegenüber. Der große, schlanke Mann mit dem verklärten Aussehen eines Gelehrten saß mit dem Telefonhörer am Ohr hinter seinem riesenhaften Schreibtisch und vor dem großen FBI-Wappen an der Wand, auf dem der Wahlspruch unserer Organisation zu lesen war: »Fidelity, Bravery, Integrity«. Er legte den Hörer auf und bat uns, Platz zu nehmen.

»Ich habe gerade mit Dick Burgon von der Wissenschaftlichen Abteilung gesprochen. Natürlich liegen nach so kurzer Zeit noch keine definitiven Ergebnisse vor, doch auf Grund der ersten Untersuchung der Druckplatten, die man bei der Frau fand, handelt es sich tatsächlich um diejenigen, mit denen unsere Blüten gedruckt wurden. Wie geht es der Frau, und was hat sie gesagt?«

»Leider gar nichts«, antwortete ich und erstattete Mr. High einen knappen Bericht. Dann fragte ich ihn nach den beiden Schwarzen, die wir in der Lower East Side festgenommen hatten.

»Wir haben ihre Personalien schnell festgestellt, da beide wegen mehrerer kleiner Delikte, vor allem Diebstähle und Drogensachen, aktenkundig sind. Der Mann heißt Charly Barrick und seine Freundin Carrie Morrison. Viel mehr wissen wir leider nicht, da sie nur den Mund aufmachen, um eine Zigarette zu rauchen. Die Verhörspezialisten Forster und Snyder haben sie in der Mangel. Aber die Verhafteten scheinen darauf zu warten, von irgendwem herausgepaukt zu werden.«

»Von der Person oder wahrscheinlich Organisation, die für die Herstellung der Blüten verantwortlich ist«, meinte ich. »Es sind fast immer große Organisationen, die Falschgeld herstellen. Und genauso oft sind es einzelne, diesen Organisationen nicht direkt angehörende Personen, die es als Tester zuerst in Umlauf bringen, um herauszufinden, ob der Schwindel auffällt oder nicht.«

»So ist es«, bestätigte Mr. High, als Helen hereinkam, um unsere Lebensgeister mit ihrem berühmten Kaffee zu beleben.

»Wenn ihr schon nicht zum Schlafen kommt, hält euch das wenigstens munter«, sagte sie mit einem mütterlichen Lächeln zu Phil und mir.

Kaum war sie wieder hinausgegangen, meldete sie sich über die Gegensprechanlage. »Mr. High, Mr. Anthony Tudor ist hier und möchte Sie dringend sprechen.«

»In welcher Angelegenheit?«

»Wegen der beiden Festgenommenen, Barrick und Morrison.«

Mr. High, Phil und ich sahen uns groß an. Das war ungewöhnlich, aber es passte in das Bild, das wir uns machten. Anthony Tudor war einer der ganz großen Staranwälte New Yorks. Sein Name stand für spektakuläre Prozesse und stinkreiche Klienten. Er wäre der Letzte gewesen, den wir als Anwalt der beiden dunkelhäutigen Junkies vermutet hätten. Sie konnten einen Mann wie Tudor nie im Leben bezahlen. Dahinter musste mehr stecken, besser gesagt: jemand anderer.

»Ich empfange Mr. Tudor«, sagte unser Boss.

Phil und ich wollten uns erheben, aber Mr. High bedeutete uns, sitzen zu bleiben. »Was Tudor zu sagen hat, wird euch sicher interessieren.«

Anthony Tudor war ein gut aussehender, äußerst elegant gekleideter Mann in den Fünfzigern, der aussah wie ein britischer Gentleman aus einem alten Film. Sein schmales, asketisches Gesicht mit der leicht gebogenen Nase, das angegraute Haar und seine steife, würdevolle Haltung hatten etwas Aristokratisches an sich. Er trug einen dunkelgrauen Dreiteiler mit feinen hellen Längsstreifen und teure Krokodillederschuhe, die jeden Tierschützer auf die Palme bringen mussten.

In seiner Begleitung betrat eine dunkelhaarige Frau in den Dreißigern das Büro, die ich mit gut aussehend oder schön nur unzureichend beschreiben kann. Ihr Gesicht erinnerte ein wenig an das der Schauspielerin Jacqueline Bisset, und ihre erotische Ausstrahlung stand der des bekannten Filmstars nicht nach. Sie hatte große, tiefgrüne Augen und sinnliche, leicht aufgeworfene Lippen. Ihr Körper war ebenso atemberaubend wie ihr Gesicht, was ihr eng anliegendes Seidenkostüm mehr betonte als verbarg.

Tudor begrüßte uns und sagte: »Das ist Miss Sharon LaVerne, meine Mitarbeiterin. Eine vielseitige und fähige Anwältin. Ich bin sehr froh, sie dem städtischen Tiefbauamt abgeworben zu haben.«

Sie setzten sich neben uns, und Mr. High fragte nach dem Grund des Besuches.

»Wir vertreten Charles Barrick und Carrie Morrison«, antwortete Tudor.

»In wessen Auftrag?«, erkundigte sich Mr. High höflich.

»Wie meinen Sie das?«

»So, wie ich es sagte, Mr. Tudor. Wer bezahlt Sie dafür, dass sie die beiden vertreten? Ich kenne Ihre Honorarsätze. Barrick und seine Freundin können Sie bestimmt nicht bezahlen.«

Tudor drückte mit einem leichten Stirnrunzeln seine Missbilligung aus. »Sie waren doch selbst einmal Anwalt, Mr. High, ein recht erfolgreicher sogar.«

»Ja«, sagte unser Vorgesetzter nur, und sein Gesicht verdunkelte sich bei der Erinnerung an jenes Ereignis, das ihn dazu gebracht hatte, zum FBI zu gehen. Der Banküberfall vor vielen Jahren, bei dem seine Frau und seine kleine Tochter erschossen wurden.

»Dann wissen Sie wohl noch«, fuhr Tudor fort, »dass ein Anwalt der Schweigepflicht unterliegt.«

»Aber dass Sie nicht von Charly Barrick und Carrie Morrison bezahlt werden, geben Sie wenigstens zu?«, fasste Mr. High nach.

»Kein Kommentar«, erwiderte der Staranwalt mit unbewegtem Gesicht. »Lassen Sie uns lieber über die Freilassung meiner Mandanten sprechen.«

»Da gibt es nichts zu besprechen«, sagte Mr. High eisig. »Ich werde der Staatsanwaltschaft empfehlen, ihre Einweisung ins Untersuchungsgefängnis zu beantragen.«

»Aber es gibt keine Beweise!«, sagte Sharon LaVerne forsch. »Unsere Mandanten sind unschuldig.«

»Sind ein halbes Pfund Kokain, falsche Fünfzig-Dollar-Scheine und eine Kugel aus einem 357er Colt, die Charly Barrick auf meine G-men abgeschossen hat, etwa keine Beweise?«

»Mr. Barrick fühlte sich bedroht und wusste nicht, dass die Männer, die in seine Wohnung eindrangen, G-men waren«, entgegnete die attraktive Anwältin. »Von dem versteckten Kokain wussten unsere Mandanten nichts. Ebenso wenig hatten sie eine Ahnung davon, dass ihr Geld nicht echt war. Sie können von einem normalen Bürger nicht verlangen, dass er gut gemachte Fälschungen von echten Scheinen unterscheiden kann.«

»Woher wissen Sie, dass die Fälschungen so gut sind?«, fragte ich.

Die Anwältin sah mich abfällig wie einen unaufmerksamen Schüler an. »Mr. Barrick sagte das, als er unser Büro anrief und um unsere Unterstützung bat, Mr. Cotton.«

»Sie haben sicher noch viel zu tun«, sagte Mr. High zu den beiden Juristen. »Ich auch. Unsere Argumente tauschen wir besser vor dem Haftrichter aus.«

Sharon LaVerne warf ihm einen giftigen Blick zu, während der erfahrene Tudor seine Haltung und seine äußere Unerschütterlichkeit bewahrte. »Schade, dass Sie nicht mit sich reden lassen, Mr. High. Das hätte uns einige Unannehmlichkeiten erspart. Dürfen wir mit unseren Mandanten sprechen?«

»Selbstverständlich«, antwortete John D. High und fügte wie beiläufig hinzu: »Im Beisein meiner Leute. Sie finden Ihre Mandanten in der Vernehmungsabteilung.«

»Was sollte dieser Auftritt?«, fragte Phil, als die beiden Anwälte davongerauscht waren.

»Tudor wollte das Terrain sondieren und gleichzeitig versuchen, uns einzuschüchtern«, meinte Mr. High. »Wenn wir uns von ihm hätten bluffen lassen und seine Mandanten auf freien Fuß gesetzt hätten, hätte er sich einige Mühen erspart. Tudor ist ein guter Anwalt und weiß ganz genau, dass unsere Beweise keineswegs so unzulänglich sind, wie er und seine Mitarbeiterin uns eben einzureden versuchten.«

»Heißt es nicht, Tudor hätte enge Kontakte zur Unterwelt?«, erkundigte ich mich.

»Die hat jeder Strafverteidiger«, entgegnete unser Boss.

»Ich meine solche Kontakte, die über das zwischen Verteidiger und Mandant Übliche hinausgehen.«

»Man sagt es ihm nach, hat es ihm aber noch nie nachgewiesen. Er verdient sehr viel Geld und hat demzufolge auch viele Neider, die nichts unversucht lassen, ihn in Misskredit zu bringen.«

»Zu Recht oder zu Unrecht?«

»Vielleicht finden Sie und Phil das bei diesem Fall heraus, Jerry.«

Auf dem Weg zurück in unser Büro und zu unseren Rasierapparaten bemerkte ich zu Phil, dass er seltsam ruhig gewesen sei. »Hat dich diese Sharon LaVerne etwa so beeindruckt?«

»Nein, sondern Tudor. Sein Name hat mich an etwas erinnert. Etwas, das mit diesem alten Fall zu tun hat, der mir nicht aus dem Kopf geht.«

Und sobald er sich rasiert hatte, durchforstete er die Akten der letzten Monate.

Ich ließ mir derweil von der City Police alle verfügbaren Angaben über die im Koma liegende Unbekannte, die Phil und ich wegen ihres Gesichtes »Jane« nannten, herüberfaxen: Fotos, Blutgruppe, besondere körperliche Kennzeichen und so weiter. Mit diesem Material setzte ich mich vor den Computer und ging ebenfalls die Akten durch, die Fahndungsliste und die Suchliste der vermissten Personen.

Auf Letzterer wurde ich nach vier Stunden Arbeit fündig. Erst wollte ich es nicht glauben, aber das Foto, das auf dem Monitor erschien, hatte die gleiche frappante Ähnlichkeit mit Jane Fonda wie die Frau auf der Intensivstation im Beekman Downtown Hospital. Und in den Akten war die Ähnlichkeit mit der Schauspielerin als besonderes Erkennungszeichen ausdrücklich vermerkt.

Ich schnippte erfreut mit den Fingern.

Phil sah von seinem Monitor hoch und hörte auf, die Tastatur des Computers zu beackern. »Was hast du, Jerry?«

»Ich habe unsere Jane Fonda gefunden! Ihr richtiger Name ist Carol-Anne Pulaski. Sie ist zweiundzwanzig Jahre alt und stammt aus Dallas.«

»Aus Texas also.«

»Nein, dieses Dallas liegt in Wisconsin. Ihre Eltern, Carl und Ruth Pulaski, haben Carol-Anne vor einem Jahr als vermisst gemeldet. Sie war über Nacht aus ihrem Elternhaus verschwunden.«

»Und ist seitdem nicht wieder aufgetaucht«, ergänzte Phil.

»Genau. Das Übliche bei Vermisstenanzeigen. Man nimmt sie zu den Akten und lässt sie da.«

Mein Freund blickte nachdenklich aus dem Fenster. »Nach einem Jahr taucht das Girl aus Wisconsin in New York City wieder auf, wird nach einem Mordanschlag halb tot aus dem Wasser gefischt und trägt Druckplatten für falsche Fünfziger bei sich. Was ist in diesem Jahr geschehen?«

»Wenn wir das wüssten, hätten wir vermutlich die Antwort auf die meisten Fragen, die uns zurzeit beschäftigen.«

»Ist wohl so«, brummte Phil und hackte erneut auf der Tastatur herum.

Ich hatte gerade die Akte von Carol-Anne Pulaski ausdrucken lassen, als auch Phil – durch einen schrillen Pfiff – seinen Erfolg verkünden konnte.

»Ich hab es doch gewusst!«, rief er mir zu.

»Was?«

»Dass es vor einigen Monaten einen ähnlichen Fall gab. Na ja, ähnlich vielleicht nicht. Die Ermittlungen wurden eingestellt, weil man zu dem Schluss kam, die Tote sei an einer Überdosis Kokain gestorben, die sie sich selbst gespritzt hat.«

»Worin liegt dann die Ähnlichkeit?«

»In der Toten, Jerry.«

»Sah sie auch aus wie Jane Fonda?«

»Du hast es fast, Jerry. Nicht wie Jane Fonda, aber wie Raquel Welch! Ihr richtiger Name war Emma Tunstall, und sie war eine als vermisst gemeldete Ausreißerin aus Fordsville in Kentucky. Bei ihrem Tod gerade zwanzig Jahre alt.«

»Erstaunliche Parallelen zu unserem Fall«, stimmte ich ihm zu.

Phil nickte. »Ich wusste, dass da irgendetwas mit der Doppelgängerin einer Schauspielerin gewesen war. Die ganze Zeit ging es mir im Kopf herum. Man fand sie auf einer Toilette in der Subway. Sie hatte sich den goldenen Schuss gesetzt.«

»Du sagtest, Tudor hätte etwas mit der Sache zu tun gehabt.«

»In der Tat. Emma Tunstall soll bis ungefähr einen Monat vor ihrem Tod in so einem Strip-Schuppen an der Waterfront gearbeitet haben, dem ›Big Apple‹. Als sich eine Zeitung auf den Laden einschoss und behauptete, dort würden junge Mädchen vom Land ausgebeutet, haute Tudor mit einer einstweiligen Verfügung dazwischen. Er vertrat den Inhaber der Ausziehbude, einen gewissen Joe Collum.«

»Joe Collum«, sagte Mr. High nachdenklich, als wir mit ihm in der FBI-Kantine zu Mittag aßen und ihm unsere neuen Erkenntnisse mitteilten. »Der Name kommt mir bekannt vor.«

»Kam er uns auch«, sagte Phil. »Wir befragten noch einmal den schlauen Computer und wurden wieder fündig. Collum hat ein paar kleine Vorstrafen aus seiner Jugendzeit hinter sich. Später kamen ein paar schwerere Anklagen hinzu, wegen Körperverletzung, Rauschgiftbesitz und Zuhälterei. Aber er hatte einen guten Anwalt, der ihn jedes Mal herausgehauen hat.«

»Lassen Sie mich raten, Phil«, bat Mr. High und ließ die halbe Kartoffel auf seiner Gabel warten. »Sein Anwalt war Anthony Tudor.«

»Im Fernsehen hätten Sie jetzt eine Kaffeemaschine gewonnen, Sir«, sagte Phil. »Seitdem Collum als Barbesitzer gut im Geschäft ist – aus dieser Zeit stammen die neueren Anklagen –, ist Tudor sein Rechtsbeistand, sowohl als Strafverteidiger als auch in Zivilprozessen.«

»Und deshalb liegt der Verdacht nahe, dass Collum Tudors geheimnisvoller Auftraggeber ist«, fügte ich hinzu.

Mr. High hob abwehrend die freie Hand, während die andere noch immer die Gabel mit der halben Kartoffel balancierte. »Nicht so eilig, Jerry! Wenn wir Collum oder Tudor mit solchen Verdächtigungen kommen, ohne etwas beweisen zu können, haben wir blitzschnell eine gerichtliche Verfügung am Hals, die uns untersagt, Collums Namen auch nur zu flüstern. Die Gerichte sind heutzutage mit so etwas schnell bei der Hand.«

»Und was sagen Sie dazu, Sir?«, fragte ich Mr. High und legte den Gegenstand neben seinen Teller, den ich vor ein paar Minuten aus dem FBI-Labor erhalten hatte, nachdem er dort auf Spuren untersucht worden war.

Unser Chef schluckte endlich die Kartoffel hinunter, nahm den roten Plastikapfel auf, fand schnell die Funktionsweise des Mechanismus heraus und entzündete die Flamme des Feuerzeugs.

Er sah mich mit gespieltem Tadel an. »Jerry, Sie wissen doch, dass das Rauchen in allen Dienstgebäuden des Bundes untersagt ist. Darunter fällt auch unser Hauptquartier.«

»Ich rauche nur noch heimlich auf der Toilette, und das auch nur, wenn das Licht aus ist«, erwiderte ich lachend, wurde aber schnell wieder ernst. »Carol-Anne Pulaski hat sich offenbar nicht viel aus Rauchverboten gemacht. Jedenfalls fanden wir bei ihr Zigaretten und dieses Feuerzeug, wohl ein Werbemittel.«

»Und, Jerry?«, fragte Mr. High gespannt.

»Mir ging die ganze Zeit etwas im Kopf herum, seitdem ich das Feuerzeug gesehen habe. Als ich vom ›Big Apple‹ hörte, ging mir ein Licht auf, viel größer als das dieses Feuerzeugs. Ein viel größerer Apfel, der in Form und Gestaltung mit diesem hier identisch ist, prangt nämlich als Wahr- und Reklamezeichen auf dem Nachtclub. Ich bin mir ziemlich sicher, dass es sich bei dem Feuerzeug um ein Werbegeschenk des ›Big Apple‹ handelt.«

»Was bedeutet«, schloss sich Phil an, »dass Miss Pulaski dort als Gast verkehrt oder in der Bar gearbeitet hat. Deshalb würden wir uns dort gern einmal umsehen, Sir.«

Mr. High nickte bedächtig. »Das ändert die Sachlage natürlich. Ich schlage vor, dass einer von euch heute Abend dem ›Big Apple‹ einen Höflichkeitsbesuch abstattet, während der andere nach Wisconsin und Kentucky fliegt, um mehr über die beiden Doppelgängerinnen herauszufinden.«

Das war ein Vorschlag, den Phil und ich nur zu gern annahmen.

Süd-Manhattan, am Abend desselben Tages gegen 21 Uhr.

Wir zogen Streichhölzer und Phil dabei das kürzere. Deshalb durfte ich mir aussuchen, welchen Job ich übernehmen wollte. Ich entschied mich zu Phils Bedauern für den »Big Apple«, was mir als interessantere Aufgabe erschien. Außerdem hatte ich so am Nachmittag Zeit, mich für ein paar Stunden auf die Matratze zu hauen.

Phil dagegen brach gleich zum LaGuardia Airport auf und wollte im Flugzeug ein wenig schlafen. Zunächst ging es nach Wisconsin und von dort aus nach Kentucky. Morgen Abend oder spätestens übermorgen wollte er zurück sein. Er flog mit wenig Begeisterung, wusste er doch so gut wie ich, dass seine Aufgabe daraus bestand, redseligen Kleinstädtern das Wesentliche zu entlocken oder ihren verstockten Mitbürgern die Würmer aus der Nase zu ziehen.

Gleichwohl war es eine wichtige Arbeit, die gewissenhaft erfüllt werden musste. Zwischen den beiden Girls gab es einen offensichtlichen Zusammenhang, ihre Ähnlichkeit mit berühmten Filmstars. Vielleicht gab es weitere Zusammenhänge, die Phil aufdecken konnte und die uns auf die Spur des Falschgeldrings brachten.

Denn Charly Barrick und Carrie Morrison schwiegen weiterhin beharrlich, obwohl sie von ihren Anwälten bis jetzt nicht herausgepaukt worden waren. Entweder hofften sie auf einen baldigen Erfolg Tudors, oder sie wurden für ihr Schweigen gut bezahlt. Vielleicht sogar beides.

»So viel Aufwand wegen ein paar lumpiger Fünfzig-Dollar-Blüten?«, fragen Sie sich vielleicht.

Aber wo ein paar Blüten auftauchen, können auch ein paar hundert oder ein paar tausend falsche Scheine herkommen. Wenn so etwas einreißt, ist der Dollar plötzlich nichts mehr wert. Das Herstellen und der Vertrieb von Falschgeld ist daher ein schweres Verbrechen gegen den Staat und gegen alle Bürger, die sich ihr Geld nicht selber drucken, sondern sauer verdienen müssen. Glauben Sie mir, ich als G-man mit meinem nicht gerade üppigen Beamtengehalt weiß, wovon ich spreche.

Wehret den Anfängen, hat irgendein berühmter Mensch, bei dessen Namensnennung ich in der Schule gefehlt habe, einmal gesagt. So verhielt es sich auch bei dieser Sache. Es war wichtig, die Quelle der falschen Fuffziger auszutrocknen, ehe sich der Blütenfluss in einen reißenden Strom verwandelte.

Deshalb fuhr ich am Abend in meinem roten Flitzer zur Waterfront, in dessen Nähe der »Big Apple« seinen Kunden viele große Äpfel und andere Augenweiden versprach.

Nach ein paar erholsamen Stunden Matratzenhorchdienst in meinem Apartment war ich unter die Dusche gestiegen und hatte mit abwechselnden kalten und heißen Schauern meine Lebensgeister wieder auf Trab gebracht. Dann hatte ich mich ein bisschen zu sehr einparfümiert und mich in die schrillsten Klamotten geworfen, die mein Kleiderschrank ausspuckte.

Ich trug eine knallgrüne Hose, die aussah wie die Beinkleider von diesem Frosch aus der Muppet-Show. Dazu ein scheußlich gelbes Hemd, das ich in einem Anfall von geistiger Umnachtung gekauft hatte. Ein tiefrotes Jackett und eine rote, mit gelben Bananen verzierte Krawatte vervollständigten das Outfit eines Biedermannes, der sich für einen Abend vergeblich in einen Lebemann zu verwandeln versucht.

Alles, was mich als G-man ausweisen konnte, ließ ich zu Hause, damit meine Tarnung nicht aufflog. Auch den Smith & Wesson. Wenn mich eine der Miezen in dem textilarmen Etablissement unter dem Jackett kraulte, wollte ich mich nicht durch mein Schießeisen verraten.

Ich hatte das Glück, eine Parklücke an dem Platz zu finden, an dem das »Big Apple« lag. Schon von weitem leuchtete mir der große rote Apfel auf dem Dach des Gebäudes entgegen, so stark, dass mein roter Jaguar dagegen aussah wie eine unreife Tomate.

Zufrieden registrierte ich, dass ich mich nicht getäuscht hatte. Der Riesenapfel auf dem Dach entsprach in seiner Form bis ins kleinste Detail dem Feuerzeug, das in einer Tasche meiner Jacke steckte.

An der Vorderfront des Gebäudes hingen Schaukästen mit Fotos von den Girls, die im »Big Apple« ihre Äpfel und andere Köstlichkeiten zur Schau stellten. Sie waren wirklich nicht schlecht gebaut. Bevor ich eintreten konnte, musste ich den beiden schwarzen Muskelpaketen am Eingang zwanzig Dollar in die Pranken drücken und erhielt dafür einen Gutschein für einen Drink. Damit wollte man verhindern, dass sich Burschen in die Bar drängten, die sich nur kostenlos anheizen lassen wollten.

Drinnen staunte ich über das gepflegte Ambiente, das nicht mehr viel mit den schummrigen Nachtbars gemein hatte, die in den sechziger und siebziger Jahren im Zuge der bis dahin nicht gekannten sexuellen Freizügigkeit wie Pilze im Wald aus dem Großstadtboden geschossen waren. Das Innere des Nachtclubs war großräumig angelegt und wurde von indirekten Lichtquellen der unterschiedlichsten Farben erhellt. Kleine Bäume in futuristisch gestylten Töpfen und Wasserspiele lockerten die diversen Räume auf, von denen jeder eine andere Attraktion bot.

In einem Raum führte ein Laufsteg im Zickzack zwischen den Tischen hindurch. Auf ihm stöckelten die nur mit spärlicher Reizwäsche bekleideten Girls auf und ab, beugten sich zu den fast ausschließlich männlichen Gästen hinunter, ließen ihre edlen Teile von denen begrapschen und sich dafür Dollarscheinchen in den Büstenhalter oder ins Strumpfband schieben.

Ein anderer Raum war mit mehreren Glaskästen ausgestattet, in denen sich die Girls langsam entkleideten und ihre nackten Körper mit irgendeinem glitschigen Zeug einrieben, das die Haut glänzen ließ wie den Küchenfußboden nach Tante Hennys Bohnertag. Die Gäste saßen um diese Kästen herum und beobachteten die Girls bei deren verzückten Bewegungen. Manche der Männer an den Tischen kauften von Mädchen mit Bauchkästen Plastikchips, das Stück für fünf Dollar, fünf Stück für zwanzig Dollar. Warf man einen Chip in einen Automaten an der Glaskabine, öffnete sich ein kleines Fenster, und man konnte das Girl drinnen betatschen. Kurz nur, denn nach zehn Sekunden war die Freude schon wieder vorbei.

Im Mittelpunkt des dritten Raumes stand eine große, weiche Matratze, eingeseilt wie ein Ring. Und ein solcher war es auch. Gegen eine Gebühr von zwanzig Dollar konnte man sich mit einer der fast nackten Schönheiten auf der Matratze wälzen und sich von ihr mit Schmierseife einreiben lassen. Danach ging es gemeinsam unter die Dusche.

All diese Attraktionen erfüllten das Bedürfnis der Kunden nach sexueller Stimulation, ohne es zum Äußersten kommen zu lassen. Die Angst vor AIDS mochte da eine Rolle spielen, aber auch der Umstand, dass Prostitution in New York wie fast überall in den Vereinigten Staaten verboten und mit Strafe bedroht war. Strip-Clubs wie der »Big Apple« machten auf legale Weise mit den sexuellen Wünschen ihrer Kunden ein Riesengeschäft.

Was nicht heißt, dass in New York City nicht sämtliche nur vorstellbaren Formen der Prostitution zu finden waren. In den Akten über das »Big Apple« hieß es sogar, dass hier ebenfalls ein Bordell vermutet wurde. Bisher hatten die Sittenwächter von der City Police Joe Collum aber nichts nachweisen können. Vielleicht gelang es mir, den Dingen auf den Grund zu gehen.

Ich ließ mich an einem freien Tisch in einem vierten Raum nieder, dessen Attraktion eine große Bühne war, auf der zu mit elektronischen Mitteln aufgepeppter klassischer Musik tatsächlich ein Ballett geboten wurde. Eine Südstaatengeschichte mit starken Anklängen an »Vom Winde verweht«. Aber einen entscheidenden Unterschied gab es: Auf der Bühne verloren die Darsteller mit fortschreitender Handlung immer mehr Textilien.

Gerade war die weiße Herrin der Plantage, eine üppige Rothaarige, von zwei fast nackten schwarzen Sklavinnen von den Schultern bis zur Taille entblößt worden, als sich ein dralles Ding an mich schmiegte.

»Hi, mein Schatz, so allein?«, flötete die mit fraulichen Reizen überreich ausgestattete Blondine ihren Standardsatz in mein Ohr und benebelte mich mit einer Wolke schweren Parfums. »Soll ich dir etwas Gesellschaft leisten?«

»Ich bitte darum«, sagte ich, und hatte kaum ausgesprochen, als sie auch schon auf meinem Schoß saß und ihren warmen, nur mit einem engen, schwarzen Body bekleideten Körper an mir rieb. Ihr Vorbau machte dem Namen des Clubs alle Ehre und raubte mir fast den Atem. Ich fragte mich unwillkürlich, weshalb das enge Kleidungsstück der Blondine nicht längst von ihm gesprengt worden war.

»Ich heiße Mandy«, säuselte die ausladende Animierdame, »und ich würde gern etwas trinken.«

»Dann bestell etwas. Übrigens, ich heiße Jerry, Jerry Carver.«

Das ließ sie sich nicht zweimal sagen, und bald stand eine Flasche Champagner in einem mit Eis gefüllten Kübel auf unserem Tisch. Die fünfundneunzig Dollar, die ich dafür berappen musste, taten mir in der Seele weh. Ich bezweifelte stark, dass mir die Spesenabteilung des FBI den Betrag erstatten würde. Am schlimmsten aber war, dass das Gesöff schmeckte wie die billige Kaufhausmarke, die man in »Uncle Paul's Supermarket« für neun Dollar fünfzig die Flasche bekam. Der Preis hatte sich mir während unserer langen Observation in der Lower East Side eingeprägt.

Wir beobachteten das immer heißblütiger werdende Treiben auf der Bühne und plauderten eine Weile belanglos daher. Ich erzählte, dass ich Handelsvertreter einer Computerfirma sei. »In diesem Schuppen bin ich zum ersten Mal.«

»Ein toller Laden, nicht?«, zwitscherte Mandy und ließ ihre Finger mit den dunkelrot lackierten Nägeln in meinem Schoß Klavier spielen. »Ich bin echt froh, dass ich hier arbeiten darf.«

»Ja«, zeigte ich Verständnis und fütterte uns beide mit Zigaretten aus einer Packung Lucky Strike, die ich vor dem Nachtclub aus einem Automaten gezogen hatte. Ich weiß nicht, weshalb ich mich für diese Marke entschied. Vielleicht, weil ich sie bei Carol-Anne Pulaski gesehen hatte. Vielleicht auch, weil ich sie vor Jahren selbst einmal geraucht hatte. Ich gab Mandy Feuer mit dem apfelförmigen Feuerzeug der im Koma liegenden Frau.

»Ein Freund hat mir den Laden empfohlen. Von ihm habe ich auch das hier.« Ich hielt das Feuerzeug hoch, nachdem ich meinen Glimmstängel entzündet hatte.

»O ja, das gab es hier mal als Geschenk für unsere Kunden.«

»Ist das schon länger her?«

»Etwa ein halbes Jahr.« Ihre Glubschaugen starrten mich an. »Warum willst du das wissen?«

»Weil ich hoffte, noch eins von den Dingern abstauben zu können. Für meinen Freund. Ich habe seins nämlich mitgehen lassen, weil es mir so gut gefiel. Da wir gerade beim Thema sind: Mir gefallen ganz spezielle Frauen. Mein Freund sagte, auch die könnte ich hier finden.«

Mandys Blick wurde noch fragender. »Was für Frauen denn, Jerry?«

»Ich stehe auf Filmstars, weißt du?«

»Filmstars?«

»Na, sagen wir, auf Frauen, die aussehen wie Filmstars. Mein Freund sagte, die gibt es hier.«

Jetzt trat starke Skepsis in Mandys Augen. »Wie heißt denn dein Freund? Vielleicht kenne ich ihn.«

»Namen sind Schall und Rauch, Süße. Außerdem ist mein Freund verheiratet. Er möchte nicht, dass seine Besuche im ›Big Apple‹ bekannt werden.«

»Aber dir hat er davon erzählt?«

Die Kleine mochte so aussehen, aber sie war nicht dumm.

»Wir sind eben gute Freunde«, versuchte ich ihre Skepsis zu besänftigen.

»So gute Freunde, dass du ihm sein Feuerzeug klaust?«

Das saß!

Krampfhaft suchte ich nach einer Ausrede.

»Ich wollte es ihm ja zurückgeben. Deshalb habe ich dich danach gefragt.«

»Wir haben diese Feuerzeuge nicht mehr«, sagte Mandy mit Bestimmtheit. »Und solche Mädchen, wie du sie suchst, haben wir hier auch nicht.« Ihre Stimme wurde wieder sanfter, und ihre Hände spielten wieder heiße Rhythmen auf mir. »Aber warum suchst du jemand anderes, Jerry? Gefalle ich dir etwa nicht?«

»Das ist es nicht«, entgegnete ich ausweichend. »Ich stehe nun mal auf einen bestimmten Frauentyp.«

»Filmstars, ich weiß«, meinte Mandy verächtlich. »Aber ich

sagte dir schon, die gibt's nicht bei uns. Außerdem will ich dich keiner anderen überlassen. Schließlich ist es mein Job, bei dir zu sein.«

Ich verstand den Wink mit dem Betonpfeiler, nestelte einen Fünfzig-Dollar-Schein – einen echten! – hervor und steckte ihn in ihren gigantischen Ausschnitt. »Du sollst keine finanziellen Einbußen dadurch erleiden, dass du mir behilflich bist.«

Sie senkte ihren Kopf und betrachtete das Stück staatlich bedruckten Papiers zwischen ihren beiden Fleischbergen. »Was sind heutzutage schon fünfzig Dollar«, seufzte sie. »Davon kann man nicht mal den Friseur bezahlen.«

»Damit der Schein nicht so allein ist«, sagte ich und gesellte einen zweiten Fünfziger zu dem ersten. »Das dürfte für einmal Frisieren und Föhnen reichen.«

Mandy schüttelte mit gespielter Traurigkeit den Kopf und ließ ihre blonden Locken wehen. »Du hast ja keine Ahnung, Süßer! New York ist ein teures Pflaster.«

Also machte ich aus den hundert Dollar hundertfünfzig und nahm mir vor, Mr. High bei der nächsten Gelegenheit um eine Gehaltserhöhung zu bitten. Den Grund dafür sollte ich ihm wohl besser verschweigen.

»Na schön«, meinte Mandy ergeben. »Weil ich dich so süß finde, Jerry, sage ich dir die Wahrheit. Hier gibt es tatsächlich Filmstars, wie du sie nennst.«

»Wo finde ich sie?«

»Frag an der großen Theke.«

»In dem Raum mit dem Laufsteg?«

»Genau dort.«

Ich wollte schon aufstehen, als Mandy schnell hinzufügte: »Allerdings musst du ein Kennwort wissen, sonst spielt sich nichts ab.«

»Was für ein Kennwort?«

Mandy schaute sehnsüchtig auf das Tal zwischen ihren warmen, weichen Bergen. Ich fütterte die gefräßige Fleischmasse mit einem weiteren Fünfziger.

»Ich möchte gern nach Hollywood«, sagte Mandy.

»Und?«, fragte ich verständnislos.

»Das ist das Kennwort, Jerry.«

Das war es wirklich. Die in ein langes schwarzes Kleid gewandete Barfrau führte mich durch einen kurzen Gang, der hinter einem Vorhang begann und uns zu einem Fahrstuhl brachte. Dort drückte sie nicht nur auf einen Knopf, sondern auf mehrere in einer bestimmten Reihenfolge, die ich mir sorgsam einprägte. Nach wenigen Sekunden erschien der Lift mit einem jener Muskelpakete, wie ich sie schon am Eingang des »Big Apple« gesehen hatte. Nur war der Mann im Lift ein Weißer und hatte sein langes Haar hinten zu einem Knoten gebunden, der mich an Omas ollen Dutt erinnerte.

»Der Herr möchte gern nach Hollywood, Stan«, sagte die Barfrau zu dem Mann und verabschiedete sich von mir.

Ich betrat den Lift, und Stan drückte wieder diverse Knöpfe in einer offenbar bestimmten Reihenfolge. Und wieder prägte sich ein wissbegieriger G-man namens Jerry Cotton alles genau ein.

Es ging schnell abwärts mit uns, bis mich der Lift erneut in einen kurzen Gang entließ. Ich trat mit Stan hinaus und sah mich suchend um.

»Sind Sie neu bei uns?«, fragte Stan.

Ich nickte. »Neu und neugierig.«

»Dann bringe ich Sie nach Hollywood, wo Ihre Neugier hoffentlich befriedigt wird«, sagte Stan in einem anzüglichen Tonfall und führte mich zu einer Stahltür. Er drückte auf einen Knopf neben der Tür und meldete einen Gast an, der gern nach Hollywood wollte.

Nach wenigen Sekunden glitt die Tür mit einem leisen Summen zur Seite. Ich bedankte mich mit einem Zehn-Dollar-Schein bei Stan und trat staunend in eine unterirdische Wunderwelt ein.

Die Stripbar oben war schon komfortabel eingerichtet gewesen, aber das hier war geradezu luxuriös und dabei äußerst geschmackvoll. Ledersofas und Seidenvorhänge in dezenten Farben, große

Aquarien als Raumteiler, auf den Böden Orientteppiche, die sämtlich echt waren oder täuschend echt aussahen.

Eine langmähnige Gestalt im eleganten Abendkleid schwebte auf mich zu, und ich wusste gleich, dass ich sie schon einmal gesehen hatte. Nein, sie nicht, aber eine Schauspielerin, der sie täuschend ähnlich sah: Faye Dunaway. Sie war ein wenig jünger als der Hollywoodstar, zehn Jahre vielleicht, aber sonst konnte ich beim besten Willen keinen Unterschied entdecken. Entweder hatte die Natur sich selbst kopiert, oder die Frau, die dicht vor mir stehen blieb, kannte einen hervorragenden plastischen Chirurgen.

»Willkommen in Hollywood«, hauchte sie mit der angemessenen Portion Laszivität. »Mit wem habe ich das Vergnügen?«

»Jerry Carver«, stellte ich mich vor. »Und mit wem habe ich das noch viel größere Vergnügen?«

»Nennen Sie mich einfach Faye. Haben Sie einen besonderen Wunsch, Mr. Carver? Einen Star, den Sie besonders mögen?«

»Da ich hier neu bin, möchte ich mich erst einmal ein bisschen umsehen.«

»Kein Problem. Kommen Sie mit!«

Sie führte mich durch das weit verzweigte unterirdische Reich, das sicher eines der bestverstecktesten und zugleich edelsten Bordelle New Yorks war. Ich traf Filmstars – vielmehr ihre Doubles, wie ich mir bei der verblüffenden Ähnlichkeit immer wieder ins Gedächtnis rufen musste – und die Doppelgängerinnen anderer berühmter Frauen. Ich sah Kopien von Sängerinnen wie Madonna und Dolly Parton, einen Ivana-Trump-Verschnitt und sogar eine zweite Jackie Kennedy-Onassis.

Ich hegte kaum noch Zweifel, dass ich hier an der richtigen Adresse war, dass ich die Verbindung zwischen Carol-Anne »Jane Fonda« Pulaski und Emma »Raquel Welch« Tunstall gefunden hatte.

Auch die Männer, die hier im doppelten Wortsinn verkehrten, kannte ich zum nicht geringen Teil. Diesen Edelpuff konnten sich nur Besucher mit viel Geld leisten. Die Kunden waren zum Teil Leute aus der oberen Gesellschaftsschicht, die immer wieder in den Klatschspalten der Regenbogenpresse oder den Zeitgeistmagazinen und Talkshows des Fernsehens auftauchten.

Ein hoher Beamter aus dem Büro des Bürgermeisters flirtete mit einer Liza Minelli, wie ich sie aus dem Film »Cabaret« kannte. Ein blond gelockter deutscher Fernsehstar, der gerade in den Staaten Fuß zu fassen versuchte, schleppte eine dickliche Shelley Winters ab, die glatt seine Mutter hätte sein können. Eine jugendliche Mia Farrow schmuste mit einem alten Knacker, dem die größte Süßwarenfabrik östlich des Mississippi gehörte. Eine elegant gekleidete Frau, die aussah wie Liz Taylor, bevor sie fürchterlich in die Breite ging, bändelte ganz in meiner Nähe mit dem Starspieler eines bekannten Footballteams an.

Faye, offenbar das, was man in weniger edlen Etablissements ebenso schnöde wie treffend »Puffmutter« nannte, stellte mich diversen Damen vor, und ich blieb schließlich bei einer jugendlichen Ausgabe von Sophia Loren hängen, die sogar mit italienischem Akzent sprach. Sie nannte sich schlicht Sophia, so wie sich alle der Frauen hier mit dem Namen ihres Vorbilds anreden ließen.

Auch Sophia orderte Champagner und rekelte sich neben mir auf einem Sofa, wobei ihre üppigen Formen durch das dünne Abendkleid schimmerten. Alles war hier stilvoller, sogar der Geschmack des Champagners. Dafür kostete die Flasche auch das Dreifache wie oben, wo das einfache Volk verkehrte. Nach diesem Abend würde meine Brieftasche nicht mehr viel enthalten außer dem kleinen Plastikkalender, einem Werbegeschenk meiner Autowerkstatt.

Als wir die Flasche geleert hatten, schlug sie mir vor, auf ihr Zimmer zu gehen, und ich nahm an. Schließlich wollte ich von ihr ein paar Einzelheiten erfahren, die sie mir unter vier Augen vermutlich eher anvertraute als in der Gesellschaft ihrer Kolleginnen, Fayes und der anderen Kunden.

Das Zimmer war ebenso luxuriös wie die übrigen Räume hier unten und erinnerte an ein gutes Hotel. Nur die Fenster fehlten. Da das Hollywood-Bordell, wohl aus Sicherheitsgründen, unterirdisch angelegt war, musste es auf natürliches Licht ganz verzichten.

Kaum hatte sie die Tür hinter uns geschlossen, da fiel mir Sophia auch schon um den Hals und bedachte mich mit einer Mund-zu-Mund-Beatmung, die mir die Atemluft geraubt hätte, hätte zur FBI-Ausbildung nicht auch ein Trainingspunkt »Tauchen ohne externe Luftzufuhr« gehört.

»Gefalle ich dir?«, gurrte sie anschließend und klimperte verführerisch mit ihren langen Wimpern.

Diese Girls wollten alle dasselbe hören. Ich antwortete ganz bewusst mit einem nur halbwegs überzeugenden »Ja«.

Erstaunt und verwirrt blickte sie mich an. »Du sagst das so seltsam, Jerry. Hast du etwas an mir auszusetzen?«

Ich schüttelte den Kopf. »Nein, das ist es nicht. Du bist perfekt. Perfekt gebaut und eine perfekte Kopie deines Vorbilds.«

Sophia sah noch immer befremdet drein. »Was ist es dann?«

»Eigentlich habe ich eine ganz bestimmte Frau gesucht. Aber ich habe sie nicht gefunden.«

»Wen?«

»Eine Frau, die so aussieht wie Jane Fonda.«

»Jane Fonda?«, echote sie.

Ich nickte eifrig. »Yeah. Ich träume von ihr schon seit vielen Jahren, seit ich sie als Barbarella gesehen habe. Ich hatte gehofft, sie hier zu finden. Das heißt, jemanden, der ihr entspricht. Du verstehst schon.«

Täuschte ich mich, oder huschte tatsächlich ein Schatten über Sophias Gesicht? Kurz nur, kaum wahrnehmbar. Wenn es ein Schatten, der Anflug einer Betrübnis oder Besorgnis war, dann war er nach Sekundenbruchteilen verschwunden, und Sophia hatte sich wieder ganz in der Gewalt.

»So jemanden gibt es hier nicht, Jerry.«

»Wirklich nicht? Ich kann kaum glauben, dass er mich belogen hat.«

»Wer?«

»Mein Freund, von dem ich den Tipp mit dem ›Big Apple‹

habe. Er sagte, hier würde ich eine Frau finden, die Jane Fonda wie aus dem Gesicht geschnitten ist.«

Da war er wieder, der Schatten. Für Sekunden war Sophias Blick in weite Ferne gerichtet. Dann sah sie mich wieder fest an und sagte: »Wir hatten hier so eine Frau, wie du sie suchst. Aber Jane ist nicht mehr bei uns.«

»Wo ist sie?«

»Ich weiß es nicht. Aber ich kenne jemanden, der dir mehr über Jane erzählen kann. Warte hier!«

Sie schlüpfte aus dem Raum und ließ mich stehen. Ich schien bei der ersten Probebohrung gleich auf die Ölquelle gestoßen zu sein und konnte es noch gar nicht richtig fassen.

Ich ordnete noch meine Gedanken, als Sophia auch schon zurückkehrte. In ihrer Begleitung war Stan, und der hielt eine schallgedämpfte Automatic in der Rechten. Muss ich noch extra hinzufügen, dass die Mündung der stahlglänzenden Waffe auf einen gewissen Jerry Carver alias Jerry Cotton gerichtet war?

»Das ist er«, sagte Sophia und zeigte mit ihrem nackten Finger auf den angezogenen Jerry. Offenbar hatte ihr niemand beigebracht, dass dies ein schwerer Verstoß gegen die internationalen Benimmregeln ist. Allerdings war ich bereit, diesen Affront zu verzeihen. Weitaus schwerer wog die Waffe in Stans Hand.

»Der hat nach Jane gefragt?«, vergewisserte sich der Mann mit dem Haarknoten.

»Ja.« Sophia nickte bekräftigend. »Er lässt einfach nicht locker.«

»Was wollen Sie von Jane?«, fragte Stan.

»Das«, antwortete ich und schleuderte ihm ein cremefarbenes Seidenkissen entgegen, das ich vom Bett gerissen hatte.

Keine Waffe, die Stan irgendwie verletzen konnte. Aber das direkt in sein Gesicht fliegende Kissen reichte aus, ihn zu erschrecken und aus dem Konzept zu bringen.

Unwillkürlich machte Stan einen Ausweichschritt zur Seite und verriss den Schuss, den er auf mich abfeuerte. Als ich das »Plopp« des Schalldämpfers hörte, war die Kugel schon um eine halbe Armlänge an mir vorbeigepfiffen, klatschte gegen die

Wand und fuhr als Querschläger in die Matratze des großen Bettes.

Zu einem weiteren Schuss kam der Gorilla nicht, weil ich ihn ansprang und von den Beinen riss. Dort wälzten wir uns im Kampf um die Waffe hin und her, während Sophia ängstlich daneben stand und anscheinend vor Schreck starr war.

Mal war er oben, mal ich. Aber meine Linke hielt sein rechtes Handgelenk fest umklammert, und es gelang ihm einfach nicht, die Waffe erneut auf mich zu richten. Endlich bekam ich sie am Schalldämpfer zu fassen und riss sie ihm aus der Hand.

Stan reagierte geistesgegenwärtig und verpasste mir einen Schlag unters Kinn, der mich in eine Ecke purzeln ließ, wo ich den kleinen Hocker vor dem Schminktisch umriss.

Mein Gegner sprang auf und stürmte mit bloßen Fäusten auf mich zu. Ich lag noch am Boden und schleuderte ihm den Schemel entgegen, der ihn mit lautem Poltern erneut zu Fall brachte.

Wieder landete ich auf ihm und zog ihm den Griff seiner eigenen Waffe mit solcher Gewalt über den Schädel, dass sein Kopf zur Seite sackte und sich seine Augen wie die eines selig Schlummernden schlossen. Er war bewusstlos.

»Der arme Stan«, sagte hinter mir die ölig klingende Stimme eines Mannes. »Hoffentlich hast du ihm nicht wehgetan.«

Ich fuhr herum und wollte die Automatic in meiner Rechten umdrehen, um sie schussbereit zu haben. Aber ich sah sofort, dass ich zu langsam sein würde.

In der offenen Zimmertür standen zwei Männer, und beide hielten ihre Schusswaffen auf mich gerichtet, zum jederzeitigen Abdrücken bereit.

»Das würde ich an deiner Stelle nicht tun«, sagte der Mann mit der öligen Stimme, ein schnurrbärtiger Clark-Gable-Verschnitt. »Mein Freund und ich sind nämlich auf jeden Fall schneller. Von deinem Charakterkopf würde nicht viel übrig bleiben.«

Sein blonder Gefährte, ein wahrer Kleiderschrank mit einem überaus kantigen Gesicht, sagte gar nichts, stand nur reglos neben ihm. Aber er brauchte nichts zu sagen, um bedrohlich zu wirken. Der Revolver in seiner klobigen Faust wirkte bedrohlich genug.

Beide Männer sahen so aus, als würden sie im Zweifelsfall mit dem Abdrücken nicht zögern. Und sie sahen wie Männer aus, die mit ihren Waffen umzugehen verstanden. Sie strahlten die gewisse Lässigkeit aus, die man bei Pistoleros häufig findet und die man nicht mit Unaufmerksamkeit verwechseln sollte, denn eine solche Verwechslung hat sehr schnell tödliche Folgen.

»Du siehst aus, als würdest du das Beschissene deiner Situation einsehen«, stellte der Schnurrbärtige fest. »Wenn das so ist, lass die Waffe fallen.«

Zögernd gehorchte ich, noch immer verzweifelt auf der Suche nach einem Ausweg aus meiner Zwangslage. Aber mir fiel beim besten Willen keiner ein.

Die beiden waren Profis und standen weit genug voneinander entfernt, dass ich nicht beide zugleich angreifen konnte. Sobald ich einen attackierte, würde mich der andere über den Haufen schießen.

Meine Chancen verschlechterten sich noch mehr, als sich der blonde Riese hinter meinen Rücken begab.

»Gut so, Hank«, sagte die Killer-Ausgabe von Clark Gable zu seinem Kumpel. »Jetzt zeig dem Fremden, wie stark Stans Kopf brummt.«

Ich konnte nur ahnen, wie hinter mir der Kleiderschrank mit seinem großkalibrigen Revolver zum Schlag ausholte.

Als mich der Stahl am Hinterkopf traf, überflutete mich eine Schmerzwelle, der zwei weitere Wellen folgten. Die erste bestand aus nie gekannter Übelkeit, die zweite aus endloser Schwärze und seligem Vergessen.

Ich erwachte in der Hölle.

Die Hölle bestand aus meine Sehnerven blendenden Lichtern, in meinen Ohren gellenden Schreien und Schlägen, die meinen

Kopf mit solcher Wucht trafen, als führte sie jemand mit dem Vorschlaghammer aus.

Um mich herum tanzten die Teufel, die mich quälten und von denen ich wegen des gleißenden, in meine Augen stechenden Lichts anfangs nur die Umrisse sah.

Schmerzhafte Umrisse, die immer wieder auf mich einschlugen, mich anbrüllten und mir Fragen stellten, deren Sinn ich nicht begriff.

Ich wusste, dass ich die Fragen beantworten sollte. Aber selbst wenn ich sie verstanden hätte, wäre ich mir nicht sicher gewesen, ob ich sie hätte beantworten wollen.

Ich wollte nur eins: weg von hier, der Hölle und meinen Peinigern entfliehen!

Sosehr ich mich aber auch bemühte, ich kam nicht los. Ich war festgebunden und saß auf einem Stuhl, der sich nicht bewegte, so heftig ich auch an ihm zerrte und rüttelte.

Das Einzige, was ich bewegen konnte, war mein Kopf, und der schmerzte bei jeder Drehung, als würde in ihm eine Handgranate gezündet. Jedes Mal raste ein stechender Schmerz vom Hinterkopf durch den ganzen Schädel, tauchte mich in würgende Übelkeit und wollte mir erneut die Besinnung rauben.

Ich kämpfte dagegen an, obwohl ich mir nicht ganz klar über den Grund war. Versprach doch die Besinnungslosigkeit das Vergessen aller Schmerzen.

Vielleicht focht ich deshalb diesen verzweifelten Kampf gegen das trügerische Vergessen der Ohnmacht, weil ganz tief in mir drin etwas war, das mir sagte, nur ein Mann im Besitz seiner geistigen Kräfte könne einen Weg aus der Hölle herausfinden.

Allmählich wurden meine Sinne schärfer. Mein Gehirn begann, die auf mich einströmenden Reize zu sortieren.

Zuerst die Stimmen, die ich allmählich zu unterscheiden lernte, bis ich sogar die Worte verstand. Fragende Worte.

»Wer sind Sie?«

»Wie heißen Sie wirklich?«

»Wie ist dein Name?«

»Wer schickt Sie hierher?«

»Was wissen Sie von Jane?«

»Wo ist Jane?«

»Bist du ein Bulle?«

Zwischendurch immer wieder Schläge und Schreie, die mich aufforderten, die Fragen endlich zu beantworten.

Allmählich löste sich der helle Schleier vor meinen Augen, und mein Blick durchdrang die gleißende Lichtwand, lernte die Gestalten und Gesichter von fünf Männern zu unterscheiden.

Drei von ihnen kannte ich, zumindest vom Sehen: Stan, den blonden Riesen namens Hank und seinen Clark-Gable-Freund, der von den anderen Lewt genannt wurde.

Der Vierte, offensichtlich der Anführer der Gruppe, war mir aus den Akten bekannt. Ein mittelgroßer Mann, Anfang vierzig, mit rotem, lockigem Haar und einem leicht geröteten Gesicht, dessen auffallendstes Merkmal eine seltsam platte Nase war. Sie wirkte wie eingedrückt und war es auch. Eine ewige Erinnerung an einen lange zurückliegenden Faustkampf, von ihrem Besitzer mit Stolz getragen. Dieser Mann war Joe Collum, der Inhaber des »Big Apple«.

Der fünfte Mann war mir vollkommen unbekannt, sosehr ich mein Gehirn auch nach einer Erinnerung an ihn oder seinen Namen durchforschte. Er war ein großer, vierschrötiger Mittdreißiger mit der braunen, mit einem Stich ins Olivfarbene gehenden Haut eines Süd- oder Mittelamerikaners. Sein Gesicht war fast ebenso kantig wie das des blonden Titanen und wurde von einem grausam wirkenden Mund beherrscht. Selbst der dunkle Bart, der die schmalen Lippen umgab, vermochte diesen grausamen Zug nicht zu verdecken.

Der Mann nieste hin und wieder, er schien erkältet zu sein.

Der Gedanke an die Erkältung ließ mich an etwas anderes denken, das in meinem Unterbewusstsein verborgen war. Aber ich konnte es nicht zu Tage fördern. Vielleicht lag es zu tief unten. Vielleicht hinderten mich auch Schmerzen und Übelkeit daran, mich zu konzentrieren.

Aber mein Geist wurde wach genug, um genau mitzubekommen, was um mich herum vorging.

Ich saß tatsächlich auf einem Stuhl, war mit einem ganzen Konglomerat von dünnen, aber festen Seilen an ihn gefesselt. Es schienen Abschleppseile zu sein. Dass sich der schwere Holzstuhl um keinen Zoll bewegte, hatte seinen guten Grund: Er war mit jedem Fuß an den Boden geschraubt.

Der Boden bestand aus nacktem Stein oder Beton wie auch die schmucklosen Wände um mich herum. Dieser fensterlose und vermutlich unterirdische Raum schien eigens für Verhöre eingerichtet worden zu sein.

Ich war wohl nicht der Erste, der hier einer Folter unterzogen wurde. Um den Stuhl herum bedeckten eingetrocknete Blutlachen den Boden. Zu viele, als dass sie alle von mir stammen konnten. Obgleich beständig rote Tropfen von meinem Gesicht auf den Boden fielen. Einige rannen in meine Augen und verklebten meinen Blick.

Das Licht kam von einer altertümlich wirkenden Lampe, die an einem Kabel von der Decke hing und deren Schirm so gestaltet war, dass die Helligkeit direkt in die Augen des Opfers strahlte.

In meine Augen!

Die fünf Männer umstanden mich, drangen abwechselnd mit Fragen und Schlägen auf mich ein.

Nein, ganz stimmte das nicht. Die Fragen stellten nur Joe Collum und Lewt. Ersterer beteiligte sich jedoch nicht an den Handgreiflichkeiten, hatte es nicht mehr nötig, sich die Hände schmutzig zu machen.

»Rede endlich, Dreckskerl!«, zischte Lewt, und sein Handrücken peitschte mein Gesicht mit solcher Wucht, dass für Sekundenbruchteile alle Lichter für mich erloschen und ich wieder nur Schwärze sah. »Wenn du nicht endlich redest, du Schwein, werde ich dein Leben Stück für Stück aus dir herausprügeln!«

Das war keine leere Drohung, brachte mich aber trotzdem nicht zum Reden. Als G-man hatte ich gelernt, brutaler Gewalt ebenso wie sanften Verlockungen zu widerstehen. Das war meine Pflicht, auch wenn sie mich das Leben kostete.

Ich durfte nichts sagen, jedenfalls nicht die Wahrheit. Aber lügen durfte ich. Und während mich die Schläge der Männer auf dem Stuhl hin und her warfen, entstand in meinem Gehirn eine Geschichte, die ich meinen Peinigern zu verkaufen hoffte.

»Machen Sie endlich den Mund auf«, sagte Collum. »Je eher Sie reden, desto eher werden wir Sie von Ihren Qualen erlösen und Sie zu einem Arzt bringen.«

»Wirklich?«, fragte ich zweifelnd. Beim Sprechen machte sich jeder Muskel meines malträtierten Gesichtes schmerzhaft bemerkbar.

»Wirklich«, bestätigte Collum, trat einen Schritt näher und nickte fast freundlich.

»Was wollen Sie wissen?«, brachte ich unter Schmerz hervor.

»Zunächst mal Ihren Namen«, sagte Collum.

»Ich heiße Jerry Carver.«

Wieder ließ mich Lewt seinen Handrücken spüren. Offenbar schlug er gerne auf diese Art zu. Das war ja auch leicht bei einem Mann, der sich nicht wehren konnte.

»Lüg uns nicht an, du Arsch!«, schrie der Mann mit dem Clark-Gable-Bart. »Für jede Lüge kassierst du einen Schlag. Also nenn uns schon deinen richtigen Namen!«

»Aber ich heiße wirklich so.«

»Also gut, Mr. Carver, ich will Ihnen das glauben«, meinte Collum. »Woher kommen Sie?«

»Aus Dallas.«

»Dallas in Texas?«

»Nein, in Wisconsin.«

»He«, stieß Lewt hervor, »so heißt doch das Nest, aus dem Jane stammt.«

»Ja, so heißt es«, bestätigte Collum und wandte sich wieder an mich. »Was wollen Sie hier, Carver?«

»Ich suche Carol-Anne.«

»Warum?«

»Weil ich sie heiraten will.«

Die Antwort amüsierte Lewt offenbar so sehr, dass er in schrilles Gelächter ausbrach. »Unsere Jane und heiraten. Wer glaubt denn so was?«

»Ich!«, stieß ich heftig hervor. »Ich wollte Carol-Anne damals schon heiraten, bevor sie plötzlich verschwand. Aber ich hatte kein Geld, konnte ihr nichts bieten. Jetzt kann ich es.«

»Warum suchen Sie Ihre Freundin hier?«, fragte Collum weiter.

»Ich habe daheim ein Detektivbüro beauftragt, sie aufzuspüren. Ihre Spur führte hierher, in diesen Laden. Dann verlor sie sich. Deshalb bin ich hier.«

»Eine plausible Geschichte«, meinte der Rothaarige nachdenklich. »Nur etwas stört mich an ihr.«

Er sah mich durchdringend an.

»Was?«, fragte ich, weil ich spürte, dass er auf eine Reaktion von mir wartete.

»Dass Sie gerade jetzt aufkreuzen, einen Tag nach Janes Verschwinden. Das ist ein seltsamer Zufall, nicht?«

»Ja«, gab ich zögernd zu.

»Ich glaube aber nicht an Zufälle, Carver, schon gar nicht an seltsame!«

Er gab seinen Männern einen Wink, und sie droschen von allen Seiten auf mich ein. Mein Kopf flog hin und her, und das Zimmer begann sich um mich zu drehen.

»Sie sind ein Lügner, Carver«, hörte ich Collums Stimme wie von fern. »Ein gottverdammter Lügner. Meine Männer werden Sie so lange bearbeiten, bis Sie die Wahrheit sagen oder tot sind!«

Sie schlugen mich weiter, bis mich wieder die gnädige Schwärze des Vergessens in ihre Arme nahm.

Als ich erneut zu mir kam, war ich vorsichtiger, hielt meine Augen geschlossen und versuchte, mich nicht zu bewegen. Ich hörte ihre Stimmen, gedämpft durch das Pochen und Rauschen in meinem Kopf, aber doch verständlich.

»War der Anruf wichtig?«, fragte ein Mann mit südländischem

Akzent. Das musste der Unbekannte mit dem grausamen Mund sein.

»Ja«, antwortete Collum. »Es war der Boss. Er hat herausgefunden, wo Jane ist. Sie liegt im Beekman Downtown Hospital auf der Intensivstation.«

»Dann hat sie uns verraten?«, erkundigte sich Lewt.

»Nein«, entgegnete Collum. »Sie liegt im Koma. Aber darauf können wir uns nicht verlassen. Der Boss will, dass wir sie umgehend ausschalten. Du wirst das übernehmen, Kubaner. Schließlich geht es auf deine Kappe, dass sie noch lebt. Sie ist eine Gefahr für uns. Für uns und für den großen Coup, der uns alle auf einen Schlag reich machen soll.«

»Diesmal gebe ich ihr den Rest«, sagte der Mann mit dem südländischen Akzent, und es klang wie ein Schwur.

Ich wollte dem Gespräch weiter zuhören, aber das dunkle Reich des Nichts verlangte immer fordernder nach mir und holte mich endlich zurück.

Wieder eine Stimme, die ich nicht verstand. Wieder ein Gesicht, das ich nur in seinen vagen Konturen erahnte. Aber diesmal keine Schläge. Noch keine?

Mir fiel auf, dass diesmal nur eine einzige Stimme auf mich einsprach, drängend, fordernd, aber nicht fragend. Diese Stimme klang anders als die zuvor gehörten, viel heller und irgendwie ängstlich.

Aber wer konnte vor mir Angst haben, einem zur Hilf- und Wehrlosigkeit verdammten, zusammengeschnürten Paket?

Doch allmählich begann ich zu begreifen. Die Stimme fürchtete sich nicht vor mir, sondern vor anderen. Sie flehte mich an, mich zu beeilen, bevor die anderen kämen.

Beeilen – womit? Ich war doch gefesselt.

Wirklich?

Meine Arme fühlten sich seltsam frei an, und dann auch meine Beine. Ja, ich konnte sie bewegen!

»Stehen Sie doch auf!«, flehte mich die Stimme an. »Wir müssen schnell von hier verschwinden!«

Jetzt erst erkannte ich, weshalb sich die Stimme so viel heller anhörte als die der Männer, die mich zuvor – vor Minuten, Stunden oder Tagen? – gefoltert hatten. Es war die Stimme einer Frau. Einer jungen, schlanken Schwarzen, die mir irgendwie bekannt erschien, die ich aber nicht einordnen konnte. Ihr Gesicht war ein Abbild ihrer Angst. Immer wieder sah sie sich nervös um, hielt nach unsichtbaren Feinden Ausschau.

»Kommen Sie schon!«, verlangte die Frau und versuchte, mich an einem Arm von dem Stuhl zu zerren. »Unsere Zeit wird knapp. Sie müssen endlich aufstehen!«

Ich versuchte es, stemmte mich mit den seltsam schmerzenden Händen von der Stuhlplatte und verspürte sofort diesen seltsamen Schmerz auch in den Beinen. Sie schienen aus Pudding zu bestehen. Ich knickte ein, entglitt den Händen der Schwarzen und schlug auf den harten Boden.

Wieder war der rasende Schmerz in meinem Kopf und dann die Wellen von Übelkeit, die immer wieder anbrandeten und mich zu ertränken drohten. Ich krümmte mich zusammen und übergab mich.

»Was ist mit Ihnen?«, fragte die Frau besorgt, als ich mich beruhigt hatte. »Was haben die mit Ihnen gemacht?«

»Nichts Gutes«, stöhnte ich und versuchte erneut aufzustehen. Wieder war der Schmerz in meinen Armen.

»Was haben Sie?«

»Das Blut«, keuchte ich. »Die engen Fesseln haben es abgeschnitten. Es muss erst wieder richtig zirkulieren. Helfen Sie mir!«

Die Frau massierte meine Hand- und Fußgelenke. Allmählich spürte ich das kräftige Prickeln, das Zeichen, dass mein Blut wieder durch sämtliche Adern floss.

»Wo sind die anderen?«, fragte ich, als ich auf dem Boden saß und von der Schwarzen massiert wurde, denn außer ihr und mir hielt sich niemand in dem nackten, kalten Raum auf.

»Ich weiß es nicht. Vor der Tür habe ich nur Stan getroffen. Ich habe ihn mit seinem Lieblingsgetränk, Kokosmilch mit Wodka, schlafen gelegt. Es enthielt eine doppelte Portion von den K.O.-

Tropfen, die wir benutzen, um zu aufdringliche Kunden lahm zu legen.«

»Ihre Kunden freut das sicher nicht, aber mich umso mehr«, sagte ich und startete einen neuen Versuch, mich auf die eigenen Füße zu stellen.

Diesmal klappte es, wenn ich mich auch anfangs noch recht wacklig fühlte. Die Frau atmete erleichtert auf, nahm mich wieder an der Hand und zog mich mit sich, auf eine schwere Holztür zu.

»Wohin gehen wir?«, fragte ich.

»Nach oben.«

»Durch das ›Big Apple‹?«

»Nicht, wenn ich den richtigen Weg finde. Man kommt von hier aus in alte, stillgelegte Subway-Tunnel. Wenn wir die finden, können wir ungesehen entkommen.«

Vor der Tür wären wir fast über Stan gestolpert, der lang ausgestreckt neben einem lederbespannten Barhocker auf dem Boden eines weitläufigen Korridors lag. Er atmete tief und gleichmäßig. Der mit K.O.-Tropfen durchsetzte Drink hatte seine Wirkung offensichtlich getan.

Bevor wir weitergingen, schnappte ich mir seine Smith & Wesson Automatic und überzeugte mich davon, dass sie geladen war. Ich steckte sie mir hinten in den Hosenbund. Außerdem fand ich eine kleine Stabtaschenlampe bei ihm, die uns noch nützliche Dienste leisten sollte.

Stan zu fesseln war angesichts seiner tiefen Ohnmacht überflüssig. Mitnehmen konnten wir ihn nicht, das hätte uns zu sehr aufgehalten.

Meine Retterin fand tatsächlich eine Tür, die in einen alten U-Bahn-Schacht führte. Hier war es stockdunkel, und der dünne Strahl der erbeuteten Taschenlampe war nur eine magere Hilfe. Die Schwarze stolperte mehrmals über ihr fußlanges Glitzerkleid.

»So geht das nicht, Lady«, sagte ich nach ihrem dritten Sturz. »Sie brechen sich hier unten noch die Gräten.«

Das sah sie ein und verwandelte ihr Maxikleid mit ein paar kräftigen Rissen in ein Minimodell.

»Ist es so besser, Lady?«, fragte ich nach den ersten Schritten.

»Bedeutend. Aber ich heiße nicht Lady.«

»Sondern?«

»Hier nennt man mich Whitney. Aber mein richtiger Name ist Sally Parker.«

Whitney! Plötzlich wusste ich, an wen sie mich die ganze Zeit erinnert hatte. Sie war ein Double der Sängerin und Schauspielerin Whitney Houston, die mit der Filmschnulze »Bodyguard« an Kevin Costners Seite großen Erfolg gehabt hatte.

»Warum helfen Sie mir, Sally?«

»Weil ich schon lange nach einer Möglichkeit zum Abhauen suche. Und weil Carol-Anne eine Freundin von mir ist.«

»Wenn Sie den Fluchtweg kennen, hätten Sie schon längst abhauen können.«

»Das Abhauen ist nicht das Problem. Collum und seine Gorillas werden mich verfolgen, so wie sie Carol-Anne verfolgt haben. Wenn mich niemand beschützt, bin ich erledigt.«

»Und Sie denken, ich kann Sie beschützen?«

»Das hoffe ich.« Sie sah mich bittend an. »Können Sie es?«

»Ja.«

»Wer sind Sie?«

»Jerry Cotton, Special Agent des FBI.«

Sie sah beeindruckt aus, wirkte dann aber wieder furchtsam und fragte: »Was ist mit Carol-Anne geschehen?«

»Man hat versucht, sie zu töten. Jetzt liegt sie im Koma. Wir bemühen uns, die Hintergründe herauszufinden. Weshalb ist sie von hier geflohen?«

»Sie war verliebt, in einen ihrer Kunden. Deshalb wollte sie ihn nicht länger erpressen. Sie ist abgehauen, um ihm zu helfen.«

»Erpressen? Womit?«

»Das weiß ich nicht.«

»Werden viele Kunden erpresst?«

»Die meisten. Sie werden bei ihren Spielchen mit uns gefilmt. Und da sie fast alle Personen des öffentlichen Lebens sind, hat Collum sie in der Hand.«

»Wie heißt der Mann, in den sich Carol-Anne verliebt hat?«

»Reuben, das ist sein Vorname. Mehr weiß ich nicht über ihn. Carol-Anne wollte nicht über ihn sprechen, um ihn nicht noch tiefer reinzureißen.«

Wir flohen weiter durch die dunklen, unheimlich wirkenden Tunnels. Mehrmals wichen die durch die Finsternis huschenden Schatten von Ratten vor uns zurück.

Ich spornte meine Begleiterin zur Eile an, denn die Erinnerung an die von mir erlauschten Gesprächsfetzen war zurückgekehrt. Die Gangster kannten Carol-Annes Aufenthaltsort und wollten sie umbringen!

Der Mann, den sie den Kubaner nannten, sollte die Tat ausführen und seinen Fehler ausbügeln. Er musste der Mann sein, der Carol-Anne schon auf dem Ausflugsdampfer angegriffen hatte. Der Mann, der dann heimlich an Land geschwommen war. Daher die Erkältung, die ich bei ihm bemerkt hatte.

Ein Blick auf die Leuchtziffern meiner Armbanduhr zeigte mir, dass es kurz nach Mitternacht war. Ich war nicht sehr lange bewusstlos gewesen. Vielleicht konnte ich das Girl aus Dallas, Wisconsin, noch retten.

Unsere Schritte hallten in den langen Gängen überlaut wider. Teils aus Neugier und teils, um das nervtötende Schrittgeräusch zu übertönen, fragte ich Sally, wie sie zu Collum gekommen war.

»Ich komme aus Sumter in South Carolina. Meine Ähnlichkeit mit Whitney Houston und meine gute Stimme haben mir in meiner Heimatstadt zu einem bescheidenen Erfolg als Sängerin verholfen. Ich bin in mehreren Clubs aufgetreten. Aber ich wollte mehr, große Auftritte und einen richtigen Plattenvertrag. Deshalb bin ich nach New York gegangen. Um meinen Namen bekannt zu machen, habe ich an einem Doppelgängerwettbewerb teilgenommen. Dabei hat mich Collum aufgegabelt. Er lud mich ins ›Big Apple‹ ein, um dort aufzutreten. Aber dazu kam es gar nicht. Er betäubte mich mit K.O.-Tropfen. Als ich wieder zu mir kam, war ich in ein kleines Zimmer eingesperrt, in dem ich immer wieder von Collum und seinen Männern vergewaltigt wurde. Bis ich bereit war, für ihn im ›Hollywood-Club‹, wie wir den Puff nennen, zu arbeiten. So oder ähnlich ist es bei den meisten Girls dort gewesen, auch bei Carol-Anne. Irgendwann steckt man so tief im Sumpf, dass man aus eigener Kraft nicht mehr herauskommt. Carol-Anne stützte all ihre Hoffnung auf Reuben.« Ihre Hände verkrallten sich in meiner Jacke. »Ich baue auf Sie, Mr. Cotton!«

Ich blieb kurz stehen und sah ihr in die Augen. »Ich verspreche Ihnen, dass Sie nicht in den ›Hollywood-Club‹ zurückmüssen!«

Wir eilten weiter und waren beide überrascht, als die für New York unwirklich stille Finsternis einer lebendigen Helligkeit wich und wir uns in der Halle einer Subway-Station wiederfanden. Den Schildern nach waren wir nicht weit vom »Big Apple« entfernt. Wir mussten gehörig im Kreis gegangen sein.

Über Treppen und Rolltreppen erreichten wir die Oberwelt, und ich erkannte den belebten Platz, an dem ich meinen Jaguar geparkt hatte.

Zwar hatten mir Collum und seine Leute mit den persönlichen Habseligkeiten auch den Autoschlüssel abgenommen, aber mit einer Haarnadel von Sally knackte ich das Türschloss meines eigenen Wagens. Die alten Tricks waren oft die besten.

»Fein haben Sie das gemacht, Carver«, ertönte eine ölige Stimme hinter mir. »Wirklich fein!« Der letzte Satz klang schneidend.

Ich wirbelte herum und sah mich Lewt und Hank gegenüber. Und ihren Schusswaffen.

»Nur dumm für Sie und die liebe Whitney, dass wir Stan so schnell gefunden haben. Er schläft übrigens noch immer. Auch dumm für Sie, dass Sie einen so auffälligen Wagen wie diesen Jaguar fahren, Carver, oder wie immer Sie wirklich heißen mögen. Mit Ihrem Autoschlüssel war es nicht schwer, Ihren Wagen zu finden und im Schutz der Dunkelheit auf Sie zu warten.«

Er genoss seinen Triumph, und das zu Recht. Ich war wirklich dumm gewesen, dass ich diese Möglichkeit außer Acht gelassen hatte. Unsere Flucht war einfach zu glatt verlaufen.

Ich konnte meine Unachtsamkeit nur auf die pochenden

Schmerzen in meinem Kopf schieben, die mich am klaren Denken hinderten. Aber für einen G-man war das keine Entschuldigung, nur eine Erklärung.

Es durfte nicht alles vergeblich gewesen sein. Schon nicht wegen Carol-Anne Pulaski, die in akuter Lebensgefahr schwebte. Mein Vorteil war, dass die beiden Pistoleros enger zusammenstanden als in Sophias Zimmer, vielleicht, weil sie gerade erst aus ihrem Versteck gekommen waren.

Ohne Vorwarnung stieß ich mich vom Jaguar ab und sprang sie an. So tief, dass ihre Schüsse über mich hinweggingen. Eine Kugel versengte meine Kopfhaut, richtete aber keinen weiteren Schaden an.

Ich warf sie beide mit meinen ausgestreckten Armen zu Boden und hatte Glück, dass ich Lewts Pistole zu fassen bekam. Ich riss sie ihm aus der Hand und zog sie mit solcher Kraft über seinen Schädel, dass er seinem Kumpel Stan ins Reich der Träume folgte.

»Ende der Vorstellung«, waren die ersten Worte, die ich aus Hanks Mund hörte.

Der bisher so schweigsame Riese hatte sich wieder erhoben und stand jetzt vor meinem Wagen, einen Arm um Sally geschlungen. Mit der anderen Hand presste er die Mündung seines Revolvers gegen den Kopf der jungen Schwarzen.

»Lass die Knarre fallen, Carver, sonst ist deine Freundin tot!«

Ich gehorchte.

»Brav. Und jetzt dreh dich um und stütz dich mit den Händen an der Wand ab!«

Er meinte die Wand des Häuserblocks, in deren Schatten er und Lewt sich offensichtlich verborgen gehalten hatten. Ich tat so, als wollte ich ihm gehorchen. Aber als meine Hände die raue Wand berührten, rutschten sie ab, und ich ging neben dem bewusstlosen Pistolero zu Boden.

»Was soll das?«, fuhr mich Hank an.

»Bin ausgerutscht«, murmelte ich, Überraschung vortäuschend. »Wegen der Fesseln, die ihr mir angelegt habt, bin ich noch etwas wacklig auf den Beinen.«

»Steh wieder auf!«

»Yeah«, brummte ich und zog auch schon Stans stahlglänzende Automatic aus meinem Hosenbund. Mein Glück, dass der blonde Gunman in der Hektik nicht an diese Waffe gedacht hatte.

Statt mich zu erheben, fuhr ich herum und gab zwei Schüsse auf Hank ab. Das war vielleicht kein Fair Play, aber eine freundliche Aufforderung an den Riesen, sich mir zu ergeben, hätte Sally das Leben kosten können. Und das Leben einer Unschuldigen war mir mehr wert als das eines kaltblütigen Killers.

Die erste Kugel traf Hank in die rechte Schulter, die zweite streifte seine rechte Hüfte. Die Aufprallwirkung und der Schock führten dazu, dass sein Waffenarm heruntersackte.

Aber nur für Sekunden. Er war zäh wie Leder und hob seinen Arm unter Schmerzen wieder, um den angedrohten Schuss auf Sally auszuführen.

Ich feuerte noch einmal und traf seine Waffe. Meine Kugel riss den Revolver aus Hanks Hand und schleuderte ihn über das Dach des Jaguar.

Dann war ich auch schon bei den beiden, riss den Blonden von der Frau weg und schickte ihn mit einer linken Geraden neben seinem Gefährten zu Boden, wo er angeschlagen liegen blieb und mich wütend beäugte.

Sirenengeheul erfüllte die Nacht. Rote Lichter tanzten zuckend durch die Dunkelheit, kamen schnell näher, und ein blau-weißer Streifenwagen hielt mit quietschenden Reifen neben dem Jaguar auf der Fahrbahn. Zwei Cops in blauen Hemden, dunklen Uniformjacken und ebensolchen Hosen sprangen heraus, gingen hinter den aufgestoßenen Türen in Deckung und richteten ihre Revolver auf uns.

»Police Department der City of New York!«, brüllte einer von ihnen. »Alle Waffen weg, oder wir schießen!«

Natürlich hörte ich auf die uniformierten Kollegen und ließ die Automatic fallen. Schließlich war ich nicht lebensmüde.

Die Boys von der City Police verhielten sich völlig korrekt.

Jemand hatte die Schießerei gemeldet. Die Cops konnten nicht wissen, wer die Guten und wer die Bösen waren. In einem Land, in dem ein Mensch eher über eine Schusswaffe als über einen Schulabschluss verfügte, war Vorsicht die oberste Tugend für einen Polizisten, wollte er die zwanzig vorgeschriebenen Dienstjahre bis zur Pensionierung überleben.

Allerdings waren die beiden Uniformierten, mit denen ich es zu tun hatte, besonders vorsichtig. Vielleicht war das auch nur mein subjektiver Eindruck, weil mir die Zeit auf den Nägeln brannte und ich in Gedanken den Killer schon Carol-Anne Pulaski töten sah. Jedenfalls dauerte es lange, viel zu lange, bis die Cops mir abnahmen, dass ich ein G-man war.

Meinen Beteuerungen glaubten sie nicht, aber die Sonderausstattung meines Jaguars machte sie stutzig. Endlich ließ sich einer von ihnen dazu herab, über Funk in der FBI-Zentrale nachzufragen. Dort wurde meine Identität bestätigt.

Ich durfte selbst an mein Funkgerät und beorderte zusätzliche Wachen ins Beekman Downtown Hospital. Außerdem ordnete ich die sofortige Durchsuchung des »Big Apple« und des mit ihm verbundenen Bordells an.

Im Rückspiegel sah ich zum ersten Mal seit dem brutalen Verhör durch die Collum-Bande mein Gesicht. Fast hätte ich mich selbst nicht erkannt, so hatten sie mich mit ihren Schlägen zugerichtet. Ich will Ihnen eine genaue Beschreibung ersparen. Nur so viel: Ich hätte beim Film sofort als Frankenstein-Monster unterkommen können, ohne dass es irgendeiner Maske bedurft hätte.

Die Cops bat ich, sich der Pistoleros und Sallys anzunehmen. Außerdem sollten sie das »Big Apple« abriegeln, damit es keiner der Gangster verließ. Sally sollte ihnen bei der Identifizierung Collums und seiner Männer helfen.

Ich nahm Stans Automatic wieder an mich. Dann pappte ich die rote Magnetlampe aufs Dach des Jaguar, schaltete die Sirene ein und rauschte mit einem Kavalierstart davon. Denn das Beekman Downtown Hospital lag nicht sehr weit vom »Big

Apple« entfernt, nur ein paar Straßenzüge. Vielleicht kam ich noch rechtzeitig, um Carol-Anne Pulaski zu retten.

Süd-Manhattan, Beekman Downtown Hospital, zur selben Zeit.

Die Stunden schlichen mit quälender Langsamkeit dahin. Kristy Flynn musste sich immer wieder kneifen, um wach zu bleiben. Die junge, robust gebaute Frau mit dem kurzen braunen Haar, das unter ihrer Dienstmütze hervorlugte, saß auf einem unbequemen Stuhl auf einem Gang der Intensivstation und sah in immer kürzeren Abständen, die ihrem subjektiven Empfinden nach allerdings immer länger wurden, auf die schmucklose Armbanduhr, die sie im Dienst trug.

Sie bewachte den Eingang zu dem Zimmer, in dem Carol-Anne Pulaski, die Frau mit dem Jane-Fonda-Gesicht, in einem todesähnlichen Schlaf gefangen war, aus dem sie vielleicht nie mehr erwachte. Der FBI und die Mordkommission der City Police befürchteten einen neuen Mordanschlag auf die verletzte Frau.

Kristy fragte sich, ob es für Carol-Anne Pulaski wirklich von Vorteil war, solch einen Anschlag zu verhindern. War der Tod nicht eine Erlösung gegenüber einem Zustand, den man kaum mit Leben bezeichnen konnte? Ob die im Koma liegende Frau zu diesen Gedanken fähig war? Konnte sie überhaupt denken?

Kristy war eine der immer zahlreicher werdenden jungen Frauen, die in den Polizeidienst drängten, der jahrzehntelang eine Domäne des so genannten starken Geschlechts gewesen war. Sie stellte sich nicht schlecht dabei an. Ein paar lobende Erwähnungen und eine Tapferkeitsauszeichnung für einen Einsatz bei Straßenkrawallen in der Bronx waren der Beweis.

Aber der Auftrag im Krankenhaus war viel schlimmer für Kristy, obwohl er nicht mit harter körperlicher Anstrengung und Lebensgefahr verbunden war. Das Nichtstun und das ständige Nachdenken über die Frau, für deren fragwürdigen Rest Leben sie verantwortlich war, zerrten an ihren Nerven.

Und die Müdigkeit.

Zu Beginn ihres Dienstes hatte sich Kristy jede Person, die auch nur in die Nähe des Krankenzimmers kam, genau angesehen. Ärzte, Schwestern, Pfleger und das Personal des Reinigungsdienstes. Mit den zäh dahinfließenden Minuten, die sich nur unter großer Anstrengung zu Stunden zusammenfanden, erlahmte ihre Aufmerksamkeit. Wenn sich jetzt Schritte näherten, genügte der Schimmer eines weißen Kittels, Kleides oder einer weißen Jacke und Hose, um sie zu beruhigen.

Kristy glaubte nicht an ein Attentat auf Carol-Anne Pulaski. Wem hätte das nutzen sollen? Die Frau in dem Zimmer hinter ihr war doch so gut wie tot.

Und einsam.

Niemand war bei ihr. Selbst die Schwester, die tagsüber an ihrem Bett gesessen hatte, war am Abend abgezogen worden, als deutlich wurde, dass sich der Zustand der Patientin nicht verändern würde.

Niemand schien sich um sie zu kümmern. Keine Verwandten oder Freunde, die sie besuchten. Doch dann fiel Kristy ein, dass ein Besuch gar nicht möglich war, weil Carol-Annes Aufenthaltsort aus Sicherheitsgründen geheim gehalten wurde.

Als eine der Fahrstuhlkabinen eine Gestalt ausspuckte, die nicht in sauberes Weiß gekleidet war, erwachten Kristys müde Sinne zu neuem Leben. Aber nur kurz, dann wurde sie durch die Kleidung des Neuankömmlings beruhigt, und sie nahm ihre Hand wieder von dem ledernen Waffenholster an ihrer rechten Hüfte.

Sie entspannte sich und sah dem Mann entgegen, der wie sie die Uniform der City Police trug. Sie kannte ihn nicht, aber das war kein Wunder, gehörten dem großen Polizeiapparat der Stadt New York doch fünfunddreißigtausend Beamte an. Eine ganze Menge und doch viel zu wenig für eine Stadt, in der an jeder Ecke Diebstahl, Raub, Vergewaltigung und Mord lauerten. Das Leben in der größten Stadt der Vereinigten Staaten war schnell und aggressiv. Manch einer bezeichnete New York nicht nur als Hauptstadt der Weltwirtschaft, sondern auch des Weltverbrechens.

Der große, vierschrötige Cop, der mit lässigen, weit ausholenden Schritten auf sie zuging, war ein Hispanic. Das erkannte sie sofort an seiner bräunlichen Hautfarbe und dem unverkennbaren Schnitt seines kantigen Gesichtes, dessen hart wirkender Mund von einem schwarzen Bart umrandet wurde.

Ihr Kollege mochte zehn oder fünfzehn Jahre älter sein als Kristy. Sie fragte sich, ob ihr Gesicht nach einer solchen Anzahl von Dienstjahren auch die fast grausame Härte ausstrahlen würde, die von seinen tief eingegrabenen Zügen ausging.

Er tippte an seine Mütze, als er vor ihr stehen blieb, und sagte mit deutlich hörbarem spanischem Akzent: »Officer Delgado meldet sich zum Dienst, Kollegin.«

»Zum Dienst?« Kristy sah ihn verständnislos an. Sie hatte gedacht, er sei nur gekommen, um ihr eine Nachricht zu überbringen. »Meine Wache ist doch erst in fünf Stunden vorüber, leider.«

»Ich bin nicht die Ablösung, sondern die Verstärkung.«

»Verstärkung? Weshalb?«

»Vom FBI kam die Meldung, dass möglicherweise noch heute Nacht ein Anschlag auf die Frau erfolgen soll.«

Kristy nickte. »Ich verstehe.«

Sie war froh, für den Rest der Nacht Gesellschaft zu haben. Die Zeit würde viel schneller vergehen, und das Wachbleiben würde ihr leichter fallen.

»Liegt die Frau noch im Koma?«, fragte Officer Delgado.

»Ja. Ihr Zustand ist unverändert.«

»Kann ich sie mal sehen?«

Kristy erhob sich von ihrem Stuhl und stieß die Tür auf. »Warum nicht? Ich glaube kaum, dass sie sich von uns gestört fühlt. Falls doch, wäre es für sie ein Segen.«

Sie betrat das von Neonröhren erleuchtete Zimmer, und Delgado folgte ihr. Dort lag die Frau mit dem Gesicht des Hollywoodstars Jane Fonda reglos in ihrem Bett. Sie hatte ihre Position nicht verändert. Die Augen waren noch geschlossen. Ihre Brust hob und senkte sich nur schwach, kaum merklich. Lediglich die mit ihrem Körper verbundenen Monitore und Skalen zeigten an, dass noch Leben in ihr war. Ein Tropf an der linken Bettseite sorgte für die Zuführung eines Nahrungskonzentrats.

»Das arme Ding«, bemerkte Kristy. »Ihr Leben …«

Weiter gelangte sie nicht.

Der Mann, der sich als Officer Delgado ausgegeben hatte und der allgemein nur als der Kubaner bekannt war, hatte mit blitzschnellen Bewegungen die Zimmertür zugestoßen und seine großen, kräftigen Hände um den Hals der Polizistin gelegt. Schraubstockartig drückten sie mit unerbittlicher Gewalt zu.

Kristy würgte, als ihr die Luft wegblieb, und versuchte, sich aus dem eisernen Griff zu befreien. Aber sie erreichte nur, dass ihre Mütze verrutschte und auf den Boden fiel. Der Mann hinter ihr sagte kein Wort, stand einfach da und presste das Leben aus ihr heraus.

Rasch schwanden Kristy die Sinne. Sie machte sich keine Gedanken über Identität und Absichten des Mannes. Sie wusste nur noch, dass sie ihr Leben retten musste. Ihre rechte Hand suchte das Waffenholster, zerrte die Verschlusstasche auf und zog den 38er Spezial heraus.

Aber kaum hielt sie ihren Dienstrevolver in der Hand, da riss der Mann auch schon sein rechtes Knie hoch. Es traf die Waffenhand, und der 38er flog quer durch den Raum, prallte gegen eine Wand und fiel zu Boden.

Dort landete auch Kristy, als ihr Körper erschlafft war.

Der Kubaner verschwendete keinen weiteren Blick an die Polizistin, zog seinen eigenen 38er aus dem Holster und holte einen Schalldämpfer aus der Innentasche seiner Jacke, den er mit geübten Griffen auf den Revolver schraubte.

Er trat nah an das einzige Bett heran, drückte die Mündung des Schalldämpfers gegen die Stirn der im Koma liegenden Frau und zog den Abzug durch.

Süd-Manhattan, nahe der Waterfront, vor dem »Big Apple«.

Binnen weniger Minuten verwandelte sich der große Platz vor dem Haupteingang des »Big Apple« in einen von FBI-Agenten, Polizisten, Ärzten und Sanitätern wimmelnden Ameisenhaufen. So schnell hatten sich in New York City selten so viele Einheiten versammelt. Der Leiter des FBI-Distrikts New York hatte Großalarm gegeben, und das genügte.

Immer neue Wagen trafen mit jaulenden Sirenen ein, spuckten uniformierte und zivil gekleidete Männer und Frauen aus und erhellten mit ihren blitzenden Einsatzlichtern die Nacht. Uniformierte Cops bauten eilig Straßensperren auf und lenkten den Verkehr weiträumig um. Bei aggressiven oder auf Grund von Trunkenheit uneinsichtigen Autofahrern und Passanten wurden sie auch schon mal handgreiflich. Schließlich galt es nicht nur, einen Großeinsatz des FBI zu sichern, sondern auch das Leben der von ihnen umgelenkten Bürger zu schützen. Denn mit einem musste man rechnen: blaue Bohnen, die bald die Luft mit ungesunden Schadstoffen anreicherten.

Eine dunkle Limousine hielt mitten in dem scheinbaren Chaos. Ihr entstieg ein großer, schlanker Mann und ließ seine grauen Augen über die Szene wandern, in Sekundenschnelle die Lage erfassend. John D. High war persönlich am Einsatzort erschienen, um die Aktion zu leiten.

Auf Grund der Wichtigkeit, die der Falschgeldfall besaß, hatte er der FBI-Zentrale befohlen, ihn über alle neuen Ereignisse sofort zu unterrichten, auch mitten in der Nacht. Deshalb war er gleich nach meiner Funkmeldung vom Schrillen des Telefons aus dem Schlaf gerissen worden. Keine fünf Minuten später saß er vollständig angezogen in seinem Wagen und fuhr zum Ort des Geschehens.

Die FBI-Agenten Steve Dillaggio und Zeerookah liefen ihm entgegen und erstatteten ihm Meldung. Die beiden Cops, die nach der Schießerei zwischen mir und den beiden Pistoleros auf dem Plan erschienen waren und Sally Parker in ihre Obhut genommen hatten, hatten keine verdächtigen Personen aus dem Nachtclub kommen sehen.

»Was ist mit dem unterirdischen Tunnel, von dem Jerry berichtet hat?«, fragte Mr. High.

»Der in die Subway-Station mündet?«, vergewisserte sich Steve.

Mr. High nickte.

»Ben Harper und Ruby O'Hara dringen mit einem Stoßtrupp von dort aus in dieses Bordell ein«, erklärte Steve. »Wenn alles klappt, dürfte uns keiner von Collums Bande entwischen.«

»Falls es nicht noch weitere Geheimausgänge gibt«, meinte Mr. High skeptisch. »Dieser Nachtclub hat doch bestimmt einen Hinterausgang.«

»Hat er«, bestätigte Steve. »Aber dort warten Joe Brandenburg, Fred Nagara und June Clark mit weiteren Kollegen auf den Einsatzbefehl.«

»Dann sollten wir losschlagen, sobald alles bereit ist«, entschied Mr. High. »Unser Aufmarsch hier muss die Gangster alarmiert haben, wenn sie nicht stocktaub und auf allen Augen blind sind.«

Er wollte auf den Haupteingang der Bar zumarschieren.

»Einen Moment noch, Sir«, sagte Zeerookah, und der indianischstämmige G-man hob ein schweres Kleidungsstück hoch, das er in der Linken hielt. »Wenn Sie den Einsatz tatsächlich persönlich leiten wollen, sollten Sie das hier überziehen.«

»Eine schusssichere Weste«, brummte Mr. High und schlüpfte in das von Zeerookah hochgehaltene Kleidungsstück, das zwar etwas unbequem, aber unter Umständen sehr nützlich war.

Als die Schussweste stramm saß, nickte er Steve und Zeerookah zu. »Ich bin so weit.«

»Okay«, sagte der blonde G-man und hob das Walkie-Talkie, um den Befehl zum Sturm auf das »Big Apple« zu geben.

Die Kugel fuhr, begleitet vom leisen Ploppen des Schalldämpfers, in das weiße Kissen neben Carol-Anne Pulaskis Kopf. Als der Kubaner den Abzug fast schon durchgezogen hatte, traf ihn etwas hart an der Schulter und schleuderte ihn zu Boden. Er verriss den Schuss im letztmöglichen Sekundenbruchteil.

Dieses Etwas, das ihn umgestoßen hatte, war ich gewesen, G-man Jerry Cotton.

Als ich das Foyer des Hospitals erreichte, erfuhr ich, dass sich vor einer Minute ein uniformierter Cop nach der Intensivstation erkundigt hätte. Ich war sofort alarmiert, rannte zum Fahrstuhl und presste den Finger fest auf den Knopf mit der Sechs.

Auf der Intensivstation war ich noch alarmierter, als ich den leeren Stuhl neben der Tür zu Carol-Anne Pulaskis Zimmer sah. Ich zog die erbeutete Automatic aus der Jackentasche, lud die Waffe durch und entsicherte sie, während ich zu dem Krankenzimmer spurtete. Hier erwischte ich den Kubaner im wahrlich letzten Moment.

Neben mir lag eine Polizistin auf dem blanken, das Licht der Neonröhre spiegelnden Linoleum. Sie bewegte sich nicht. War sie tot?

Ich hatte keine Zeit, mich um sie zu kümmern, denn der zu Boden gegangene Kubaner riss den Revolver hoch und zielte auf mich. Ich warf mich hinter einen kleinen Tisch.

Wo ich eben noch gestanden hatte, zerteilte die Kugel aus dem 38er die Luft und fuhr splitternd in die Füllung der von mir aufgestoßenen Tür, die durch den Aufprall zugeworfen wurde.

Eins musste ich dem Kubaner lassen: Er reagierte verdammt schnell. Schon schwenkte seine Waffe auf meine neue Position ein.

Aber diesmal war ich schneller, und meine Kugel traf seinen rechten Oberarm.

Er krümmte sich und stöhnte vor Schmerz auf, ließ seine Waffe aber nicht fallen. Wieder zog er den Abzug durch. Die Neonröhre unter der Decke zerplatzte unter der Kugel, und im Zimmer wurde es stockfinster.

Ich hörte, wie sich mein Gegner bewegte. Dann sah ich ganz schwach seine Umrisse vor dem kaum wahrnehmbaren großstädtischen Lichterglanz, der durch das Fenster ins Zimmer fiel.

Was hatte er vor?

Wollte er fliehen?

Wollte er mich angreifen?

Oder wollte er seinen Mordauftrag zu Ende führen?

Ich sprang den Schatten vor dem Fenster an, um einem möglichen Angriff des Kubaners zuvorzukommen. Dabei riss ich ihn mit mir zu Boden und hörte sein Stöhnen. Offenbar schmerzte ihn die Wunde im rechten Oberarm.

Aber seine Linke war vollkommen intakt. Das spürte ich schmerzhaft, als sie mitten in meinem Gesicht landete. Vielleicht war das nur ein Zufallstreffer gewesen, aber er erfolgte mit voller Wucht.

Leicht benommen kippte ich zur Seite.

Mein Gegner sprang mit einer Behändigkeit auf, die ich einem Verwundeten nicht zugetraut hätte, und hastete auf das Bett zu. Offenbar wollte er seinen Mordauftrag auf jeden Fall zu Ende führen.

Ich lag noch am Boden und streckte beide Arme nach ihm aus. Ich kriegte einen Fuß zu fassen, drehte ihn herum, und mit einem Aufschrei stürzte der Kubaner hin, fiel dabei gegen das Bett und stieß es zur Seite.

Mir war kurz so, als hörte ich ein leises Stöhnen, das heller war als die Stimme des Killers. Aber vielleicht war das nur eine Sinnestäuschung in der Hektik.

Jetzt war ich zuerst auf den Beinen und wollte die Smith & Wesson Automatic in Anschlag bringen, um dem bösen Spiel endlich ein Ende zu setzen. Doch in diesem Augenblick wurde die Tür aufgestoßen und eine Schwester mit asiatischen Gesichtszügen erschien im Zimmer.

Der Kubaner reagierte blitzschnell. Er schnellte hoch, griff sich die Frau und zog sie mit dem gesunden Arm an sich. In der Hand des verletzten Armes blitzte die Klinge eines Schnappmessers auf, die er so fest gegen den Hals der zu Tode erschrockenen Frau drückte, dass Blut austrat und einen roten Fleck auf dem weißen Kragen der Schwesterntracht bildete.

»Keine Bewegung, Schnüffler!«, zischte der Killer schwer atmend. »Sonst töte ich die Frau!«

Ich blieb bewegungslos stehen, um das Leben der jungen Frau nicht zu gefährden.

Der Kubaner zog sich mit ihr auf den Gang zurück, wo mehrere Rufe und Schreie ertönten. Die Schüsse hatten Personal und neugierige Patienten angelockt, die beim Anblick des Killers ängstlich zurückwichen.

Als der Gangster und seine Geisel aus meinem Blickfeld verschwunden waren, sprang ich hinaus auf den Gang. Dort kauerte die Asiatin auf dem Boden, während sich andere Schwestern und Pfleger um sie kümmerten.

»Wo ist der Mann hin?«, fragte ich.

Die Asiatin zeigte wortlos auf das nächste Treppenhaus.

»Ist er nach unten oder nach oben gelaufen?«

»Nach unten«, antwortete sie mit zitternder Stimme.

Ich spurtete ihm nach und sprang die Treppe in Riesensätzen hinunter, jedes Mal mindestens drei Stufen auf einmal nehmend. Der Kubaner war keiner der Bosse, aber er schien eine wichtige Figur in diesem Spiel zu sein. Außerdem schwebte Carol-Anne Pulaski in Gefahr, solange er sich im Krankenhaus aufhielt. Ich musste ihn unbedingt erwischen!

Und ich kriegte ihn fast schneller, als mir lieb war. Ich bog auf einem Treppenabsatz um die Ecke, als eine Hand mit einem blitzenden Etwas auf mich zuschoss. Das Messer des Killers. Er hatte mir hier aufgelauert, weil er wegen seiner Verletzung keine Chance sah, mir zu entkommen.

Beinah wäre ich in den scharfen Stahl gerannt. Ich konnte mich gerade noch zur Seite werfen, und die Klinge riss nur den Stoff meines Jacketts auf.

Der Kubaner wirbelte zu mir herum und trat nach mir. Er traf meine Hand mit der Automatic, und die Waffe segelte die Treppe hinunter.

Ich schnappte mir das Bein meines Gegners, ehe er es wieder zurückziehen konnte, und brachte ihn mit einer ähnlichen Drehung wie im Krankenzimmer zu Fall. Dann stürzte ich mich auf ihn, bevor er wieder ganz zu sich kam, kriegte sein Messer zu fassen und brach die gefährliche Klinge auf dem Boden entzwei.

Erneut wollte der Gangster seine Linke einsetzen und mir einen kräftigen Schlag versetzen. Diesmal war ich vorbereitet, blockte seine Faust mit meinem rechten Unterarm ab und ließ ihn meine Linke spüren. Es war ein harter Schlag.

Aber der Kubaner war zäh, wollte einfach nicht aufgeben. Er wand sich unter mir wie eine Schlange. Erst als ich eine ganze Schlagserie auf ihn niedergehen ließ, wurde er so benommen, dass er jede Gegenwehr einstellte.

»Was ist hier los?«, fragte eine Stimme hinter mir.

Zwei Cops, die wohl zu der von mir angeforderten Wachverstärkung gehörten, waren mit gezogenen Waffen auf der Treppe erschienen.

Als ich mich zu ihnen umdrehte, hellte sich das Gesicht eines schwarzen Officers erleichtert auf. Er hieß Harrison, und wir kannten uns von einem früheren Einsatz.

»Ach, Sie sind's, Mr. Cotton. Wie ich sehe, haben Sie uns die Arbeit abgenommen.«

»Yeah«, keuchte ich und stand auf. »Man muss wirklich alles selbst machen, wenn man will, dass es hinhaut. Aber Sie können auch etwas für mich tun, Harrison. Nehmen Sie den Mann in Gewahrsam, lassen Sie seine Wunde verarzten und ihn dann ins FBI-Hauptquartier bringen.«

»Soll geschehen, Mr. Cotton«, erwiderte der schwarze Cop.

Ich dachte an die von dem Kubaner überwältigte Polizistin und an das Stöhnen, das ich im Krankenzimmer gehört hatte, und lief wieder nach oben.

Kaum hatte Steve Dillaggio über Funk den Einsatzbefehl gegeben, gingen G-men und Polizisten auch schon von mehreren Seiten gegen das Gangsternest vor.

Der von Mr. High, Steve und Zeerookah geführte Haupttrupp nahm den Haupteingang des »Big Apple« und überrannte einfach die beiden Gorillas, die dort ihre Doppelfunktion als Kassierer der Eintrittsgelder und als Rausschmeißer erfüllten. Die bewaffneten Männer und Frauen strömten in die Stripbar, trieben Gäste und Personal zusammen und drangen immer tiefer in den Gebäudekomplex ein.

Der Trupp vereinigte sich schließlich mit den von Joe Brandenburg, Fred Nagara und June Clark geführten Leuten, die den Hintereingang stürmten und einige Leute festnahmen, die sich absetzen wollten.

Wie sich später herausstellte, hatten die meisten von ihnen nichts mit der Falschgeldsache zu tun. Ein paar Rauschgiftdealer befanden sich darunter und andere Gestalten, die aus dem einen oder anderen Grund der Polizei nicht begegnen wollten. Ein paar Gäste hatten einfach nur Angst davor, ihren Namen in Verbindung mit der Stripbar am nächsten Tag in der Zeitung zu lesen.

In der Subway-Station, in die Sally Parker und mich unsere Flucht geführt hatte, hielten ein paar schwer bewaffnete Cops die Stellung, während Ben Harper und Ruby O'Hara mit den übrigen Leuten in die geheime Welt unter der Erde vordrangen. Auf ihren Köpfen saßen mit kleinen Lampen versehene Schutzhelme, wie sie sonst Bauarbeiter trugen. Ein paar der Leute waren zusätzlich mit größeren Handscheinwerfern ausgerüstet. Andere waren mit Maschinenpistolen, Spitzhacken und Vorschlaghämmern bewaffnet. Der Trupp war darauf vorbereitet, gewaltsam in Joe Collums unterirdisches Reich einzudringen. Und darauf, auf erbitterten Widerstand zu treffen.

Ruby, die immer sehr gut im Kartenlesen gewesen war, hielt einen Plan der stillgelegten Strecken in den Händen, den man sich in aller Eile vom Tiefbauamt besorgt hatte. Immer wieder blieb sie stehen, um ihren Weg mit der verwirrenden Vielzahl der sich kreuzenden und überschneidenden Linien auf dem Plan zu vergleichen. Trotz ihrer Geschicklichkeit im Kartenlesen fiel es der jungen, irischstämmigen FBI-Agentin nicht leicht, den richtigen Weg zu finden. Die Finsternis, die hier unten herrschte und von ihren Lampen nur teilweise erhellt wurde, bot wenig Anhaltspunkte, um ihren Kurs zu bestimmen.

Nur schleppend ging es weiter, und mehr als einmal musste Ruby zugeben, die falsche Abzweigung genommen zu haben. Sie war erstaunt über die Vielzahl von Gängen, Schächten und Räumen unter der Erde. Es erinnerte sie an die Gruselgeschichte vom Phantom der Oper.

Auf einmal wussten alle, dass sie auf dem richtigen Weg waren. Das war in dem Augenblick, als vor ihnen Feuerblitze durch die Dunkelheit zuckten, begleitet von lautem Schussgebell, das in der unterirdischen Welt ein heftiges Echo hervorrief.

FBI-Agenten und Polizisten warfen sich in Deckung und schalteten die Lampen an ihren Helmen aus, um dem Gegner kein zu leichtes Ziel zu bieten. Nur die Handscheinwerfer blieben an, und ihre langsam wandernden Lichtkegel suchten das vorausliegende Gebäude ab.

Sie fanden nichts. Vor dem Polizeitrupp schien keine Menschenseele zu sein. Schüsse wurden auch nicht mehr abgegeben. Die Salve eben war so plötzlich wie ein Spuk aufgetaucht und auch wieder verschwunden.

»Wir haben sie verscheucht«, flüsterte Ben. »Alles läuft wie am Schnürchen. Die Gangster haben sich zurückgezogen, weil wir ihren Fluchtweg versperren.«

»Vielleicht«, meinte Ruby skeptisch. »Aber das ging mir ein bisschen zu schnell. Vielleicht haben sie einen anderen Fluchtweg genommen und sind deshalb so schnell verschwunden. Bei den vielen Gängen, die auf der Karte verzeichnet sind, sollte es mich wundern, wenn der von Jerry beschriebene Weg zur Subway-Station der einzige unterirdische Weg ist, den es von dem Bordell aus gibt.«

»Verdammt«, knurrte ihr Kollege. »Du könntest Recht haben, Ruby. Verfolgen wir sie also.«

»Ja«, stimmte ihm die Agentin zu. »Falls wir sie finden.«

Der Trupp setzte sich wieder in Bewegung, nur von den Lichtern der Handscheinwerfer geleitet. Da man jederzeit mit einem Hinterhalt rechnen musste, war es zu gefährlich, sich mit den Heimlampen in lebendige Zielscheiben zu verwandeln.

Nach etwa fünf Minuten befahl Ben einen Halt, weil er etwas Verdächtiges gehört zu haben glaubte. Er lauschte in die Stille, und da hörten es alle: hastige Schritte, die sich von ihnen entfernten.

»Vorwärts!«, befahl Ben. »Rechnet damit, dass jede Sekunde auf euch geschossen werden kann. Und seid darauf vorbereitet, sofort zurückzuschießen.«

Die Warnung erfolgte zu Recht, denn nach knapp hundert Yards wurden erneut Schüsse auf die Verfolger abgegeben. Diesmal erwiderten sie sofort das Feuer.

Ein lang gezogener Schrei aus dem Dunkeln vor ihnen zeigte ihnen, dass zumindest einer ihrer Gegner getroffen war. Der Schrei erstarb schließlich und ging in ein leises, aber ständiges Wimmern über. Der Mann musste schwer verletzt sein.

Wieder erklangen eilige Schritte, die rasch leiser wurden.

»Weiter!«, rief Ben. »Aber seid vorsichtig, und lasst die Scheinwerfer ausgeschaltet!«

Sie stürmten den finsteren Gang entlang, bis plötzlich einer der uniformierten Cops rief: »Hier liegt einer!«

»Licht!«, ordnete Ruby an, und einer der Handscheinwerfer flammte auf.

Der Lichtstrahl wanderte über den unebenen Fels und erfasste endlich einen korpulenten Schwarzen in den Dreißigern, der am Boden lag und sich vor Schmerz wand. Mit weit aufgerissenen Augen starrte er seine Gegner an, während er die Hände auf seine Brust presste. Auf die Stelle, wo eine Kugel ein großes Loch gerissen hatte. Das austretende Blut hatte sein Hemd rot gefärbt.

Eine Armlänge neben ihm lag eine MPi, die einer der Cops mit einem flinken Griff an sich nahm, ehe der Schwarze auf dumme Gedanken verfiel.

Aber dazu war der Gangster gar nicht in der Lage. Er schien nicht mal sprechen zu können, so stark waren seine Schmerzen. Vielleicht wollte er auch einfach nicht antworten. Jedenfalls schwieg er, als Ruby ihn nach seinen Komplizen fragte.

Zwei Cops blieben bei dem Angeschossenen zurück und riefen über Funk einen der bereitstehenden Ärzte herbei, während die Übrigen die Verfolgung fortsetzten.

Nach zwei, drei Minuten hörten sie Geräusche, die für die unter der Erde herrschende Stille mehr als ungewöhnlich waren. Es war leiser Straßenlärm. Erst jetzt ging den Verfolgern auf, dass der Weg auf den letzten zweihundert Yards leicht, aber ständig aufwärts geführt hatte. Sie näherten sich der Oberwelt.

Sie beschleunigten ihre Schritte noch mehr. Der Weg wurde steiler und der Straßenlärm lauter.

Bald sahen sie den noch schwachen Abglanz der Lichter, den die Fenster und Reklameschilder von Gebäuden warfen. Sie gelangten an eine offen stehende Tür, an der außen ein Schild mit der Aufschrift »Subway-Wartungstunnel – Zugang nur für Berechtigte« prangte. Die Tür befand sich in einer Passage zwischen zwei Hochhäusern, die auf eine auch in der Nacht stark befahrene Straße führte.

Ben Harper stieß einen nicht druckreifen Fluch aus.

»Du hast völlig Recht, Ben«, sagte Ruby mit saurem Gesicht. »Um es mit anderen Worten auszudrücken: Die Gangster sind uns entwischt!«

Sie sah auf den von tausend Lichtern erhellten Betondschungel der Millionenstadt und auf den ständigen Strom der vorbeirauschenden Fahrzeuge. Die Gangster konnten überall stecken. Es war unmöglich, sie weiter zu verfolgen.

Mr. High ging, begleitet von Steve Dillaggio und Zeerookah, durch die luxuriös eingerichteten Räume des unterirdischen Bordells.

In der Stripbar und im Bordell hatten FBI-Agenten und Polizisten alles unter Kontrolle. Gäste und Personal waren in bestimmten Räumen zusammengetrieben worden und warteten dort auf die Aufnahme ihrer Personalien. Joe Collum allerdings hatte man bisher nicht finden können. Sie kamen zu der großen Halle, in der die Doppelgängerinnen auf ihre Vernehmung warteten. Mr. High ordnete an, das Dunaway-Double zur ersten Vernehmung in einen gesonderten Raum zu bringen, als sich Ben Harper über Funk meldete und über das Entwischen der Gangster berichtete.

»Wahrscheinlich war Collum unter ihnen«, sagte Mr. High enttäuscht, als Steve das Funkgespräch mit seinem Kollegen beendet hatte. »Es wird eine Heidenarbeit, sein neues Versteck aufzuspüren.«

Er ging mit Steve und Zeerookah in den Raum, in dem »Faye Dunaway« auf sie wartete. Die Frau in dem eleganten Abendkleid nannte ihren richtigen Namen, Ruth Wilson, aber ansonsten spielte sie die Unwissende.

»Ich weiß nicht, wo Mr. Collum ist«, behauptete sie. »Das hier ist kein Bordell. Wir sind nur Gesellschafterinnen.«

»Die Weise, in der Sie Ihren Kunden Gesellschaft leisten, kann ich mir vorstellen«, meinte Steve ironisch. »Ich frage mich nur, warum hier überall Kondome ausliegen.«

Ruth Wilson antwortete nicht, zog nur einen Schmollmund.

»Bringt Sie zur Vernehmung ins Hauptquartier«, befahl Mr. High.

»Weshalb?«, fragte die Frau. »Ich habe nichts getan!«

»Prostitution ist genauso strafbar wie die Beihilfe dazu«, belehrte sie der FBI-Chef.

»Das müssen Sie mir erst mal beweisen!«

»Warten Sie es ab«, sagte Mr. High fast gleichgültig.

Als die Frau von uniformierten Cops abgeführt worden war,

bemerkte er zu Steve und Zeerookah: »Hoffen wir, dass Jerry erfolgreicher gewesen ist als wir.«

Vor Carol-Anne Pulaskis Krankenzimmer hatte sich ein Menschenauflauf gebildet, in den ein paar Cops allmählich Ordnung brachten. Als ich das Zimmer erreichte, wurde gerade die Polizistin auf einer Rolltrage herausgefahren.

»Wie geht es ihr?«, fragte ich den jungen Arzt, der neben der Rolltrage herging.

»Sie ist noch bewusstlos, aber sie wird durchkommen. Zum Glück hat sie eine gute Konstitution.«

Die Auskunft erleichterte mich.

Der Arzt und die Pfleger mit der Rolltrage steuerten ein anderes Zimmer auf der Intensivstation an, während ich das Zimmer der Jane-Fonda-Doppelgängerin betrat.

Erst konnte ich sie gar nicht sehen, weil ihr Bett von Ärzten und anderem medizinischem Personal umlagert war. Ich erkundigte mich nach ihrem Zustand, weil ich befürchtete, dass ihr bei dem Kampf mit dem Kubaner etwas zugestoßen war.

Dr. Gillespie, der entweder noch immer oder schon wieder Dienst hatte, drehte sich zu mir um. »Sie ist auf dem Weg der Besserung, Mr. Cotton.«

Ich sah ihn überrascht an. »Wie darf ich das verstehen, Doc?«

»Irgendetwas hat sie aus ihrem tiefen Schlaf gerissen. Die Anzeichen sind eindeutig. Es wird noch einige Stunden dauern, bis sie wieder bei sich ist, aber es wird mit an Sicherheit grenzender Wahrscheinlichkeit geschehen.«

»Vielleicht ist es durch die Aufregung gekommen«, meinte ich und dachte an das Stöhnen, das ich gehört hatte. »Informieren Sie sofort den FBI, wenn sie vernehmungsfähig ist, Doc. Es ist sehr wichtig!«

Er nickte. »Das werde ich tun.«

Ich verließ das Zimmer und gab den Cops Anweisungen, verstärkte Wachen vor der Tür und am Krankenhauseingang aufzustellen.

Dann hängte ich mich ans Telefon, um zu erfahren, ob die Razzia im »Big Apple« erfolgreich gewesen war. Aber was mir mein Kollege Steve Dillaggio erzählte, löste bei mir nicht gerade Begeisterungsstürme aus.

Manhattan, Federal Plaza 26, FBI-Hauptquartier.

Eine Stunde nach Sonnenaufgang fand im so genannten Präsidentensaal des FBI-Hauptquartiers eine große Lagebesprechung unter Mr. Highs Leitung statt. In den großen, fensterlosen Raum mit den hufeisenförmig angeordneten Stühlen wich der Chef immer dann aus, wenn selbst sein geräumiges Büro zu klein für eine Besprechung wurde. Wir nannten den Raum scherzhaft den Präsidentensaal, weil die Wände mit den Bildern aller Männer geschmückt waren, die jemals unser Land regiert hatten.

Ich nahm unter dem markanten, gütigen Antlitz von Abraham Lincoln Platz. Ich hatte mich im Beekman Downtown Hospital verarzten lassen und war anschließend in meine Wohnung gefahren, um mein Äußeres so gut wie möglich wieder auf Vordermann zu bringen. Ich zog mich komplett um. Die scheußlichen Klamotten, die ich für meinen Besuch im »Big Apple« angezogen hatte, waren zum Glück so ramponiert, dass ich sie ohne schlechtes Gewissen in den Müllschlucker werfen konnte. Schlaf gönnte ich mir nicht, weil ich am Ball bleiben wollte. Reichlich übermüdet traf ich wieder an der Federal Plaza ein.

Neben mir saß unter Andrew Johnsons teilnahmslos blickenden Augen ein kaum munterer Phil Decker. Mr. High hatte ihn nach New York zurückbeordert, als klar war, dass der Schlüssel zu diesem Fall nicht in der Vergangenheit der Girls lag. Mein Freund war ein wenig sauer, für nichts und wieder nichts quer durch die Staaten gejettet zu sein. Aber auch das gehörte zu unserem Job. Schließlich hätte es auch sein können, dass Phil etwas Entscheidendes herausfand.

Mr. High trat als Letzter ein, setzte sich ans Kopfende und informierte uns über den derzeitigen Stand der Dinge. Ich bewunderte die eiserne Konstitution unseres Chefs, der schließlich nicht mehr der Jüngste war. Aber er ließ sich den fehlenden Schlaf in keiner Sekunde anmerken. Kerzengerade saß er auf dem lederbespannten Stuhl und erstattete in knappen, präzisen Worten seinen Bericht.

Danach war die Razzia im »Big Apple« ein Schlag ins Wasser gewesen. Joe Collum war spurlos verschwunden. Die festgenommenen Mitglieder seiner Gang schwiegen, als würden sie für jede Minute mit geschlossenen Lippen fürstlich entlohnt werden. So ähnlich war es wahrscheinlich auch.

Einer würde allerdings keinen Lohn für sein Schweigen mehr verlangen können. Der korpulente Schwarze aus dem Subway-Tunnel war seiner Schussverletzung erlegen.

Die Einzigen, die fröhlich ihre Liedchen trällerten, waren die Prostituierten aus dem »Hollywood-Club«. Viele von ihnen waren, wie Sally Parker, zu den Liebesdiensten gezwungen worden. Sie waren froh, Collum endlich entkommen zu sein. Leider wussten sie nichts, was uns wirklich weiterbrachte. Keiner von ihnen kannte Collums neues Versteck.

Wir erfuhren lediglich, dass Ruth Wilson seine Geliebte war. Sie kannte vielleicht sein Versteck, aber der einzige Satz, den sie aussprach, war: »Ich sage nichts ohne meinen Anwalt.«

Und als der Anwalt endlich da war, sagte sie auch nichts. Niemand im Saal war von Mr. Highs Auskunft überrascht, dass ihr Anwalt aus Anthony Tudors Büro kam.

»Der Tod von Emma Tunstall, der Raquel-Welch-Doppelgängerin, ist nach den Aussagen der Girls vermutlich auf einen Mord der Collum-Gang zurückzuführen«, teilte uns Mr. High mit. »Collum hatte das Girl entdeckt, das als Animiermädchen im ›Big Apple‹ arbeitete, und wollte es zu Liebesdiensten im ›Hollywood-Club‹ erpressen. Sie weigerte sich und war kurz darauf verschwunden. Wenig später fand man sie, gestorben an einer Überdosis Kokain. Es sieht so aus, als sei ihr diese Überdosis auf Collums Anweisung verpasst worden. Aber dieses Wissen nutzt uns erst etwas, wenn wir Collum, den Kopf dieser Gang, haben.«

»Sie irren sich, Sir«, widersprach ich. »Collum ist nicht der Kopf der Gang. Er ist allenfalls der zweite Mann.« Ich erzählte Mr. High und meinen Kollegen von dem Gespräch, das ich als Collums Gefangener belauscht hatte.

»Das lässt Schlimmes vermuten«, befand Mr. High. »Wir müssen unbedingt herausfinden, um was es sich bei diesem großen Coup handelt.«

»Vielleicht wollen die Gangster massenhaft Falschgeld auf den Markt werfen«, überlegte Phil laut.

»Kann sein«, meinte unser Chef. »Dagegen spricht jedoch, dass wir die Druckplatten für die falschen Fünfziger in Händen halten und wir die Fälscherwerkstatt haben auffliegen lassen. Sie befand sich in einem unterirdischen Raum neben dem Bordell. Natürlich besteht die Möglichkeit, dass die Gangster schon große Mengen falschen Geldes gedruckt haben. Wir haben aber nur Scheine im Wert von etwa fünftausend Dollar entdeckt – vermutlich Testobjekte wie die in dem Supermarkt aufgetauchten Blüten. Vielleicht hat es aber auch mit einer der anderen Erpressungen zu tun. Wir haben jede Menge Fotos und Videokassetten gefunden, durch die angesehene Männer aus Wirtschaft, Verwaltung und Politik in die Hände der Organisation geraten sind. Jedes Zimmer im Bordell war mit versteckten Kameras ausgerüstet. Leider wissen wir zu wenig über die Sache und den geheimnisvollen Hintermann. Der Name des Gangsterbosses wurde nicht genannt, Jerry?«

»Leider nicht. Aber er muss sehr gute Verbindungen haben. Schließlich halt er Carol-Anne Pulaskis Aufenthaltsort herausgefunden, obwohl wir ihn aus Sicherheitsgründen geheim gehalten haben.«

»Was ist eigentlich mit der Pulaski?«, erkundigte sich Steve Dillaggio, der ein Stück links von mir unter dem Bild von Zachary

Taylor saß. »Steht schon fest, wann sie vernehmungsfähig sein wird?«

»Nein«, sagte Mr. High. »Ich habe kurz vor unserer Zusammenkunft mit Dr. Gillespie telefoniert. Er sagt, die Patientin braucht auf jeden Fall noch ein paar Stunden Ruhe. Frühestens am Nachmittag ist sie vernehmungsfähig.«

Der Arzt behielt Recht. Gegen vier Uhr nachmittags rief er an und teilte uns mit, dass wir mit Miss Pulaski sprechen konnten.

Phil und ich fuhren sofort zum Krankenhaus, aber nicht allein. Mr. High begleitete uns, weshalb Phil auf den Notsitz des Jaguar ausweichen musste. Offenbar hatte unser Chef ein starkes persönliches Interesse an dem Fall entwickelt.

Vielleicht wollte er die Schlappe ausbügeln, die der FBI bei der Razzia im »Big Apple« erlitten hatte. Obwohl ihn persönlich keine Schuld daran traf. Wir hatten wegen der gebotenen Eile nicht jeden möglichen unterirdischen Fluchtweg abriegeln können.

Vielleicht begleitete er uns auch wegen der Wichtigkeit der Falschgeldaffäre.

Vielleicht gefiel es ihm ganz einfach, wieder mal einen Außeneinsatz mitzumachen. Bei der Sache im »Big Apple« hatte er womöglich Lust auf mehr bekommen.

Wir fragten ihn nicht, denn wir wussten aus langjähriger Erfahrung, dass unser Chef für alles, was er tat, gute Gründe hatte.

Jetzt, als sie bei Sinnen war, wurde Carol-Anne Pulaski schärfer bewacht als Fort Knox. Dreimal mussten wir unsere Dienstausweise vorzeigen, bis wir ihr Zimmer – sie hatte ein neues in einem anderen Gebäudetrakt erhalten – betreten durften.

Zwar war die junge Frau nicht geschminkt, aber ihre Haare waren jetzt ordentlich gekämmt. Sie lag im Krankenbett und sah uns mit einem schüchternen Lächeln entgegen. Die Ähnlichkeit mit Jane Fonda war so gewaltig, dass ich mir mehrmals vor Augen halten musste, eine Doppelgängerin vor mir zu haben.

Schwestern und Ärzte ließen uns mit ihr allein. Mr. High und

Phil zogen sich die beiden einzigen Stühle im Zimmer heran, ich hockte mich auf den kleinen Tisch.

Die von tiefen Schatten umgebenen Augen der Frau tasteten uns vorsichtig ab und blieben schließlich an mir hängen. »Sind Sie Mr. Cotton?«

Ich nickte. »Woher wissen Sie das?«

»Ich habe Dr. Gillespie gebeten, Sie zu beschreiben. Ich wollte wissen, wie der Mann aussieht, der mein Leben gerettet hat. Ich danke Ihnen!«

»Das ist mein Job«, sagte ich und stellte meine Begleiter vor. »Wie geht es Ihnen?«

»Allmählich etwas besser.«

»Gut genug, um uns ein paar Fragen zu beantworten?«

»Ja, Mr. Cotton.«

»Schön. Was ist auf der ›Andrew Jackson‹ passiert?«

»Der Kubaner hat mich bis auf das Schiff verfolgt und dort versucht, mich umzubringen.«

»Wie wir uns gedacht hatten«, murmelte ich und fragte laut: »Warum wollte er Sie töten?«

Als sie mit der Antwort zögerte, fügte ich hinzu: »War es wegen der Druckplatten, die Sie bei sich trugen?«

Sie nickte ganz langsam, als müsste sie sich zu dieser Antwort überwinden.

»Woher hatten Sie die Platten?«

»Aus der unterirdischen Werkstatt.«

Ein kurzer Blickwechsel mit Phil und Mr. High bestätigte mir, dass sie meine Einschätzung der Frau teilten. Sie hatte aus irgendeinem Grund Angst, uns die volle Wahrheit zu sagen. Mühsam ließ sie sich jeden Satz aus der Nase ziehen. Der Chef gab mir ein Zeichen, das Verhör fortzusetzen. Mir als ihrem Lebensretter vertraute Carol-Anne Pulaski vielleicht das an, was sie lieber verschwiegen hätte.

»Warum haben Sie die Platte bei Ihrer Flucht mitgenommen?«

Sie sah mich an, doch sie schwieg.

Ich dachte an den Hauptzweck des »Hollywood-Clubs«, die

Erpressung einflussreicher Persönlichkeiten, und beschloss, einen Versuchsballon zu starten.

»Wen wollen Sie decken, Carol-Anne? Wer ist der Mann, für den Sie die Druckplatten entwendet und sich selbst in Lebensgefahr gebracht haben?«

Ihr Gesicht blieb starr auf mich gerichtet, aber das heftige Flackern ihrer Augenlider verriet mir, dass mein ins Dunkel abgefeuerter Schuss ein Volltreffer war.

»Wie heißt der Mann, den Sie so sehr lieben, dass Sie ihm die Druckplatten wiederbeschaffen wollten?«

Die Frau blickte mich ängstlich flehend an. »Versprechen Sie mir, dass ihm nichts geschieht, Mr. Cotton?«

»Das kann ich nicht«, sagte ich ehrlich. »Wenn er sich strafbar gemacht hat, muss ein Gericht über seine Schuld und seine Strafe befinden. Aber wenn Sie mir helfen und er dem FBI auch, verspreche ich Ihnen, mich vor Gericht für ihn einzusetzen. Ich denke, Mr. High wird dasselbe tun.«

John D. High nickte nur, aber diese stumme Geste von ihm war mehr wert als jede schriftliche Garantie.

Zögernd kam ein Name über die Lippen der Frau. »Reuben.«

»Reuben?«, wiederholte ich. »Ist das sein Vor- oder Familienname?«

»Sein Vorname. Er heißt Reuben Hackler.«

Endlich war es heraus, und Carol-Anne schien darüber sehr erleichtert zu sein.

»Mr. Hackler wurde von Collum erpresst und hat ihm die Druckplatten ausgehändigt?«

»Ja, Mr. Cotton. Joe hat gedroht, seiner Familie und seinem Vorgesetzten Videos zukommen zu lassen, die Reuben und mich beim Liebesspiel zeigen.«

»Wo arbeitet Hackler?«

»Bei der Notenbank, als Abteilungsleiter.«

Phil stieß einen Pfiff aus und meinte: »Jetzt wird mir einiges klar. Allerdings wurde keine Druckplatte als verschwunden gemeldet, soweit ich mich erinnere.«

»Reuben hat einen ausgemusterten Satz vor der Vernichtung abgezweigt«, erklärte Carol-Anne.

»Warum der Rückzieher, nachdem Hackler die Platten schon übergeben hatte?«, fuhr ich in der Befragung fort.

»Joe wollte noch mehr von Reuben. Bei seinem letzten Besuch im ›Hollywood‹ hat Reuben zu mir gesagt, er würde am liebsten aussteigen und alles rückgängig machen, auch wenn dann das Videomaterial an die Öffentlichkeit gelangt.«

»Und da Sie sich inzwischen ernsthaft in ihn verliebt hatten, wollten Sie ihm die Platten zurückbringen«, sagte ich als Feststellung und nicht als Frage.

Sie nickte bestätigend.

»Wissen Sie etwas über diese andere Sache, die Joe Collum von Hackler wollte, Carol-Anne?«

»Nein, gar nichts. Aber es hat Reuben sehr beschäftigt. Er sagte, Falschgeldherstellung sei eine Sache. Aber mit Gewalttaten wolle er nichts zu tun haben.«

»Gewalttaten«, murmelte ich und dachte an den großen Coup der Gangster, von dem ich während meiner Gefangenschaft gehört hatte. Dann sah ich wieder das Jane-Fonda-Double an. »Weiß Hackler etwas von Ihrem Versuch, ihm zu helfen?«

»Nein.«

»Wo wohnt er?«

Sie nannte eine Adresse am Kissena Park in Queens.

Zehn Minuten später saßen Mr. High, Phil und ich wieder in meinem Jaguar und fuhren auf den breiten Zubringer zum noch breiteren Elevated Highway, der in den Franklin D. Roosevelt Drive mündet. Von dort wollten wir durch den Queens Midtown Tunnel nach Queens hinüberfahren, um Reuben Hackler aufzusuchen.

Die Rushhour hatte längst begonnen und verstopfte auch New Yorks breiteste Straßen mit Tonnen von Blech. Zäh wie dickflüssiger Klebstoff wälzten sich die Autoschlangen in mehreren Reihen den großen Highway am East River hinauf.

In den unzähligen Wolkenkratzern, die sich zu unserer Linken wie eine Armee von Riesen in den dunstigen, smogverhangenen Himmel reckten, herrschte Geschäftsschluss. Unablässig fuhren die Liftkabinen ins Parterre oder in die Tiefgaragen, um Büroangestellte, Verkäufer, Sekretärinnen und ihre Chefs in den Feierabend zu entlassen. Mit ihren Privatautos, Taxis, Bussen und Bahnen drängte alles hinaus in die Wohnsiedlungen außerhalb Manhattans, um sich ein paar Stunden zu erholen.

Ich setzte all meine fahrerischen Künste ein, um den Jaguar möglichst schnell voranzubringen. Schließlich steckte ich doch fest. Erst durch den Einsatz von Rotlicht und Sirene konnte ich die Fahrzeuge vor mir veranlassen, Platz zu machen. Im Schritttempo rollte mein unterforderter Flitzer durch die schmale Gasse, die sich vor ihm auftat, bis ich das Gaspedal endlich wieder tiefer durchtreten konnte.

Mr. High sprach derweil über Funk mit dem Hauptquartier und bat um Informationen über Reuben Hackler. Wir erreichten gerade den großen Gebäudekomplex des Bellevue Hospitals, als Helen zurückrief.

»Reuben Hacklers Adresse stimmt und auch der angegebene Arbeitsplatz«, teilte uns Mr. Highs langjährige Sekretärin mit. »Er ist dreiundfünfzig Jahre alt, verheiratet und hat drei Kinder. Wegen seines Postens in der Notenbank ist er bei uns als für die Staatssicherheit wichtige Person gespeichert. Diesen Status hatte er übrigens schon bei seiner vorherigen Stelle inne.«

»Wo war das?«, fragte Mr. High.

»Beim Wertpapiervernichtungsinstitut.«

»Die Geldverbrennungsanlage in Brooklyn?«, vergewisserte sich unser Chef mit spürbarer Erregung.

»Genau, Sir.«

Mr. High unterbrach das Gespräch und sagte, während ich den Jaguar im Gänsemarschtempo in die lange, breite Röhre des Queens Midtown Tunnels lenkte: »Die Geldverbrennungsanlage. Vielleicht haben wir hier den Schlüssel zu der zweiten Erpressung, deren Opfer Hackler geworden ist.«

»Falls er darauf eingegangen ist«, schränkte hinten auf dem Notsitz mein Freund Phil ein.

»Davon gehe ich aus«, meinte unser Chef. »Jedenfalls, solange wir keine Erkenntnisse darüber haben, dass das Hackler belastende Videomaterial der Öffentlichkeit zugespielt wurde.«

Endlich entließ uns der scheinbar unendliche Schlund des Tunnels wieder ans Tageslicht. In Queens verlief sich der geballte Verkehr ein wenig, und ich konnte stärker auf die Tube drücken. Ich fuhr so schnell, wie es die Verkehrsverhältnisse zuließen.

Uns alle drei hatte eine fieberhafte Spannung ergriffen, die Erwartung, von Reuben Hackler endlich die Antworten auf unsere Fragen zu erhalten.

Queens, Stadtteil Flushing, eine halbe Stunde später.

Als wir den Kissena Park erreichten, nahm ich den Fuß vom Gas und ließ den Jaguar langsam an den nicht protzigen, aber prachtvollen, zu einem großen Teil aus Holz erbauten Einfamilienhäusern vorbeigleiten. Hier wohnten Menschen, die Geld genug hatten, sich ein angenehmes Leben zu leisten, aber nicht so reich waren, um in verschwenderischen Prunk und schlechten Geschmack zu verfallen.

»Da ist es«, sagte Phil und zeigte auf ein von einem tadellos gepflegten Vorgarten umgebenes Holzhaus, an dem in großen, kunstvollen Ziffern aus geschwärztem Eisen die Hausnummer 89 prangte.

Neben dem Haus lag eine breite Garage, deren Tor offen stand und deren Innenraum mit zwei Fahrzeugen ganz ausgefüllt war. Der eine Wagen war eine dunkle Dodge-Limousine, der andere ein weinroter Jeep Wrangler.

»Sieht so aus, als seien alle zu Hause«, stellte ich fest. »Jedenfalls alle, die einen Führerschein haben.«

»Ja, Jerry«, bestätigte Mr. High. »Und damit auch unser Mr. Reuben Hackler.«

Ich stellte den Jaguar an der breiten, nicht besonders stark befahrenen Straße ab, und über einen Kiesweg gingen wir zur Haustür, wo Phil energisch auf den einzigen Klingelknopf drückte. Daneben hing ein vergoldetes ovales Schild mit dem Namenszug »Hackler« und zeigte uns, dass wir an der richtigen Adresse waren.

Nach Phils drittem Klingeln öffnete eine Frau in den Fünfzigern die Tür. Sie war eine kleine, schlanke, fast ein wenig verhärmt wirkende Person mit allmählich ergrauendem Haar und einer dicken Schminkschicht, unter der ihr Alter gleichwohl sichtbar war. Früher war sie vielleicht einmal schön, zumindest attraktiv und interessant gewesen, aber die Jahre hatten ihre Ausstrahlung und ihre Reize vertrocknen lassen.

»Ja?«, fragte die Frau im grünen Hauskleid ein wenig ängstlich.

Ahnte sie, dass wir vom FBI waren? Oder hielt sie uns für einen Trupp aufdringlicher Staubsaugervertreter?

»Mrs. Hackler?«, erkundigte sich Mr. High.

»Ja, das bin ich.«

»Wir möchten gern Ihren Mann sprechen.«

Die Frau sah unseren Chef weiterhin ängstlich an, und Verwirrung mischte sich in ihren Blick.

»Reuben? In welcher Angelegenheit?«

»Das möchten wir ihm lieber selbst sagen. Ist er zu Hause?«

Sie nickte. »Er ist vor zehn Minuten heimgekommen. Bevor ich Sie hereinlasse, sagen Sie mir bitte, wer Sie sind.«

Mr. High zückte seinen Dienstausweis. »Ich bin Leiter des FBI-Distrikts New York, Ma'am. Meine Männer und ich müssen Ihrem Mann in einer dienstlichen Angelegenheit dringend ein paar Fragen stellen.«

Das überzeugte Mrs. Hackler, beseitigte aber nicht ihre Angst und Verwirrung. Zögernd trat sie zurück, ließ uns eintreten und schloss die Haustür wieder.

»Mein Mann ist oben in seinem Arbeitszimmer. Ich werde ihn holen.«

»Wenn es Ihnen nichts ausmacht, begleiten wir Sie«, sagte

Mr. High höflich, aber zugleich in einem Tonfall, der keinen Widerspruch duldete.

Wir hatten gerade die ersten Stufen der geschwungenen Holztreppe erklommen, als ganz in der Nähe ein Motor röhrend ansprang. Ich erkannte sofort das schwere, tiefe Brummen eines Geländewagens.

»Gibt es einen Hinterausgang?«, fragte ich Mrs. Hackler.

Sie nickte. »Ja, natürlich.«

Sie hatte noch nicht ausgesprochen, da war ich auch schon mit einem gewaltigen Satz von der Treppe gesprungen und lief zur Haustür. Als ich sie aufriss, schoss der Jeep Wrangler gerade aus der Garage.

Es gab ein lautes, markerschütterndes Quietschen, und Funken sprühten, als der Jeep in der Hast an dem Dodge entlangschrammte. Dann war der Geländewagen aus der Garage, knickte beim Wendemanöver einen jungen Apfelbaum um und jagte hinaus auf die Straße.

Phil stürmte aus dem Haus, gefolgt von Mr. High und Mrs. Hackler.

»War das Ihr Mann, Mrs. Hackler?«, fragte unser Chef.

»J-ja«, stotterte sie aufgeregt.

»Fahrt hinterher!«, rief uns Mr. High zu. »Ich bleibe hier.«

Wir spurteten hinaus auf die Straße und warfen uns in den Jaguar. Ich wendete ihn in einem Manöver, das Reifengummi und Bremsbeläge kostete. Dann schaltete ich die Sirene ein und holte aus meinem Flitzer heraus, was er hergab. Die lange gerade Straße, auf der der Jeep in südlicher Richtung verschwunden war, verwandelte sich in eine Rennpiste, die an Phil und mir vorüberflog.

Bald tauchte der Jeep vor uns auf. Als ich zum Überholen ansetzte, ließ Hackler den Wagen so stark schlingern, dass er die gesamte Fahrbahn versperrte.

Phil hätte die Sache vielleicht mit einem gezielten Schuss in die Reifen beenden können. Aber bei der hohen Geschwindigkeit bedeutete das Lebensgefahr für Reuben Hackler. Wir brauchten einen Zeugen, keine Leiche.

Phil informierte die Polizei über Funk und bat darum, Straßensperren zu errichten, während ich erfolglos versuchte, Hackler auszutricksen. Der Mann war ein verdammt guter Fahrer.

Das Rennen ging weiter, quer durch Queens, auf das im Süden gelegene Brooklyn zu.

Reuben Hackler fuhr um sein Leben, als er den Jeep in irrwitziger Geschwindigkeit durch die verträumten Vorortstraßen von Queens jagte, Hindernissen in letzter Sekunde auswich und mit dem Wagen Manöver vollführte, deren er sich bis heute nicht für fähig gehalten hätte. Dicht hinter ihm war das Jaulen der Sirene, das der feuerrote Jaguar aussandte.

Er hatte gleich gespürt, dass etwas nicht in Ordnung war, als er am Fenster seines Arbeitszimmers stand und sah, wie der britische Sportwagen vor dem Haus hielt und ihm drei seriös gekleidete Männer entstiegen, die ohne Zögern auf sein Haus zumarschierten. Das passte nicht zusammen und ließ seine inneren Alarmglocken läuten.

Zuerst dachte er an Joe Collums Leute. Aber der ältere Mann mit dem feinen Gesicht war bestimmt kein Gangster. Er strahlte mit jeder Faser seines Körpers zu viel Würde und Ehrlichkeit aus. Also blieb nur die Polizei oder eine Regierungsbehörde. Das bedeutete, dass man ihm auf die Schliche gekommen war.

Er verließ leise das Arbeitszimmer und stahl sich, als er das Wort »FBI« gehört hatte, eilig durch den Hinterausgang davon.

Und jetzt waren sie hinter ihm her, verfolgten ihn gnadenlos wie einen gemeinen Verbrecher. Aber war er das nicht, ein Verbrecher?

Gewiss, er hatte niemandem gewaltsam die Brieftasche abgenommen, niemanden zusammengeschlagen, auf niemanden geschossen. Doch das, was er getan hatte, wurde vor dem Gesetz genauso schlimm bewertet. Und wenn er an das dachte, was vielleicht heute noch geschehen würde, konnte man ihn zumindest der Mitschuld an einer Gewalttat anklagen.

Ja, er war ein Verbrecher, zumindest in den Augen des

Gesetzes. Er fuhr ums sein Leben und erkannte plötzlich, dass es nichts mehr wert war.

Es musste unterbewusst gewesen sein, dass ihn die Flucht in das Waldstück mit der aufgegebenen Ziegelei geführt hatte, wo er vor zwei Tagen die Pläne der Verbrennungsanlage an Collums Männer übergeben hatte. In seinem Kopf entstand ein wahnsinniger Plan, wie er wenigstens die größte Schande von seiner Familie fernhalten konnte. Die Schande, die ein langes, von den Medien aufgebauschtes Gerichtsverfahren mit sich brachte.

Als die schmale Zufahrt zum Gelände der alten Ziegelei vor ihm auftauchte, trat er auf die Bremse und riss das Steuer herum. Der Jeep streifte eine dicke Buche und verlor seine hintere Stoßstange. Das störte Hackler nicht. Es würde die letzte Fahrt werden für den Wrangler – und für seinen Fahrer.

Er beschleunigte wieder, und die Bäume flogen an ihm vorbei – wie zuvor die Häuser. Hinter ihm war noch immer der rote Jaguar mit der schrillen Sirene, die ihn fast um den Verstand brachte.

Endlich wichen die Bäume zurück, und vor ihm tauchte der unbefestigte Platz auf, an dessen Rand abrupt das große Kiesloch begann, in dem die alte Ziegelei lag.

Ohne auch nur eine Sekunde zu zögern, trat Hackler das Gaspedal noch tiefer durch, und der Jeep schoss wie eine Rakete auf den steilen Abgrund zu …

»Was macht der Kerl denn?«, entfuhr es Phil, als der Jaguar den Waldweg hinter sich ließ und wir sahen, wie der Jeep vor uns geradewegs auf den Abgrund zuraste. »Ist Hackler wahnsinnig geworden? Er bringt sich noch um!«

»Ich schätze, genau das ist seine Absicht«, erwiderte ich und steuerte den Jaguar ebenfalls in einem irrwitzigen Tempo auf den Abgrund zu.

Das Gesicht meines Freundes erblasste, als er mich mit geweiteten Augen ansah. »Willst du es ihm etwa nachtun, Jerry?«

»Ich will es verhindern!«

Ich trat das Gaspedal bis zum Anschlag durch. Die Räder des Jaguar spritzten Dreck nach allen Seiten, als er auf den Jeep zuschoss, als wolle er ihn rammen.

Ich schaffte es, zwischen Hackler und den Abgrund zu gelangen. Jetzt hing alles davon ab, ob sich der Fahrer des Jeeps so verhielt, wie ich es erhoffte. Wenn nicht, würde der starke Geländewagen den Jaguar samt Phil und mir mit in den Tod reißen.

Aber Hackler war kein kaltblütiger Mörder, darauf hatte ich gehofft. Instinktiv riss er das Steuer herum, und ich tat es ihm nach.

Links neben mir, nur eine halbe Armlänge entfernt, gähnte die tiefe Schlucht, an deren Rand die beiden Fahrzeuge entlangrasten.

Plötzlich stieß Phil die Beifahrertür auf.

»Was hast du vor?«, fragte ich überrascht.

»Umsteigen und dieser Wahnsinnsfahrt ein Ende setzen, Jerry. Was sonst? Fahr möglichst nah an den Jeep ran!«

Ehe ich noch protestieren konnte, war mein Freund trotz unserer Wahnsinnsgeschwindigkeit aufs Dach des Jaguar geklettert und stieß von dort die Tür wieder zu. Wie eine Raubkatze musste er dort oben hocken, mit angespannten Muskeln bereit zum Sprung.

Es war ein verrückter Plan. Aber es war auch das Einzige, was uns helfen konnte. Denn das Kiesloch erweiterte sich vor uns, sodass wir erneut direkt auf den Abgrund zujagten. Und Hackler traf keine Anstalten, seinen Kurs zu ändern. Er schien entschlossen zu sein, in den Tod zu gehen.

Ich fuhr so nah an den Jeep heran, dass höchstens noch ein Blatt Papier zwischen die beiden Fahrzeuge passte, und achtete darauf, mit konstanter Geschwindigkeit neben dem Geländewagen herzufahren. Das war bei über hundert Meilen pro Stunde und dem unwegsamen Gelände alles andere als einfach.

Ich hörte ein dumpfes Geräusch auf dem Dach, als sich mein

Freund abstieß. Für eine Sekunde schwebte sein Schatten zwischen beiden Fahrzeugen in der Luft, dann landete er auf dem Dach des anderen Wagens.

Erschrocken blickte Hackler nach oben und dann zur Seite. Jetzt erst bemerkte er, dass ich allein im Jaguar saß. Er schien zu ahnen, was sich ereignet hatte, aber er nahm den Fuß nicht vom Gaspedal.

Der Abgrund rückte immer näher. Noch fünfhundert Yards, noch vierhundert, dreihundert Yards …

Der heftige Fahrtwind zerrte an Phil, der sich auf das Verdeck des Jeeps presste, ließ seine blonden Haare und seine in den Regenbogenfarben gehaltene Krawatte flattern. Aber er konnte nicht den Schweiß trocknen, der auf seiner Stirn, seinem Gesicht und seinen Händen klebte.

Der G-man Phil Decker hatte sich schon in vielen gefährlichen Situationen befunden, aber selten war der Tod so schnell und unaufhaltsam auf ihn zugerast wie in diesen Sekunden.

Für einen flüchtigen Augenblick dachte er daran, abzuspringen und dadurch sein Leben zu retten. Schließlich war es Hacklers freie Entscheidung, in den Tod zu gehen. Aber alles in Phil rebellierte gegen diesen Gedanken.

Als G-man war es seine Pflicht, Menschenleben zu retten, wo und wann er es nur konnte. Außerdem hatte erst das Auftauchen des FBI Hackler zu seiner Verzweiflungstat veranlasst. Das ließ Phil eine gewisse Mitverantwortung an der jetzigen Situation empfinden. Außerdem brauchte der FBI Hackler dringend, um Joe Collum aufzuspüren und Näheres über den großen Coup zu erfahren, den Collum und sein geheimnisvoller Hintermann planten.

Noch zweihundert Yards bis zum Tod.

Phil schob sich vorsichtig auf die Beifahrerseite, ließ die Beine herunterhängen und trat mit aller Gewalt das große Fenster über der Tür ein. Durch die zersplitterte Scheibe schwang er sich in den Wagen.

Hackler blickte ihn entsetzt an, verriss vor Überraschung das Steuer und ließ den Jeep mit dem Jaguar kollidieren. Der rote

Sportwagen wurde langsamer und löste sich Funken sprühend von dem Wrangler.

Phil beugte sich zu Hackler und griff ins Steuer. Aber der Mann verfügte über Bärenkräfte, die ihm vielleicht durch seine Verzweiflung verliehen wurden. Er wollte das Lenkrad einfach nicht loslassen. Der Geländewagen blieb auf seinem Todeskurs.

Und es waren nur noch hundert Yards.

Phil ließ überraschend das Steuer los, versetzte Hackler einen Kinnhaken, in den er alle Kraft legte. Fast besinnungslos sackte der Mann am Steuer in sich zusammen. Der Jeep geriet ins Schlingern, behielt aber seine Richtung bei. Die Distanz zum Abgrund war auf fünfzig Yards geschrumpft.

Wieder griff der G-man ins Steuer, riss es zu sich herum. Diesmal leistete Hackler keinen Widerstand.

Phil sah durch die große Windschutzscheibe den Abgrund zum Greifen nah vor sich, als der Jeep endlich reagierte und, riesige Dreckfontänen aufschleudernd, nach rechts abdriftete. Der Wagen jagte dicht am Abgrund entlang, während sich Phil zur Fahrerseite beugte und krampfhaft das Steuer festhielt.

Erst jetzt sah er, dass der rechte Fuß des noch benommenen Fahrers weiterhin auf dem Gaspedal ruhte. Mit einer Hand riss Phil Hacklers Bein zur Seite.

Allmählich verlor der Jeep an Geschwindigkeit und blieb kurz vor den ersten Bäumen stehen.

Phil zog den Zündschlüssel ab und stieg mit wackligen Knien aus. Draußen sog er gierig die Luft ein und wischte mit dem Jackenärmel den Schweiß aus seinem Gesicht. Das war mehr als knapp gewesen.

Mir fiel nicht nur ein Stein vom Herzen, sondern ein wahres Felsengebirge, als ich den Jeep endlich anhalten sah. Ich brachte den Jaguar daneben zum Stehen und stieg aus. Phil lehnte mit dem Rücken gegen den Geländewagen. Er versuchte zu lächeln, aber es sah reichlich gequält aus.

Ein Stöhnen aus dem Innern des Jeeps lenkte unsere Aufmerksamkeit auf Reuben Hackler, der allmählich wieder zu sich kam. Ich ging um den Wagen herum und half ihm beim Aussteigen, nachdem ich ihn nach Waffen durchsucht hatte.

Hackler starrte uns an, als überlege er, ob Phil und ich die himmlischen Heerscharen oder die teuflischen Horden der Hölle seien.

»Sie sind nicht tot«, klärte ich ihn auf und zeigte auf Phil. »Ohne meinen Freund wären Sie das allerdings.«

Ein gequälter Ausdruck trat in sein Gesicht, und sehnsüchtig blickte er in den Abgrund.

»Hätten Sie mich nur gelassen!«, seufzte er.

»Reden Sie keinen Stuss, Mann!«, fuhr ich ihn ärgerlich an. »Sie haben Frau und Kinder. Vielleicht kommen Sie für ein paar Jahre hinter Gitter, aber das Leben geht weiter. Irgendwann sind Sie wieder draußen, sitzen auf einem Schaukelstuhl und singen Ihre Enkel in den Schlaf. Dann werden Sie sich einen kompletten Narren schelten, wenn Sie an den heutigen Tag zurückdenken. Man lebt nur einmal, und man stirbt nur einmal, aber Letzteres ist endgültig.«

»Vielleicht haben Sie Recht«, sagte er leise, aber es klang nicht ganz überzeugt.

»Kann sein, dass Sie gar nicht brummen müssen«, sagte ich, und neue Hoffnung glomm in seinen Augen. »Vielleicht kommen Sie mit einer Bewährungsstrafe davon, vielleicht gehen Sie sogar straffrei aus, wenn Sie uns helfen. Aber Sie müssen uns alles erzählen, die ganze Wahrheit!«

Das tat Reuben Hackler, als sein Geist und seine Seele ins Leben zurückgefunden hatten. Er berichtete von seinem ersten Besuch im »Hollywood-Club«, wo ihn ein Bekannter eingeführt hatte. Er erzählte, wie er Jane alias Carol-Anne kennen gelernt hatte und ihr vom ersten Augenblick an verfallen war, weil er ein großer Bewunderer Jane Fondas war. Und er schilderte uns Collums Erpressung, ihm die Druckplatten zu verschaffen.

»Und weiter?«, fragte ich.

»Was meinen Sie?«

»Da ist doch noch mehr, Hackler, ein zweiter Erpressungsversuch. Carol-Anne hat uns davon erzählt.«

»Ja, das stimmt«, gab Hackler zögernd zu. »Ich glaubte schon, mit der Ablieferung der Druckplatten aus der Sache heraus zu sein, als Collum erneut an mich herantrat. Irgendwie hat er erfahren, dass ich früher in der Geldverbrennungsanlage gearbeitet habe. Er wollte die Pläne der Anlage und – Informationen.«

»Informationen für einen Überfall?«

»Ja.«

»Mr. High hatte also Recht«, meinte Phil. »Das ist wirklich ein großer Coup, viel besser als Falschgeld. Echtes Geld zum Nulltarif, und alles in gebrauchten Scheinen. Ziemlich verbraucht zwar, aber sie lassen sich immer noch irgendwo absetzen.«

»Was plant Collum genau?«, wollte ich von Hackler wissen.

»Kurz vor der Monatsmitte befindet sich am meisten Altgeld in der Anlage. Dann ist alles ausrangierte Geld vom letzten Monat eingetroffen.«

»Wie viel Geld kann das sein?«

»Schätzungsweise zwischen zweihundert und dreihundert Millionen.«

»So viel?«, fragte Phil ungläubig nach.

Hackler nickte. »Das Geld kommt schließlich aus dem ganzen Staat New York zusammen, manchmal auch aus angrenzenden Staaten. Natürlich kann man bei einem Raub nicht alles mitnehmen, aber ein Teil genügt, um den Rest des Lebens in Luxus zu verbringen.«

»In der Tat«, stimmte ich zu. »Wann ist der früheste Tag, an dem Collum losschlagen kann?«

»Heute.«

Das ließ Phil und mich aufhorchen. Als wir uns von unserer Überraschung erholt hatten, fragte ich Hackler nach seiner Telefonnummer, schwang mich in den Jaguar und rief Mr. High in Hacklers Haus an, um ihn von dem möglichen Überfall zu unterrichten.

»Da wir das Gangsternest ausgehoben haben, könnte es gut sein, dass Collum so schnell wie möglich zuschlägt, um weiteren Schritten von uns zuvorzukommen«, meinte der Chef. »Ich werde sofort in der Verbrennungsanlage anrufen und Sicherheitskräfte hinschicken. Die Anlage ist doch in eurer Nähe, Jerry. Fahrt am besten mal vorbei und seht nach dem Rechten.«

»Und was machen wir mit diesem Vogel hier?«, fragte Phil mit einem Blick auf Hackler, als ich ihm von Mr. Highs Anweisungen berichtete.

»Wir nehmen ihn mit«, sagte ich und zeigte in den Fond des Jaguar. »Wozu habe ich den Notsitz?«

Und schon trieb ich meinen Jaguar erneut an. Den Jeep ließen wir am Kiesloch stehen.

»Wer ist eigentlich der Boss dieser Gangster?«, fragte Phil unseren Gefangenen, während ich uns aus dem Wald herausbrachte.

»Joe Collum«, antwortete Hackler im Ton der allergrößten Selbstverständlichkeit auf dieser Welt.

»Nein, ich meine Collums Hintermann.«

»Ich weiß nichts von einem Hintermann«, sagte Hackler, und das klang ehrlich.

»Schade«, brummte Phil und sprach aus, was auch ich dachte.

Dann konzentrierte ich meine Gedanken wieder auf den Verkehr und darauf, möglichst rasch und unbeschadet zur Brooklyner Geldverbrennungsanlage zu kommen.

New York, Brooklyn, Staatliches Wertpapiervernichtungsinstitut, etwa zur selben Zeit.

Luke Halprit sah von seinem Gruselroman auf und blinzelte ungläubig auf seine vergoldete Armbanduhr, ein Geburtstagsgeschenk seiner Frau, als er den schwer gepanzerten Geldtransporter auf das geschlossene Tor zurollen sah.

Zwar war es nicht ungewöhnlich, sondern überaus normal,

dass Geldtransporter das Wertpapiervernichtungsinstitut anfuhren. Aber die Anstalt hatte ihre Pforten seit einer Stunde geschlossen. Um diese Zeit fuhren eigentlich nur noch Wagen in der anderen Richtung durch das Tor. Die der letzten Mitarbeiter, die Überstunden gemacht hatten und sich schließlich doch von ihrem Arbeitsplatz trennten.

Geldtransporter durften jetzt nicht mehr eintreffen.

Es war kaum noch jemand da, um das Altgeld in Empfang zu nehmen. Deshalb war die Pförtnerloge auch statt mit zwei Männern nur noch mit einem besetzt.

Luke Halprit hatte Dienst bis Mitternacht. Es war ein guter, ruhiger Job, fand er. Ein krisensicherer Arbeitsplatz dazu, denn Geld wurde immer gebraucht und auch verbraucht, sodass es schließlich in die großen Öfen der Verbrennungsanlage wanderte. Halprit nutzte die ruhigen Abendstunden zum Lesen. Er liebte Gruselgeschichten. Und für die Zeit, die er mit Lesen verbrachte, wurde er auch noch bezahlt! Einen besseren Job konnte es für ihn gar nicht geben.

Sorgfältig legte er sein handgefertigtes Lesezeichen zwischen die Seiten, rückte seine Dienstmütze zurecht und setzte eine abweisende Miene auf. Die vertrödelten Boys in dem Transporter sollten gleich sehen, dass mit einem Luke Halprit nicht zu spaßen war.

Der dunkelblaue Geldtransporter hielt vor dem schweren Eisentor an. Der Beifahrer, ein mittelgroßer Rothaariger in den Vierzigern, stieg aus, um mit lässigen Schritten auf das Pförtnerhaus zuzugehen, das in die große, dicke Steinmauer, die das Wertpapiervernichtungsinstitut umgab, eingelassen war.

»Lass dir ruhig Zeit, Kumpel«, sagte Halprit durch die Sprechanlage. »Heute kommst du sowieso nicht mehr rein.«

Der Rothaarige blieb dicht vor der Scheibe stehen und zeigte ein überraschtes Gesicht. »Aber was ist mit unserer Fracht? Wir haben fast zehn Millionen da drin!«

»PP«, meinte Halprit genüsslich. »Persönliches Pech. Ihr kommt 'ne gute Stunde zu spät, Freunde. Also zischt heim zu

Muttern und schaut morgen wieder vorbei. Viel Glück beim nächsten Mal!«

Halprit griff wieder zu seinem Gruselwälzer.

»Moment mal, Kumpel«, sagte der Rothaarige. »Wir können das Geld nicht wieder mitnehmen. Dazu sind wir nicht befugt. Wir sollen es noch heute hier abliefern.«

Mit saurer Miene sah Halprit auf die Liste, die unter seinem Buch lag. »Tut mir Leid, aber alle für heute angemeldeten Transporte waren schon hier.«

»Das kann nicht sein«, meinte der Rothaarige kopfschüttelnd und zog einen braunen Umschlag aus der Innentasche seiner uniformähnlichen Lederjacke. »Hier drin sind die Unterlagen. Sieh doch mal nach, ob bei euch nicht ein Irrtum vorliegt, Kumpel!«

»Weil du es bist«, gab Halprit nach, um den anderen zu beruhigen und dann möglichst schnell abzuwimmeln.

Er drückte auf einen Knopf vor ihm und ließ die Trennscheibe gerade so weit hochfahren, dass er den Umschlag in Empfang nehmen konnte. Ihm entging, dass der Rothaarige erleichtert aufatmete, als Halprit die Trennscheibe nicht wieder herunterfuhr.

Ungeduldig öffnete Halprit den Umschlag und löste dabei den Zünder aus, der das Nervengas verströmte. Es gab einen Knall wie von einem Chinaböller, und die gelbliche Wolke hüllte Kopf und Oberkörper des Wachmanns ein. Halprits Augen begannen sofort zu tränen, und seine Lungen bekamen keine Luft mehr. Er streckte seine Rechte nach dem Alarmknopf aus, erreichte ihn aber nicht mehr.

Tot rutschte der Pförtner von seinem Stuhl und riss den Vampirroman mit sich.

Joe Collum stand vom Boden auf, auf den er sich geworfen hatte, sobald er die Detonation hörte, um dem in Sekundenbruchteilen tödlich wirkenden Gas zu entgehen. Zum Glück verflüchtigte es sich innerhalb einer Minute. Er strich den Schmutz von seiner Kleidung und setzte die Dienstmütze wieder auf sein rothaariges Haupt.

Er holte den an eine Autoantenne erinnernden Stab aus der

Jackentasche, zog ihn auseinander und schob ihn durch den Schlitz unter der hochgefahrenen Fensterscheibe. Er konnte den Knopf, der den Mechanismus der Scheibe betätigte, von seiner Position aus nicht sehen, aber er hatte vorher genau Acht gegeben, wohin sich der Finger des Pförtners bewegt hatte. Schließlich fand er den Knopf mit der Verdickung am Ende seines Stabes, drückte ihn hinunter und fuhr die Scheibe ganz hoch, sodass er durch die Öffnung ins Pförtnerhaus klettern konnte.

Kurz untersuchte er den Pförtner und stellte zufrieden fest, dass in ihm nicht mehr Leben war als in einem Kieselstein. Er fand bei denn Toten Papiere, die ihn als Luke Halprit auswiesen. Das war wichtig, falls ein Anruf für den Pförtner kam.

Collum orientierte sich kurz auf der Schalttafel und drückte dann auf den Knopf, der das Eisentor hinter die Mauer gleiten ließ. Stan setzte den Transporter in Bewegung und fuhr ihn durch das Tor, um ihn neben dem Pförtnerhaus wieder anzuhalten.

Collum lief zur Hintertür des Transporters. Sie wurde geöffnet, und er sah im Laderaum die acht Männer seines Kommandotrupps, alles Spezialisten.

Kurz musterte er sie, ließ seinen Blick auf einem massigen Mann mit Bulldoggengesicht ruhen und sagte dann: »Earl, steig aus und zieh die Klamotten des Pförtners an. Dir müssten sie am besten passen. Er heißt Luke Halprit. Merk dir das.«

Während Earl den Befehl ausführte und das schwere Tor wieder schloss, schwang sich Collum auf den Beifahrersitz. Der Transporter setzte seinen Weg fort und fuhr direkt auf das große Verwaltungsgebäude zu, hinter dem die mächtigen Schornsteine der eigentlichen Verbrennungsanlage aufragten.

Alles Weitere lief wie am Schnürchen.

Der Pförtner am Eingang des Verwaltungsgebäudes war weniger vorsichtig als der am Haupttor. Earl hatte sich bei ihm als Luke Halprit gemeldet und ihm das Kommen des Transporters angekündigt. Collum brauchte den Mann einfach nur niederzuschlagen.

Die wenigen Angestellten, die noch nicht heimgefahren waren, wurden von Collum und seinen Männern überwältigt und in einer Abstellkammer eingesperrt. Nur James McGregor, den Direktor des Instituts, der die Büros stets als Letzter verließ, nahmen sie mit, damit er die Tresorräume für sie öffnete.

Über Funk verständigte Collum die Fahrer der drei Lastwagen, die im Schutz eines Wäldchens auf den Einsatzbefehl warteten. Sie warfen ihre Motoren an, fuhren die kurze Strecke zum Institut, wurden von Earl durch das Haupttor gelassen und hielten an den Laderampen der Lagerräume.

Mit einem Gabelstapler wurden die Geldcontainer umgeladen, gebrauchte Scheine aller Größenordnungen. Collum schätzte die Beute auf hundert Millionen Dollar. Eine ganze Menge Geld!

Sie hätten noch mehr mitnehmen können, hätten sie mehr Zeit zur Vorbereitung und größere Transportkapazitäten gehabt. Aber mit dem FBI im Nacken war es geboten, möglichst schnell abzukassieren und unterzutauchen.

Das alles war nur die Schuld von Jane und diesem Jerry Carver. Nein, Jerry Cotton hieß er mit richtigem Namen und war G-man beim New Yorker FBI. Das wusste er vom Boss.

Diesem Cotton hatte er Rache geschworen, war wegen ihm doch sein florierender »Hollywood-Club« aufgeflogen. Wenn er noch einmal in Collums Hände geriet, konnte der G-man nur auf Gottes Gnade hoffen, aber nicht auf Collums.

Collum bedankte sich bei McGregor, indem er den Lauf seiner Ruger Automatic quer über den Schädel des Direktors zog und ihn damit ins Reich der Träume schickte.

Dann verließ der Konvoi, angeführt von dem Geldtransporter, das Institut wieder. Am Pförtnerhaus nahmen sie Earl auf, der das Eisentor wieder hinter den Fahrzeugen schloss und durch das offene Fenster nach draußen kletterte. Das verschaffte ihnen, falls zufällig jemand vorbeikam, vielleicht etwas mehr Zeit.

Bei dem Gedanken an die Zeit sah Collum auf seine Uhr. Die ganze Aktion hatte nur eine gute halbe Stunde gedauert.

Für Collums Geschmack war es fast zu glatt gelaufen.

Brooklyn, auf der Straße zum Wertpapiervernichtungsinstitut

Mein roter Jaguar heulte mit Sirene und Einsatzlicht über die breite Fahrbahn, überholte alle anderen Fahrzeuge und kam für Phils und meinen Geschmack doch viel zu langsam voran.

Denn die Nachricht, die uns Mr. High eben per Funk übermittelt hatte, klang alles andere als ermutigend. Er hatte mehrmals erfolglos versucht, Verbindung mit dem Wertpapiervernichtungsinstitut zu bekommen. Zumindest der Pförtner hätte sich melden müssen. Dass das nicht der Fall war, beunruhigte unseren Chef ebenso wie uns. Er hatte alle verfügbaren FBI-Einsatzkräfte zur Verbrennungsanlage beordert und die Polizei um Unterstützung gebeten. Aber bis die Kollegen eintrafen, konnte es bereits zu spät sein. Das Schweigen des Instituts ließ das Schlimmste befürchten.

»Dort hinten ist die Anlage«, sagte Phil und zeigte auf die grauen Mauern und Schornsteine, die sich etwa eine halbe Meile entfernt hinter einem Baumstreifen erhoben.

»Vielleicht kommen wir noch rechtzeitig«, bemerkte ich – weniger aus Überzeugung als um die Stimmung ein wenig anzuheben.

»Oder auch nicht«, brummte mein Freund skeptisch und überprüfte die Trommel seines Dienstrevolvers, bevor er sich zu Hackler umwandte. »Sie bleiben auf jeden Fall im Wagen und machen sich so klein, wie es in der engen Kiste nur möglich ist. Kann nämlich sein, dass uns bald blaue Bohnen umschwirren. Ich habe Sie nicht vor dem Todessturz am Kiesloch bewahrt, damit Sie sich jetzt durchlöchern lassen.«

»Keine Angst«, sagte Hackler. »Meine Todessehnsucht ist vorbei. Ich will jetzt am Leben bleiben.«

»Eine gute Einstellung«, lobte Phil und steckte den Smith & Wesson zurück ins Holster. »In unserem Beruf nutzt sie einem leider nicht immer.«

Wir rauschten an einem Konvoi vorbei, der aus einem Geldtransporter und drei schweren Lastwagen bestand. Kaum hatten wir sie passiert, trat ich das Bremspedal durch. Der Jaguar drehte sich jaulend um seine Achse, rutschte mit dem Heck voran über den begrünten Mittelstreifen und fing sich erst auf der Gegenfahrbahn wieder, kurz bevor er fast in einen alten Cadillac gekracht wäre, dessen Fahrer uns mit der Faust drohte.

»Bist du übergeschnappt, Jerry?«, fragte Phil. »Was sollte das?«

»Ein Wendemanöver zwecks Einleitung einer Verfolgungsjagd«, antwortete ich und trat das Gaspedal wieder durch.

Der Jaguar zog an und überholte den Cadillac, dessen Fahrer uns mit einem wütenden Hupkonzert bedachte.

»Verfolgungsjagd?«, wiederholte Phil. »Wen, zum Teufel, verfolgen wir?«

»Joe Collum und seine Leute. Wenn ich nicht an plötzlichen Sehstörungen leide, war der Beifahrer in dem Geldtransporter eben kein anderer als der Boss des ›Big Apple‹ und des ›Hollywood-Club‹. Und der Fahrer sah aus wie mein Freund Stan. Das kann nur bedeuten, dass dieser Konvoi die Geldverbrennungsanlage soeben um ein paar Milliönchen erleichtert hat.«

Phil fluchte kurz, aber heftig, und griff dann zum Funkgerät, um Mr. High über die neue Lage zu unterrichten.

»Ich lasse auf der Fluchtroute Straßensperren errichten«, versprach unser Chef. »Bleibt ihr auf alle Fälle an dem Konvoi dran. Wir dürfen ihn nicht verlieren!«

»Wir geben unser Bestes«, versprach Phil.

Der Jaguar war viel schneller als die schweren Laster und holte rasch auf. Verwundert registrierten wir, dass die Lastwagen auf die linke Spur wechselten und den Geldtransporter überholten, bis dieser das Schlusslicht der kleinen Kolonne bildete.

Wir fragten uns noch nach dem Grund, als plötzlich die Türen des Laderaums aufgestoßen wurden und den Blick auf mehrere Männer mit Maschinenpistolen freigaben. Ohne Vorwarnung eröffneten sie das Feuer.

Ich riss das Lenkrad herum und trat gleichzeitig auf die Bremse, aber es war schon zu spät. Blaue Bohnen trommelten wie ein plötzlicher Hagelschauer auf den Jaguar, ließen die Windschutzscheibe zerplatzen und zerfetzten die Vorderreifen.

Der Wagen kam von der Fahrbahn ab und raste auf eine

Baumgruppe zu. Zum Glück war die Umgebung unbewohnt, sodass wir keine Unbeteiligten gefährdeten. Kurz vor den Bäumen konnte ich meinen ramponierten Flitzer anhalten.

Der Konvoi entfernte sich, und der Geldtransporter mit der tödlichen Fracht setzte sich wieder an die Spitze.

Ich wandte mich zu Phil um und erschrak. Scheinbar leblos hing er in den Gurten, das Gesicht blutüberströmt.

Hackler dagegen schien nichts abbekommen zu haben. Ängstlich lugte er aus seiner Deckung zwischen den Vordersitzen hindurch.

Hastig löste ich meinen Gurt, beugte mich über Phil und fühlte mich ein wenig besser, als ich seinen Atem spürte.

Da schlug er auch schon die Augen auf und sah mich verwirrt an. »Was machst du, Jerry? Du bist doch nicht auf dem anderen Ufer gelandet und willst mir einen Kuss verpassen?«

»Du wärst fast auf einem anderen Ufer gelandet, und zwar auf dem im Jenseits, Phil.«

Mein Freund befühlte seinen Kopf. »Nur ein Streifschuss an der Stirn. Sieht wahrscheinlich schlimmer aus, als es ist.«

Er hatte Recht. Als ich sein Gesicht mit einem Taschentuch vom Blut gesäubert hatte, sahen wir die Schramme an seiner Stirn. Die Kugel hatte ihn um Haaresbreite verfehlt.

Ich stieg aus, begutachtete den Jaguar und meinte: »Das sieht leider so schlimm aus, wie es ist. Beide Vorderreifen sind hin. Damit sind wir aus dem Rennen.«

»Dann müssen eben die Kollegen ran«, meinte Phil fast gleichgültig, griff zum Funkmikrofon und stieß kurz darauf einen weiteren Fluch aus. »Das Ding ist hin. Eine Kugel muss die Anlage zerstört haben.«

»Versuch es mit dem Autotelefon«, riet ich.

Das tat Phil, aber das Telefon war auch im Eimer.

»Dann müssen wir uns eben einen anderen Wagen organisieren«, sagte ich und stellte mich mitten auf die Fahrbahn, um das nächste Auto anzuhalten.

Der dritte Wagen, ein gelber Mercury, stoppte endlich. Ich

winkte das Fahrzeug an den Straßenrand und wies mich als G-man aus. Inzwischen war der Konvoi verschwunden.

Phil hatte unser Kartenset aus dem Jaguar geholt und breitete die Karte von Brooklyn auf der Motorhaube des Mercury aus.

»Wohin können die Schufte nur wollen?«, fragte er und sah dabei Hackler an, der ebenfalls ausgestiegen war.

Der zuckte mit den Schultern. »Davon weiß ich nichts.«

»Nirgendwohin«, sagte ich. »So ausgekocht, wie Collum und sein geheimnisvoller Boss sind, müssen sie wissen, dass wir in spätestens fünf bis zehn Minuten einen Hubschrauber über der Gegend haben. Und dann ist der Konvoi fällig.«

»Also muss er sich verstecken«, schlussfolgerte Phil. »Und zwar in unmittelbarer Nähe. Aber das hilft Collum und Co. auch nicht weiter, weil wir das Gebiet durchkämmen werden.«

»Dann gibt es nur eine Lösung«, meinte ich. »Sie müssen ihre Beute so abtransportieren, dass es niemand sieht.«

»Ja, wie denn?«, fragte Phil zweifelnd.

»Unterirdisch«, sagte ich und tippte auf eine Stelle der Landkarte, nicht weit von unserer gegenwärtigen Position entfernt. »Hier befindet sich eine Baustelle für die Erweiterung der Subway. Und was sagt uns das?«

»Die Gangster haben eine Vorliebe für den Untergrund«, bestätigte Phil. »Das haben sie schon im ›Big Apple‹ gezeigt. Aber wenn sie durch die Tunnel laufen, kommen sie nicht weit. Nicht mit der ganzen Ladung Geld.«

»Und wenn sie fahren?«

»Dann müssten sie schon eine Subway stehlen, Jerry!«

»Na und«, meinte ich. »Traust du ihnen das etwa nicht zu?«

Phil schlug mit der Faust so stark auf die Motorhaube, dass der Fahrer des Mercury, ein dickbäuchiger, älterer Herr, schmerzerfüllt zusammenzuckte. »Verdammt, Jerry, du hast Recht. Das ist die Lösung!«

Wir setzten uns in den Mercury und nahmen die Verfolgung auf, ohne dem Besitzer die verlangte Quittung auszustellen. Dazu hatten wir beim besten Willen keine Zeit.

Hackler versprach, das nächste Telefon aufzusuchen und Mr. High von unserer Schlussfolgerung zu informieren. Wir konnten nur hoffen, dass er Wort hielt und die Gelegenheit nicht nutzte, um sich abzusetzen. Aber wir hatten keine andere Wahl.

»Was ist, wenn wir uns irren, Jerry?«, fragte Phil zweifelnd, während ich den Mercury in ein ödes Abrissgebiet steuerte, in dessen Mitte sich die Subway-Baustelle befand.

»Dann können Collum und seine Mannen einen überaus luxuriösen Lebensabend in der Karibik oder in Südamerika verbringen.«

Aber wir irrten uns nicht. Ich musste scharf bremsen, um zu verhindern, dass der Mercury in einen der abgestellten Laster krachte, als wir um eine Kurve bogen. Auch der Geldtransporter stand hier. Die Ladeklappen der Laster und die Hintertüren des Transporters standen offen. Die Fahrzeuge waren leer.

Weder von Collums Bande noch von anderen Menschen eine Spur. Die Leute, die hier einmal gewohnt hatten, lebten längst woanders. Um die Baustelle herum standen nur noch Ruinen.

Wenn die Subway hier verkehrte, würde rundum ein modernes Geschäfts- und Bürozentrum entstehen und diesen Teil Brooklyns mit neuem Leben füllen. Aber das würde noch Monate dauern.

»Wir sind zu spät gekommen«, sagte Phil, als wir ausstiegen. »Sie sind schon weg.«

»Ihr Vorsprung kann nicht groß gewesen sein«, erwiderte ich und lief mit gezogenem Revolver auf die Baustelle. »Außerdem brauchten sie Zeit zum Verladen der Beute.«

Auch Phil riss seine Waffe aus dem Holster, als er mir folgte.

Zwischen Sandhaufen, Materialstapeln und Baumaschinen fanden wir den Eingang zum unterirdischen Teil der Baustelle. Die Absperrung war weggeräumt, und überall fanden wir frische Fußspuren.

Wir liefen in den sanft nach unten gehenden Tunnel. Als wir um eine Biegung kamen, sahen wir einen Subway-Zug vor uns.

Seine Lichter brannten. Mit lautem Zischen und Ächzen ruckte er genau in dem Augenblick an, als wir ihn erblickten.

Wir spurteten los, erreichten gerade noch den hintersten Wagen und hielten uns an den Verstrebungen fest, während der Zug rasch beschleunigte und durch den Tunnel raste.

»Was machen wir jetzt, Jerry?«, schrie Phil gegen den Fahrtlärm an. »Collums Bande ist eindeutig in der Überzahl. Etwa acht zu eins, schätze ich.«

»Wir müssen in den vordersten Wagen, wo die Steuerung untergebracht ist«, erwiderte ich ebenso laut und zeigte aufs Dach.

Mein Freund verstand, nickte zustimmend und kletterte als Erster hinauf. Ich folgte ihm auf dem Fuße. Der Weg über das Dach war die einzige Möglichkeit, von den Gangstern ungesehen in den vordersten Wagen zu gelangen.

Je schneller der Zug wurde, desto schwieriger wurde es für uns, die Balance zu halten, während wir in gebückter Haltung über die Dächer der insgesamt fünf Wagen liefen und uns bemühten, möglichst leise zu sein.

Dann erreichten wir endlich den vordersten Wagen. Phil hielt mich fest, während ich mich vorsichtig mit dem Oberkörper hinunterließ, um durch eine der Seitenscheiben zu blicken. Als ich gesehen hatte, was wir wissen mussten, nickte ich zweimal, und mein Freund zog mich wieder herauf.

»Und?«, fragte er laut.

»Wir haben Glück. Im Führerstand sind nur Collum und mein alter Freund Stan. Setzen wir unseren Angriffsplan also in die Tat um!«, schrie ich zurück.

Es war gefährlich, aber es war unsere einzige Chance.

Wieder ließ Phil mich hinunter, und ich feuerte zwei Schüsse aus meinem Smith & Wesson auf die Scheibe ab, die unter den Kugeln zerbarst. Ehe sich die beiden Gangster von ihrer Überraschung erholt hatten, schwang ich mich durch das kaputte Fenster und landete zu ihren Füßen im Führerstand.

Collum reagierte schnell und riss seinen Fuß hoch, um mir einen Tritt ins Gesicht zu verpassen. Ich sah das kommen, ergriff seinen Treter und brachte ihn mit einer Drehung zu Fall, die auch schon den Kubaner im Krankenhaus das Gleichgewicht gekostet hatte.

Stan sah mich hasserfüllt an, als er mich erkannte. Er riss eine Automatic aus dem Hüftholster seiner Uniform eines privaten Sicherheitsdienstes, wie sie auch Collum trug, und richtete die Waffe auf mich.

Bevor er abdrücken konnte, landete Phil auf ihm, der auf demselben Weg in den Führerstand kam wie ich. Während ich Collum k.o. schlug, schickte Phil Stan ins Reich der Träume.

Wir entwaffneten unsere Gegner, und ich machte mich mit den Hebeln und Knöpfen des Führerstands vertraut. Zum Glück fand ich schnell die Verriegelung für die Tür, die zum Führerstand führte. Kaum hatte ich sie betätigt, als auch schon die anderen Gangster, durch meine Schüsse alarmiert, gegen die Tür schlugen. Wir schwiegen und ließen sie im Ungewissen. Das brachte uns vielleicht wertvolle Zeit.

»So weit, so gut«, flüsterte Phil, während er Stan Handschellen anlegte. »Aber wie geht es weiter?«

Ich verpasste Collum seine Armreifen und sah überlegend durch die Fenster. Der finstere, unbeleuchtete Tunnel der noch nicht in Betrieb genommenen Subway-Strecke rauschte an uns vorbei. Plötzlich sah ich ein Licht, ganz weit vorn.

»Helles Tageslicht«, sagte ich. »Vermutlich die Baustelle einer weiteren Station. Wir könnten anhalten. Vielleicht ist Mr. High schon informiert, und dort wartet Verstärkung auf uns. Falls Hackler Wort gehalten hat.«

»Und wenn nicht?«, fragte Phil.

»Dann wäre das Anhalten ein kolossaler Fehler.«

Hinter uns hörten wir Collums Bande gegen die Tür trommeln und laut nach ihrem Anführer rufen.

»Sie haben bestimmt Sprengstoff dabei«, meinte mein Freund. »Es ist nur eine Frage der Zeit, dann sprengen sie sich den Weg frei. Halten wir an!«

»Also gut«, sagte ich und stellte den Fahrtregler auf Null.

Die Bremsen kreischten, als der Zug in voller Fahrt abbremste. Aber es musste sein, wollten wir nicht die im Bau befindliche Station verpassen. Wir und sicher auch die Gangster hinten wurden durcheinander gewirbelt, als die U-Bahn ruckartig anhielt.

Ein letztes Zischen, dann war für kurze Zeit Stille um uns herum.

Die Stille wurde durchbrochen von Schreien und Schüssen. Uniformierte Cops stürmten erst den Tunnel und dann den Zug. In wenigen Minuten hatten sie die Gangster überwältigt.

»Ein Hoch auf Hackler«, murmelte Phil, als ihr Lieutenant zu uns in den Führerstand kam, um zu melden, dass die Gangster festgenommen und die geraubten Millionen sichergestellt waren.

»Und eins auf Mr. High«, fügte ich hinzu.

Manhattan, World Trade Center, South Tower Building, 97. Stock, am Abend dieses Tages.

Die Sekretärin führte Phil und mich in ein so geräumiges Büro, dass eine sechsköpfige Familie darin hätte wohnen können. Und der Luxus war so groß wie bei Rockefellers.

Am atemberaubendsten aber war die Aussicht aus einem der obersten Stockwerke des höchsten Bauwerks von New York. Durch die riesigen Fensterscheiben blickte man auf den Financial District mit seinen unzähligen Banken, Handels- und Kongresszentren. Die Dämmerung war hereingebrochen, und die Straßenzüge verwandelten sich in ein gigantisches Lichtermeer. Es war ein seltsames Gefühl, auf die Hochhäuser hinabblicken zu können, die einem von tief unten aus den Straßenschluchten immer so unerreichbar vorkamen. Es gab einem das Gefühl gottgleicher Macht, hier oben wie der Schöpfer über allem zu thronen.

Vielleicht brauchten Menschen wie Anthony Tudor dieses Gefühl, denn um sein Büro handelte es sich. Phil und ich waren sehr erfreut, dass Sharon LaVerne gerade bei ihm war. Die Frau bot, wie immer, einen atemberaubenden Anblick, der einen sogar den Ausblick aus dieser schwindelnden Höhe vergessen machen konnte. Heute trug sie ein rotes Kostüm, das zu ihren großen, tiefgrünen Augen einen schönen Kontrast bot.

Die Sekretärin ließ uns allein, und Tudor musterte uns mit gerunzelter Stirn. Wir erschienen unangemeldet und boten wohl nicht gerade einen für das menschliche Auge erfreulichen Anblick, hatten wir doch nach unserem Subway-Abenteuer noch keine Zeit zum Umziehen gefunden. Unsere Kleidung war eingerissen und schmutzig. Mein Gesicht sah noch immer aus, als wollte ich mich um die Rolle von Frankensteins Monster bewerben. Phil trug einen dicken Verband um den Schädel.

»Nehmen Sie Platz, meine Herren«, sagte Tudor mit rein geschäftsmäßiger Höflichkeit. »Sagen Sie mir, was ich für Sie tun kann. Aber in aller Kürze, bitte. Wie Sie sehen, befinden sich Miss LaVerne und ich mitten in einer Besprechung.«

»Ich komme später wieder, Tony«, flötete die attraktive Anwältin, erhob sich aus ihrem Sessel und griff nach ihrer schwarzen Tasche, die sie um ihre Schulter hängte.

»Bleiben Sie bitte«, sagte ich und ließ mich auf einem bequemen Stuhl nieder, der jenseits des blauen Teppichs auf dem Parkettboden stand. »Was wir Ihnen mitzuteilen haben, geht auch Sie an, Miss LaVerne.«

Phil stellte sich lässig neben mich und lächelte unverbindlich. Auch ich saß äußerlich entspannt auf dem Stuhl und ließ meine Hände fast bis zur Teppichkante hinunterbaumeln, als wäre ich sehr erschöpft und würde auf dieser Welt nichts Böses vermuten.

Ersteres stimmte, Letzteres nicht. So gelassen Phil und ich nach außen wirkten, so angespannt waren wir innerlich. Auch wenn unsere Blicke scheinbar neugierig durch das Luxus-Office strichen, ließen wir die beiden Anwälte doch nie aus den Augen.

»Und was haben Sie Miss LaVerne und mir so Wichtiges mitzuteilen?«, fragte Tudor ungeduldig.

Ich erzählte in knappen Worten, wie wir den Raub des Geldes aus der Verbrennungsanlage verhindert hatten, und die beiden hörten mit wachsendem Interesse zu.

»Ein schöner Erfolg für Sie«, meinte der aristokratisch wirkende Staranwalt, als ich geendet hatte. »Aber warum erzählen Sie uns das?«

»Wahrscheinlich werden Sie die Gangster vor Gericht vertreten, wie ich Sie kenne, Mr. Tudor«, antwortete ich. »Außerdem dürfte den Kopf der Gangsterbande doch interessieren, was aus seinem schönen Plan und seinen Leuten geworden ist.«

Es dauerte ein paar Sekunden, bis Tudor jede aristokratische Würde verlor. Sein Kopf schwoll rot an. Er erhob sich und brüllte: »Ich verbitte mir diese Unterstellungen! Das wird ein Nachspiel haben. Ich werde mich bei Mr. High über Sie beschweren. Als Gangsterboss hat mich noch niemand bezeichnet!«

»Aber wir reden doch nicht von Ihnen«, bemerkte Phil beruhigend, »sondern von Ihrer reizenden Angestellten, Miss LaVerne.«

Jetzt richteten sich unser beider Blicke fest auf die Anwältin.

Tudors Mund blieb offen stehen.

Sharon LaVerne lächelte leicht und fragte mit gut gespielter Überraschung: »Wie komme ich zu der Ehre?«

»Wir haben unsere Schulaufgaben gemacht und eins und eins zusammengezählt«, antwortete ich. »Der geheimnisvolle Boss der Gangster hat ein Faible für den Untergrund im wahrsten Sinne des Wortes und scheint sich im Subway-Netz bestens auszukennen. Wir erinnerten uns an Mr. Tudors Bemerkung, er hätte Sie dem Tiefbauamt abgeworben. Wir haben ein wenig recherchiert und herausgefunden, dass Sie die zuständige Juristin für die Abteilung Subway-Bau waren. Außerdem konnten Sie als Anwältin mit Ihren vielfältigen Kontakten leicht herausbekommen, wo wir Carol-Anne Pulaski untergebracht hatten.«

»Sie waren ein wenig zu ehrgeizig«, fuhr Phil fort. »Aber ihr Versuch, Ihre Kenntnisse aus der Zeit beim Tiefbauamt mit Ihrem Wissen, dass Sie als Mr. Tudors Partnerin über die New Yorker High Society gewonnen haben, zu verbinden und mittels Erpressung schnell reich zu werden, ist gescheitert. Der Raub aus der Geldverbrennungsanlage war ein zu großer Brocken. Mit ihm im Hals wandern Sie in den Knast.«

»Das glaube ich nicht«, sagte Sharon LaVerne kalt, und ihr

Lächeln gefror zu einer unerbittlichen Maske. Ihre rechte Hand zog eine Beretta aus der Umhängetasche, die sie zuvor vorsichtig mit der Linken geöffnet hatte, und sie richtete die kleine Automatic auf Anthony Tudor. »Sie werden mich gehen lassen, mit Tony als Geisel.«

Natürlich hatten Phil und ich bemerkt, wie sie die Hand in ihre Tasche gesteckt hatte. Aber da die festgenommenen Gangster noch immer eisern schwiegen, brauchten wir diesen letzten Beweis, der so gut wie ein Geständnis war, um Sharon LaVerne zu überführen.

»Vielen Dank, Miss LaVerne«, sagte ich zufrieden. »Damit haben Sie gerade Ihre Schuld eingestanden.«

»Na und?«, schnappte sie, ein wenig unsicher. »Was nutzt es Ihnen? Wenn Sie Anstalten treffen, mich aufzuhalten, töte ich Tony!«

Tudor zuckte bei diesen Worten zusammen, und zum ersten Mal sah ich richtige Angst auf seinem Asketengesicht. Wahrscheinlich hatte er noch nie zuvor das, womit er sich vor Gericht tagtäglich beschäftigte, am eigenen Leib erlebt.

Ich beugte mich blitzschnell vor und zog mit meinen scheinbar lässig hinunterhängenden Händen kräftig an dem Teppich, auf dem die Anwälte standen. Beide verloren das Gleichgewicht und stürzten zu Boden. Ein Schuss löste sich aus der Beretta, aber die Kugel traf nur einen Aktenschrank.

Bevor sich die Frau wieder aufrappeln konnte, hatte sich Phil auf sie geworfen und sie entwaffnet. Wie ein gefangenes Raubtier hockte sie unter ihm auf dem jetzt dicke Falten werfenden Teppich. Ihr bis dahin so kalter Blick flackerte plötzlich ob der panischen Erkenntnis, dass ihr durchtriebenes, mörderisches Spiel zu Ende war.

Ich stand auf und sagte: »Bei Ihnen dürfte es zwar Zeitverschwendung sein, Miss LaVerne, aber ich muss Sie trotzdem über Ihre Rechte belehren.«

Und das tat ich mit Freuden, bevor wir sie abführten.

Sharon LaVernes Karriere, die sie vom Tiefbauamt in eine der angesehensten Anwaltskanzleien der Ostküste geführt hatte, endete im Staatsgefängnis. Hier durfte sie Tüten kleben oder Gürtelschnallen herstellten, was gerade so anstand. Und zwar lebenslänglich. Ein Schicksal, das ihr Komplize Joe Collum teilte. Ihre Leute kamen mit unterschiedlich hohen Haftstrafen davon. Bis auf den Kubaner, der ebenfalls lebenslänglich erhielt, weil vor Gericht herauskam, dass er Emma Tunstall getötet hatte.

Anthony Tudors Reputation war nach Sharon LaVernes Verurteilung stark angeschlagen. Er musste bald kleinere Brötchen backen und vom teuren World Trade Center in ein billigeres Büro an der Peripherie umziehen. Seine aristokratische Haltung soll er sich trotz allem bewahrt haben, was für ihn spricht.

Auch einige weitere Gentlemen der Upper Class litten in der Folgezeit unter einer angekratzten Reputation. Wir bewahrten die Herren davor, dass die von uns sichergestellten Videos und Fotos der Presse zugänglich wurden. Aber einige der Betroffenen stellten wegen ihrer sexuellen Vorlieben und ihrer damit verbundenen Erpressbarkeit ein großes Sicherheitsrisiko dar. Sie mussten still und heimlich ihre Sessel räumen.

Reuben Hackler kam mit zwei blauen Augen davon. Das erste blaue Auge war eine zweieinhalbjährige Haftstrafe, die das Gericht jedoch für fünf Jahre auf Bewährung aussetzte. Es erkannte an, dass Hackler dem FBI bei der Ergreifung der Gangster sehr geholfen hatte. Hätte er nicht Wort gehalten und Mr. High über die Subway informiert, wären die Geldräuber vielleicht mit ihrer Beute entkommen. Das zweite blaue Auge war der Verlust seines Jobs. Aber etliche Millionen von Dollars konnte man Hackler nach dieser Sache wirklich nicht mehr anvertrauen.

Wäre dies ein typischer Hollywoodfilm mit typischem Happy End, müsste ich jetzt berichten, dass Carol-Anne Pulaski und Sally Parker in ihre Heimatorte zurückgekehrt sind, dort anständige Männer geheiratet haben und inzwischen Mütter vielköpfiger Familien sind.

Aber das taten sie nicht, da New York sie trotz aller schlechten

Erfahrungen nicht losließ. Die beiden Girls taten sich zusammen und gründeten eine Agentur für Doppelgänger bekannter Stars. Sie achten darauf, dass ihre Schützlinge nicht – wie sie selbst – ausgebeutet werden, und haben sich inzwischen in der Branche einen guten Ruf erworben.

Und das ist doch auch ein glückliches …

ENDE

Mord vor tausend Augen

Die Klimakatastrophe hatte in diesem Sommer begonnen. Davon war Phil überzeugt, und er ließ sich durch nichts davon abbringen. Während ich den Jaguar durch das Blechgewimmel auf der Park Row fädelte, hielt mir mein Freund und Kollege einen Vortrag über das Ergebnis seiner privaten Witterungsforschungen.

»Es ist doch so«, resümierte er. »Von Mitte Juni bis Ende August lagen die Durchschnittstemperaturen mehr bei vierzig als bei fünfunddreißig Grad. Und heute, in der letzten Oktoberwoche? Sieh dir das doch mal an!« Er deutete nach oben, um mich auf den wolkenlosen Himmel aufmerksam zu machen.

Beeindruckend, in der Tat. Aus der Straßenschlucht heraus wirkte dieser Himmel wie eine königsblau eingefärbte Kristallkugel.

»Völlig unnormal für Ende Oktober«, nörgelte ich, um dem Wetterexperten an meiner Seite den Wind aus den Segeln zu nehmen. »Was ist? Genehmigen wir uns einen Cappuccino? Es könnte der letzte sein.«

»Den Weltuntergang habe ich nie prophezeit.« Phil grinste mich an. »Ich sage nur, dass wir alle eines Tages platzen – wie Grillbratwürste.«

Wenigstens konnte er noch über sich selbst lachen. Das war das Positive an ihm, bei all seinem Klima-Pessimismus.

»Da Nico«, das kleine, aber feine Restaurant, lag an der Sonnenseite der Mulberry Street in Little Italy. Ich parkte den Jaguar nur ein paar Schritte vom Eingang entfernt an der Bordsteinkante. Dies war einer der gemütlicheren Teile New Yorks, und selbst an einem Freitagnachmittag fand man hier Parklücken.

Beim Aussteigen klemmten wir gewohnheitsgemäß die Walkie-Talkies an den Hosenbund. Phil ließ das Fenster der Beifahrertür heruntergekurbelt, und wir setzten uns an den Tisch gleich daneben, sodass wir das Rufzeichen des Funkgeräts hören konnten, falls die Zentrale etwas von uns wollte.

Wir kehrten von einem Einsatz auf Staten Island zurück. Dort, im südlichsten Stadtbezirk New Yorks, hatten wir einen Mobster namens Gavin Brooks in seiner Villa festgenommen. Der Typ hatte mit Kokain Millionen gemacht, nur war er mit wachsendem Reichtum immer unvorsichtiger geworden und hatte seine Beziehungen nach Kolumbien nicht mehr ausreichend verschleiert.

Außer Phil und mir saß nur noch ein Ehepaar mit Kind vor Nicos Restaurant. Geschirr- und Besteckklappern von drinnen zeigten an, dass dort der stärkere Betrieb herrschte. Nur ab und an rollten Autos vorbei.

Wir befanden uns in einer Oase mitten im Verkehrsgetöse von Manhattan. Die Pause hatten wir uns verdient, denn an Feierabend war noch lange nicht zu denken. Unser gemeinsames Programm für den Abend stand auch schon fest. Es würde eine aufregende Sache werden, so viel war sicher.

Die Familie am anderen Tisch machte offenbar Shopping-Pause. Um ihre Stühle herum standen Tüten und Taschen. Das Kind war ein ungefähr zehnjähriger Junge. Er sah so pfiffig aus, wie die nachwachsende Techno-Generation in der Fernsehwerbung dargestellt wurde. Er nestelte an einem riesigen Karton, den er neben sich auf den freien Stuhl gewuchtet hatte. Zum Vorschein kam ein feuerrotes Offroad-Modell mit glitzernder Funkantenne. Der Kleine kannte sich aus. Im Handumdrehen hatte er die Batterien eingelegt und den Geländewagen mitsamt Funkfernsteuerung startklar gemacht.

»Ciao, amici!«, dröhnte eine Stimme aus den Tiefen des Restaurants. »Hallo, Freunde! Seid mir gegrüßt! Welch eine Freude, euch endlich wieder sehen zu dürfen! Mein Gott, wie lange wart ihr nicht hier?«

Phil und ich wechselten einen Blick. Das war Nico, wie er leibte und lebte. Man hörte ihn, lange bevor man ihn sah. Und er sah und hörte alles, was sich seinem Laden bis auf weniger als zehn Schritte näherte, selbst wenn es nur ein hustender Floh war.

»Lasst mich überlegen – eine Woche, zwei Wochen?« Das Klimpern des Glasperlenvorhangs läutete seinen Auftritt ein. Und er war eine imposante Erscheinung, groß und stattlich, mit gepflegtem silbergrauem Haar. Ein echter sizilianischer Gentleman, und zwar einer von der guten Sorte. Er begrüßte das Ehepaar und strich dem Jungen über das Haar. Freudestrahlend wandte er sich nach links und ging mit ausgebreiteten Armen auf uns zu.

»Es müssen zwei Wochen sein«, überlegte er laut. »Ich konnte mich nämlich schon gar nicht mehr erinnern, wie ihr ausseht. Umso mehr seid ihr mir willkommen, amici! Lasst euch das Leben mit Gaumengenüssen versüßen, dafür sind wir da!«

Der kleine Funkfernsteuerer schickte seinen Offroad-Boliden auf die Reise.

»Nico«, sagte ich mit schmunzelndem Bedauern. »Den Rekordumsatz des Jahres können wir dir heute leider nicht bescheren.«

»Wir müssen uns mit dem besten Cappuccino der Welt begnügen«, fügte Phil hinzu.

»Ah, welche Tragödie!« Nico rang die Hände, blickte klagend, fast verzweifelt zum Himmel, sah wieder uns an – und lachte schallend. Das ferngesteuerte Rot schnurrte an ihm vorbei, fuhr eine zu scharfe Kurve und kehrte auf Schlingerkurs zurück. Nico stolperte über das Ding, als er uns die Hand schütteln wollte.

Und er fiel mir in die Arme.

»Runter!«, brüllte Phil. »Deckung!«

Nicos Gewicht rammte mich in den Kunststoffstuhl. Unter der Doppelbelastung kriegte das weiße Sitzmöbel weiche Beine.

Phil warf sich zu Boden, noch während er seine Warnung brüllte. Ich sah, dass er den Revolver draußen hatte.

Mit aller Kraft stieß ich mich ab. Der Stuhl kippte.

Blut verschleierte mein Gesichtsfeld.

Nicos Blut!

Noch während ich es begriff, kaum dass ich den Stuhl ins Kippen gebracht hatte, ging ein Ruck durch Nicos schweren Körper über mir. Ein eisiger Schauer durchlief mich. Eine zweite Kugel hatte ihn getroffen. Zwei Kugeln, die für mich bestimmt waren. Hölle und Teufel!

Das rechte Hinterbein des Stuhls knickte ein.

Phils Dienstrevolver krachte.

Zusammen mit Nico sackte ich abrupt nach hinten weg.

Vielleicht war es unser beider letztes bisschen Glück. Denn im selben Sekundenbruchteil spürte ich dieses Sengen.

Ein scharfer, heißer Luftzug, der haarscharf über meinen Kopf hinwegfauchte.

Das Projektil schmetterte in die Wand.

Eine Wolke feinen rötlichen Tonstaubs schwebte auf Nico und mich herab, als wir auf dem Bürgersteigbeton landeten. Phils Revolver wummerte in rascher Folge. Ich schob Nico von mir, wischte mir sein Blut aus dem Gesicht. Gleichzeitig spannte ich die Muskeln. Am rechten Rand meines Blickfelds sah ich die Frau und den Mann, wie sie krochen. Sie hatten ihren Sohn in die Mitte genommen und brauchten nur noch einen Augenblick, bis sie den rettenden Eingang erreicht hatten. Der Rest der Straße war wie ausgestorben.

»Genau gegenüber!«, rief Phil zwischen zwei Schüssen. »Dritter Stock!« Er benutzte einen Speedloader zum blitzschnellen Nachladen.

»Okay, jetzt!«, antwortete ich.

Und schnellte los.

Sofort krachte Phils Smith & Wesson – in noch rasanterer Folge diesmal. Der Nachhall der Schüsse verdichtete sich zu einem Donnern zwischen den Häusern.

Mit einem Satz erreichte ich den Jaguar, doch nur kurz ging ich hinter dem vorderen Kotflügel in Deckung. Ich war nicht scharf darauf, meinen kostbaren Schlitten von Bleihummeln durchlöchern zu lassen. Das letzte Mal, als wir den Geldtransporter verfolgt hatten, reichte mir. Es hatte mich eine ganze Stange Geld gekostet, die Karosserie wieder in Ordnung zu bringen.

Phil nutzte die Sekundenpause zum erneuten Nachladen. Ich gab ihm ein Handzeichen, und sein Magnum donnerte von neuem los.

Augenblicklich flankte ich in die Gasse zwischen der Jaguarschnauze und dem davor parkenden Dodge . Durch die Wagenfenster konnte ich sehen, dass die Straße frei war. Ich katapultierte mich hinaus, schlug eine Rolle über dem Asphalt.

Und hörte die Einschläge.
Haarscharf rechts von mir.
Nur zwei Projektile waren es, die pennygroße Löcher in die Fahrbahn stanzten. Dann hatte Phil die Lage wieder im Griff. Im Hochfedern sah ich, was gelaufen war. Die Magnumgeschosse aus Phils Dienstrevolver krachten in einen Fensterrahmen im dritten Stock. Von insgesamt vier leer gähnenden Fenstern war es das zweite von rechts. Das Fensterholz links daneben war bereits zersplittert. Dort hatte der Heckenschütze mit seiner schallgedämpften Waffe also ursprünglich gehockt. Unter Phils Kugelhagel war ihm nur noch ein Stellungswechsel geblieben. Doch dann hatte der Kerl es immerhin geschafft, zwei Schüsse aus dem Lauf zu jagen.
Wir hatten es mit einem harten Hund zu tun.
Mit einem höllisch harten Hund.
Ich spürte es mit allen Fasern meiner Sinne, und ich stellte mich darauf ein.
Wahrscheinlich hatte er in der leer stehenden Wohnung seit vierzehn Tagen auf uns gewartet, mit unendlicher Geduld und dem eisernen Willen zu töten. Der Mann musste aus der Gegend stammen, musste Phil und mich öfter bei Nico gesehen haben.
Meine Karten wurden besser, je näher ich dem gegenüberliegenden Bürgersteig kam. Haken schlagend und von Phils Revolverdonner begleitet, erreichte ich die Halb-Yard-Lücke zwischen einem Dodge Van und einem Chevrolet Caprice. Ich ließ meine Beinmuskeln explodieren, legte mit einem flachen Sprung Tempo zu – und rollte mich in der Mitte des Bürgersteigs ab.
An der Hauswand schnellte ich in die Senkrechte.
Und vergeudete keine Sekunde.
Noch während ich mich herumwarf, sah ich Phils Handzeichen. Der Mann ist noch da oben, bedeutete es. Und: Ich versuche, ihn weiter festzunageln.
Über das Dach des Chevrolet hinweg sah ich auch Nico. Er lag noch immer da, wo wir mit dem Stuhl umgekippt waren. Er

rührte sich nicht, aber die Blutlache unter seinem Oberkörper war nicht allzu groß. Ich hoffte, dass seine Mitarbeiter im Restaurant einen Rettungswagen angefordert hatten.

Bis zur Haustür waren es nur drei Schritte.

Ich stieß sie auf. Im Vorbeihasten sah ich die Klingelschilder. In jedem Stockwerk befanden sich zwei Wohnungen. Der Flur war kühl und düster mit seinen Kachelwänden. Es gab keinen Fahrstuhl, das Haus hatte nur vier Stockwerke. Und der einzige Weg zur Hintertür führte durch diesen Flur hier im Erdgeschoss. Ich lief die Treppe hinauf, nahm drei Stufen auf einmal und tat es so geräuscharm wie möglich.

Der Heckenschütze musste ein Realist sein. Davon konnte ich ausgehen. Er würde sich keinen dieser hirnrissigen Fluchtwege aussuchen, für die Gangster auf der Kinoleinwand oder auf dem Fernsehbildschirm eine so unbegreifliche Vorliebe haben: Hausdächer, Sackgassen, Baukräne oder den Rand eines Abgrunds. In der Wirklichkeit tun fliehende Gangster alles, um sich nicht in die Enge treiben zu lassen.

Aber unser Mann dachte nicht an Flucht.

Ich ahnte es.

Ich war nur leicht außer Atem, als ich den zweiten Stock hinter mir ließ. Es hörte sich noch immer so an, als ob Donner durch die Mulberry Street rollte, Phils Smith & Wesson, Kaliber .357 Magnum, sorgte für das anhaltende Bleigewitter.

Meine Ahnung trieb mich zu höchstem Tempo. Ich nahm die Treppenbiegung und die letzten Stufen mit Riesensätzen. Unterwegs hatte ich Zeit gehabt, mir die Lage der Wohnungen einzuprägen. Wie in den anderen Etagen, so musste auch die Tür zu der leer stehenden Bleibe im dritten Stock schräg gegenüber der Treppe sein.

Falls der Kerl im Flur auftauchte, war Schnelligkeit meine einzige Chance, der tödlichen Kugel zu entgehen. Und den Revolver hochreißen, wegtauchen, feuern – das alles musste in einer Reaktionszeit von allerhöchstens einer Zehntelsekunde passieren.

Doch was wirklich auf mich zukam, hätte ich mir nicht mal in meinem schlimmsten Albtraum vorstellen können.

Rechtzeitig bevor ich den Flurfußboden sehen konnte, begann ich, Haken zu schlagen – so weit, wie es die Breite der Treppe zuließ. Und ich holte alles aus meinen Beinmuskeln heraus.

Überflüssige Mühe.

Denn es tat sich nichts.

Doch nichts konnte trügerischer sein als diese Ruhe. Der dritte Stock empfing mich mit diffusem Licht. Von rechts kam Sonne, aber nur indirekt und mit mäßiger Kraft drang sie ins Halbdunkel vor. Die Wohnungstür gegenüber war unverschlossen, stand sogar einen Spalt offen.

Ich hielt mein Tempo, überquerte den Flur mit nur zwei federnden Sprüngen.

Unter meinem Fußtritt krachte die Tür gegen die Innenwand. Ich war im selben Moment drin. Aus dem Sprung wegtauchend ging ich in eine flache Rolle über. Ich rechnete mit Geschossen, die den Fußboden furchten, und mit Zufallstreffern, die mir in den Oberkörper oder in die Beine schlugen.

Doch ich hörte nur die Geräusche, die ich selbst verursachte. Und Phils Schüsse. Schwungvoll gelangte ich auf die Füße. Geduckt, den Revolver im Beidhandanschlag, checkte ich die besenreinen Räume durch. Bis auf ein paar matt schimmernde Patronenhülsen war alles leer.

Ich zog das Walkie-Talkie vom Gürtel und verständigte Phil. Es wurde still in der Straße. Ich richtete mich auf. Phil hatte nicht beobachten können, wohin der Heckenschütze verschwunden war.

»Die Kellner haben Nico ins Restaurant gebracht«, sagte mein Freund halblaut. »Er ist bewusstlos, aber er lebt. Der Rettungswagen ist unterwegs, fährt ohne Sirene auf den Hinterhof.«

»Verstanden«, antwortete ich. »Ich sehe mich jetzt weiter um und …«

Schreie schnitten mir das Wort ab.

Ein Schuss krachte, dann ein zweiter.

Die Schreie verstummten sofort.

Mir gefror das Blut in den Adern. Und schlagartig war mir klar, weshalb der Mann keinen Schalldämpfer mehr verwendete.

Ich sollte die Schüsse hören. Und die Schreie.

»Was ist da los?«, knarrte Phils Stimme.

Ich vermutete, dass die Schüsse in der Wohnung auf der anderen Seite des Flures gefallen waren. Aber ich war mir nicht sicher. Ich sagte es Phil.

»Warte«, fügte ich hinzu und näherte mich der Wohnungstür, die nach einigem Hin- und Herpendeln halb offen stand. Zu einer weiteren Antwort kam ich nicht.

Licht flutete von der anderen Seite in den Korridor.

Das Licht fiel genau in den Streifen, den ich einsehen konnte. Ein Schrei brandete heraus. Eine Stimme, die in höchster Not schrillte.

Es war ein Mädchen.

Die Kleine stolperte in die schachtartige Helligkeit aus der gegenüberliegenden Wohnung und konnte nicht aufhören zu schreien. Im nächsten Augenblick knallte die Tür zu, und das Licht war wie abgeschnitten.

Das Mädchen sah mich, rannte auf mich zu.

Erst jetzt wurde mir bewusst, dass ich den Revolver im Beidhandanschlag hielt. Ich ließ ihn sinken. Dann, aus einer Eingebung heraus, legte ich ihn auf das Konsolbrett über dem Türrahmen.

Das Mädchen floh in meine Arme.

Ich umschloss sie, hob sie auf und lief mit ihr in die sichere Wohnung. Die Kleine klammerte sich an mich. Ihre Schreie waren in ein Schluchzen übergegangen, und sie zitterte am ganzen Körper. Sie klammerte sich an mich.

»Hier bist du in Sicherheit«, sagte ich leise und beruhigend und strich ihr über das lange dunkle Haar und über den Rücken. Ich brachte sie in ein fensterloses Zimmer, das vermutlich der

Abstellraum gewesen war. Ich bewegte mich leise, achtete trotz des Schluchzens der Kleinen auf Geräusche aus dem Haus. Während ich sie weiter beruhigte, schaltete ich das Walkie-Talkie erneut auf Senden und hielt Phil auf dem Laufenden.

Er hörte mit, als das Mädchen nach Luft japsend und unter Schniefen zu sprechen versuchte.

»Sir – sind Sie …?« Sie kam nicht weiter, ihre Kraft reichte nicht aus.

Ich hatte sie auf den Fußboden gesetzt und war neben ihr in die Hocke gegangen. Immer noch schmiegte sie sich an mich, und ich umfasste ihre bebenden schmalen Schultern.

»Du musst dich nicht beeilen«, sagte ich und horchte. Durch die offene Tür behielt ich das im Auge, was ich von der Wohnung sehen konnte – jenen Teil des besenreinen Fußbodens, der sich in meinem Blickfeld befand. Ich sah das Mädchen aufmunternd an, doch die Angst nistete tief in ihren Augen. »Sag mir erst mal deinen Namen«, versuchte ich abzulenken, obwohl die Zeit höllisch knapp war.

»Jessica Hall«, schluchzte sie.

»Und wie alt bist du?« Ich streichelte ihre Wange.

»Zehn, Sir.«

»Na, da bist du ja schon ein großes Mädchen«, sagte ich und kam mir albern und hilflos vor. Aber ein bisschen Wirkung zeigte es doch. Jessica atmete etwas ruhiger. Jedenfalls hatte ich den Eindruck. »Du bist ein großes Mädchen, ich bin FBI-Beamter, und gemeinsam werden wir beide jetzt unser Problem lösen. Okay?«

»Ja, Sir.« In ihren tränennassen Augen entstand ein schwacher Schimmer von Hoffnung.

»Kannst du mir jetzt sagen, was du sagen wolltest?«

Sie holte tief Luft.

»Sir, ich – soll erst fragen, bevor ich – was sage …« Sie atmete heftiger.

»Ja?« Ich nickte ihr zu und lächelte aufmunternd. »Was sollst du fragen?«

»Ob Sie – Jerry Cotton sind.«

»Der bin ich«, antwortete ich ruhig, obwohl mir eine Gänsehaut über den Rücken lief. Der Mann in der Nachbarwohnung war der Teufel in Person. Gleichzeitig wurde mir zumindest ein Teil der Zusammenhänge klar. Der Mordanschlag hatte mir gegolten. Durch sein Stolpern hatte mir Nico das Leben gerettet, und dafür schwebte er nun selbst in Lebensgefahr. »Du hast also eine Nachricht für mich?«, fragte ich behutsam.

»Ja, Sir.« Sie nickte tapfer und presste die Lippen zusammen, um die erneut aufsteigenden Tränen zu unterdrücken. Geradezu flehentlich blickte sie aus ihren großen braunen Augen zu mir auf. »Der Mann sagt, Sie – sollen draußen – bleiben. Er tötet – sonst – Mikey und Sarah.« Keuchend hielt sie inne, und nun schossen ihr doch die Tränen in die Augen.

Ich hielt sie fester und fragte leise: »Mikey und Sarah sind dein Bruder und deine Schwester?«

»Ja, Sir«, wimmerte sie, und sie zitterte stärker.

»Wie alt sind denn die beiden?«

»Mikey ist fünf – und Sarah acht.«

»Und ihr drei seid allein zu Haus?«

»Ja, Sir. Ich – ich passe auf Mikey und Sarah auf – nur nachmittags, Sir. Mom arbeitet nachmittags fünf Stunden – in Mr. Wangs Gemüseladen an der Canal Street.«

»Und dein Daddy?«

Ihre Augen begannen zu flackern. »Daddy ist …« Ihre Tränen strömten. »Daddy ist – von uns – weggegangen, Sir. Schon lange …« Ihr Schluchzen war wie ein kleiner Schrei.

Mir schnürte es die Kehle zu.

Wieder klammerte sich Jessica an mich, und ich wusste, ich würde sie selbst dann nicht loslassen, wenn auf einmal der Killer vor mir stehen würde. Ich verfluchte mich dafür, dass mir die Frage nach ihrem Vater rausgerutscht war.

»Wann kommt deine Mom nach Hause?«, fragte ich, allein, um sie abzulenken.

»Um acht. Sie hat immer den späten Dienst.«

»Okay«, hörte ich Phils gedämpfte Walkie-Talkie-Stimme an meinem Ohr. »Ich verständige die Cops und lasse die Mutter herbringen. Hör zu, Alter, ich hab mir die MPi aus dem Wagen geholt und bin jetzt im Restaurant. Die Jungs hier sagen, dass das Haus, in dem du bist, eine Feuertreppe an der Hofseite hat. Ich gehe hinten raus, mache einen Umweg um den Block und bin in zwei Minuten da.«

»Verstanden«, entgegnete ich. »Over und Ende.«

»Ende.«

Jessica sah mich staunend an. »Ist das wie im Fernsehen? Sprechen Sie mit Ihrem Dienstpartner?«

»Ja«, antwortete ich, froh, dass sie tatsächlich abgelenkt war. »Mein Dienstpartner heißt Phil Decker, und er wird uns beiden aus dieser schwierigen Lage heraushelfen.«

Jessica nickte ernst. Ihr Blick, mit dem sie mich musterte, nahm etwas Forschendes an. »Warum bluten Sie, Sir?«

Mir fiel der Moment ein, in dem Nico über mich gestürzt war. Sein Blut.

»Sieht es schlimm aus?«, erkundigte ich mich.

»Alles verschmiert«, informierte mich die Kleine. Sie zeigte auf meine rechte Gesichtshälfte.

»Das ist nicht von mir«, sagte ich. »Ein anderer Mann wurde verletzt, und ich habe sein Blut abbekommen.«

Abermals nickte Jessica mit diesem ungewöhnlichen Ernst. Sie musste so schnell wie möglichst ins Hospital, zusammen mit ihren Geschwistern, denn deren Schock würde nicht weniger schwer sein. Und die Mutter musste bei den drei Kindern sein, wenn sie in den Rettungswagen stiegen.

Wie rasch das geschehen konnte, lag an Phil und mir.

»Ist der Mann in unserer Wohnung ein Geiselnehmer?«, fragte Jessica.

»Ja«, antwortete ich und wusste, dass sie das Wort nicht verstand, wenn es in den TV-Nachrichten verwendet wurde.

»Geiselnehmer werden erschossen«, erklärte Jessica mit Bestimmtheit.

»Oft ist das so«, bestätigte ich. »Immer dann, wenn so ein Mann das Leben seiner Geiseln bedroht.«

»Sind Mikey und Sarah jetzt – Geiseln?«

»Ja. Und du warst es auch, bis er dich rübergeschickt hat.«

Das Aufschnappen einer Tür drang plötzlich aus der Stille des Flures herüber.

Jessica zuckte zusammen.

Im nächsten Moment erscholl die Stimme. Rau und dröhnend.

»Cotton! Los, schwenk deinen Arsch zur Wohnungstür! Und zwar pronto!«

Um seine Forderung zu unterstreichen, tat er das Gemeinste, was man sich vorstellen konnte.

Er fügte den Kindern Schmerzen zu. Auf welche Weise, wusste ich nicht. Aber er tat es so, dass sie schrien. Ihre hellen Stimmen waren kläglich und jammervoll.

»Wage es nicht, mit deiner Kanone hier aufzukreuzen!«, brüllte der Gangster. »Oder den Bälgern geht es noch dreckiger!«

Ich sah die neuen Tränen in Jessicas Augen, und ich schwor mir, dass ich alles tun würde, um Mikey und Sarah zu retten. Dieses kleine, tapfere Mädchen sollte nicht auch noch seine Geschwister verlieren.

»Du weißt, dass ich dich einen Moment allein lassen muss«, flüsterte ich und drückte sie noch einmal fest an mich. Ich klemmte das Walkie-Talkie an den Gürtel. »Und du darfst dich nicht vom Fleck rühren. Bleib hier in diesem Zimmer, was auch passiert. Versprichst du mir das?«

»Ja, Sir.« Ihre Stimme bebte vor Angst.

»Sag Jerry zu mir.«

Ihre Augen leuchteten durch den Tränenfilm.

Mit lauten und vernehmlichen Schritten ging ich in Richtung Korridor. Kurz vor der Türschwelle blieb ich stehen.

»Ich bin hier!«, rief ich.

In dem schwach hereinfallenden Sonnenlicht schwebten Staubpartikel. Der Wohnungseingang auf der anderen Seite lag im Halbdunkeln. Trotzdem konnte ich den Türspion erkennen. Die winzige Weitwinkeloptik war wie ein funkelndes Auge. Es bewegte sich.

Der Gangster beobachtete mich. Allerdings würde er mich nur stark verkleinert sehen können.

»Streck sie hoch!«, brüllte er durch den Türspalt.

Er ahnte nicht, dass er mir keinen größeren Gefallen tun konnte. Ich hob die Hände so, dass die Fingerspitzen knapp unter dem oberen Rahmenholz waren.

»Und jetzt mach den Kreisel!«, forderte er. »Heb die Jacke hoch – wie die Jungfrau das Röckchen!« Er lachte dröhnend.

Ich hörte die Kinder weinen.

Es kostete mich höllische Mühe, meine Wut im Zaum zu halten, während ich die Anordnung des Gangsters ausführte. Ich verharrte, das Gesicht zum Korridor gewandt, die Fingerspitzen wieder am Rahmenholz.

»Eine Bewegung«, drohte er dumpf hinter seiner Tür, »und das erste Balg ist fertig! Begriffen?«

»Ja«, antwortete ich äußerlich ruhig, obwohl ich innerlich kochte. »Ich werde alle Bedingungen erfüllen.«

»Das ist auch besser so!«, höhnte er. »Wie würde der FBI sonst dastehen! Als Kinderkiller! Das könnt ihr euch nicht leisten, stimmt's?«

»Nein, auf keinen Fall.«

»Okay«, entgegnete er. »Ich werde euch nicht den Gefallen tun, mich lange hier aufzuhalten. Ich verlange keine Corvette als Fluchtfahrzeug, keinen Hubschrauber und keine Million Dollar. Ich will bloß weg. Kapiert?«

»Ja, hab ich«, erwiderte ich folgsam.

»Gut, dann komm ich jetzt raus. Und du wirst gleich sehen, dass es keinen Sinn hat, mich anzugreifen.«

»Ich habe keine Waffe«, sagte ich.

»Ihr G-men habt doch immer einen Trick auf Lager!« Er lachte. Und dann ließ er die Tür langsam nach innen schwingen.

In der Wohnung war es sonnenhell. Deshalb sah ich ihn und

die Kinder zuerst nur als Schattenriss, als merkwürdig geformten Scherenschnitt.

Und dann, als sich meine Augen an die neuen Lichtverhältnisse gewöhnt hatten, erstarrte ich vor Entsetzen.

Er hatte Mikey und Sarah mit Ledergürteln zusammengebunden wie siamesische Zwillinge.

Er trug eine schwarze Stoffhaube mit Schlitzen für Augen, Nase und Mund.

Die Kinder schob er vor sich her. Dazu benutzte er eine Beretta, deren Laufmündung er dem blonden Jungen auf den Hinterkopf drückte.

Das allein war schon grausam genug – die bleichen Gesichter der Kinder, ihre großen, geweiteten Augen, in denen die nicht beantwortete Frage wie ein Verzweiflungsschrei stand: Was geschieht mit uns?

Denn da war das Gewehr.

Und da war die Kordel.

Mein Herzschlag setzte aus, als mein Blick die Einzelheiten erfasste.

Der Bastard hatte den Kindern das Präzisionsgewehr schräg vor die Oberkörper geschnürt. Den Schalldämpfer hatte er abmontiert. Die Schulterstütze befand sich in Höhe von Mikeys Hüfte. Und die Mündung lag unterhalb von Sarahs Kinn!

Um die Mündung dort unverrückbar zu befestigen, hatte er das obere Stück des Gewehrlaufs und den Hals des Mädchens mit Klebestreifen umwickelt.

Sarah war gezwungen, den Kopf hochzuhalten, so schmerzhaft drückte der Stahl in die weiche Haut zwischen ihren Kieferknochen.

Die Kordel war golden, stammte offenbar von einer Gardine. Der Gangster hatte sie um den Abzug des Gewehrs geknotet und zwischen Mikeys Beinen hindurch nach hinten geführt.

Ich glaubte, das Hohnglitzern in den Augen unter der Maske zu erkennen, als er den linken Arm seitlich vom Körper des Jungen weghielt.

Das andere Ende der Kordel hatte sich diese zweibeinige Bestie ums Handgelenk gebunden.

Egal, was geschah – ob er zur Seite stürzte, nach vorn oder nach hinten, in jedem Fall würde der Ruck genügen, um den Schlagbolzen des Gewehrs auszulösen.

Ich hatte mich nicht getäuscht. Dieser Mann war der Teufel in Person.

»Alles begutachtet?« Seine Stimme troff vor Hohn. »Und? Zu welchem Ergebnis ist unser Superbulle gekommen? Lässt sich da irgendwas machen?«

Ich konnte nur den Kopf schütteln, brachte kein Wort hervor.

»Tja, da verschlägt es selbst dem cleversten G-man die Sprache!« Er lachte wieder. Doch schon nach einem Moment wurde er ernst. »Und jetzt geht's los. Schmeiß deine Schlüssel in die Mitte vom Flur. Ich nehme deinen Jaguar als Fluchtwagen. Den kann keiner verwechseln, stimmt's? Da wird sich keiner rantrauen, klar? Denn sonst – rumms!« Er ließ es wie ein Donnergrollen aus der Tiefe seines Brustkorbs klingen, und mit einer Kopfbewegung zeigte er dabei erst auf Sarah und dann auf Mikey.

Ich wusste, ich würde es nicht mehr lange ertragen, die beiden unschuldigen Kinder in dieser grauenhaften Todesangst zu sehen. Niemals würden sie diese Sekunden und Minuten vergessen können. Wenn sie überlebten.

»Die Schlüssel habe ich in der linken Hosentasche«, sagte ich. »Soll ich sie mit der linken Hand rausnehmen?«

»Exakt! Und zwar mit spitzen Fingern.« Er gab einen grunzenden Laut von sich. »Falls du vorhaben solltest, mir die Schlüssel ins Gesicht zu werfen – schlag es dir am besten gleich aus dem Kopf. Ich bin ein schreckhafter Mensch. Und wenn ich erschrecke, zucke ich zusammen. Das wäre dann der sichere Tod der kleinen Sarah.«

Die Kinder weinten lautlos. Ihre Augen flehten mich an.

»Habt keine Angst«, hörte ich mich krächzen.

Der Killer gluckste vergnügt. Jedenfalls sollte es sich so

anhören. Dabei konnte er nicht verheimlichen, dass seine Nerven bis zum Äußersten angespannt waren.

»Ich nehme jetzt die Schlüssel raus«, kündigte ich an.

»Aber die rechte Hand bleibt oben!«, bellte er.

Ich wüsste nicht, was mir lieber wäre, hätte ich gern geantwortet. Aber das musste ich mir nun wirklich verkneifen.

Als ich die Linke langsam sinken ließ und in die Tasche griff, war es, als ob das staubige Sonnenlicht im Flur kurz blinzelte.

Der Gangster schöpfte keinen Verdacht, denn er beobachtete die bevorstehende Schlüsselübergabe mit höchster Konzentration.

Phil musste das Fenster am Ende des Flures erreicht haben. Und er wusste, wann ich handeln würde. Er wusste es haargenau. In den vielen Jahren unserer gemeinsamen Einsätze hat sich ein solches Verstehen entwickelt, dass Worte und Pläne in Situationen höchster Anspannung überflüssig sind.

Als ich den Schlüsselbund aus der Tasche zog, nickte der Maskierte zufrieden.

Ich holte nur wenig und sehr vorsichtig aus.

Und warf.

Die Schlüssel klimperten durch die Luft.

Der Blick des Gangsters klebte an ihnen, begleitete sie bis zum Aufprall auf den Boden.

Das war die Zeitspanne, in der ich die Finger der Rechten streckte und den Revolver vom Konsolbrett zog.

Der Maskenkopf ruckte hoch, als er die Bewegung bemerkte.

Vermutlich sah er noch den grellroten Blitz des Mündungsfeuers.

Das Wummern der beiden Schüsse hörte er vermutlich schon nicht mehr.

Phil und ich hatten gleichzeitig gefeuert.

Die Magnum-Geschosse waren in den Schädel des Verbrechers geschlagen.

Und diese beiden Geschosse hatten ihn sofort getötet.

Er stand da, als ob er noch lebte.

Die Kinder waren starr vor Grauen.

»Bewegt euch nicht«, sagte ich leise. »Bitte bewegt euch jetzt nicht. Es ist gleich vorbei. Bewegt euch nicht, bevor ich es euch sage.« Ich ging schon auf sie zu, nahm die Kordel zwischen Daumen und Zeigefinger, sodass kein Rucken den Abzug durchziehen konnte. Dann legte ich den Sicherungsflügel des Gewehrs herum.

Phil öffnete das zerschossene Flurfenster und eilte herbei.

Erst in diesem Moment begann der tote Gangster zu kippen. Reaktionsschnell hielt ich ihn fest.

Phil war zur Stelle und befreite Sarah und ihren Bruder als Erstes von dem Gewehr. Dann sicherte er vorsichtig die Beretta in der Hand des Toten und nahm die Waffe an sich. Damit war die Gefahr gebannt.

Wir lösten die Gürtel, mit denen die Kinder zusammengeschnürt waren. Ich ließ den Killer umkippen und nahm den kleinen Jungen auf den Arm. Phil tröstete Sarah, und sie schmiegte sich weinend und schluchzend an ihn. Mit Mikey auf dem Arm ging ich in die leere Wohnung.

Jessica blickte furchtsam zu mir auf. Sie hatte sich nicht gerührt. Als sie ihren Bruder sah, begannen ihren Augen zu leuchten, und dann sprang sie auf und stieß einen Freudenschrei aus.

Ich brachte Mikey und Jessica zu ihrer Schwester. Phil war mit ihr schon halb die Treppe hinuntergegangen, und so bemerkten die Kinder den Toten im Eingang der Wohnung nicht. Ihre Wiedersehensfreude war viel zu groß.

Rettungswagen jagten in die Mulberry Street, als alles vorüber war. Auch die Mutter der drei Kinder war zur Stelle. Sie versuchte, ihren Dank in Worte zu kleiden, aber dazu war auch ihr Schock viel zu groß. Wir sagten ihr, dass wir sie und die Kinder besuchen würden, später. Sie nickte ein wenig erleichtert und stieg in den Rettungswagen.

Inzwischen wimmelte es in der Mulberry Street von Streifenwagen der City Police. Auch neutrale Dienstlimousinen waren eingetroffen. Phil und ich erhielten jede nur erdenkliche Unterstützung.

Nico, so erfuhren wir, würde es überleben. Die Kugeln wurden ihm in diesen Minuten herausoperiert – eine aus dem Oberarm, eine aus der Hüfte.

Die Cops hatten den Killer auf Anhieb identifiziert.

»Ein alter Bekannter«, sagte der Detective Lieutenant, der uns noch einmal ins Haus begleitete.

Dass er Recht hatte, sahen wir, als wir vor der demaskierten Leiche standen.

Russell Shanahan.

Ein Berufskiller. Erst in den letzten Jahren hatte er sich im organisierten Verbrechen einen Namen gemacht. Er war praktisch aus dem Nichts aufgetaucht, und er hatte sehr schnell gelernt, eiskalt und mit höchster Präzision zu töten. In der Unterwelt wurde gemunkelt, dass Shanahan einen Lehrmeister gehabt hätte. Aber wer das gewesen war, wussten nicht mal unsere bestinformierten V-Leute.

Myrna und ich.

Unglaublich aber wahr.

Wir beide, das war die pure Wirklichkeit an diesem Freitag, der sich zu einem neblig-kühlen Herbstabend entwickelt hatte. Die private Premiere mit Myrna half mir, das Grauen des Nachmittags zu vergessen – wenigstens vorübergehend.

Wie sie durch den Battery Park schritt, in ihrer gefütterten Wildlederjacke, und wie sie die Nase herausfordernd in den Wind reckte, o Mann, da war sie noch hundert Mal hübscher als während der Dienststunden in der Telefonzentrale des FBI-Distriktgebäudes.

Sämtliche New Yorker G-men beteten sie an.

Und mit mir verbrachte sie den Abend.

Mit mir!

Aber was würde aus der Nacht werden?

Tja …

Damit fing der Haken an der Sache bereits an. Ich seufzte

innerlich. Mein Date mit Myrna hatte nämlich ein paar kleine Schönheitsfehler. Und die wiederum hingen mit dem Ziel zusammen, auf das wir zuspazierten.

Es war der »Cirque du Papillon«.

Der »Zirkus des Schmetterlings« aus Montreal, Kanada.

Vor uns glühte das Viermastzelt. Illuminiert von seinen Innen- und Außenscheinwerfern glich es einem UFO, wie es da breit und rund auf dem Boden hockte, zu Füßen des World Trade Centers und all der himmelstürmenden Prachtbauten von Manhattan South und Battery Park City. Ja, es schien gerade so, als hätte sich dieses unbekannte Flugobjekt den Lichterglanz der Wolkenkratzer als Flugfeldbefeuerung ausgesucht.

Der Mann sah sofort, was Sache war. Das Girl war eine Herumtreiberin. Eine, die kein Zuhause hatte oder, falls doch, sich durch nichts dort hingezogen fühlte.

Er beobachtete sie aus der Dunkelheit zwischen den Packwagen heraus.

Sie hing bei den Raubtierkäfigen herum, als ob der beißende Gestank der Bestien sie magisch anzog.

Gleich und gleich gesellt sich gern, dachte er höhnisch.

Sie musste Mitte zwanzig sein, hatte langes dunkles Haar und einen üppigen Körper. Das konnte der Mann trotz ihrer sackartigen Klamotten erkennen. Er war Fachmann, und was für einer! Er grinste, ohne den Mund zu öffnen, denn er wusste, dass das blitzende Weiß seiner Zähne ihn verraten konnte. Solange er sie noch beobachtete, durfte er sich nicht erwischen lassen. Heimlichkeiten fielen auf. Wenn man von einer was wollte, musste man direkt auf sie zugehen, wie jemand, der es ehrlich meinte.

Vor »Sultan«, dem mächtigen Bengaltiger, blieb sie stehen. Der alte Knabe lag nur faul in seiner Ecke und kriegte mit Mühe die Augenlider halb hoch. Es herrschte kaum Betrieb in den Gassen zwischen den Käfigwagen. Hier in New York gab es genug Zoos, deshalb lockten ein paar Zirkustiere kaum jemanden hinter dem Ofen hervor. Der »Papillon« holte sich die Zuschauerscharen über sein Programm.

Je länger der Mann die Schlampe beobachtete, desto mehr gefiel sie ihm. Sie drehte sich vor dem Käfig wie ein kleines Kind, irgendwie weltentrückt, als wollte sie dem großen, starken Tiger all ihre schönen Seiten zeigen.

Der Beobachter kam zu der Überzeugung, dass sie keine Obdachlose war, obwohl sie schon ziemlich verwahrlost aussah. Über kurz oder lang würde sie allerdings endgültig auf der Straße landen, den Eindruck machte sie. Vermutlich wohnte sie bei den Eltern, und die waren alkohol- oder drogenabhängig und lebten von der Fürsorge. Bestimmt hatten sie schon seit Monaten keine Miete mehr gezahlt.

Der Mann fragte sich, was diese dralle Tochter wohl anstellte, um zu Geld zu kommen. Auf den Strich ging sie garantiert nicht. Neunundneunzig Prozent der Freier waren Saubermänner, wollten was Adrettes, Ästhetisches.

Also klaute sie. Vermutlich.

Wie sie sich drehte und in diesem kindlichen Rhythmus vor dem Tiger tanzte, bescherte sie dem Mann im Dunkeln eine Erektion. Er wusste jetzt, dass er sie haben musste.

Eine Horde von Inline-Skatern rauschte in sein Blickfeld, vorbei an dem tapsenden Girl. Sechs, sieben schwarze Strolche mit nach hinten gedrehten Baseballmützen und knielangen Flauschjacken. Auf ihren Rollerblades fühlten sie sich wie Kings. Mit ihrem Lärm störten sie die Gedanken des Mannes.

Zwei von ihnen kehrten zurück und umkreisten das Girl. Dass die Kleine mindestens zehn Jahre älter war, störte sie überhaupt nicht. Im Gegenteil, vielleicht brachte es sie sogar auf Touren. Die Stimmen der Burschen waren hell und herausfordernd.

»Na, Schwester? So allein auf weiter Flur?«

»Du bist voll drauf, was, Baby?«

»Na, los, tanz weiter!«

»Wie wär's mit 'nem Strip, Schwester?«

»He, zeig doch mal deine Titten!«

Sie war stehen geblieben.

»Das kostet fünf Bucks!«, schrie sie und stemmte die Fäuste in die Hüften.

Schlagfertig, schlagfertig, dachte der Mann und lachte lautlos. Er vergewisserte sich, dass keine anderen Leuten in der Nähe waren. Dann verließ er sein Versteck und marschierte los.

»Es ist wie eine andere Welt!«, rief Myrna beim Anblick der Zelt- und Wagenstadt des Zirkus. Ohne den Umweg übers Telefon ging ihre rauchige Altstimme geradewegs unter die Haut. Ihre Augen sprühten vor Begeisterung, und der Wind spielte mit ihrem blonden Haar, als sie sich mir zuwandte. »Spürst du es auch, Jerry?«

Ich legte den Arm um ihre Schulter und antwortete mit einem tiefen Blick. »Ich weiß nicht, ob wir von derselben Sache reden, aber ich will dir gern sagen, was ich spüre.«

Sie lachte und entwich mir, tänzelte ein paar vergnügte Schritte von mir weg.

»Jerry!« Sie kicherte, indem sie sich zu mir umdrehte. »Jetzt reiß dich aber zusammen! Wir sind dienstlich hier. Und ich rede von der unvergleichlichen Zirkusatmosphäre. Was dachtest du denn?«

Das war er, einer dieser kleinen Schönheitsfehler. Dazu gehörte auch, dass wir uns nur für die Dauer dieses Abends auf das »Du« geeinigt hatten, aus rein zweckmäßigen Gründen. Ebenso, wie es Helen und Phil hielten. Wir würden die beiden später im Zelt treffen. Im Dienst, ab morgen, galt dann wieder das vorschriftsmäßige »Sie«.

»Dienstlich!«, entgegnete ich anklagend. »Allein wie du das aussprichst – so – sachlich! Du ahnst ja nicht, welchen Schmerz du mir damit zufügst. Du legst den Finger praktisch in eine offene Wunde.«

»O mein Gott!«, hauchte sie in gespielter Bestürzung. »Auch

G-men sind ja sensibel! Wie konnte ich das bloß vergessen!« Sie trat bis auf einen Schritt an mich heran und musterte mich besorgt. »Wirst du diesen denkwürdigen Abend unbeschadet überstehen?«

»Garantiert nicht.« Ich schüttelte den Kopf, und übertrieben fröstelnd schlug ich den Kragen meiner Jacke hoch. »Mehrere Stunden lang tun wir, als wären wir ein richtiges Paar – und dann wird man in die raue Wirklichkeit zurückgerissen. Das halten so zart besaitete Naturen wie ich einfach nicht aus.«

Myrnas Miene produzierte grenzenloses Mitgefühl. »Armer Jerry! Wie kann ich dir bloß helfen?«

»Willst du das wirklich wissen?«, freute ich mich.

»Aber ja!«

»Am besten hilfst du mir, indem wir nicht länger nur so tun als ob, sondern …«

»Sondern?«, unterbrach sie mich belustigt.

»… uns richtig näher kommen. Dazu schlagen wir uns den dienstlichen Kram einfach mal aus dem Kopf.«

»Ich weiß nicht, was Mr. High dazu sagen würde.«

»Er ist der verständnisvollste Chef der Welt.«

»Aber irgendwo hat auch das größte Verständnis seine Grenzen.« Myrna lächelte verschmitzt. »Was du mit mir vorhast, würde Mr. High bestimmt nicht gutheißen.«

»Verschanz dich doch nicht hinter Mr. High«, forderte ich. »Lass doch einfach deinen Gefühlen ihren Lauf. Du wirst sehen, wie befreiend das ist. Oder willst du etwa behaupten, ich wäre nicht charmant, galant, gut aussehend und geistreich?«

Myrna lachte. »Weißt du, was Mr. High mir gesagt hat?«

»Etwas, das ich nicht mithören sollte?«

»So ist es. Er sagte wörtlich: ›Passen Sie gut auf sich auf, Myrna. Er wird versuchen, Sie herumzukriegen, und er ist ein Meister darin. Klopfen Sie ihm auf die Finger, wenn es sein muss. Und wenn er sich trotzdem nicht zusammenreißt, muss ich ihn leider zu drei Monaten Innendienst im Vernehmungstrakt verdonnern.«

Ich grinste. »Das mit dem Innendienst war eine Spur zu dick

aufgetragen.« Ich tippte ihr mit dem Zeigefinger auf die hübsche Nase und imitierte den typischen Tonfall eines Gangsters aus der Zeit der Schwarzweißfilme: »Ich sag dir was, Baby, ich werd's dir beweisen!«

»Was?«, hauchte sie, und sie sah dabei perfekt erschrocken aus.

»Dass ich ein Meister meines Fachs bin.«

Sie blickte auf ihre Armbanduhr und wurde plötzlich ernst. »Gib dir keine Mühe. Du lenkst mich nicht davon ab. Und ich betone noch einmal: Ich bin ein freier Mensch, ich treffe meine eigenen Entscheidungen, und ...«, sie lächelte wieder, »... ich habe den besten Beschützer der Welt. Auch in dem Fach ist er ein Meister.«

Ich gab es auf. Gegen diese Art der weiblichen Logik war ich machtlos.

Sie wollte nun mal den Lockvogel spielen.

Und wenn ich mich auf den Kopf stellte – ich würde sie nicht davon abbringen. Das hatte sie mir klar gemacht. Glashart. Ohne Rücksicht auf die romantischen Vorstellungen, die ich von ihr und unserem gemeinsamen Abend hatte.

Sie hörten nicht auf, um die Schlampe herumzukurven.

»Verpiss dich, Großvater«, sagte der eine, und der andere lachte.

Auch das Girl lachte. Für sie schien es ein Riesenspaß zu sein, sich von den kleinen Pissern anmachen zu lassen. Anscheinend hatte sie ernsthaft vor, sich mit denen in die Büsche zu schlagen. Herauszufinden, was die schon zu Stande brachten.

»Nun mach schon, Grandpa!«, rief sie vergnügt. »Verdirb mir nicht das Geschäft. Der Nachwuchs hier zahlt fünf Bucks fürs Tittenzeigen, und ich muss vorher kassieren, weil die nämlich sofort aus den Schuhen kippen, wenn sie meine Superdinger sehen.«

»Von mir kriegst du zehn Dollar«, sagte der Mann und blieb stehen.

»Oh!« Sie zog die Augenbrauen hoch und kriegte den Mund nicht wieder zu.

Die beiden Strolche brachen ihre Runde ab. Drohend rollten sie auf den Mann zu.

Sein rechter Arm und die dazugehörige Faust kamen so schnell und so unerwartet hoch, dass es nur der eine noch mitkriegte.

Der andere, den es erwischte, segelte zu Boden wie von einem Vorschlaghammer getroffen. Er rutschte noch zwei Yards weit, weg von der Schlampe, die entsetzt die Luft anhielt.

Der Mann machte einen Schritt auf den Burschen zu, der noch auf seinen Inlines stand. Aber er war so grau im Gesicht wie eine Maus, bevor ihr die Katze den Kopf abbeißt. Der Mann packte den Schlotternden am Kragen und zog ihn ein Stück zu sich heran.

»Was ist?«, zischte er. »Hast du jetzt die Windeln voll, kleiner Mann? Na los, nimm deinen Kumpel, und dann lasst euch von eurer Mammi neu wickeln!«

Die Tochter in den Sackklamotten hatte sich entschlossen, beeindruckt zu sein. Sie kicherte hinter der hohlen Hand.

Er stieß den Jungen weg, sodass der ein Stück rückwärts rollte. Armrudernd versuchte er das Gleichgewicht zu halten. Doch er schaffte es nicht. Sein Kumpel, der sich gerade aufrappeln wollte, war im Weg. Schreiend und fluchend verknäulten sich die beiden auf dem festgetrampelten Erdboden.

»Sultan« hatte ein müdes Auge geöffnet. Zu mehr vermochte er sich angesichts des Menschengezappels vor seinem Käfig nicht aufzuraffen.

»Na, komm«, sagte der Mann.

Sie ergriff seine ausgestreckte Hand. »Zehn Dollar?«

»Klar«, brummte er und zog sie mit sich.

Sie trippelte und kicherte hinter ihm her. »Darf's auch ein bisschen mehr sein?«

»Mehr von was?« Er führte sie in die Dunkelheit zwischen den Packwagen.

»Na, von mir!«, gluckste sie. »Ich meine, ich zeig dir mehr, und du zahlst mir mehr.«

»Einverstanden«, sagte er heiser. In einer gerade schulterbreiten Sackgasse zwischen zwei Anhängern drehte er sich zu ihr um. »Zeig mir alles.«

»Alles?« Sie antwortete mit einem koketten Augenaufschlag. »Das kostet aber …«

»Mach schon«, knurrte er und blickte auf die Leuchtanzeiger seiner Armbanduhr. In einer knappen Stunde begann die Vorstellung. Die letzten Vorbereitungen liefen auf Hochtouren. Hierher, zu den Wagen, kam jetzt keiner mehr. Er zog eine dicke Rolle Geldscheine aus der Hosentasche. Die Bucks gingen ihm so oder so nicht verloren. Er drückte sie ihr in die Hand. »Wenn du deine Sache gut machst, leg ich noch was drauf. Und jetzt zieh dich aus, Superbaby.«

Eine Sekunde lang starrte sie fassungslos auf ihren plötzlichen Reichtum. Dann beeilte sie sich, verstaute die Dollars zwischen den Falten ihrer Beuteltasche und riss sich die Klamotten vom Leib.

Seine Augen hatten sich an die Dunkelheit gewöhnt. Er sah genug, um in Raserei zu geraten.

Die junge Frau hatte bis zu diesem Moment an nichts anderes gedacht als an die Rolle Bucks in ihrer Tasche. Großzügig, dieser komische Kerl. So, wie er aussah, würde er wirklich noch was drauflegen. Und so alt war er eigentlich auch noch nicht. Vierzig allerhöchstens.

Okay, sie musste sich so gut verkaufen, wie sie konnte. Sie straffte ihre Haltung, um ihre enormen Brüste noch mehr zur Geltung zu bringen. Himmel, ja, auf ihren Körper konnte sie schon stolz sein. Es mochte ja eine Menge Kerle geben, die auf Bohnenstangen abfuhren. Sie aber kannte verdammt viele, die was zum Anfassen brauchten.

»Kannst du überhaupt was sehen?«, fragte sie diensteifrig.

Statt einer Antwort stürzte er sich auf sie. Ihr blieb fast die Luft weg, wie er sie an die Holzwand des einen Anhängers rammte und sie mit sich zu Boden zog. Keuchend rang sie nach Atem. Noch nie hatte sie einen derart viehischen Kerl erlebt. Nur in den ersten Sekunden verschaffte ihr seine brutale Wildheit eine merkwürdige prickelnde Lust. Dann jedoch, als sie vor Schmerzen schreien wollte, musste sie stumm bleiben. Seine harte Handfläche versiegelte ihr den Mund.

Der Mann geriet in Raserei, und ihr schwanden die Sinne. Sie starb, ohne den Tod geahnt zu haben.

Myrna ging voraus, auf das Flussufer zu. An den Masten der Parklampen waren Pappschilder mit großen, gut lesbaren Buchstaben befestigt worden.

MEET THE ANIMALS

Es widerstrebte mir zutiefst, Myrna allein zum Treffen mit den Zirkustieren gehen zu lassen. Ich durfte in Sichtweite bleiben, mehr nicht. Bei aller Logik war ihr Vorhaben auch in höchstem Maße unlogisch. Gutheißen konnte ich es auf keinen Fall. Es war einfach zu gefährlich.

Und natürlich hatte sie es auch John D. High und Helen, seiner Sekretärin, verschwiegen. Zwar behauptete Myrna, die Idee sei ihr erst vor einer halben Stunde in den Kopf gekommen, als ich sie mit meinem Jaguar abholte, aber erstens kaufte ich ihr das nicht ab, und zweitens spielte es sowieso keine Rolle.

Myrna und Helen hatten in diesem Fall einen gewissen Bonus, und das war auch der Grund, weshalb der Chef Phil und mich mit den beiden reizenden Kolleginnen hergeschickt hatte. Mr. High hatte zufällig mitbekommen, wie sich seine Sekretärin mit Myrna über den »Cirque du Papillon« unterhalten hatte. Doch in dem Gespräch der beiden Frauen war es weniger um das Aufsehen erregende Programm des Zirkus gegangen, als vielmehr um die Zeitungs- und Fernsehberichte aus den Gastspielorten.

Im Umfeld des »Cirque du Papillon« wurden beinahe regelmäßig Frauen vergewaltigt, manchmal vor der Show, manchmal danach. In drei von insgesamt achtzehn Fällen waren die Opfer getötet worden. Den letzten Sexualmord in Zirkusnähe hatte es in Chicago gegeben. Die übrigen fünfzehn Vergewaltigungsopfer waren schwer verletzt worden, teilweise lebensgefährlich. Keine der überlebenden Frauen hatte eine Beschreibung des Täters liefern können. Er hatte sich mit einer schwarzen Maske nach Art des Ku-Klux-Klan und einem schwarzen Mantel getarnt. Die Frauen, denen er sich vermutlich unmaskiert gezeigt hatte, lebten nicht mehr.

Die einzelnen Fälle waren zwar in unterschiedlichen Bundesstaaten geschehen, doch man hatte sie dem FBI bislang nicht übertragen, weil es keinen Hinweis darauf gab, dass der Täter in den Reihen des Zirkuspersonals zu suchen war. Es musste sich auch nicht zwangsläufig nur um einen Täter handeln. Immer wenn Verbrechen Schlagzeilen machen, tauchen die so genannten Trittbrettfahrer auf – Nachahmungstäter, deren Psyche das Geschehene als Anlass nimmt, sich nun endlich selbst auszutoben.

John D. High hatte sich mit dem Hauptquartier in Verbindung gesetzt und erreicht, dass dem FBI-Distrikt New York vorsorgliche Ermittlungen übertragen wurden. Mr. Highs nächster Schritt war es gewesen, Phil und mir den Einsatzbefehl zu erteilen.

Unser Auftrag lautete, den »Cirque du Papillon« unauffällig zu überprüfen – Zelt und Wagenpark, den Lageplan und die Umgebung. Zwei Wochen würde der frankokanadische Zirkus noch in New York bleiben. Eine verdammt lange Zeit.

Myrna blieb am Ufergeländer stehen, als wollte sie den Ausblick genießen. Aber den gab es gar nicht.

Nebelfelder ruhten auf dem Hudson River wie eine graue Filzmatte. Jersey City, in der Dunkelheit auf der anderen Seite des Flusses, war nur noch an seiner Lichtglocke zu erkennen. Hoch und gelblich wölbte sie sich himmelwärts, über den Nebel hinaus.

Der Mörder war zufrieden mit sich. Die perverse Lust, im Sexfieber zu töten, hatte sich gelegt. Sicherlich nicht für lange. Er würde es wieder tun, auf diese entsetzliche Weise Menschenleben zerstören.

Er ließ die Nebelschwaden hinter sich zurück. Zügig marschierte er den Parkweg entlang. Durch die Lücken zwischen Buschzonen und Ziersträuchern konnte er den unmittelbar angrenzenden Battery Park mit den Lichtpunkten seiner Pilzleuchten sehen. Etwas weiter entfernt zeichneten sich die Umrisse der historischen Feuerwache an der Upper Bay ab.

Etwas wie ein Impuls veranlasste ihn, hinter einem Oleanderstrauch zu verharren und die Frau zu beobachten.

Sie war blond und ungewöhnlich.

Letzteres spürte er mit seinem untrüglichen Instinkt. Wie gebannt spähte er hinüber. Sie wirkte sportlich in ihrer Wildlederjacke. Auch unternehmungslustig war sie – anders als andere Frauen. Und warum war sie allein?

Sie war allein …

Möglicherweise sah das aber auch nur so aus.

Die Gedanken des Mannes versenkten sich in die Vergangenheit. Er wusste, er hatte das, was man ein verbrecherisches Hirn nennt. Seine besonderen Neigungen waren gekoppelt mit einem Wahrnehmungsvermögen, das über den Durchschnitt weit hinausging. Deshalb, zum Beispiel, hatten ihn die Bullen nie erwischt. Und sie würden ihn auch nicht erwischen, wenn er nicht einen schwerwiegenden Fehler beging.

Plötzlich hatte er es.

Ein Lockvogel!

Ja, das war es! Er hätte sich selbst auf die Schulter klopfen können. Natürlich! Warum, zum Teufel, war er nicht sofort darauf gekommen? Wie sie dastand, allein und scheinbar gelangweilt, war es allzu offensichtlich. Keine New Yorkerin würde sich unter normalen Umständen so verhalten. Nur in Begleitung wagten sich Frauen in dieser Stadt an solche einsamen Orte. Wenn sie allein waren, nahmen sie ein Taxi und ließen sich direkt vor ihrem Ziel absetzen. Und von dort fuhren sie mit einem Taxi auch wieder ab.

Ja, das Lockvogelverhalten dieser hübschen Blondine war ein bisschen zu offensichtlich.

Der Mann erlebte so etwas nicht zum ersten Mal. Die Bullen hatten schon öfter versucht, ihn auf diese läppische Weise zu erwischen. In Chicago zum Beispiel. Hölle und Teufel, wenn er auf solche simplen Tricks hereinfiel, dann konnte er ebenso gut ins nächste Revier spazieren und sagen: »Hallo, Jungs, hier bin ich. Jetzt dürft ihr das Geständnis des Jahrhunderts zu Protokoll nehmen.«

Er grinste in der Dunkelheit seines Verstecks.

Die blonde Lady brauchte einen Schuss vor den Bug.

Denn wenn sie ein Lockvogel war, dann hatte sie einen Beschützer. Und dem Burschen ein paar Rätsel aufzugeben war eine interessante Aufgabe.

Der Mann rieb sich voller Vorfreude die Hände, als er rasch seinen Weg fortsetzte.

Irgendwo in der grauen Suppe hustete ein Hafenschlepper sein Warnsignal. Schwer vorstellbar, dass da draußen noch irgendein leichtsinniger Freizeitskipper ohne Radar umherirrte. Aber Menschen sind nun mal unberechenbar, was die Waghalsigkeit anbelangt.

Aus dem Schatten eines Busches heraus behielt ich Myrna im Auge und schickte ein Stoßgebet zum Himmel, dass ihr Verhalten berechenbar bleiben möge.

Ich hörte Schritte hinter mir, aus der Richtung, aus der wir gekommen waren. Als ich mich umdrehte, erblickte ich ein eng umschlungenes Pärchen, das sich für den gleichen einsamen Weg zum Zirkus entschieden hatte wie Myrna und ich. Ich verkniff mir einen Fluch. Wie ich hier am Wegesrand lungerte, hinter dem Busch, sah ich aus wie der Spanner aus dem Bilderbuch.

Doch die beiden waren zu sehr mit sich selbst beschäftigt und bemerkten mich nicht einmal.

Doch mich hatten sie abgelenkt. Als ich mich wieder zu Myrna umdrehte, war sie verschwunden.

Jedenfalls stand sie nicht mehr an der Uferbalustrade.

Ich verlangsamte meine Schritte erst, als ich mich der Wegbiegung näherte. Dort hing ein weiteres Schild »Meet the Animals« mit einem Pfeil nach rechts.

Und mir fiel ein Stein vom Herzen.

Da war sie, keine zwanzig Yards entfernt. Wie ein Unschuldsengel schlenderte sie durch die Gasse zwischen den Käfigwagen – nach meinen Begriffen viel zu schutzlos. Nicht dass die Löwen und Tiger bei Myrnas Anblick ausgerastet wären. Dazu waren die Stahlgitterstäbe der Käfige viel zu solide gebaut. Die Bogenlampen, die von den Wagendächern herabreichten, leuchteten die Käfige aus und ließen keinen Zweifel daran, mit welcher Sorte von halbzahmen Bestien man es jeweils zu tun hatte.

Myrnas Schlendern hatte etwas Schwungvoll-Gelassenes, diesen Ausdruck von heiterer Unternehmungslust, die noch kein bestimmtes Ziel gefunden hat. Den Lockvogel zu spielen schien ihr ausgesprochenen Spaß zu machen.

Sie betrachtete hier einen Löwen und da einen Tiger und ging weiter, auf eine Dreifachgabelung der Käfiggassen zu.

Myrna zögerte im Licht der Käfiglampen. Sollte sie nach links, rechts oder geradeaus gehen?

Plötzlich erschrak sie, erstarrte mitten in einem ihrer langsamer gewordenen Schritte.

Ich hörte den Schrei im selben Moment.

Schrill gellend stach die Stimme aus einer der Gassen hervor.

Der Schrei war der Auftakt eines lang gezogenen, schrillen Gelächters. Und der dazugehörige Mensch hüpfte mit klackenden Geräuschen aus der Gasse rechts hervor. Er trug diese Stahlfederschuhe, die ihn drei Yards weit katapultierten. Aber das war beileibe nicht das Auffälligste an ihm.

Er trug eine froschgrüne Zipfelmütze, und er hatte eine lange rote Nase, die wie die Karotte eines Schneemanns aussah. Sein Haar lugte als feuerrote Mähne unter der Zipfelmütze hervor, und ebenso leuchteten die apfelroten Wangen in dem geweißten Gesicht. Seine Klamotten, mit tellergroßen Knöpfen, hatten diagonale Streifen in allen Farben des Regenbogens.

Mit einem Clown der Neuzeit hatte er bestenfalls die Sprungschuhe gemeinsam. Ansonsten kam er mir eher vor wie ein Narr aus der Zeit vor siebenhundert Jahren. So ein krakeelender Trotteltyp, der dauernd vergeblich versuchte, König Edward und den Sheriff von Nottingham zum Lachen zu bringen und von ihren Problemen mit Robin Hood abzulenken.

Er umhüpfte Myrna mit der Sprungkraft eines Kängurus. Und er kreischte und gackerte, dass man meinen konnte, neben dem Känguru müsse auch noch irgendeine obskure Sorte Federvieh in ihm stecken. Wenn er alle Zirkusbesucher auf diese Weise zu erheitern suchte, mussten sie samt und sonders das heulende Elend kriegen, noch bevor sie die Zuschauerbänke erreichten.

Ich verharrte im Schatten des Jaguarkäfigs.

Myrna war stehen geblieben und betrachtete den Hüpfer eher amüsiert als belustigt.

»Ich bin Gaspard, der Clown!«, schrie er, fuchtelte mit den Händen und schnitt wilde Grimassen. Auf einmal verharrte er auf der Stelle nachfedernd und heulte los: »Aber keiner lacht über mich! Keiner findet mich witzig!« Er quietschte wie ein Delfin und ließ eine bange Frage folgen: »Ist das nicht zum Weinen?«

»Tja.« Myrna zuckte mit den Schultern. »Dann kann ich dir nur einen guten Rat geben, Gaspard.«

»Ja?«, flötete er mit hoffnungsvoll großen Augen. »Was für ein Rat ist es denn?«

»Du solltest den Beruf wechseln.«

Gaspard starrte Myrna an. Für die Dauer eines Sekundenbruchteils sah es aus, als ob er geschockt wäre. Aber die Entfernung war zu groß. Ich konnte es nicht genau erkennen. Im nächsten Augenblick kreischte er wieder los, zeigte mit dem Zeigefinger auf Myrna und tat, als wollte er sich über sie ausschütten vor Lachen. Doch eine schlagfertige Antwort fiel ihm nicht ein.

Wohl deshalb wandte er sich abrupt um und verschwand mit Riesenhüpfern in der Gasse linker Hand. Das Klacken seiner Sprungfedern war schon nach Sekunden nicht mehr zu hören.

Myrna entschied sich für die Abzweigung nach rechts.

Ich setzte meinen Weg ebenfalls fort, versenkte die Hände in den Hosentaschen und täuschte Interesse an Raubkatzen und sonstigem Zirkusgetier vor. In Wahrheit fühlte ich mich so unruhig wie selten – besonders jetzt, da ich Myrna nicht sehen konnte. Ich war für sie verantwortlich, zumindest während dieses Abends. Sie machte es mir unnötig schwer. Doch das war ihr nicht bewusst, und deshalb kreidete ich es ihr nicht an.

Ich beschleunigte meine Schritte und erreichte die Gassengabelung. Hier tat ich genauso unschlüssig wie Myrna kurz zuvor.

Scheinbar beiläufig wandte ich mich nach rechts.

Und schlagartig war es vorbei mit der gespielten Coolness.

Myrna stand nur zehn, zwölf Yards entfernt – wie versteinert. Rücklings, wie in Zeitlupe, wich sie zu den Käfigen auf der linken Seite der Gasse zurück. Eine Horde Lemuren tobte und zeterte dort die Gitterstäbe hinauf und hinunter. Die Viecher reckten ihre Krallen heraus, begierig, der offenbar geistesabwesenden Frau ins Haar zu greifen und daran zu zerren.

Ich las das Entsetzen in Myrnas Profil.

Und schon sprintete ich los. Ich dachte nicht mehr daran, ihre Lockvogelspielerei noch länger zu tolerieren.

Ich wusste, sie spielte mir nichts vor. Ein exhibitionistisch veranlagter Stallbursche hätte sie eher zum Lachen gereizt. Was sie sah und was sie in solche Angst versetzte, befand sich noch außerhalb meines Blickfelds. Doch es musste eine tödliche Gefahr sein.

Ich zog den Smith & Wesson im Laufen.

Myrna bemerkte mich erst, als ich nur noch drei, vier Schritte entfernt war. Abwehrend streckte sie die Hände aus.

»Jerry!«, rief sie flehentlich. »Komm nicht näher! Um Himmelswillen, bleib weg!« Und wieder richtete sich ihr Blick auf die andere Seite der Gasse, voller Angst und doch wie magisch angezogen von der Gefahr.

Mit einem Satz überbrückte ich die letzten zwei Yards. Schützend baute ich mich vor Myrna auf.

»Jerry!«, flehte sie ernst.

Und da sah ich ihn.

Oder es.

Oder wer weiß was.

In dem Halbdunkeln des nur yardbreiten Ganges zwischen zwei Käfigwagen vermochte ich im ersten Moment nur das Weiß der Augen zu sehen. Dazu musste ich den Kopf in den Nacken legen. Denn diese weiß und rot und dunkel glühenden Augen befanden sich in drei Yards Höhe.

Der dazugehörige Körper war dunkel, fast schwarz.

Hölle und Teufel! War King Kong nach New York zurückgekehrt? Und mussten ausgerechnet Myrna und ich ihm begegnen?

Reflexartig hob ich den Revolver.

»Geh zur Seite«, sagte ich halblaut. »Nach rechts!« Ich wandte den Kopf nur ein Stück, damit Myrna mich verstehen konnte.

»Aber …«

»Nun mach schon!«, knurrte ich.

Myrna gehorchte endlich.

Der Riese gab ein dumpfes, zorniges Grollen von sich. Logisch, dass er wütend war über meine Einmischung, denn er musste die schlanke blonde Frau schon als sicheres Opfer gesehen haben.

Ich ging einen Schritt auf das Monstrum zu.

In der Dunkelheit zwischen den Käfigwagen war es noch immer nicht deutlich zu erkennen. Den Revolver hielt ich im Beidhandanschlag. Ich war froh, dass es immer noch der Magnum war. Die Geschosse hatten eine solche Auftreffenergie, dass ich damit einem Elefanten den Fangschuss geben konnte. Mit dem 38er wäre ich dagegen hoffnungslos verloren gewesen. Ihn, unsere leichtere Standard-Dienstwaffe, hätten Phil und ich normalerweise für einen halbdienstlichen Abend wie diesen verwendet. Ich war froh, dass wir aus Zeitmangel auf den Revolvertausch verzichtet hatten.

Jetzt waren die Schritte des Riesenviehs zu hören – kolossale, stampfende Schritte, die den Erdboden vibrieren ließen.

Ich konzentrierte mich auf die mörderischen Augen, zielte

auf den Punkt dazwischen. Zum Glück reichte die Helligkeit aus.

Wieder grollte das Monstrum. Diesmal vermischte sich der Basston aus der Tiefe seines Körpers mit einem heiseren Fauchen. Eine zusätzliche Bewegung war auszumachen: mächtige Pranken und hell schimmernde Krallen, die sich erhoben – bereit zum tödlichen Schlag.

Und dann trat die Bestie ins Licht.

Es geschah mit einem tapsenden, schwerfälligen Schritt.

Und mit rasselndem Atem stand er vor mir.

Ein Grizzly!

Und was für einer!

Ungewollt wich ich zurück. Diesen Reflex konnte ich nicht verhindern, denn es sah aus, als würde sich das Riesentier auf mich stürzen, mich mit seinem Gewicht erdrücken. Ich fühlte mich klein und hilflos, trotz des Magnum-Revolvers.

Er fletschte die Reißzähne. Dazu bewegte er die Pranken vor und zurück, als zögere er noch, mir den tödlichen Hieb zu versetzen.

Ich versuchte, ihn mit dem Klang meiner Stimme zu beeindrucken – völlig ruhig und gelassen.

»Spiel dich bloß nicht auf, alter Knabe! Du bist doch mehr Vegetarier als Fleischfresser! Ich würde dir quer im Magen liegen, darauf kannst du Gift nehmen. Also hau ab und zieh dir noch eine Runde Blätter rein!«

Er antwortete mit einem Grunzen, das die Begleitmusik zu einem noch Furcht erregenderen Zähnefletschen war.

»Okay, okay«, sagte ich. »Du willst also meine Sprache nicht verstehen. Dann muss ich die einzige Sprache wählen, die du verstehst.«

Ich zog den Hahn des Revolvers zurück. Das metallische Knacken, mit dem der Hahn einrastete, machte genauso wenig Eindruck auf Mr. Grizz wie mein vorangegangener freundschaftlicher Ratschlag. Natürlich kannte er sich mit Waffen nicht aus.

Myrna war noch immer in der Nähe. Ohne den Kopf zu wenden, sah ich sie am rechten Rand meines Blickfelds. Sie zögerte, schien allen Ernstes zu überlegen, wie sie mir zu Hilfe kommen könnte.

»Lauf weg!«, rief ich. »Schick mir Verstärkung! Das ist das Einzige, was du tun kannst!«

Statt einer Antwort schrie sie auf.

Den Grund dafür erkannte ich buchstäblich im letzten Sekundenbruchteil.

Schwer und schwarz sauste es herab.

Ich duckte mich. Der Luftzug fasste mir ins Haar. Nur knapp entging ich dem zweifelhaften Vergnügen, von einer Bärentatze gekämmt zu werden. Noch in der geduckten Haltung wich ich zurück, machte zwei schnelle Schritte nach links und kam wieder hoch. Erneut ließ ich den Smith & Wesson in Anschlag rucken.

Ich hätte das Tier mit einem einzigen gut gezielten Schuss niederstrecken können. Aber alles in mir sträubte sich dagegen – obwohl ich mir der Gefahr bewusst war.

Der Grizzly folgte mir schwerfällig tapsend. Er fauchte und grollte und hieb seine Luftlöcher in rascherer Folge. Aber auch seine Schritte wurden schneller. Möglich, dass ich ihm entwischen konnte. Aber wohin? Ich würde nicht ständig nur durch menschenleere Wagengassen irren können. Ich kannte mich nicht aus in dem Labyrinth. Irgendwann würde ich zwangsläufig auf Leute stoßen. Und dann gerieten viele in Gefahr, vielleicht Hunderte.

Endlich lief Myrna los. Sie sah verzweifelt aus, wie sie mir ein Handzeichen gab und um die Gassenecke verschwand.

Schritt um Schritt ging ich rückwärts.

Der Bär röhrte. Immer wütender schlug er nach mir. Ich wurde schneller, er wurde schneller. Und mit jedem Schritt wuchs für mich die Gewissheit, dass sich die Entscheidung schon sehr bald nicht mehr aufschieben lassen würde.

Plötzlich hörte ich ein Geräusch hinter mir.

Ein Rollen.

Nur kurz drehte ich mich um, doch die winzige Zeitspanne reichte. Der Schock bohrte sich wie ein Eiszapfen in meinen Körper.

Ein weiß lackierter Packwagen rollte quer in die Gasse. »Cirque du Papillon« rief die fröhlich verschnörkelte bunte Schrift auf der Seitenwand des Wagens.

Der reinste Hohn für mich.

Ich war bereit, mich unter den Wagen zu werfen und auf der anderen Seite wieder rauszukommen. Aber solange das Ding rollte, war so was nicht ganz gefahrlos. Und sollte ich mich feige verdrücken, damit der Grizzly andere Menschen anfiel?

Ich prallte gegen den Wagen. Dessen Seitwärtsbewegung hätte mich um ein Haar in eine Kreiselbewegung gerissen. Gerade noch rechtzeitig stieß ich mich ab. Dicht vor dem rollenden Wagen verharrte ich – breitbeinig, geduckt, den Dienstrevolver beidhändig nach oben gerichtet.

Der Bär brüllte.

Die Tatzen erhoben, schaukelte er auf mich zu. Und schon spürte ich wieder seine Atemwolke.

Wie Säbel ragten die Krallen aus den herabsausenden Pranken. Ein einziger Treffer, und die Bestie würde mich von oben bis unten aufschlitzen. Abermals spürte ich den Luftzug. Ich hatte den Abzug des Magnum kurz vor dem Druckpunkt.

Da ertönte die Stimme.

Die Stimme, die ich schon kannte.

»Der Bär ist los! Der Bär ist los!«

Er kreischte es in den schrillsten Tönen, und er hüpfte aus der dunklen Lücke hervor, aus der eben der Packwagen gerollt war.

»Brutus!«, schrie er und landete mit einem Riesensatz neben dem Grizzly, von den Sprungschuhen katapultiert. Er hüpfte auf und nieder, während sich der Grizzly kerzengerade aufrichtete und sich erstaunt zu ihm umdrehte. »Brutus! Du böser Junge! Musst du denn schon wieder Leute erschrecken! Hast du dich schon wieder losgerissen? Böser, böser Junge! Los, los, schwenk deinen Bärenarsch dahin, wo du hergekommen bist!«

Brutus grunzte beschämt und enttäuscht. Sein eben noch Furcht erregendes Grizzly-Gesicht sah auf einmal regelrecht zerknittert aus. Er wankte rückwärts und hob dabei zögernd die linke Tatze, als wollte er den Clown streicheln.

Doch Gaspard schüttelte den Kopf, dass der Mützenzipfel wie ein Tennisball hin und her flog. »Hau ab!«, keifte er. »Hast du nicht gehört? Los, los, beweg dich, böser Brutus!«

Der Bär schnaufte verschüchtert. Als er den Kopf einzog und sich schwankend umdrehte, eilten zwei Männer herbei. Sie trugen grasgrüne Overalls mit der bunten Beschriftung »Cirque du Papillon« auf der Brust und auf dem Rücken.

Gaspard hüpfte um sie herum und beschimpfte sie in den übelsten Tönen. »Ihr Penner! Könnt ihr nicht aufpassen, ihr dämlichen Wichser! Wenn das noch mal passiert, verpfeife ich euch! Dann sage ich Madame Bouvoire, was für bescheuerte Arschlöcher ihr seid! Eine Gefahr für die Allgemeinheit seid ihr! Kapiert? Ich hab euch in der Hand! Wenn ich will, werdet ihr gefeuert!«

Ich glaubte zu träumen.

Die Männer nahmen es hin, ohne mit der Wimper zu zucken. Sie zeigten keinerlei Reaktion. Entweder war der Clown buchstäblich Luft für sie, oder er hatte eine solche Machtstellung, dass sie nicht mal die erste Silbe eines Widerworts wagten. Ich notierte beide Möglichkeiten im Hinterkopf, ohne auch nur ahnen zu können, wofür es gut sein würde.

Als wäre es die selbstverständlichste Sache der Welt, legten sie dem Grizzly schwere Ledermanschetten mit Stahlketten an – eine um den Hals, eine um das linke Hinterbein. Geduldig wartete der Bär, bis die Karabinerhaken eingeschnappt waren, dann ließ er sich auf die Vorderbeine sinken und trabte los. Jeder mit einer Kette in der Hand, gingen sie neben ihm her.

»Passt bloß auf!«, schrie Gaspard ihnen nach. »Wenn dieses blöde Vieh euch noch mal wegläuft, seid ihr erledigt!« Er kicherte und hüpfte ein Stück von mir weg.

Die Overallmänner führten den Grizzly in den Gang zwischen den Käfigen.

Ich hatte den Revolver sinken lassen und verstaute ihn jetzt im Gürtelholster.

Immer noch kichernd, drehte sich der Clown bei einem seiner Hüpfer in meine Richtung.

»Und Sie, Sir«, kreischte er, »passen besser auf, dass Ihnen Ihre kleine Freundin nicht noch mal wegläuft! Das könnte böse Folgen haben!«

Er schrie und krümmte sich vor Heiterkeit, wollte sich geradezu ausschütten vor Lachen – auch dann noch, als er schon mit Drei-Yards-Sprüngen davonhetzte. Die Tatsache, dass ich mit einem Revolver herumlief, schien ihn kein bisschen aus der Fassung gebracht zu haben.

Als der Berufswitzbold über die Gassengabelung hinwegsprang, bog Phil um die Ecke. Mein Freund und Kollege hatte Sprinttempo drauf. Den Smith & Wesson hielt er senkrecht nach oben. Er sah mich und verlangsamte seine Schritte. Erleichtert ließ er die Waffe sinken.

Myrna und Helen lugten vorsichtig hinter dem Käfigwagen an der Ecke hervor.

Der alte Zauber stellte sich ein.

Menschen, Tiere, Sensationen – nichts davon hatte seinen Reiz verloren. Fanfarenstöße und trompetende Elefanten erinnerten an römische Spiele und orientalischen Herrscherglanz. Die aufregend-atemberaubende Atmosphäre aus Scheinwerferlicht und Akrobatik, aus Flitter und Fremdartigem und Manegenstaub und Raubtiergeruch erzielte ihre unvergleichliche Wirkung auch heute, gegen Ende des zwanzigsten Jahrhunderts.

Die Show zog jeden in ihren Bann, da brauchte man nur in die Runde zu blicken. Alles, was Helen und Myrna über den »Cirque du Papillon« gelesen und gehört hatten, war nicht übertrieben gewesen. Die Lobeshymnen in Zeitungen und Stadtillustrierten, im Radio und im Fernsehen waren berechtigt. Das franko-kanadische Zirkusunternehmen verband die Tradition mit der Moderne, mischte die klassischen circensischen Elemente mit Effekten, wie sie erst die heutige Bühnentechnik ermöglichte. Ein im wahrsten Sinne des Wortes zauberhaftes Programm spulte sich vor den voll besetzten Zuschauerrängen des Viermastzelts ab.

Eine der großen Attraktionen sollte denn auch die Krönung des Zauberhaften sein, die Show »Magic Moments«, in Szene gesetzt von dem weltberühmten Magier Dr. Arsène Legrand.

Unsere Plätze befanden sich etwa auf halber Höhe der ansteigenden Bankreihen, an einem Gang. Den Zwischenfall mit dem Grizzly hatte ich beileibe nicht vergessen, und ich würde auch nicht darauf verzichten, mir den Komiker Gaspard vorzuknöpfen. Doch Helen und Myrna hatten mit Engelszungen auf mich eingeredet und mich schließlich davon überzeugt, dass es keinen Grund gab, auf das Zirkuserlebnis zu verzichten. Myrna versicherte glaubhaft, dass der Bärenschock für sie längst vergessen sei und dass wir während der Vorstellung ja Gelegenheit haben würden, den Clown ausgiebig zu beobachten. Nach Überzeugung beider Kolleginnen war es letztlich sogar unsere Pflicht, das gesamte Programm zu verfolgen. Phil und ich sollten uns ja einen Überblick verschaffen, vorsorglich. Dazu gehörte eben auch, dass wir jede Einzelheit im Tagesablauf des »Cirque du Papillon« kannten.

Recht hatten sie, unsere hübschen Begleiterinnen.

Wir konzentrierten uns also auf das Programm, das wirklich beeindruckend war. Doch ich wartete nur auf einen: Dr. Arsène Legrand!

Die Manege versank in völlige Dunkelheit. Das war für die Vorbereitung der großen Magiershow wohl erforderlich, dachte ich mir. Nur die Notbeleuchtung in den Gängen zwischen den Sitzreihen brannte. Das Orchester spielte gedämpft, im Vordergrund eine Klarinette, die die Töne eines Schlangenbeschwörers imitierte. Aus den Publikumsrängen war nur Geflüster zu hören, voller Spannung.

Die Musik veränderte sich fast unbemerkt. Zuerst waren es leise Gitarrenakkorde, die nach und nach deutlicher wurden. Dann kamen Geigen und Trompeten hinzu, und der vollkommene Sound schälte sich heraus: Mariachi-Musik.

Ein Lichtstrahl stach aus der Zeltkuppel herab und riss eine Gruppe von Kandelaberkakteen aus der Dunkelheit. Das Licht erweiterte sich und erhellte Wüstensand, ein paar Gesteinsbrocken und dürre Sträucher. Das Bild war komplett. Ein sonnendurchglühtes Wüstengebiet im Norden Mexikos.

»Das ist die Einleitung!«, flüsterte Myrna mir zu. »Die Einleitung der ›Magic Moments‹.«

Von überall aus dem weiten Zuschauerrund waren leise Laute des Staunens zu vernehmen.

Die Mariachi-Musik endete mit einem furiosen Trompetenschmettern. Eine Lautsprecherstimme lenkte mich von der Hoffnungslosigkeit meines Beisammenseins mit Myrna ab.

»Sehr verehrte Damen und Herren, liebe Zuschauer! Unser Nachbarland im Süden – Mexiko ist noch heute ein Hort ungezählter Geschichten, die von Generation zu Generation mündlich weitergegeben werden. Viele dieser Geschichten haben einen mystischen Hintergrund, und sehr oft handeln sie von der mexikanischen Revolution, die für die Bauern des Landes eine glorreiche Zeit war. Lassen Sie sich zurückversetzen in die Jahre von neunzehnhundertzehn bis neunzehnhundertzwanzig, und erleben Sie den legendären General Emiliano Zapata – dargestellt von keinem Geringeren als dem unvergleichlichen – Dr. Arsène Legrand!«

Der erwartete Beifall setzte prompt ein. Wie eine Brandung durchtoste der Applaus das Viermastzelt.

»Neunzehnhundertneunzehn«, fuhr der Ansager fort, »gilt als das Todesjahr des großen Generals, neben Francisco ›Pancho‹ Villa der bedeutendste mexikanische Revolutionsführer. Viele von Zapatas Weggefährten glaubten nicht an die offizielle Version seines Todes. Sie waren überzeugt, er sei in das ferne Arabien geflohen und werde eines Tages wiederkehren. Nun, das ist nicht geschehen. Emiliano Zapata starb wirklich in jenem Jahr, das auch zu einer Epoche des Umbruchs gehörte. In der großen Wüste von Sonora waren die technischen Mittel der Vergangenheit noch ebenso lebendig, wie die Errungenschaften der Neuzeit Platz griffen. So wurden die meisten Wege noch zu Pferde oder in der Kutsche zurückgelegt, während gleichzeitig das Automobil seinen unaufhaltsamen Siegeszug begonnen hatte.«

Die Mariachi-Formation des Orchesters intonierte »La Cucaracha«, das Lied von der Kakerlake.

Hufgeräusche näherten sich, und dann glänzten die Augen der Zuschauer, als eine von vier edlen Rappen gezogene Postkutsche in die Manegenwüste rollte. Die Kutsche, deren Lenker einen riesigen weißen Sombrero trug, fuhr eine Runde und hielt dann im Eingang der Manege.

Die Fahrgäste stiegen aus – sechs Personen. Fünf von ihnen, drei Männer und zwei Frauen, waren städtisch elegant gekleidet. Der sechste Fahrgast sah sogar noch prächtiger aus, doch auf eine völlig andere Art.

Er war ganz in Schwarz gekleidet, doch das Eindrucksvollste waren die Patronengurte. Zwei trug er gekreuzt über der Brust, der dritte umgab seine Hüfte als Koppel. Unter der breiten Krempe seines weißen Sombreros dominierten der schwarze Schnauzbart und die dunklen Augen. Rechts am Koppel trug er einen Colt-Revolver, links einen Kavalleriesäbel.

Die Reisegesellschaft stakste steifbeinig auf eine Kakteengruppe in der Mitte der Manege zu und verteilte sich.

»Oh, Señor Zapata!«, rief eine der Frauen. »Wann werden wir denn nun endlich den Schlupfwinkel Ihres Compañeros Pancho Villa erreichen?«

»Diese Reise ist eine fürchterliche Strapaze«, klagte die zweite Frau.

Die drei Männer schmunzelten und tuschelten.

»Aber, aber, meine lieben Señoras«, entgegnete Zapata tadelnd.

»Sie haben sich nun mal Journalisten als Ehemänner ausgesucht. Und wer einen Journalisten als Revolutionsberichterstatter begleitet, der darf sich über Strapazen nicht beklagen. Ich kann Sie jedoch beruhigen. In spätestens zwei Stunden werden Sie meinem geschätzten Freund und Weggefährten gegenüberstehen – General Francisco ›Pancho‹ Villa!«

Emiliano Zapata alias Dr. Arsène Legrand verneigte sich vor seinen Reisebegleitern, als sie ihm applaudierten.

»Um Ihnen die Rast zu versüßen«, fuhr er fort, »werde ich mir erlauben, eines meiner verborgenen Talente zu offenbaren – die Magie!«

Die Señoras reagierten mit entzücktem »Oh!« und »Ah!«, und die beiden Journalisten-Ehemänner und ihr solo reisender Kollege tuschelten noch angeregter.

»Beginnen wir mit etwas Einfachem!«, rief Zapata-Legrand und nahm den Sombrero ab. Sein pomadisiertes schwarzes Haar glänzte wie Lack in der künstlichen Sonne. Er zeigte den Señoras und Señores die Unterseite der Kopfbedeckung, die völlig leer war. Rasch zog er aus der Brusttasche seiner Jacke ein rotseidenes Tuch hervor. Er schlug es auseinander, bauschte es zusammen und stopfte es locker in den Hut. Nachdem er ein paar geheimnisvoll klingende Vokabeln heruntergeleiert hatte, zupfte er das Tuch wieder heraus.

Die Zuschauer begriffen nicht sofort.

Doch dann krabbelte etwas aus dem Hut hervor, mit haarigen Beinen und einem noch haarigeren Körper. Eine Vogelspinne!

Die Señoras stießen erschrockene kleine Schreie aus. Die sensationsgewohnten Señores ließen sich indessen nur zu einem erstaunten Hochziehen der Augenbrauen hinreißen.

Der Magier lachte, ließ die Vogelspinne in den Sand fallen, schaufelte sie mit dem Fuß zurück in den Sombrero und bedeckte sie mit dem Seidentuch. Nach abermaligem Gemurmel von Zauberformeln lüftete er das Tuch wieder – und präsentierte einen leeren Hut. Er stülpte ihn sich auf den Kopf, und die Begeisterungsrufe der Señoras wollten kein Ende nehmen.

»Es tut mir aufrichtig Leid«, sagte der Mann, der Zapata spielte. »Aber da wir uns in der Wüste befinden, muss ich leider mit dem Vorhandenen vorlieb nehmen, zumal ich wegen meiner anderweitigen Beschäftigung nicht ständig eine professionelle Zauberausrüstung bei mir habe.«

»Anderweitige Beschäftigung!«, prustete einer der Señores. »Damit meint er die Revolution!« Und alle wollten sich ausschütten vor Lachen.

Aufmerksamkeit fordernd hob der Magier die rechte Hand und schnippte mit den Fingern, dass es einen laut schnalzenden Ton gab.

Die mittlere in der Gruppe der Kandelaberkakteen erstrahlte plötzlich als fünfarmiger Leuchter mit funkelnden kristallenen Lampenschirmen.

Zapata-Legrand schnippte erneut mit den Fingern, und sofort verwandelte sich der Leuchter zurück in das, was er eigentlich war – ein riesiger Kaktus.

Gleichzeitig ertönte ein tuckerndes Geräusch.

Die Señoras jauchzten vor Begeisterung, als ein staubbedeckter Ford T an der Kutsche vorbei auf die Kakteengruppe zurollte. Das Auto war mit weiß uniformierten Regierungssoldaten besetzt.

General Zapata wich erschrocken einen Schritt zurück.

»Bravo!«, riefen die Journalisten. »Jetzt zaubern Sie das Vehikel aber schleunigst wieder weg!«

»Das kann ich nicht«, entgegnete Zapata bestürzt. »Diese Hurensöhne sind echt!«

Nun erschraken auch die Señoras und Señores. Der Rest spielte sich in Sekundenschnelle ab.

Vier Soldaten sprangen aus dem T-Modell, künstlicher Staub wallte unter ihren Stiefeln auf, und die Scheinwerfersonne nahm eine giftig-gelbliche Farbe an.

General Zapata schaffte es noch, den Sechsschüsser zu ziehen, doch im selben Augenblick blickte er bereits in die Mündungen von vier Mauser-Karabinern. Resignierend ließ er den Revolver fallen und hob die Hände.

Die Soldaten kümmerten sich nicht um die Reisegruppe, legten dem General Handfesseln an und stießen ihn in ihr Vehikel. Knatternd fuhren sie davon. Gestikulierend und diskutierend gingen die Señoras und Señores zu ihrer Kutsche zurück.

Noch bevor sie sie erreichten, erlosch das Licht.

Wieder wurde es stockfinster im »Cirque du Papillon«.

Ich wandte mich nach rechts. Im Schein der Notbeleuchtung konnte ich Myrnas, Helens und Phils Gesichter erkennen.

»Was passiert jetzt?«, fragte ich im Flüsterton.

»Jetzt wird's schaurig«, antwortete Helen. »Berichtet wurde darüber bislang nur andeutungsweise. Ich nehme an, die Zirkusdirektion hat ein Abkommen mit den Medien getroffen.«

»Damit die Überraschungseffekte nicht verraten werden?«, tippte Phil.

Helen nickte. »In einem Zeitungsartikel wurde es genauso formuliert.«

»Die Zuschauer sollen doch auch auf ihre Kosten kommen«, fügte Myrna hinzu.

»Ich erinnere mich dunkel«, nuschelte ich gedehnt, »dass wir aus einem ganz bestimmten Grund hergekommen sind.«

Myrna und Helen schmunzelten im Halbdunkeln.

»Ich weiß, was du meinst«, wisperte Phil feixend. »Aber wenn du denkst, wir hätten es vergessen, dann irrst du dich. Wir passen die ganze Zeit auf, ob irgendwo ein Vergewaltiger auftaucht.«

Ich wollte meinem Freund und Kollegen noch sagen, dass ich das ganz und gar nicht witzig fand. Aber dazu blieb mir keine Zeit mehr. Denn die Wüstensonne flammte erneut über der Manege auf.

Und mein Instinkt meldete sich in derselben Sekunde – deutlicher als zu irgendeinem anderen Zeitpunkt während der zurückliegenden Stunde.

Etwas stimmte nicht.

In diesem Viermastzelt und in der Wagenstadt drum herum war eine verdammte Menge faul. Ich hatte es bereits gespürt, als der Schreihals Gaspard unseren Weg gekreuzt hatte. Brutus, der

Grizzly, war nur noch ein zusätzlicher Beweis für meine Vermutung gewesen.

Meine Vermutung?

Genau genommen war es weniger als das. Ich hätte nicht mal Phil damit kommen können, ohne seinen Spott zu wecken. Dass etwas nicht stimmte, war etwa so präzise wie die alte Wettervorhersage der Farmer: Entweder es ändert sich, oder es bleibt, wie's ist.

Trotzdem konnte ich diese dumpfe Ahnung einfach nicht abschütteln.

Sie hockte auf meinem Rücken wie ein qualliges schwarzes Monster aus Stephen Kings Horrorproduktion.

Das typische Tuckern des T-Modells kehrte zurück – verstärkt diesmal. Gleich zwei staubbedeckte Exemplare der legendären Tin Lizzy rollten im Wüstensand aus. Die Motorgeräusche erstarben, und ein Gewimmel weißer Uniformen und Sombreros setzte ein.

General Zapata trug nur noch Schwarz.

Sie hatten ihm die Waffen, die Patronengurte und den Hut abgenommen, aus dem er nun niemals wieder zaubern würde. Denn was sie mit ihm vorhatten, war mehr als offensichtlich. Sie hatten ihm eine Augenbinde angelegt, und seine Fußgelenke waren mit einer armlangen Kette verbunden.

Zwei Soldaten führten ihn zu der Kakteengruppe.

Aus dem zweiten Wagen stiegen ein Capitan, der Fahrer und ein weiterer Soldat. Die beiden Soldaten begaben sich sofort zum Heck des T-Modells. Ein Laut des Atemanhaltens lief durch die Zuschauerreihen. Die meisten sahen erst jetzt, was auf der Gepäcktraverse des Uralt-Fords festgezurrt war.

Ein Sarg.

Im Laufschritt schleppten sie ihn zu der Kakteengruppe. Dort stellten sie ihn so auf, dass sich das Fußende unmittelbar hinter den Fersen des Delinquenten befand. Anschließend klappten sie den Sarg auf.

Der Capitan hatte sich breitbeinig aufgebaut und bellte Befehle auf Spanisch.

Mir stockte der Atem.

Unter der Dienstmütze lag das Gesicht des Offiziers im Schatten. Und er verstellte seine Stimme, denn er war ein guter Schauspieler. Trotzdem war ich sicher, dass ich ihn erkannte.

Gaspard, der Clown.

Okay, was hinderte den Clown des »Cirque du Papillon«, unterschiedliche Rollen innerhalb der Show zu übernehmen? Mein besseres Ich rief mich zur Ordnung: Fang nicht an, Gespenster zu sehen, Alter. Man kann's auch übertreiben!

Zwei Soldaten flitzten zu den Autos und holten Karabiner. Alle vier bildeten anschließend das Exekutionskommando.

»Achtung!«, brüllte der Capitan. »Durchladen!«

Die Verschlüsse der Karabiner schnatterten metallisch.

»Legt an!«

Trommelwirbel.

General Zapata stand stocksteif.

Wie vermutlich alle im Zelt, rechnete auch ich damit, dass er sich durch einen Zaubertrick aus seiner misslichen Lage befreien würde. Immerhin war er Dr. Arsène Legrand, der große Magier.

Hölle und Teufel, warum tat er denn nichts? Warum verbogen sich nicht die Karabinerläufe?

Jäh durchzuckte mich ein furchtbarer Verdacht.

Die Karabiner!

Ich sprang auf. Diesmal konnte Myrna mich nicht hindern. Mit einem Satz war ich im Gang zwischen den Sitzbänken.

»Halt!«, rief ich, aber niemand beachtete mich.

»Jerry, mach dich nicht lächerlich!«, hörte ich Phils gedämpften Ruf noch.

Und dann war sowieso alles zu spät.

»Feuer!«, brüllte der Capitan.

Die Karabiner krachten, spien lanzenlanges Mündungsfeuer aus den Läufen. Die Schüsse vereinten sich zu einem mörderisch schmetternden Schlag.

General Zapata alias Dr. Arsène Legrand wurde von den Einschüssen durchgeschüttelt.

Sekundenlang stand ich wie festgenagelt.

Blutüberströmt kippte der Delinquent hintenüber – in den Sarg. Und im selben Augenblick setzte das Getöse ein.

Jäh verfinsterte sich der künstliche Sonnenhimmel. Schwarze Wolken verhängten das Licht. Blitze zuckten herab, Donner grollte. Nur noch das Weiß der Soldatenuniformen war zu erkennen.

Der Capitan brüllte und fluchte, aber dann war das Unwetter auch schon vorbei, und sonniges Scheinwerferlicht flutete wieder auf die Wüstenkulisse hinunter.

In dem offenen Sarg lag die blutüberströmte Leiche des Revolutionsführers.

Ich lief los, die abschüssigen Holzplanken hinunter. Schon nach ein paar Schritten hörte ich Phil, wie er mir folgte, um mich zu stoppen. Er war wirklich davon überzeugt, dass ich mich lächerlich machen würde. Und genau das machte mir nicht das Geringste aus.

Ich war noch auf halbem Weg, als sich der Capitan in seine Tin Lizzy schwang und wegfuhr.

Die Soldaten hängten sich die Karabiner auf den Rücken und klappten den Sarg zu.

»Halt!«, rief ich schneidend. »FBI!«

Das Publikum lachte, hielt es für einen Gag, der zur Show gehörte.

Die Soldaten kümmerten sich nicht um mich. Sie wuchteten den Sarg auf die Gepäckhalterung ihres Vehikels und stiegen auf die Sitze.

Ich erreichte den Rand der Manege.

Als hätte ich es ausgelöst, setzte erneutes Unwetter ein. Donner rumorte ohrenbetäubend, und zischende Blitze durchschnitten die Dunkelheit.

Dann, plötzlich, stach ein Scheinwerfer grell und röhrenförmig durch das Schwarz – weg von der Manege, auf einen Punkt auf der anderen Seite des Zeltes, hoch oben im Gang zwischen den letzten Zuschauerreihen.

Es war der pure Schock.

»Seht her, hier bin ich!«, rief General Zapata.

Alle Köpfe ruckten herum.

Und dort stand er, in voller Kriegsausrüstung wie vor seiner Hinrichtung – stolz und mit hocherhobenem Haupt.

Die Soldaten in der Manege warfen sich zappelnd von den Autositzen, suchten Deckung hinter dem Wagen und zerrten die Karabiner von ihren Rücken. Wie unbeabsichtigt kippte dabei der Sarg von der Traverse. Der Deckel fiel herab, die beiden schweren Holzteile krachten den Soldaten auf die Köpfe und schlugen sie bewusstlos.

Der Sarg war leer.

Triumphierend, mit hocherhobenen Armen, lief Dr. Arsène Legrand in die Manege, begleitet von donnerndem Applaus. Das Publikum geriet vor Begeisterung regelrecht außer Rand und Band.

Phil klopfte mir auf die Schulter. Es war eine mitfühlende Geste. Ich vergaß die Karabiner, die ich eben noch als Beweismittel hatte sicherstellen wollen. Und an das Blut, das vergossen worden war, brauchte ich auch keinen Gedanken mehr zu verschwenden. Die Kollegen im Labor würden mir mitleidig grinsend ihren Bericht präsentieren und auf das eine Wort tippen: »Schweineblut«. Ich schüttelte resignierend den Kopf und folgte meinem Freund zu unseren Plätzen.

Okay, ich hatte mich lächerlich gemacht. Aber wodurch in aller Welt war dieses merkwürdige Misstrauen in mir ausgelöst worden? Ich konnte es noch immer nicht ganz zum Verstummen bringen.

Lag es daran, dass der Zwischenfall mit dem Grizzly zu sehr nach einem Zufall ausgesehen hatte?

Die Pause nutzten Phil und ich, um uns die Beine zu vertreten – an der frischen Luft. Helen und Myrna hatten sich zusammen mit Hunderten von Fans für ein Autogramm des großen Dr. Arsène Legrand angestellt.

Auch draußen herrschte Betrieb. Der Hauptweg, der sich zu den Käfigwagen hin verzweigte, war von Buden gesäumt, aus denen es dampfte und brutzelte. Von Hotdog bis Döner und von Coke bis Kaffee gab es alles, wofür New Yorker in Feierabendlaune ihre Dollars springen lassen.

Wir schlenderten auf die ruhigeren Gassen zu, Richtung Hudson River, wo sich die Nebelbänke verdichteten.

Ein scharfes Geräusch ließ uns aufhorchen.

Wie ein vielstimmiges Schnurren war es – hart und höllisch schnell.

Als wir es hörten, waren sie auch schon da.

Inline-Skater.

Eine ganze Horde von ihnen rauschte an uns vorbei – mindestens ein Dutzend junger Kerle. Alle waren schwarz, trugen diese knielangen Jacken und hatten den Schirm der Baseballmützen nach hinten gedreht.

Sie stießen schrille Laute aus wie angreifende Indianer.

Und sie brüllten ihren Zorn hinaus.

Phil und ich schnappten Wortfetzen auf wie »… fertig machen!«

»… dem Großvater den Arsch aufreißen!«

»… endlich die Titten sehen!«

Wir hörten sie noch, als sie schon hinter der nächsten Gassenbiegung verschwunden waren.

Doch kaum waren sie aus unserem Blickfeld heraus, steigerte sich ihr Geschrei zu einem wüsten Durcheinander, und die eben noch geordneten Rollgeräusche gerieten total aus dem Takt.

Ich wechselte einen Blick mit Phil. Es gab nichts zu überlegen. Wir sprinteten los.

Noch auf den ersten Yards, die wir zurücklegten, änderte sich das Geschrei der Skater. Aus der johlenden Überlegenheit von eben wurde blanke Angst. Die Stimmen schrillten, überschlugen sich in Panik.

Unwillkürlich dachte ich an den Grizzly. Aber dann, als wir um die Ecke bogen, erblickten wir nichts als Chaos.

Die gesamte Breite der Wagengasse war von wilden Körperknäueln ausgefüllt.

Als die ersten Skater gestürzt waren, mussten die anderen voll in sie hineingejagt sein.

Wir verlangsamten unsere Schritte. Hölle und Teufel, so ein Inline-Skater fiel doch öfter mal auf die Nase! Der fing bei einem Sturz doch nicht gleich an, sich die Seele aus dem Leib zu schreien!

Wir kriegten die Erklärung, ohne lange fragen zu müssen.

Zuerst tauchten die beiden Typen auf – jenseits des kreischenden Menschenknäuels. Vorsichtig lugten sie hinter einer Wagenecke hervor, ehe sie sich ins Freie wagten. Offensichtlich hatten sie dort Zuflucht gesucht. Vor der Skaterhorde?

Sie trugen die grasgrünen Overalls, die ich schon kannte. Beide hielten eine Hundeleine in der Rechten. Und mit triumphierendem Grinsen klatschten sie sich das Leder in die linke Handfläche.

Ich erschauerte.

Schlagartig wurde mir klar, wie die Kerle die Skatermeute gestoppt hatten.

»Phil!«, peitschte meine Stimme. »Los!«

Ich brauchte nichts zu erklären. Er hatte es ebenfalls mitgekriegt, und schon als wir auf das Knäuel aus Menschen und Hartgummirollen zustürmten, hörten wir es.

Dieses Knurren.

Tief und heiser.

Es ging mir durch und durch.

Die Schreie der Jungen wurden von Keuchen und Stöhnen abgelöst. Ich sah das Weiße in ihren Augen, die vor Entsetzen geweitet waren. Ich sah die verzweifelt rudernden Arme, ja, wie sie um sich schlugen, um von dem Ort des Schreckens wegzukommen.

So hatte sich das Knäuel der Jungen nahezu entwirrt, als Phil und ich auf vier, fünf Schritte heran waren.

Und da erblickten wir sie.

Die Bestien.

Graubraune, muskelstrotzende Kraftpakete mit breiten, massigen Schädeln.

Mir stockte der Atem.

Pitbulls!

Zwei Pitbulls – zwei Opfer.

Die Kerle hatten sie auf die Skater gehetzt. Und sofort hatten die Mörderhunde angegriffen und zwei der Jungen zu Fall gebracht. Dadurch war der Rest der Horde gestürzt.

Während die anderen Skater die Flucht ergriffen, ging es für die beiden Jungen am Boden um Sekundenbruchteile.

Eine winzige Zeitspanne, die Phil und mir blieb – falls die Jungen überhaupt noch eine Chance hatten. Doch es gab kein Überlegen.

Ich stürmte auf den Killerhund los, der mir am nächsten war. Seitlich, über der rechten Schulter des Wehrlosen, stemmte er die kurzen Beine auf den Boden. Sein Knurren steigerte sich zum Grollen. Das Tier befand sich in einem wahren Blutrausch, fing bereits an, sein Opfer zu schütteln.

Erst aus unmittelbarer Nähe konnte ich Einzelheiten ausmachen.

Mein Herzschlag setzte aus.

So grauenhaft war der Anblick.

Der Pitbull hatte sich in den Hals des Jungen verbissen.

Ich tat, was ich tun musste.

Und ich tat es blitzschnell – ohne zu zögern und ohne auf die Overallkerle zu achten, die mit ihren Lederleinen heranwalzten.

Mit beiden Händen packte ich zu.

Der Pitbull merkte es in seinem Blutrausch nicht mal sofort. Ich schloss die Hände um den Hals des Tieres. Unter dem borstigen Fell spürte ich die Muskeln als dicke Stränge und ebenso die ungeheure Kraft, die der Hund in seiner Mordlust entwickelte.

Ich machte meine Hände zum Schraubstock.

Das Grollen des Pitbulls wurde schwächer. Er versuchte, seine Körperhaltung zu verändern, um den unangenehmen Druck von seinem Hals loszuwerden. Wenigstens hörte er dadurch auf, sein Opfer zu schütteln.

Aus den Augenwinkeln heraus sah ich Phil, und gleichzeitig hörte ich die Schritte der Kerle, wie sie näher kamen. Der Junge drüben wimmerte und krümmte sich. Seine Baseballmütze hatte er längst verloren. Phil hatte Schwierigkeiten, den Pitbull zu erwischen. Die blitzenden Reißzähne gruben sich abwechselnd in Arme und Beine des Jungen.

Ich drückte fester zu, immer fester. Die Bestie in meinem Schraubstockgriff begann zu röcheln und zu zappeln. Der Junge erschlaffte, hatte endgültig das Bewusstsein verloren. Erbarmungslos drückte ich dem Mörderhund die Kehle zu.

Er quiekte.

Die Schritte der Overallmänner wurden schneller, lauter, rückten immer näher.

»Loslassen, du Arschloch!«, brüllte einer der Kerle.

Im nächsten Augenblick sah ich den anderen, wie er zu Phil hinüberlief. Doch bevor er meinen Freund und Dienstpartner erreichte, gelang es diesem, endlich, die Gefahr zu beseitigen. Mit einem gnadenlosen Handkantenhieb tötete Phil den Pitbull, bevor das rasende Tier den Jungen zerfleischen konnte.

Und der Mann im Overall lief ungebremst in eine Dublette meines Freundes. Das doppelte Ding hatte die Härtestufe Beton. Blitzartig lag der Getroffene flach.

Unter meinem Griff begannen die Kräfte des Pitbulls zu erlahmen. Ich spürte es deutlich. Ich sah das Blut des Jungen, wie es aus der Halswunde rann.

Ich brach der Bestie das Genick.

Es war der Sekundenbruchteil, in dem der Kerl mir seine Stiefelspitze in die Seite rammte.

Der Schmerz raste durch meinen Körper, ließ rote Schleier vor meinen Augen aufwallen.

»Verdammter Bastard!«, keuchte der Kerl. »Was meinst du, was der Hund gekostet hat! Den Schaden wirst du mir ersetzen! Darauf kannst du …«

Phil war zur Stelle, als der Mann ausholte, um mir den zweiten Tritt zu verpassen. Mit einem einzigen trockenen Hieb holte mein Freund ihn von den Beinen.

Und dann zogen wir gemeinsam die mörderischen Kiefer des Pitbulls auseinander. Den Kadaver warfen wir beiseite.

Ich berührte den Hals des Jungen, fühlte nach dem Puls. Erleichtert nickte ich Phil zu.

Erst danach sahen wir, dass wir Zuschauer hatten. Leute vom Zirkus. Weitere Overallmänner, doch die sahen viel harmloser aus – beinahe so, als ob sie sich für ihre rabiaten Kollegen schämten.

Einer sagte, dass er Polizei und Rettungswagen benachrichtigt habe. Wir bedankten uns und legten den bewusstlosen Pitbullbesitzern Handschellen an.

Die Kollegen von der City Police und des Notarztteams fuhren über einen Seitenweg der Wagenstadt zum Schauplatz des Geschehens. Da die Pause der Zirkusvorstellung mittlerweile zu Ende ging, kriegten die wenigsten Zuschauer von dem Zwischenfall überhaupt etwas mit. Die Schaulustigen am Ort des Geschehens waren, soweit ich feststellen konnte, ausschließlich Mitarbeiter des Zirkus. Ein paar Artisten hatten sich dazugesellt, noch in ihren Glitzerkostümen, außerdem Manegenhelfer, Musiker und ebenjene Männer in den grünen Overalls. Von Gaspard, dem Clown, diesmal keine Spur.

Schweigend sahen die Leute zu, wie die schwer verletzten Jungen von den beiden Notärzten und ihren Teams versorgt wurden.

Phil und ich standen ein Stück abseits. Wir hatten die Cops gebeten, über Funk eine Beschreibung der Inline-Skater durchzugeben. Große Hoffnungen machten wir uns jedoch nicht. Die Burschen waren straßenerprobt, »streetwise«, wie man bei uns sagt. Sie hatten sich garantiert längst in alle Himmelsrichtungen zerstreut. Denn sie kannten die Situationen, in denen es besser war, von der Bildfläche zu verschwinden.

Dass sie ihre beiden Freunde im Stich gelassen hatten, schien sie nicht sonderlich zu belasten.

Für die bewusstlosen Overallmänner hatten die Cops einen Gefangenentransporter angefordert. Die Kerle würden sich mindestens wegen vorsätzlicher schwerer Körperverletzung und Widerstandes gegen Ermittlungsbeamte einer Bundesbehörde verantworten müssen. Ihre Namen hatten wir inzwischen festgestellt. Bruce Inskeep und Lewis Congram, beide aus Chicago, Illinois.

»Ich würde den ganzen Laden auf der Stelle dichtmachen«, sagte Phil. »Warum, um Himmels willen, bist du so starrsinnig?«

»Das ist kein Starrsinn, sondern Vernunft«, entgegnete ich.

Einer der Notärzte kam auf mich zugelaufen. Er war strohblond, sah tatkräftig aus. Seine weiße Jacke war mit Blutflecken besprenkelt. Das Namensschild wies ihn als Dr. Art Oliver aus.

»Wir bringen die armen Kerle ins Bellevue Hospital«, erklärte er. »Da sind sie am besten aufgehoben. Die Namen sind Billy Pearson und Michael Deasy.« Er gab mir einen Zettel, auf dem einer seiner Helfer die Personalien notiert hatte.

»Schlimm?«, fragte ich.

»Verdammt schlimm«, antwortete Dr. Oliver, schon im Gehen. Er zeigte auf die toten Pitbulls. »Solche Viecher dürften überhaupt nicht frei herumlaufen.«

»Hier laufen sogar Grizzlys frei herum«, sagte Phil.

Der Arzt sah uns stirnrunzelnd an, während er seine Schritte beschleunigte. Ich winkte ab, erklärte ihm, dass sich ein Tanzbär losgerissen hatte.

Sekunden später fuhren die Rettungswagen ab. Gleich darauf traf der Gefangenentransporter ein.

Inskeep und Congram waren inzwischen wieder bei Bewusstsein. Ihr unfreiwilliges Timing war hervorragend, denn so hatten die Cops weniger Arbeit damit, die Kerle in den vergitterten Kastenwagen zu verfrachten. Ein zweiter Streifenwagen war inzwischen eingetroffen. Der Sergeant, der die Einsatzleitung übernommen hatte, stand hinter der offenen Beifahrertür und sprach ins Funkmikro. Unvermittelt drehte er sich um und gab Phil und mir ein Zeichen.

Wir liefen hinüber.

»Der FBI-Distrikt für Sie, Gentlemen«, sagte der uniformierte Kollege. Auch er hatte ein Namensschild. John O'Mahoney, Sergeant.

Ich bedankte mich mit einem Nicken und übernahm das Mikro.

»Ich habe die Datenbankauskunft auf dem Bildschirm«, sagte Special Agent Jacob Lutger, ein Nachwuchsmann, der vor vier Monaten frisch von der FBI-Akademie Quantico nach New York versetzt worden war. Der Lautsprecher des Funkgeräts gab seine Stimme leicht verzerrt wieder.

»Okay«, antwortete ich. »Sag mir nur das Wichtigste, Jake.«

»Bruce Inskeep«, las der Kollege vor. »Dreißig Jahre alt, Golfkriegveteran, unehrenhaft aus der Army entlassen, Verfahren wegen Drogenhandels, Nötigung und vorsätzlicher Körperverletzung, Freispruch aus Mangel an Beweisen. Inskeep hat zuletzt als Nahkampfausbilder der Miliz ›Arms of America‹ in Illinois gearbeitet. Er gehörte zu den überprüften Personen im Zusammenhang mit dem Oklahoma-Attentat. Das Gleiche gilt für Lewis Congram. Der kommt nicht von der Army, sondern von der Chicago Police. Er wurde wegen nachgewiesener Bestechung entlassen und kam ebenfalls bei der Miliz unter. Wegen der FBI-Ermittlungen wurden beide dann vor drei Monaten von der Miliz gefeuert.«

»Zwei richtige Prachtexemplare«, staunte ich. »Der Staat Illinois wird dankbar sein, dass der Staat New York jetzt für ihre Unterbringung sorgen muss.«

»Inskeep und Congram dürften darüber weniger erbaut sein«, entgegnete Jake Lutger. »Die New Yorker Staatsgefängnisse sollen ungemütlicher sein als die in Illinois.«

»Wir werden diese Strolche nicht bedauern«, versprach ich und beendete das Gespräch.

Ich gab Sergeant O'Mahoney das Mikro zurück. Phil und ich wandten uns ab.

»Was ist jetzt?«, fragte Phil. »Bleibst du bei deiner Entscheidung?«

»Ja«, entgegnete ich. »Erinnere dich an deine eigenen Worte: Nach der Begegnung mit dem Grizzly siehst du Gespenster – abgesehen von dem konkreten Grund, weshalb wir hier sind. Und dann hast du noch gesagt, ich könnte nicht ernsthaft einen Zusammenhang zwischen Legrands Hinrichtungstrick und den Vergewaltigungen im Umfeld des Zirkus konstruieren.«

»Okay, okay.« Phil machte eine dämpfende Handbewegung. »Aber jetzt sieht die Sache doch ein bisschen anders aus.«

»Wieso?« Ich zog die Schultern hoch. »Kann doch sein, dass der Angriff auf die Skater-Jungs auch keinerlei Zusammenhang mit irgendeiner anderen Sache hat.«

Ich sah einen der Artisten auf uns zukommen. Er zögerte, uns anzusprechen.

»Kümmerst du dich um Myrna und Helen?«, bat ich meinen Freund.

Er furchte die Stirn. »Was hast du vor?«

»Ich will mich ein bisschen umsehen, mit ein paar Leuten reden.« Ich legte ihm die Hand auf die Schulter. »Du brauchst dir keine Sorgen zu machen. Es wäre ein Fehler, die Vorstellung abzubrechen. Selbst wenn wir ein Großaufgebot Cops aufmarschieren lassen würden – den, den wir suchen, würden wir garantiert nicht finden. Wir haben ja noch nicht mal eine Spur.«

Phil nickte nachdenklich. »Vielleicht kriegen wir eine, wenn die beiden Skater vernehmungsfähig sind.«

»Ich baue darauf«, erwiderte ich. »Aber vielleicht gibst du mir schon in einem Punkt Recht: Hier im Zirkus läuft etwas, wovon wir noch nicht die leiseste Ahnung haben.«

Der Artist trat auf uns zu, ein schlanker schwarzhaariger Mann in silberfarbenem Trikot. »Gentlemen«, sagte er verlegen. »Sie sind Polizeibeamte, nehme ich an.«

»FBI«, erwiderte ich, und wir nannten ihm unsere Namen.

»Jean Mercier«, stellte er sich vor. Er senkte die Stimme und sah sich um, um sich zu vergewissern, dass es keine unerwünschten

Zuhörer gab. »Ich möchte Ihnen etwas mitteilen – im Namen meiner Kollegen ...«

Phil und ich wechselten einen überraschten Blick. Auffordernd sahen wir den Frankokanadier an.

»Es handelt sich um diese Männer«, sagte Mercier bedrückt. »Inskeep und Congram. Wir haben einen Personalrat, wissen Sie. Und wir waren dagegen, dass die beiden eingestellt wurden. Aber wir konnten nichts machen. Die letzte Entscheidung liegt bei ...«

»Bei wem?«, hakte ich erstaunt nach.

Er blickte an mir vorbei und murmelte: »Was ich Ihnen gesagt habe, ist vertraulich – bitte!« Rasch wandte er sich ab und kehrte zu seinen Kollegen zurück.

Phil und ich wandten uns um.

Mein Freund stieß einen leisen Pfiff aus. »Aha! Deshalb überlässt du mir Myrna und Helen!«

Madame Bouvoire, die Direktorin des »Cirque du Papillon«, hatte einen geradezu majestätischen Gang. Zugleich lag in jeder ihrer Bewegungen etwas Raubkatzenhaftes. Sie kam aus der Wagengasse, durch die gerade eben die Rettungswagen abgefahren waren, und es glich einem Bühnenauftritt, wie sie den Schauplatz betrat. Sie war sich ihrer Macht und ihrer Schönheit bewusst.

Zu ihrer beruflichen Macht gesellte sich jene andere Macht: Sie hätte nur mit dem Finger zu schnippen brauchen, und jeder der hier anwesenden Männer wäre zu ihr geflitzt wie ein Hund – um schwanzwedelnd und hechelnd zu ihr aufzublicken und auf ihre Befehle zu warten.

»Das ist keine Verabredung«, sagte ich.

»Ausnahmsweise glaube ich dir«, schmunzelte mein Freund. »Okay, ich mache die Arbeit, und du hast dein Vergnügen.«

Ich sah ihn an und grinste. »Wenn du behauptest, dass es kein Vergnügen ist, mit Helen und Myrna zusammen zu sein, werde ich dich verpfeifen. Dann kriegst du von Helen nicht mal mehr einen Kaffee.«

»Um Himmels willen!«, stöhnte Phil in gespieltem Erschrecken. »Sieht so aus, als ob du mich in der Hand hast.«

»Sieht wirklich so aus«, bestätigte ich. »Aber bei guter Führung kriegst du noch eine Chance.«

»Ich bin schon unterwegs!« Er marschierte los, nicht ohne mir einen freundschaftlichen Boxhieb in die Seite versetzt zu haben.

Cecile Bouvoire trug ein enges schwarzes Kostüm und eine elegante weiße Bluse. Der Rocksaum umspannte ihre wohlgeformten Oberschenkel um etwas mehr als Handbreite über den Knien. Zusammen mit den hochhackigen Schuhen brachte das ihre Beine auf überwältigende Weise zur Geltung. Und mit ihrer Körpersprache sagte sie: Ja, seht ruhig her! Zieht mich aus mit euren Blicken. Das gefällt mir. Ich bin stolz auf mich. Ich bin nicht so dürr wie die Models in den gelackten Modemagazinen, aber ich habe auch kein Gramm zu viel drauf. Ich bin eine wirkliche, weibliche Frau – wenn ihr wisst, was ich damit meine! Tja, und der Auserwählte, dem ich alles von mir zeige, wirklich alles, der muss schon ein Supermann sein!

Auch die Cops hatten sichtliche Mühe, cool zu bleiben und nicht hinter ihr herzustarren.

Tatsächlich steuerte sie mit diesem sündhaften Gang auf mich zu. Der slawische Einschlag ihrer Gesichtszüge verlieh ihren dunklen Augen einen Ausdruck von Tiefgründigem und Geheimnisvollem.

Ich fühlte mich beneidenswert, als sie vor mir stehen blieb. Nur ein angedeutetes Lächeln formte sich in ihren Mundwinkeln. Es war dem Ernst des Geschehenen angemessen. Offenbar hatte ihr jemand gesagt, was passiert war.

»Sir«, sagte sie mit ihrer dunklen Stimme. »Sind Sie der Verantwortliche hier?« Ihr französischer Akzent war verschwunden. Was sie jetzt sprach, war ein einwandfreies amerikanisches Englisch mit kanadischem Einschlag. Mit einer Handbewegung wies sie auf die Cops und die Streifenwagen.

»Ich bin Spezialagent des FBI«, antwortete ich. »Die Kollegen sind für den Tatorteinsatz zuständig.«

Sie schüttelte sich. »Tatort! Das klingt furchtbar.«

»Es klingt nicht nur so«, sagte ich grob. »Was hier gelaufen ist, könnte man als versuchten Mord auslegen. Wussten Sie von den Pitbulls?«

»Nein«, hauchte sie, indem sie einen Blick auf die Kadaver warf und sich erschauernd wieder abwandte. Auf einmal war sie das schutzbedürftige kleine Mädchen. Ihre großen Augen baten mich, sie an die Hand zu nehmen und ihr nicht böse zu sein. Ihre Lippen waren die pure Verheißung, als sie wisperte: »Was für schreckliche Tiere!«

Ich begriff, dass diese Frau in der Lage war, alle Register zu ziehen. Ich war sicher, dass sie die ganze Bandbreite weiblicher Raffinesse perfekt beherrschte. Doch zugleich spürte ich, dass sie versuchen würde, mich auszuhorchen. Und das wiederum bedeutete, dass sie etwas zu verbergen hatte.

Also musste ich den Spieß umdrehen.

Ich nickte beiläufig, als ob mich die Pitbulls nur noch am Rande interessierten. »Inskeep und Congram …«, sagte ich, absichtlich gedehnt, und ich zögerte, als müsste ich erst nach Worten suchen.

Sie fiel darauf herein. »Oh, Sie kennen die Namen der Männer?«

»Dafür brauchen wir nur Sekunden«, protzte ich.

»Ist das wahr?« Sie himmelte mich an. Natürlich war es gespielt. »Ich habe schon so viele Wunderdinge über den FBI und seine harten Männer gehört.«

»Jedes Wort davon ist wahr«, behauptete ich grinsend. Doch wenn sie glaubte, dass sie mich ablenken konnte, merkte sie spätestens im nächsten Moment, dass sie eine trügerische Hoffnung hegte. Ich lächelte scheinheilig. »Haben Sie Inskeep und Congram eingestellt?«

»Nun ja …« Ein Anflug von Unsicherheit in ihrer Miene verschwand so rasch, wie er erschienen war. »Es ist so, dass ich für alle Personalentscheidungen verantwortlich bin.«

»Also haben Sie zwei Männer eingestellt, über die FBI-Akten existieren. Deshalb habe ich die Namen so schnell herausgefunden.«

Ihre Augen wurden groß. »Oh, aber das – das konnte ich doch nicht wissen. Ich meine, ich konnte doch nicht ahnen, dass

Mr. Inskeep und Mr. Congram …« Sie zog die Schultern hoch und suchte nach Worten.

»Setzen wir unser Gespräch woanders fort«, schlug ich vor und ließ es wie einen Befehl klingen. »Ohne Zuhörer.«

Wenn sie erschrak, so verbarg sie es hervorragend.

Der Direktionswagen war das Komfortabelste, was ich jemals auf Rädern gesehen hatte. Ein rollender Bungalow, in die länglich rechteckige Form gebracht, die für den Straßenverkehr nun mal notwendig war. Ansonsten fehlte es an nichts. Der Salon, mit lederbezogenen Polstermöbeln und einer gut ausgestatteten Bar, konnte mühelos mit den Behausungen der finanziellen Oberklasse konkurrieren.

»Ich hoffe, Sie werden nicht in der Vorstellung gebraucht«, sagte ich, nachdem wir eingetreten waren.

»Erst zum Finale«, sagte sie. »Machen Sie es sich gemütlich.« Sie wies auf die Sessel und die Couch. »Wir werden doch nicht herumstehen und auf und ab gehen, wie es die FBI-Beamten in den Gangsterfilmen tun.«

»Nein, die Wirklichkeit ist unbequemer. Das hat nichts mit Sitzen, Stehen oder Liegen zu tun.« Trotzdem folgte ich ihrer Aufforderung. Dreist ließ ich mich auf der Couch nieder.

Madame Bouvoire bedachte mich mit einem irritierten Blick, ehe sie sich auf den Weg zum Kristallglas- und Flaschenglanz ihrer Bar machte. Meine Anspielung auf die unbequeme Wirklichkeit war für sie offenbar alles andere als leicht verdaulich. Auf halber Strecke streifte sie die Kostümjacke ab. Achtlos warf sie das federleichte Kleidungsstück über eine Sessellehne.

Auf den restlichen zwei Yards zur Bar spielte meine Gastgeberin die Enge ihres Rocks voll aus. Über ihre rückwärtigen Rundungen blieben so gut wie keine Fragen offen. Wie eine zweite Haut folgte der Stoff jeder Bewegung des prallen Doppelrunds. Nur eine einzige Frage beantwortete sich nicht von selbst: Trug sie einen Slip oder nicht?

Cecile Bouvoire hatte es immerhin geschafft, dass ich mir diese Frage überhaupt stellte. Geschafft hatte sie es durch den Abwurf des Jackenballasts und durch den aufreizenden Backenschwung auf jenen zwei Yards bis zur Bar. Alles, was sie tat, war wohl kalkuliert, selbst wenn sie nur den kleinen Finger bewegte.

Pass bloß auf, Alter!, warnte mein innerer Ratgeber. Sonst verlierst du nicht nur den Faden, sondern du vergisst auch die Taktik, die du dir vorgenommen hast.

Vor den Mahagonifächern der Bar drehte sie sich um. Als würde sie meine Gedanken ahnen, hatte sie ein strahlendes Lächeln aufgesetzt. »Ein FBI-Agent im Dienst trinkt sicherlich keinen Alkohol ...«

»Selbst wenn ich nicht im Dienst wäre ...«, entgegnete ich mit unzweideutigem Zwinkern. »Ihre Nähe ist berauschend genug, Madame Bouvoire.«

»Oh!«, rief sie und klatschte in die Hände. »Dass G-men Komplimente machen können, wusste ich gar nicht!«

»G-men sind auch nur Menschen.« Ich lächelte scheinbar ergeben.

Sie senkte die Wimpern. »Würden Sie es für aufdringlich halten, wenn ich Sie bitte, mich Cecile zu nennen?«

Okay, dachte ich, da ist er also, der Gong zur ersten Runde. Laut sagte ich: »Nur unter der Bedingung, dass Sie Jerry zu mir sagen.«

»Einverstanden«, entgegnete sie freudig und vermutlich in der Hoffnung, dass ich den eigentlichen Grund meiner Anwesenheit zu vergessen begann. »Also – etwas Alkoholfreies, Jerry?«

»Ginger Ale«, antwortete ich. »Mit mindestens zwei Eiswürfeln.«

»Wunderbar! Ich nehme das Gleiche. Nur gönne ich mir einen Schuss Southern Comfort dazu.« Sie hantierte mit Gläsern, ließ Eiswürfel klimpern und Flaschen gluckern.

Cecile trug die Drinks herüber. Während sie die Gläser auf den Tisch stellte, zwang sie meinen Blick in die Richtung, die sie sich wünschte. Auf wundersame Weise hatten sich während ihrer

Tätigkeit an der Bar die drei oberen Knöpfe der Bluse geöffnet. Es war ein weit reichender Einblick, den sie mir gewährte. Und zugleich übermittelte sie mir die Information, dass sie trotz ihrer staunenswerten Oberweite keinen BH nötig hatte.

»Wer hat ihnen die Männer empfohlen?«, fragte ich, als hätte ich nicht das geringste Gespür für das Knistern einer Situation.

Der Schock traf sie voll.

Fassungslos starrte sie mich an, noch während sie sich mir gegenübersetzte. Dennoch schlug sie die Beine übereinander, um auch in diese Richtung tief blicken zu lassen.

»Welche Männer?«, tat sie verwirrt, um Zeit zu gewinnen.

Ich lächelte. »Danke für den Drink.« Ich griff nach dem Glas, prostete ihr zu.

Sie folgte meinem Beispiel. »Ach, Sie meinen ...« Anstatt weiterzusprechen, trank sie einen Ablenkungsschluck.

»Genau die«, sagte ich. »Inskeep und Congram. Zwei seltene Namen und zwei selten durchtriebene Kerle. Die haben Ihnen tatsächlich ihre Pitbulls unterschlagen?«

Cecile stellte ihr Glas weg, zündete sich eine Zigarette an. Ihre Handbewegungen wirkten fahrig. »Nun, es wird wohl so gewesen sein, dass ich gar nicht danach gefragt habe. Ich meine, wenn einer ein Haustier hat, ist er ja eigentlich im Zirkus gut aufgehoben.«

»Ein Pitbull ist für Sie ein Haustier?«

»Ach, Jerry!«, flehte sie mit verzweifeltem Augenaufschlag. »Sie bringen mich ganz durcheinander.«

»Dann versuchen Sie, sich zu erinnern«, verlangte ich schroff. »Standen Inskeep und Congram plötzlich in der Tür und sagten: ›Hallo, haben Sie einen Job für uns?‹. Oder hat sie jemand angeschleppt?«

»Ich glaube, es war draußen bei den Käfigwagen«, antwortete sie. Wachsender Unwille zeichnete sich in ihren so makellosen Gesichtszügen ab. »Da bin ich ihnen begegnet.«

»Einfach so?«

»Einfach so.« Ihre Stimme nahm einen giftigen Unterton an.

»Vielleicht können Sie sich vorstellen, dass wir für die Jobs im Zeltaufbau und in der Tierpflege keine schriftlichen Bewerbungen verlangen. Und da werden auch keine Vorstellungsgespräche vereinbart. Die Leute kommen einfach her. Fertig.«

Ich ließ nicht locker. »Waren die beiden allein?«

»Also wirklich, Jerry!« Sie schüttelte ärgerlich den Kopf. »Ich muss schon sagen …«

Ich lächelte wieder. Diese Frau reizte mich wie keine andere, das Prinzip Zuckerbrot und Peitsche anzuwenden. Überdeutlich spürte ich jetzt, dass ich einem Geheimnis auf der Spur war. Cecile Bouvoire hatte nicht nur eine tiefgründige Seele, sie schien auch eine Menge zu verbergen.

»Denken Sie bloß nicht, dies wäre ein Verhör oder so was«, sagte ich, wie um sie zu besänftigen. In Wirklichkeit stürzte ich sie in neue Unsicherheit. Ich sah es daran, wie angespannt sie die Zigarette hielt, wie sich ihre Finger um das Glas verkrampften. »Mein Gott, Cecile, Sie sind nicht verpflichtet, meine Fragen zu beantworten. Ich dachte mir nur, wenn Sie jetzt schon mal frei von der Leber weg reden, dann haben Sie es später vor Gericht leichter. Ich will Ihnen doch nur helfen.«

»Vor Gericht?«, echote sie und riss die Augen weit auf.

»Logisch. Im Verfahren gegen Inskeep und Congram. Da werden Sie als Zeugin verhört werden. Und ich wette, der District Attorney wird Sie fragen, warum Sie die Pitbulls nicht in einen Käfig sperren ließen – am besten zu den Tigern.« Ich lachte, als hätte ich den Witz des Tages aus den »Daily News« zitiert.

»Aber ich wusste doch wirklich nichts von den verdammten Viechern!« Wütend zermalmte sie die Zigarette im Aschenbecher.

»Regen Sie sich nicht auf, Cecile«, sagte ich beruhigend. Gleichzeitig unterdrückte ich meinen Drang zu schmunzeln. »Denken Sie noch mal scharf nach: Waren Inskeep und Congram allein, als Sie ihnen draußen begegneten?«

Ihr Blick fraß sich in den meinen, und sie schien zu überlegen, ob sie mir nun dankbar sein oder mir misstrauen sollte. »Ich glaube …«, murmelte sie unwillig. »Ich glaube, Monsieur

Falardeau war bei Ihnen. Er hat ihnen aber wohl nur den Weg gewiesen. Ich glaube nicht, dass er sie kannte.«

»Der Name sagt mir nichts.«

Cecile lächelte ein wenig – überlegen, wie es schien. »Sie haben ihn schon gesehen. Jean Falardeau. Sein Künstlername lautet Gaspard.«

»Der Clown«, erwiderte ich, als hätte ich nichts anderes erwartet. Ich verkniff mir die Bemerkung, dass dieser Typ offenbar in allem und jedem seine Finger hatte. Stattdessen fragte ich: »Spielt er eine besondere Rolle – hier im Zirkus?«

»Sie meinen – außer der Rolle als Spaßmacher?«

»Richtig.«

Cecile fühlte sich nun wirklich überlegen. Ihr Lächeln bewies es. »Gaspard ist mein Cousin. Ein guter Clown und ein wertvoller Mitarbeiter. Ich bin froh, ihn bei mir zu haben.«

»Und mit der Einstellung von Inskeep und Congram hat er nichts zu tun?«

»Wie kommen Sie darauf?«

»Nur eine Routinefrage.« Ich verzichtete auf eine weitere Erklärung. Inskeep und Congram waren jene beiden Wärter gewesen, die Gaspard beschimpft hatte, als sie den Grizzly Brutus wegführten. Das war mir klar, ohne dass ich mich vergewissern musste. Vielmehr fragte ich: »Sind Sie verheiratet?«

Die Frage veranlasste sie zum tiefsten Augenaufschlag des bisherigen Abends. »Interessiert Sie das, Jerry?«

»Weil Ihr Cousin Falardeau heißt«, antwortete ich trocken.

Sie zwang sich, ihre Enttäuschung nicht zu zeigen. »Ich bin eine geborene Falardeau«, erwiderte sie pikiert. »Bouvoire ist mein Künstlername. Mit bürgerlichem Namen heiße ich nach wie vor Cecile Falardeau.«

Ich nickte. Der Namenswirrwarr in Künstlerkreisen war mir geläufig. Ich hatte nicht vor, Cecile weiter mit Fragen nach ihrem Lebenslauf zu bedrängen, denn ich war nicht sicher, ob ich die eindeutigen Antworten erhalten würde, die ich brauchte. Es gab andere Mittel und Wege, Informationen einzuholen.

Als ich nichts sagte, räusperte sie sich. Ihr Lächeln wurde lockend: »Nun …«, ließ sie ihre Altstimme vibrieren, »daraus dürfen Sie entnehmen, dass ich unverheiratet bin. Einen Bouvoire gibt es nicht.«

Ich nickte nicht mal.

»Ich möchte Gaspard sprechen«, sagte ich so unvermittelt, als hätte ich sie überhaupt nicht reden gehört.

Allein durch ihre Reaktion zeigte Cecile abermals, dass sie in der Tat belastet war. Sie konnte einfach nicht gelassen reagieren.

»Aber – aber wieso denn?«, stotterte sie.

Ich tat, als verstünde ich die Welt nicht mehr. »Wieso denn nicht?«, entgegnete ich kopfschüttelnd. »Ich muss Ihrem Cousin ein paar Fragen stellen. Das ist alles.«

»Jetzt sofort?«

»Ja, jetzt sofort.«

»Es könnte sein, dass er gerade in der Manege ist.«

»Dann lassen Sie ihn rausholen, sobald er mit seinem Geschrei fertig ist.« Ich beleidigte ihren Cousin mit voller Absicht.

»Wie Sie wollen.« Cecile schluckte es, ohne mit der Wimper zu zucken. Sie seufzte, stand auf und ging zu einem Sideboard, auf dem drei verschiedene Telefone standen. Sie nahm den Hörer des grünen und tippte eine zweistellige Nummer. »Schickt mir Gaspard, sobald er frei ist«, sagte sie. »Ja, in den Direktionswagen.« Sie ließ den Hörer in die Gabel sinken.

Nicht mal eine Sekunde lang wandte sie mir den Rücken zu.

Dann, als sie sich umdrehte, war ich an der Reihe, geschockt zu sein.

In ihrer rechten Hand lag eine Beretta.

Sie hatte wieder das alte, selbstsichere Lächeln aufgesetzt. Es musste mit der Waffe zusammenhängen. Anders konnte ich es mir nicht erklären. Die Mündung glotzte auf meine Nasenwurzel – präzise auf den Punkt zwischen meinen Augen.

Ihre Augen sagten: Ja, da staunst du, was?

Ich atmete tief durch. Dann nickte ich anerkennend. »Das nenne ich eine gelungene Überraschung.«

»Nicht wahr?«, strahlte sie. »Mal ehrlich, Jerry: Haben Sie damit gerechnet?«

»Nein.«

»Toll!« Sie fixierte mich über Kimme und Korn hinweg. Kein weiteres Wort folgte. Nur dieses strahlende Siegerinnenlächeln. Logisch, jetzt wollte sie mich zappeln lassen.

»Okay«, sagte ich so ruhig wie möglich. »Bestimmt haben Sie Pläne für die allernächste Zukunft.«

»Aber ja!« Sie lachte.

»Werden Sie es mir sagen?«

»Aber natürlich, lieber Jerry.« Sie senkte die Stimme zu einem Raunen. »Du bist doch der wichtigste Bestandteil dieser – hm – Pläne.«

»Ist das als erfreulich zu werten?«

»Ich würde es so sehen.«

»Muss ich dir jedes Wort aus der Nase ziehen?«

»Es freut mich, dass wir jetzt beide beim vertraulichen ›Du‹ sind.« Sie kicherte plötzlich. »Ich verrate dir ein bisschen von meinen Plänen. Du wirst alles tun, was ich dir sage.«

»Darauf wäre ich nicht gekommen.«

Ihre Miene verdunkelte sich hinter dem Blauschwarz des brünierten Stahls.

»Verarschen kann ich mich selber!«, fauchte sie wenig vornehm. »Was ich meine, ist, du wirst alles tun, was ich dir sage!«

»Ich bin dir also wehrlos ausgeliefert?« Mir fiel auf, dass ihre Hand mit der schweren Beretta kein bisschen zitterte oder schwankte. Vielleicht war sie eine trainierte Kunstschützin oder so was.

»Du nimmst mich nicht ernst«, stellte sie fest. Langsam, katzenhaft gleitend, schritt sie näher. »Glaubst du, ich erzähle Witze? Ich werde wirklich schießen, wenn du nicht parierst.«

Scheinbar entspannt lehnte ich mich zurück. »Okay, jetzt reden wir mal Klartext. Was du dir von diesem Schwachsinn versprichst, ist mir ein Rätsel. Wenn du wirklich abdrückst, bist nicht du erledigt, sondern der Zirkus ist es gleich mit. Hast du dich überhaupt schon mal gefragt, weshalb sich der FBI für den ›Cirque du Papillon‹ interessiert? Hm? Wie es aussieht, hatten wir den richtigen Riecher. Du musst tatsächlich eine Menge zu verbergen haben.«

Ich holte Luft.

»Außerdem sind Kollegen von mir hier. Weitere Kollegen, in der Funkzentrale des FBI-Distrikts, wissen von unserem Einsatz.« Ich hob die Hände ein Stück und ließ sie auf die Knie sinken. »Drück ab, Cecile. Dann bist du eine halbe Stunde später auf Rikers Island. Das ist die New Yorker Gefängnisinsel. Mörderinnen werden im Hochsicherheitstrakt für Frauen untergebracht. Da soll es genauso ungemütlich sein wie bei den Männern. Aber das ist nur die Vorstufe zur Hölle. Im Staat New York kann laut Parlamentsbeschluss wieder die Todesstrafe vollstreckt werden. Sie werden dich also auf dem elektrischen Stuhl braten.«

Sie lachte. »Eine tolle Ansprache, Jerry! So was hast du voll drauf, stimmt's?« Sie trat noch einen Schritt weiter auf den Tisch zu, baute sich zwischen zwei Sesseln auf. Die Pistolenmündung zielte nach wie vor zwischen meine Augen. »Fangen wir an«, sagte sie energisch.

»Womit?«, fragte ich, da sie nicht sofort weitersprach.

»Zieh dich aus.«

Ich spürte, wie mir die Kinnlade wegsackte.

Besonders intelligent sah ich in diesem Moment garantiert nicht aus.

Doch Cecile lachte nicht mehr. »Es ist mir ernst«, sagte sie kalt. »Ich werde dich mit Gewalt nehmen. Erstens gefällst du mir sowieso. Aber zweitens bist du was Besonderes. Mon Dieu, welche Frau kann schon von sich behaupten, einen G-man flachgelegt zu haben!«

Ich überwand meine Verblüffung. »Bist du eine Frauenrechtlerin?«, fragte ich, um Zeit zu gewinnen. »Eine aus der Sparte ›Macht euch die Männer untertan!‹?«

»Quatsch«, knurrte sie. »Ich bin eine Zirkusdirektorin mit kriminellem Hintergrund und einem überdurchschnittlichen

Appetit auf Kerle. Also los, lenk nicht länger ab! Aufstehen und ausziehen!«

»Du lieber Himmel!«, stöhnte ich. »Jetzt wird's wohl wirklich ernst.« Ich erhob mich vom Sofa, richtete mich kerzengerade auf.

»Rede nicht rum. Fang mit der Jacke an.«

»Soll ich? Ich fange eigentlich immer mit dem Unterhemd an.«

Ihre Augen verengten sich zu Schlitzen, aus denen der Zorn funkelte. Sie stieß die Beretta vor. Es kostete sie nach wie vor nicht die geringste Anstrengung, die Waffe ruhig zu halten.

»Weißt du, was ich wie die Pest hasse?«, zischte sie und gab die Antwort gleich selbst: »Wenn einer denkt, er kann sich über mich lustig machen. Dann werde ich ganz wild darauf, ihm den Marsch zu blasen!«

Ich schluckte.

Und schlüpfte aus der Jacke.

Demonstrativ hielt ich sie von mir weg. Ich tat es mit der linken Hand. Zwangsläufig fiel Ceciles Blick auf den Kolben des Magnum-Revolvers im Gürtelholster.

»Donnerwetter«, sagte sie beeindruckt. »Und du denkst, du könntest den schnell genug ziehen, bevor ich den Finger krümme?«

Ich schüttelte den Kopf, schleuderte die Jacke und tauchte weg.

Aus der Abwärtsbewegung heraus schnellte ich nach vorn, flach über die Tischplatte hinweg.

Cecile schrie erschrocken, kämpfte mit meinem Jackett wie mit einem Gladiatorennetz.

Ich erwischte Cecile in der Körpermitte. Sie kreischte erneut. Ich rechnete mit dem ersten Schuss, stellte mich auf das Krachen und das Sengen des Bleis ein. Gemeinsam prallten wir gegen das Sideboard. Es polterte und rumpelte. Eine Vase kippte auf den Teppichboden, blieb aber heil.

Ceciles Stimme schrillte. Es hörte sich nach Wut und Schmerz an. Aus der Bewegung heraus schraubte ich mich ruckartig hoch, fegte ihr die Jacke weg.

Erstaunlicherweise ließ Cecile die Waffe fallen, als sie meine

Handkante hochfliegen sah. Gleichzeitig zuckte ihr Arm zur Seite. Mein Hieb ging ins Leere.

Cecile kicherte.

Ich kam aus dem Staunen nicht mehr heraus.

Denn die Beretta polterte nicht, als sie zu Boden fiel.

Nicht mal ein Laut war zu hören.

Cecile schwankte. Unsere Beine verhakten sich ineinander. Sie krallte die Hände in mein Hemd und zerrte mich mit sich, als sie das Gleichgewicht verlor. Weil ich auch nicht ganz sicher auf den Beinen stand, konnte ich den Sturz nicht verhindern.

Ich landete auf ihr.

Himmel!

Eine solche Landung konnte einem die Sinne schwinden lassen. Während ich ihren straffen und doch weichen Körper mit allen Einzelheiten unter mir spürte, war ich drauf und dran, alles um mich herum zu vergessen. Ihr Körper hatte die Macht, einem das Erinnerungsvermögen zu rauben. Und vermutlich eine ganze Menge mehr.

Ich versuchte erst mal, von ihr herunterzukommen. Dabei kicherte und kreischte sie.

Ich merkte, wie der Fußboden zu schwanken begann. Okay, erklärte mein Verstand, du befindest dich ja auch in einem Wohnwagen. Nur mein Gehör ließ mich im Stich. Die Schritte hinter mir waren einfach zu leise und Ceciles Gekreisch zu laut.

Ehe ich mich herumwerfen konnte, hatte ich diese Faust im Nacken. Mr. Eisenhand persönlich. Er schnappte sich meinen Hemdkragen und befreite die Frau von meinem Lebendgewicht. Der Hemdstoff riss mit hässlichem Knirschen.

Ich servierte dem Kerl etwas, womit er nicht rechnete.

Noch als ich in halber Höhe schwebte, winkelte ich das rechte Bein mit einem blitzartigen Ruck an und stieß mit aller Kraft zu.

Er brüllte wie ein angestochener Stier.

Schlagartig war die Eisenfaust in meinem Nacken weg.

Und zum zweiten Mal landete ich auf Cecile. Ihr blieb die Luft weg. Wäre sie eine Gummipuppe gewesen, wäre sie mit lautem

Knall geplatzt. Doch da sie eine lebendige Nymphomanin war, umklammerte sie mich mit beiden Händen. Die Anwesenheit eines Dritten schien sie nicht im Geringsten zu stören. Auf ziemlich eindeutige Weise versuchte sie, mich auch mit den Beinen in den Clinch zu kriegen.

»Darauf komme ich zurück«, flüsterte ich ihr ins Ohr und stieß mich vom Fußboden ab.

Gerade rechtzeitig.

Denn der Kerl hatte sein Schmerzensgebrüll eingestellt und ging auf mich los. Ich hätte angenommen, dass er ein Nottingham-Narrenkostüm trug. Doch dieser Typ im grünen Overall sah nicht die Spur spaßig aus. Ich hatte sogar das Gefühl, den humorlosesten Kerl der Welt vor mir zu haben.

Denn ohne ein Wort der Ankündigung startete er seinen neuen Angriff.

Wer, zum Teufel, war dieser Kerl? Gaspards Vorauskommando? Dem Clown traute ich mittlerweile jede Hinterhältigkeit zu.

»Jackson!«, schrie Cecile. »Aufhören! Um Himmels willen, aufhören! Das ist ein FBI-Mann!«

Doch Mr. Jackson dachte nicht daran, sich von irgendwas abbringen zu lassen. Aber als er mir mit einem Nierenhaken den Rest geben wollte, musste er zu seiner Verblüffung feststellen, dass es Leute gibt, die auch aus einem unkontrollierten Kreiseln heraus zuschlagen können.

Ich brachte das Kunststück fertig.

Und erwischte ihn voll mit einem Uppercut.

Er segelte davon – rückwärts, armrudernd, Richtung Tür. Auf seinem kurzen Flug fegte er ein paar Einrichtungsgegenstände von ihrem Platz. Einen Porzellanelefanten, eine Obstschale ohne Inhalt, zwei gerahmte Bilder. Zum Schluss grub sich seine Rechte in einen glitzernden Direktorinnenmantel an der Garderobe. Das teuer aussehende Kleidungsstück riss ab und ergoss sich als seidig wallende Flut über den Mann, nachdem er krachend auf dem Boden gelandet war.

Er rührte sich nicht mehr.

Trotzdem dachte ich nicht daran, auch nur noch das winzigste Risiko einzugehen. An erster Stelle war da immer noch Ceciles Beretta. Im Herumkreiseln löste ich die Handschellen vom Hosenbund. Cecile war im Begriff, sich aufzurappeln. Die Automatic lag vor der Kommode.

Im Loslaufen kickte ich die Waffe vor mir her wie einen Ball. Und erlebte eine weitere Überraschung.

Statt eines Kilo Stahls kickte ich hundert Gramm Imitat, kaum mehr. Die Leicht-Beretta flog in hohem Bogen von mir weg, dem Flachgelegten vor die Füße.

Mit drei langen Sätzen war ich bei ihm, befreite die Arme aus der Seidenflut und ließ die Acht über seinen Handgelenken einrasten. Er stöhnte, brabbelte Unverständliches. Indem ich mich abwandte, hob ich die Beretta auf.

»Unglaublich«, murmelte ich, während ich das Ding betrachtete. Eine Modellwaffe, keine Spielzeugpistole. Alle Einzelheiten waren präzise herausgearbeitet. Vor allem aber unterschied sich die Kunststoffoberfläche selbst bei näherem Hinsehen durch nichts von brüniertem Waffenstahl.

Cecile lehnte an dem Sideboard und zupfte ihre Sachen zurecht. Ein weiterer Knopf der Bluse hatte sich geöffnet, und die Pracht ihrer Brüste näherte sich dem verpackungslosen Zustand.

»Er hat doch nichts Böses getan«, verteidigte sie den Eindringling. »Er hat gedacht, du vergewaltigst mich. Also war es Notwehr.«

»Lassen wir das den Staatsanwalt und den Haftrichter entscheiden«, konterte ich rau. Ich fixierte sie mit einem Blick, der ihr klar machte, dass ich sie bis auf die Knochen durchschaute. Aber wie sollte ich beweisen, dass sie die kleine Teufelei von Anfang an inszeniert hatte? Dass der Schluss nicht nach ihrem privaten Drehbuch verlaufen war, störte sie vermutlich nicht weiter. Ihr war es vor allem darum gegangen, mir ihre Möglichkeiten zu demonstrieren.

»Und das?«, entgegnete ich, indem ich ihr die Modellwaffe zeigte. »Was sollte das?«

»Das war doch nur Spaß.« Sie senkte den Kopf wie eine schuldbewusste Schülerin, die der Lehrer mit einem Spickzettel unter dem Rock ertappt hat.

»Spaß« wiederholte ich fassungslos. Ich hielt die Kunststoff-Beretta hoch. »Leute sind wegen so was schon erschossen worden. Wie soll der Cop, der einen Dieb aus dem Supermarkt rennen sieht, auf dreißig Yards Entfernung erkennen, ob der Strolch eine Spielzeugpistole oder eine echte Kanone in der Hand hat?«

»Aber ich habe doch niemanden überfallen«, schmollte sie. »Ich wollte nur rausfinden, wie du reagierst.«

»Schwachsinn«. knurrte ich. »Wieso besitzt du überhaupt so ein Ding?«

»Na, eben deshalb – um Männer zu testen.« Sie senkte den Blick, kreuzte die flachen Hände und hob sie schützend – gerade so, als rechnete sie damit, dass ich die Prügelstrafe anwenden würde.

Ich verdrehte die Augen. »Das darf nicht wahr sein!«, stöhnte ich und ließ die nachgebildete Beretta auf den Tisch fallen. »Ist dir wenigstens klar, dass du dein Leben aufs Spiel gesetzt hast? Wegen so einer Verrücktheit?«

»Jetzt ist es mir klar«, antwortete sie und zog die Unterlippe zwischen die Zähne. Dann hob sie den Kopf und sah mich an. »Ich hab das Spiel aber ja auch noch nie mit einem FBI-Agenten gespielt.«

Ich schüttelte den Kopf, fassungslos und tadelnd.

Hinter mir ertönten angestrengte Krächzlaute.

Ich zog das Walkie-Talkie vom Hosenbund. »Okay, dann wollen wir mal«, knurrte ich.

»Was hast du vor?«, rief Cecile erschrocken. »Es wird einen Skandal geben, wenn das die Öffentlichkeit erfährt! Du weißt doch, wie so was in den Medien verdreht wird! Außerdem kannst du ihm doch gar nichts vorwerfen.«

»Und ob«, konterte ich. »Widerstand gegen die Staatsgewalt, vorsätzlicher gewalttätiger Angriff auf einen Beamten des FBI. Das reicht.« Ich schaltete das Walkie-Talkie auf Senden und rief

Sergeant O'Mahoney, den Kollegen von der City Police. Ich beschrieb ihm den Weg zum Direktionswagen und bat ihn, zwei Cops für eine vorläufige Festnahme zu schicken.

»Wird sofort erledigt, Sir«, lautete die knappe Antwort des Sergeants.

Als ich mich bedankte und das Gerät ausschaltete, wurde die Wohnwagentür aufgerissen.

Die Nottingham-Zotteln wirbelten herein.

»Jackson, du verdammter Idiot!«, brüllte Monsieur Falardeau alias Gaspard. »Was, zum Teufel, hast du hier angerichtet?« Er bückte sich und packte den noch halb Bewusstlosen an den Schultern, um ihn hinauszuzerren. »Los, raus mit dir!«, keuchte er. »Das wird ja immer schöner! Jetzt sind schon die Gäste unserer Direktorin nicht mehr sicher!«

»Stopp!«, rief ich schneidend. »Lassen Sie den Mann los!«

Er gehorchte, richtete sich verblüfft auf. »Aber – ich wollte doch nur ...«

»Danke«, sagte ich. »Kommen Sie rein und lassen Sie ihn, wo er ist. In zwei Minuten ist er unterwegs in den Zellentrakt des FBI.«

Gaspard sah mich erschrocken an, doch er folgte meiner Aufforderung. Ich zeigte auf einen Sessel, und er setzte sich. Seine Cousine trat hinter ihn, legte ihm die Hände auf die Schultern und massierte sie ihm in einem zeitlupenhaft langsamen Rhythmus.

Gaspard war der höflichste Mensch der Welt, nachdem die Cops den Schläger im Overall abgeführt hatten. Der Clown blickte auf seine Hände, die groß und kräftig waren. Auch vermochte das Narrenkostüm seine beträchtlichen Muskeln nicht vollends zu verbergen. Unterdessen zeigte sein glattflächiges Gesicht keine erkennbare Regung, die etwas ausgedrückt hätte, das nicht zu dem Bild von geradezu hündischer Unterwürfigkeit passte.

»Es tut mir wirklich Leid, Sir«, sagte er treuherzig. »Wenn ich es nur ungeschehen machen könnte! Als Cecile mich rufen ließ, wusste ich ja noch nicht, um was es ging. Wenn ich mich nur etwas mehr beeilt hätte, wäre das bestimmt nicht passiert. Dann hätte ich Ray – Mr. Jackson – daran hindern können, hier einzudringen.«

»Es war alles mein Fehler«, sagte seine Cousine rasch. Sie sah mich an. »Jackson wird mich schreien gehört haben, und da dachte er logischerweise, er müsste mir zu Hilfe eilen. Dass die ganze Geschichte nur ein Spaß war, konnte er ja nicht ahnen.«

»Streng dich nicht an«, riet ich.

»Aber so wird es doch gewesen sein! Jackson hat nur getan, was jeder andere an seiner Stelle auch …«

Ich unterbrach sie mit einer Handbewegung. Gleichzeitig wandte ich mich an Gaspard. »Sie haben den Grizzly losgelassen, oder?«

Er seufzte tief. »Ich weiß, dass Sie den Eindruck gewinnen mussten«, sagte er weinerlich. »Aber es war nicht so, glauben Sie mir. Wissen Sie …« Er zögerte, als fiele es ihm schwer, weiterzusprechen. Dann gab er sich einen Ruck. »Ich schwärze nicht gern jemanden an. Aber in diesem Fall muss ich es leider tun. Bedauerlicherweise haben wir hier im ›Cirque du Papillon‹ zu viel Vertrauen in Bruce Inskeep und Lewis Congram gesetzt. Es war nicht das erste Mal, dass sich Brutus losreißen konnte – nur durch die Nachlässigkeit der beiden.«

»Ja, das stimmt«, bekräftigte Cecile.

»Und dann diese furchtbare Sache mit den Pitbulls!«, fuhr Gaspard fort. »Daran sehen Sie, wozu diese Männer fähig waren. Ich muss gestehen, dass sie sich damals bei mir meldeten, als sie einen Job suchten. Sie machten einen ordentlichen Eindruck auf mich, und so habe ich sie zu Cecile geführt. Das war leider ein Fehler. Heute sehe ich es ein.«

»Den Fehler haben wir beide gemacht«, sagte Cecile.

Ich nickte. »Wie schwer der Fehler wirklich war, wird sich erst noch zeigen.«

»Ich weiß«, murmelte Gaspard betrübt. »Cecile und ich werden die beiden Jungen im Hospital besuchen.«

»Sie sollen die beste medizinische Versorgung erhalten«, ergänzte die Direktorin. »Wir werden uns mit den Eltern in Verbindung setzen und ihnen einen finanziellen Zuschuss anbieten. Außerdem werde ich mit der Versicherung sprechen und wenn nötig einen Anwalt einschalten, damit die Schmerzensgeldfrage großzügig geregelt werden kann.«

»Ich bin gerührt«, bemerkte ich spöttisch. Bei so viel Großherzigkeit konnte es nur um geschäftliche Interessen gehen. Garantiert würde Cecile die Presse verständigen, wenn sie mit den Eltern den Termin für die Scheckübergabe vereinbart hatte. Abermals sah ich Gaspard an. Er wich meinem Blick aus, scheinbar beschämt. Doch ich war nicht sicher, ob das der einzige Grund war. »Tragen Sie an der Verantwortung Ihrer Cousine mit?«, erkundigte ich mich. »Sind Sie vielleicht sogar ihr Stellvertreter?«

»Ich stehe ihr mit Rat und Tat zur Seite«, erwiderte er. »Wissen Sie, Cecile muss sich in einer von Männern geprägten Welt behaupten.«

»Die Zirkuswelt ist voller Machos«, sagte sie und zwinkerte mir zu – mit einem viel sagenden Blick.

Ich fasste es als Bestätigung auf, dass ich meine Rolle gut gespielt hatte. Ich zwinkerte zurück und wandte mich erneut an Gaspard.

»Sie sind ein Allroundmann im Zirkusprogramm – habe ich Recht?«

Er lächelte verlegen. »Ich gebe mein Bestes, Sir.« Nach einem kurzen Luftholen fügte er hinzu: »Übrigens kann ich Ihre Reaktion auf den Hinrichtungstrick verstehen. Nach dem, was Sie und Ihre Kollegin gerade mit dem Grizzly erlebt hatten ...«

»Meine Kollegin?« Ich zog die Augenbrauen hoch. »Wie kommen Sie darauf?«

Nur für den Bruchteil einer Sekunde zuckte etwas wie Schreck in seinen Pupillen auf. Doch ich konnte mich täuschen, zumal er sofort wieder der hündisch Ergebene war.

»Verzeihen Sie, Sir. Ich weiß, mir steht überhaupt kein Urteil zu. Ich habe nur darauf getippt, dass die hübsche Lady eine

Kollegin ist – weil Sie nicht wie – also, es sah nicht so aus, als ob Sie ein Paar wären. Und später erfuhr ich ja, dass Sie FBI-Beamter sind.«

Hm. Er nahm mir den Wind aus den Segeln. Dass Myrna und ich ein Paar gewesen wären, konnte ich nicht ernsthaft behaupten. In dem Punkt hatte er völlig richtig beobachtet. Deshalb ging ich auf meinen missglückten Auftritt bei der Zaubershow ein. »Dann haben Sie sich vielleicht auch Gedanken gemacht, weshalb jemand vom FBI hier ist?«

»Nein, Sir. Ich hatte keine Ahnung. Allerdings passiert es öfter, dass im Zirkusmilieu Leute unterschlüpfen, denen man besser keinen Job geben sollte. Das sieht man ja am Beispiel von Inskeep und Congram. Ich vermutete also, dass es sich um irgendeine Fahndungsaktion des FBI handelte, die hier lief.«

Ich beobachtete ihn scharf. Ich wartete nur noch darauf, dass er die Vergewaltigungen in der Umgebung des »Cirque du Papillon« jetzt auch noch den beiden Exmilizionären in die Schuhe schob.

Doch er tat es nicht.

»Eine Fahndungsaktion …«, wiederholte ich gedehnt. »So kann man es nennen. Inskeep, Congram und Jackson – ich frage mich, ob einer von denen der Mann ist, den wir suchen.«

»Ach!«, rief Gaspard, indem er die Augenbrauen hochzog. »Sie meinen den geheimnisvollen Vergewaltiger? Diesen Unhold, der unserem Zirkusunternehmen Schaden zufügen will – dadurch, dass er sich seine Opfer immer in unserer Nähe sucht?«

»Richtig«, antwortete ich und musterte ihn aus schmalen Augen. »Aber uns geht es mehr um den Schaden, den er seinen Opfern zufügt.«

»Natürlich«, erwiderte Gaspard sofort. »Verzeihen Sie, dass ich mich da falsch ausgedrückt habe. Aber bestimmt werden Sie den Täter bald fassen. Der FBI ist doch berühmt für seine Erfolge.«

Ich bemühte mich vergeblich, in seinen Augen etwas anderes als das perfekte Schleimen zu erkennen.

»Wir kriegen ihn«, versicherte ich grimmig. »Darauf können

Sie sich verlassen.« Noch während ich es sagte, fragte ich mich, weshalb es mir so wichtig war, dem Clown unsere Entschlossenheit zu verdeutlichen.

Lag es an dem Eindruck, den er auf mich machte?

Er war mir durch und durch unsympathisch, das konnte ich nicht leugnen. Doch als FBI-Beamter darf man sich von solchen Empfindungen niemals leiten lassen. Neutralität und Objektivität sind oberstes Gebot. Das steht sogar in der Dienstvorschrift.

Unterdessen hatte ich mich für eine Taktik entschieden. Cecile hatte versucht, mich an die Leine zu nehmen. Dafür musste sie einen handfesten Grund haben.

Ich würde den Spieß umdrehen.

Gaspard blickte auf seine Armbanduhr. »Brauchen Sie mich noch?«, fragte er. »Ich bin in fünf Minuten wieder dran.«

»Okay, Sie können gehen«, beschied ich ihm.

Er stemmte sich aus dem Sessel hoch und schüttelte mir die Hand. Ich hatte das Gefühl, mich von einem Schraubstock zu verabschieden. Und genau das beabsichtigte er wohl – mir seine Muskelkraft zu demonstrieren.

Cecile hängte sich an meine Schulter, als wir wieder allein waren. Ihre Brüste umschlossen meinen Oberarm.

»Soll ich die Tür abschließen?«, hauchte sie in mein Ohr. »Das wäre bestimmt besser.«

»Finde ich auch.«

Erstaunen leuchtete in dem Blick auf, mit dem sie mich streifte. Aber dann strahlte sie und eilte los, um so schnell wie möglich wieder bei mir zu sein. Sie ahnte ja nichts von meiner Taktik.

Sie konnte nichts davon ahnen.

Weil sie nicht ahnte, dass ich ihr falsches Spiel durchschaute.

Louis Parqueth summte ein Lied, während er in seinem Taxi die West Street hinunterfuhr. Er genoss jeden Tag und jede Stunde in seiner neuen Heimat. Der heiße Sommer hatte ihm ebenso gefallen wie jetzt die kühleren Oktobertage. Und immer duftete es in den Straßen nach den Produkten der Imbissverkäufer mit ihren fahrbaren Ständen: Hotdogs, Hamburger, Döner und Brezel. Dazu kamen die Wohlgerüche aus den Restaurantküchen. Alle Kochkunst dieser Welt vereinte sich in New York. Louis hatte seiner Mama begeisterte Briefe darüber geschrieben.

Linker Hand und vor ihm erhob sich das strahlend erleuchtete Wolkenkratzermassiv des südlichen Manhattan. Rechts erstreckten sich die dunklen Wassermassen des Hudson River, und am jenseitigen Ufer schimmerten die Lichter von Jersey City.

In dem knappen Jahr, das er nun hier in New York war, hatte er sich die Routen zu allen gängigen Fahrtzielen perfekt eingeprägt. Sein Chef, Mr. Mitchell, Inhaber der »Mitchell Cab Company«, war zufrieden mit ihm. Nicht zuletzt deshalb, weil er, Louis, sich anstrengte, ein verständliches Englisch zu sprechen und außerdem noch höflich und freundlich zu sein. Es hieß, die New Yorker Taxifahrer seien die unhöflichsten der Welt, und keiner von ihnen könne mehr richtig Englisch. Mr. Mitchell legte großen Wert darauf, dieses negative Image abzubauen.

Louis arbeitete vierzehn bis sechzehn Stunden am Tag. Seine billige Bude in South Brooklyn teilte er sich mit drei Freunden, die auch alle aus Haiti stammten. Louis war der fleißigste von ihnen. Mit seinen fünfundzwanzig Jahren schaffte er es, jeden Monat dreihundert Dollar nach Hause zu schicken. Nur dadurch konnten seine Eltern und seine beiden jüngeren Geschwister in der Heimat bleiben.

Mr. Mitchell hatte ihm gesagt, dass er sich was darauf einbilden könne – auf seinen Fleiß und auf seine Sparsamkeit. Bald würde er, Louis, ein richtiger New Yorker sein, da gebe es überhaupt keinen Zweifel.

Und vielleicht hatte er schon nächstes Jahr genug Geld zusammen, um ein Flugticket nach Port-au-Prince zu kaufen und seine Eltern und seine Geschwister zu besuchen.

Louis' Gedanken wurden abgelenkt, als er die himmelhohen Türme des World Trade Centers hinter sich gelassen hatte und auf die Terminals von South Ferry zuhielt. Rechts vor ihm erstrahlte ein Lichterdom, das Viermastzelt des »Cirque du Papillon«. Seit der Zirkus hier gastierte, zwischen Battery Park und Battery Park City, kam Louis jeden Abend zum Schluss der Vorstellung her, um Fahrgäste aufzulesen.

Bislang hatte es sich jedes Mal gelohnt. Die Leute hatten weite Strecken gebucht, nach Queens, Brooklyn und Staten Island. Das Weiteste war eine Tour nach Long Island gewesen, ins Nassau County.

Louis Parqueth war erklärlicherweise nicht der einzige Cabbie, der nach Zirkusbesuchern Ausschau hielt. Ganze Pulks von gelben Limousinen rauschten im Takt der Ampelphasen Richtung Battery Park – jetzt, kurz nach halb elf.

Louis Parqueth entschied sich für den ersten Taxiwinker, den er erblickte. Das war noch vor den Hochhäusern von Battery Park City. Der Mann musste schon eine ganze Ecke gelaufen sein, aber die Scharen von Zirkusbesuchern folgten ihm in kurzem Abstand. Die Leute wussten, wie schwer es war, ein Taxi zu kriegen, wenn erst einmal der richtig große Andrang einsetzte. Deshalb hatten sie die Show schon fünf Minuten vor Schluss verlassen – extra wegen einer zügigen und sicheren Heimfahrt.

Louis hielt nahe am Bürgersteig und ließ das rechte Seitenfenster halb herunterschnurren.

»Fährst du mich nach Yonkers, Bruder?« Der Mann benutzte die Anrede, obwohl er ein Weißer war.

Manche taten das, um den Schwarzen zu verstehen zu geben, dass sie keine Rassisten waren. Viele Schwarze betrachteten das allerdings als einen plumpen Anbiederungsversuch. Louis Parqueth hatte das alles gelernt, doch für ihn selbst waren solche Gesichtspunkte ziemlich nebensächlich. Für ihn zählte das Geldverdienen und das gute Leben, das er seiner Familie und sich selbst ermöglichen wollte.

»Wird gemacht, Sir«, sagte er. Yonkers, mein Gott, das war eine fantastisch weite Fahrt! Ein Glückstreffer auf Anhieb. Yonkers, nördlich von Bronx gelegen, gehörte schon gar nicht mehr zum

Stadtgebiet von New York, sondern zum angrenzenden Westchester County, Bundesstaat New York.

Der Mann stieg hinten ein, wie es Vorschrift war. Das Panzerglas zwischen vorderen und hinteren Sitzen war zerkratzt, aber man konnte noch gut hindurchsehen. Der Mann trug einen ordentlichen dunkelgrauen Anzug, ein hellblaues Hemd und eine dunkelrote Krawatte. Aus dem Yuppie-Alter war er schon heraus, aber er sah aus wie ein Besserverdienender, der es sich leisten konnte, regelmäßig Sport zu treiben. Vielleicht suchte er auch eines dieser Fitness- und Bodybuildingstudios auf.

Während Louis anfuhr und nach links ausscherte, beugte sich der Fahrgast zur Sprech- und Zahlmulde vor.

»Kannst du irgendwo bei den Piers zum Pinkeln anhalten, Bruder? Da drinnen im Zirkus sind die Toiletten rammelvoll. Und bis Yonkers würde mir die Blase platzen. So eine Schweinerei willst du doch in deinem Taxi bestimmt nicht haben, was?« Der Mann lachte.

»Kein Problem, Sir«, antwortete Louis und lachte mit. In Gedanken checkte er rasch Mr. Mitchells Sicherheitsanweisungen durch, die er auswendig gelernt hatte. Hier ging es um die Rubrik »Ungewöhnliche Wünsche von Fahrgästen«. Zur Absicherung gab es einen ganzen Katalog von Maßnahmen. Louis wusste genau, wie schwer die Geschütze sein mussten, die er aufzufahren hatte. Bislang hatte er immer die richtigen Entscheidungen getroffen. Sein schwerstes Geschütz war dieser Spezialsender, der ihn mit dem jeweils nächsterreichbaren Polizeirevier verband.

Aber der Fahrgast machte einen respektablen und ehrlichen Eindruck. Sein Sonderwunsch klang glaubhaft.

Eine Pinkelpause war nicht so ungewöhnlich. Louis hatte gelernt, dass es in New York keine öffentlichen Toiletten gab. Deshalb hatte die »Mitchell Cab Company« sogar Abkommen mit verschiedenen Lokalen und Clubs, in denen Fahrgäste die sanitären Einrichtungen benutzen durften.

Louis wendete an der nächsten Ampel. Er beschleunigte und wandte den Kopf nach rechts und rief: »Wir haben da eine Luncheonette an der dreißigsten Straße, Sir. Da können Sie …«

»Halt ich nicht durch!«, unterbrach ihn der Fahrgast lachend. »Versuch es irgendwo in der Nähe, Bruder. Meinetwegen müssen es nicht mal die Piers sein. Irgendeine dunkle Ecke genügt mir schon.«

Louis fuhr über die West 14th Street hinweg und lenkte das Taxi auf den Seitenstreifen vor einem riesigen Lagergebäude. Der abendliche Autoverkehr flutete vorbei. Noch immer herrschte viel Betrieb. Auf allen sechs Fahrspuren sangen die Reifen und summten die Motoren.

»Ist das in Ordnung, Sir?«, fragte Louis. Er zeigte auf einen Torweg, der durch ein Rollgitter gesichert war. Der dunkle Winkel dort reichte aus, um einen Mann zu schlucken. Louis drehte sich zu seinem Fahrgast um.

»Klar«, antwortete der Mann und öffnete die Tür hinten rechts.

Louis überlegte nur kurz. Angesichts der bevorstehenden langen Fahrt konnte er sich ein kleines Entgegenkommen leisten.

»Okay, ich halte die Uhr an, Sir«, sagte er deshalb und beugte sich zur Beifahrerseite, um den elektronischen Gebührenzähler zu stoppen.

In diesem Augenblick verspürte er einen Stich.

Er vermochte nicht mal zu sagen, wo. Als Jugendlicher hatte er mal einen Wespenstich abgekriegt. Mehr war dies auch nicht. Aber er hatte keinen Brummer im Auto bemerkt. Der Wagen war insektenfrei. Und er war noch nicht in dem Alter, in dem man an allen möglichen Stellen Stiche oder ein Ziehen verspürte.

Merkwürdig war, dass er das Taxameter sah. Doch er konnte es nicht erreichen. Ein seltsamer, unsichtbarer Widerstand hinderte ihn daran, den Schalter zu betätigen.

Gleich darauf vergaß er, weshalb er an den Schalter wollte. Ohnehin verlor er jede Willenskraft, nichts war mehr wichtig. Die Geräusche seiner Umgebung schwanden. Er vergaß, wo er war, und er erinnerte sich weder an seinen Fahrgast noch an den merkwürdigen Insektenstich.

Die Gassen zwischen den Zirkuswagen hatten sich belebt. Künstler waren unterwegs zu ihren Garderoben. Andere standen einfach da und genossen die frische Abendluft. Hocherhobenen Hauptes trotteten drei Lamas zu den Käfigwagen hin, von Tierpflegern geführt. Helfer räumten Gerätschaften weg.

Allen war die Erleichterung und die Feierabendstimmung nach einer gelungenen Vorstellung anzusehen.

Während sich Cecile zum Finale in die Manege begeben hatte, war ich zu meinem Rundgang aufgebrochen. Bis auf ein Fünf-Mann-Kommando von Spurensicherern waren die Cops inzwischen abgezogen.

Ich hielt mich an die Anweisung, den Tatort nicht zu betreten, indem ich den schmalen Weg benutzte, den das Trassierband freiließ. Von dem Einsatzleiter erfuhr ich, dass vor allem Blutspuren gesichert worden waren. Für die spätere Beweisführung vor Gericht konnten solche Spuren wichtig sein. In spätestens fünf Minuten würden die Spurensicherer mit ihrer Arbeit fertig sein. Reporter waren bislang nicht aufgekreuzt. Cecile würde heilfroh darüber sein.

Die Vergewaltigungen und Morde hatten lediglich in der Umgebung des »Cirque du Papillon« stattgefunden. Noch brachte also niemand den Zirkus mit den Verbrechen in direkten Zusammenhang. Doch das konnte sich schnell ändern – dann zum Beispiel, wenn die Medien herausfanden, dass es einen Zwischenfall auf dem Zirkusgelände selbst gegeben hatte.

Cecile hielt es für einen ausgesprochenen Glücksfall, dass sich an diesem Abend keine Journalisten in der Vorstellung befanden. Die Redaktionen hatten ihre Mitarbeiter ausschließlich zur Premiere geschickt, wie üblich. Jeweils bei der ersten Abendvorstellung in einer Stadt waren immer mehrere Presselogen reserviert.

Cecile hatte mir den Weg zu Dr. Arsène Legrands Wohnwagen beschrieben.

Zuvor hatte sie mir den einen Satz ins Ohr gehaucht, auf den ich gewartet hatte – in dieser oder ähnlicher Form: »Oh, du machst mich verrückt. Ich glaube, ich bin süchtig nach dir.«

Damit war meine Taktik präzise aufgegangen. Und ich hatte deshalb nicht etwa moralische Bedenken. Denn unsere Ausgangsbasis war nun gleich: Wir spielten uns gegenseitig etwas vor.

Ich schlenderte den stärker werdenden Nebelschwaden vom Hudson River entgegen. Es war merklich kühler geworden. Der November stand vor der Tür.

Cecile hatte mir das Wichtigste aus ihrem Lebenslauf erzählt. Ich würde es später im Pressearchiv des FBI-Distrikts gegenchecken. Aber ich war ziemlich sicher, dass sie in allen Punkten die Wahrheit gesagt hatte.

Cecile war auf Umwegen zum Zirkus gestoßen. Ursprünglich war sie Zeitungsjournalistin gewesen, hatte dann aber den Job als Pressesprecherin beim Großzirkus »Paramount« erhalten. Vor fünf Jahren war sie zum »Cirque du Papillon« übergewechselt, wo sie zunächst ebenfalls Pressesprecherin geworden war.

Dann jedoch hatte sie die Gelegenheit beim Schopf ergriffen, als der damalige Direktor pensioniert wurde. Cecile hatte sich gegen einige Konkurrenten durchgesetzt und war von der Inhabergruppe in Montreal zur neuen Direktorin ernannt worden.

Dr. Arsène Legrand, so hatte ich von Cecile erfahren, nannte sich noch bis vor kurzem »Dr. Arsène Legrand II.«. Sein bürgerlicher Name war Larry Gavronsky. Einer der wenigen US-Amerikaner in dem frankokanadischen Zirkusteam. Gavronsky hatte seinen Künstlernamen von einem erfolglosen Hollywoodzauberer übernommen. Nachdem dieser aber vergangenes Jahr gestorben war, bestand kein Grund mehr, die römische Zwei als Namenszusatz zu führen.

In seinem Wohnwagen brannte Licht.

Ich klopfte an.

Poltern und Rumoren war die Folge. Es hörte sich an, als ob der große Magier extra für mich seine Wohneinrichtung neu ordnete.

»Moment, ich komme!«, ertönte eine dumpfe Stimme.

Das Poltern endete, doch Schritte waren nicht zu hören.

Ich staunte über die Lautlosigkeit des Wohnwageninhabers, als unvermittelt die Tür geöffnet wurde – nur einen Spaltbreit.

Auf frappierende Weise fühlte ich mich in die siebziger Jahre zurückversetzt. Denn der Mann, der vor mir stand, hatte eine verblüffende Ähnlichkeit mit dem jungen Charles Bronson.

Der Wohnwagen-Bronson machte einen fahrigen, gehetzten Eindruck, und er war total verschwitzt. Dabei hatte er in der zweiten Hälfte der Vorstellung gar keinen Auftritt mehr gehabt.

»Ja?«, schnaufte er. »Bitte?«

Ich zeigte ihm meinen Dienstausweis. Der ist bewusst so gestaltet, dass den Betrachter die großen blauen Buchstaben regelrecht anspringen.

FBI.

»Special Agent Jerry Cotton«, stellte ich mich vor.

»Ach, Sie!«, rief er und lachte. »Dann sind sie also doch echt! Ich hatte schon überlegt, ob man so etwas in die Show einbauen könnte – ein Polizist taucht plötzlich aus dem Publikum auf und überprüft die Hinrichtung. Dann wird die Geschichte vielleicht noch glaubhafter.« Er unterbrach sich. »Entschuldigen Sie. Ich rede und rede und lasse Sie die ganze Zeit draußen stehen! Na, wenigstens regnet es nicht.« Er gluckste wie ein kleiner Junge. »Kommen Sie herein!« Er löste die Sicherungskette und ließ die Tür aufschwingen.

Seine Freundlichkeit kam mir gekünstelt vor, etwas zu eifrig aufgesetzt.

»Danke«, sagte ich höflich.

»Was führt Sie zu mir?«, fragte er mühsam beherrscht.

»Ziehen wir eine kleine Show ab«, schlug ich beim Eintreten vor. »Wir sind beide im Fernsehen, in dieser Krimiserie. Sie sind der Hauptverdächtige, und ich bin Inspektor Columbo. Und ich gehe Ihnen so fürchterlich auf die Nerven, dass Sie die Beherrschung verlieren.«

»Und?« Er lachte, während er mich hinter sich herwinkte. Er trug einen hellblauen Jogginganzug.

Vielleicht hatte er gerade sein Workout-Pensum absolviert und dabei ein paar Möbelstücke umgestoßen. Im hinteren Teil des Wohnwagens gab es eine kleine Küche, wie ich durch die offene

Tür erkennen konnte. Dahinter musste sich dann auch noch das Bad befinden.

In dem schlauchartigen vorderen Raum stand alles an seinem Platz. Ein Wohnzimmer mit Schlafcouch, wie man es in Versandhauskatalogen sah, absolut nichts Besonderes. Kein Designerpfiff, aber auch kein altmodischer Kitsch. Eben der totale Durchschnitt.

»Und?«, wiederholte er, als er stehen blieb und sich umdrehte. »Was passiert, wenn ich die Beherrschung verliere?«

»Sie gestehen alles«, entgegnete ich trocken.

»Und das wäre?« Er schwitzte noch immer.

»Dass Sie der Mörder sind. Der Vergewaltiger.«

Er lachte wieder, sehr schnell und sehr hektisch. »Ach, das meinen Sie!«

»Finden Sie das witzig?«, fragte ich stirnrunzelnd. »Die Vergewaltigungen – immer in der Nähe dieses Zirkus? Und dann die ermordeten Vergewaltigungsopfer?«

»Natürlich nicht. Äh ...« Er fuhr sich mit dem Handrücken über die schweißnasse Stirn. »Setzen Sie sich doch, Mister ...«

»Cotton.« Sein Gedächtnis musste ultrakurz sein.

»O ja – Mr. Cotton! Verzeihen Sie, so eine Show fordert mich jedes Mal bis zum Äußersten.«

Ich setzte mich in einen Sessel, aus dem ich den Raum nach links und rechts überblicken konnte.

»Aber Ihre Show war doch schon in der ersten Hälfte«, wandte ich ein. »Vor der Pause!«

»Sehen Sie!«, rief er. »Das können die wenigsten verstehen.« Abermals wischte er sich den Schweiß von der Stirn, während er noch unschlüssig vor mir stand. »Sie glauben nicht, was für eine Nervenanspannung das ist. Bei dieser Show, speziell bei der Hinrichtungsszene, muss jede Einzelheit klappen. Und wenn es eine noch so nebensächliche Einzelheit zu sein scheint.« Er räusperte sich angestrengt. »Darf ich Ihnen einen Drink anbieten, Mr. Cotton?« Wieder lachte er gehetzt-hektisch. Und schon wieder formte der Schweiß dicke Perlen auf seiner Stirn.

»Ein Wasser«, sagte ich und imitierte sein Lachen. Dann fügte ich hinzu: »Überlegen Sie sich schon mal Ihr Alibi. Ich bin zwar nicht Colombo, aber ich kann ihn ganz gut nachmachen.«

Arsène lachte schallend, er prustete und schnaufte vor Heiterkeit, und er tat es noch, als er schon in der Küche hantierte.

Ich fragte mich, was für ein verdammter Freitag dies war.

Kein dreizehnter jedenfalls.

Trotzdem hatte ich den Eindruck, dass so ziemlich alles passiert war, was passieren konnte.

Der frei herumlaufende Zirkus-Grizzly.

Mein peinlicher Auftritt bei der Zaubershow.

Der Angriff der Pitbulls auf die Skater.

Meine denkwürdige Begegnung mit Cecile Bouvoire.

Und jetzt das Gespräch mit einem hypernervösen, schwitzenden Zauberer, der mir auf geradezu verzweifelte Weise klar zu machen versuchte, dass er ein unglaublich heiterer, humorvoller Mensch war.

Was würde dieser Wahnsinnstag noch zu bieten haben?

Arsène kehrte mit zwei Longdrinkgläsern zurück, in denen klotzige Eiswürfel von Mineralwasser umperlt wurden. Er stellte die Gläser auf den Tisch, setzte sich mir gegenüber und lachte wieder.

»Na, dann schießen Sie mal los, Inspektor Columbo! Wenn Sie sicher sind, einen Täter vor sich zu haben, dann überführen Sie ihn!«

Er hob sein Glas, und ich folgte seinem Beispiel. Zugleich bemühte ich mich, mein Erstaunen nicht zu zeigen. Denn er schwitzte kaum noch. Irgendwie schien er sich in den Griff gekriegt zu haben. Ich stellte ihn mir vor, wie er am Kühlschrank gestanden und gedacht hatte: Jetzt reiß dich aber zusammen, Arsène! Oder nannte er sich in Gedanken Larry?

»Sind Sie mit Gaspard gut bekannt?«, fragte ich und beobachtete ihn genau.

Nicht einmal ein irritierter Lidschlag war zu bemerken, als er antwortete: »Wie man sich eben kennt unter Kollegen.«

»Mich überraschte es, dass er in Ihrer Show mitspielt.«

»Warum überrascht Sie das? Als Clown ist er ein guter Schauspieler. Und als Capitan ist er mindestens genauso gut. Finden Sie nicht?«

»Doch, unbedingt. Er ist ein einflussreicher Mann hier im Zirkus, nicht wahr?«

»Na sicher.« Arsène nickte, die personifizierte Gelassenheit jetzt. »Sie kennen doch den Grund, oder?«

Ich nickte. »Er ist der Cousin von Madame Bouvoire.«

»Richtig. Und damit, dass eine Zirkusdirektorin männliche Unterstützung braucht, verrate ich Ihnen wohl kein Geheimnis.«

»Überhaupt nicht.« Ich schüttelte den Kopf und trank noch einen Schluck. »Wie der Hinrichtungstrick funktioniert, werden Sie mir sicher nicht verraten.«

»So ist es. Nirgendwo werden Berufsgeheimnisse so sorgsam gehütet wie in der Zauberei. Ich würde gegen unseren Ehrenkodex verstoßen, wenn ich auch nur andeutungsweise erklärte …«

»Schon in Ordnung«, winkte ich ab. »Wenn ich in Zusammenhang mit einer Ermittlung nach dem Trick fragen müsste, wäre das aber etwas anderes, nicht wahr?«

»Absolut richtig«, erwiderte er. »Aber wo gibt es so was denn schon – dass ein Zaubertrick etwas mit einem Verbrechen zu tun hat!«

»Zum Beispiel, wenn Sie die blonde Jungfrau in der Mitte durchsägen.« Ich lachte.

Er lachte mit, schnaufte und prustete wieder. »Was würden Sie denn davon halten«, meinte er schließlich, »wenn ich mal einen leibhaftigen G-man verschwinden lasse?«

Ich sagte ihm, dass ich das für eine tolle Idee hielte, und wir lachten noch, als ich mich nach einer Weile verabschiedete.

Der Mann reagierte nicht auf die Funksprüche von der »Mitchell Cab Company«. Er fand einen Schalter für den Lautsprecher und drehte ihn herunter, sodass das Gequäke nicht mehr zu hören war.

Louis meldet sich nie wieder, dachte er grinsend, sorry, aber es ist so.

Wenn er richtig kalkulierte, würde er das Taxi im Höchstfall eine halbe Stunde brauchen, dann würde es seinen Zweck erfüllt haben.

Ohnehin hatte er sich den gelben Schlitten nur unter den Nagel gerissen, weil er hier in New York verstärkt aufpassen musste. Jede Menge Cops in Zivil und natürlich auch ein paar in Uniform hingen ständig in der Nähe des Zirkus herum. Die Bullen wollten doch tatsächlich dafür sorgen, dass in New York nichts passierte, solange der »Cirque du Papillon« da war. Zum Totlachen!

Um sich auf so was einzustellen, brauchte man nur seine Methode ein wenig zu ändern. Mit einem gelben Taxi zum Beispiel.

Er hatte gewendet und fuhr auf der West Street zurück in südlicher Richtung. In der kurzen Zeit, seit er den Toten in den Fußraum vor dem Beifahrersitz gestoßen hatte, krochen die Nebelschwaden bereits stärker vom Hudson River herüber. Auch auf der Fahrbahn waberte es milchig grau, aber die Autos brauchten ihr Tempo noch nicht zu verringern.

So war die weiße Bogenbrücke, die die West Street in Höhe der Chambers überquerte, auch rechtzeitig zu erkennen.

Der Mann hatte die Umgebung des »Cirque du Papillon« bei Tageslicht ausgiebig erkundet. Daher wusste er, dass die Brücke außerhalb der Schulstunden geschlossen wurde. Sie führte von der Chambers Street zu einem neuen Schulgebäude am Hudson-Ufer und war nur für die Schüler da. So mussten die lieben Kleinen den Gefahren des Straßenverkehrs nicht ausgesetzt werden.

Er stellte das Taxi am Rand eines Parks ab und löschte alle Lichter. Der Park grenzte an einen Spielplatz, dessen Tore durch Vorhängeschlösser gesichert waren. Durch den Park verlief einer der Wege, die zur Chambers-Street-Brücke führten. Der Mann schaltete auch die Innenbeleuchtung aus und zog den Zündschlüssel ab. Er steckte sein Werkzeugfutteral ein, bevor er ausstieg.

Die Gegend war menschenleer. Ein Block alter Wohnhäuser auf der anderen Straßenseite wurde gerade renoviert. Außer einer fernen Straßenlampe brannte kein Licht. Und selbst wenn jemand aufkreuzen sollte, würde er sich über das parkende, verlassene Taxi nicht wundern.

Der Mann zog den Toten so behutsam aus dem Wagen, dass er auf dem kurzen Weg zwischen Bordsteinkante und Buschwerk selbst dann nicht zu sehen war, wenn es wider Erwarten doch einen heimlichen Beobachter geben sollte.

Er schloss den Wagen ab. In der sicheren Dunkelheit des Parks lud er sich den Toten auf die Schulter und trabte in Richtung Brücke. Es kostete ihn keinerlei Anstrengung. Er war durchtrainiert.

Die Brücke war mit einem Tor aus Stahlgitter verschlossen. Unten brandete der Verkehr über die Fahrspuren. Die Wagen zerfetzten den aufkommenden Nebel.

Mit Hilfe seines Werkzeugs öffnete er das Tor im Handumdrehen. Die Brücke hatte auf beiden Seiten eine brusthohe geschlossene Stahlwand als Brüstung.

Er ging in die Knie und lud sich den Toten auf den Rücken, um beim Kriechen keine Schleifspuren zu hinterlassen. Etwa in der Mitte der diesseitigen, nach Norden führenden Fahrspuren hielt er inne. Er blieb im Schutz der südwärtigen Stahlwand, während er den Toten oben auf die Brüstung setzte. Dann wartete er die Ampelphase ab. Das Aufbrummen der Motoren und vereinzeltes Anfahrquietschen kündigten den neuen herannahenden Fahrzeugpulk an.

Er gab dem Toten einen Stoß.

Der vermeintliche Selbstmörder segelte hinunter, gut zehn Yards tief.

Bremsen und Reifen kreischten, Hupen gellten, und eine Auffahr-Kettenreaktion erzeugte dumpfes Serienkrachen von Blech auf Blech.

Der Mann hatte zu diesem Zeitpunkt bereits das Tor hinter sich geschlossen. Er durchquerte den Park im Laufschritt. Die Einwegspritze, die er für die Curare-Injektion benutzt hatte, warf er in einen Abfallkorb am Mast einer nicht eingeschalteten Laterne. New York war voll von gebrauchten Junkie-Spritzen. Keiner würde auf die Idee kommen, in so einem Plastikding was anderes zu vermuten als Heroin.

Sekunden später schloss er das Taxi auf und warf sich hinter das Lenkrad. Probeweise drehte er den Funklautsprecher auf.

»Zentrale für Wagen neun!«, schnarrte es blechern. »Louis Parqueth, bitte melden!«

»Langsam könnt ihr mal eine andere Scheibe auflegen«, brummte der Mann belustigt und schaltete den Ton wieder aus. Trotzdem war ihm klar, dass er sich mit diesem Taxi nicht mehr lange blicken lassen durfte.

Er fuhr einen Umweg von vier Blocks, um weiter nördlich auf die West Street zurückzukehren.

Schon von weitem war das Kreisen der Rotlichter zu sehen. Im Hochnebel erzeugten sie einen gespenstischen Widerschein.

Der Mann zog auf die rechte Spur wie die meisten anderen Wagen auch, damit Rettungswagen und Streifenwagen durchkonnten. Er grinste. Vermutlich war er zu diesem Zeitpunkt noch der Einzige, der hundertprozentig wusste, dass jeder Rettungswagen total überflüssig war.

Ein Streifenwagen, der beim »Cirque du Papillon« stationiert gewesen sein musste, war vermutlich als Erster zur Stelle gewesen. Jedenfalls lenkten Cops den gesamten Verkehr der nördlichen Fahrspuren über die Warren Street um. Das war die südliche Parallelstraße der Chambers.

Mit mäßigem Tempo zwängten sich die südwärts Fahrenden am Schauplatz des vermeintlichen Selbstmords vorbei.

Die Leiche lag auf dem Asphalt.

Cops sprangen gerade aus einem zweiten Streifenwagen und deckten den Toten ab. Fahrer und Mitfahrer der ineinander verkeilten Autos waren ausgestiegen. Niemand schien ernsthaft verletzt zu sein.

Der Mann war erleichtert darüber. Es hätte ihm nicht gefallen, wenn jemand in Mitleidenschaft gezogen worden wäre, den er als unbeteiligt betrachtete. Beteiligt waren immer nur die Personen, die Bestandteil seines jeweiligen Planes waren. In den bisherigen Fällen war das meist nur eine Person gewesen.

Die Auserwählte.

Weil der Fall in New York anders lag, musste er den Plan erweitern. Bei der kleinen Schlampe in der sicheren Wagenburg des Zirkus war das noch anders gewesen. Aber auch dort hatte er begreifen müssen, dass die Sicherheit nur noch eine Sicherheit auf wackligen Beinen gewesen war.

Nun, er würde all diesen schlauen Burschen in New York beweisen, dass er ihnen letzten Endes doch überlegen war.

Mit der kleinen Schlampe, das hatte er deutlich gespürt, war er seinem Traumziel schon verdammt nahe gewesen. In einem Artikel über sexuelle Perversionen hatte er mal den Begriff »ultimativer Kick« gelesen.

Genau das war sein Traumziel.

Der ultimative Kick.

Vielleicht würde er ihn hier erreichen.

Hier in New York.

Niemand würde ihn daran hindern. Am allerwenigsten diese einfältigen Cops und ihre Kollegen, die sich für die Elite hielten: die Gentlemen vom FBI.

Der Mann im Taxi schmunzelte noch, als er die Unfallstelle schon hinter sich gelassen hatte. Immer mehr Wagen hielten an, statt in die Umleitungsstrecke abzubiegen. Immer mehr Leute wollten sehen, was los war. Alle waren neugierig auf den vermeintlichen Selbstmörder.

Die wenigsten von ihnen würden noch an diesem Abend die Wahrheit erfahren. Vielleicht würde es nicht mal in den Morgenzeitungen stehen. Es konnte auch gut sein, dass die Cops nicht mal die Einstichstelle fanden. Und die Pathologen? Okay, die waren schon eine Ecke cleverer. Aber die Obduktion würde sowieso erst morgen stattfinden.

Der Mann achtete darauf, anderen Taxis nicht zu nahe zu kommen, während er auf die Betonkolosse des World Trade Centers und des World Financial Centers zufuhr. Der ungünstigste vorstellbare Fall würde es sein, einem anderen Taxi der »Mitchell Cab Company« zu begegnen. Aber das war ungefähr so wahrscheinlich, wie die Stecknadel im Heuhaufen zu finden.

Der Verkehr flog nun wieder dreispurig nach Süden. Die überdachten Fußgängerbrücken blieben zurück. Sie querten die West Street und ermöglichten es den Weißkragen aus den beiden Centers, von jeglichem Wetter unbeeinflusst zwischen den Bürotürmen hin und her zu flitzen.

Rechts von der Straße wurde das Wolkenkratzermassiv niedriger. Linker Hand reichte es bis an die Upper Bay, die Mündungsbucht des Hudson River. Die Hochhäuser von Battery Park City zeigten ihr Schachbrettmuster aus erhellten und dunklen Wohnungsfenstern.

Der Mann schüttelte sich bei dem Gedanken an die Normalität hinter all diesen Fenstern. Wie fade musste das Leben dieser Menschen sein! Er konnte sich nicht vorstellen, auch nur eine Minute so zu leben.

Sein eigenes Leben war das höchst Erreichbare.

Das ständige prickelnde Gefühl, eben jenem Superziel nahe zu sein.

Dem ultimativen Kick.

Er näherte sich der Stelle, an der er zuvor das Taxi herangewinkt hatte. Die Menschenscharen hatten noch zugenommen, und sie strebten immer weiter die West Street herauf. Dieser Herdentrieb, gepaart mit Konkurrenzdenken! Den anderen voraus sein wollen, etwas ergattern, damit die anderen es nicht kriegten.

Hirnrissig.

Noch während er das Wort in Gedanken aussprach, sah er sie.

Teufel, ja, das war sie!

Die Frau, die er suchte. Bis vor einer Sekunde hatte er nicht gewusst, wie sie aussah. Und jetzt, da er sie vor Augen hatte, war es, als ob er sich mit ihr verabredet hätte.

Zwischen kleinen Gruppen von Taxiwinkern stand sie allein am Fahrbahnrand. Der Mann wusste sofort, dass sie es war. Genau sie musste er haben!

Wie sich in den nächsten Sekunden herausstellte, waren die anderen Taxidriver an der Frau aber sowieso nicht interessiert. Der Grund war dem Mann klar, während er auf sie zuhielt.

Sie war eine Nutte.

Eine Schlampe von der hochgestylten Sorte.

Die Nutte hatte schwarzes, toupiertes Haar, im Licht des Zirkus glänzte es wie Lack. Ihre Hautfarbe war ein leichtes Braun. Sie musste aus einem der mittel- oder südamerikanischen Länder stammen, deren Menschenflut die Vereinigten Staaten überschwemmte.

Sie merkte, dass er auf sie zuhielt, und er stoppte das Taxi so, dass sie an der Beifahrertür stand. Er ließ die Scheibe herunterschnurren.

»Warst du im Zirkus?«, fragte er. »Oder willst du ein Verkaufsgespräch führen?«

»Beides, wenn du mich schon so fragst.« Ihr Lächeln war durchaus verführerisch.

»Du weißt, dass du das hier nicht darfst.«

»Erzähl mir bloß nicht, dass du ein Cop bist!« Ihre Augen funkelten amüsiert.

»Auch Cops sind nur Männer.«

»Als ob ich das nicht wüsste! Aber manche denken, sie müssten es kostenlos kriegen, nur weil sie Cops sind.«

»Ich weiß. Aber ich bin ein Taxifahrer, der sein Schwarzgeld unter die Leute bringen will.« Er zupfte seine zusammengerollten Dollarscheine so weit aus der Hosentasche, dass die Nutte sie sehen konnte.

Ihre Augen glitzerten noch, als er die Scheine schon wieder wegstopfte. »Wo soll ich einsteigen? Vorne oder hinten?«

»Was für eine Frage! Unser Servicevertrag beginnt mit sofortiger Wirkung.«

»... mit sofortiger Wirkung!«, echote sie unternehmungslustig, schwang sich auf den Beifahrersitz und stimmte in das Lachen des Mannes mit ein. Ihr Parfüm war süßlich und aufdringlich. Sie zog die Tür zu. »Fahr erst mal los. Oder soll ich die anderen Kerle da draußen neidisch machen? Weißt du, dass die Weiber meist noch neidischer sind? Ich sage dir, die bringen es fertig und rufen die Bullen.«

Sie hatte Recht. Er konnte noch klar denken, obwohl ihre nackten Schenkel und ihre großen Brüste sein Blut in Wallung brachten. Sein Herzschlag stieg ihm als rhythmisches Pochen bis in die Ohren.

»Okay, warte einen Moment«, sagte er daher. Er wendete diesmal nicht. Am Schauplatz des vorgetäuschten Selbstmords wollte er nicht noch einmal vorbei. Deshalb fuhr er bis zu den Ferry Terminals und dort unterhalb des Franklin D. Roosevelt Drive in Richtung Fulton Fish Market.

Seine Mitfahrerin hatte angefangen, sich an ihm zu schaffen zu machen. »In Ordnung so?«, fragte sie, während sie den Kopf unter das Lenkrad senkte.

»Du verstehst deinen Job«, lobte er sie und konzentrierte sich auf die Fahrbahn unter den Betonstelzen der Hochstraße. »Hattest du im Zirkus auch einen Kunden?«

»Mmm-mmm«, verneinte sie.

Kurz vor den mächtigen Pfeilern der Brooklyn Bridge entdeckte er eine Ansammlung von Bauschuttcontainern. Unmittelbar am Ufer des East River warteten die Dinger offenbar darauf, von einem Lastkahn abgeholt zu werden.

Während sich seine Begleiterin angestrengt mit ihm beschäftigte, lenkte er das Taxi so geschickt zwischen die Container, dass es bestenfalls vom Fluss aus zu sehen gewesen wäre. Doch zur Wasserseite hin wurde der gelbe Wagen von der Dunkelheit geschützt.

»Gehen wir nach hinten«, sagte der Mann heiser, nachdem er den Motor abgestellt und die Handbremse angezogen hatte.

Die Hure gehorchte sofort. Nachdem sie seine Geldscheine gesehen hatte, wäre es ihr nicht mal im Traum eingefallen, diesem Freier zu misstrauen.

»Würdest du mir erst das Geld geben?«, bat sie dennoch, als sie neben ihm im Fond saß. Sie durfte nicht gegen das Gesetz verstoßen. Es handelte sich um ein mündliches Gesetz, ausgesprochen von Nick Dorado, ihrem Zuhälter: Erst wird kassiert, damit das klar ist! Bevor der Typ nicht mit den Bucks rüberkommt, machst du nicht mal die Gürtelschnalle auf, kapiert? Okay, sie verstieß manchmal nur ein kleines bisschen gegen Nick Dorados Gesetz, indem sie gewisse Vorleistungen erbrachte, wie eben, im Fall des freundlichen Taxifahrers.

Der Mann sah sie an und lächelte versonnen. »Sagst du mir deinen Namen?«

»Warum nicht?« Sie zuckte mit den Schultern. »Ich heiße Marisol.«

»Und weiter?«

»Was ist?« Sie lachte. »Willst du mich von meinem Beschützer freikaufen?«

»Schon möglich. Also – Marisol …«

»Ruiz.«

»Marisol Ruiz«, wiederholte er gedehnt. »Aus welchem Land stammst du?«

»Aus der Dominikanischen Republik.« Sie versuchte, heiter und höflich zu bleiben. »Hör mal, wird das jetzt eine Fragestunde oder so was?«

Er schüttelte den Kopf. »Unsinn. Ich weiß, dass du dein Geld haben musst. Gar keine Frage.«

»Du bist ja richtig nett«, entgegnete sie. »Sagst du mir auch deinen Vornamen? Ich meine, dann können wir uns gegenseitig besser …«

»Nein, Marisol«, unterbrach er sie grob. »Ich muss dir leider auch sagen, dass du keinen müden Penny von mir kriegen wirst.«

»Waaas?« Sie starrte ihn an. Der Schreck krampfte ihr Herz zusammen. O Gott, hatte sie sich denn so gewaltig irren können? Dieser Typ hatte doch nun wirklich nicht den Eindruck erweckt, dass mit ihm was nicht stimmte.

Panik erfasste die Frau.

Sie warf sich herum, packte den Türgriff.

Sie hätte jubeln können, denn die Tür war unverschlossen.

Doch sofort nach dem Öffnen knallte sie gegen Containerstahl. Der Türspalt war schmaler als eine Handbreite. Mit entsetzensweiten Augen drehte sich Marisol um.

Ihr Freier lachte amüsiert. Er wirkte gar nicht mal so böse.

»Bitte!«, flehte sie. »Bitte tu mir nichts!«

Sie starrte ihn an wie das Kaninchen die Schlange, als er die Faust hob und zuschlug. Der Schmerz raste durch ihren Körper und lähmte sie. Sie war sicher, das Bewusstsein zu verlieren. Doch es geschah nicht.

Er riss ihr die spärliche Kleidung vom Leib und warf sich auf sie. Ihr Körper war weich und straff und phänomenal. Er ließ seiner Muskelkraft freien Lauf und spürte, wie ihre Beweglichkeit erwachte. Es war der Moment, in dem er seine Hände um ihren Hals legte.

Als es geschah, brüllte er wie ein Stier.

Nur langsam, unendlich langsam kehrte er in die Wirklichkeit zurück. Atemlos horchte er, die Tote unter sich. Aber es hatte ihn niemand gehört. Es konnte ihn niemand gehört haben. Völlig ausgeschlossen.

Doch sobald ihm dies klar wurde, stellte sich auch eine andere Gewissheit ein: Er würde es immer wieder tun müssen.

Er konnte sich nicht mit diesem einen Mal zufrieden geben. Er musste es wieder und wieder erleben. Ja, von diesem Augenblick an, in dem er es zum ersten Mal erlebt hatte, wusste er, dass er süchtig danach war.

Er zog die Tote auf der linken Seite aus dem Wagen und stemmte sie hoch, über die Kante eines der Bauschuttcontainer. Er zog sich vollständig an und beseitigte alle Spuren in dem Taxi.

Zehn Blocks weiter stellte er es vor einer Lagerhalle ab. Zu Fuß ging er zügig stadteinwärts. Er konnte lediglich seine eigenen Spuren verwischen, seine Verbindung zu den belastenden Dingen. Das hatte er nun ja schon oft genug bewiesen. Aber er konnte nichts und niemanden spurlos verschwinden lassen. Darüber war er sich schon immer im Klaren gewesen.

Niemand konnte das.

Auch wenn es Leute gab, die das von sich behaupteten.

Howard Umberger trug seinen abgewetzten Ledermantel und den langen gelben Schal. In der nasskalten Morgenluft an der Wasserfront Manhattans eilte er in seiner aufgeregten Art hin und her. Obwohl seine Kameraassistenten schufteten, dass ihnen die Zunge aus dem Hals hing, klatschte Umberger immer wieder in die Hände und rief: »Also, Kinder, das muss aber nun wirklich schneller gehen! Diese Models kosten mich ein Vermögen, das wisst ihr. Und wenn der Nebel weg ist, brauchen wir die Fotos gar nicht erst zu machen!«

Die beiden Assistenten hörten schon lange nicht mehr hin. Und die drei Models froren, denn sie trugen unter ihren Mänteln nur die nackte Haut. In einem Boot mit Außenborder hatte der Fahrer des Aufnahmeteams sie zum Denkmal übergesetzt. Von der Ufermauer bis dorthin waren es nur ein paar Yards, doch im Nebel waren gerade mal die vorderen Umrisse des Monuments zu erkennen.

Es bestand aus einem Kai, aus dem der stilisierte Bug eines sinkenden Schiffes aufragte, und aus insgesamt vier menschlichen Gestalten, die aus Bronze nachgebildet waren.

Vier Männer waren es, Seeleute, die zur Crew des untergehenden Schiffes gehört haben mussten. Einer lag auf der Bordkante und beugte sich weit hinunter. Vergeblich jedoch reckte er die Hand einem im Wasser treibenden Kameraden zu. Die rettende Hand verfehlte die Hilfe suchende Hand nur knapp.

An Bord stehend, schrie der dritte Mann um Hilfe, indem er die Hände vor dem Mund zum Trichter formte. Der vierte Mann kauerte auf dem Bug, schon resignierend, in sein Schicksal ergeben.

Das Denkmal war der amerikanischen Handelsmarine gewidmet. Es befand sich nahe der alten Feuerwache, an der Ufermauer bei Castle Clinton, wo auch die Ausflugsschiffe zur Freiheitsstatue und nach Ellis Island abfuhren. Das Denkmal mit den bronzenen Schiffbrüchigen erinnerte an jene Tausende von Seeleuten, die während der vergangenen Kriege von den Weltmeeren nicht zurückgekehrt waren.

Howard Umberger klatschte in die Hände und rief: »Kinder, Kinder, also wirklich, wenn ihr euch jetzt nicht beeilt …« Die Assistenten schleppten Ausrüstungskoffer um Ausrüstungskoffer, rückten Kamera- und Scheinwerferstative zurecht. Die Models auf dem Denkmal bibberten. Der Mann im Boot fingerte an einem Petroleumheizgerät herum, doch es funktionierte nicht, sosehr er sich auch bemühte.

Umberger arbeitete für verschiedene Agenturen, und er war mit seinen Fotokompositionen gut im Geschäft. Das Bild mit dem Schiffbrüchigendenkmal wollte er den New Yorker Buchverlagen anbieten lassen. Es würde sich gut für einen Romantitel eignen.

Männer, die dem Tod geweiht waren.

Mädchen, deren zarte und unverhüllte Körper das blühende Leben darstellten.

Bildkomponenten, wie sie gegensätzlicher nicht sein konnten – mystifiziert von den Nebelschwaden, die das Element Wasser verschleierten.

Umberger hörte nicht auf, seine »Kinder« anzutreiben. Er war der Star, er stolzierte mit wehendem Mantel und flatterndem Schal auf und ab und brauchte nichts weiter zu tun, als seine Vorstellung von dem beabsichtigten Bild im Kopf zu behalten.

Endlich waren die Assistenten fertig.

Der Fotograf klatschte ein letztes Mal in die Hände und rief: »Action! Auf die Plätze, Girls! Na los, nun macht schon! Jessica und Susan, ihr schmiegt euch an die beiden aufrechten Bronzemänner! Alda, du legst dich auf den am Schiffsrand und versuchst, ihm zu helfen, den Schwimmenden hochzuziehen!«

Die Models streiften ihre Mäntel ab und legten sie außerhalb des Bildausschnitts ab. Jessica und Susan hatten weniger Probleme als ihre Kollegin.

»Das halte ich nicht aus!«, schrie Alda, als sie sich probeweise auf den eiskalten Metallmann legte. Sofort kam sie wieder hoch. »Ich brauche mindestens eine Decke, Howard!«

»Nun stell dich nicht so an, Alda!«, keifte er, indem er sich hinter seiner Hasselblad aufrichtete. »Mein Gott, was für Zeit das wieder kostet!«

»Dann leg du dich mal hier drauf!«, schrie Alda zurück. »Und zwar ohne was an! Was meinst du, was du dir dann abfrierst!«

Jessica und Susan kicherten und tuschelten, obwohl sie vor Kälte schnatterten.

»Da wird sich sein Verlobter aber beschweren«, meinte Jessica und hatte Mühe, nicht laut loszugackern.

»Und in der Gay-Parade«, gluckste Susan, »muss er als kleine Minderheit mitmarschieren!«

»Betonung auf klein!«, prustete Jessica.

Umberger kriegte es zum Glück nicht mit. Sonst, das wussten die Models, hätte er sie nie wieder engagiert.

»Was gibt's da zu lachen!«, beschwerte er sich. »Wo soll ich denn jetzt eine Decke herzaubern, Alda? Versuchs doch wenigstens! Denk an die indischen Fakire. Die laufen über glühende Kohle!«

»Ein Königreich für glühende Kohle!«, bibberte Alda. »Ich prophezeie dir, auf dem Foto hast du nachher mehr Gänsehaut als blühendes Leben!«

»Das lass nur meine Sorge sein!«, trompetete der Fotograf. »Was meinst du, was ich dir in der Dunkelkammer alles wegzaubere!«

Alda wechselte einen vielsagenden Blick mit ihren Kolleginnen. Sie kicherten zu dritt, und dann nahm Alda einen neuen Anlauf. Sie biss die Zähne zusammen und senkte ihre nackte Haut auf den Bronzenen.

»Na bitte!«, schrie Umberger begeistert. »Du schaffst es, Alda, du schaffst es!« Händeklatschend feuerte er sie an wie eine Leichtathletin beim Endspurt.

Zähneklappernd schob sich Alda über die Schultern des Bronzemannes. Sie streckte den linken Arm nach unten.

Jäh gellte ihr Schrei über das Wasser.

Aldas Schrei wollte nicht enden. Selbst im Terminalgebäude der Staten-Island-Fähre war das Schrillen ihrer Stimme zu hören.

Es war neun Uhr an diesem Samstagmorgen, und auf der breiten Promenade zwischen Castle Clinton und der Ufermauer herrschte Hochbetrieb. Der Nebel verzog sich allmählich. Die Oktobersonne erzeugte ein milchig-diffuses Licht.

Streifenwagen, ein Rettungswagen, neutrale Dienstwagen der City Police und ein schwarzer Station Wagon des Leichenschauhauses waren zu einem ungeordneten Pulk vereint. Alle Fahrzeuge zusammen krönten sich mit einer roten Lichtglocke aus kreisenden Einzellichtern.

Ich hatte den Jaguar auf dem Parkplatz bei der Feuerwache abgestellt. Die Spurensicherer hatten Phil und mir einen Kastenwagen mit geschlossenem Aufbau zur Verfügung gestellt. Der Wagen diente an Tatorten für Vernehmungszwecke.

»Alda hat wohl einen Schock erlitten«, sagte Howard Umberger, der uns in Mantel und Schal am Tisch gegenübersaß. »Das arme Ding. Nun stellen Sie sich das doch bloß mal vor: Da hat sie endlich die Kälte von dieser Bronzefigur überwunden, hält das Händchen runter – und greift fast in das Gesicht einer Toten!« Er schüttelte sich, als hätte er es selbst erlebt. »Darf man hier rauchen?« Seine Mausaugen spähten nach einem Aschenbecher.

»Nein«, antwortete Phil und tippte mit dem Zeigefinger auf die Tischplatte. »Dies gilt als Dienstraum einer Behörde. Und Sie wissen …«

»… da ist Rauchen streng verboten«, meinte Umberger betrübt. Gleichzeitig warf er Phil einen faszinierten Blick zu. Die Knopfaugen des Fotografen schwärmten: Mein Gott, was für ein harter Mann! Was für ein Bild von einem FBI-Agenten!

Ich grinste Phil an und gab mir keine Mühe, meine Schadenfreude zu verbergen. Offensichtlich war ich nicht Howard Umbergers Typ.

»Die Models sind alle im Rettungswagen?«, erkundigte sich mein Freund und Kollege kurz angebunden. Gleichzeitig erhob er sich.

»Ja, aber …« Howie hörte sich enttäuscht an.

Phil klopfte mir auf die Schulter. »Ich spreche mit Alda und den anderen.«

»Du pickst dir mal wieder die Rosinen raus«, bemerkte ich zwinkernd.

»Gibt's denn überhaupt noch Fragen?«, wollte der Fotograf wissen, nachdem Phil den Wagen verlassen hatte.

»Ich denke mir welche aus«, antwortete ich. »Das ist mein Job.«

Howie musterte mich, und es sah aus, als entdeckte er mich erst jetzt richtig. Er rieb sich das Kinn und runzelte die Stirn.

»Dann können Sie auch so raffinierte Fragen stellen wie Inspektor Columbo?«

Ich glaubte meinen Ohren nicht zu trauen. Doch Mr. Umbergers scheinbare hellseherische Begabung war ein erklärlicher Zufallstreffer. Denn der Kriminalbeamte im zerknitterten Trench war immer noch ein Weltstar. Das lag auch an den vielen Wiederholungen, die derzeit in den Kabelsendern liefen.

»Mein Vorbild ist eher Kojak«, behauptete ich.

»Ach!« Howie grinste süßlich und blickte auf meine Haarpracht. »Aber äußerlich haben Sie sich noch nicht darauf eingestellt, was?« Unvermittelt begannen seine Augen zu leuchten. »Wissen Sie was?«, rief er aufgeregt und schob die Unterarme auf den Tisch. »Ich hätte da eine Fotoidee – mit einem G-man – nein, mit zwei G-men! Würden Sie und Ihr Kollege so was mitmachen?« Eine Antwort wartete er erst gar nicht ab. Sein Redeschwall hatte die Fließgeschwindigkeit der Niagarafälle. »Ich stelle mir das folgendermaßen vor: Wir bauen das Bild um das Motiv der Freiheitsstatue herum auf, und zwar ungefähr so, jetzt erst mal ins Unreine gedacht: Miss Liberty hält zwei nackte G-men im Arm. Um den Kopf der Freiheitsstatue schwirrt ein Hubschrauber wie eine bösartige Libelle. Das Ganze hinterlegen wir mit einem blutroten Sonnenuntergang. Ich würde darin eine geradezu apokalyptische Darstellung unseres Sozio-Systems sehen – verstehen Sie, es wäre der verzweifelte Freiheitskampf des untergehenden Abendlands gegen die Kräfte des Bösen, gegen die Inkorporation der zerstörerischen Mächte …«

Mir riss der Faden.

»Als Alda die Leiche im Wasser sah«, unterbrach ich ihn schneidend, »war da außer Ihrem Team jemand in der Nähe? Schaulustige zum Beispiel?«

Howie starrte mich an, geschockt über mein Banausentum. »Nei–nein«, antwortete er irritiert. »Wir – wir waren hier ganz unter uns.«

»Auch auf dem Wasser war nichts Außergewöhnliches?«

»Nur Nebel. Ich wollte ja auch nur den Nebel haben – um Himmels willen keine klare Sicht!« Er unterbrach sich selbst. »Sie meinen – wir haben es hier mit dem Prinzip zu tun, wonach es der Mörder an den Ort seiner Tat zurückzieht?«

»Dies war nicht der Tatort«, entgegnete ich, indem ich mit dem Daumen über die Schulter zeigte. »Aber es gibt noch andere Beweggründe für einen Killer, den Weg seines Opfers zu verfolgen.«

»Ist das wahr?«

»Ja«, antwortete ich und stand auf. »Keine weiteren Fragen, Mr. Umberger. Vielen Dank für Ihre Mitarbeit.«

Er sah enttäuscht aus, hatte offenbar auf einen Exkurs über kriminologische Täter-Psychogramme gehofft.

»Oh, das habe ich doch gern gemacht!«, rief er mir nach. »Wollen Sie nicht meine Visitenkarte mitnehmen? Aber, ach, ich stehe ja auch im Telefonbuch – für den Fall, dass Sie sich doch noch mit meiner Fotoidee anfreunden.«

Schon an der Hecktür des Wagens, drehte ich mich noch einmal um und empfahl: »Nehmen Sie männliche Models, Mr. Umberger.«

Aus seinem gequälten Gesichtsausdruck folgerte ich, dass er von meinem Vorschlag nichts hielt. Wahrscheinlich kannte er schon alles, was die New Yorker Modellagenturen im maskulinen Teil ihres Angebots hatten.

Ich ließ ihn mit seinen gescheiterten Ideen und der Trauer über die nicht gelungenen Nebelfotos allein.

Die Hecktüren des Leichenwagens standen noch offen. Detective Sergeant Rowan Aldridge und der Pathologe Dr. Vernon Smith traten beiseite, um zwei Mitarbeitern des Leichenschauhauses Platz zu machen. Die Männer schoben den Kunststoffsarg in die Halterung auf dem Wagenboden.

Phil und ich hatten Aldridge und Smith bereits getroffen, als die Tote aus dem Wasser geborgen worden war. Inzwischen hatte sich Dr. Smith die Leiche angesehen und seine Anweisungen für den Transport gegeben.

»Keine Identifikation, Jerry.« Rowan sagte es mit einem bedauernden Achselzucken, und damit war alles gesagt.

Rowan Aldridge und Dr. Smith wussten, dass Phil und ich hergekommen waren, weil die Leiche in der Nähe des »Cirque du Papillon« gefunden worden war. Deshalb gehörte die noch unbekannte Tote in unseren Zuständigkeitsbereich. Sofern sich nicht das Gegenteil herausstellte, war sie Bestandteil des FBI-Falles, dem wir das Dateikürzel PAPILLON.DOC gegeben hatten. Wobei DOC nichts Medizinisches bedeutete, sondern in unserem Computerprogramm für das Unterverzeichnis »documents« stand.

»Was ist mit ihrer Kleidung?«, fragte ich.

»Wie Sie vermutet haben, Jerry«, antwortete der Sergeant. »Sie hat sich die Sachen nicht selbst wieder angezogen. Der Täter muss es getan haben.«

»Nachdem sie vollständig ausgezogen war«, fügte Dr. Smith hinzu. »Sie hat am ganzen Körper Blutergüsse und Druckstellen. Das eigentliche Verbrechen passt in die Kategorien, nach denen Sie ermitteln.«

»Vergewaltigt und erwürgt«, folgerte ich. Damit stand fest, dass Phil und ich keine Zeit verlieren würden. Wir brauchten schleunigst eine Computerauswertung aller Polizeieinsätze, die während der letzten vierundzwanzig Stunden in New York registriert worden waren. Dabei konnten wir uns auf die nähere

Umgebung des »Cirque du Papillon« beschränken. Je nachdem, wie das Ergebnis ausfiel, würden wir den Zeitraum und die Region ausdehnen.

»Da wäre noch ein Punkt«, sagte der Pathologe gedehnt.

»Ja?« Ich erwiderte seinen Blick.

»Sie kennen den Begriff »Sexuelle Asphyxie‹?«

»In Zusammenhang mit Selbstmördern«, antwortete ich.

»Sie haben Recht«, erwiderte Dr. Smith. »Es handelt sich normalerweise um die Suizidform, bei der sich der Betreffende zum Zeitpunkt seines Orgasmus tötet – der Tod als ersehnte Form des Überorgasmus, gewissermaßen. Das ist aus Aufzeichnungen solcher Selbstmörder bekannt.«

Mit einer Kopfbewegung deutete ich auf den Sarg. Die Männer zurrten ihn mit Spanngurten fest.

»Sie meinen, in diesem Fall war es der Täter, der dieses Übererlebnis hatte? Er tötete das Opfer in dem Augenblick, in dem er zum Höhepunkt gelangte?«

»Ich kann nicht beweisen, dass es so war«, erklärte Dr. Smith. »Ich kann lediglich nachweisen, dass beides zum selben Zeitpunkt stattgefunden hat. Ich will mich allerdings nicht mit Lorbeeren schmücken, die anderen zustehen. Mein Kollege in Chicago ist bei dem letzten Papillon-Fall darauf gestoßen.«

»Dann haben wir es mit demselben Täter zu tun«, resümierte Phil, der auf uns zutrat.

Keiner von uns konnte widersprechen.

Ich drehte mich zu Phil um. »Was ist mit Alda?«

»Schwerer Schock. Ihr ging es sowieso schlecht, weil dieser überdrehte Fotograf sie gezwungen hatte, sich nackt auf die eiskalte Bronzefigur zu legen. Sie erinnert sich an gar nichts mehr. Aber auch die beiden anderen Models haben nichts Auffälliges gesehen. Vor allem keinen heimlichen Beobachter.«

»Dabei würde es zum Täter passen«, entgegnete ich. »Der Mann ist eindeutig ein Psychopath, wenn Dr. Smith und sein Kollege in Chicago richtig vermuten.«

Phil nickte. »Dann müssen wir nur noch rausfinden, ob er ein psychopathischer Zirkusbesucher oder ein psychopathischer Zirkusmitarbeiter ist.«

»Letzteres würde ich für wahrscheinlicher halten«, sagte ich. »Aber das mit dem Besucher lässt sich nicht ganz von der Hand weisen. Wenn er sowieso psychisch durchgeknallt ist, bringt er es auch fertig, dem Zirkus auf der gesamten Tournee nachzureisen.«

Wir verabschiedeten uns, denn unser Programm für diesen Samstag war schon jetzt umfangreich.

Dabei ahnten wir nicht im Entferntesten, welche Ausmaße es noch annehmen sollte.

Unser Aufenthalt im FBI-Distriktgebäude würde nicht länger als eine halbe Stunde dauern. So kalkulierten wir. Phil kam mit zwei Bechern Automatenkaffee in unser gemeinsames Büro, als ich einen Stapel bedruckter Seiten aus dem Laserdrucker fischte.

Die Daten stammten vom Statistikbüro des Police Department. Sie waren per Modem übermittelt worden. Ich hatte als Eingrenzung den Zeitraum der letzten vierundzwanzig Stunden und einen Drei-Meilen-Radius um den Standort des »Cirque du Papillon« angegeben. Jersey City, am Westufer des Hudson, vorerst ausgeschlossen. Außerdem hatte ich in der Auflistung auf die Kategorie der Bagatellfälle verzichtet.

»Geteiltes Leid ist halbes Leid«, sagte Phil und stellte einen der dampfenden Becher auf meinen Schreibtisch. Mit der frei gewordenen Hand forderte er seinen Anteil an der Sucharbeit. »Das mit der halben Stunde können wir uns wohl abschminken.«

Ich gab ihm seinen Packen Papier und nickte. »Wenn wir wüssten, was wir suchen, könnten wir den Computer die Arbeit erledigen lassen. Mit der Suchwortfunktion.«

»Tja«, seufzte Phil und begab sich hinter seinen Schreibtisch. »Wenn alle Intel-Chips versagen, müssen eben wieder die guten alten grauen Zellen ran.« Er nippte an seinem Becher, schlürfte vorsichtig und verbrannte sich prompt die Lippen. Fluchend stellte er den Becher weg.

In all unseren Dienstjahren hatte sich das noch immer nicht geändert.

Mein Teil der Computerausdrucke begann mit aufgebrochenen Automaten, einem Autodiebstahl, einem Überfall von Jugendlichen auf einen Hotdog-Verkäufer, einem Selbstmord und einer Familienstreitigkeit in Battery Park City. Teure Wohngegenden schützen nicht vor Beziehungsfrust. Eine Binsenweisheit.

»Könnte sein«, murmelte ich nach einem vorsichtigen Schluck Kaffee, »dass wir den Wald vor lauter Bäume nicht sehen.«

Phil blickte herüber. »Klingt das etwa nach Pessimismus?«

»Muss irgendwie von dir abgefärbt haben«, behauptete ich.

»Dabei bin ich heute der Optimismus in Person«, entgegnete mein Freund. Er tippte auf die Ausdrucke. »Die Auswahl ist riesengroß. Zwei Wohnungseinbrüche, fünf aufgebrochene Autos und ebenso viele geklaute Autoradios, acht Fahrraddiebstähle, eine Messerstecherei mit vier Leichtverletzten, ach ja, und dann hätten wir hier noch einen Fall von vorsätzlicher Körperverletzung – durch einen Angriff von Kampfhunden.«

»Gut, dass du es sagst.« Ich blickte zur Uhr. »Könnte sein, dass wir nachher im Bellevue Hospital Glück haben.«

Wir machten weiter.

Auf der dritten Seite meiner Ausdrucke sprangen mir zwei Wörter buchstäblich ins Auge:

Forcible rape.

Vergewaltigung!

»Phil!«, rief ich. »Hör zu!« Und ich las den knapp formulierten Text des Polizeiberichts vor, der das Aktenzeichen PD145839 trug: »Vergewaltigung, mutmaßlicher Tatort South Street, nördlich South Street Seaport, nahe Brooklyn Bridge. Fußgänger auf der Brooklyn Bridge entdeckten am frühen Samstagmorgen die Leiche der sechsundzwanzigjährigen Marisol Ruiz in einem Bauschuttcontainer am East River. Reifen- und Fußspuren wurden zwischen Containern gesichert. Die Getötete war Staatsangehörige der Dominikanischen Republik, vermutlich Prostituierte. Nach erstem Augenschein Vergewaltigung und gleichzeitiger Tod durch Erwürgen.«

Phil sah mich an. »Der Mann ist schlimmer als ein Psychopath«, sagte er tonlos.

»Er entwickelt sich zum Serienkiller«, präzisierte ich. »Und es sieht verdammt so aus, als ob er uns seine Opfer hohnlachend vor die Füße wirft.«

»Damit wir sie finden?«

»Schon möglich. Sonst würde er es ja nicht dauernd in der Nähe des Zirkus tun. Vielleicht haben wir hier den typischen Fall eines Massenmörders, der Polizei und FBI herausfordert und dadurch seine krankhafte Art von Bestätigung sucht.«

»Du denkst an Dr. Smith' Vermutung?«

»Ja. Ich glaube sogar, wir können die Vermutung als einen konkreten Hinweis nehmen. Pathologische Erfahrungswerte haben eine solide Basis.«

Phil brummte zustimmend. »Wir erklären also Marisol Ruiz zum FBI-Fall?«

»Unbedingt. Was uns aber nicht daran hindert, auch den Rest der Ausdrucke durchzusehen.«

»Ich hab's befürchtet«, seufzte Phil. Endlich gelang es ihm, einen Schluck Kaffee zu sich zu nehmen, ohne sich die Lippen zu verbrennen.

Schweigend und konzentriert checkten wir die Textzeilen durch. Weitere Vergewaltigungen hatte es offenbar nicht gegeben. Ich hatte bereits die letzte meiner insgesamt zehn Seiten erreicht, als mein Blick an einem Wort hängen blieb. Im ersten Moment nahm ich es nicht mal bewusst wahr, da ich beim Lesen etwas wie einen Wahrnehmungsmechanismus anwendete, der die nebensächlichen Dinge automatisch ausblendete.

Das Wort war wie ein Stolperstein.

Taxi.

Ich ging die Zeilen zurück und fand es wieder. Ein bereits als vermisst gemeldetes Yellow Cab war vor einer Lagerhalle an der Rutgers Street gefunden worden, unverschlossen, mitsamt Zündschlüssel. Der Wagen gehörte der »Mitchell Cab Company«.

Der Firmenname elektrisierte mich.

Auch ihn hatte ich schon mal gelesen.

Und plötzlich hatte ich es.

Ich blätterte zurück, auf die erste Seite. Und da war er, der Text, den ich anfangs nur überflogen hatte – der aber jetzt eine völlig neue Bedeutung gewann:

Louis Parqueth, 25, männlich, haitianischer Staatsbürger, Selbsttötung am Freitagabend gegen 23 Uhr durch Sprung von der Schulbrücke Chambers Street. Toter durch Personaldokumente identifiziert, besaß Aufenthalts- und Arbeitserlaubnis, zuletzt tätig als Taxifahrer bei der »Mitchell Cab Company«. Sein Fahrzeug wurde zum Zeitpunkt des Selbstmords als verschwunden gemeldet.

In Stichworten informierte ich Phil über meine Entdeckung. Ungläubig starrte er zu mir. Er saß senkrecht auf seinem Schreibtischstuhl, als ich bereits zum Telefonhörer griff und One Police Plaza anrief. Ich schaltete den Mithörlautsprecher ein.

Police Plaza Nummer eins, das ist in New York ein Begriff. Denn es ist die Adresse des Polizeihauptquartiers, der Sitz des NYPD, des New York City Police Department. Ich tippte die Durchwahlnummer des Command and Control Centers, einer Abteilung, die insbesondere bei Großeinsätzen zum Zug kommt. Aber auch in normalen Zeiten nimmt das C&CC seine Aufgabe wahr, Einsätze der verschiedenen ermittelnden Dienststellen zu koordinieren.

Lieutenant Colin Hayes meldete sich. Ich kannte ihn von mehreren gemeinsamen Einsätzen in Zusammenhang mit Politikerbesuchen bei den Vereinten Nationen. Bei hochrangigen Staatsgästen war immer auch der FBI an den Maßnahmen zum Personenschutz beteiligt.

Ich erklärte Lieutenant Hayes, was mir aufgefallen war, und fügte hinzu: »Ich würde gern Folgendes wissen, Colin: Erstens – besteht ein Zusammenhang zwischen dem Selbstmord des Taxifahrers Louis Parqueth und dem verlassen aufgefundenen Taxi an der Rutgers Street? Zweitens möchte ich Sie bitten, die Reifenspuren aus dem Fall Marisol Ruiz mit dem Reifenprofil des aufgefundenen Taxis vergleichen zu lassen. Außerdem brauchen wir Fingerabdrücke und eventuelle andere Spuren aus dem Wagen.«

»Was ist das für ein Gedankensprung, den Sie da machen, Jerry?«, stellte der Lieutenant die gleiche Frage, die ich auch in Phils Blick las.

»Louis Parqueth starb in unmittelbarer Nähe des ›Cirque du Papillon‹, als die Vorstellung zu Ende war. Seine Firma suchte sein Taxi – vergeblich. Mit Sicherheit ist es das Taxi von der Rutgers Street. Denn die Firma Mitchell hat sicherlich nicht gleich zwei oder mehrere Taxis als verschwunden gemeldet.«

»Das überprüfe ich gleich«, versprach der Lieutenant.

»Wenn wir davon ausgehen, dass das gefundene Taxi Parqueth' Taxi ist«, fuhr ich fort, »dann lässt sich die Fahrtroute leicht nachvollziehen – vom Zirkus zu den Bauschuttcontainern an der South Street und von dort zur Rutgers Street.«

»Wenn ich Sie richtig verstehe, vermuten Sie, dass Marisol Ruiz nur die halbe Strecke mitgefahren ist.«

»Ihre Fahrt endete im Container.«

»Okay, Jerry, ich rufe Sie an. Ich sorge dafür, dass die Spurensicherung das sichergestellte Taxi übernimmt. Erreiche ich Sie im Büro?«

»Ja – oder über Funk.«

»Wenn du Recht hast«, sagte Phil, nachdem ich aufgelegt hatte, »dann war der Selbstmord des Taxifahrers möglicherweise nur ein vorgetäuschter Selbstmord.«

Ich nickte. »Und der Täter war ...«

»... der Psychopath.« Phil griff nach seinem Kaffeebecher. »Ich möchte mal wissen, wem der Kerl was beweisen will – uns oder sich selbst.«

Ich rieb mir das Kinn. »Vielleicht uns *und* sich selbst.«

Im selben Moment klingelte Phils Telefon. Er stellte den Becher wieder weg, nahm ab und schaltete den Lautsprecher ein.

»Jerrys Apparat war besetzt«, sagte John D. High.

»Jetzt nicht mehr, Sir. Er hört mit.«

»Dann ist es in Ordnung. Nur eine kurze Information. Die

Scientific Research Division rief mich wegen einer anderen Sache an. Bei der Gelegenheit ließ mir Detective Sergeant Aldridge ausrichten, dass die Tote vom Schiffbrüchigen-Denkmal identifiziert werden konnte. Das ging über die Fingerabdrücke, weil sie mehrfach wegen Ladendiebstahls vorbestraft war – Mary Jo Meagher, vierundzwanzig Jahre alt, wohnte bei ihren Eltern an der Bowery. Die sind beide alkoholkrank und werden von der Wohlfahrt versorgt. Das ist im Moment alles.«

Phil bedankte sich und informierte den Chef kurz und knapp über unsere neuesten Erkenntnisse.

»Wir brauchen Fotos von Mary Jo Meagher und Marisol Ruiz«, sagte ich, während ich erneut zum Hörer griff. »Kümmerst du dich darum?«

Phil hatte das Gespräch mit Mr. High beendet. Er nickte. Ich brauchte ihm keine langatmigen Erklärungen zu geben. Er würde Aldridge anrufen und die retuschierten Porträts der beiden getöteten Frauen anfordern. Über Modem würden wir die Bilder in Sekundenschnelle als Computerausdruck auf dem Schreibtisch haben.

Ich rief das Bellevue Hospital an und fragte nach den beiden Jungen, die im »Cirque du Papillon« von Pitbulls angegriffen worden waren. Ich erfuhr, dass ihre Namen Billy Pearson und Michael Deasy lauteten. Und dass sie bei Bewusstsein und vernehmungsfähig waren.

Ein Anruf im Vernehmungstrakt des FBI-Distriktgebäudes ergab, dass Inskeep und Congram nach Rikers Island verlegt worden waren. Beide hatten geschwiegen wie Fische, und dabei würden sie auch bleiben, meinten die Kollegen von der Vernehmung in ihrem Abschlussbericht. Der Haftrichter hatte keine Kaution zugelassen wegen der Flucht- und Verdunkelungsgefahr.

»Mann, wir hatten doch bloß Augen für die Titten!« Billy Pearson krähte es aus dem Weiß von Bett und Bandagen heraus, und seine

Augen wurden vor Begeisterung groß und kugelrund. »Das waren vielleicht ein paar Dinger, sage ich Ihnen, Sir! Das waren die total galaktischen Titten, Sir!«

Ich wechselte einen Blick mit Phil, der am Nachbarbett stand. Dort lag Michael Deasy. Er war wesentlich schlechter dran, konnte zu den Schilderungen seines Freundes Billy lediglich zustimmende Brummlaute von sich geben. Michaels Hals war bis zu den Ohren hinauf verbunden, und eine arretierte Stütze sorgte dafür, dass er den Kopf nicht bewegte.

Billy war ohnehin der großspurige Typ. Er tat so, als ob er seine Beinwunden schon so gut wie vergessen hätte.

Beide Jungen hatten enormes Glück gehabt. *Sie sind genau im richtigen Moment gekommen, Gentlemen,* hatte uns der für diesen Teil der Unfallchirurgie zuständige Oberarzt gesagt. *Hätten Sie nicht eingegriffen, wäre zumindest Michael nicht mehr am Leben. Aber auch Billy hätte wohl keine Chance gehabt.*

Billy Pearson erzählte uns gerade, weshalb die ganze Skater-Clique überhaupt auf das Zirkusgelände gejagt war. Billy hatte mit dem Teil der Geschichte angefangen, den Phil und ich noch nicht kannten.

»Also, Michael und ich ...«, berichtete Billy, »wir wollten bei der Supermutter noch mal richtig den Larry rauslassen. Die anderen sind schon weiter, weil – na ja, weil die Lady wohl doch 'ne Nummer zu geil für die war. Tja, und was war? Hinterher mussten sie uns aufsammeln. Dieser Großvater hatte uns fast die Knochen gebrochen, Sir. Yeah, und deshalb sind wir später noch mal zurück. Rache! Blutrache! Das war's, was wir wollten. Aber diese verdammten Beißer haben sich ja sofort auf uns gestürzt!«

Phil und ich ließen uns nicht anmerken, dass Billys Geschichte geeignet war, uns buchstäblich aus den Schuhen zu heben.

»Noch mal von vorn«, sagte Phil über Michaels Bett hinweg. »Ihr habt dieses Girl bei den Raubtierkäfigen getroffen. Da habt ihr sie das erste Mal gesehen. Richtig?«

»Exakt, Sir«, bestätigte Billy.

»Kannst du sie wenigstens mal richtig beschreiben?«, fragte ich. »Haarfarbe, Kleidung und so weiter.«

»Also – ziemlich versifft sah die schon aus, die Braut.« Billy überlegte. »Haarfarbe? Also – nicht blond, nicht schwarz, irgendwas dazwischen, denke ich mal.«

Ich zog die Fotoausdrucke aus der Innentasche meines Jacketts und zeigte ihm das Bild der toten Mary Jo Meagher.

Sein Mund klappte auf, seine Augen wurden zu Tischtennisbällen. »O Mann!«, stieß er hervor. »Die ist ja – die hat ja – echt den Löffel abgegeben!«

»Ja, sie ist tot«, sagte ich rau. »Vergewaltigt und erwürgt. Ist es das Girl vom Raubtierkäfig?«

»Ja, Sir, ja!«

»Und was meint Michael?« Ich reichte Phil das Foto. Als er es dem bewegungsunfähigen Jungen zeigte, schloss der entsetzt die Augen.

»Das war der Großvater!«, schrie Billy aufgeregt. »Diese verdammte alte Sau! Dieses Monsterschwein! Das kann doch gar kein anderer gewesen sein! Ich sage Ihnen, Sir, der hat die Mutter abgenabelt! Verhaften Sie das Schwein!«

»Name und Adresse?«, fragte ich ruhig.

»Was?« Billys Aufgeregtheit sackte in sich zusammen.

»Sag uns, wie der Kerl heißt und wo er wohnt«, entgegnete ich.

»Aber – das – das kann ich nicht«, stammelte Billy. »Wir haben den Bastard überhaupt nicht richtig gesehen. Ich hab doch schon gesagt, wir hatten bloß Augen für die …«

Er hielt inne. Jetzt, da er wusste, dass das Mädchen tot war, mochte er nicht mehr abwertend von ihr sprechen. Im Grunde war er ein guter Junge, vielleicht nur ein bisschen zu sehr sich selbst überlassen.

»Wie sah der Mann aus?«, hakte Phil nach. Er blickte auf Michael hinunter. »Kannst du dich erinnern?«

Michael verneinte.

»Wie alt war der Mann?«, fragte ich. »Trug er ein Kostüm oder normale Klamotten?«

»Normale Klamotten«, antwortete Billy. »Und wie alt? Na ja, eben 'n Großvater.«

»Über siebzig?«

Er starrte mich an. »Sir, also ...« Er biss sich auf die Unterlippe.

»Was?«

Billy wurde kleinlaut. »Also, Sir, Sie sehen das total falsch. Nehmen Sie's mir nicht krumm, aber ...«

»Ich nehme dir nichts krumm«, ermunterte ich ihn sanft.

»Also – Sie, Sir – Sie wären für uns auch schon 'n Großvater. Ich meine – sorry, also alles, was über dreißig ist, das – das ist für uns nun mal großvatermäßig.«

Ich trug es mit Fassung.

Phil grinste. »Die Welt ist voll von Großeltern«, kommentierte er. »Ist das nun traurig oder in Ordnung?«

»Ziemlich in Ordnung«, sagte Billy, und auf einmal wurde er noch verlegener. »Da fällt mir noch was ein. Ich meine, ich hab's noch nicht gesagt, aber ich muss es sagen. Also – äh, was ich meine, ist – ich finde es ultracool, dass – äh – zwei Großväter uns das Leben gerettet haben, Michael und mir.« Er zog den Kopf ein Stück tiefer zwischen die Schultern, als rechnete er mit einer großväterlichen Zurechtweisung.

Ich tat etwas, womit Billy nicht rechnete. Etwas, das er vielleicht zu lange nicht mehr erlebt hatte. Oder nie.

Ich trat an die Seite seines Bettes und strich ihm über das Haar und über die Wange.

Aus großen Kinderaugen blickte er zu mir auf.

Tränen füllten diese Augen.

»Manchmal möchte ich dich umbringen«, sagte Cecile Bouvoire aus tiefster Überzeugung heraus. »Dass du tot wärest, wünsche ich mir schon lange.« Sie zermalmte die Zigarette im Aschenbecher und trank einen Schluck von dem hellbraunen Malt Whisky aus dem Longdrinkglas, das sie neben sich stehen hatte. Dann zündete sie sich eine neue Zigarette an. Ihre Hände zitterten dabei.

Gaspard lächelte spöttisch. Er saß seiner Cousine im Salon des Direktionswagens gegenüber. Er trug einen Zirkus-Overall.

»Totgesagte leben länger«, erklärte er. »Das weißt du doch.«

»Leider.« Cecile lehnte sich zurück, blies den Rauch schräg nach oben. Sie trug ein schwarzes Trikot, das ihren Körper wie eine zweite Haut umhüllte.

»Du solltest froh sein, dass du mich hast«, sagte Gaspard mit unüberhörbarem Sarkasmus. »Du würdest doch allein überhaupt nicht klar kommen. Zum Beispiel jetzt, wo du auf diesen FBI-Mann reingefallen bist.«

»Ich bin nicht auf ihn reingefallen!«, protestierte Cecile.

»Was denn sonst?«

»Ich habe nur meine Wirkung auf Männer ausprobiert, und es hat funktioniert.«

»Ist nicht wahr!« Gaspard beugte sich ruckartig vor. Seine Augen funkelten bösartig. »Du kannst mir erzählen, was du willst. Ich warne dich! Du wirst die Beziehung zu diesem Kerl abbrechen!« Er hieb mit der flachen Hand auf den Tisch, dass es knallte.

Cecile zuckte zusammen.

Doch sie hatte sich rasch wieder in der Gewalt. Ihre Augen verengten sich, und ihr Gesicht nahm einen harten Zug an. »Du hast mir nichts zu befehlen«, zischte sie. »Ich kann dich vernichten, wenn ich will.«

»Dann vernichtest du dich selbst – und den Zirkus.« Verächtlich stieß er die Atemluft durch die Nase aus. »Komm mir doch nicht mit so einem Unsinn!«

»Es ist kein Unsinn«, widersprach Cecile kalt. »Der Zirkus wird so oder so vernichtet, und du weißt es.«

»Ach! Kommt jetzt wieder die Tour?« Er äffte ihre Stimmlage nach. »Jean, ich halte es nicht mehr aus mit dir. Seit du dich hier eingeschlichen hast, geht es mir schlecht!« Er lachte laut, immer lauter und schlug sich schließlich vor Vergnügen auf die Schenkel. »Das verstehe ich doch, liebe Cousine! Jemand, der ein schlechtes Gewissen hat, muss sich auch entsprechend fühlen.«

»Und du bist die Vollkommenheit in Person, was?«

Gaspard nickte. »Ja, ich bin auf dem Weg zur Vollkommenheit, das kannst du mir glauben.« Er steckte sich eine von ihren Zigaretten an und ließ sich in den Sessel zurücksinken. »Jetzt mal ernsthaft«, sagte er paffend. »Du glaubst doch wohl nicht, dass dich dieser Cotton aus deinem Schlamassel rausholen kann?«

Cecile schwieg, sah ihn nur an.

Ihre Blicke wurden zu einem stummen Kräftemessen.

Cecile hatte sich dem Ausweg aus ihrem persönlichen Dilemma nie so nahe gesehen wie heute. Jerry kennen gelernt zu haben war für sie ein Geschenk des Himmels. Und Jean, in seiner Tücke, spürte das natürlich.

Er wollte verhindern, dass sie sich Jerry anvertraute.

Mit allen Konsequenzen.

Ceciles Problem war schon vor zwanzig Jahren entstanden. Damals, als Achtzehnjährige, hatte sie in Montreal eine Liebesaffäre mit dem Priester Jacques Leger begonnen. Als sie erfuhr, dass Jacques nicht nur sie, Cecile, liebte, sondern auch minderjährige Kinder, hatte sie sich nicht von ihm getrennt, sondern zu ihm gehalten, hatte sogar seinen Wunsch erfüllt, als er sie bat, heimlich Videoaufnahmen zu machen, wenn er sich an einem der Kinder verging.

Jean, der sich auch damals schon Gaspard nannte und als Gelegenheitsclown arbeitete, hatte es herausgefunden. Er hatte sie, Cecile, schon immer bis auf die Knochen durchschaut, und so war er eines Tages in ihre Wohnung eingedrungen und hatte mehrere der verhängnisvollen Videokassetten für sich kopiert.

Seither hatte er sie und natürlich auch Jacques in der Hand.

»Ich warne dich«, sagte Gaspard noch einmal. »Mach keinen Blödsinn mit diesem G-man! Oder es passiert was!«

Cecile schwieg. Sie blickte ihm nach, wie er den Direktionswagen verließ. Eines wusste sie mit absoluter Sicherheit: Es nutzte ihr nicht das Geringste, dass sie auch ihn, Gaspard, in der Hand hatte.

Ich benutzte das Telefon im Büro des Stationsarztes, um Lieutenant Colin Hayes anzurufen, den Kollegen im Command & Control Center. Phil und ich waren allein in dem Büro. Ich schaltete den Mithörlautsprecher ein wie üblich.

»Das muss Gedankenübertragung sein«, sagte Hayes verblüfft. »Ich wollte gerade versuchen, Sie über Funk zu erreichen. Okay, Sie haben angerufen. Ihre Nachricht zuerst.«

»Schicken Sie ein Fotografenteam zum ›Cirque du Papillon‹«, entgegnete ich. »Wir brauchen Fotos von allen männlichen Mitarbeitern des Zirkus, und zwar mit einer neutralen grauen Jacke und einem schlichten Hemd.«

»Geht in Ordnung. Der Fotograf kann die Jacke und das Hemd mitbringen und jeden damit knipsen?«

»Ja. Was wir nicht gebrauchen können, sind irgendwelche Kostüme.«

»Begriffen. Ich veranlasse das sofort. Vorweg nur noch meine Neuigkeiten für Sie. Punkt eins: Das aufgefundene Taxi ist das Taxi von Louis Parqueth. Fingerabdrücke wurden weggewischt. Hinten im Wagen fanden die Spurensicherer ein paar Haare von Marisol Ruiz!«

Phil zischte einen Pfiff und sah mich mit hochgezogenen Augenbrauen an.

»Dann hat Louis Parqueth auch keinen Selbstmord begangen«, folgerte ich.

»So ist es«, erwiderte der Lieutenant. »Dr. Smith fand eine Curare-Injektion. Der Mann war schon tot, als er von der Brücke fiel.«

»Als er hinuntergestoßen wurde«, verbesserte ich.

»Richtig. Ich soll Ihnen von Dr. Smith ausrichten, dass in beiden Vergewaltigungsfällen der Verdacht auf sexuelle Asphyxie besteht.«

»Jetzt überrascht mich gar nichts mehr«, sagte ich. »Bitte geben Sie uns sofort Nachricht, wenn die Fotos fertig sind.«

Keiner von uns konnte zu diesem Zeitpunkt vorhersehen, dass wir die Fotos überhaupt nicht mehr brauchen würden. Wir konnten aber auch nicht vorhersehen, dass sich schon in allerkürzester Zeit die Geschehnisse überschlagen würden.

Phil und ich stiefelten durch die Flure und benutzten die Fahrstühle in zwei verschiedenen Gebäudetrakten. In einem Passageladen kauften wir einen Blumenstrauß und nahmen einen anderen Fahrstuhl. Die Zimmernummer, die wir von der Stationsschwester erhalten hatten, stimmte exakt.

Das hörten wir schon aus zehn Yards Entfernung.

Lautes Stimmengewirr aus mindestens zehn verschiedenen Kehlen drang durch die Tür mit der Nummer 2306. Es hörte sich an, als ob da drinnen ein italienisches Fernsehprogramm lief, einer von diesen alten Filmen, in denen alle wüst durcheinander reden und gestikulieren und gleichzeitig aufgeregt von einem Zimmer ins andere rennen. »Mamma« und »Pappa« und »Figlio« waren die meistverwendeten Vokabeln in dem Durcheinander, von dem ich ansonsten so gut wie nichts verstand. Nur dass da mit breitem sizilianischem Akzent palavert wurde, war deutlich herauszuhören.

Phil klopfte. Natürlich hörte es niemand. Wir traten ein. Ich schob den Blumenstrauß vor mir her.

Auf einen Schlag wurde es still.

Als ob jemand auf die Fernbedienung gedrückt hätte.

Aber da lief kein Fernseher.

Nach schneller Schätzung waren es ein Dutzend Augenpaare, die sich auf uns richteten.

Mittendrin thronte er wie der Sonnenkönig bei der Privataudienz im Lotterbett.

Nico.

Er trug einen samtblauen Schlafanzug, aus dem der dick verbundene rechte Arm ärmellos herausragte.

»Ciao amici!«, dröhnte seine Stimme, kaum dass er sich von der Überraschung erholt hatte. »Was für eine Freude! Seid mir gegrüßt, Freunde! Dio mio, ist das schön, euch endlich wieder sehen zu dürfen! Mein Gott, es kommt mir vor, als ob wir uns seit einer Ewigkeit nicht mehr gesehen hätten! Kommt her und lasst euch umarmen!«

Während der Begrüßungszeremonie setzte das Stimmengewirr wieder ein. Nicos Mutter, eine resolute kleine Frau, befahl ihrem Mann, eine Blumenvase zu besorgen und dem Strauß, den wir mitgebracht hatten, einen Ehrenplatz auf Nicos Nachttisch zu geben. Nicos Vater trabte willig los und führte den Auftrag prompt aus.

Unterdessen wurde uns vielstimmig mitgeteilt, dass Nico eine Natur wie ein Bär habe und schon eine halbe Stunde nach der Operation der Oberschwester in den Hintern gekniffen habe. Nicos Vater, der eine ältere Ausgabe seines Sohnes war, strahlte vor Stolz.

Vom Stimmengewirr umtost, winkte mich Nico zu sich heran und fragte: »Schon eine Idee, weshalb dieser Killer auf dich geschossen hat, amico?«

»Ja …«, antwortete ich gedehnt. »Ich glaube, wir sind der Sache näher, als wir denken.«

Phil kriegte es mit, und sein Blick strafte mich: Wenn wir unter die Sizilianer geraten sind, heißt das noch lange nicht, dass du Märchen erzählen musst.

Ich ließ es dabei bewenden. Auch nachdem wir uns verabschiedet hatten.

Dass wir den Parkplatz wiederfanden, auf dem ich den Jaguar abgestellt hatte, verdankten wir einzig dem Umstand, dass wir den riesigen Krankenhauskomplex am East River gut kannten. Opfer von Verbrechen werden häufig ins Bellevue Hospital eingeliefert, weil dort hervorragende Fachärzte arbeiten, die auf alle Arten schwerer Verletzungen spezialisiert sind.

Auf dem Roosevelt Drive fuhr ich in Richtung Manhattan South. Bis zum FBI-Distriktgebäude brauchte ich zwanzig Minuten.

Phil und ich setzten uns an die Computer und stellten eine Online-Verbindung zum Pressearchiv des FBI her.

Phils Suchwort lautete »Dr. Arsène Legrand«.

Ich verwendete mehrere Namen und startete die Suche nach Artikeln, in denen sie einzeln oder zusammen vorkamen: »Gaspard«, »Cecile«, »Falardeau« und »Bouvoire«.

Der große, schwarze Kasten sah aus wie ein Sarg. An der einen Seite war ein Stahlgestell mit dem chromblitzenden Kreissägeblatt angebracht, mit dem Dr. Arsène Legrand den Trick mit der zersägten Jungfrau vorführte.

Gaspard tastete nach dem verborgenen Schalter, der Elektromotor begann zu summen, und das Sägeblatt rotierte mit einem singenden Geräusch.

Dr. Arsène Legrand sah ihm lächelnd zu. In dem Requisitenwagen des Magiers war es taghell. Leuchtstoffröhren brannten unter der Decke. Neben dem sargähnlichen Gehäuse und der Säge gab es viele weitere Behälter, alle schwarz, die meisten mit Silberflitter verziert. In der einen Ecke stand eine Werkbank. Für die handwerklichen Arbeiten, die Arsène hier oft selbst erledigte, brauchte er gutes Licht.

Gaspard deutete auf die Säge. »Damit könntest du nicht wirklich jemanden in der Mitte durchsägen, oder?«

»Wenn ich wollte, schon.« Arsène verschränkte die Arme vor der Brust. Wie meistens in seiner Freizeit, trug er einen einfachen schwarzen Anzug und dazu ein weißes T-Shirt. Er lehnte an einem Schrank mit nummerierten Schubladen. Unmengen von Kleinteilen waren darin untergebracht.

Gaspard schaltete die Säge wieder aus. Er musterte den Zauberer stirnrunzelnd. »Aber du willst nicht, was?«

Legrand, dessen Gesichtszüge Ähnlichkeit mit denen des Schauspielers Charles Bronson aufwiesen, schüttelte verständnislos den Kopf. »Hör mal, spinnst du? Was soll dieses idiotische Gequatsche? Ich bin Magier und kein Folterknecht.«

Gaspard lachte abgehackt. »Henkersknecht wäre der bessere Ausdruck.«

Arsène verstand den Spaß nicht mehr. Ärgerlich schnitt er mit der Hand durch die Luft. »Du kannst normal mit mir reden, Kollege. Aber wenn du hergekommen bist, um hirnrissiges Gesülze loszuwerden, bist du bei mir an der falschen Adresse.«

Der Clown zog überrascht die Augenbrauen hoch. Sekundenlang sah er sein Gegenüber schweigend an. Dann sagte er leise: »Du hast dich sehr verändert, Arsène.«

Der Zauberer erbleichte, hatte sich aber schnell wieder in der Gewalt. »Wieso denn?«, entgegnete er lahm.

»Sonst hast du jeden Blödsinn mitgemacht. Du hast sogar mal gesagt, du könntest auch den Clown spielen.«

»Natürlich«, knurrte Arsène. »Warum denn nicht? Das eine schließt doch das andere nicht aus. Man ist eben nicht immer in der Stimmung.«

»Früher warst du's. Das heißt – wenn ich richtig überlege - eigentlich sogar bis gestern.« Gaspard grinste herausfordernd und strich mit den Fingerkuppen über die Zähne des Sägeblatts. Erschrecken vortäuschend, zog er die Hand schnell wieder zurück. »O Mann! Ganz schön scharf!«

Arsènes Augen waren schmal. »Dann pass gut auf, dass du dich nicht schneidest«, warnte er leise. Er zupfte einen dünnen schwarzen Zigarillo aus der Brusttasche seines Jacketts und zündete ihn an.

Gaspard lachte wieder, doch sein Lachen endete im nächsten Moment, als hätte er es mit einem Schalter ausgeknipst. »Jetzt mal ehrlich«, sagte er. »Wenn ich dir eine – sagen wir – geeignete Person hier anliefere, würdest du sie wirklich zersägen?«

Der Zauberer verschluckte fast den Zigarillo. »Spinnst du?«, entfuhr es ihm. »Wie kommst du auf so einen Schwachsinn!«

Gaspard lächelte spöttisch. »Du bist doch nicht ungeübt darin, großer Magier, das kannst du mir doch nicht erzählen.«

Arsène räusperte sich und schüttelte sich, als wolle er unangenehmen Ballast loswerden. Er tat, als würde er sich auf seine humoristischen Fähigkeiten besinnen, indem er rief: »Also wenn, dann lasse ich schon lieber jemanden verschwinden.«

»Auch nicht schlecht. Gar nicht schlecht.« Gaspard wiegte beeindruckt den Kopf und zog die Mundwinkel nach unten. Sein Gesichtsausdruck versank in Nachdenklichkeit, und seine Stimme senkte sich zum Flüstern. »Lassen wir nicht alle unsere Toten verschwinden – auf die eine oder andere Weise?«

Arsène starrte ihn an.

Die Blicke der beiden Männer bohrten sich ineinander.

»Ich denke, wir verstehen uns«, sagte Gaspard schließlich. »Fordere mich nicht heraus, großer Magier. Ich denke, es wird besser für dich sein, wenn du tust, was ich sage.« Ohne eine Antwort abzuwarten, drehte er sich um und ging hinaus.

So sah er nicht mehr den tödlichen Hass in den Augen des Mannes, der sich Dr. Arsène Legrand nannte.

Ich ließ einen Teil der Artikel ausdrucken, die das Suchprogramm des Pressearchivs in den Datenbanken aufgestöbert hatte. Vor allem kanadische Zeitungen waren es, die über Cecile Bouvoires Wechsel als Pressesprecherin vom Zirkus »Paramount« zum »Cirque du Papillon« berichteten. Noch mehr Berichte waren über ihren anschließenden Aufstieg zur Direktorin des Papillon gespeichert.

»Hör dir das an«, sagte ich und nahm einen der Ausdrucke zur Hand, um vorzulesen: »Rivalitäten – ein Kommentar von Maurice Gascogne. Nach außen hat, wie immer, alles seine Ordnung. Mit Pauken und Trompeten wird ein neuer Stern am Zirkushimmel gefeiert: Madame Cecile Bouvoire, die als Berufsfremde zur Direktorin des ›Cirque du Papillon‹ aufstieg und dabei scheinbar mühelos einen Fachmann aus dem Rennen schlug. Die Rede ist von Alain Duvalier, ihrem Vorgänger. Kenner der Branche wollen wissen, dass nicht alles mit rechten Dingen zugegangen sein kann bei diesem internen Machtkampf um die Spitzenposition in einem Unternehmen, das Montreal und Kanada weltweit repräsentiert. Gut unterrichtete Kreise, wie man sie gern nennt, glauben sicher zu sein, dass bestimmte Zeitungsberichte der letzten Wochen gezielt lanciert worden sind. Berichte über Fehler und Misserfolge, die Monsieur Duvalier in lange zurückliegenden Jahren bei anderen Zirkusunternehmen gemacht hat. Dass solche Angelegenheiten im Rahmen einer Karriere bestenfalls als Jugendsünden zu betrachten sind, ist jedem Fachmann klar. Nichtsdestoweniger ist Monsieur Duvalier darüber gestolpert, und die besagten gut unterrichteten Kreise meinen, dass er eben dies einzig und allein seiner Nachfolgerin zu verdanken hat.« Ich ließ das Blatt Papier sinken und sah Phil an. »Was hältst du davon?«

»Warum fragst du mich?«, entgegnete er schmunzelnd. »Ich kenne Cecile doch kaum. Du dagegen …«

»Okay, okay«, sagte ich. »Also – ich traue es ihr zu. Sie ist skrupellos. Genau wie Gaspard.«

»Wie kommst du darauf?«

»Meine persönliche Einschätzung, durch nichts zu beweisen.«

»Aber er ist mit Cecile verwandt. Vielleicht ist das der Grund. Hast du etwas über ihn gefunden?«

»Nichts Nennenswertes. Nur ein paar kleine Meldungen darüber, dass er den Job als Clown im Papillon übernommen hat.«

»Er ist eben nicht ganz so wichtig wie Dr. Arsène Legrand.« Phil hielt einen Stapel Computerausdrucke hoch.

»Lass hören«, forderte ich und zündete mir eine Zigarette an.

»Ich fasse mal zusammen«, erwiderte mein Freund und Dienstpartner. »Die Berichte beziehen sich alle auf Arsènes Einstieg beim Papillon. Sein richtiger Name ist Larry Gavronsky, heute ist er siebenunddreißig Jahre alt.«

»Dann ist er ja schon Urgroßvater«, spaßte ich.

Phil nickte. »Ich prophezeie dir, wir werden es noch erleben, dass die Dreijährigen im Kindergarten Techno-Partys feiern.« Er tippte auf die Berichte. »Larry muss übrigens so was wie ein Wunderkind gewesen sein. Oder ein Lebenskünstler. Bevor er Zauberkünstler wurde, hat er so ziemlich alles gemacht. Die Journalisten haben sich mit Vergnügen auf seine Lebensgeschichte gestürzt.« Phil fächerte die Blätter durch. »Hier – Larry arbeitete sogar als Tellerwäscher in New York, weil er hoffte, Millionär zu werden. Aber ausgerechnet bei ihm funktionierte der amerikanische Traum nicht. Also ging er nach Hollywood und wurde Kameraassistent.«

»Auch das führte nicht zum Millionärsrang«, tippte ich.

»Treffer«, bestätigte Phil. »Larry ging ein paar Jahre nach Ostafrika – als professioneller Großwildjäger. Auf Safaris schoss er den reichen alten Knackern die Trophäen fürs heimische Kaminzimmer.«

»Sprich nicht so respektlos von unseren Großvätern«, mahnte ich.

»Sorry.« Phil spielte Zerknirschung. Dann fuhr er fort. »Nach der Großwildjägerei zog es Larry wieder nach Hollywood. Da schrieb er Drehbücher für B-Movies. Irgendwann blieben die Aufträge aus. Das hing wohl auch damit zusammen, dass die Kinos keine B-Klasse-Filme mehr spielen wollten. Der Schrott wird ja seitdem direkt durch die Videoläden vermarktet. Kurzum, Larry Gavronsky kaufte dem erfolglosen Dr. Arsène Legrand in Hollywood das Pseudonym ab und kehrte in seinen Geburtsort Oswayo zurück. Dort hat er sich weitergebildet, gewissermaßen. In der Einöde hat er die Zaubertricks ausgefeilt, die der Ur-Arsène ihm beigebracht hatte.«

»Bestimmt wollte er Copperfield übertrumpfen«, vermutete ich.

»Logisch. Larry hat sich immer große Ziele gesetzt. Und immerhin arbeitet er jetzt in einem berühmten Zirkus.«

Ich sah Phil nachdenklich an.

»Tut er das?«, murmelte ich.

»Danielle! Lauf jetzt bitte nicht wieder weg! Hörst du? Du fasst mich jetzt an und reißt dich nicht noch mal los. Hast du mich verstanden?« Marion Baynard tat es in der Seele weh, den Tatendrang ihrer kleinen Tochter so bremsen zu müssen. Aber es herrschte starkes Gedränge zwischen den Zirkuswagen mit den Tierkäfigen.

Halb New York schien an diesem Samstagnachmittag auf den Beinen zu sein, um die exotischen Tiere des »Cirque du Papillon« zu bewundern.

»Du läufst nicht noch mal weg!«, wiederholte Marion energisch.

»Nein, Mammy.«

»Ich kauf dir sonst kein Eis. Das tue ich wirklich nicht.«

»Kein Eis?« Danielle, ein keckes vierjähriges Mädchen, blickte erschrocken zu ihrer Mutter auf. Und dann bettelte sie: »Mammy, bitte! Hast du mir doch versprochen!«

Marion musste schmunzeln. Sie strich ihrer Tochter über das lockige blonde Haar und sagte: »Aber du hast mir auch versprochen, dass du nicht wegläufst.«

»Ja, Mammy«, antwortete Danielle kleinlaut. »Ich tu's auch bestimmt nicht wieder.«

Zwei Minuten später, als sie die Käfige mit den Zebras und den Eseln hinter sich gelassen hatten, entdeckte Danielle plötzlich zwei Lemuren, die zwischen den Leuten umherstolzierten und mit gnädiger Miene Erdnüsse entgegennahmen. Gelegentlich hüpften die Halbaffen davon, um ihr Sammelergebnis irgendwo am Rand der Käfige in Ruhe verzehren zu können.

Marion ahnte, was folgen würde. »Das sind Lemuren«, erklärte sie noch. »Sie sind mit den Affen verwandt und kommen von einer großen Insel bei Afrika.«

»Und warum sind sie nicht im Käfig?«

»Weil sie den Leuten Freude machen – und weil sie nicht weglaufen«, antwortete Marion mit deutlicher Betonung.

»Sind sie zahm?«

»Sonst dürften sie ja nicht herumlaufen.«

»Dann will ich einen streicheln!«, rief Danielle begeistert, und ehe ihre Mutter reagieren konnte, hatte sie sich auch schon losgerissen und rannte davon – zwischen den Beinen der Erwachsenen hindurch, in die Richtung, in der sie die Lemuren zuletzt gesehen hatte.

Seufzend und kopfschüttelnd stand Marion da und fragte sich, wie sie diesen kleinen Wirbelwind, der ihre Tochter war, jemals bändigen sollte. Dann aber schüttelte Marion die Gedanken ab und beeilte sich, Danielle zu folgen, um sie nicht vollends aus den Augen zu verlieren.

Die Lemuren hatten ihre Nüsse vor einem der Löwenkäfige

verzehrt. Aber dort waren weder die Halbaffen noch das Mädchen zu sehen. Marion blieb im Menschengewühl stehen und spähte in alle Richtungen, soweit das überhaupt möglich war. Denn nur selten hatte sie freies Blickfeld. Fast ständig versperrten ihr Erwachsene oder Kinder die Sicht.

Hinzu kam, dass die Seitengassen zwischen den Käfigen das reinste Labyrinth waren, je weiter man in sie vordrang.

Die Menschen ringsherum lachten und redeten und drängten sich vorbei. Kinder rempelten Marion an. Sie versuchte, ruhig zu bleiben. Danielle konnte ja nicht verschwunden sein. Irgendwo in der Nähe musste sie stecken. Andererseits konnte sie mit ihren kleinen Beinen ein gehöriges Tempo entwickeln. Und wenn sie sich dann verlief? Wenn sie ihre Mammy suchte und nicht fand.

Marion musste an Bernard denken, ihren Mann, der an diesem Wochenende auf Geschäftsreise in Europa war. Bernard hatte allen Ernstes vorgeschlagen, Danielle einen Peilsender um den Hals zu hängen. Marion war empört gewesen, doch jetzt musste sie einsehen, dass Bernard Recht gehabt hatte. Nichts hätte sie sich in dieser Minute mehr gewünscht als so einen Peilsender.

Plötzlich, in einer Lücke zwischen vorbeischiebenden Zirkusbesuchern, stand das Kind da.

»Danielle!«, rief Marion erleichtert, und diesmal benutzte sie die Ellbogen, als sie sich einen Weg durchs Gewühl bahnte.

Danielle stand am Ausgang der Gasse zwischen Löwen- und Tigerkäfig.

Verblüfft verlangsamte Marion ihre Schritte.

Es kam ihr vor, als sähe sie ein anderes Mädchen.

Nicht ihre Danielle.

Der Blick der Kleinen war starr, und ihre Körperhaltung wirkte merkwürdig steif. Sie schien ihre Mutter überhaupt nicht wahrzunehmen.

Behutsam trat Marion auf ihre Tochter zu und ging dann vor ihr in die Knie. »Was ist geschehen, mein kleines Mädchen?«, fragte sie sanft. »Hat dir jemand einen Schreck eingejagt?«

Danielle schwieg.

Sie reagierte mit keinem erkennbaren Zeichen, und ihr Blick blieb so starr wie zuvor.

Marion nahm sie in die Arme und verspürte ein wenig Erleichterung, als Danielle es immerhin geschehen ließ. Sie sträubte sich nicht, war eher wie eine willenlose Puppe.

Auf einmal klammerte sich das Mädchen an seine Mutter.

Marion spürte, wie ihre Tochter zitterte, und sie hütete sich, sie schon jetzt mit Fragen zu bedrängen. Erst nach einer Weile, als sie sich etwas zu beruhigen schien, flüsterte sie in ihr Ohr: »Was ist denn nur passiert, Danielle, mein Schatz? Willst du es mir sagen? Du weißt, du kannst mir alles sagen.«

»Mammy …«, begann die Kleine mit stockender, erstickter Stimme.

»Ja?«, flüsterte Marion. »Ich bin bei dir, und ich habe dich lieb. Ich bin immer für dich da, das weißt du.«

»Bist du nicht böse, dass ich – weggelaufen bin?«

»Ach, weißt du …« Marion lachte leise. »Viel wichtiger ist, dass du wieder da bist. Ich bin nicht böse, ganz bestimmt nicht.«

»Mammy?«

»Ja, mein Kleines?«

»Kann man eine Hand verlieren?«

»Eine Hand?« Marion zwang sich, wenigstens äußerlich ruhig zu bleiben. Vielleicht hatte Danielle jemanden gesehen, dem eine Hand amputiert worden war – einen Zirkusmitarbeiter im Wohnwagen, irgendeine zufällige Beobachtung, die das Kind geschockt hatte. Marion setzte zu einer möglichst behutsamen Erklärung an. »Nun, wenn Menschen unvorsichtig sind und einen Unfall haben, kann es vorkommen …«

Danielle hatte nicht zugehört. Sie hielt den linken Arm hoch und ließ die Hand schlaff herunterhängen. »Kann meine Hand jetzt abfallen?«

»Einfach so?«, entgegnete Marion verdutzt.

»Ja.«

»Nein, das ist unmöglich.«

»Aber ich habe eine abgefallene Hand gesehen, Mammy. Da

hinten, wo der Löwe wohnt!« Danielle drehte sich in Marions Armen und zeigte in die Gasse, aus der sie gekommen war.

Marion Baynard spürte, wie das Entsetzen von ihr Besitz zu ergreifen begann. Auf einmal ahnte sie, was geschehen sein musste. Deshalb nahm sie ihr Kind auf den Arm und verließ das Gelände des »Cirque du Papillon«, so schnell sie konnte.

An der West Street fand Marion eine freie Telefonzelle. Danielle schmiegte sich immer noch Schutz suchend an sie, als sie das Telefonbuch aufschlug. Vorn, unter »Community Service Numbers« auf Seite sechsundvierzig, fand sie die Rubrik, die sie suchte: »Law enforcement agencies«. Darunter stand an erster Stelle: F.B.I. 335-2700.

Dr. Vernon Smith benutzte einen der kleineren Untersuchungsräume. Zwischen den gefliesten Wänden herrschte die kaltblaue Helligkeit von nackten Leuchtstoffröhren. Der Geruch von Desinfektionsmitteln war weniger stark als in den Sektionsräumen, die wir sonst aus der Pathologie kannten.

Die Hand lag in einem flachen, waschbeckengroßen Bassin aus Edelstahl.

Phil und ich harrten in der Besucherecke aus, neben einem Geräteschrank aus grau lackiertem Stahlblech. Besucher, das waren im Wirkungsbereich der Pathologen vor allem Ermittlungsbeamte wie wir, aber auch Richter, Staatsanwälte und Rechtsanwälte.

Dr. Smith sprach in ein Diktiergerät. Es steckte in der Brusttasche seines Kittels. Der Sektionsgehilfe, ein untersetzter Mann, arbeitete dem Doc zu.

»Bericht Nummer zwei-eins-sechs, Schrägstrich drei-drei«, diktierte Dr. Smith. »Untersuchungsobjekt ist eine abgetrennte Hand, männlich, Hautfarbe weiß …«

Der Gehilfe hielt die Hand an den Fingern, sodass der Stumpf emporragte.

Phil und ich sahen uns an, und ich wusste, dass mein Freund das Gleiche dachte wie ich. Was für ein unvorstellbarer Schock musste es für die kleine Danielle gewesen sein, als sie die Hand unterhalb des Löwenkäfigs entdeckt hatte!

Ihre Mutter hatte sich fantastisch verhalten, als sie ihre Tochter vom Zirkusgelände wegbrachte und beim FBI anrief.

Phil und ich, als Zuständige für die Papillon-Angelegenheiten, hatten die Sache übernommen. Doch wir waren nicht selbst zum Zirkusgelände gefahren. Ich hatte unseren Kollegen Steve und Zeery den Fundort beschrieben, und tatsächlich hatte die Hand noch dort gelegen, wo das kleine Mädchen sie entdeckt hatte. Steve und Zeery hatten Phil und mich im Leichenschauhaus getroffen, wo auch Dr. Smith inzwischen angekommen war, um die Untersuchung sofort durchzuführen.

Als Erstes waren von der Hand Fingerabdrücke genommen worden. Steve und Zeery versuchten zurzeit, über das Fingerprint-Erkennungssystem des NCIC eine Auswertung zu bekommen.

»... weisen sowohl der Handrücken als auch die Handfläche zahlreiche Druckstellen beziehungsweise Bissperforationen auf«, sprach Dr. Smith weiter ins Diktiergerät, »die von Zähnen eines Großtiers zu stammen scheinen. Einzelheiten hierüber werden bei der weiteren Untersuchung festzustellen sein ...«

Danielle hatte die abgetrennte Hand hinter dem Löwenkäfig gefunden. Der Zusammenhang war leicht rekonstruierbar. Der Löwe hatte die Hand aus dem Käfig verloren. Wie viel aber hatte die Raubkatze gefressen? Den dazugehörigen Arm? Den Oberkörper?

Die Frage Nummer eins aber lautete: Fraßen Raubtiere im »Cirque du Papillon« Menschen? Oder Leichen? Oder Leichenteile?

»Augenscheinlich ...«, fuhr Dr. Smith fort, indem er sich vorbeugte, »wurde die Hand durch starkes Reißen vom Gelenk getrennt, was zusätzlich die Vermutung bestärkt, dass ein Großtier der Verursacher war.«

In dem Glasfenster der Tür zum Korridor entstand eine Bewegung. Phil und ich blickten hinüber. Es war Steve Dillaggio, der uns mit einem Handzeichen aufforderte, herauszukommen.

»Doktor«, sagte ich und zeigte zur Tür. »Können Sie uns schnell noch sagen, wie lange der Mann tot ist, dem die Hand gehörte?«

Dr. Smith brauchte nicht erst zu überlegen. »Etwa zwanzig Stunden«, antwortete er. »Mit der üblichen Toleranz.«

Wir bedankten uns und traten auf den Flur hinaus.

Steve hatte einen Computerausdruck in der Hand. Im Leichenschauhaus gab es mehrere Büros, die unsereiner in dringenden Fällen benutzen konnte. Einschließlich der technischen Einrichtungen.

»Ich würde es gern spannend machen«, sagte Steve. »Aber ich fürchte, dazu ist die Zeit zu knapp.«

»Allein die zwei Sätze sind schon überflüssig«, bemerkte Phil und grinste kaum merklich. »Name und Adresse hätten genügt.«

Steve nickte.

»Larry Gavronsky«, sagte er.

Phil und ich starrten ihn an.

»Waaas?«, stießen wir zweistimmig hervor.

»Adresse – Fehlanzeige«, erklärte Steve.

»Willst du damit sagen …?«, setzte Phil an.

»Ach was!«, unterbrach ihn Steve. »Brauchst du jetzt plötzlich doch nähere Erläuterungen?«

»Sorry«, entgegnete Phil. »Aber mit so einem Hammer konnten wir nun beim besten Willen nicht rechnen.«

»Steve«, sagte ich eindringlich. »Sind die Printcodes absolut sicher identifiziert? Ist da kein Zweifel möglich?«

Unser blonder Kollege schüttelte den Kopf und gab mir den Computerausdruck. Ich überflog die Zeilen. Das Programm, das die Kollegen im NCIC verwendeten, war als absolut zuverlässig bekannt.

Larry Gavronskys Fingerabdrücke waren registriert worden, als er sich bei der Army beworben hatte. Das war nach seiner Zeit als Tellerwäscher gewesen. Aus dem Kurzbericht ging hervor, dass das Rekrutierungsbüro Gavronskys Bewerbung abgelehnt hatte, weil bei der medizinischen Untersuchung ein Herzklappenfehler festgestellt worden war.

All right.

Wir mussten die unglaublichen Tatsachen verdauen.

Larry Gavronsky war tot.

Seit zwanzig Stunden.

Und wer war Dr. Arsène Legrand, der jetzige?

Zwanzig Stunden …

Ich blickte auf meine Armbanduhr.

Es war halb sechs. In ein paar Stunden würde die Schau Legrands im Zirkuszelt stattfinden.

»Die Hinrichtung«, murmelte ich. »Also doch!«

Phil und Steve sahen mich verblüfft an.

Es war schon fast völlig dunkel, als wir den »Cirque du Papillon« erreichten. Aus blauschwarzen Wolken schüttete es, als hätte da oben jemand sämtliche Schleusen geöffnet.

Ich bog von der West Street in den südlichen Battery Place ein. Der Regen verursachte das reinste Trommelfeuer auf dem Wagendach. Kaum hatte ich die Scheibenwischer abgestellt, war die Sicht durch die Windschutzscheibe gleich null. Die Straßenlampen und die Lichter des Zirkus waren nicht mehr als verschwommene helle Flecken.

Phil klinkte das Funkmikro aus, rief die Zentrale und sagte Bescheid, dass wir unser Fahrzeug verließen.

Sofort nachdem wir das Leichenschauhaus verlassen hatten, hatten wir den Einsatz über Funk mit Mr. High erörtert. Wir waren übereingekommen, dass das Zirkusgelände weiträumig umstellt wurde. Steve und Zeery leiteten den Einsatz. Es wurden nur neutrale Dienstwagen verwendet.

Niemand im »Cirque du Papillon« sollte Verdacht schöpfen. Hinzu kam, dass die Verdächtigen möglicherweise gar nicht da waren. Bis zum Beginn der Abendvorstellung waren es noch zwei Stunden. Sie konnten in die Stadt gefahren sein, saßen vielleicht in einem Restaurant.

Der Absperrungsring um den Zirkus stand also.

Ich zog den Zündschlüssel ab. Wir klinkten die Walkie-Talkies an den Hosenbund und checkten unsere Waffen. Während ich noch die Zentralverriegelung betätigte, startete Phil bereits hinaus in den Wolkenbruch. Ich folgte ihm mit zwei Yards Abstand.

Die Wege zum Zirkus waren menschenleer. Die Jacken über den Kopf gezogen, rannten wir durch das Meer von prasselnden kleinen Fontänen, die der Regen auf den Betonpflastersteinen erzeugte. Der Wind trieb uns die Nässe zusätzlich ins Gesicht.

Wir erreichten einen der Kassenwagen. Unter dem Vordach legten wir eine Pause ein. Die Jacketts waren wie nasse Lappen, die wir uns auf den Rücken gehängt hatten.

Linker Hand stiegen die Lichterketten des Viermastzelts in den düsteren Himmel auf. Böen peitschten den Regen auf die Zeltbahnen und trieben graue Schwaden wie Vorhänge um die Lampen.

Rechts vom Zelt und den Zuwegen begann die Wagenstadt des »Cirque du Papillon«. Geräte- und Packwagen umgaben die Wohnwagen wie ein Schutzwall, sodass die Privatsphäre von Künstlern und Hilfspersonal gewahrt blieb.

Die Käfigwagen befanden sich jenseits des Zeltes, auf dem Gelände zum Flussufer hin. Ein Stück abseits waren Trucks und Zugmaschinen abgestellt worden.

In den Gassen und Wegen zwischen den Wagen hing das Regenrauschen wie eine graue Wand, schwach erhellt von den Lampen in ihren Betonfüßen.

»Trockener werden wir nicht«, meinte Phil.

»Also hinaus in die Wasserwelt«, sagte ich.

Abermals zogen wir die Jacken über den Kopf und rannten los. Wir flankten über die rot-weißen Barrieren, die den für das Publikum zugänglichen Teil des Geländes vom Betriebsbereich abgrenzten.

Die Länge von zwei fensterlosen Zirkuswagen hatten wir hinter uns gebracht, und wir waren bis auf die Haut durchnässt.

In diesem Augenblick geschah es.

Ein Schrei gellte.

So durchdringend, dass der Regen zur unbedeutenden Geräuschkulisse schrumpfte.

Wir verharrten, als hätte uns eine unsichtbare Mauer gestoppt. Das Wetter spielte keine Rolle mehr. Wir konnten auch nicht nasser werden, als wir es schon waren.

Eine Frauenstimme war es. Eindeutig.

Während der Regen an uns hinablief, verklang der Schrei irgendwo im Labyrinth der Zirkuswagen.

»Das war nicht weit weg!«, rief ich.

»Da drüben, schätze ich!« Phil zeigte nach halbrechts.

Ich nickte, denn ich kannte die Richtung. Ohne einen Sekundenbruchteil zu verschwenden, sprinteten wir weiter und zogen die Dienstrevolver.

In der Richtung, aus der wir den Schrei gehört hatten, wusste ich Cecile Bouvoires Direktionswagen. Ich brauchte es Phil nicht zu erklären. Er ahnte das Gleiche wie ich. Und wir mussten unser Vorgehen nicht erst erörtern. Unsere Schritte standen fest, ohne dass wir eine Lagebesprechung abhalten mussten.

Wir rannten gegen den Widerstand von Wind und Regen an, gingen auf Abstand und tauchten in zwei verschiedene Wagengassen hinein. Die Taktik ergab sich aus der Situation.

Kurz vor dem Gassenende verlangsamte ich meine Schritte. Rasch spähte ich nach beiden Seiten. Die Helligkeit der Lampen wurde von den Wasserschwaden gedämpft. Außer dem Regenströmen war nirgendwo eine Bewegung auszumachen.

Okay. Phil musste auf gleicher Höhe mit mir sein, in seiner Gasse. Sein Job war es, mir den Rücken freizuhalten. Kein Mensch konnte das zuverlässiger erledigen als mein Freund und Dienstpartner.

Der Direktionswagen stand schräg gegenüber.

Hinter den Fenstern brannte Licht, doch die Gardinen waren zugezogen. Nichts rührte sich, kein Schatten glitt von einer Seite zur anderen.

Ich lief los. Den Weg zu überqueren war wie das Durchwaten eines Flussbetts. Seit wir den Jaguar verlassen hatten, schien sich der Wolkenbruch noch verstärkt zu haben. Die klitschnasse Kleidung klebte auf der Haut, erschwerte jeden Schritt.

Unbehelligt erreichte ich die Längswand des Direktionswagens. Ich verlor keine Zeit und pirschte auf die vordere Schmalseite zu. Der Eingang dort hatte ein Vordach, drei flache Treppenstufen führten hinauf. Die kleine Plattform glich dem Perron eines Eisenbahnwagens aus der Zeit unserer Urgroßväter.

Bevor ich hinaufstieg, blickte ich nach links.

Phil stand in seiner Gassenmündung, den Smith & Wesson schussbereit. Er gab mir das Okay-Zeichen.

Mir wurde kaum bewusst, dass mich das Dach vor dem Regen schützte. Als ich die Stufen hinter mich gebracht hatte, sah ich es schon: Die Eingangstür stand offen.

Ich verlangsamte meine Schritte. Heizungswärme wehte mir entgegen.

Den Revolver beidhändig nach oben gerichtet, näherte ich mich der Tür von der Seite her. Mein Blickwinkel öffnete sich. Ich sah die vertraute Einrichtung des Salons.

Alles war unverändert, kein Möbelstück umgestürzt, kein Bild von der Wand gerissen. Und war die offen stehende Tür überhaupt ein Hinweis darauf, dass der Schrei wirklich von hier gekommen war?

Ich gab Phil ein Zeichen.

Mit zwei schnellen Schritten drang ich in den Vorraum ein. Ich stieß den Revolver in die Waagerechte, schwenkte ihn um hundertachtzig Grad und machte die Visierlinie dabei zu meiner Blickrichtung.

Nicht länger als diesen Moment verharrte ich auf demselben Fleck. Mit einer halben Körperdrehung schnellte ich in den Salon. Rechts vom Türrahmen blieb ich breitbeinig stehen, in den Kniekehlen nachfedernd. Wieder suchte ich die Inneneinrichtung ab, indem ich über Kimme und Korn des Smith & Wesson spähte. Noch immer konnte ich nichts entdecken, was sich verändert hatte.

Fast neigte ich zu der Vermutung, dass die Tür nur deshalb

offen stand, weil Cecile mal kurz Luft schnappen wollte. Aber wenn es so gewesen wäre, hätte ich ihr begegnen müssen. Das war der Haken an der Geschichte.

Der Regen trommelte auf das Wagendach. Hier drinnen hörte es sich an wie ein dumpfes Brummen.

Ich drang weiter in den Salon vor, jeden Sekundenbruchteil bereit, auf die winzigste Bewegung zu reagieren.

Doch es kam völlig anders.

Ein plötzliches Geräusch ließ mich erstarren.

Es war nur schwach, und vermutlich hörte ich es nur deshalb, weil es eine viel höhere Tonlage hatte als das Regentrommeln auf dem Dach.

Es war ein Wimmern.

Ich schnellte vorwärts.

Das Wimmern hörte auf.

Doch plötzlich sah ich den Fuß, der hinter einem Sessel hervorlugte. Ich beeilte mich und war in der nächsten Zehntelsekunde zur Stelle.

Eine Kralle aus Gletschereis umschloss mein Herz.

Cecile lag auf dem Rücken.

Sie war nackt.

Sie blutete.

Und sie starb.

Phil hörte das Zischen erst, als es zu spät war. Es fauchte an seinen Ohren vorbei und senkte sich auf seine Schultern.

Es umschloss seine Oberarme in dem Moment, in dem er loslaufen wollte, auf den Direktionswagen zu.

Er schaffte nicht mal den ersten Schritt.

Es war ein Seil, das ihn in der Nässe umfasste und ihm die Arme an den Leib presste – ein Lasso. Es riss ihn zurück. Er stolperte. Indem er sich mit der linken Schulter gegen die Wagenwand warf, konnte er eben noch verhindern, dass er das Gleichgewicht verlor.

Sofort nutzte er die Chance, die er sich selbst verschafft hatte. Indem er sich herumwarf und in die Zugrichtung schnellte, nahm er dem Lasso die Kraft, die ihn hätte zu Boden werfen können.

Erst in diesem Augenblick stellte er fest, dass das Seil schräg von oben kam.

Doch es war bereits zu spät.

Das Seil segelte herunter, schlängelte sich zusammen und klatschte ihm ins Gesicht.

Nahezu im selben Moment fiel der Schatten aus dem Regen herab. Im Fallen hieb er dem G-man den Revolver aus den Händen.

Phil versuchte noch, dem Anprall auszuweichen. Doch das Fallgewicht des Mannes schmetterte ihn zu Boden. Er spannte die Halsmuskulatur an, um zu verhindern, dass er sich den Hinterkopf einschlug, doch auch diese Aktion brachte nichts.

Der Kerl stemmte sich hoch.

Phil sah noch, dass es ein MagLite war, das auf seinen Schädel herabsauste. Der Hieb der schweren Stablampe löschte sein Bewusstsein aus wie eine Explosion.

Ich stieß den Smith & Wesson ins Holster und beugte mich über sie. Ich sah die Würgemale an ihrem Hals, und schlagartig wurde mir klar, was hier geschehen war.

Nachdem er sie gewürgt hatte, war sie wieder zu Bewusstsein gekommen.

Da hatte er das Messer genommen.

Die Wunden in ihrer Brust zeugten von der Wut, mit der er auf sie eingestochen hatte.

Ich wusste, dass ich in eine Falle getappt war. Aber das spielte keine Rolle. Nicht in diesem Augenblick. Denn ich fühlte mich verantwortlich. Cecile musste einen falschen Entschluss gefasst haben – meinetwegen.

Abermals wimmerte sie leise.

Ihr Gesicht war vor Schmerzen verzerrt.

Und sie schlug die Augen auf. Es kostete sie unendliche Mühe, die Lider zu heben. Ihr Blick erfasste mich, und trotz ihrer Schmerzen formten ihre Züge ein Lächeln.

Ihre Lippen bewegten sich.

Ich musste das Ohr dicht über ihren Mund bringen, um sie noch verstehen zu können.

»… habe mich – zu spät – für dich – entschieden. Ich – war zu lange – auf seiner Seite – und wollte – dich ihm – ans Messer – liefern. Jetzt – habe ich – die Strafe – für mein – falsches …«

Das letzte Wort brachte sie nicht mehr heraus, doch ich wusste, dass sie »Spiel« hatte sagen wollen.

Ihre Augen brachen.

Ich schloss ihr die Lider.

In diesem Moment erklang die Stimme hinter mir.

»Ihretwegen brauchst du dir keine Vorwürfe zu machen, G-man. Nicht wegen so eines Miststücks. Sie hätte dich genauso kalt lächelnd reingelegt, wie sie es mit mir tun wollte.«

Er hatte sich völlig lautlos herangeschlichen.

Ich rührte mich nicht, drehte mich nicht um.

»Aber sie war deine Cousine«, sagte ich mit belegter Stimme.

Der Clown lachte schrill.

»Na und? Soll ich dir sagen, was Verwandte für mich sind? Zwangsbekannte! Nichts weiter. Ich hab sie mir doch nicht ausgesucht!«

Ich spannte die Muskeln unter dem klitschnassen, zentnerschweren Zeug.

Es sauste herab, als ich mich zur Seite warf.

Ein Baseballschläger.

Er erwischte mich nicht voll.

Doch er wollte mich ohnehin nicht umbringen. Bevor mir der Hieb das Bewusstsein raubte, begriff ich noch, dass er nicht mit voller Kraft zugeschlagen hatte.

Er wollte mich noch nicht umbringen.

Phil und ich kamen zur selben Zeit zu uns. Es war ein verdammt merkwürdiger Ort, an dem wir uns befanden.

Ein großer rechteckiger Kasten, mit schwarzem Stoff ausgekleidet und oben offen. Die rechte Seitenwand war halb nach außen geklappt.

Taghelles Licht fiel von oben in den sargähnlichen Behälter. Ich konnte den Kopf bewegen und Phil ansehen. Unsere Handgelenke waren gefesselt und ebenso die Fußgelenke. Noch immer klebte die nasse Kleidung auf unserer Haut. Nur Knebel hatten sie uns nicht verpasst.

Darüber, dass wir es mit zwei Männern zu tun hatten, brauchten wir keine Worte mehr zu verlieren.

»Sind wir hier in der Zauberwerkstatt?«, flüsterte ich.

»Nicht nur das«, entgegnete Phil leise. »Lenke mal deinen werten Blick über meine Gürtelschnalle. Siehst du die linke Seitenwand von diesem Kasten?«

Mir stockte der Atem.

Da war ein Schlitz.

Ohne danach tasten zu müssen, wusste ich, dass sich der Schlitz im Boden des Kastens fortsetzte. Ebenso würde es auch mit dem Deckel und der rechten Seitenwand sein. Eigentlich war der Kasten so konstruiert, dass er aus zwei Hälften bestand. Zwei Hälften, die groß genug waren, um ein Zwillingspaar aufzunehmen. Je eine Schwester auf einer Seite. Beide im gleichen Kostüm. Die eine würde durch eine Klappe nach unten verschwinden und hinter schwarzen Vorhängen die Bühne oder Arena verlassen. Die andere würde strahlend und unversehrt aus dem Kasten heraussteigen.

Nachdem das Sägeblatt hindurchrotiert war.

Es würde Phil ungefähr einen Fingerbreit über der edlen hufeisenförmigen Gürtelschleife treffen. Natürlich konnte er seine Lage verändern und sich an einer beliebigen anderen Stelle durchsägen lassen.

Vielleicht konnten wir auch versuchen, die Zwillingsschwestern nachzuahmen und uns in je eine Ecke des Kastens verkriechen –

schlangenmenschmäßig. Aber ich konnte mir nicht vorstellen, dass der große Magier das zulassen würde.

Im Zerkleinern von Menschen hatte er schließlich Erfahrung.

Für mich fügte sich das Puzzle zusammen. Da war der schwitzende, erschöpfte und nervöse Dr. Arsène Legrand – gestern Abend, nach der Hinrichtung. Dann heute, an diesem Samstagnachmittag, der Fund einer menschlichen Hand. Wobei der Todeszeitpunkt des Menschen, dem die Hand einmal gehört hatte, gestern Abend etwa zurzeit der Hinrichtung gewesen sein musste.

Ich dachte an gestern Abend, wie mich der Magier an jemanden erinnert hatte. Er sah aus wie Larry Gavronsky, und Larry Gavronsky hatte wie Charles Bronson ausgesehen. Okay, es gab immer noch viele Imitatoren des früher berühmten Schauspielers. Charly Bronson hat einen nachhaltigen Eindruck auf die Nation gemacht.

Der jetzige Dr. Arsène Legrand war der Mörder von Larry Gavronsky. So viel stand für mich fest. Und Gaspard? Der Komplize des Mörders? Schon möglich. Zweifellos aber war seine Cousine zugleich seine Komplizin gewesen, zumindest seine Mitwisserin.

Ich erschauerte bei dem Gedanken an Myrna. Zu dem Zeitpunkt, als sie sich in den Kopf gesetzt hatte, den Lockvogel zu spielen, musste Gaspard sie längst bemerkt haben.

Myrna hatte nicht ahnen können, wie nahe sie dem Tod gewesen war. Wäre sie allein gewesen, wäre es ihr ergangen wie Mary Jo Meagher, deren Leiche beim Schiffbrüchigendenkmal gefunden worden war. Doch dann hatte mich Gaspard gesehen, und er hatte begriffen, was lief. Deshalb hatte er uns einen Schuss vor den Bug verpasst, indem er den Grizzly freiließ.

Ich verscheuchte die Vergangenheit aus meinen Gedanken.

Diese Vergangenheit würde uns nicht helfen, mit der Gegenwart fertig zu werden.

Die Arme hatten sie uns auf den Rücken gefesselt. Ich hob den Kopf ein Stück und sah, dass Phils und meine Fußgelenke mit gelben Kordeln zusammengeschnürt waren. Diese Art von

Kordeln, die Zauberer für ihre Tricks verwenden. Die sie in Stücke zaubern und wieder zusammenzaubern. Wie sie das auch anstellen mochten, uns würde es nicht helfen. Diese verdammten Fesseln würden sich nicht automatisch zerteilen.

Ich konnte mich bewegen, soweit es die Fesseln erlaubten. Immerhin. Auch drehen konnte ich mich. Als ich es ausprobierte, spürte ich das fehlende Gleichgewicht an meiner Hüfte.

»Phil«, sagte ich gedämpft. »Eine Ahnung, wo sie unsere Revolver gelassen haben?«

»Nein«, flüsterte er zurück. »Spielt das denn jetzt eine Rolle?«

»Nicht jetzt, aber …« Ich sprach nicht weiter.

Eine Tür schwang auf und wurde gleich darauf geschlossen und verriegelt. Der Boden schwankte leicht.

Die Schritte, die sich näherten, waren fast lautlos.

Trotzdem hörte ich heraus, dass es die Schritte von zwei Männern waren. Leichtfüßige Burschen waren es, alle beide.

In der nächsten Sekunde waren sie bei uns.

Charly Schnauzbart und der glatt gesichtige, humorlos aussehende Clown.

Sie betrachteten uns, wie zwei Künstler ihr Werk begutachten, das sie für außergewöhnlich gut gelungen hielten.

»Es würde mir besser gefallen, wenn du sie wegzauberst«, sagte Gaspard nach einer Weile des Schweigens. »Ich meine, sie werden bestimmt ihre Vorsichtsmaßnahmen getroffen haben. Deshalb: Wenn sie weg sind, sind sie weg. Als ob sie nie hier gewesen wären.«

»Verdammt«, knurrte der falsche Dr. Arsène Legrand. »Hör auf mit dem Rumspinnen! Ich weiß nicht, warum ich mich überhaupt darauf eingelassen habe, mit dir …«

»Ihr braucht euch nicht zu streiten«, unterbrach ich ihn. »Ihr steckt beide gleich tief im Schlamassel.«

»Der Zirkus ist umstellt«, fügte Phil hinzu.

Zauberer und Clown lachten.

»Das Grundstück ist umstellt!«, äffte Gaspard meinen Freund nach. »Das sagen die Cops in den B-Movies immer.«

»Und natürlich stimmt es nie!«, höhnte Charly Schnauzbart.

»Wir kommen direkt aus der Pathologie«, erklärte ich kalt. »Wir haben dort eine abgetrennte Männerhand untersuchen lassen. Ein kleines Mädchen hat sie heute Nachmittag beim Löwenkäfig gefunden …«

Der falsche Arsène erbleichte.

Gaspard starrte ihn an.

»Die Fingerabdrücke der Hand waren verwertbar«, nahm Phil meinen Faden auf. »Die Prints stammten von Larry Gavronsky.«

»Dem wirklichen Dr. Arsène Legrand«, fügte ich hinzu.

»Du verdammter Idiot!«, flüsterte Gaspard.

Arsène beachtete ihn nicht. Vielmehr hatte er seine Fassung wiedergewonnen, und mitleidig den Kopf schüttelnd, blickte er mich an. Als er sprach, hatte sich seine Stimme plötzlich verändert.

»Zu guter Letzt habe ich doch den längeren Arm, Cotton. Was bist du nur für ein Einfaltspinsel! Als du in die Manege rennen wolltest, warst du auf dem richtigen Dampfer – nur, den entscheidenden Schritt hast du nicht machen können! Ha, ha, ha! Du hast es nämlich nicht kapiert!«

»Spiel dich nicht auf«, knurrte Gaspard. »Ich hab's ja selbst auch nicht sofort durchschaut. Der Trick war wirklich gut, das muss man dir lassen.«

»Also kann ich mich aufspielen!«, sagte der Zauberer stolz.

Ich spürte Phils entgeisterten Blick.

Doch ich konnte nicht aufhören, nach oben zu starren – in dieses Gesicht mit dem buschigen Schnauzbart. Waren da feine Narben um die Nase herum? Verdeckte der Schnauzbart eine neu geformte Mundpartie?

»Weston!«, sagte ich tonlos. »Todd Weston!«

»Mann, das hat aber lange gedauert!«, meinte er. »Ich hatte gehofft, dass wir uns nie wieder begegnen würden. Zu schade, dass es nicht geklappt hat.«

Mir fiel es wie Schuppen von den Augen.

Und ich bemerkte, wie Phil unwillkürlich den Atem anhielt.

Todd Weston war uns beiden ein Begriff. Vor fünf Jahren war er verschwunden aus New York. Buchstäblich in letzter Minute war er uns entwischt. Seitdem hatten wir nichts wieder von ihm gehört. Seine blutige Spur, die er als professioneller Killer durch die Vereinigten Staaten gezogen hatte, war zu Ende gewesen.

Bevor Phil und ich ihn in New York fast zur Strecke gebracht hatten, hatte Weston vor allem für die großen und einflussreichen Mafia-Familien gearbeitet. Als Panama-Veteran hatte er einen außergewöhnlichen Ruf gehabt. Er war Scharfschütze gewesen, Sniper. Reihenweise hatte er Rebellen umgelegt, die in Wahrheit für die Kokainkartelle Kolumbiens gearbeitet hatten. Weston war dabei zu weit gegangen, hatte zusätzlich im Auftrag konkurrierender Kartelle getötet. Die Army hatte ihn daraufhin unehrenhaft entlassen.

Als Zivilist dann hatte Weston das Töten aus dem Hinterhalt zum Beruf gemacht. Auch bei seinen Aufträgen, die er für das organisierte Verbrechen im Dschungel der Großstädte übernahm, arbeitete er vorzugsweise mit dem Scharfschützengewehr, das er im Dschungel Mittelamerikas verwendet hatte.

In New York hatte er versucht, mich zu töten, als er gemerkt hatte, dass ich ihm auf die Spur gekommen war. Doch ich war seinem Anschlag entgangen, wie ich gestern dem Anschlag in Little Italy entgangen war. Mit dem Unterschied jedoch, dass Weston die Flucht geglückt war.

»Shanahan«, sagte ich. »Du hast mir Shanahan auf den Hals gehetzt!«

»Aber sicher doch«, erwiderte Weston strahlend. »Der Junge war mir noch was schuldig. Schließlich habe ich ihm alles beigebracht, was er konnte.«

»Es reichte nicht«, knurrte ich. »Du warst ein schlechter Lehrmeister.«

Weston schüttelte den Kopf. »Andersherum, Cotton. Shanahan war ein schlechter Schüler. Dafür hat er nun den Preis bezahlt, den man in unserem Gewerbe bezahlt, wenn man scheitert.«

»Was, zum Teufel, sollte das?«, entfuhr es Phil.

Gaspard gab die Antwort. »Monsieur Arsène, der Neue, wollte ein Leben in Ruhe und Frieden führen. Er hat Larry Gavronsky die Identität geklaut und wollte Larry alias Arsène sein – bis an sein Lebensende. Nur ihr verfluchten G-men hättet ihm den Traum zerstören können. Deshalb musstest vor allem du weg, Cotton. Nichts gegen dich, Decker. Du wärst auch noch drangekommen. Stimmt's, Arsène?« Der Clown sprach den Künstlernamen mit einer spöttischen Betonung aus.

»Klar«, sagte der Killer im schwarzen Magieranzug. »Alles zu seiner Zeit. Es wäre alles perfekt gelaufen, wenn du deine Cousine besser unter Kontrolle gehabt hättest!«

»Ich hatte sie unter Kontrolle«, entgegnete Gaspard giftig. »Sie wäre erledigt gewesen, wenn ich rausgelassen hätte, dass sie und ihr Priesterfreund Sex mit Kindern machten. Hätte ich das an die Öffentlichkeit gebracht, wäre sie fertig gewesen. Aber dann hat unser Freund Cotton ihr den Kopf verdreht. Da fühlte sie sich plötzlich stark.«

»Eben«, meinte Todd alias Arsène. »So was muss man einkalkulieren, du Clown!«

»Einkalkulieren?«, schrie Gaspard aufgebracht. »Was hast du denn einkalkuliert? Etwa, dass du Gavronsky nicht spurlos verschwinden lassen würdest? War wohl nichts mit der Salzsäure, was? Was werden die Cops finden, wenn sie die Stahlbehälter in deiner Küche öffnen? Und die Weichteile für die Löwen und Tiger – das hat auch nicht geklappt, wie du jetzt weißt, Monsieur Großmaul!«

»Halt den Mund!«, zischte Arsène. »Verdammt, halt den Mund!«

Gaspard lachte und schüttelte den Kopf. »Deine einzige große Leistung war der Hinrichtungstrick. Das war wirklich Spitze. Aber sonst …«

»Ihr habt Gavronsky doch nicht in der Manege erschossen«, stachelte ich die Lust des Clowns an, sich am Scheitern des falschen Magiers zu weiden.

Westons Gesicht verzerrte sich, als Gaspard denn auch prompt reagierte. Es sah aus, als würde der Killer dem Clown jeden Moment an die Gurgel gehen.

»Wer war der Tote im Sarg?«, fragte Phil staunend.

»Mann, das war eine Projektion!«, schrie Gaspard. »Spiegelungen und Projektionen – das sind die großen Tricks!«

»So einfach, wie es sich anhört, ist es nicht«, knurrte Weston.

Ich wusste jetzt, wie es gelaufen war. »Du hast Gavronsky abgefangen, als er ums Zelt herumlief und wieder reinwollte«, sagte ich. »Da hast du ihn umgebracht.«

»Er war ganz schön erstaunt, mich zu sehen«, berichtete Weston. »Er dachte ja, ich wäre in seinem Wohnwagen. Ich war sein Doppelgänger und durfte mich nie draußen blicken lassen, wenn er draußen war. In Oswayo hatten wir uns ja lange genug auf unser Zwillingsdasein vorbereitet. Ich hab alles von ihm gelernt, und dieser versoffene Chirurg hat ganz gute Arbeit geleistet, als er mich zum perfekten Zwilling machte. Wobei man sagen muss, dass Kopfform, Gesichtsschnitt und Statur sowieso übereinstimmten.«

»Die wollten immer bessere Tricks ausarbeiten«, sagte Gaspard verächtlich. »Der eine Arsène verschwindet, und sofort ist der andere wieder da – und sämtliche Zuschauer glauben, das ist die totale Hexerei.«

»Aber damit war der nachgemachte Arsène nicht zufrieden«, folgerte ich. »Er wollte die totale Freiheit für sich selbst – als Larry Gavronsky, der einzig wahre Arsène. Todd Weston wäre für immer von der Bildfläche verschwunden.«

»Das tut er auch«, fauchte der Killer. »Und zwar jetzt gleich. Wir sind hier nicht in der Schule, wo die Kids den Lehrer zur Plauderstunde verleiten. Mich bringt ihr nicht vom Wesentlichen ab, G-men. Wenn ihr abtretet, tritt auch Todd Weston ab. Und Larry Gavronsky steht von den Toten auf!«

Phil und ich wechselten einen Blick, der alles sagte.

Es war sinnlos, Weston auf seinen Denkfehler hinzuweisen. Wir waren ja nicht die Einzigen, die von der Identifikation der abgetrennten Hand wussten. Aber das ging in Westons wahnwitzigen Schädel nicht mehr hinein.

Ein unnatürliches Leuchten stand in seinen Augen, als er sich über unseren Kasten beugte und die Seitenwand und den Deckel hochklappte. Verschlüsse schnappten zu.

In der Dunkelheit, die Phil und mich einhüllte, waren nur noch der Sägeschlitz und die Gürtelschnalle meines Freundes zu erkennen. Letztere glänzte metallen in dem hereinfallenden Lichtstreifen.

Draußen lachten der Clown und der Zauberer.

Gaspard betätigte den Knopf, der das Sägeblatt und den dazugehörigen Mechanismus in Gang setzte. Noch war es zwei Handbreiten von dem Kasten entfernt. Doch langsam, sehr langsam führte das gut gefettete Gestänge die kreisenden, rasiermesserscharfen Stahlzähne immer näher an den Kasten heran.

Eine Minute würde es schon dauern.

Die Zuschauer sollten von dem Nervenkitzel schließlich etwas haben.

»Gute Reise ins Jenseits!«, rief Gaspard, lachte abermals und klatschte mit der flachen Hand auf den Kasten.

»Das wünsche ich dir auch!«, sagte Weston, dessen Stimme sich plötzlich wieder zu eisiger Kälte gewandelt hatte.

Gaspard ruckte herum.

In der rechten Hand des Killers lag eine Beretta, kompakt und mattschwarz – zum Anzug passend, unter dessen Jackett er sie unbemerkt hervorgezaubert hatte. Schnelle, nicht mit Blicken zu verfolgende Handbewegungen gehörten ja zu dem Lehrprogramm, das er bei Larry Gavronsky alias Dr. Arsène Legrand absolviert hatte.

Gaspard wich erschrocken zurück.

Unwillkürlich hob er die Hände.

In Brusthöhe nur.

»Stehen bleiben!«, befahl Weston schneidend. »Rühr dich nicht vom Fleck, Vergewaltiger.«

Gaspard nickte. »Mach ich. Reg dich nicht auf. Bloß eins

musst du wissen, bezahlter Killer. Ich bin auch ganz schön gefährlich.«

»Wehrlosen Frauen und Kindern gegenüber, was?« Weston lachte abfällig. »Ich sag dir, was Sache ist, Amigo. Bis hierher hab ich mitgespielt, aber jetzt geht's nicht weiter.«

»Stimmt«, zischte Gaspard, dessen Gesicht sich vor Wut verzerrt hatte. »Für dich ist Endstation. Du weißt es nur noch nicht.«

Weston lachte knarrend. »Du kapierst viel zu langsam, Vergewaltiger. Ich werde als Held des Tages dastehen, das kannst du mir glauben. Erst habe ich dich ertappt, als du Cecile umbrachtest. Dann konntest du mir noch mal entwischen, und prompt hast du die beiden Bullen umgebracht.« Er zeigte auf den schwarzen Kasten. Das Sägeblatt rotierte in Fingerbreite Abstand vom Schlitz.

Gaspard lachte. »Wenn du damit meinst, dass ich auf den Knopf gedrückt habe, stimmt es sogar. Nur, jetzt kommt noch der springende Punkt.«

»Ach ja?«, höhnte Weston.

»Ja«. Gaspard nickte. »Du musst mich den Cops präsentieren, wenn sie anrücken.«

»Kein Problem«, kicherte Weston. Er hob die Beretta ein Stück höher, sodass die Mündung zwischen die Augen des Clowns zielte. »Wozu habe ich denn dies hier?«

Gaspard sackte in sich zusammen.

Blitzartig.

Im selben Sekundenbruchteil, in dem Weston den Zeigefinger krümmte.

Der Schuss krachte, übertönte das singende Geräusch der Kreissäge für kurze Dauer.

Weston wollte ein zweites Mal abdrücken.

Da zuckte etwas wie ein Blitz auf ihn zu.

Ein stählerner Blitz, der aus dem fallenden Körper des Clowns hervorging.

Weston spürte keinen Schmerz, doch voller Staunen beobachtete er, wie ihm die Waffe aus der Hand fiel, ohne dass er noch abdrücken konnte.

Er sah, dass der Clown aufsprang, bevor er vollends den Boden erreicht hatte. Das Aufschwingen und Zuklappen der Tür hörte Weston schon nicht mehr.

Das Geräusch ging durch Mark und Bein. Dieses mahlende, metallische Singen. Es war nervenzerfetzend, zumal wir bereits den blitzenden Stahl des Sägeblatts sehen konnten.

Doch jetzt arbeiteten wir fieberhaft und so ruhig wie möglich. Gemeinsam und gleichzeitig entwickelten wir diese Ruhe, zu der man nur im Angesicht des Todes fähig ist.

Wir hatten uns beide auf die Seite gedreht, sodass ich Phil den Rücken zuwandte. Ich konnte die Finger bewegen, und ich kam an seine Gürtelschnalle heran, dieses hufeisenförmige Ding, von dem wir beide hofften, dass es aus möglichst widerstandsfähigem Stahl bestand.

Der Wortwechsel zwischen Weston und Gaspard überraschte uns nicht. Ebenso wenig der Schuss.

Wir hörten die Tür.

Wir hörten das Hinschlagen eines Körpers.

Dann war nur noch das Singen der Säge zu vernehmen.

Ich hatte die Schnalle geöffnet. Phil stemmte sich in der Körpermitte hoch, sodass ich den Gürtel herausziehen konnte. Ich blieb in meiner Lage, hielt das beruhigend schwere Stück Metall in den Fingern und wartete, bis Phil sich umgedreht hatte.

Zielstrebig übernahm er die Gürtelschließe.

Und vollführte abermals eine vollständige Körperdrehung.

Ein neues Geräusch gesellte sich zu dem Singen der Kreissäge.

Das Sägeblatt hatte den Schlitz erreicht, und der war nicht präzise ausgerichtet. Daher das schleifende, schabende Geräusch.

Ich konnte nicht sehen, was Phil tat, aber ich wusste, wie er es anstellte. Mit der Gürtelschnalle in den gefesselten Händen ertastete er den Schlitz im Boden des Kastens. Von dort tastete er sich bis zur Seitenwand – und dann senkrecht empor, bis das Minihufeisen in die Sägezähne fasste und …

Ein hartes Knacken beendete meine Gedanken.
Es knackte noch zweimal.
Dann war Stille.
Erst jetzt wurde mir bewusst, dass das tödliche Singen aufgehört hatte.
»Los jetzt!«, zischte Phil.
Ich reagierte sofort, zog die Beine so weit an wie möglich und stemmte die Schuhsohlen gegen den Deckel des Kastens. Und dann ließ ich alle Kräfte heraus, die meine Beinmuskeln hergaben.
Ich glaubte es kaum, doch es war Wirklichkeit.
Das Holz splitterte schon beim ersten Versuch.
Noch zweimal trat ich zu, dann waren Deckel und Seitenwand weg.
Ich rollte mich nach rechts, und es störte mich herzlich wenig, dass ich von dem Holzgestell, auf dem der Kasten stand, unsanft zu Boden kippte.
Phil folgte mir auf die gleiche Weise.
Und die Säge sang wieder.
Wir halfen uns gegenseitig auf die Beine, duckten uns, doch es rührte sich nichts mehr. Ich hüpfte um das Gestell herum, während Phil sich in der entgegengesetzten Richtung umsah.
Das Erste, was ich sah, waren die Augen.
Tote Augen.
Todd Weston hatte den Kopf nach hinten gebogen, und in dieser Stellung war er gestorben. Das Messer war ihm in die Kehle gedrungen. Nur noch ein Teil des Griffes ragte heraus.
Ich hüpfte an dem Toten vorbei, auf die Kreissäge zu. Der Ein- und Ausschaltknopf vorn am Gehäuse war groß und rot, damit er aus den Publikumsreihen gut gesehen werden konnte.
»Hier ist niemand!«, rief Phil von der Nähe des Eingangs her. »Aber unsere Sachen sind hier. Revolver und Walkie-Talkies.« Mit einer Kopfbewegung zeigte er auf ein Regal neben der Tür.
Ich blieb vor dem Sägegehäuse stehen, drehte mich und fand den roten Knopf mit den Fingern. Das Singen erstarb. Ich wartete, bis das Sägeblatt stillstand. Es bewegte sich, als ich die Hand-

fesseln über die scharfen Stahlzähne hielt und versuchte, die Kordeln zu zertrennen.

Phil kam herüber, stellte sich rücklings neben die Säge und hielt das Blatt mit den Händen fest. Im Handumdrehen hatte ich die Fesseln durchschnitten. Ich verschwendete nicht erst einen Gedanken daran, was dieser rasiermesserscharfe Stahl mit uns in dem schwarzen Kasten angerichtet hätte. Ich befreite Phil von seinen Handfesseln, und die Fußfesseln lösten wir jeder selbst.

An die nassen Klamotten hatte ich mich gewöhnt, und auch Phil hatte keine Probleme damit, als wir unsere Ausrüstung an uns nahmen. Die Revolver waren noch vollständig geladen. In jeder Trommelkammer steckten die bewährten sechs Patronen im Kaliber .357 Magnum.

Ich schaltete mein Walkie-Talkie auf Senden und rief Steve. Er meldete sich sofort, hatte offenbar auf meinen Funkruf gewartet.

»Bevor du loslegst«, sagte er. »Du glaubst nicht, was hier läuft. Zeery und ich verfolgen diesen Clown.«

»Gaspard?«

»Ja. Er fährt die West Street rauf – und King Kong ist nichts dagegen.«

Die schwere Zugmaschine war ein Mack Conventional, knallrot lackiert. Praktisch war es die Zirkusversion dieser schweren Trucks, die normalerweise mit riesigen Sattelaufliegern über die Highways donnerten. An allen Seiten war das Monstrum in gelber Schrift mit »Cirque du Papillon« bepinselt. Die Scheibenwischer schaufelten den Regen kraftvoll von einer Seite zur anderen. Durch das spaltbreit geöffnete Fenster auf der Beifahrerseite führte ein dünnes Drahtseil nach draußen, zum Anhänger. Das Ende des Drahtseils hatte Gaspard rechts unten am Stahlrahmen seines Sitzes befestigt.

Die Scheinwerfer durchbohrten das bindfadendicke Strömen. Gaspard benutzte die mittlere Spur, dort kam er gut voran. Wenn er an anderen Fahrzeugen vorbeifuhr, meist Personenwagen, dauerte es nur den Moment der Schrecksekunde, dann blieben die Fahrer entsetzt zurück.

Gaspard musste lachen. Er fühlte sich in dem dröhnenden Geschütz so sicher wie selten zuvor. Es war sein Gehäuse, sein Panzer – ausgestattet mit einer tödlichen Waffe.

Durch das Heckfenster des Fahrerhauses konnte er den Anhänger voll überblicken.

Kein Auflieger, sondern ein Anhänger mit vier Rädern.

Kein normaler Anhänger, sondern ein Käfig auf Rädern.

Und drinnen tobte der Tiger.

Es lag am Regen.

Nässe und Wind machten die sonst träge Raubkatze verrückt. Zwar hatte der Käfig ein Dach, aber es wehte von allen Seiten herein – sowohl durch den Fahrtwind als auch durch die heftiger gewordenen Böen.

Der Tiger brüllte und rannte gegen die Gitterstäbe an.

Immer wieder.

Der Anhänger schwankte, war aber schwer und sicher genug, um nicht umzustürzen. Andererseits war es nur eine Frage der Zeit, wann das riesige Tier die ersten Stahlstäbe aus der Verankerung rammen würde – oder wann die Sicherungsbolzen der Heckklappe aus ihrer Halterung sprangen.

Zu eben jener Klappe führte das Drahtseil aus dem Fahrerhaus. Gaspard hatte mitgekriegt, dass sich ein hellgrauer Chrysler Concorde an ihn drangehängt hatte.

Die G-men hatten keine Witze gemacht.

Aber das sollte ihnen trotzdem nichts nutzen. Schon ein paar Mal während dieser kurzen Fahrt hatte er mit dem Gedanken gespielt, anzuhalten und die Heckklappe des Käfigs zu öffnen. Doch er hatte den Gedanken verworfen. Denn es wäre ein mäßiger Erfolg.

Es ging nicht nur um zwei Bullen in ihrem Chrysler.

Himmel, nein!

Er hatte den entscheidenden Schritt getan, und jetzt gab es kein

Zurück mehr. Mit dem Tiger als Druckmittel würde er die Frauen in dieser Stadt reihenweise flachlegen können.

Ganz New York sollte vor ihm zittern.

Die West Street war wie ausgestorben. Trotzdem hatte ich Rotlicht und Sirene eingeschaltet. Vorwitzige Fahrer aus Seitenstraßen konnten gefährlich werden.

Ich hatte das Gaspedal aufs Bodenblech gerammt, hatte die zweihundertfünfundsechzig Pferdestärken meines Edelrenners längst wachgekitzelt.

Die Tachonadel zitterte inzwischen auf der Hundert-Meilen-Marke. Rechts flog Manhattans Midtown vorüber, links der Museums-Flugzeugträger »Intrepid« und das dunkle Wasser des Hudson River.

Phil hatte das Betäubungsgewehr senkrecht gestellt und es sich zwischen die Beine geklemmt. Der Dompteur hatte uns die Waffe ausgehändigt, einschließlich der Injektionsgeschosse, nachdem wir ihm klar gemacht hatten, dass er für die Tigerjagd in den Straßen New Yorks nicht zuständig war.

»Okay«, sagte Phil. »Ein Geschoss ist in der Kammer, vier weitere im Magazin. Die holst du mit dem Repetierer hoch.«

Ich riskierte einen schnellen Seitenblick, als er auf den Hebel zeigte. Es war ähnlich wie bei einem der alten Karabiner.

Das Funkgerät meldete sich mit einem lauten Krächzen.

»Biegen ab in die Zweiundvierzigste!«, rief Steve.

Phil klinkte das Mikro aus und antwortete mit einem deutlichen »Verstanden!« Nach einem Blick durch die Seitenscheibe fügte er hinzu: »Wir sind Höhe Achtunddreißigste. Hört ihr uns?«

»Ausgeschlossen«, antwortete Steve. »Hier ist der Teufel los. Dieser Wahnsinnige mit seinem Tiger fegt die Straße leer. Da wird gehupt wie verrückt. Ein paar Blechschäden hat's schon gegeben. Der Tiger wird immer wilder.«

»Okay, wir sind gleich dran«, antwortete Phil.

»Noch eins«, sagte Steve. »Der Kerl hat eine Drahtseilverbindung vom Fahrerhaus zur Käfigklappe hinten. Wenn er will, kann er uns seine Superkatze auf die Motorhaube hüpfen lassen.«

»Dann solltet ihr ihn lieber nicht ärgern«, schlug Phil vor und grinste. »Bleibt weiter zurück.«

»In Ordnung. Over.«

»Over und Ende.«

Eine halbe Minute später schaltete ich Rotlicht und Sirene aus, bremste ab und zog den Jaguar nach rechts in die Zweiundvierzigste Straße. In präzisem Winkel ließ ich den roten Renner über den nassen Asphalt driften. Dann trat ich das Gaspedal erneut bis zum Anschlag durch, und mit einem kraftvollen Satz machte der Jaguar seinem Raubkatzennamen alle Ehre.

Tatsächlich war die Straße so gut wie frei. Autos fuhren nicht. Einige standen am Fahrbahnrand, die meisten Fahrer aber hatten sich in die Seitenstraßen geflüchtet. Die Bürgersteige waren beinahe menschenleer. Während die überwiegende Zahl der Leute in Häusern und Hauseingängen Zuflucht gesucht hatte, wagten sich nur die ganz großspurigen Typen schon wieder ins Freie.

Innerhalb der nächsten zwei Minuten spürte ich, dass wir der Entscheidung näher kamen.

Gaspard war in die Eighth Avenue abgebogen, nach Norden. In Höhe der Achtundvierzigsten schloss ich auf und zog an Steve und Zeery in ihrem Chrysler vorbei. Inzwischen, so hatten wir von den Kollegen über Funk erfahren, hatte Mr. High ein Großaufgebot alarmiert. Dazu gehörten neben einem Kommando der »Emergency Service Unit«, einer Spezialeinheit der New York City Police für Notfall- und Katastropheneinsätze, auch Zoologen aus dem Bronx Zoo und natürlich der Dompteur des »Cirque du Papillon« mit seinem Team.

Der Zirkus selbst war mittlerweile abgeriegelt worden. Die Abendvorstellung würde abgesagt werden. In der Wagenstadt waren bereits die Männer der Spurensicherung im Einsatz.

Sekunden nachdem ich Steve und Zeery überholt hatte, sahen wir das Schreckensgespann vor uns.

Gaspard hielt auf den Columbus Circle zu.

Der Tiger wütete im Käfig.

Mit seiner Muskelkraft und dem Gewicht seines Körpers rannte er gegen die Gitterstäbe.

Die Zugmaschine donnerte auf den Columbus Circle hinaus.

Ich ahnte zu diesem Zeitpunkt längst, dass Gaspard nur auf Phil und mich gewartet hatte.

Ich war es, der Cecile dazu gebracht hatte, sich von ihm abzuwenden. Wegen mir hatte er sie töten müssen. Er schien geahnt zu haben, dass wir mit der Kreissäge fertig werden würden. Nun würde er uns endgültig ins Jenseits befördern wollen. Und dann?

Die Vorstellungen seines kranken Hirns konnte ich nicht nachvollziehen. Und ich wollte es auch nicht.

Denn ich würde es nicht dazu kommen lassen.

Eine knappe Meile brachten wir auf den Parkstraßen hinter uns, immer weiter nach Norden. Den großen See hatten wir bereits hinter uns gelassen, und die Verstärkung folgte uns dichtauf.

Wir näherten uns dem bewaldeten Hügelgelände.

Und dann kam die Teufelei.

Ich hatte gewusst, dass es jeden Moment passieren würde. Nur wie – das war völlig offen gewesen.

Gaspard riss die Zugmaschine nach links in einen Hohlweg. Die Abzweigung musste er schon von weitem gesehen haben.

Ich nahm Gas weg, schaltete in den dritten Gang.

»Jerry, das ist eine Falle!«, warnte Phil.

»Ich weiß«, antwortete ich. »Aber am anderen Ende des Hohlwegs hat er mindestens drei mögliche Fahrtrichtungen. Und bis wir ihn wieder erwischen, kann er wer weiß wie viele Unbeteiligte in Lebensgefahr gebracht haben.«

Ich folgte dem Clown und dem Tiger.

Phil widersprach nicht mehr.

Die Rückleuchten des Mack und des Käfiganhängers waren klein geworden, glommen vor uns in der Dunkelheit des Hohlwegs wie Teufelsaugen.

Wegen der Kronen der Nadelbäume war der Regen hier weniger stark.

Die Kleidung klebte uns noch immer auf der Haut. Doch das hatten wir total vergessen.

Ich schaltete in den zweiten Gang und blendete die Scheinwerfer auf.

Der Tiger raste vor Wut. Seine Kräfte hatten kein bisschen nachgelassen.

Die Bremslichter des Gespanns glühten blutrot.

Ich stoppte ebenfalls.

Die Entfernung betrug fünfzig Yards.

Ich schaltete die Innenbeleuchtung aus und stieß die Fahrertür auf. Den Motor ließ ich laufen, die Scheinwerfer aufgeblendet. Was wir vor allem brauchten, war gute Sicht.

»Dann mal los«, sagte ich und streckte die Hand nach dem Gewehr aus.

Phil streckte mir seine Linke entgegen, mit einer Münze auf dem Handrücken. »Das muss reell bleiben«, sagte er.

»Du weißt, ich gewinne«, entgegnete ich. »Zahl für mich.«

»Gewinnen nennst du das?«, entgegnete er kopfschüttelnd.

Und er warf die Münze.

Mit dem Handrücken fing er sie wieder auf und klatschte die Rechte obendrauf. Als er sie anhob, schimmerte die Münze in den Ausläufern des Scheinwerferlichts.

»Die Zehn«, sagte ich lächelnd. »Der gute alte Dime.«

Phil verzog das Gesicht.

Von diesem Moment an überschlug sich das Geschehen.

Noch bevor Phil mir das Gewehr aushändigte, flog die Käfigklappe auf.

Ich packte den Vorderschaft der Waffe, wollte ins Freie.

Mit einem Fuß war ich schon draußen.

Aber der Tiger war ungeheuer schnell.

Mit Riesensätzen raste das mächtige Tier heran.

Ich konnte es unmöglich noch schaffen, draußen das Gewehr in Anschlag zu bringen.

»Zurück, Jerry!«, brüllte Phil.

Er hatte Recht, verdammt Recht.

Ich kam nicht mal mehr dazu, die Tür zuzuschlagen.

Der Tiger sprang.

Weit vor dem Jaguar hob er ab.

Wie ein gewaltiger Schatten schnellte er durch das Scheinwerferlicht.

Und landete krachend auf der Motorhaube.

Es ging mir durch Mark und Bein.

Die Raubkatze rutschte bis an die Windschutzscheibe.

Ein Prankenhieb traf die Fahrertür, ließ das Glas zerbröseln und den Rahmen eindellen. Über uns brüllte die Bestie. Jetzt versuchte sie, mit der Pranke in die Türöffnung zu langen.

Ein sausender Hieb zischte an meinem Gesicht vorbei.

Ich riss das Gewehr zurück, buchstäblich im letzten Sekundenbruchteil, bevor der Tiger es in U-Form biegen konnte. Halb liegend, riss ich den Kolben an die Schulter. Aus den Augenwinkeln heraus sah ich, dass Phil den Magnum gezogen hatte, ihn auf die Windschutzscheibe richtete.

»Phil, nicht!«

Der Tiger war im Begriff, sich über den linken Außenspiegel hinweg an die Flanke des Jaguar sacken zu lassen.

Ich sah seinen hellen Bauch über dem Türwinkel.

Sofort feuerte ich. Und repetierte. Und feuerte in das ohrenbetäubende Brüllen hinein.

Das zweite Geschoss bohrte sich ins Streifenmuster des Tigerfells.

Mit dem dritten Geschoss traf ich ihn irgendwo ins Hinterteil. Sein Brüllen wurde lauter und wütender. Vor der eingedrückten Fahrertür krachte er zu Boden. Mit wilder Kraft versuchte dic Bestie, sich wieder aufzurichten.

Die Tür flog zu, schloss aber nicht vollends.

Wie lange, zum Teufel, brauchte die verdammte Injektion, bis sie wirkte?

»Verdammt noch mal!«, brüllte Phil. »Ich werde dem Mistvieh jetzt eine Kugel in den Kopf jagen! Da kannst du machen, was du …«

Ich unterbrach meinen Freund mit einer Handbewegung, immer noch halb auf dem Sitz liegend.

Die Pranken legten sich auf die Unterkante des glaslosen Türfensters. Der mächtige Schädel des Tigers ruckte hoch. Die mörderischen Reißzähne blitzten, und sein stinkender Atem wehte ins Wageninnere.

Phil hatte den Magnum im Beidhandanschlag.

Selbst für einen Tiger waren die mächtigen Geschosse dieser Waffe zu viel.

Doch etwas Entscheidendes war geschehen.

Das Gebrüll der Raubkatze hatte aufgehört.

Und die Augen klappten zu, obwohl der tödliche Fang noch immer weit aufgerissen war.

Im nächsten Moment rutschten die Pranken ab.

Mit einem beinahe menschlich klingenden Seufzer sank das Raubtier zu Boden.

Ich wollte den Rückwärtsgang einlegen und den Jaguar von dem Tiger wegrollen lassen.

Doch ich erstarrte. Ich sah es im selben Moment, in dem Phil brüllte: »Jerry! Stopp!«

Gaspard sprang aus dem Fahrerhaus. Er rannte an dem Käfigwagen vorbei ins Licht der Jaguarscheinwerfer.

Ich sah noch, dass er eine MPi an der Hüfte hielt.

Er feuerte sofort.

Phil und ich warfen uns zur Seite.

Ich zog den Revolver.

Krachend zerschmetterten die Geschosse die Scheinwerfer.

In der jähen Dunkelheit wurde mir siedend heiß bewusst, dass sich die Tür nicht öffnen ließ. Der schlafende Tiger drückte sie mit seinem Gewicht zu.

Phil war draußen.

Sein Magnum-Smith wummerte dumpf.

Halb geduckt sah ich, wie die Mündungsblitze nach rechts wanderten.

Phil war in höchster Gefahr.

Ohne zu zögern, schob ich mich hoch, stieß den Magnum beidhändig voraus durch das Fenster, folgte mit dem Oberkörper und vollführte eine halbe Drehung.

Ich feuerte in die Mündungsblitze hinein.

Dreimal, viermal donnerte mein Revolver.

Dann war Stille.

Erst jetzt, im Halbdunkeln, sah ich, dass der Tiger noch lange nicht schlief.

Mit einer trägen Pranke, auf dem Rücken liegend, versuchte er, mich zu packen.

Ich zwängte mich zurück in den Wagen.

Phil fischte das MagLite aus dem Handschuhfach und leuchtete flach über den Boden.

Die MPi lag fünf Yards von Gaspard entfernt.

Er selbst lag in seltsam verkrümmter Haltung etwa in der Mitte zwischen dem Käfigwagen und meinem Jaguar.

Das Blut des Verbrechers rann aus mindestens drei Einschüssen.

»Jerry und Phil, bitte melden!«, krächzte das Funkgerät.

Ich angelte mir das Mikro.

»Alles in Ordnung, Steve«, antwortete ich. »Seid bloß leise, sonst weckt ihr den Tiger auf!«

ENDE

Mr Nemesis

Mr Nemesis nahm ein zusammengelegtes Blatt Papier aus der Schreibtischlade, entfaltete es und legte es vor sich hin. Namen standen auf dem Papier, fein säuberlich mit einem schwarzen Faser-Marker geschrieben. Jetzt nahm Mr Nemesis einen roten Stift und hakte damit den obersten Namen seiner Liste ab. Der erste Schritt war getan. Weitere würden folgen. Niemand würde Mr Nemesis aufhalten. Er würde nicht eher ruhen, als bis auch der letzte Name auf der Liste abgehakt war, und er würde auch bei den anderen Morden keine Skrupel haben …

ISBN 3–404–31534–0

BASTEI LÜBBE

Jerry Cotton ist die erfolgreichste Kriminalromanserie der Welt. Die Gesamtauflage der Serie liegt bei über 850 Millionen Exemplaren und wird in über fünfzig Ländern der Erde gelesen.
BASTEI-LÜBBE präsentiert für alle Freunde des Kriminalromans drei lange vergriffene Ausgaben der Jerry-Cotton-Taschenbücher in einer Sonderausgabe.

Dieser Band enthält die Romane:

Das Beben, der Tod und die Mörder
Bye-bye, Mr High
Mein Kopf im Visier

ISBN 3-404-31958-3

BASTEI
LÜBBE

Jerry Cotton ist die erfolgreichste Kriminalromanserie der Welt. Die Gesamtauflage der Serie liegt bei über 850 Millionen Exemplaren und wird in über fünfzig Ländern der Erde gelesen.
BASTEI-LÜBBE präsentiert für alle Freunde des Kriminalromans drei lange vergriffene Ausgaben der Jerry-Cotton-Taschenbücher in einer Sonderausgabe.

Dieser Band enthält die Romane:

Ludmillas letzter Coup
Das Horror-Weekend
Die Feuerwalze

ISBN 3-404-31959-1

BASTEI
LÜBBE